W0320355

L'HIVER
DU DOYEN

Du même auteur
chez le même éditeur

Les Aventures d'Augie March
Le Don de Humboldt
Retour de Jérusalem
Les Manuscrits de Gonzaga

Aux éditions Gallimard

Le Faiseur de pluie
Au jour le jour
La Victime
Herzog
La Planète de M. Sammler
Mémoires de Mosby et autres nouvelles

SAUL BELLOW

L'HIVER DU DOYEN

Roman
traduit de l'américain
par
David Guinsbourg

FLAMMARION

Titre original :
The Dean's December
Éditeur original :
Harper and Row

© 1982, by Saul Bellow Limited.

Pour la traduction française :
© 1982, Flammarion
Printed in France
ISBN 2-08-064479-3

CHAPITRE PREMIER

Corde, qui menait aux États-Unis une existence d'administrateur — un doyen d'Université n'était-il pas une sorte d'administrateur ? —, se retrouvait à neuf ou dix mille kilomètres de son port d'attache, à Bucarest, en hiver, enfermé dans un appartement vieillot. Tout le monde était gentil — la famille, les amis, tous gens chaleureux —, il les aimait beaucoup, il les trouvait très « vieille Europe ». Mais eux aussi étaient intensément préoccupés. Ce n'était pas une visite ordinaire. La mère de sa femme était mourante. Corde l'avait accompagnée pour l'épauler. Mais il ne pouvait pas faire grand-chose pour Minna. La langue était un problème. Les gens parlaient peu le français, l'anglais encore moins. Aussi Corde, le Doyen, passait-il ses journées dans l'ancienne chambre de Minna à siroter un puissant alcool de prune en feuilletant de vieux livres, à contempler par la fenêtre les maisons abîmées par les tremblements de terre, le ciel hivernal, les pigeons gris, les arbres étêtés, les trams miteux, orange de rouille, grinçant sous les caténaires.

La belle-mère de Corde, qui avait eu une crise cardiaque avant d'être foudroyée par une attaque, était à l'hôpital. Seul l'hôpital du Parti disposait des appareils capables de la maintenir en vie, mais le règlement y était rigide. Elle se trouvait en service de réanimation et les visites étaient interdites. Corde et Minna avaient passé une journée et une nuit dans l'avion pour être auprès d'elle, mais, en cinq jours, ne l'avaient vue que deux fois — la première par dispense spéciale, et la seconde sans aucune autorisation officielle. Le directeur de l'hôpital, colonel de la police secrète, était absolument furieux d'avoir vu son règlement outrepassé. C'était un bureaucrate de la dure école. Il terrorisait le personnel. Minna et Tante Gigi avaient décidé (Corde participait à leurs discussions) qu'il serait courtois de lui demander un rendez-vous : « Essayons d'avoir un entretien raisonnable avec lui. »

Au téléphone, le Colonel avait répondu : « Bien, venez me voir. »

Minna, lorsqu'elle s'y rendit, emmena son mari avec elle — peut-être un Américain, doyen d'une université de Chicago, pas vraiment âgé mais qui l'était presque, apaiserait-il la mauvaise humeur du Colonel ? Il n'en fut rien. Le Colonel était un homme mince, les tempes creuses, sanglé dans son uniforme et cinglant comme un coup de fouet. De toute évidence, il ne serait pas accommodant. Une institution se doit de maintenir son règlement. Corde mit son grain de sel ; il mentionna que lui-même était administrateur — il avait travaillé cinq ans pour le *Herald Tribune,* à Paris, aussi se débrouillait-il décemment en français. Le Colonel, poliment, le laissa parler ; il écoutait, sombre, sec, les lèvres serrées. Il perçut, supporta la comparaison administrative et n'en fit aucun cas. Il ne répondit rien et, dès que le Doyen eut terminé, revint à Minna.

Il y avait eu indélicatesse. L'Administration ne pouvait le tolérer sous aucun prétexte. Furieuse, Minna ne disait mot. Que pouvait-elle faire d'autre ? Seul le Colonel, ici, avait le droit de le prendre de haut. L'étendue de son mécontentement — et il le laissait s'étendre à l'infini — n'était tempérée dans son expression que par la profondeur de sa voix. Jusqu'à quel point une voix de basse pouvait-elle être coupante ? Corde avait lui aussi une voix de basse, plus basse encore que celle du Colonel, plus vibrante. Et là où le Colonel se montrait rigide, Corde aurait eu tendance à être souple. Le cheveu rare du Colonel était militairement plaqué en arrière ; le début de calvitie de Corde était moins net, une large trouée, une couronne de cheveux ébouriffés à l'arrière du crâne. Dans ce visage arrondi, le regard brun, absent, d'un esprit complexe et probablement rêveur suivait la conversation. On ne pouvait guère s'attendre à ce qu'un colonel de la police secrète communiste prenne au sérieux un individu de ce genre. Ce n'était qu'un Américain, un universitaire de quelque part dans le centre du pays. De ses deux visiteurs, Minna était sans conteste la plus distinguée. Cette femme magnifique, ainsi que le savait certainement le Colonel, était un professeur d'astronomie de réputation internationale. Une scientifique « dure ». Il était important pour le Colonel d'établir une fois pour toutes qu'il restait insensible à des considérations de ce genre. Il travaillait dans une branche aussi dure que la sienne. Plus dure, même.

Minna parlait de sa mère avec émotion. Elle était enfant unique. L'audience que lui accordait le Colonel était on ne peut plus normale. Une fille unique, et venue de si loin ; une mère en réanimation à demi paralysée. Sans connaître la langue, Corde était cependant à même de saisir tout cela assez facilement et interprétait ainsi la position du Colonel : là où on trouvait des hôpitaux, on trouvait, naturellement, des mourants. Étant donné les circonstances assez spéciales, une exception avait été faite pour la *doamna* et son mari lors de leur arrivée. Mais il y avait eu une seconde visite (ici, de nouveau, il appuya particulièrement), et ce, sans aucune autorisation.

Minna, en de brefs apartés, traduisait pour son mari. Ce n'était pas vraiment nécessaire. Il était assis là, presque affalé, vêtu d'un pantalon et d'une veste de tweed froissés, l'image même de l'Américain déplacé — déplacé quel que soit le contexte, incapable d'assimiler les leçons du XXe siècle ; épargné, ou dédaigné, par les forces de l'histoire, ou du destin, ou quel que soit le nom qu'un Européen veuille lui donner. Cela, Corde en était parfaitement conscient.

Il opinait, ses yeux bruns légèrement exorbités fixés sur les mouchetures du revêtement de sol, uniformément moucheté d'un bout à l'autre de l'hôpital. Le bureau du directeur était haut de plafond, mais guère plus spacieux qu'une grande penderie, de celles où l'on peut entrer tout debout. La table, elle aussi, était minuscule. Rien ici n'était grand, excepté l'autorité du Colonel. Le plafonnier était suspendu très haut, hors de portée. Ici, comme partout ailleurs à Bucarest, l'éclairage était insuffisant. La Roumanie manquait d'énergie — on invoquait des précipitations en dessous de la normale, les barrages à sec. C'est ça, accusez la nature… La nuit brune de décembre s'installait aux environs de trois heures de l'après-midi. Dès quatre heures elle était descendue jusqu'à la base des vieilles façades de stuc, des murs gris des immeubles résidentiels communistes : la pénombre brunâtre prenait possession des trottoirs, puis remontait des trottoirs plus dense encore, isolant les lampadaires. Ils luisaient faiblement, jaunâtres dans la triste et impure effluence hivernale. Corde appelait cela une « neurasthénie de l'air ». Dans les derniers instants du crépuscule, les lampes paraissaient cerclées d'un sédiment brun. Ensuite venait un moment de mort livide : la nuit commençait. Les nuits ici étaient particulièrement difficiles, pensait Albert Corde. Il était assis, tassé et la tête penchée, son large crâne cherchant le support qu'il ne trouvait pas dans sa tige. Cela ne faisait que ressortir davantage ses yeux changeants, les sourcils d'un seul trait, les lunettes de travers. C'était sa femme, avec son dos droit, son cou, son allure, qui donnait l'impression la plus positive. Mais tout cela n'était rien aux yeux du Colonel pète-sec. Cela ne servait peut-être qu'à lui rappeler que cette dame distinguée avait fui le pays vingt ans auparavant, lorsqu'elle avait reçu un visa pour aller étudier à l'Ouest, et qu'elle ne se trouvait ici que parce que sa mère était mourante, arrivant sous la protection de son mari, ce doyen américain ; débarquant sans même un visa d'entrée, accueillie à l'aéroport par un représentant américain (ce qui dénotait une certaine influence). Bien entendu le Colonel disposait de toutes ces informations. Et Minna ne se trouvait pas en position de force ; elle n'avait jamais renoncé officiellement à sa nationalité roumaine. Si le gouvernement le décidait, il pourrait lui rendre la vie très difficile.

Valeria, la vieille femme, n'était plus membre du Parti, ne l'avait plus été depuis que, ministre de la Santé, elle était tombée en disgrâce. C'était il y a trente ans. Elle avait alors été dénoncée par la presse et la radio, exclue, menacée d'emprisonnement, de mort aussi. Un de ses collègues, tombé lors de la même purge, avait été décapité dans sa cellule avant même d'avoir pu comparaître à son procès. Ce militant de la vieille garde qui avait survécu à Antonescu et aux Nazis avait été massacré à coups de hache ou de fendoir de boucher. Le Dr. Valeria s'en était sortie. C'est elle-même qui avait fondé cet hôpital, l'hôpital du Parti. Trois semaines plus tôt, racontait Gigi, sentant sans doute les premières atteintes du mal (Corde considérait cela comme une prémonition de mort, l'ultime présage ; chacun de nous est en étrange communication avec ses propres organes et leurs signaux d'alarme), elle s'était mise à faire sa tournée, passant ses journées en tram et en bus, allant trouver d'anciennes relations, se débrouillant pour se faire admettre à l'hôpital. Elle avait été réhabilitée à la fin des années cinquante, touchait de nouveau sa retraite et avait ses entrées auprès des vétérans de la bureaucratie. Ainsi était-elle maintenant branchée sur un poumon artificiel, avec scanner, et moniteur cardiaque. L'attaque avait détruit le centre de la respiration, son côté gauche était paralysé. Elle était incapable de parler ou d'ouvrir les yeux. Elle entendait, cependant, et pouvait remuer les doigts de la main droite. Son visage était barré de tubes et de ruban adhésif dans tous les sens et ressemblait au drapeau anglais. Ou bien aux vitres d'une ville sous les bombardements. Corde, journaliste aguerri avant de devenir doyen, connaissait bien ces scènes de guerre — les sacs de sable et les vitres scotchées. Quand même, il n'avait jamais vu un visage enrubanné de la sorte : beaucoup trop délicat pour un traitement de ce genre. L'étape suivante, la trachéotomie, était encore pire. Il avait de l'expérience. Il connaissait les étapes.

Avant de pouvoir approcher Valeria, vous étiez obligé d'enfiler d'immenses chaussettes toutes raides et une blouse stérile. Et aussi une calotte et un masque de chirurgien. Valeria avait compris que sa fille était arrivée, et ses yeux remuaient sous ses paupières. Minna était là. Et protégée de surcroît par son mari ; c'était une preuve supplémentaire : on pouvait compter sur lui. Lorsque Corde lui parla, elle répondit d'une pression des doigts. Son gendre remarqua alors pour la première fois qu'elle avait une articulation déformée. Avait-elle été brisée autrefois, ou alors l'arthrite ? Elle était toute décolorée. Jamais auparavant il ne l'avait vue les cheveux défaits — toujours tressés et attachés. Il n'aurait jamais cru que ses fins cheveux blancs puissent être aussi longs. Et puis il y avait son ventre gonflé. Et en dessous, ses jambes maigres. Cela aussi c'était pénible à voir. Toute cette scène l'émouvait — plus encore cela le retournait ; il était même tellement tourneboulé que cela provoquait chez lui de furieux fantasmes. Il avait envie de pleurer, comme était en train de le faire sa femme. Les larmes vinrent, mais en même temps une colère sourde et impatiente, une sorte d'extase de qu'on-en-finisse mêlant pitié et destruction. Une part de lui était un monstre. Qu'est-ce que ç'aurait pu être d'autre ?

Ces pressions étaient en partie provoquées par l'épuisement. C'était sûrement ça. Le voyage avait été interminable. Il était vidé, flapi. Il avait mal aux tripes. L'impression d'être bouché. La circulation au niveau de son visage et de son crâne lui paraissait insuffisante. Et une sorte d'excitation démoniaque montait en lui, sans qu'une quelconque résolution apparaisse possible. C'étaient comme des forces maléfiques, frénétiques, odieuses et acharnées. Et dans le même temps, les larmes qu'il versait sur la vieille femme étaient sincères. Il ne pouvait pour l'instant rien dissimuler, rien forcer non plus, sans défense devant le bien comme devant le mal. Sur l'écran du moniteur électronique, des symboles et des chiffres apparaissaient et disparaissaient, il percevait un ronronnement et un léger cliquetis.

Le Colonel, vers la fin de leur entrevue, avait eu un regard appuyé, rusé, qui retournait le couteau dans la plaie, et avait déclaré que si Valeria quittait le service de réanimation, Minna aurait loisir de venir la voir aussi souvent qu'elle le désirerait. Détachée des machines, la vieille femme mourrait en un quart d'heure. Cela, bien entendu, il ne le dit pas. Mais vous avez le choix, Madame. C'était l'idée que ce type se faisait d'une plaisanterie. Ça se présentait à la pointe du couteau.

Corde avait raté cette partie de la conversation. Minna la lui avait racontée. « Le retour de l'enfant prodigue », avait-elle commenté après leur départ, alors qu'ils descendaient la rampe cimentée qui menait au parking.

« Un peu comme de t'attacher un sac en plastique sur la tête et de te dire de respirer à fond. »

« Je le tuerai. » Elle en était peut-être bien capable, à voir son expression, les yeux écarquillés et les lèvres pincées. « Et maintenant, que faire, Albert ? Elle va vouloir nous voir, nous attendre. »

Ils rentraient dans la voiture russe de Petrescu, l'une de ces voitures increvables qu'ils ont dans les pays satellites.

Mihai Petrescu avait été *chef de cabinet** du père de Minna, puis de Valeria lorsque, veuve, elle avait succédé à son mari à la tête du ministère. Il était très attaché à la famille. N'étant pas lui-même médecin, il avait probablement été le chien de garde du Parti. Il n'avait pas dû avoir grand-chose à rapporter. Le Dr. Raresh était un idéologue naïf, un communiste moral et chrétien, qui demandait l'aide de Dieu avant d'ouvrir le crâne de ses patients. Premier neurochirurgien du pays, ayant étudié à Boston avec le célèbre Cushing, il avait toujours été trop émotif, trop bon et bien trop bourré de principes comme médecin pour faire un bon fonctionnaire communiste. Minna disait toujours qu'elle ne comprendrait jamais comment il avait pu se faire avoir aussi complètement. Dans les années trente, il avait écarté comme propagande bourgeoise tout ce qu'il avait pu lire dans les journaux sur la Grande Terreur, les camps de concentration de Staline, les Communistes espagnols et le Pacte avec Hitler. Lorsque les troupes russes étaient entrées dans Bucarest, il était descendu dans la rue, enthousiaste, offrir des roses aux soldats. En moins d'une semaine ils lui avaient pris sa montre du poignet, sa petite Mercedes et étaient partis avec. Mais il ne se plaignit pas. Il ne s'octroya pas non plus une villa comme le faisaient les autres ministres. Ses collègues n'appréciaient pas. Son austérité était trop voyante. Avant qu'il meure, le régime l'avait déjà étiqueté comme imbécile et catapulté vers les sommets : il fut nommé ambassadeur aux USA. Ils ne tenaient pas à l'avoir dans les pattes à protester contre la disparition les uns après les autres de ses amis médecins. Il ne vécut pas assez longtemps pour aller jusqu'à Washington. Il ne dura qu'un an.

Lorsqu'il mourut, on offrit le ministère à Valeria. Elle estima probablement qu'il eût été dangereux de refuser. À l'époque Minna était encore une enfant. Petrescu demeura comme *chef de cabinet**. Sous-fifre au KGB, estimait Corde. Mihai paraissait avoir transformé cette appartenance officielle en intimité avec la famille. Il raconta à Corde, un jour qu'ils buvaient un schnaps ensemble : « *Elle a été une mère, une consolatrice pour moi**. » Et pour des

* Les mots, expressions ou phrases en italique, suivis d'un astérisque sont en français dans le texte original.

douzaines d'autres, aussi. Valeria était une mère dans l'âme. Corde le savait fort bien.

Mais il arrivait à Petrescu de rester absent durant des années entières. On ne l'avait pas vu pendant des mois avant l'attaque de Valeria. À présent encore il disparaissait, réapparaissait de façon imprévisible. Petrescu était râblé, avec de petits yeux ; son chapeau mou n'était entravé par aucune chevelure, et, sous la lumière crue du jour, les poils de son chapeau se mêlaient librement à ceux de ses oreilles. Dans toutes les conversations concernant Valeria, ses phrases avaient tendance à monter, sa voix allait se percher aussi haut que ses cordes vocales le lui permettaient, puis il se produisait une cassure soudaine, une faille remplie d'émotion. En tout ce qui concernait Valeria, il faisait preuve d'une ferveur théâtrale. Étudiant son visage, Corde se dit que la plupart de ses rides étaient celles d'un personnage particulièrement dur, qu'on imaginait parfaitement taper sur la table durant un interrogatoire, et peut-être capable d'appuyer sur une gâchette. Il n'y avait pas que dans les romans de Raymond Chandler qu'on trouvait des durs. Des quantités de gens sont durs. Mais avec les dames, Petrescu était tout simplement merveilleux, débordant de galanterie et d'une pieuse délicatesse ; il accourait, avançait des fauteuils, sautait de son siège pour ouvrir les portes de sa voiture soviétique. Aujourd'hui, à l'appartement, il s'était mis à disposition, rempli de bons conseils, pendu au téléphone, prêt à tout et toujours à portée de main, plein de murmures aussi doux envers Minna et Tanti Gigi qu'étaient soyeux les longs lobes de ses oreilles. Sa lippe était pleine d'un désir passionné de servir. Avant de disparaître — car il disparut effectivement — il joua un rôle de premier plan dans la composition émotionnelle dont les derniers jours de Valeria furent le thème. La fin de la grande et noble Valeria. Car elle était effectivement grande et noble, ainsi que l'avait finalement conclu Corde.

Tanti Gigi et Valeria se partageaient l'appartement. Corde et Minna y étaient installés. Les nièces, les cousins en visite étaient logés à l'hôtel. Mais, eu égard au règlement particulier gouvernant les liens de consanguinité, les Corde avaient été autorisés à s'installer avec Tanti Gigi. À peu près invalide, Tanti Gigi s'occupait cependant de la maisonnée avec une efficacité maniaque.

Elle donnait l'impression de s'occuper de tout en robe de chambre et en chaussons, ou depuis son lit. Lorsqu'il connut mieux les problèmes propres à la ville — les queues qui se formaient dès l'aube, les vieilles femmes aux cabas de toile cirée qui faisaient le pied de grue toute la journée —, Corde fut à même d'apprécier la virtuosité de Gigi. Le chauffage de l'appartement était aussi velléitaire que son éclairage était indécis. Les radiateurs étaient froids dès après le petit déjeuner. Les robinets s'asséchaient à huit heures du matin et restaient secs jusqu'au soir. On tirait la chasse à grands coups de seaux d'eau. Corde n'était pas du genre à exiger son confort. Simplement il notait tout cela, en observateur affamé. Le salon, jadis salle d'attente du neurochirurgien, était meublé de vieux et imposants fauteuils ventrus recouverts de cuir pelé. Il y avait des lampes de cuivre ouvragé, qui ressemblaient à des minarets. Tout ce bric-à-brac était de qualité, souvenir du temps de la bourgeoisie. Dans les années vingt, les commodes Biedermeier n'avaient sans doute eu droit qu'au mépris des jeunes révolutionnaires, mais, l'âge venant, ils s'accrochaient à ces objets comme à des reliques d'un bonheur disparu. Comme c'est curieux, pensa Corde, la somme d'émotions qui va à ces canapés, à ce brocart vieil or et à ces cadres sertis de nacre ; et puis toutes ces choses, ces tapis usés, ces photos dans des cadres dorés, les épais volumes du Larousse, d'antiques livres de médecine allemands et anglais. Après sa disgrâce et la perte de sa pension, durant la période d'ostracisme, Valeria avait vendu les plus belles pièces d'argenterie et de porcelaine. Ce qui restait du Baccarat avait été détruit lors du récent tremblement de terre. Alors qu'ils étaient couchés à terre, Tanti Gigi avait entendu le cristal tintinnabuler et s'émietter sur le sol ; danser sur le sol, avait-elle dit. Les objets qui demeuraient n'étaient pas d'une grande valeur, mais ils étaient manifestement consacrés ; c'étaient les vieux objets de famille : la table de travail du Dr. Raresh, le lit de Minna, les tableaux aux murs de sa chambre et jusqu'à ses vieux cahiers.

Mieux valait ce vieil appartement — une version balkanique du style Haussmann — que l'Hôtel Intercontinental et le *Plaza Athénée* avec leur confort superluxe et totalitaire, et les tripatouillages de la police secrète — la *Securitate :* des appareils derrière les tentures et des magnétophones tournant dans les caves sombres. L'appartement était très certainement sur écoute, lui aussi, probablement grâce au tout dernier gadget américain. On n'avait qu'à faire son choix : la Très-Productrice-Amérique fournirait. Ou bien alors les Français, les Japonais ou les Italiens. Aussi, lorsqu'on voulait parler tranquillement, on sortait ; et même dans la rue, Minna vous poussait du coude, vous faisant remarquer certains types bavardant affalés sur un banc ou déambulant. « Oui, je les repère aussi », lui disait Corde. La grosse concierge, Ioanna, était en perpétuelle conférence avec ces traîne-patins. Elle leur faisait son rapport. Mais elle était aussi l'amie de la famille. C'était comme ça. Valeria et Tanti Gigi le lui avaient maintes fois expliqué.

Corde connaissait très bien les deux vieilles dames. Valeria était venue aux États-Unis, et lui et Minna les avaient souvent vues hors de Roumanie. Lorsqu'elles parvenaient à décrocher un visa, les deux vieilles sœurs s'envolaient vers Paris, Francfort ou Londres. On les faisait venir, bien entendu — pas d'argent, pas de passeports, et elles sortaient de leur pays sans un centime en poche, pas même le prix d'une course en taxi. Au printemps précédent, Valeria avait retrouvé Corde et Minna en Angleterre.

Valeria observait les gens de près, mais elle ignorait sans doute la place importante qu'elle occupait dans les sentiments de Corde. Comment aurait-elle pu le deviner ? Le Doyen au dos rond restait assis là, les jambes étendues, avec sa voix de basse et la nuque appuyée sur le dossier de son fauteuil, comme un journaliste de roman policier patiemment occupé à tuer le temps dans une antichambre. La façon nonchalante qu'il avait de vous regarder, les yeux bruns globuleux, cet air d'être perdu dans un rêve étaient probablement à l'origine de sa réputation de viveur et de coureur. On s'était bien chargé d'en avertir Minna et Valeria. L'accusation portait sur une prétendue instabilité érotique d'homme à femmes. Jugé d'après les normes de la parfaite respectabilité, Corde n'eût pas été un homme à épouser. « C'est juste, il a déjà été marié ; mais dans ce cas, moi aussi », avait répondu Minna à sa mère. L'influence de Valeria était grande, mais, cette fois-là, Minna s'en était tenue à sa décision. Et c'était une bonne décision. Il n'y avait aucune instabilité. Corde s'était avéré parfaitement droit. Après plusieurs années de mise en observation, Valeria avait accordé sa bénédiction. « Tu avais raison en ce qui concerne Albert », avait-elle dit à sa fille. Après tout, elle avait peu de chose à voir avec ces bonnes grosses provinciales des Balkans. Elle avait étudié Freud, Ferenczi, elle était psychiatre — Corde lui passait la psychiatrie : après tout, peut-être la psychiatrie était-elle différente dans les Balkans. En tout cas, il n'était certainement pas assez excentrique pour faire l'objet d'une étude spécialisée.

Et ils se retrouvaient là, dans la chambre de jeune fille de Minna. C'était resté une chambre de lycéenne. Valeria l'avait maintenue dans cet état. On y trouvait des livres de classe, des diplômes, des photos de groupe. C'était manifestement l'endroit préféré de Valeria, là qu'elle lisait, cousait, faisait sa correspondance. Corde fut curieux de voir quels livres occupaient les étagères. Beaucoup étaient anglais ou français. Il y découvrit de vieux recueils d'Oscar Wilde publiés par un club du livre britannique, recouverts de carton rouge tourné au vieux rose sale, et y chercha quelques-uns des poèmes qu'il avait appris par cœur à l'époque de son adolescence, des morceaux dramatiques comme *The Harlot's House*, la prostituée-jouet et l'amoureux des pendules, les scandales de l'amour à la grecque, les tourments de jeunes hommes brillants à l'Université mais s'éveillant une nuit à Londres au côté de leur maîtresse assassinée, les mains tachées de vin et de sang. Pourquoi les avaient-ils tuées ? L'amour vous fait ce genre de choses. Proposition bien peu attirante. Corde tenait tout particulièrement à retrouver les lignes qui évoquaient cet enfer rouge où l'âme aveugle des hommes risquait de trébucher. Il les trouva et en fut amusé — la terre tournoyant sous lui, et les tournesols alanguis — mais pas pour longtemps. Il reposa le livre, après tout pas si amusant que cela. Il trouvait la rue plus intéressante.

On travaillait encore à réparer les dégâts du dernier tremblement de terre. Une machine, une grue sur roues, longeait le pâté de maisons. Par équipes de deux, des ouvriers, debout dans le grand bac, colmataient les fissures des façades et renforçaient les grandes portes cochères. Des femmes en fichu battaient leurs tapis dans l'air matinal. De tous côtés on entendait le rythme des batteuses de tapis. Et allez donc ! La poussière s'envolait au soleil. Un chien aboya, glapit comme si l'une des batteuses s'était retournée contre lui, puis se remit à aboyer. Cet aboiement de chien, cette protestation contre les limites de l'expérience canine (pour l'amour de Dieu, que l'on élargisse un peu cet univers !), voilà comment Corde se sentait à rester enfermé. Il aurait pu sortir se promener en ville, mais Minna craignait que la *Securitate* ne le ramasse. Et si on l'accusait de vendre des dollars au marché noir ? Elle avait entendu des histoires là-dessus. Des amis l'avaient mise en garde. Bon, très bien ; elle avait assez d'ennuis comme ça ; et il restait coincé.

Elle était très occupée au salon. Des amies qu'elle n'avait pas vues depuis vingt ans lui rendaient visite — Viorica, Doina, Cornelia. On avait prié Corde de faire une apparition dans le salon — le mari américain. Le téléphone sonnait sans arrêt. Il s'en retourna à la chambre, son antre, aussi vite que possible. Pendant trois jours, il rêva au plaisir qu'il aurait à sortir, à éliminer en marchant les tensions qu'il avait apportées avec lui de Chicago (des crampes dans les jambes), puis il n'y pensa plus.

De retour aux étagères. Il déplaça les lits pour voir quels titres ils dissimulaient. L'un des intérêts de Valeria était la pédagogie. Il dénicha un livre d'apprentissage de la lecture non publié, rempli de vaches, de petits cochons et de poneys. Curieux de l'adolescence de Minna, il feuilleta des albums, examina les photos. Dans les tiroirs, il découvrit des pièces de monnaie de régimes abolis, des boutons en métal repoussé, des documents remontant à la monarchie, des montres arrêtées, des croix byzantines montées sur de fines chaînes d'argent, des coupures de journaux, des lettres du Dr. Cushing à Raresh, l'un de ses élèves les plus prometteurs. Il y avait aussi des coupures concernant Corde, ici recevant un doctorat honoraire de Grinnell University, là sa nomination de doyen. Minna avait envoyé à sa mère la première livraison de son long article sur Chicago : celui qui avait provoqué tant de remous. Le scandale d'ailleurs faisait toujours rage. Cela faisait partie des choses qu'il avait apportées avec lui. Valeria avait manifestement lu son article de très près, cochant dans la marge les passages où il décrivait la situation incroyable où se trouvaient les détenus de la prison municipale de Chicago : la loi des caïds, les rackets, les passages à tabac, les sodomisations et les coups de couteau qui étaient monnaie courante dans les quartiers de haute surveillance comme Dodge City et H 1 ;

les détenus obligés d'enfiler le bas de leur pantalon dans leurs chaussettes pour empêcher les rats de leur remonter le long des jambes pendant la nuit. *Cela,* c'était un enfer rouge où l'âme pouvait se perdre.

Valeria, la psychiatre, était manifestement intéressée par l'étude de la personnalité de son gendre telle qu'elle se révélait à travers son choix de sujets : son récit des passages à tabac et des viols, d'un meurtre commis à l'aide d'un pied de lit métallique aiguisé étaient soulignés de rouge. Il relut attentivement ces passages, pelotonné sous son manteau, relevant combien de fois il avait mentionné la télévision installée dans chaque salle de récréation, les feuilletons à la guimauve et les événements sportifs, ces « alternatives de la société imposées à tous les regards », et « combien il est étrange de constater à quel point l'esprit du criminel est bourré de tous les archétypes de cette autre anarchie, l'anarchie légitimée ». Ces phrases avaient été entourées par Valeria. Elle n'avait pas reçu la seconde partie de l'article, qui traitait principalement du scandale Rufus Ridpath et du cas Spofford Mitchell, truffée d'observations désobligeantes pour la municipalité, la presse, le *sheriff* et le gouverneur. Corde, indigné, s'était laissé aller, tranchant à tort et à travers. Il avait mis l'Université dans l'embarras. L'un de ses doyens s'évertuait à faire la pige à tout le monde ?... C'était mauvais, cela ; vraiment très gênant. L'Administration réagit avec modération, mais elle s'excita. À cause de la seconde partie, surtout. Qu'en aurait pensé Valeria ?

Valeria n'avait jamais donné à Corde l'impression qu'elle n'approuvait pas le mariage ; elle était trop bien élevée pour ça, et possédait beaucoup trop de tact pour le contrer. Elle l'étudiait, ça oui, mais sans préjugé apparent. Vraiment : elle était juste. Bien qu'il n'ait pas beaucoup apprécié le fait de subir ce constant examen, il reconnaissait qu'il n'était pas sans raison. « Mais quand même, est-ce que j'ai besoin de cette liberté surveillée ? » Il était bien sûr mal à l'aise et, lorsqu'il était dans cet état, il devenait plus silencieux, ne s'exprimant plus que par bougonnements brefs. Ce qui était le plus déroutant dans le fait d'être ainsi tenu en observation, c'était que cela l'obligeait à se voir lui-même — un homme au visage plat, long en bouche. On pouvait difficilement lui reprocher d'être sensible à un examen aussi attentif. Commandant un jour une *omelette fines herbes** dans un restaurant, il s'était vu ouvertement corriger par Valeria : « Le *s* est prononcé : *finezherbes**. » Il en était abasourdi, un abîme de mesquineries ouvert à ses pieds. C'était *réellement* un abîme.

La vieille femme l'attirait cependant beaucoup. Au printemps précédent, ils étaient tous les trois descendus au *Durrant's,* dans George Street ; il passait tout son temps en leur compagnie et ne ressentait pas même l'envie de sortir tout seul. Il les accompagnait chez Liberty, chez Jaeger, chez Harrods. Cela lui faisait plaisir. Cet avril-là Londres s'était montré une formidable ville ouverte, et ces vacances lui avaient procuré une sorte d'« accord » humain (il ne trouvait pas de meilleur terme) dont il avait le plus grand besoin, et qu'il recherchait constamment. Il prenait plaisir à suivre les deux femmes chez Harrods, qui avait toujours été pour lui tout ce qu'il y a de plus juif, mais qui était à présent rempli d'Arabes. Les paquets s'amoncelaient dans la chambre de Valeria. Il disait à Minna : « Pourquoi ne pas lui offrir quelque chose qu'elle ne puisse pas distribuer ensuite, rien que pour elle ? »

« Elle n'a apparemment pas besoin de... commença Minna. Le plus important pour elle, c'est... c'est d'être avec nous. Et à Londres par-dessus le marché. Elle adore Londres. »

Personne ne s'y entendait comme les Anglais pour créer le confort dans des conditions apparemment aussi peu propices. On fait reluire les vieilles tables, et on met ce qui serait plutôt miteux dans un cadre doré ; et sans gêne aucune on honore les coins usés, on caresse les tonsures de son velours — cela, c'étaient les détails à la Dickens qui touchaient Corde. Il ne savait pas au juste ce que pouvait penser Valeria de cet hôtel moins que luxueux. Est-ce que son gendre américain ne pouvait vraiment pas faire mieux ? Venant de Bucarest, on serait en droit de préférer le *Ritz.* Mais il n'était que doyen, pas gouverneur du Texas — non, un gouverneur, ça n'aurait pas été assez bon pour Minna, et un membre du conseil d'administration de la Chase Manhattan non plus. Toutefois, ce sentiment d'« accord » humain n'aurait pas été possible sans l'acceptation de la vieille dame. Elle l'avait assez vite adopté. C'était un chic type. Ils l'étaient tous les deux. Et si son attitude à lui était plutôt réservée (en libéré sur parole qu'il était), la sienne à elle était faite pour arrondir les angles. Elle descendait dès le matin acheter le *Times* pour Corde (passé huit heures et demie, on avait toutes les chances de s'entendre répondre : « Désolé, Monsieur, il ne m'en reste plus un »). Elle faisait donc en sorte que son gendre trouve le journal à la table du petit déjeuner. Ensuite, dans son tailleur strict, elle attendait, assise dans la salle du petit déjeuner, un foulard vert autour du cou — un très joli bleu-vert. Valeria n'aurait jamais accepté la moindre tasse de thé des serveurs espagnols avant que Minna soit descendue. Le petit déjeuner terminé, Corde tournait légèrement son fauteuil. Rejetant la tête en arrière dans une position étrange (il avait le cou plutôt maigre), le Doyen attachait son regard au *Times :* un journal étranger imprimé dans sa propre langue. Il ne passait aucun article de politique et, en journaliste chevronné, faisait tout en lisant de rapides observations. Son attitude disait : « Je les connais, ces types. » Pendant que les femmes établissaient leur programme pour la journée, le Doyen jetait aussi un coup d'œil sur la Bourse, les notices nécrologiques d'hommes politiques et de généraux à la retraite, les articles juridiques et le tennis à Wimbledon — des sujets de peu d'intérêt. Il éprouvait alternativement des hauts et des bas d'incompréhension et de chaleur pour Valeria, considérant le contrôle admirable qu'elle possédait sur une telle quantité de facteurs : ses doutes le concernant, l'amour qu'elle portait à sa fille, la gêne de ne pas avoir un sou à elle. Sa fille, bien sûr, possédait de l'argent en propre. Mais son gendre tenait beaucoup à lui offrir des manteaux, des robes, des chapeaux, des sacs, des spectacles, des excursions, des dîners et de la musique, des billets d'avion. Dans ces moments-là, il remarquait qu'elle le scrutait. Elle se posait calmement des questions à son sujet. Comment est Albert ? Quelle est sa véritable qualité ? Une fois revenus à leur petite chambre coquette du *Durrants,* il disait : « Tiens, voilà cent livres. Offre-lui de jolis gants. Emmène-la faire un tour à Bond Street. » Minna riait.

Puis, de lui-même, il fit une découverte, une sorte de découverte que Minna n'aurait jamais pu faire.

Minna, voyez-vous, avait ses préoccupations astrophysiques et mathématiques. Selon la métaphore de Corde, Minna était affairée à rapprocher une aiguille placée à une extrémité de l'univers d'un fil placé à l'opposé. Une fois cela accompli, Corde aurait été bien incapable de dire ce qu'il y aurait eu à coudre — c'était sa façon à lui de pencher son esprit sur le *mysterium tremendum*. Il faut bien l'avouer, le cosmos le dépassait. Sa compétence à lui, c'était d'exposer au lecteur moyen des choses dans le genre de ses articles pour *Harper's*. Le sujet de l'article (il le feuilletait, assis dans l'ancienne chambre de Minna), c'était la souffrance et la fureur de détenus noirs placés sous la juridiction du *sheriff* infirme de Cook County, qui lui-même s'était brisé le cou en bloquant un croc de grue lancé à pleine volée lors d'une rixe patriotique contre des *Weathermen* en pleine émeute dans le Loop... Non, ici le Doyen mit un frein et se calma. Il en resterait à sa capacité de décrire une scène pour son lecteur moyen, ou de s'occuper de ses étudiants — et cela, il le faisait encore assez bien. Ou à sa capacité plus importante de s'attirer (assez inexplicablement) l'affection d'une femme comme la sienne, qui l'avait choisi pour partager son existence planétaire (lui pardonnant ses défauts et ses péchés. Mais elle n'aurait jamais à le regretter). Le *country sheriff* qui conduisait sa campagne électorale depuis son fauteuil roulant se retrouva mis de côté pour l'instant.

La découverte que Corde avait faite à Londres était que Valeria n'avait plus la force de voyager, de faire ces allers et retours par avion. Elle était trop vieille. Le diagnostic était abrupt, mais également complet : « Elle est au bout du rouleau. » Elle était malade et se soignait elle-même (il avait aperçu des flacons de pilules lorsqu'elle avait ouvert son sac à main). Approchant les quatre-vingts ans, elle avait sauté dans l'avion pour l'Angleterre. À moins de renoncer formellement à sa citoyenneté roumaine, Minna ne pouvait pas aller voir sa mère là-bas. Ce ne serait peut-être pas prudent. Difficile de savoir pourquoi Minna répugnait tant à cette formalité. Elle se trouvait des excuses : « Je n'aime pas ces gens. Je n'arrive pas à me décider à avoir affaire à eux. Bon, d'accord, je vais m'en occuper sérieusement. J'ai déjà rempli les formulaires. »

C'est un fait, elle se consacrait surtout à la science ; elle n'avait pas de temps à perdre avec des paperasses, mais tout cela était une explication assez superficielle, étant donné la profondeur de ses sentiments envers Valeria. Elle préférait tenir simplement pour acquis que Valeria se portait comme un charme. Il était impensable que Valeria fût trop malade pour voyager. Quant à Valeria, elle serait plutôt tombée raide dans un aéroport que de dire à sa fille : « Ma petite, je n'ai pas la force de porter des valises, j'ai du mal à courir après les taxis et à faire la queue pour passer les douanes, et je suis trop vieille pour les avions. » Non, elle arrivait à Londres la tête farcie de listes, et chaque jour elle disait à Minna : « Il faut que je rapporte une coupe de tissu pour Floara. J'ai promis à Ionel de lui trouver des manuels d'informatique. » Il en allait de même des bottes pour Doina, du thé de chez Fortnum's pour Gigi. Pour elle-même, elle achetait des cartes postales en couleurs de Westminster Abbey.

On avait fait monter Corde pour boucler ses grosses valises carrées en cuir. Les fermer avait déjà exigé un sacré travail de force. Comment cette vieille femme faisait-elle pour trimbaler ces deux grosses malles ? Car c'étaient *vraiment* presque des malles.

« Il doit falloir pas mal de finasseries pour faire passer la douane à ces sacrés machins. »

« Elle est tout à fait capable de s'en sortir », dit Minna. Et elle haussa les épaules.

Elle devait faire une communication à un congrès scientifique qui devait se tenir à Copenhague ; aussi Corde avait-il été chargé de s'occuper de Valeria pendant deux jours. Il l'emmena à l'Étoile, sur Charlotte Street. Elle adorait l'Étoile. Il l'emmena voir une exposition de Rowlandson à Burlington House. Cela impliquait de faire la queue dehors, puis de jouer des coudes dans les salles bondées. La vieille dame considérait en souriant calmement ces corpulentes matrones de la mode, roses et pleines de froufrous, toute cette fatuité, mais Corde s'aperçut vite que cette sortie l'épuisait. C'était étrange et troublant à voir. Elle avait peine à garder son équilibre ; elle trébuchait, tanguait, donnait de la bande, semblait incapable de coordonner les mouvements de ses deux pieds. Il annonça : « J'ai fait mon plein de Rowlandson, pas vous ? » Et pendant qu'il l'aidait à descendre l'escalier monumental, il fut surpris par la taille et la légèreté de son coude. Pourquoi l'articulation était-elle si épaisse ? Il avait l'impression de tenir de l'éponge sèche. Elle repoussa sa main. Ils firent irruption au milieu de la cohue de voitures et de gens de Piccadilly. Elle dit : « Vous avez certainement des tas de choses à faire, Albert. Je vais rentrer à l'hôtel. » Il doutait qu'elle ait même la force de trouver un taxi. Il en héla un et monta avec elle, prétextant : « J'ai oublié mon agenda à l'hôtel ; je ne me rappelle plus où je dois aller maintenant. » Elle lui fit une place sur la banquette de cuir noir à boutons et resta dans son coin, muette, sévère même.

Le père de Corde avait été un Américain de la vieille école, agréable et calme ; son fils appelait cela un « personnage de Pullman ». (Le vieux, d'ailleurs, était une sorte de play-boy lui aussi, un type qui connaissait son monde, un viveur, mais c'était encore une autre histoire.) Corde savait imiter ses manières. Ce jour-là, ce style impénétrable lui fut fort utile. Il ne laissa pas voir à Valeria qu'il l'avait devinée. Lorsque le même soir il l'emmena dans un restaurant turc de Wardour Street, elle paraissait plus forte et dit comme elle trouvait Londres agréable ; elle parla de la politique du bloc communiste, évoqua le gouvernement d'Ana Pauker, dont elle avait fait partie. Il lui parla un peu de sa vie à Chicago. Elle se remonta quelque peu devant la viande saignante et une bouteille de vin. Elle raconta qu'elle s'était trouvée fatiguée dans l'après-midi. Entre trois et cinq heures, son taux de sucre chutait.

« Oui, moi aussi j'ai souvent un coup de pompe dans l'après-midi. »

Mais, après qu'ils eurent accompagné Valeria à Heathrow, il demanda calmement à Minna : « A-t-elle dit si elle s'était bien amusée, si son séjour lui a plu ? Je doute qu'elle puisse refaire le voyage. »

« Tu plaisantes ! Son seul plaisir est de venir ici. Passer quelques jours dans un endroit civilisé. Et puis nous voir. Elle ne vit que pour ça. »

Il n'insista pas. Il avait dit ce qu'il avait à dire. Que Minna en fasse ce qu'elle pourrait.

CHAPITRE 2

C'était un instinct chez Corde — et peut-être une faiblesse — de toujours s'accrocher à certains détails, quelle que soit la situation dans laquelle il pouvait se trouver. S'il emmenait Valeria dîner à *l'Étoile,* il repartait avec en tête un portrait détaillé du sommelier. Le fait qu'un homme chauve arbore trois plis sur la nuque ne pouvait rester ignoré, non plus que la forme de ses pouces, la sanguinité de son visage, la taille de son nez, la force de son corps d'Italien râblé sous l'uniforme de serveur. Les yeux de Corde englobaient aussi bien les plats disposés sur le chariot de hors-d'œuvre, les champignons à la grecque, la sauce brune, les motifs de l'argenterie. Chez lui, les actes purement mentaux étaient rares. C'était par nature un homme d'images. Le fait d'observer les choses à ce point était peu pratique, parfois un obstacle, souvent carrément pénible, mais ces réalités ne pouvaient être laissées de côté.

Aussi, avant de quitter Chicago, avait-il lui-même préparé son sac de voyage noir et poussiéreux. Lorsqu'il le portait, il frottait contre sa jambe avec un bruissement électrique : le tissu synthétique qui s'exprimait. Dans le sac, ses banals vêtements — de vieilles chemises éreintées par les blanchisseurs chinois, des pantalons qui auraient supporté de passer chez le teinturier (il en aurait retrouvé les taches les yeux fermés). Et puis : dans l'agitation du départ il avait aperçu les blocs de glace flottant sur le Lac Michigan, blanc sale et brun, la couche de neige qui les recouvrait salie du sable arraché aux plages par le vent incessant. Ou encore : le sous-vêtement calorigène rouge, qu'il avait ressorti de ses bagages parce qu'il imaginait Bucarest sous l'aspect de quelque chose de méditerranéen, une ville légère, non pesante ; une ville rococo, en somme. Rococo ! Ce n'était que masse après masse d'immeubles socialistes et de bâtiments officiels. Il regrettait à présent cette chaude petite laine. Ou bien encore : le tube de pommade dont il se servait pour calmer l'irritation de ses chevilles était à sec, roulé comme un rollmops — il aurait dû en commander un autre avant son départ. Et puis : ses pots de violettes africaines. À quoi bon laisser les tubes à ultra violets allumés ? En voilà un casse-tête : comment sauver ses plantes ! Il avait entendu dire que si on laissait tremper l'extrémité d'une corde dans un récipient plein d'eau, il remontait suffisamment d'humidité jusqu'à l'autre bout pour nourrir les plantes, mais il n'avait pas eu le temps de s'en occuper. Et encore : la boîte d'Earl Grey et les bananes sur le buffet de la cuisine (celles-là, il les avait prises sous son bras pour partir en Europe). Il avait laissé des documents indispensables sur son bureau. Impossible aussi de mettre la main sur son carnet d'adresses ; il était d'ailleurs plus que probable qu'il se le soit caché à lui-même. De toute façon, il n'allait pas se mettre à écrire des lettres. Son instinct était de couper tous les ponts, de tout laisser tomber et de prendre l'avion les mains dans les poches. Il n'y avait que les violettes qu'il eût regretté de laisser derrière lui. Et puis : Minna avait bourré sa valise d'articles d'astronomie, leur donnant priorité sur ses robes. Elle ne pouvait se séparer de ses livres et de ses articles pendant le voyage. Ils n'avaient pas été enregistrés avec le reste : il fallait qu'elle les eût sous la main jusque dans l'avion. La tension paraissait avoir déplacé ses yeux ; ils ressemblaient aux fruits d'une nature morte fantaisiste. Elle avait cessé de s'alimenter sitôt reçu le télégramme de Gigi. En quelques heures, elle avait pris une apparence de maigreur blême ; son visage avait une sorte de teinte en négatif. Elle avait la lèvre inférieure rentrée, le menton marqué par le surmenage. Corde avait l'habitude d'observer sa femme de près. Et aussi : à l'aéroport, le taxi courait entre des remparts de neige. Le premier blizzard de l'hiver était descendu sur Chicago. Le taxi était surchauffé et puait l'excrément. De chien ? D'être humain ? C'était à la fois glacial et caniculaire ; un mélange d'Arctique et de Sahara. Par-dessus le marché, le chauffeur baignait dans l'eau de Cologne. Le tapis de sol en caoutchouc était maculé de boue et de saletés. « Les gens en sont même arrivés à ne plus se torcher », remarqua Corde. Il avait pris la précaution de s'exprimer en français, et cela sonnait légèrement faux — une touche de gaieté forcée (et de dégoût) en langue étrangère. De toute façon, Minna l'ayant à peine écouté, c'était tombé à plat.

Sur le chemin d'O'Hare, ils avaient encore passé d'autres choses en revue. Le système d'alarme ? Les clefs ? Les fenêtres ? Les instructions au concierge afin qu'il retire le courrier de la boîte aux lettres et les journaux de devant la porte ? Était-il bien passé à la banque prendre de l'argent ? Avait-il bien appelé de Prima, leur avocat ? Avait-il bien laissé le numéro de téléphone de Valeria à Miss Porson, à son bureau ? L'Université aurait peut-être besoin de les joindre. Minna ne faisait pas référence aux problèmes spécifiques du Doyen, mais au temps qui lui avait été imparti au télescope du Mont Palomar. Elle était attendue pour la semaine de Noël, mais cela avait évidemment été différé. « Oui, oui, ils savent où nous joindre », assura-t-il. Ses sourcils épais, la largeur de sa bouche, sa voix grave lui donnaient généralement une apparence de tranquillité et, de temps à autre, ses étudiants exprimaient leur satisfaction de le voir aussi détendu. Un beau compliment, mais totalement injustifié. Il était engagé dans une offensive d'arrière-garde contre les puissances de l'agitation. Lorsqu'ils décollèrent d'O'Hare, il eut l'impression que toutes les questions qui se posaient à Chicago étaient restées incrustées dans ses nerfs à vif. Pourtant, lorsqu'il s'enferma dans les toilettes du 747 de la Lufthansa, et une fois la lumière allumée, il se découvrit une apparence acceptable, avec une bouche en forme de simple phrase affirmative, alors même qu'il y avait tant de choses complexes et inexprimables à dire.

Et puis, après avoir effectué un saut de plusieurs milliers de kilomètres dans les airs, il se retrouvait coincé. Cependant, aussi étranger qu'il puisse être, son environnement lui permettait une intimité, l'intimité instantanée de l'ancienne chambre de Minna. Il passait la plus grande partie de la journée affalé à flemmarder sur le divan au milieu de coussins roumains, à boire du cognac du cru et à grignoter un raisin d'un brun-vert, plein de pépins, rapporté de la campagne par l'un des multiples agents de Tanti Gigi. La faiblesse de son cœur obligeait Gigi à passer beaucoup de temps au lit, mais des femmes faisaient le va-et-vient toute la journée pour venir au rapport ou recevoir des instructions. Elle se préoccupait de Corde. Il ne pouvait boire que du vrai café et, privé de whisky, il avait à tout le moins besoin de *pálinca*. Il avait l'habitude de manger de la viande (à peu près introuvable), accompagnée d'une bouteille de vin (on *pouvait* trouver au marché noir un vin de qualité inférieure, si on y tenait vraiment). Il avait sacrifié ses aises pour accompagner Minna, et cela poussait Gigi à ne lui donner que le meilleur. (« Nous sommes un pays si riche, si merveilleux, disait-elle. Si seulement vous pouviez voir la *vraie* Roumanie. »)

En dépit des coups de sonnette et de la sonnerie du téléphone, en dépit des interminables discussions et de l'ampleur que prenait la lutte avec le Colonel, et malgré le poids de cette énorme masse de vie prolétarienne au-dehors, dans la rue (cette ville était horrible !), il était calme. Pas de décisions urgentes à prendre, pas de visites précipitées, pas de courrier abominable, pas de réunions tendues, de corps à corps et de médisances — les uns et les autres le prenant à la gorge chacun à sa façon. Après le déjeuner il se dévêtait, rejetait le lourd couvre-lit aux couleurs éclatantes (c'était presque un tapis), et s'endormait. Et parfois aussi après le petit déjeuner. Il ne se sentait pas vraiment dans son assiette, même lorsqu'il faisait très beau et clair ; il avait la conscience pleine de roulis, comme s'il avait conduit à travers des plaines interminables et traversé des continents entiers. Il avait mal aux yeux, au crâne, aux fesses, il avait le mal de mer, mal aux tripes, il était exténué par toute la route parcourue. Et il se reposait donc après le petit déjeuner. Les nuits n'étaient pas tranquilles. Minna ne dormait pas. On aurait dit qu'elle restait les yeux au plafond, à ressasser les moments les plus pénibles de la journée. À cela s'ajoutaient des pensées pour lesquelles elle n'avait pas eu de temps. La pièce était froide, et les nuits d'une noirceur surnaturelle — ou bien était-ce la tension de Corde lui-même s'exerçant sur l'extérieur qui ressortait ainsi, plus dense que la nuit ? Il sortait les mains de sous les couvertures pour les réajuster sur ses épaules osseuses, mais, entendant Minna s'agiter, il savait qu'il lui fallait se lever et la réconforter. En général, le simple fait d'être couché auprès d'elle suffisait à arranger les choses. En général...

mais pas ici. Lorsqu'il entra dans son lit étroit et l'enlaça par-derrière, elle ne se retourna pas. Ils se chuchotèrent une conversation.

Minna demanda : « Que peut-elle bien penser ? Les jours passent et je ne suis toujours pas là. »

« Comment, *elle ?* Elle ne peut même pas ouvrir les yeux, et puis, de sa chambre, on ne distingue même pas le jour de la nuit... Par-dessus le marché, elle sait très bien pourquoi tu ne peux pas venir. »

« Tu crois ? »

« Tu veux rire ? Une femme de son expérience ? Ils subissent les Russes depuis 1945. C'est très, très long. Elle doit connaître jusqu'à la moindre petite ride de ce masque-là. Ce dont tu peux être sûre, c'est qu'elle avait déjà pensé à tout ça avant même que nous n'arrivions. »

« C'est bien possible... »

Il baissa encore la voix. « Même au bout de quelques jours on les sent cramponnés sur notre dos. Et au train où vont les choses, ce que nous voyons là pourrait bien être notre avenir, tout bêtement. »

« Ne dis pas ça... »

« Ça n'est pas *moi* qui le dis. *Moi* je n'y crois pas, mais c'est ce qu'on entend dire et ce qu'on peut voir tous les jours. Tu devrais entendre la Nouvelle Droite soviétique. Par exemple, que ce sont les démocraties " molles " qui engendrent les dictatures. Ou bien que notre propre décadence est en train de nous catapulter à la vitesse grand V dans la ruine la plus totale. Ils en rajoutent, évidemment. N'empêche qu'il est difficile de ne pas y penser du tout. »

Minna le laissa continuer, et il s'arrêta de lui-même. Le moment n'était pas idéal pour développer ce genre d'opinions. De sales visions, tout cela. L'enfer imbécile. Il lisait trop de livres et d'articles. Si la nuit n'avait pas été aussi froide et noire, rien de tout cela n'aurait été dit. Cette nuit-là vous poussait à l'exagération. Entre eux, sur l'oreiller, il y avait la masse des cheveux de Minna.

« Ils veulent pratiquer une trachéotomie », dit-elle.

« C'est vraiment nécessaire ? »

« Le Dr. Moldovanu m'a dit que c'était tout à fait indispensable. Il m'a aussi dit qu'il avait fait parvenir un rapport au Colonel au sujet des visites. Il y suggérait qu'elles faisaient du bien à ma mère. »

« Ils en ont tous vraiment peur, de ce salopard. Il les terrorise. »

« Ileana m'a raconté que quand la mère du Dr. Moldovanu a eu un infarctus, on lui a refusé l'admission à l'hôpital du Parti. La demande a purement et simplement été rejetée. »

« Ils appellent ça un infarctus, ici ? Il y aurait peut-être moyen de court-circuiter le Colonel si on était à Chicago, ou bien au Honduras, ou quelque chose comme ça. »

« Comment peut-il me refuser ça ? »

Corde avait l'habitude d'éclairer les choses pour sa trop candide femme. Il y prenait plaisir, et cela s'avérait parfois instructif, y compris pour lui-même. « C'est une bonne occasion pour lui de mettre à l'épreuve l'efficacité de son pouvoir. C'est du travail en finesse, dit Corde. À propos, hier, j'ai envoyé un mot à quelqu'un de l'ambassade. »

« C'est vrai ? »

« J'ai demandé à Gigi de le faire porter pour moi. Elle a dit que c'était à deux pas. Tu comprends, juste avant de quitter Chicago, j'ai appelé un vieil ami, Walter, qui est à Washington, et je lui ai dit où nous allions en lui expliquant la situation. Il m'a rappelé pour me donner les noms de quelques personnes ici — des contacts. Je ne m'attends pas à grand-chose, mais en tout cas j'ai annoncé à ce type du Bureau Information que je tenais à le voir. »

« Crois-tu qu'il puisse nous aider ? »

« Ça vaut la peine d'essayer. Je pourrais lui suggérer de faire intervenir le Département d'État. »

« Non ! Tu crois vraiment qu'ils... ? »

« Les élections approchent, et ça pourrait prendre la tournure d'une de ces choses bien humaines et chrétiennes que fait la Maison-Blanche. Ça ferait de la bonne copie. »

« Mais ils font ce genre de choses ? »

« Tous ces gens-là sont parfaitement serviables, et particulièrement pleins de vent. Comme la barbe à papa. En tout cas, j'ai demandé à Walter d'aller frapper à la bonne porte au Département d'État. L'histoire de ta double nationalité m'embête depuis le début. »

« J'aurais dû m'en occuper depuis longtemps. » Elle changea de sujet. Dans tout ce qui concernait la science, elle se montrait scientifique ; pour le reste, ses méthodes, selon Corde, relevaient davantage de la magie. Refuser sa double nationalité équivaudrait à admettre la mortalité de sa mère et pourrait contribuer à décourager la vieille dame. Enfin, c'était ce genre de raisonnement primitif.

Elle dit : « Tante Gigi voudrait que je contacte le Dr. Gherea. »

« Gherea ? »

« Tu te souviens de lui ? Non, apparemment pas. »

« Si si, je m'en souviens parfaitement. C'était l'élève de ton père, celui qu'il a formé en neurochirurgie. »

« C'est ça. C'est un grand ponte, ici, pratiquement le seul. C'est mon père qui l'a fait. Après la mort de mon père, c'est devenu une grosse légume. »

« Il est bon ? »

« On prétend que c'est un vrai génie. »

« Il faudrait voir... »

Son lit de jeune fille était trop étroit pour eux deux, et il s'en retourna sur le divan. Il se leva plusieurs fois dans la nuit pour lui caresser la tête ou lui embrasser l'épaule. Ces remèdes avaient toujours procuré à Corde un sentiment de pouvoir utile, mais ils s'avéraient à présent sans effets. Ces crises d'angoisse, la nuit, étaient trop fortes. Il en souffrait d'ailleurs aussi. Il écoutait Minna. On aurait dit qu'elle retenait sa respiration. Il attendit, tendant l'oreille, jusqu'à ce qu'elle ait exhalé. Il dit enfin : « Autant ressortir la bouteille et avaler un verre ou deux. Pas la peine de rester allongés là comme des pantins. » Il alluma. Ils s'assirent côte à côte emmitouflés dans leurs manteaux, pour boire de l'alcool de prune. Il était un peu épais et écœurant, mais c'était chaud et ça descendait bien. Ensuite remontaient les vapeurs de fermentation.

« Approcher Gherea ne sera pas facile. »

« Pourquoi ? demanda Corde. Tu ne le connais pas ? »

« Il y a trente ans, il faisait pratiquement partie de la famille. Mais c'est devenu un vrai ours. »

« Quelle sorte d'ours ? »

« Il frappe tout le monde. Ses assistants, les anesthésistes, les infirmières. Il tape même sur ses collègues, et il se moque de ce qu'on en pense. Ils sont bien obligés de l'accepter. S'ils lui tendent le mauvais instrument, il leur envoie des gifles et des coups de poing. Et il n'opère jamais sans être payé : " Ou bien vous me donnez cinq cent mille lei, ou bien je ne vous enlève pas cette tumeur au cerveau. " »

« Une vraie brute, quoi. Pas la peine de me raconter ce que c'est qu'une brute. Ni comment les choses se passent, les rapports de forces, etc. »

« Exactement, Albert. Même le fils du dictateur, lorsqu'il a eu une fracture du crâne, et qu'ils l'ont amené à Gherea ; d'après ce qu'on raconte, il l'a fourré dans un lit avec un autre malade. »

« Parce qu'ici on les met deux par lit ? »

« Ça se passe comme ça dans beaucoup d'hôpitaux. C'était la manière de Gherea de lui faire comprendre, à *lui,* qu'il fallait accorder plus de crédits aux hôpitaux. »

« Et alors le dictateur lui-même est obligé d'accepter ça de lui ? Et qu'est-ce que Gherea fait de tout ce fric qu'il soutire à ses patients ? Il mène la grande vie ? »

« Je suppose. Mais je ne sais pas trop comment — il ne sort jamais du pays. Et ici, comment faire la vie ?... Il ne parle aucune autre langue. Le russe, à la rigueur. Je crois qu'il est originaire de Bessarabie. Il ne voyage jamais. »

« ... La peinture, la musique, alors ?... »

« On prétend qu'il se contrefiche de tout ça. »

« Rien que lui avec ses petits scalpels et ses petites scies, alors ? Lui et la mort. Il n'y a que les choses essentielles qui l'intéressent ? Et les femmes ? »

« Mais justement : il a une amie, et il se trouve que je la connais. J'ai fait sa connaissance il y a une dizaine d'années, à Zurich. C'est une femme bien, divorcée. Ils vivent ensemble. »

« Et tu veux qu'elle persuade Gherea d'examiner ta mère ? »

« Comment vois-tu Gherea ? »

« Ta famille avait de la classe, et lui c'était un lourdaud. Ils l'ont pris sous leur aile parce que, pour la chirurgie, il avait le don. Il les méprisait. Il trouvait absolument idiot qu'avec tous leurs avantages ils puissent être communistes. Mentalité paysanne. Il s'est accroché jusqu'à ce que ton père lui ait appris la technique de Cushing, et ensuite : bonsoir. »

« C'est à peu près ça », dit Minna. La rapidité avec laquelle Corde opérait des rapprochements entre les choses enchantait toujours Minna. Elle comptait sur lui pour lui décortiquer toutes choses.

« Oh ! c'est bien sûr. C'est un dur qui saute dans la tête des gens avec ses doigts et ses outils. Ça doit être un vrai cauchemar que de travailler sur des cervelles. Ou ils s'en sortent, ou ils crèvent. Il a horreur des sentiments, se prend réellement pour une bête... Il a peut-être encore une maman paysanne qui se languit de lui au fin fond de la steppe. Il ne la voit jamais. Et la seule personne à avoir accès à son côté plus sensible est cette femme dont tu parles. »

« Je vais lui parler. Tante Gigi m'a trouvé son numéro de téléphone. »

« Ça ne peut pas faire de mal. »

« Tu penses vraiment que je devrais le faire ? »

« Sans aucun doute. Que Gherea voie au moins les radios. »

Les radiographies montreraient une sorte de halo sur le cerveau, tel que Corde l'avait vu un jour à la télévision. Un chercheur inventif avait trouvé le moyen d'envoyer un objectif minuscule jusqu'au cerveau en passant par la carotide, parvenant ainsi à filmer une hémorragie cérébrale. Ce qu'on voyait, c'était le sang qui commençait à faire des bulles. C'était d'abord un écheveau vague, tremblotant et cotonneux. Puis soudain il débordait tout, s'épaississait en un bouillonnement noir, l'image même de la mort. Le souvenir de ce film télévisé était une chose que Corde préférait éviter.

Bien sûr, pensait-il, il n'y a qu'à laisser faire Minna, que ce parano de chirurgien jette un coup d'œil à ce caillot, qu'il fasse sa BA. Ça ne servira strictement à rien. Mais qu'elle se bagarre un peu. Valeria s'est battue pour sa fille. Et lorsqu'on la ramenait sur terre, Minna pouvait se transformer en tigresse. Il avait déjà pu le constater. Bien sûr ce combat-là n'était pas très réaliste. Étant donné les circonstances, cela ne la mènerait à rien. Le Colonel les avait tous à sa botte, comme John L. Sullivan. Mais psychologiquement, il était important de se battre.

Corde avait entendu certaines anecdotes au sujet du refus orgueilleux de Valeria de rejoindre les rangs du Parti après avoir été « pardonnée ». Elle avait expliqué au Comité Central qu'elle avait beaucoup aimé son mari disparu, et que s'il lui avait été infidèle elle ne l'en aurait pas moins aimé, mais qu'elle ne l'aurait pas repris. En matière de fierté, elle faisait figure de modèle pour sa fille, sa sœur et toutes les dames de son entourage. Il n'aurait pas été difficile pour le régime, si elle avait vraiment fait trop de scandale, de la faire disparaître ; mais cela aurait déplu à un tas de vieux académiciens, de médecins et d'éducateurs de sa génération, qui était de toute façon en train de disparaître. À quoi bon réveiller tous ces vieux originaux ? Elle s'était d'ailleurs montrée une vieille personne tout à fait raisonnable, pleine de tact de surcroît, et elle savait exactement jusqu'où elle pouvait aller, aussi lui accordaient-ils de mourir dans leur meilleur hôpital. Mais ils n'avaient pas la moindre intention de faire des fleurs à sa fille. Elle arrivait des États-Unis avec sa traîne de prestige scientifique, accompagnée de son Doyen et exigeait d'être traitée avec des attentions particulières. Elle avait oublié comment les choses se faisaient ici. Peut-être ne l'avait-elle jamais su. Ils lui réservaient quelques coups bas. Pour son mari qui ruminait tout cela, c'étaient eux qui tenaient les rênes. La naïve Gigi se voyait en seconde place sur la liste et sortait du rang pour assumer la place de sa sœur tombée au champ d'honneur. Et elle aussi protégeait Minna, tout comme l'avait fait Valeria. Tous ces batailleurs... Corde repassait la situation comme s'il la jugeait de très loin, mais ses déductions étaient assez justes. Ces femmes n'arriveraient nulle part. Elles ne pouvaient rien. Mais ce qui est certain, c'est qu'elles essaieraient. Et lui aussi.

« Il faudrait finir nos verres et dormir un peu », dit-il.

« Aucune nouvelle de Chicago ? demanda-t-elle. Rien de Miss Porson ? »

« Pas encore. »

« De Vlada et de Sam Beech non plus ? »

Le projet Beech intéressait Minna. Beech était un collègue de l'Université, un savant réputé et reconnu, un scientifique pur, une des plus hautes figures du Panthéon, qui avait demandé son aide au Doyen pour exposer certaines de ses idées au grand public. Vlada était une amie serbe de Minna. Elles avaient fait leur doctorat ensemble à Harvard. L'une et l'autre étudiantes à vie. L'ancien lycée de Minna était à deux pas. On pouvait apercevoir sa silhouette au bout de la rue, à condition d'avoir le courage d'ouvrir la porte donnant sur le perron de pierre (il ne pouvait guère faire plus froid dehors que dans la chambre). Ce lycée était apparemment spécialisé dans les disciplines « dures ». De ce côté-ci du rideau de fer, l'histoire et la littérature étaient des sujets bidon, alors que les mathématiques et les sciences physiques étaient réputées incorruptibles.

Vlada faisait partie du groupe de recherche de Beech, elle était la principale chimiste du grand géologue. D'après Minna, la planète était un bien meilleur sujet que les taudis, la criminalité et les prisons. À quoi bon s'occuper de ce genre de choses si, au lieu de ça, on avait la possibilité de parler d'un géophysicien tel que Beech ? Elle avouait ne pas comprendre comment les articles parus dans le *Harper's* avaient pu déranger autant de gens. Que pouvaient-ils donc bien contenir ? Corde l'avait regardée tourner les pages de papier glacé, impatiente, faisant de son mieux pour lui faire plaisir. Il doutait fort qu'elle les ait lues. Elle admettait trouver la langue ardue, et que la manière qu'il avait de nuancer les mots lui paraissait étrange. On lui avait dit que le Doyen était un journaliste d'un talent hors du commun. Cela lui suffisait. Le Doyen disait : « N'en crois pas le premier mot. C'est seulement un truc de journalistes pour remuer du vent, se faire de la publicité, se pousser et se dorer le blason, et pour tout dire, monter en neige leur profession qui à la base est une sale profession. » Les Corde avaient un problème de langage. Lorsqu'il se laissait aller, elle ne comprenait plus ce qu'il racontait. (Que pouvait bien vouloir dire « monter en neige » ?) Pour tout ce qui tenait au fond, bien sûr, il se montrait parfait pour elle, dispersé, parlant étrangement, mais au reste un mari solide et sûr — un mari cristallisé, pas le moins du monde accidentel.

Il lui semblait très important que Corde eût été pressenti par le Pr. Beech après la parution du premier de ses articles dans

Harper's. C'était Beech qui avait envisagé cette collaboration. Corde avait dit à Minna : « Tu trouves vraiment que c'est le fin du fin, hein ? On dirait que tu viens d'avaler une double dose de bonheur. » Mais oui, cela lui faisait énormément plaisir. N'est-ce pas, Beech était un savant. Un article écrit en collaboration avec lui, lorsqu'il paraîtrait, tirerait Corde de la mêlée qu'il avait, Dieu sait comment, provoquée. « Tu penses qu'un peu de sa classe va déteindre sur moi », dit Corde.

Lorsqu'il comprit ce que Beech recherchait réellement, il annonça qu'il se pourrait qu'il accepte la proposition. « Ce n'est pas vraiment inoffensif non plus, tu sais », avait-il dit à Minna, mais elle était trop contente pour s'en rendre compte.

Quant à Vlada, elle aussi arrivait de Chicago : on l'attendait pour Noël. Elle avait en Roumanie un frère auquel elle rendait visite chaque année.

« Si elle vient *vraiment,* dit Minna (les visas étaient souvent arbitrairement différés), elle aura des choses pour nous de là-bas. En quelque sorte, c'est une demi-bénédiction. Aussi difficile que ce soit ici, il est aussi bien pour toi de ne pas être à Chicago en ce moment. »

« Oui, approuva-t-il. De petits ennuis tout ça, mais quelle flopée. »

« Déjà pour commencer, tu n'as plus ce gamin sur les bras. »

Il préféra ne pas répondre. Il se contenta de dire : « Mieux vaudrait dormir un peu. Finis ton verre. Je peux toujours faire un petit somme d'une heure ou deux tandis que toi, tu es debout toute la journée. »

CHAPITRE 3

Le gamin en question, Mason Zaehner, était le seul neveu du Doyen, le fils de sa sœur Elfrida restée veuve. Mason, qui avait laissé tomber ses études, était toujours rattaché au collège, mais passait son temps à vadrouiller en ville. Il avait suivi des cours en informatique pendant un moment. Ce n'était apparemment qu'une couverture — mais une couverture à quoi ? Tout récemment, il avait été garçon de course ; puis, à la cuisine du restaurant qui l'employait, il était devenu intimement ami avec un plongeur noir libéré sur parole. Corde avait vu le dossier du type. Ses délits étaient des plus courants — vol, recel, etc. Cette fois-ci, il était accusé d'homicide. Le jeune homme qu'il était accusé d'avoir tué, Rickie Lester, était étudiant. Le Doyen avait été obligé d'aller lui-même reconnaître le corps de la victime. C'était inhabituel, mais on était en août ; le grand chef de la sécurité du collège était en vacances du côté d'Eagle River, et tout le monde était parti. Corde eut l'impression que Lydia, la femme du jeune homme, était sous sédatifs.

Les flics avaient donc appelé le Doyen et étaient passés le prendre à quatre heures du matin dans leur voiture bleue et blanche. C'était une vraie nuit de chien. L'air était imprégné de l'odeur du grain en pleine fermentation dans les tourailles des Brasseries Falstaff, proches de Calumet Harbor. C'était préférable aux émanations d'égouts et de soufre brûlant de US Steel. Cette puanteur acide *là* vous faisait sortir du lit pour fermer les fenêtres. Le Doyen avait fait le trajet jusqu'à l'hôpital dans des ténèbres ectoplasmiques — la nuit qui se retirait. Une fois là, on lui avait montré le corps du jeune homme assassiné.

Les traits de Rick Lester avaient cette expression absente des gens qui viennent de mourir. Il était passé par la fenêtre de son appartement du deuxième étage et s'était fracassé le crâne sur le ciment. Ses cheveux assez longs, rejetés en arrière, étaient humides (de sang ?). Ses pieds minces étaient sales. Les flics lui dirent que plus tôt dans la soirée il était sorti nu-pieds. Il avait conduit sa voiture sans chaussures et fait la tournée des bars. Par temps chaud, beaucoup de jeunes retiraient leurs chaussures, comme s'ils avaient été au milieu des bois et des champs, au lieu de ces rues jonchées de tessons de bouteilles et de crottes de chiens. Pour quoi prenaient-ils donc Chicago, ces enfants de la vie-de-charme ? L'expression du visage de Rick Lester suggérait que, s'il avait vécu, il aurait laissé tomber ce genre d'escapades. Le pli de sa bouche, son menton décidé lui donnaient un air de dignité pâle et mûr. Plus adulte, plus chevalin, une autre espèce d'être humain. Corde n'était pas loin de penser que sa mort à la sauvette lui avait appris quelque chose. Soustrait, comme il l'avait été une fois pour toutes, à la somme totale de l'humanité, on se demandait un peu à quel moment cette leçon avait pu lui être donnée. L'illumination en tombant ? Un retour de dix secondes sur sa vie ?

Homme d'expérience, et loin d'être tout jeune, Corde ne s'était pas attendu à ce que cette mort le frappât aussi violemment. Il n'arrivait pas à voir pourquoi. Ses sentiments le prenaient par surprise. Il lui semblait que quelque chose montait en lui, piétinant son estomac et ses tripes. La pression sur son cœur était tout particulièrement lourde, désagréablement chaude, gluante à vomir. Il se serait passé de ce genre de sensations ; et il ne tenait pas essentiellement à ce que la mort de ce gosse le tiraille de cette façon. Des cadavres, il en avait vu des tas. Et pourtant celui-là le bouleversait. Corde pensait que c'était le mal qui avait tué ce gamin, qui en était responsable. Car c'était bel et bien un gamin, avec ses pieds écartés l'un de l'autre. Corde ne le connaissait pas assez pour pleurer sur lui. Alors ce n'était peut-être pas uniquement le garçon mais quelque chose d'autre. Le corps reconnu et la tête recouverte, la répulsion-dépression de Corde, quel que soit le nom qu'on puisse lui donner, prit une tournure différente. Il n'avait pas envie de laisser l'Administration prendre le relais et suivre son cours habituel, à la traîne de la police criminelle qui mènerait son enquête au rythme qui lui conviendrait. Il aurait été incapable d'expliquer pourquoi il s'impliquait autant dans cette affaire. Il avait déjà eu à s'occuper du décès d'autres étudiants, des suicides pour la plupart, de même qu'il avait déjà dû s'occuper de leurs parents. Il n'était pas tellement doué pour ça ; il ne disait jamais ce que les gens auraient voulu l'entendre dire, et cependant il choisissait soigneusement ses termes. Son teint pâle, son visage plat et sa voix de basse se combinaient mal pour composer un maintien. Il voulait dire ce qu'il avait à dire raisonnablement, chaleureusement, mais tapait tellement loin du but face à ces familles horrifiées qu'il s'en horrifiait lui-même — ce qu'il avouait tacitement était : « Je ne trouve ni queue ni tête à cette mort absurde » —, et les étranges propos qui sortaient de lui ne faisaient qu'embrouiller des familles déjà éplorées et probablement que les déprimer davantage.

Que s'était-il passé ? Jusqu'à présent les flics avaient eu peu à dire. Ils racontèrent que ce soir-là Rickie Lester avait fait une descente en ville. Sa femme l'avait accompagné pendant quelque temps, mais il l'avait reconduite chez eux ; trop agité pour rester en place, il était ressorti et s'était retrouvé à deux heures du matin dans un bar qu'ils décrirent pour le moins comme louche. D'après les dires du barman, il « ... s'était rendu insupportable, il avait fait un numéro pas possible, alors qu'il était à peu près le seul Blanc dans toute la salle, et avait fait des avances sexuelles éhontées... ». Les flics allaient leur train-train et en faisaient un gros minimum pour ce Doyen. Ce n'était pas tant qu'ils fussent cyniques, mais leur attitude de policiers de brigade criminelle de grande ville était mieux résumée dans la lourdeur de leurs joues et de leur corps que dans leurs termes. Les mots n'étaient qu'une sorte de remplissage. Ce gosse avait peut-être bien le feu au cul, ou buvait plus qu'il ne tenait, ou bien il était complètement défoncé aux amphétamines. Les examens sanguins l'établiraient. Il se pouvait qu'il eût connu le ou les individu(s) qui l'avaient poussé par la fenêtre. Les flics avaient l'air de savoir de quoi il parlaient, mais, du point de vue professionnel, leur travail n'était pas terrible. Ils s'activaient pesamment, indifférents. Le labo mobile de la Criminelle n'avait pas bien fait son boulot. Il s'avéra ensuite que le rapport du médecin légiste était incomplet. Les choses empiraient au lieu de s'éclaircir au fur et à mesure que l'été avançait. Les pompes funèbres non plus n'avaient pas fait ce qu'elles étaient censées faire. La jeune épouse avait craqué. Puis elle avait dit qu'il lui fallait s'éloigner, au moins pour un moment.

Un des flics de la Criminelle avait conseillé à Corde d'offrir une récompense, et Corde avait joué des coudes pour trouver l'argent. Il avait eu des ennuis avec le Recteur à ce sujet. Jusque-là il n'y avait jamais eu de tensions entre eux. Le Recteur, Alec Witt, était généralement très coopératif, et Corde en avait toujours eu une bonne opinion ; mais Witt avait paru estimer que Corde en faisait un peu trop. Witt, homme affable aux manières ultra-prévenantes, plein de sollicitude et doux comme un ange, se demandait s'il ne serait pas préférable pour l'Université de rester à l'arrière-plan. L'affaire comportait un aspect racial assez explosif, sans parler des éléments très désagréables que des farfouillages trop sérieux pourraient faire ressortir. Mais Corde n'en démordait pas. Il avait à la main une liste des comptes sur lesquels on pouvait tirer de l'argent. Et c'était de l'argent disponible, aucun doute là-dessus. Il projetait en avant sa large tête, la penchant de telle façon que ses lunettes lui tombaient sur le nez, découvrant ses sourcils pâles, épais et rapprochés. Il demeurait parfaitement calme, mais refusait tout refus. Le collège se devait de faire ce geste. Le Recteur finit par se persuader que le bonhomme donnerait sa démission si on ne lui accordait pas ce qu'il voulait. Corde s'était buté. Pour quelle raison au juste ? Le Recteur, pour malin qu'il fût, était incapable de le deviner. Il fit un de ces sourires mi-figue, mi-raisin de compréhension et de douceur ; mais c'était en fait un homme de Chicago, absolument dur ; son cou, sa poitrine vous renseignaient là-dessus, pas énormes mais sans aucun doute possible brutaux — une puissance d'arrière de rugby tassée dans ses muscles. Corde n'avait jamais eu l'occasion de le remarquer auparavant. Aujourd'hui lui était dévoilé le Recteur physique. « Je suppose que si vous ne pouvez vraiment pas faire autrement que d'offrir cette récompense, j'arriverai bien à rassembler quelques milliers de dollars... » avait finalement admis Witt.

« C'est indispensable pour récolter des indices ; c'est ce qu'affirment les flics », dit Corde.

Comme de bien entendu les témoins affluèrent dès que la récompense fut annoncée, et dans les vingt-quatre heures qui suivirent deux suspects furent arrêtés sur la foi de leurs témoignages. L'un d'eux était Lucas Ebry, l'ami de Mason, et l'autre une prostituée avec un casier judiciaire long comme le bras. Après quoi l'affaire démarra très vite. La réaction estudiantine également. C'était l'œuvre de Mason. Il avait immédiatement organisé quelque chose ; Corde aurait été incapable de dire en quoi exactement consistait ce quelque chose — un mouvement de résistance, un comité de défense... La ligne des étudiants radicaux était que l'Université menait secrètement la guerre aux Noirs, et que le Doyen allait la main dans la main avec l'accusation, utilisant le poids de l'Université pour clouer l'accusé (noir) au pilori. Différentes motions avaient été votées et publiées dans le quotidien de l'Université, faisant largement écho à toute l'affaire.

L'argument de Mason était qu'il n'y avait pas eu meurtre ; Rick Lester n'avait pas été poussé par la fenêtre : il avait trébuché, il était tombé. Quoi qu'il en soit, tout était entièrement sa faute, il était sorti ce soir-là pour se chercher des ennuis, il les avait trouvés. Des militants étudiants avaient cerné les aspects idéologiques de cette histoire — l'Université essayait par tous les moyens de s'opposer à l'implantation des Noirs dans le quartier, elle refusait de se désolidariser des investissements en Afrique du Sud et prenait tout son temps avec l'Affirmative Action. Lui-même étudiant radical quarante ans plus tôt, le Doyen pouvait constater à quel point les choses avaient peu changé. Les mêmes réunions, les mêmes slogans agit-prop, le même fanatisme et les mêmes méthodes de pression. Le Recteur disait : « Cela finira par se calmer ; ça se calme toujours. » Ce qu'il entendait en fait était : « Regardez un peu ce que vous avez soulevé. » La tête de Corde plongeait en silence. Son hochement sobre ne cédait rien. Il comprenait à présent comment Witt fonctionnait, bien qu'il n'eût aucune idée de ce qu'il pourrait bien en faire.

Mason eut le culot de faire une descente chez son oncle. De son antichambre, la secrétaire de Corde, Miss Porson, lui souffla doucement au téléphone — elle était l'alliée de Corde mais adorait également toute cette excitation : « Votre neveu vient d'arriver. Il voudrait vous voler quelques minutes de votre temps. »

« Dites-lui bien que vous le faites passer entre deux rendez-vous », dit Corde.

Sa porte s'ouvrait déjà, et son neveu était là, le très affairé, très tripatouilleur Mason, vêtu de l'habituelle tenue des jeunes — les jeans étroits et usés, la chemise à fleurs et la queue de cheval. Que penser de Mason ? Corde n'avait jamais aimé les puzzles ni les gens qui s'ingénient à brouiller les cartes. Éprouvait-il de l'aversion pour son neveu ? Non, mais ses sentiments envers lui étaient terriblement mitigés. Maigre, long, papa-faucheux, les coudes pointus, Mason faisait des grâces, paraissait même bercer l'illusion qu'il émanait de lui un certain bouquet. Quelles étaient ses opinions ? On le voyait parfois en compagnie des Marxistes-Léninistes de l'Internationale Travailliste, ceux qui arboraient des petits drapeaux rouges en fourguant leurs journaux dans la rue, mais il n'en faisait pas partie. Une idéologie précise l'aurait rendu plus facile à manier, mais Mason n'avait aucunement l'intention de rendre quoi que ce soit facile. Non, Corde était incapable de juger des positions du jeune homme, en admettant qu'il en eût. Peut-être après tout n'en avait-il pas vraiment ?

Mason entra avec une expression joyeuse et insouciante à la Huckleberry Finn. Le Doyen en eut le cœur lourd. On était censé déceler derrière l'apparence de légèreté un quelque chose de dangereux, d'équivoque, Dieu sait quoi encore ! Corde demanda silencieusement (et c'était autant une prière qu'une question) : « Est-ce qu'on ne peut vraiment pas se passer de ça ? » Non, on ne pouvait pas. Une fois cela accepté, il se carra dans son fauteuil de doyen, se croisa les bras, croisa aussi les chevilles. Légèrement penché sur le côté, il se composa un maintien. Il annonça : « J'attends quelqu'un d'un instant à l'autre, mais assieds-toi. »

Mason, lorsqu'il s'assit, était à peu près aussi élégant qu'un derrick — une carcasse qui n'en finissait plus, une tête lointaine. On l'imaginait très bien en tête de forage, montant, descendant régulièrement au milieu d'un champ de derricks tous semblables. Avec le temps le jeune homme se remplumerait certainement, et le poids supplémentaire tendrait peut-être à diminuer son intensité nerveuse. Son père avait été bâti comme un ours ; pas du tout le type nerveux. Mason senior, un avocat du Loop qui tournait à cent à l'heure et plein de relations utiles dans la machinerie de Daley, avait toujours été un dur, sûr de lui, un type du genre bulldozer. Des gens assez brutaux, tous ces pontes de Chicago, une espèce humaine bien particulière. Mason n'avait pas hérité de la masse de son père — pas encore. D'ailleurs, qu'avait-il hérité de lui ?

Tel que le voyait Corde, son neveu en était à un stade peu confortable de son développement. Peu confortable ? Brillant, agile, il était également hérissé, écorché vif. Sa jeunesse ne lui apportait rien de bon. Il faut dire que l'endroit était très pris ; il était une simple entité dans un panier qui en englobait des millions. Comment émerger du reste, prendre les rênes — c'était toute l'histoire, et il n'avait pas encore trouvé comment cela pouvait se faire. Partant, la menace équivoque, une façon de dire tout de go : « Ne pas stationner. » Corde méprisait ces endroits surpeuplés, remplis à craquer de prétendants ; il était tout à fait prêt à l'admettre. Quant à lui, d'ailleurs, il était prêt à admettre un tas de choses. On n'aurait, par exemple, pas eu besoin de le presser beaucoup pour lui faire admettre que son air patient n'était qu'une façade, un pis-aller et, pour tout dire, un fardeau. Mais c'eût été une maladresse terrible que de vouloir discuter franchement avec Mason ou, pis encore, à un niveau théorique : la jeunesse, l'époque actuelle, les tendances de masses, l'image qu'on projette de soi, la démagogie. Corde avait fait récemment la réflexion à Minna que bien que les gens passent tout leur temps à se parler à eux-mêmes, ne cessent jamais de communier avec eux-mêmes, personne en fait ne se recevait cinq sur cinq, ni ne savait dans quel coup il était, dans quel coup il était *vraiment.* Corde le savait-il réellement, lui ? Pendant la majeure partie de son existence, il n'avait pas eu non plus une réception bien parfaite. Il y avait cependant une chance pour qu'il se trouve enfin dans la bonne direction. Une bonne chance, rien de plus. Il aurait aimé dire à son neveu que, les uns pour les autres, les hommes et les femmes étaient des ombres, et des ombres au-dedans d'ombres. Avec un peu d'encouragement, Corde aurait aimé se montrer gentil, sincère, affectueux, mais Mason n'offrait aucun encouragement, on ne l'avait pas simplement à la sincérité, trop facile, et Corde, avec lui, était très prudent, ne lui faisait jamais le coup du vieil oncle, ni la leçon. Il était déjà assez content, *de minimis* (Mason senior disait toujours *de minimis ;* il adorait plaisanter — grogner — en latin), de parler le plus simplement possible. Étant donné le labyrinthe formé par ces ombres dans les ombres, c'était déjà pas mal.

Corde ne comprenait rien aux devinettes, et voilà qu'arrivait Mason, tout sourire, et bien décidé à mettre son oncle dans l'embarras. Comme sourire, c'était peu de chose. La bouche de Mason était haut placée sur son visage, charnue ; les lèvres étaient gonflées, et au milieu apparaissaient ses dents ingénues. Sa mère avait le teint plus mat. Les cheveux de Mason étaient clairs et cuivrés. Ils avaient, avec la vitalité de la jeunesse, une sorte de reflet minéral. Il ressemblait à Elfrida par la longueur de son profil et l'étroitesse de ses tempes. Corde était profondément attaché à sa sœur, il l'aimait, et il n'en était que plus pénible de voir les mêmes traits tournés vers — eh bien, vers la zizanie, vers la contradiction systématique, vers l'interprétation erronée des apparences contemporaines. Tant pis — et dommage ! La pitié submergea Corde. Elle lui défonçait le cœur de chagrin — ce gamin maigre, mal fichu et secrètement faible déterrant la hache de guerre contre son doyen d'oncle. Mais ce chagrin était excessif. Il n'avait aucune raison d'être et l'attirait dans la mauvaise direction. Corde s'en débarrassa.

Le bureau du Doyen était situé dans un vieil immeuble de briques brunes du début du siècle. On avait essayé de le faire déménager dans de nouveaux bâtiments, mais il s'y était opposé. Ces nouvelles pièces modernes étaient trop basses de plafond, et leurs longs tubes fluorescents lui faisaient mal aux yeux. De plus, il préférait ne pas être obligé de croiser constamment le Recteur et le reste du personnel administratif dans les couloirs et aux toilettes. Le vieux bâtiment de briques brunes correspondait davantage à l'idée qu'il se faisait d'une université. Il n'avait pas vraiment l'air d'un doyen de collège. Il portait un complet trois pièces ; quelque chose clochait dans la façon dont le gilet était boutonné (il ne serait jamais venu à l'idée d'un représentant officiel d'une université à la page voulant s'attirer la bienveillance des étudiants de s'habiller de la sorte). Il était en quelque sorte un oiseau de passage, un journaliste qui ferait office de doyen. Son large visage, une sphère encore élargie par la calvitie, donnait une impression de calme et de simplicité, avec un petit côté poussiéreux, comme oublié sur une étagère. Son apparence avait un petit quelque chose en porte à faux (les grosses lunettes ? les yeux eux-mêmes ?). Les longs poils soyeux à la base du cou ne collaient pas trop bien avec le costume trois pièces. La voix de basse émanait d'un bonhomme qui, tout compte fait, n'avait pas l'air bien costaud — une apparence trompeuse ; il était en fait assez solide.

« Comment va ta mère ? » demanda-t-il.

« Je ne l'ai pas trop vue ces temps-ci... Désolé. Et toi, comment se porte ta merveilleuse femme ? Si tu veux mon avis, Oncle Albert, avec celle-là tu es bien tombé. »

Corde ne répondit pas. Il était impossible de se tromper sur la signification de ce silence. Mais Mason continuait : « Non seulement elle est très intelligente, mais par-dessus le marché elle est gaie, elle est gentille. Et même toi tu es plus vivant quand tu es avec elle. Les autres femmes devaient te déprimer. Avec Minna, c'est impossible. En plus elle a de l'allure. Maman l'adore. »

« Qu'est-ce qui t'amène, Mason ? »

« Tu ne veux pas croire que ce n'est qu'une visite de courtoisie ? Tu es débordé ? Je t'ennuie, peut-être ? »

« Je suppose que tu veux parler de certains ennuis. »

« Je t'ai envoyé deux lettres à ce sujet. Tu n'as pas répondu. »

« Je ne voyais pas comment répondre à ces lettres embrouillées, bouillonnantes et passablement obscures. »

« Tu aurais très bien pu me demander de passer te voir pour en parler. »

« De quoi aurait-on pu parler après que tu m'eus jeté aux fauves publiquement ? »

« Des faits réels de toute cette affaire. »

« Je peux parfaitement te dire comment je vois les faits en question. Un étudiant est mort. Je suis doyen, je m'occupe des étudiants. J'étais obligé de m'en mêler. Et je l'ai fait. Deux personnes ont été arrêtées, accusées de meurtre et écrouées. C'est à peu près tout. »

« Tu as offert une récompense pour obtenir des renseignements. »

« Bien sûr. »

« Des témoins achetés et payés. »

Corde refusait catégoriquement de se faire avoir par cette brillante dialectique, ce tour on-va-bien-rigoler que Mason essayait de prendre avec lui. Son silence le rejetait implicitement. Il baissa les yeux sur la simple bordure dorée de son bureau — une ligne continue d'arabesques dorées marquée au fer, dans laquelle il aurait aimé lire l'ordre et le bon sens.

Mason dit : « J'y ai moi aussi un intérêt particulier. Lucas Ebry est mon ami. »

« C'est un ami très intime ? »

« Ce que tu veux dire, c'est que les Noirs n'ont pas d'amis ? Surtout parmi les Blancs ? Et puis aussi que dès qu'il a été question d'une récompense les " amis " d'Ebry et de Riggie Hines sont arrivés en courant avec leurs tuyaux ? Ils voulaient l'argent. C'est sûr. Comme si les Blancs qui vivent dans leurs cabanons de banlieue n'étaient pas prêts à faire exactement la même chose pour cent balles... »

« Sans aucun doute », dit Corde.

« Les Noirs qui vivent sur leurs coupons de bouffe forment une *sous-classe* — c'est comme ça que vos sociologues les appellent. Tout ce qu'ils espèrent, c'est que la drogue, les meurtres et les prisons éliminent une fois pour toutes cette sous-classe insupportable qui ne crée que des ennuis... »

« Je ne suis pas *les* sociologues. Et ce ne sont pas les miens non plus. »

« Oh non ! tu es mon Oncle Albert qui me conseille de ne pas lui mettre les mots dans la bouche. D'accord. Mais tu fais tout ce que tu peux pour décrocher une condamnation. Ce Noir-là, tu t'es mis dans la tête que tu aurais sa peau. »

« Ton ami Ebry est accusé d'homicide. Ce n'est pas moi qui l'ai inculpé, et ce n'est pas moi non plus qui vais le juger. »

« Tu es cul et chemise avec tous ces Irlandais de Notre-Dame, de Loyola et de la Machine, le Procureur, l'accusation, tout ça. »

« J'ai eu affaire à eux, naturellement. »

En admettant qu'il n'y eût rien de trop incroyable pour être vrai, pouvait-on également en déduire qu'il n'y avait personne de trop incroyable pour qu'on l'aimât ? Le Doyen et son neveu faisaient partie de la même famille et, partant, s'aimaient ou faisaient de leur mieux pour s'aimer. Le Doyen aurait fait un effort (c'en eût été un), mais ce n'était pas ce que Mason voulait. Il était là sur une base plus adulte (pour se bagarrer) et passait le temps en attendant à croiser et décroiser les bras, et à faire des mimiques. Son air hyper-malin et je-suis-un-peu-là respirait l'insolence. Eh bien, oui, il avait trouvé une cause. Mais par-dessus tout il voulait planter une épine dans le talon de son oncle, et il espérait — il y tenait beaucoup, il priait même pour ça — pouvoir l'enfoncer à fond. Il était ici en tant que représentant des oubliés des rues, mais il avait également l'intention d'enseigner à son oncle quelques petites choses sur la réalité sociale à Chicago. Il avait acquis ce droit de parler au nom des opprimés en travaillant avec Lucas Ebry dans la graisse et les ordures d'une cuisine, un chiffon noué sur la tête.

Mason poursuivait : « Semaine après semaine dans cette saloperie d'égout. Ce ne sont pas des rapports entre individus qu'une personne qui y est étrangère puisse apprécier. »

« Tu veux dire un petit-bourgeois, et blanc par-dessus le marché. »

« Tu l'as dit. »

Il y avait bien eu l'armée — le mess, les corvées de cuisine —, mais il aurait fallu qu'il fût inconscient pour brandir son expérience sous le nez de Mason. Corde laissa dire. Il patienta pendant tout le temps que l'aiguille des secondes mit à faire le tour du cadran de la pendule accrochée au mur, comme un insecte qui grignote. Le message de Mason était clair : Lucas Ebry était réel, les autres (l'Oncle Albert par exemple) ne l'étaient pas. L'Oncle Albert n'avait aucune raison de se mêler des affaires de gens qui étaient totalement embourbés dans une existence, une réalité hors de sa portée. Pour ces gens-là le pari était simple : c'était une question de vie ou de mort. Qu'était au juste le pari de l'Oncle

Albert ? Qu'il s'en tienne à sa bonne éducation — les séminaires sur Platon et le Bien. Les gens de la *sous-classe,* drogués, assassins des coins de rue ou putains… qu'est-ce qu'ils étaient ? des rats ? Pour la « population pensante », pour les intellectuels en place, les nantis, ils n'étaient rien que des rats ! C'est ainsi que Corde démêlait le message de son neveu. Il était même en partie d'accord.

« Mais ce garçon qui a été tué, alors, qu'est-ce que tu en fais ? » dit-il.

« *Qui* a dit qu'on l'avait tué ? »

« Inutile de se chamailler sur les mots. Il est mort… »

« Mais tu ne peux pas prouver que quelqu'un l'ait tué ! »

Calme en dépit de la colère qui montait et qu'il refoulait, Corde dit : « Il était attaché et bâillonné. Il n'a quand même pas commencé par s'attacher et se bâillonner avec des morceaux arrachés aux rideaux, non ? Il ne s'est pas non plus donné des coups de couteau — tailladé l'oreille avec un couteau de cuisine… ? Il est passé par la fenêtre du deuxième étage avec un bras encore solidement attaché derrière le dos et un bâillon dans la bouche. La police est arrivée tout de suite… mais quel besoin de reprendre tout ça depuis le début ? Il y a le témoignage de Mrs. Lester et de cette fille noire. »

« Vous allez vraiment faire venir cette pute à la barre des témoins ? Ça ne marchera jamais. Elle a un casier qui s'allonge depuis plus de dix ans. Elle magouille avec l'accusation pour s'en tirer à bon compte. Son témoignage ne vaut pas un clou. Et l'autre bonne femme, Lydia, à quoi est-ce que tu t'attends ? Son mari et elle étaient sortis en quête de sensations fortes. C'était le genre de nuit un peu trop chaude où les gens ont tendance à pousser un peu, et c'est ce que Lester a fait. Il est entré dans ce bar, et il a ramené Lucas Ebry et cette pute noire chez lui. Pourquoi à ton avis ? »

« Et qu'est-ce que tu crois, toi, avec sa femme à la maison ? »

« Lester est sorti deux fois, la première pour aller boire une bière avec Lydia — en tout cas c'est ce qu'elle dit —, et puis encore une fois après qu'elle se fut couchée. Il est parti tout seul, dans sa voiture, sans rien aux pieds. Il est allé dans cet autre bar, où il n'y a que des Noirs, et il s'y est conduit n'importe comment. Il tapait sur les nerfs de tout le monde. Il était sacrément braillard, ridicule, stupide, répugnant. Il a essayé de racoler Lucas Ebry et cette nana noire. »

« Ce sont eux qui l'ont ramassé. »

Ici la conversation devint pénible à Corde, à cause des motivations qui étaient loin d'être claires. Il n'aurait pas su dire ce que Lester cherchait ce soir-là. Quoi qu'il eût fait, cela avait amené sa destruction, comme par des étapes prévues d'avance, et il n'est pas impossible que toutes ces maladresses eussent été commises justement parce qu'elles étaient des maladresses. C'était en quelque sorte l'événement qui l'avait choisi. C'étaient les portes de la mort qui s'ouvraient devant ce gamin... Comment était-il possible que lui-même n'en eût pas eu le pressentiment ?

« Tu crois qu'il ne pensait qu'à être gentil et sociable ? » dit Mason.

Corde admit : « Ce qu'il a fait ce soir-là paraît un peu déplacé, mais je ne crois pas que ça ait pu mériter la mort. Rien de tout ça ne valait sa mort. »

« J'ai lu ce que tu as déclaré à la presse à son sujet, que c'était un étudiant discipliné et tout et tout. Il allait même à la première messe... »

« Je ne l'ai pas inventé, dit Corde. Deux prêtres sont venus me trouver. Je n'ai pas cherché ce genre de renseignement. Ils m'ont raconté qu'il était pratiquant. D'ailleurs, pourquoi pas ? »

« Sans commentaire », fit Mason, mais son expression était un condensé de commentaires. Pendant un moment il fut mûr et dur à la manière de feu son père, un type arrogant et grossier qui était orfèvre en la matière. Feu Zaehner possédait les mêmes poches au bas des joues et la même façon bravache de vous toiser, le regard absolument froid. Et Mason était encore très jeune, il n'avait que vingt-deux ans. Ses cheveux cuivrés s'amenuisaient graduellement vers son menton jusqu'à ne plus être qu'un léger duvet. Et sur l'arête de son nez on voyait presque encore le pollen de l'adolescence. Pourquoi fallait-il qu'il fût si grand ? Sa quiddité en était distendue.

« Qu'il ait été pratiquant n'a rien à voir à l'affaire. Il menait une vie régulière. Il étudiait, travaillait, il était marié. »

« Ah ouais ? Bon, alors regardons un peu ce qui s'est passé. Ce soir-là, il se comportait en grande gueule. Il allait d'un bout à l'autre du bar en obligeant les gens à lui serrer la main. Ils s'en contrefoutaient. Un étudiant blanc, qui disait qu'il comprenait ce qu'était leur vie et qu'il était pour eux *à fond.* La belle affaire ! Ils n'en avaient rien à branler. »

« On croirait entendre Ebry — le " rien à branler ". »

« N'ayons pas peur des mots, dit Mason. Un brave petit gars, un vrai boy-scout ? Écoute, mon oncle, tu n'es quand même pas né doyen d'Université... Lester était tout ce qu'il y a de plus tordu. »

« Très bien. Venons-en aux faits. »

« Il a racolé Ebry et cette fille, Riggie Hines, au bar. Ensuite ils sont montés chez lui. »

« Ça aussi, c'est Ebry qui le dit. »

« Bon, au départ on a trois personnes. L'une d'entre elles est morte. Une autre a fait un marché avec l'accusation et ment. Qu'est-ce qui nous reste ? »

Ebry, sans argent pour la caution, était gardé à vue à la prison municipale. Riggie Hines était en prison aussi.

Mason reprit : « Comment ont-ils fait pour se retrouver dans l'appartement si ce n'est pas Lester qui les y a invités, hein ? Alors pourquoi l'a-t-il fait ? »

« Pour une affaire de sexe ? Avec sa femme qui dormait dans la pièce à côté ? Pourquoi aurait-il amené deux personnes ?... »

« Riggie Hines, on ne trouverait pas plus coriace, et pute jusqu'au bout des ongles. Capable de n'importe quoi. Qu'est-ce que c'est qu'une petite femme pour elle, blanche de surcroît ? Tu l'as vue de tes propres yeux. Elle se promène en chemise d'homme ouverte jusqu'au nombril et porte ses jeans comme un vrai mec. Elle crache par terre comme un routier ; et si un type refusait de la payer, elle lui foutrait son poing sur la gueule. On ne ramène pas ce genre de nana à trois heures du matin pour avoir une discussion intellectuelle. C'est une vraie salope. »

Mason faisait un dessin à son oncle avec l'air de dire : « Explique-moi un peu *comment* ça s'est passé, si ça n'est pas comme ça... », et Corde était bien obligé d'admettre que ce n'était pas facile à expliquer. C'était comme d'essayer de voir à travers un rideau de fumée. Le lourd contenu émotionnel de toutes les circonstances — sans oublier la saison et le temps qu'il avait fait cette nuit-là — rendait la reconstitution d'autant plus problématique. Ç'avait été un de ces jours de plein été, suffocant, vrai cauchemar urbain, sexuel et obscène, un temps sans temps pour rien, et la mort soufflant dans le cou du jeune homme, finissant par l'envelopper. Mais les faits suggéraient qu'un choix inconscient avait été fait, un mélange, une émulsion de bêtise et de mort trop touillée, et qui débordait. La génération montante ne semblait pas comprendre qui étaient les gens qui l'entouraient, à qui ils avaient affaire.

Mason dit : « Il voulait que Riggie Hines s'enferme dans les toilettes avec lui. »

« Pour quoi faire ? »

« Pour qu'elle lui fasse une pipe pendant qu'elle chierait. »

Corde ne voulut pas entendre ça, il en fit abstraction. Il dit violemment : « Ne viens pas me casser les oreilles avec ces cochonneries. Et puis ce n'est pas la peine de noyer ce gosse dans les ordures. »

« Mon oncle, un jour je t'ai entendu dire à ma mère que nous étions en train de vivre une sorte d'épidémie sexuelle, comme tu l'appelais. C'était pendant le dîner ; je dois dire que c'était un vrai discours. Tu ne t'étais peut-être pas rendu compte que j'étais là. C'était il y a environ dix ans, je ne devais pas avoir plus d'une douzaine d'années, mais je me souviens de ce que tu disais. Ta théorie, c'était que nous avions été saisis d'une sorte de démon. Mais en voilà une illustration, et tu refuses de l'accepter. Tu voudrais que ça ne soit plus qu'un pauvre gamin mort, tellement attendrissant, rien de plus qu'un objet de pitié. »

« Selon la police, il y avait un chien enfermé dans ces toilettes. »

« C'était celui de Lester. Il aurait pu l'emmener à la cuisine. »

« Toujours d'après Ebry. C'est ta seule et unique source. »

« La femme le confirme. »

« Je ne crois pas que Lester ait eu quoi que ce soit de précis en tête, dit Corde. Il y avait un melon dans le frigo. Il voulait être un bon hôte. Il a apporté le melon et un couteau à découper dans le salon. Ebry a sauté sur le couteau. »

« Ce n'est pas ce que j'ai cru comprendre. Ça, c'est la façon qu'a Riggie Hines de se couvrir. Question couteau, elle en connaît un bout. D'après son casier, elle a déjà poignardé quelqu'un. Est-ce qu'elle a dit combien de gens elle avait surinés ? Non. D'ailleurs, pourquoi le ferait-elle ? »

« Je suppose, dit Corde, que si on arrivait à entrer dans son pois chiche de cervelle, on y découvrirait des tonnes de faits, d'images et d'idées tout à fait grotesques. » Ce n'était pas tellement ce qu'il disait qui faisait que Mason le dévisageait ; c'était le recours étrange, mais caractéristique, à la complexité ou aux images, qui déroutait également les familles éplorées que le Doyen essayait de consoler.

« Alors, d'après toi, il leur offrait tout simplement une bonne tranche de melon... »

« Ils lui ont mis le couteau sous la gorge, dit Corde. Je suppose qu'il a dû résister, alors, pour lui prouver qu'ils ne plaisantaient pas, ils lui ont entaillé l'oreille. Ils ont arraché et découpé les rideaux pour en faire des liens, et ils l'ont attaché, ils lui ont enfoncé un bâillon dans la bouche, et puis ils se sont mis à piller l'appartement, ce d'ailleurs pourquoi ils étaient montés — la chaîne stéréo, le magnéto, le casque : tout ça était empilé à côté de la porte, dans l'entrée. Riggie a arraché à Rick Lester son alliance en or. Ça, ça fait partie des pièces à conviction ; pas la peine de se chamailler là-dessus. Bon. Ensuite Ebry a fait tomber le poste de télévision, et c'est ce qui a réveillé Mrs. Lester qui est arrivée en mini-chemise de nuit d'été. Elle n'avait rien entendu jusque-là à cause de l'appareil à air conditionné de sa chambre, qui est très bruyant. Quand sa femme est arrivée, Lester a commencé à se débattre. Voilà ce qui a dû arriver. Riggie l'a maintenu à terre pendant qu'Ebry sautait sur Mrs. Lester par-derrière, pour la plaquer au sol. »

« Oui, dit Mason. Et là, qu'est-ce qu'on a ? Une femme blanche, pratiquement nue, et l'homme noir, armé d'un couteau, allongé sur elle. Le fantasme classique de viol, quoi ! »

« Il n'y a pas eu viol. »

« Tu parles ! Qu'est-ce qu'il avait à faire de cette nana toute maigre ? Question femmes, il avait le choix. Au restaurant elles venaient le chercher jusque dans la cuisine, y compris des tas de

Blanches. De plus, le type qui se trouvait dans l'appartement quand tout ça a commencé n'était pas Ebry. Il en avait eu marre depuis longtemps, parce que Lester était trop condescendant avec lui et que ça le faisait chier. »

« En effet, c'est ce qu'il a dit dans une de ses dépositions. C'étaient deux autres types. Le hic, c'est que c'est lui que Mrs. Lester a désigné au cours de la confrontation. »

« Comment est-ce qu'elle pouvait l'identifier s'il se trouvait derrière elle ? Enfin, passons, mon oncle ; j'accepte ta version. Le mari voit sa femme par terre, la chemise de nuit sur les cuisses, et il se met à se débattre. Il libère un de ses bras, et il se débrouille pour se mettre debout. »

« Et à ce moment-là on l'a poussé par la fenêtre, il est passé à travers les vitres, et il est tombé du deuxième étage. Il avait un bras toujours attaché dans le dos et le bâillon dans la bouche... »

« Tu t'y accroches vraiment, à ce bâillon. Ça te paraîtrait plus humain s'il n'avait pas été bâillonné, s'il avait pu prononcer une dernière parole ? Il est tombé et il est mort. Quoi de plus ? » Mason souriait, menaçant.

« Alors ton résumé à toi, c'est ça... ce qu'il avait en tête, c'était une partouze. Au lieu de ça, il y a eu bagarre, et s'il a été tué, c'est que la mort lui pendait au nez. »

« Et qu'est-ce que tu voudrais dire de plus ? " Abasourdi ? " " Ahuri ? " " Alarmé ? " »

Pour Corde, c'était le moment le pire de leur conversation. Il se passe dans le bureau d'un doyen d'étranges entretiens, plus étranges qu'on ne le croirait possible. Les étudiants qui venaient vous trouver avaient parfois de curieuses exigences, faisaient parfois d'étranges confessions, de bizarres vantardises. Mais cette conversation, avec en arrière-plan tout le poids de sa propre famille, lui donnait des maux de tête, lui envoyait des élancements dans les yeux. Déprimé, le Doyen se leva et ouvrit la porte qui donnait sur le bureau de Miss Porson. N'y avait-il pas un étudiant en train d'attendre ? Il n'y en avait pas. Le fauteuil de sa vieille secrétaire était vide. Elle lui portait une sympathie démonstrative, elle était son alliée — elle en faisait grand cas, avec des tonnes d'enjolivures —, mais quand ça chauffait trop dur, son instinct était de prendre le large. Elle était partie aux toilettes fumer une cigarette et cancaner avec les autres. Ce qui voulait dire que Mason lui restait sur les bras. Il ne voyait pas comment s'en débarrasser. Il avait envie de lui dire : Je ne me sens pas trop bien. Fous le camp ! Reviens une autre fois. Mais c'eût été de la faiblesse. Tout ça était sérieux. Pour Ebry c'était crime et châtiment ; une question de vie ou de mort. Corde était furieux contre Miss Porson ; vieille pie bavarde, elle ne valait pas un clou. Mais ce qui clochait, en fait, et il l'admettait, c'était que lui-même était en porte à faux par rapport à la somme des choses — lui, lui-même. La preuve en était ce débat futile — sans issue, aucun point de vue ne collait — avec cet adolescent à la tête si lointaine. Mason le regarda pendant qu'il retournait s'asseoir.

Le Doyen ne comprenait que trop bien ce que le garçon voulait faire passer quand il disait : « Abasourdi ? Alarmé ? » Il voulait dire : Me fais pas chier avec tous ces grands sentiments et ces enseignements pétris d'humanisme, toute cette dévotion et cette poésie et toutes ces conneries. Tu en reviens sans cesse au couteau, au bâillon, au cadavre, au sang et à l'épouse éplorée, et tu le fais pour te faire vibrer la corde sensible avec toute cette horreur. Des pierres qui crient bien haut et bien fort combien elles sont « humaines ».

Cette vérité-là, même si elle n'était rien de plus qu'une infime poussière, était une poussière empoisonnée.

La vraie voix de Chicago — l'esprit du temps s'exprimant à son niveau le plus bas ; le fin fond du panier.

Car Mason ne ressemblait jamais autant à son père que quand il croyait avoir absolument raison. Mason senior n'y allait pas par quatre chemins ; il était soit avec vous soit contre. Et s'il n'était pas d'accord, alors il vous méprisait. Corde avait décidé depuis longtemps déjà que Chicago était le centre du mépris des USA. Et il percevait cette note de mépris dans la voix de son neveu — l'insolence de La Salle Street, la vraie, bravache, fanfaronne et gueularde. « Mettez-leur bien les pieds dans le feu », comme aimait dire Mason senior. Ou alors : si c'étaient vos pieds : « Il faut serrer les dents. » Il préférait s'exprimer par platitudes ; mais en gros casseur viril qu'il était, il les interprétait puissamment. On était un dur ou on n'était rien. Dans le réalisme et la ruse, ces personnages de La Salle Street étaient impressionnants, parce qu'ils avaient derrière eux la culture pragmatique de cette ville, de l'État, de la région et du pays. Du point de vue de son beau-frère, le Doyen avait abandonné le monde véritable pour se réfugier dans la philosophie et dans l'art. Les intellectuels étaient des minables et des imposteurs. Le vieux Mason pouvait se montrer pesamment respectueux, observer le gracieux protocole des libéraux, mais c'était de la frime car finalement, les yeux plissés, il disait ou grondait : « Je gagne ma vie en faisant les poubelles, mais au moins je vais dans la crasse, et je les retourne moi-même. » Là-haut, à Lake Forest, autour de la table du dîner des Zaehner, Corde avait été l'objet de pas mal de plaisanteries : le « Doyen à la manque ». Elfrida n'y prenait aucune part ; de cela, Corde était persuadé. Mais elle avait épousé un homme extraverti, dominateur, elle préférait un mari qui fût radicalement différent de son frère. Corde, ainsi qu'elle le lui avait dit un jour, avait beaucoup de caractère mais était en même temps renfermé, paraissait avoir un minimum de choses en commun avec les gens qui l'entouraient et se laissait rarement « aller » autrement que par écrit.

Une fois rassis face à Mason, le Doyen se sentit découragé — de lui-même surtout. Une brèche s'était ouverte. Non, un vide. Il y avait un vide. Il dit : « Oui, quand j'ai dû regarder le corps de ce garçon, à la morgue, ça m'a secoué. » Il aurait pu ajouter : Pour une fois, j'ai été *vraiment* ébranlé.

Mason dit : « J'ai vu l'histoire dans le *Trib*. L'épouse était encore sous le choc, et le Doyen Albert Corde est allé identifier la victime... Je parierais aussi que tu as juré que tu aurais les salopards qui avaient fait ça. »

« C'est vrai, je tenais beaucoup à ce qu'on les retrouve. »

« Tu as fait des pieds et des mains pour. »

« Il est vrai aussi que si on ne les avait pas retrouvés, cela m'aurait ennuyé. »

« Qu'est-ce qui te prouve que tu as le bon ? Bon, d'accord, tu as mené ta propre enquête. Je suis parfaitement au courant. Tu es allé au restaurant où nous travaillions. Tu es même allé voir Toby Winthrop, le type qui dirige le centre de désintoxication, pour parler d'Ebry. »

« Le plus drôle, c'est que nous n'avons même pas parlé de lui. »

« Tu es vraiment comme un dieu vengeur, quand tu t'y mets. Je parie que, si vous aviez parlé d'Ebry, Winthrop lui aurait cassé du sucre sur le dos. C'est un de ces types noirs pleins de prestige, Winthrop, une vedette des œuvres de charité. »

Corde dit : « Maintenant je voudrais te dire une chose, Mason. Je ne veux pas que tu ailles embêter Mrs. Lester. Tu es déjà allé la voir une fois pour lui déconseiller de poursuivre l'affaire. Tu l'as menacée en lui disant que cela révélerait des tas de choses pas très jolies au sujet de son mari. Fous-lui la paix. C'est une jeune femme bien. »

« Qu'est-ce que ça veut dire une " jeune femme bien " ? »

« Ça veut dire qu'elle a des réactions normales. Sans rire, elle ressent les choses. »

« De Dieuuu ! » fit Mason.

La migraine du Doyen était devenue énorme, vibrante, extravagante. Il avait touché le gros lot, ce coup-là. Une vraie beauté, il en avait plein les yeux. S'il avait été seul, il serait allé s'allonger. Il gardait une vieille chaise longue dans un coin. Miss Porson lui avait tricoté une couverture. Il se servait souvent de cette couverture vert et bleu, y trouvait un réconfort.

« Ce n'est pas tout, Mason. Tu as fait courir des bruits sur le campus au sujet des Lester. Que ça cesse, et laisse tomber tes menaces. »

« Est-ce que notre parenté te gêne — le neveu contre l'oncle ? »

« Tu serais étonné d'apprendre à quel point ce côté-là m'importe peu. »

« Oh ! tout ça c'est des histoires de gamin excité ! »

Corde, avec sa migraine qui empirait, un gigantesque ballon, mais toujours patient, baissa les yeux sur son bureau. « Écoute, tu es venu ici pour te bagarrer avec moi et régler tout un tas de vieux comptes, pour tout mettre sur une seule case, comme à la roulette. Dieu sait quoi encore ! C'est dommage… »

Pour Mason, cette sincérité n'était qu'une ruse, l'Oncle Albert qui essayait l'approche en douceur. Son sourire le disait bien.

Corde fit un gros effort pour être juste, pour reconsidérer les choses. (Il était peut-être borgne, après tout.) Il reporta son imagination sur les faits entourant la mort de Rick Lester. Cela l'obligeait à s'abstraire brièvement. Il fit pivoter son fauteuil, tournant le dos à Mason, et contempla l'extérieur à travers la fenêtre bleue et la frange d'ampélopsis. Reprenons. Commençons par replacer la mort de cet homme très jeune dans son contexte. Commençons par la laideur criante de cette nuit de Chicago. Placer cela au centre. Il fallait que ça en soit le centre. Ensuite, quelles avaient été les personnes mêlées à tout ça ? Il y avait une relation d'affaires entre Lucas Ebry et Riggie Hines. Il faisait le maquereau pour elle, dirigeait des étudiants sur sa chambre. Ce renseignement avait été fourni par les flics. Très probablement Mason aussi était au courant, si leur amitié était aussi étroite qu'il le prétendait. Mais lui n'aurait rien vu de particulièrement répréhensible au maquereautage. Ce n'était même pas du maquereautage, rien que de l'entremise. Il fallait bien que ces mômes tirent leur coup. Alors quoi ? Elle n'avait pas besoin de la protection d'Ebry ; elle se protégeait toute seule.

Elle avait une carrure de boxeur, une tête dure et compacte de boxeur. Même la façon dont elle entrouvrait sa chemise d'homme pour découvrir la naissance de ses seins rappelait le pugilat — sexuellement, ça devait impressionner le jeune homme. Ebry ! Elle aurait pu l'étendre d'un seul coup de poing. C'était une petite silhouette rabougrie, tordue, consumée ; même sa petite barbe était tordue. Il avait le genou cagneux, c'était un homme cisaillé à la base. Ses mains pendaient au bout de ses bras, la peau molle, comme cuites. La partouze était une autre invention maladroite, comme cette histoire de vice dans les toilettes, comme celle de Rick titubant dans la pièce jusqu'à ce qu'il tombe par la fenêtre. Voilà pour les gens qui étaient venus expédier Rickie Lester. Maintenant essayons d'imaginer cette bande faisant irruption dans la chambre de Lydia avec une proposition... Elle se serait mise à pleurer.

Non, le seul but avait été le vol. C'était pour ça qu'Ebry était venu. Quand tous les deux avaient sauté sur Lester et lui avaient pris le couteau de cuisine, ils n'avaient dû lui couper l'oreille que pour le faire tenir tranquille. À ce moment-là il avait dû cesser de se débattre, et ils l'avaient attaché. Riggie avait dû commencer par lui arracher son alliance. Ils n'avaient pas l'intention de le tuer. Aucun des deux n'avait jamais été arrêté pour meurtre, encore que Riggie eût une fois été citée à comparaître. C'est la chute du poste de télévision (est-ce qu'Ebry était trop faiblard pour le porter ?) qui avait déclenché la panique, quand Lydia Lester était sortie en courant de sa chambre et qu'Ebry l'avait plaquée au sol. Rick Lester était arrivé à se remettre debout, et c'est à ce moment-là que l'un ou les deux voleurs en étaient arrivés au meurtre. Lucas Ebry était acculé, il avait peur, il était assez perturbé pour le faire ; la nuit était bien assez chaude, bien assez détestable ; Riggie Hines était assez coriace. On trouvait des femmes de ce genre dans les tribunaux, accusées d'avoir ébouillanté un homme avec de l'huile, ou de l'avoir suriné. Donc pour en arriver à la sale conclusion de l'affaire, Lester avait été poussé. Il n'aurait jamais pu défoncer la fenêtre en la heurtant. Les montants étaient vieux, mais ils étaient quand même en bois, pas en carton. Il avait fallu qu'il fût poussé.

Dès qu'il était tombé, Ebry avait commencé à courir dans tous les sens en effaçant les empreintes — sur la télévision, sur le couteau. Mais des empreintes tout à fait nettes avaient été découvertes dans la Toyota de Lester. Des tueurs avec un peu d'expérience se seraient débarrassés de Lydia — elle était témoin —, mais ces deux-là avaient déguerpi sans demander leur reste. Ils avaient abandonné le butin et s'étaient échappés par l'escalier d'incendie. C'était un de ces vieux escaliers extérieurs de Chicago, en bois rendu gris par l'âge, renforcé par des poutres en croisillons. Il y avait une sorte de cour, une palissade, et puis l'allée. Arrivés là, Riggie et Ebry étaient partis chacun de son côté.

Quand il réfléchissait, la lèvre supérieure de Corde avait tendance à rentrer. Son grand front dégarni avançait vers le sommet de son crâne, nu, il avait un nez court d'Irlandais (le sang irlandais lui venait du côté de sa mère), de grands yeux, une bouche large et plate. Donc, ils s'étaient séparés. Tout de suite après, Riggie s'était débarrassée de l'alliance. Elle l'avait refilée à un homme, un type de son quartier, et lui avait demandé de la lui garder. Mais dès qu'on avait annoncé une récompense, le type était allé trouver la police, avait fait une déposition, produit l'alliance, qui faisait maintenant partie des pièces à conviction, et réclamé son fric. Il avait dit qu'il était prêt à témoigner publiquement mais avait disparu ensuite. Grady, l'assistant du *State's Attorney,* le faisait rechercher par les flics. Bon, les faits, les voilà. Corde tenait à être aussi impartial que possible, sévèrement, et même passionnément impartial, se racontant différentes choses d'une étrangeté caractéristique de lui : l'objectivité commence chez soi ; durcis-toi ; pas la peine de commencer sans être décidé à aller jusqu'au bout ; en te racontant des histoires d'apparence normale, tu ne fais que te raccrocher à une norme inexistante ; ensuite la vie est seulement ce que tu es « décidé à comprendre », et tu n'es pas plus avancé.

Mais le fait d'entre les faits était le corps que Corde avait identifié à l'hôpital, le gosse sur la civière, les longs pieds sales, le visage à l'expression tout juste effacée, avec un soupçon de maturité. Et puis la conséquence (une autre série de faits, encadrés de feu) : Grady avait ordonné l'exhumation du corps pour des examens complémentaires, auxquels on n'avait pas pu finalement procéder parce que le garçon n'avait pas été embaumé et qu'on était en plein été. On avait pourtant facturé l'embaumement à la famille, et la facture avait été acquittée. Mais c'était une pratique courante, une escroquerie organisée, pas de quoi s'exciter (il l'était quand même). Ce dernier point, le corps décomposé, Corde ne le mentionna pas. Ç'aurait été ouvrir la porte à des méchancetés pires encore.

Mason dit : « Bon, tu es assis là depuis cinq minutes sans dire un mot, seules tes lèvres remuent. Tu veux que je m'en aille. Tu m'en veux. »

« Pas exactement », dit Corde presque à voix basse.

« J'avais des choses à dire, et je n'étais pas sûr que tu m'accorderais un rendez-vous. »

« Pourquoi ? »

« Tu n'as peut-être pas envie de te retrouver face à face avec ton adversaire... »

« Qu'est-ce qui te fait penser que tu es mon adversaire ? »

« Parce que si tu vises à crucifier ce plongeur noir, il faudra que tu te battes avec moi. Oh oui ! (Corde secouait la tête.) Si c'était un Noir qui était tombé par la fenêtre, il n'y aurait eu aucune saloperie de récompense, ou enquête, ou affaire. Combien de Noirs sont morts dans cette même semaine ? Ça n'a pas fait de vagues, pas de Procureur Grady, aucun article dans la presse. »

« Je regrette d'admettre que c'est sans doute vrai. Mais l'une des responsabilités de mon travail est de m'occuper des étudiants. C'est pourquoi nous sommes en train de parler de Rick Lester dans le bureau du Doyen, en ce beau jour d'automne. » La fureur de cauchemar de l'été était loin, et la canicule (putréfiante) était retombée. Comme si le coup de folie était passé. Mais il avait seulement été transposé. C'était toujours la même musique pourrie. Mais dans un ton mineur.

Corde comprenait très bien ce que son neveu lui disait. Il se le disait à lui-même, à savoir : tu te mêles de choses pour lesquelles tu n'as aucune sympathie. Ces gens font ce qu'ils peuvent dans l'espace où ils ont été enfermés. D'accord, ils chapardent, ils volent et ils baisent ; ils se saoulent et ils se droguent, ils se foutent des coups de couteau et ils se tirent dessus et ne font pas de vieux os. Et toi, homme de routine, ce que tu ne peux pas leur passer, c'est qu'ils n'aient aucune structure. Ils ne font pas de projets, et ils ne « font » rien ; ils se démerdent. C'est ce qui te répugne le plus.

Il dit à Mason : « C'est curieux comme tu t'intéresses peu à Rick. C'était un étudiant, comme toi. »

« Il n'était pas comme moi. Il était comme toi, pas comme moi. »

« C'était un jeune type qui est sorti un soir où il faisait trop chaud... »

« Et qui est tombé sur des Noirs qui l'ont assassiné. Tu ne vas pas plus loin. Tu t'es trahi en parlant de l'affaire à Maman. Elle m'a raconté ta façon de décrire tout ça. Quand le mandat d'amener a été lancé contre Riggie Hines, elle se cachait chez un revendeur de drogue dans le coin de South Shore. Les flics ont été obligés de démolir une porte à coups de battes de baseball et de la tirer de sous un lit. Les journaux n'en avaient pas parlé — c'est toi qui le lui as raconté. Tu disais aussi que les témoins s'étaient *bousculés* dès qu'on avait parlé de récompense. Ces gens-là, ils ignorent ce que c'est que la solidarité — hein ? — Je sais plus trop comment déjà, celui de Robert Taylor Homes, qui se présentait comme un copain, a vendu Lucas Ebry, et il a répété ce qu'il disait avoir entendu.

Ceux-là oui, ils sont de mon espèce, et tu les as présentés comme des sous-hommes à ma mère — des... des bêtes sauvages du Tiers Monde. Et puis j'ai vu que maintenant tu es en train d'écrire quelque chose sur la prison municipale. J'ai vu un encadré dans le *Times*. Ne manquez pas Albert Corde, dans *Harper's* de novembre. Accompagné d'un panorama complet de Chicago. Tu crois que *toi* tu as quelque chose à dire sur les habitants de cette ville ? »

« Ce n'est pas la prison qui est le sujet de ces articles. Il y a — il se trouve qu'il y a — dedans une description de la prison. »

« Oncle Albert, tu n'as aucune idée de ce qui se passe ici. »

« Parce que je ne suis pas détendu, comme toi ? »

« Tu es allé voir comment ça se passe à la prison municipale, et tu veux toujours y envoyer des gens ? À quoi ça rime ? »

Corde l'admettait : « C'est certain, ces prisons sont épouvantables. »

« Et même, le gouvernement suédois a refusé d'extrader un Américain à cause des émeutes d'Attica et autres endroits puants du genre. On a un des pires pénitenciers, tout près d'ici, à Pontiac. » Mason n'avait pas fini : « D'après ma mère, tu as eu tes renseignements sur la prison municipale par Rufus Ridpath, qui s'est fait balancer. »

« On ne pourrait pas trouver plus correct que Ridpath. »

« Un Noir à ton goût. »

« Il m'a paru être un fonctionnaire intelligent et honnête. »

« Un fonctionnaire ! Qu'est-ce que c'est que toutes ces conneries civiques ? Une ordure, un sadique, oui ! »

La conversation prenait l'eau, elle coulait, la quille en l'air. Mais Corde était toujours sur le pont, d'aplomb, l'air calme et responsable, avec son mal au crâne. Maintenant, il en avait vraiment marre. Il avait envie de sortir Mason à coups de pied dans les fesses.

Mason poursuivit : « Un directeur de prison qui tabassait les prisonniers. »

« Il a été acquitté. Tu n'as pas la moindre idée de quoi il s'agit. Acquitté, mais quand même révoqué et déshonoré. Voilà pourtant un homme qui était *vraiment,* sincèrement, pour les gens de la rue, qui s'est démené pour améliorer l'ambiance de la prison... Jusqu'à ce qu'il la prenne en main, elle était dirigée par les criminels... »

Corde s'arrêta et se passa le dos de la main sur le front, protégeant ses yeux de la lumière du plafonnier. Mason n'avait qu'à tendre le bras pour atteindre l'interrupteur, mais il ne fit pas le moindre geste. S'il se levait, il serait déjà à moitié sorti. Et Mason allait partir. Seulement il avait encore des choses à dire. Il suivait apparemment un schéma préparé d'avance. Corde avait envie d'en être débarrassé, une envie aiguë. Pas un coup de tête, non ; le jeter dehors n'était qu'une idée en l'air. Ces yeux bleu-vert et ces longs cils, et ce pollen de l'enfance qui éclaboussait les pommettes à la Huck Finn, les conventions agréables et faciles de son éducation, les dents pleines d'innocence qui représentaient dix mille dollars d'orthodontie, les cheveux cuivrés rejetés en arrière, le visage au teint brouillé, cet orgueil exacerbé, cette tension, cette infection, cette putrescence. On pouvait presque renifler cette odeur tenace de fièvre. La colère de Corde, quand cette odeur lui parvint, se dégonfla par pulsations. Il restait collé à son siège, démuni.

« Tu vas certainement aller voir Maman et lui faire une scène parce qu'elle a répété ce que tu as dit. »

« Ça, je ne le ferai pas. »

« Ah oui ! c'est vrai. J'ai sauté sur ton dada. C'est moi qui la rends malheureuse. Toi, tu es celui qui la protège. T'aimes ta sœur. »

Corde aimait Elfrida. Oui, vraiment. Et ça aussi, on le lui reprochait.

« J'avais les oreilles rebattues d'entendre parler de toi, poursuivit Mason. Oncle Albert ceci, Oncle Albert cela, un grand homme, et puis brillant, et puis un notable. Oncle Albert a écrit ces articles sur la Conférence de Postdam pour le *New Yorker*. Oncle Albert a regardé Harry Truman jouer au poker, et il a vu Joe Staline comme je te vois. »

« Là je suis d'accord avec toi. On en arrive à détester ce modèle toujours absent. Mais il y avait quand même ton père pour rétablir l'équilibre… »

« Pour ça oui, il te rabaissait un peu. »

« Il me considérait comme un imbécile », dit Corde, tout à fait neutre.

« Ça n'a pas l'air de te gêner beaucoup. »

« Non, pas beaucoup. Ton père ne faisait jamais les choses à moitié. Il y avait ceux qu'il aimait, tout d'un bloc, et ceux qu'il méprisait, pareil. »

Mason dit : « De temps en temps tu jouais au gentil oncle. Une fois tu m'as emmené pêcher à Cape Cod. »

« Je m'en souviens très bien. On est allé pêcher des pagres sur la jetée et je suis tombé à l'eau. »

« Tu es arrivé pendant la nuit, et puis le matin tu t'es mis en short, et tu as dit qu'on allait pêcher du haut des rochers. Je trouvais tes jambes très laides. »

« Je ne suis pas danseur classique — Bugayev ou Noureev ou je ne sais pas qui ? Bon d'accord, je n'étais pas très gracieux. J'ai perdu l'équilibre sur ces rochers en pente. Ils étaient couverts d'algues. Je suis tombé sans avoir eu le temps de dire ouf ! »

« Tu es parti les quatre fers en l'air et tu t'es râpé tout le côté sur des bernacles. »

« Et je me suis coupé au moins à cinquante endroits. C'étaient de petites entailles, mais elles faisaient un mal de chien. »

« C'est ça. Et j'en ai gardé un souvenir de chien. »

« Je suis allé à la flotte, avec ma canne à pêche et tout le reste. Il y avait même pas mal de vagues. » Corde souriait, comme à un agréable souvenir.

Il se remémora le poids écrasant de l'eau vert foncé, et le ciel à l'envers, de grands nuages inversés, tout blancs, et le fil qui suivait la courbe de la vague comme un long pli liquide. La canne avait été perdue, tout comme ses lunettes. Ensuite il ne parvenait pas à trouver une prise sur la digue glissante, et le garçon était trop petit pour l'aider. Enfin Corde était arrivé à en sortir, il avait ôté sa chemise lourde de mer et en avait enveloppé sa cuisse. « Ces bernacles étaient de petites vacheries, sacrément dures. » Les coquillages avaient laissé des cicatrices pareilles à un million de griffures. « Ça laisse des traces », dit-il.

« C'était la première fois que je voyais quelqu'un saigner comme ça. »

Un pagre ou un flondre, à condition qu'ils en eussent attrapé un, gigotant et se débattant au bout de la ligne, eût laissé moins de souvenirs que l'Oncle Albert. Cet idiot, cet incapable d'Oncle Albert, qui écrivait sur Staline et Churchill à Postdam, ne savait même pas pêcher. La vision du sol sous ses pieds était toute déformée à cause de ses gros double-foyer. C'est le *chenal* qui l'avait attrapé, oui. Rien qu'une voix profonde, un œil protubérant, un air pontifiant, de longs poils qui poussaient sur sa pomme d'Adam et, quand il enlevait son pantalon, des pinceaux moches comme tout. Sans parler du sang. C'est drôle, je n'avais jamais pensé que mes jambes fussent si moches. Minna les aime bien. La façon dont je suis agencé l'amuse. Mais il faut dire que sa perspective est cosmique. Pas comme ce gamin avec son sale caractère — vraiment un gosse cruel. Son jugement sur moi aurait peut-être été un peu plus charitable s'il avait pu prévoir que lui-même en grandissant deviendrait bidimensionnel, comme un croquis de derrick. Il fallait regarder Mason de près pour discerner l'humanité en lui. Elle était aussi difficile à discerner que le mince trait de mercure de certains thermomètres. Mais en tournant votre thermomètre sous la lumière et en trouvant l'angle convenable, vous étiez sûr d'y lire quelque chose.

Miss Porson passa la tête par la porte. Consciente de s'être absentée un peu longtemps (et l'on ne pouvait s'enquérir des raisons aussi secrètes que féminines de ces absences énervantes), elle mit un peu de musique dans sa voix pour annoncer : « Il y a quelqu'un qui vous attend, Mr. Corde. »

« Encore une chose, dit Mason en se levant, ma mère a refusé de garantir la caution de Lucas Ebry… »

« Elle ne m'en a pas parlé. Je ne lui ai donné aucun conseil », dit Corde.

CHAPITRE 4

Chacune des longues journées dans la chambre de Minna était une succession d'états étranges. Le premier était celui du lever, de l'enfilage de ses chaussettes et pull-overs de Chicago (du bon cachemire, mais usés aux talons et aux coudes), l'assemblage d'un Doyen qui intérieurement était de moins en moins doyen. La pièce était sombre, le froid mortifiant. Les toilettes, situées dans une petite cellule séparée de la salle de bains, étaient gothiques. Le papier toilette était rude. Le long tuyau érugineux ne produisait, quand on tirait la chaîne, qu'un croassement vide. Là-haut, pas d'eau. On prenait un seau et on le vidait dans la cuvette. Corde lui-même s'en chargeait à présent et les remplissait pendant qu'il y avait encore de l'eau. Avec sa maladie de cœur, les seaux étaient bien trop lourds pour Gigi. La baignoire aurait pu servir de réservoir si l'obturateur avait fonctionné. Tout cela ressemblait à l'ancien temps aux États-Unis, avant l'époque du tout-confort. Ça vous ramenait en arrière.

Sur la table de la salle à manger le café turc était prêt, dans un *brikki* de cuivre à long manche, avec beaucoup de chicorée, avec du lait bouilli, du pain grillé à la place de toasts, une confiture brune avec des miettes d'orange — des ersatz, ce que la consciencieuse Gigi pouvait fournir de mieux. Des dames avec des paquets se présentaient au rapport. Son lit était un poste de commandement. Des connaissances bien intentionnées se chargeaient des courses. Des femmes âgées se levaient à quatre heures du matin pour aller faire la queue pour quelques œufs, une petite portion de saucisses, trois ou quatre poires blettes. Corde avait vu les boutiques et ce qu'elles offraient, les queues mornes — du brun, du gris, du noir, des couleurs boueuses, et une atmosphère d'exercice forcé dans une cour de prison. Les gentilles dames achetaient certainement au marché noir, Corde et Minna donnant à Gigi tous les lei échangés contre des dollars à un taux absurde. Corde mangeait du raisin, des mandarines et autres luxes de marché noir. De temps à autre on lui servait de la viande. Les dames partageaient l'opinion que dans la maison de la mort, il se devait d'y avoir de bonnes choses. En particulier pour des gens du monde extérieur — béni soit-il —, des étrangers qui considéraient les steaks et les mandarines comme des choses allant de soi, qui souffriraient de la privation, qui étaient aussi délicats que des dragons. C'était incroyable ce qu'ils pouvaient dévorer dans leur innocence. Nourrir un Américain devait distraire ces vieilles femmes. Mais elles avaient apparemment oublié comment faire cuire un steak. La viande arrivait desséchée ou même brûlée. L'huile de cuisson n'était peut-être pas de très bonne qualité. En tout cas la viande avait un goût de brasier et rappelait le sacrifice. Elle avait une saveur *sui generis* ; l'odeur de l'étable, du cuir était toujours présente, et il devait réprimer le désagréable sentiment d'intimité animale qu'elle lui donnait. Mais, quand on lui servait un steak, il le mangeait et disait à Gigi combien il le trouvait bon. Il voyait bien quels trésors d'organisation il fallait pour se le procurer. Gigi se démenait, s'éreintait. Un cousin médecin venait et lui posait son stéthoscope sur le cœur, il lui prescrivait de garder le lit, mais elle se levait pour préparer un gâteau pour Corde, tout ça parce qu'il avait dit un jour qu'il aimait beaucoup son gâteau aux raisins secs, et, quand elle n'était pas en train de faire de la pâtisserie, elle s'occupait à autre chose. Elle tirait des cartons des étagères à la recherche de souvenirs de famille. Elle répondait au téléphone au pas de course. Elle jetait un châle sur son dos et trottait jusqu'en bas conférer avec Ioanna, la concierge. Les concierges avaient des relations dans la police. Il fallait les ménager. Si la porte de l'ascenseur avait été mal refermée, on pouvait apercevoir le dessus de la tête de Gigi pendant qu'elle descendait l'escalier, une marche après l'autre. Ces visites propitiatoires que Gigi faisait en bas, Corde les appelait magie défensive. La cage d'escalier sentait le vieux plâtre tombé des fissures ouvertes par le tremblement de terre, et, quand on ouvrait la porte, on était frappé par le froid ; c'était comme de prendre une bonne claque avec le plat d'un sabre.

Cinquante ans plus tôt Gigi avait été envoyée à Londres étudier l'anglais commercial ; elle parlait assez bien la langue, à la façon un peu maniérée des étrangers quand ils s'adressent à un Américain en anglais *anglais* : « Voyez, cher Albert, vous trouverez cet objet que vous cherchiez sur le dessus de ce buffet. » Mais ce n'était pas de la pose, elle ne faisait que chanter la chanson de temps meilleurs. Il ne lui aurait jamais traversé l'esprit de prendre le Doyen de haut. « Lorsque ces ennuis seront passés, lui promettait-elle, il faudra abso-lu-ment que nous fassions une *taita tait.* »

Corde voyait comment c'était. Dans cet oppressant pays des merveilles socialistes elle avait toujours dépendu de sa sœur pour être protégée. Maintenant que sa sœur était mourante (encore qu'en disant : « Lorsque ces ennuis seront oubliés », elle essayait de le nier), elle assumait son rôle d'aînée. Elle avait joué les doublures pendant des années et à présent elle s'essayait à tenir le premier rôle. Elle avait même adopté les doutes de Valeria à son sujet. Corde s'en aperçut en remarquant que Gigi examinait parfois son visage en silence, ses yeux bruns, chauds et sombres, dilatés par la spéculation féminine : pouvait-on vraiment, mais *vraiment* lui faire confiance ? La question de sa stabilité avait manifestement souvent été évoquée ici. Avec son passé de débauche (quelque chose comme les mille trois séductions de Don Giovanni), est-ce qu'il se rangerait vraiment avec Minna ? Cela ne gênait plus Corde. Il était juste que Gigi, elle aussi, y mette son grain de sel. Le comportement américain *était* vraiment surprenant par rapport aux normes de ces vieux Européens de l'Est. Corde aurait pu lui donner le frisson en lui faisant des confidences : « J'ai effectivement connu quelques femmes extravagantes, mais tout ça est fini et bien fini. À votre place, je ne m'en ferais pas. »

Allez raconter ça aux gens des mises en liberté sous condition !...

Avec ses soixante-dix et quelques années, Tanti Gigi était encore la petite sœur, très décidée, avec des accès de bonté, ne tolérant aucune résistance à ses sacrifices. Corde disait à Minna : « Ta tante a toutes sortes d'attentions. »

« Oui, je sais. »

« Je trouve ça touchant. Ces sœurs... »

« Il y a longtemps, quand elle était belle, elle adorait s'habiller. Elle était d'ailleurs merveilleusement chic. Je me rappelle comme les gens se retournaient dans la rue pour la regarder. Mais ensuite, dans les années quarante, elle a commencé à recueillir les enfants de familles qui étaient mortes durant la guerre. Elle avait à peu près vingt orphelins. Ma mère l'aidait. Et puis son mari est mort. »

L'appartement était au nom de Valeria. Les cousins discutaient de son avenir avec Minna. Qu'allait-elle faire une fois qu'elle serait seule ?

Juste avant l'attaque de Valeria, Gigi était allée chez le coiffeur — on lui avait frisé, crêpé les cheveux, ou on lui avait fait une ondulation (Corde ne connaissait pas le mot exact) —, et maintenant tout se défaisait, projeté en touffes raides à partir de son cou mince, comme les frondes sèches sous la couronne d'un palmier. Elle s'empressait auprès de Corde, surtout au petit déjeuner : « Je voudrais tellement que nous ayons un vrai toaster, mais il n'y en a pas. Ce café est-il buvable ? C'était une bonne idée d'apporter une boîte de thé anglais de Chicago. Pouvons-nous vous trouver un journal étranger à l'Intercontinental ? » Elle disait aussi : « Quel dommage que vous ne puissiez pas voir quel beau pays nous avons, plutôt que le côté triste, si effroyablement triste. » Elle avait dû apprendre son anglais dans le *Tale of Two Bad Mice* de Beatrix Potter. C'était du pur babil, version balkanique.

Corde dit : « À l'Intercontinental je n'ai vu que la *Pravda* et *Tribuna Ludu.* Ils n'ont pas l'air d'avoir le *Herald Tribune.* » Mais pour ce qui était des nouvelles, en fait, il ne savait trop que penser. À la maison il lisait trop de journaux. Il se sentait mieux sans sa dose journalière de problèmes planétaires, d'événements truqués, sans phrases journalistiques. Rien de vrai — de réellement vrai — ne pouvait être dit dans les journaux. Il y avait dans la salle à manger un énorme poste de radio à ondes courtes qui avait l'air de pouvoir recevoir Java mais qui ne produisait que des bredouillements étranglés. La grosse télévision avec son coffrage en bois était également inutile. On n'y voyait que le Dictateur. Il inspectait, il passait en revue, il accueillait, il présidait ; et il y avait des fanfares, des fleurs et des limousines. On montrait des gens en train d'applaudir. Mais que l'émigration soit autorisée, et le pays serait désert en moins d'un mois.

Le Doyen commença à prendre un intérêt particulier aux plantes dans la maison. C'était la bonne saison pour les cyclamens. Les boutiques en étaient remplies. Il chercha *cyclamen* dans le Grand Larousse. Ayant remarqué que Corde allait d'un bout à l'autre de l'appartement en arrosant les fleurs, Tanti Gigi avait demandé à ses agents d'en apporter d'autres. Il était heureux d'avoir leur compagnie. Il avait l'impression qu'elles lui rafraîchissaient la tête. Les violettes africaines, dont il se préoccupait tellement chez lui, devaient toutes être mortes à présent.

Après le petit déjeuner il retournait dans la chambre de Minna, s'asseyait au bureau d'écolière de Minna avec son manteau sur les épaules, essayait d'écrire une lettre ou de jeter quelques notes pour son nouveau projet en collaboration avec Beech, lisait quelques-uns des documents que Beech lui avait donnés ; puis il se rendait compte qu'il était dans un état curieux. Il se retrouvait en train de contempler les cyclamens. Et souvent il regrimpait dans son lit. Le procès de Riggie Hines et Lucas Ebry était dans sa deuxième semaine. Son bureau était censé le tenir au courant. Les jurés seraient sans doute lâchés pour leur permettre de faire leurs achats de Noël et il ne se passerait rien jusqu'après les fêtes. Jusqu'à présent Miss Porson n'avait envoyé aucun courrier. Ils n'étaient partis que depuis huit jours. Corde dormait donc beaucoup, mais mal. Ce qu'il avait, c'était l'extase inquiète.

Certains matins le soleil brillait — du vrai ciel d'hiver bleu et clair. Il regardait à travers les branches de lierre, du côté du porche. Il en tombait de petites baies gelées, bleu foncé. Les pigeons arrivaient. Les vieilles dames devaient les nourrir. Mais ces oiseaux ne l'intéressaient pas énormément. C'était les cyclamens qui l'absorbaient jusqu'à l'hypnose — le cœur sombre des fleurs roses et celui davantage pourpre des blanches, les pétales retroussés, les feuilles piquées de taches de toutes les variétés de vert. On disait dans le Larousse qu'elles appartenaient à la famille des primevères. Elles poussaient à partir de sortes de rhizomes. Quelqu'un lui avait un jour suggéré l'idée que ces êtres verts produisaient leurs feuilles et leurs fleurs dans un état de sommeil, une perfection dépourvue de conscience, un dessein sans nerfs. Mettez une poignée de terre dans un pot, et elles vous en faisaient cette beauté. Qui avait dit ça à propos de la vie assoupie des plantes ? Souvent, en méditant sur les cyclamens posés sur la table, il somnolait ; il se sentait trop vague pour se souvenir de quoi que ce fût. Il pensait : si on mettait une quantité suffisante de ces plantes dans une pièce et qu'on les arrosât avec une solution de Nembutal, elles guériraient peut-être de l'insomnie en produisant une atmosphère de rêve ?

Son horloge biologique n'avait pas rattrapé son retard. Le matin, il était assailli par un besoin de sommeil anormal. Il ne faisait rien contre. Il se réveillait dans le fauteuil, calé sur le dossier, les bras croisés et le visage tourné vers le haut comme une antenne de radar. Cette position lui faisait mal au cou. Il abandonnait, se dévêtait et se fourrait, nu, sous les couvertures. Quand il faisait cela il se rendait compte quelquefois depuis combien de temps il vivait et combien de fois, tant de fois, la créature nue s'était glissée entre les draps. Minna aurait répondu que cela ne voulait rien dire et que, comme elle, il était plus jeune que la somme de ses années ; mais la spirale au cœur de l'individu, si serrée au début de sa vie, était certainement plus lâche. Pas aussi lâche que chez sa belle-mère — Valeria, en réanimation, était toujours présente à son esprit —, mais comment nier le ripage ?

De temps en temps Minna le sortait de son sommeil d'après petit déjeuner. Elle entrait et le priait instamment (comme s'il avait pu lui venir à l'idée de refuser) de se lever pour accueillir des visiteurs particuliers. Il entendait des noms comme notre Cousin Cornel, Badia Tich, le Dr. Serbanescu, le Dr. Voynich, le frère de Vlada, des parents et collègues de ses parents. (Le terme « collègue » avait ici un poids bien plus grand qu'en Amérique. Les Américains disaient maintenant « associé », comme dans *Ali Baba et les Quarante Associés*.) La plupart des visiteurs étaient des gens âgés, souffrants et pleins de savoir-vivre. Ils étaient conscients d'être un peu râpés, et ils avaient l'air en vous serrant la main de hausser les épaules comme pour dire : « Vous voyez bien comment c'est. » Ils donnaient l'impression à Corde de s'être mis sur leur trente et un pour une fête en pleine Dépression. Ils bavardaient dans un français un peu rouillé, pour lui épargner leur anglais encore pire ; et en parlant, bien sûr, ils essayaient de prendre la mesure du mari américain, assis là, un peu avachi. Il avait enfilé ses vêtements à moitié réveillé et se sentait insuffisamment raccordé à son col, à ses chaussettes, à ses chaussures, à sa veste. Le Doyen n'avait pas acheté un seul costume depuis son mariage, cinq ans plus tôt. Il n'avait plus besoin d'être séduisant, de détourner l'attention de ses cheveux qui se clairsemaient, de son long cou, de son visage circulaire (« un peu comme un tournesol en hiver » étaient ses propres termes). Encore mal réveillé, il répondait à chaque question polie avec une politesse égale, s'en remettant à sa voix basse et mesurée pour le tirer d'affaire. Au moins la fille des Raresh avait-elle épousé un Américain capable de se débrouiller en français. Le français, ici, était hautement apprécié ; le français était une chose précieuse et délicate. Il expliquait qu'il avait vécu un moment à Paris, mais son goût pour la conversation était limité. Il avalait un verre de cognac (en dépit d'une certaine saveur légèrement moisie de torchon humide, il avait un effet net et revigorant) ; il mangeait une tranche de cake aux raisins secs de Tanti, la faisait descendre avec une tasse de thé. Il remarquait que toutes les personnes présentes essayaient de lui dire quelque chose, de faire comprendre par différents signes ce que les conditions d'existence étaient, ici. De plus, il lui semblait évident que les cousins et collègues étaient extrêmement fiers de la prééminence scientifique de Minna. Il était bien d'accord avec eux. La connaissance de ce qu'il y avait également là sur le plan humain le réchauffait ; s'il lui avait été possible de se laisser aller, il leur aurait parlé de la richesse de ses qualités humaines. Les visiteurs auraient été heureux que le Doyen leur parlât intelligemment de la position des États-Unis dans la politique mondiale. Il venait du monde extérieur, après tout. L'Ouest, béni soit-il. Il était libre de s'exprimer. Pour eux c'était impossible. Toutes les conversations avec des étrangers devaient être rapportées. Peu de gens avaient le cran de fréquenter la bibliothèque américaine. Ceux qu'on trouvait assis dans la salle de lecture étaient probablement des agents secrets. L'un des exploits les plus impressionnants du Communisme avait été de boucler autant de millions de gens. On n'aurait pas cru possible à cette époque que les techniques de la censure pussent égaler celles de l'information. Évidemment, comme en France sous l'Occupation, ces millions de prisonniers étaient déjà très occupés à se débrouiller, à se maintenir en vie. Avec cette tristesse de l'après-midi, la luminosité sourde de cette journée tronquée et la froidure de la pièce (tellement décourageante !), les visiteurs auraient été reconnaissants d'entendre parler quelqu'un d'aussi exotique qu'un Américain intelligent ; des paroles dénotant un intérêt réel, et aussi des paroles de réconfort — cette dictature ne pouvait durer éternellement. Mais il n'avait pas le cœur à leur raconter des choses. Qui plus est, Corde n'était pas vraiment présent. Même le cognac avec son coup de fouet ne lui remettait pas les pieds sur terre. Ce ne fut qu'au moment où le Dr. Voynich allait partir que Corde, resté pratiquement muet, l'avait identifié. Mais c'était le frère de Vlada ! Il se leva pour serrer la main du docteur une seconde fois : « Vous attendez Vlada pour Noël, n'est-ce pas ? »

« Absolument. »

« Je suis désolé... Je suis un peu dans la lune aujourd'hui », dit Corde. Elle va sans doute m'apporter des nouvelles de Chicago. »

Le Dr. Voynich était âgé, ravagé. Sa sœur était trapue, pâle, ronde ; pas du tout comme lui. Il faut dire aussi que sa sœur n'avait pas été en prison — combien d'années déjà ? Le docteur y avait passé une grande partie du temps en isolement cellulaire. Pendant que Corde le raccompagnait à la porte, Voynich dit : « Votre femme me dit que vous n'avez pas vu grand-chose de la ville. Minna est malheureusement très occupée. Je serais heureux d'être votre guide, un de ces jours, avant que ma sœur arrive. »

« Je vous en serais reconnaissant. »

Corde, après avoir refermé la porte de l'appartement, ne retourna pas au salon. Il retourna dans la chambre et se remit au lit. Une température de douze-treize degrés était idéale pour les cyclamens. Il fit comme eux et laissa sa conscience de côté, se mit en hibernation. Il était plutôt content de se sentir partir, de renoncer à ses sens — l'ouïe, le toucher, les yeux clos — une sorte d'évanouissement, pensa-t-il.

Mais le lendemain matin — il n'avait pas senti le temps passer — il était de nouveau en forme. Quelqu'un appela de l'ambassade américaine. Un des amis de Corde à Washington devait avoir tiré une grosse ficelle. Une voiture viendrait chercher Mr. Corde à dix heures et demie. Corde se rasa soigneusement, se mit sur son trente et un et descendit. Ioanna, la concierge, guettant de son *sous-sol**, aurait ce jour-là quelque chose à rapporter aux agents — une limousine avec le drapeau américain, qui était venue chercher le mari de Minna.

Corde avait envoyé un mot à l'attaché culturel. C'était Milancey, un type au visage lisse, qui portait un chapeau rigolo ; qui avait un sourire de traviole ; qui s'était occupé de leurs visas à leur arrivée et les avait accueillis à l'aéroport.

Milancey avait été parfaitement clair : le gouvernement américain avait rempli ses devoirs vis-à-vis des Corde et n'avait pas l'intention de se mettre davantage en quatre. Aussi la limousine était-elle une surprise. Jamais Milancey n'aurait envoyé cette voiture. Peut-être la National Science Foundation, peut-être un conseiller de la Maison-Blanche qui connaissait les travaux de Minna avaient-ils intercédé, et c'était descendu jusqu'à Milancey qui en avait fait part au Premier Secrétaire ou même à l'Ambassadeur. Enfin, quelqu'un au sommet de l'échelle avait envoyé la Lincoln Continental dans laquelle Corde était maintenant assis, plus au chaud qu'il ne l'avait été depuis plus d'une semaine, les pieds reposant sur un doux bloc de feutre qui basculait vers l'avant. Ses yeux, malgré le confort, étaient ceux d'un homme soumis à des pressions intenses. En arrivant à la rue barrée et gardée, la voiture tourna dans la cour de l'ambassade. Corde fut reçu par une jeune femme qui lui fit passer le bureau du Marine de garde dans le hall puis lui fit monter l'escalier de marbre en spirale du petit palais jusqu'aux bureaux de l'Ambassadeur. Dans l'antichambre, une secrétaire se leva et ouvrit la porte. L'Ambassadeur attendait derrière son bureau, debout :

« Mr. Corde ? »

Corde se demanda pour quelle raison ce bel homme noir, discret, à l'air sincère et gracieux, et à la voix douce, le recevait. Ce n'était pas à cause de l'astrophysique de Minna, en tout cas pas uniquement. L'Ambassadeur dit qu'il était à l'ambassade de Paris au milieu des années cinquante, à l'époque où Corde écrivait pour le *Herald Tribune.* « C'étaient toujours vos articles que je lisais en premier. » Il indiqua un canapé. Ce serait une entrevue sans cérémonie. Il y avait peut-être peu d'affaires officielles à traiter durant la période de vacances des fêtes de fin d'année, mais, pensa Corde, il se pouvait aussi que l'Ambassadeur eût vu ses articles dans le *Harper's.* Peut-être aussi *Time* ou *Newsweek* avaient-ils repris l'histoire du procès Ebry dans les journaux de Chicago, qui n'avaient rien de tendre. Quand Rufus Ridpath, le directeur de la prison municipale, avait été accusé de sévices envers les détenus, Corde avait accusé les journaux de dresser l'opinion publique contre lui. Ils avaient publié une série d'articles sur Ridpath. Ils avaient fait paraître des comptes rendus de dépositions nuisibles à l'accusé sans citer les noms de leurs informateurs. Des gros plans grotesques en première page lui donnaient l'air d'un gorille. Faire cela au seul homme qui avait eu le cran d'entrer carrément dans les pires sections de la prison et de reprendre son contrôle aux caïds et à leurs bandes était proprement révoltant. « Les médias paraissent plus à l'aise avec les faux-jetons et les hommes sans scrupules », voilà ce que Corde avait écrit. Et maintenant, avec l'affaire Ebry, les médias l'avaient dans le collimateur et s'en donnaient à cœur joie. Un homme plus expérimenté, plus habile, l'aurait prévu. Mais l'excitation morale (est-ce que c'était parce que c'était si rare ?) affaiblissait votre jugement pratique. Quoi qu'il en soit, la chasse au Corde battait son plein. Les journaux rapportaient l'amitié de Mason et d'Ebry, et les accusations des étudiants radicaux. Ils laissaient entendre que Corde, un raciste, appliquait la politique raciste de l'Université. Il y avait une complication encore plus embarrassante. Max Detillion, le propre cousin de Corde, défendait Ebry. Mason s'était arrangé pour qu'il reprenne l'affaire à l'avocat qu'Ebry lui-même avait choisi. C'était salement habile de la part de Mason. Oh ! qu'elles étaient trompeuses ces dents innocentes ; et le pollen adolescent, et les longs cils ! Ce gosse était malin comme pas deux. Le Cousin Max, qui en voulait à mort à Corde, avait immédiatement organisé une conférence de presse pour annoncer qu'il n'exigerait pas un centime d'honoraires pour défendre ce plongeur du ghetto. Maxie adorait faire parler de lui et, cette fois, il faisait de la bonne copie. Il devait plus cela au cousin qu'il détestait tant qu'à ses talents de juriste. L'origine de la haine de Maxie était de l'amour tourné à l'aigre, des querelles de famille. Des torts imaginaires le rendaient complètement fou. Maxie, tapageur, plus tout jeune et corrompu, avec son regard hardi et son éloquence d'analphabète furieusement répétitive, avait un génie d'imbécile pour attirer l'attention. Il avait bien besoin de ce coup de publicité ; son étude n'allait pas fort. On avait demandé au premier avocat de se retirer.

Mais c'était bien inutilement que Corde s'était tracassé au sujet de Mason, de Max et des journaux de Chicago car l'Ambassadeur paraissait n'être au courant de rien de tout ça. Il s'était préparé en vue de difficultés que cet homme poli n'avait pas l'intention de faire. L'Ambassadeur voulait seulement parler du Paris des années cinquante. « Mais, vous n'écrivez plus pour les journaux », dit-il.

« J'ai abandonné. Je publie encore un article de temps à autre. Il y en a eu récemment un qui... »

« Il faudra que je voie ça. » L'Ambassadeur prit note avec un stylo bille en argent. « Quel genre de travail faites-vous, maintenant ? »

« Professeur de journalisme, dans ma ville natale. Doyen, même. Je ne suis pas vraiment fait pour le travail administratif. Je ne sais pas trop si je peux dire que je suis un vrai professeur non plus, mais enfin, j'ai eu envie d'essayer. »

C'était reposant d'être assis là avec l'Ambassadeur. Son bureau était magnifiquement meublé. C'était un bel homme, et il y avait chez lui quelque chose... du raffinement, de la délicatesse. Et puis aussi, sortir de la chambre de Minna était important, c'était un complet changement de décor. Corde était resté trop longtemps enfermé.

« Je présume que certaines de vos inclinations culturelles ne devaient pas être satisfaites par le journalisme. »

« Vous avez raison. Pour passer de Paris à Chicago, avouez, il fallait qu'il y ait un besoin assez particulier. J'avais certains livres à étudier, et je voulais trouver des gens à qui parler. Les *bonnes* gens à qui parler — c'est le plus difficile. »

« Vous devez vous intéresser à des choses particulièrement difficiles... »

« Je ne crois pas qu'elles soient tellement difficiles ni ésotériques, non. À Paris j'étais toujours trop occupé. Et quand vous êtes débordé, alors l'art, la philosophie, la poésie, enfin toutes ces choses sont vite remisées à la cave. Juste avant de prendre la décision de partir, j'étais en train d'étudier Rilke, surtout sa correspondance de guerre. »

« Je ne la connais pas. »

Sur le canapé, avec l'Ambassadeur, la conversation paraissait tout à fait possible. Pourtant, ça n'avait jamais été facile. Quand Rilke s'était plaint de son incapacité à trouver une attitude adéquate envers les gens et les choses qui l'entouraient, Corde s'était dit : oui, oui, c'est courant — c'est moi aussi, ça. Étrange qu'avec un tempérament pareil il soit devenu journaliste. Un homme de mots ? Oui, mais pas les bons. Durant des années, pour se guérir des mauvaises habitudes, des mauvais usages, il n'avait pratiquement rien dit. Et à présent il semblait qu'il avait même oublié comment ouvrir la bouche. Son séjour dans la chambre silencieuse où Minna avait fait ses devoirs d'astrophysique ou de mathématiques, où Valeria conservait ses reliques et écrivait ses lettres l'avait rouillé, l'avait enfermé dans le cocon d'un engourdissement déchirant. Il y avait eu un moment, au début de sa conversation avec l'Ambassadeur, où il avait imaginé que son visage refaisait surface, remontant du fond comme le visage que Mason avait dû voir réapparaître à Cape Cod, émergeant de l'eau verte de l'Atlantique, les lunettes perdues, les cheveux dans le courant, le grand front nu, le nez moitié français, moitié irlandais, les yeux aveugles.

Ce n'était pas que les sujets lui manquassent. Il se préparait à faire une déclaration enflammée au sujet de Valeria. En même temps, il essaierait sur l'Ambassadeur certaines de ses idées sur l'état d'esprit à l'Ouest. Oh ! pour ça, il avait des tas de sujets : la démence dans laquelle se trouvaient les États-Unis, la psychologie de la gent officielle du monde communiste et leur vision des choses, les étranges psychoses particulières aux sociétés pénitentiaires, telle celle-ci. L'amabilité distinguée de l'Ambassadeur était très encourageante. Corde avait vraiment envie de se laisser aller. Mais il décida sagement de laisser l'Ambassadeur mener la conversation.

L'Ambassadeur demanda des détails sur Valeria, et Corde

s'anima au fur et à mesure qu'il les lui exposait. Un verre de quelque chose l'aurait bien aidé, mais ce n'était pas une bonne idée d'en demander un . L'Ambassadeur lui dit qu'il avait lu très attentivement le mot qu'il avait fait parvenir à Mr. Milancey. Corde l'avait bâclé, sans penser une seconde que l'attaché pourrait le montrer à qui que ce soit. Il essaya de se souvenir de ce qu'il avait dit.

« J'y ai trouvé certains parallèles, dit l'Ambassadeur. J'ai également épousé une étrangère. Ma femme est française, elle. Sa mère, une vieille dame française qui vit avec nous, est gravement malade. »

« J'en suis désolé. Oui, je comprends pourquoi vous avez réagi. Est-ce qu'on peut faire quelque chose ? Nous sommes ici depuis huit jours — je crois. Je n'arrive même plus à me souvenir des dates. Ma femme a pu voir sa mère deux fois. »

« Deux fois seulement... ? »

« Environ vingt minutes à chaque fois. Pour la seconde visite nous n'avions pas reçu l'accord du Colonel — le directeur de l'hôpital. »

« Alors comment avez-vous arrangé ça ? »

Corde jeta un coup d'œil autour de lui. Ce serait peut-être une erreur de donner des noms, même ici. L'ambassade était certainement placée sur écoute. « Comment, je ne sais pas. Mais on a accusé ma femme d'avoir fait une entourloupette. Ça ne lui ressemblerait pas du tout. C'est une femme exceptionnellement... »

« Elle est astronome, n'est-ce pas ? »

« Si nous n'étions pas accourus ici, nous devrions être au Mont Palomar. Elle aurait eu le télescope pour elle toute seule pendant une partie de la semaine de Noël. Et maintenant elle est pendue au téléphone, à essayer de trouver de l'aide. Vous pouvez vous imaginer dans quel état elle est. La dernière fois qu'elle a vu sa mère, c'était il y a cinq jours. C'est très douloureux pour elle. »

« Je comprends très bien. Quelle est la raison qu'on vous a donnée ? »

« Les visites sont interdites dans les services de réanimation. Point », dit Corde.

« Oui, vous le mentionniez dans votre lettre. C'est étonnamment sévère. Écoutez, je suis en bons termes avec le Ministre de la Santé. Je l'appellerai dès cet après-midi. D'accord ? »

« Je suppose qu'il dirige tous les hôpitaux. Le Colonel lui est certainement subordonné. Je vous en serais très reconnaissant. Sa mère n'en a plus pour longtemps. À un moment pareil toute cette histoire peut paraître futile... Je veux dire, s'expliqua Corde, si on tient compte de ce qu'on lit tous les jours — actes de terrorisme, famine, génocide, les événements d'Amérique latine, du Cambodge ou d'Ouganda où un otage, une vieille femme à Entebbe qu'il fallait emmener à l'hôpital, s'est fait étrangler par les gens d'Amin. Tous ces événements brutaux, horribles. À Addis-Abeba le régime assassine des adolescents pour écraser l'opposition, et ils abandonnent les corps des enfants devant la porte de leurs parents. C'est comme ça que les choses se passent, à présent... »

« Cependant, pour Mrs. Corde, ce n'est pas rien de ne pas être autorisée à voir sa mère. »

« Pour moi non plus. Ma femme est une personne simple. Pas de politique. Sa mère voulait l'en sortir, elle l'a élevée comme ça. Pas de politique, pas d'histoire. Peut-être même pas assez. Chez nous, à Chicago, elle reçoit des journaux des organisations pour le respect des Droits de l'Homme et des livres écrits par des survivants des camps, des réfugiés. Elle est sur les listes d'envoi parce qu'elle vient d'Europe de l'Est. Mais elle est trop occupée, et c'est moi qui dois lire toutes ces histoires horribles. C'est pour ça que j'ai une idée assez détaillée de la façon dont les choses se passent dans cette partie du monde — le travail forcé, les hôpitaux psychiatriques pour les dissidents, la censure. J'ai pris l'habitude de lire tout ce courrier à sa place. Elle me demande un résumé. Bref, le schéma, c'est ça : ma belle-mère est à l'hôpital du Parti, et le directeur est un colonel de la police secrète. Pas le genre à s'attendrir sur la douleur humaine. De toute façon, je crois qu'il aimerait bien donner une leçon à ma femme. »

« Parce qu'elle a quitté le pays ? »

« En partie. Et maintenant cette dame revient avec un passeport et un mari américains, elle débarque sans visa, de telle sorte que l'ambassade est obligée de venir à son secours — à propos, elle a toujours les deux nationalités — et elle s'attend à ce que le Colonel supprime le règlement pour elle. Qu'est-ce qu'elle se croit ? Et puis, sa mère était ministre de la Santé il y a trente ans, et le Colonel devait être tout jeune à l'époque, il faisait ses classes dans les hôpitaux de prison. Si j'en crois la littérature que je lis maintenant à la pelle, les techniques d'aujourd'hui sont bien différentes ; d'après Amnesty International, ils injectent des psychodysleptiques dans ces hôpitaux psychiatriques, et qui peut dire combien de gens sont en train d'y mourir ? Électrochocs, piqûre de sulfadiazine. Et quand le Colonel était apprenti, c'était encore bien plus saignant. Un des collègues de ma belle-mère, ministre de la Justice, s'est fait couper la tête à coups de hache dans sa cellule. Ils avaient décidé de ne pas le laisser comparaître. » L'excitation de Corde l'emportait. Il n'aurait pas su dire pourquoi. Enfin si, il aurait pu dire pourquoi, approximativement. Mais il était sans aucun doute stupide et grossier de faire une conférence sur les atrocités à un diplomate expérimenté de haut rang. Tocqueville avait mis dans le mille en disant que les Américains (et les Démocrates en général) n'avaient aucune aptitude pour la conversation, qu'ils discouraient. L'emphase, les clichés, le rabâchage des journaux faisaient évidemment fuir les interlocuteurs. Ils avaient lu ce que vous aviez lu, entendu ce que vous aviez entendu. L'Ambassadeur était trop bien élevé pour l'interrompre. Il écoutait, il hochait la tête, il attendait. Et Corde, après tout, avait réellement quelque chose à communiquer. Il essaya encore : « Ce que je voulais dire tout à l'heure quand j'ai parlé de broutilles, c'est que maintenant tout le monde suit une échelle : A est mauvais, mais B est pire, et C pire encore. Quand on arrive à N, l'inqualifiable, A devient moins que rien. Après trente ans de police et après avoir vu des régiments entiers de cadavres, le Colonel doit avoir acquis une vision un peu spéciale de la souffrance et de la mort. Alors qu'est-ce que c'est que toutes ces histoires pour une seule vieille femme ? On prend le cas le plus extrême, et on réduit tout le reste. C'est la même chose chez nous... J'imagine ce que le Colonel aurait à dire de l'éthique pratiquée à l'Ouest. Ou prétendue telle. »

Il avait l'impression qu'il avait eu beau discourir, il n'avait pas encore totalement dégoûté l'Ambassadeur. On l'écoutait toujours poliment. Cet homme, très noir, très mince, avait du style, de la classe, de la culture. Il portait un complet gris clair bien coupé, une cravate de chez Hermès (Corde reconnaissait le motif en étrier) et de minces chaussures noires qui ne pouvaient venir que d'Italie. Subtil, avisé, il écoutait les explications (ou les grandiloquences) de Corde mais n'avait manifestement pas la moindre envie de discuter de l'humanisme de l'Ouest, de la morale civilisée, ni du nihilisme, tant à l'Est qu'à l'Ouest. C'était un personnage officiel, et il était débordé.

« Attendons de voir ce que le Ministre de la Santé aura à en dire. »

« Ma femme a l'impression que sa mère n'arrive pas à comprendre pourquoi elle ne vient pas. »

« Mais ce n'est pas comme cela que vous le voyez — vous n'êtes pas d'accord ? »

« Avec l'expérience qu'elle a derrière elle, cette vieille dame a dû comprendre. »

« Est-elle pleinement consciente ? »

« Elle l'était la dernière fois que nous l'avons vue. Ils lui ont mis un stylo bille entre les doigts, et elle a écrit sur le bloc qu'elle voulait qu'on la transportât chez elle. Enfin, elle a écrit le mot “ maison ”. Mais on ne peut pas la débrancher de ces machines. Le Colonel a proposé cette solution-là. »

« Ah bon ? »

« Oui, il a dit que si elle quittait le service de réanimation elle pourrait recevoir des visites tous les jours. Mais il plaisantait. L'appareil respiratoire ne fonctionnant plus, elle ne vivrait pas dix minutes. C'était seulement sa façon d'apprendre à vivre à la fille. Une prime. »

Ces détails ne mettaient pas l'Ambassadeur tout à fait à l'aise. Il compatissait, il était suprêmement correct, mais il aurait préféré les éviter. Aussi bien, Corde ne les exprimait-il pas tous non plus. Sa mémoire involontaire lui avait rappelé le tableau de Goya : *Saturne* — le géant nu, accroupi, la bouche béante, en train de dévorer. La Mort engloutissant la vieille femme, tête la première. Une fois de plus, l'incapacité de trouver l'attitude adéquate. Corde *paraissait* assez calme, mais ses contrôles n'étaient absolument pas en état de marche.

Minna demandait sans cesse : « Que peut bien penser Maman ? À ton avis, qu'est-ce qui lui passe par la tête ? » Et Corde se posait souvent la question : qu'aurait ressenti la vieille femme si elle avait pu ouvrir les yeux, et qu'elle nous eût trouvés plantés là avec nos blouses et nos masques de chirurgiens ? Il était persuadé qu'en ce qui concernait sa mort elle avait tout soigneusement réglé, mais elle ne pouvait pas décider de l'avenir de Minna. L'éternelle même question était toujours présente : pouvait-on être sûr que lui, Corde, cet Américain, ne ferait pas de mal à sa fille, ne la trahirait pas, ou même, ne gâcherait pas son existence ? La vieille femme était une vieille femme très fine, mais c'était également une vieille femme romantique. Elle avait aimé son mari. Quand il était mort, tout ce qui restait de lui était passé dans leur fille. Elle avait expédié sa fille tout droit dans le cosmos. La physique des particules, les galaxies, les équations, rien d'autre. Minna n'avait jamais lu le *Manifeste du Parti Communiste*, elle n'avait jamais entendu parler de la Grande Terreur sous Staline. Alors, Valeria pouvait-elle vraiment confier sa fille à un homme comme Corde ? Supposons que Valeria le vît la contempler, debout au-dessus d'elle dans son lit d'hôpital, quelle sorte de visage ce masque de gaze recouvrait-il, sain d'esprit — ou quoi ? Une âme tendre ou un tueur masqué ? Corde avait toujours peur que cette subtile vieille femme ne connût les pires de ses idées, son instabilité, ses faiblesses, ses vices. Oh, Seigneur ! alors j'hérite de la responsabilité de cette existence de sacrifice maternel, de cette pureté de matrone romaine, de tout ce chef-d'œuvre d'éducation classique ! Il y a un petit quelque chose d'un peu fou là-dedans. Il y a des gens qui vous devinent. Et surtout les vieilles femmes. Dans *La Dame de Pique* de Pouchkine, ce n'était peut-être en fin de compte pas tellement l'avidité du joueur qui poussait ce joueur effréné, Hermann ; il se cachait peut-être dans la chambre de la vieille femme parce qu'il avait besoin de faire face à son terrible regard pour mettre son âme à l'épreuve ? Très bien, Corde avait ses désordres, mais sa réponse à Valeria était : oui, oui, elle pouvait lui faire confiance. Il était stable. Oui, il avait trouvé son équilibre. Voilà ce qu'il aurait été prêt à lui dire : « Ne vous en faites pas. Ne m'ajoutez pas à toutes vos souffrances. J'aime votre fille ! »

Il ne laissait apparaître (il l'espérait) aucune de ces considérations ; ni ce que lui faisait la proximité de la mort, à quel point il était ouvert à tout, à quel point il était proche d'une éruption émotionnelle.

L'Ambassadeur devait être un de ces patriciens noirs de Washington ou de Philadelphie dont les ancêtres avaient été émancipés avant la Guerre Civile. Corde en avait rencontré quelques-uns. Ils avaient des maisons de campagne à Edgartown. C'était ainsi que, probablement à tort, il le replaçait. « Je vous promets de vous donner des nouvelles aujourd'hui même, Mr. Corde, dit-il. Et si l'ambassade peut vous être d'une aide quelconque pour autre chose… »

« Votre bibliothèque des périodiques pourrait peut-être me prêter les *Tribune* de la semaine passée ? La dernière fois que j'ai lu un journal c'était dans l'avion en venant ici. »

« Je pense que nous pouvons vous en trouver. À propos, un journaliste de passage ici a parlé de vous, hier. Spangler, l'éditorialiste. »

« Quoi, Dewey Spangler est ici ? »

« Il fait une tournée en Europe de l'Est. Il est passé prendre un verre et a parlé de vous très chaleureusement. Vous êtes amis de longue date ?… »

« Nous étions ensemble à l'école. Je ne l'ai pas vu depuis des années — peut-être bien dix ans. »

« Me permettez-vous de lui communiquer votre numéro ? »

« Bien sûr. »

Spangler n'était jamais venu le voir depuis qu'il était à Chicago, mais il était inutile de le dire à l'Ambassadeur. Il en avait déjà dit plus qu'il n'était strictement nécessaire. Beaucoup de commentaires inutiles.

Des retrouvailles de vieux copains ici, en plein cœur des Balkans, voilà qui devait plaire à Dewey… Sans blague — deux gamins poussés dans les rues de Chicago, et maintenant l'un d'eux, quarante ans plus tard, une grosse légume, éditorialiste publié dans tous les journaux possibles et imaginables, et puis se rencontrer dans cette oppressante capitale communiste et byzantine ? Quel arrière-plan de rêve ! C'est un fait, Dewey était devenu à Washington un —

un quoi au juste ? — un porte-parole national, un opérateur de haut vol. Pendant des années il avait gardé ses distances avec Corde parce qu'il n'aimait pas qu'on lui rappelle l'adolescent un peu tordu qui racontait des histoires à dormir debout, qui se bagarrait avec sa mère en hurlant des insanités, et qui écrivait des poèmes violemment révolutionnaires.

Corde n'appréciait pas vraiment la rubrique de Dewey. On y sentait trop le politicien et le pognon. Il faisait vraiment des efforts pour ressembler à Walter Lippmann. Mais Lippmann avait été l'élève de Santayana et le protégé de potentats à une époque où Dewey-la-dent-dure, en maillot de corps, en était encore à faire des grimaces à sa mère et à lui hurler des injures.

Mais il y a quarante ans, nous nous comprenions, pensa Corde. C'était encore l'époque du lycée, bien sûr, avec Swinburne, Wilde, Nietzsche et Walt Whitman. La verdure parfumée, le lyrisme et les lamentations enivrants, la belle musique, le nihilisme et la décadence en avaient fait des copains. L'épais volume des œuvres d'Oscar Wilde que Corde avait trouvé sur les étagères du bas, derrière le lit de Valeria, les hyperboles ampoulées remplies d'âmes aveugles et d'enfers rougeoyants auraient très bien pu être un présage de cette rencontre. Il y avait même un autre rapport (il y aurait pensé si ses esprits avaient fonctionné normalement) : Max Detillion, son cousin, avait jadis partagé leurs passions littéraires. Du moins le prétendait-il. Déjà porté à l'esbroufe, Maxie avait l'habitude de réciter *La Ballade de la geôle de Reading* : « Car les hommes tuent ce qu'ils aiment... La pauvre femme qu'il aimait, et qu'il a tuée dans son lit. » Dewey Spangler se moquait férocement de lui. « Gros cul - petite tête... mignonnet balourd... *Cul Poetica*. » Ça faisait partie des plaisanteries coutumières. Mais Dewey était plus tard devenu plus tolérant. Il disait qu'en fin de compte Maxie s'était dégrossi et était devenu quelqu'un. Dewey avait du respect pour les « gagneurs », à condition qu'ils ne gagnent pas trop. L'opinion de Corde avait suivi le chemin opposé. Il estimait que Maxie s'était complètement fourvoyé. Dewey n'avait jamais vraiment eu affaire à Max. Max avait coûté des dizaines de milliers de dollars à Corde. Même cela eût été pardonnable, si seulement on avait pu parler à ce type raisonnablement et ouvertement. Mais plus il vous faisait de mal, et plus il prétendait que c'était vous qui lui en aviez fait. Il mettait tout dans sa poche, y compris les torts. Et on s'y cognait le nez — aucun bon sens, voyez-vous, un vrai mystère en soi. Et puis il y avait d'autres étrangetés — comme celle de vouloir à tout prix faire parler de soi. Max, crevant d'envie de faire la une des journaux, traînait avec les journalistes, potinait avec eux et leur offrait des pots. Évidemment, il avait sauté sur l'affaire Ebry. Pour lui c'était un drôle de remontant. Et maintenant Maxie, au tribunal de la Treizième et de Michigan, balayait la salle d'audience de regards hardis à la Roosevelt, l'homme d'État fait lion ; un homme massif mais qui tombait en morceaux. La cause de cette maladie n'était ni un virus ni un microbe, mais l'effondrement érotique. Maxie était désespéré. Peut-être la célébrité lui serait-elle un remède.

D'une certaine façon, le Cousin Albert souffrait avec le Cousin Max. Ce qui venait à l'esprit (Corde était un lecteur incroyable, il avait beaucoup trop lu) c'était les obsédés sexuels de Balzac dans *La Cousine Bette*, et le pitoyable Baron Hulot, vieillard tremblotant qui faisait des avances à la femme qui prenait soin de son épouse mourante. Corde avait ses raisons pour penser à Max car, s'il devait voir Dewey Spangler, ils parleraient certainement de lui. Il était plus que probable que Max ait envoyé des coupures de presse de Chicago à Spangler, tout allait tellement bien pour lui là-bas. Ils étaient tous les trois célèbres, maintenant.

C'était un fardeau pour Corde : un chagrin. Des cousins, camarades de jeux qui s'aimaient bien, et puis Max avait été un beau jeune homme, et maintenant... Une espèce de maladie du sang, de sorte que Max avait besoin, non pas d'une véritable dialyse, mais d'une autre sorte d'épuration. Dans sa jeunesse, Max saignait fréquemment du nez, c'est pourquoi Corde faisait une fixation sur ce sang corrompu.

L'Ambassadeur n'avait mentionné ni *Harper's* ni le procès Ebry, ce qui voulait dire que Spangler ne lui avait pas parlé de ce qui se passait. Rien d'étonnant. Comment Dewey aurait-il pu commencer par parler de lui comme d'un vieux copain et le descendre en flammes la seconde suivante ? Il y a trente ans, Corde et Spangler avaient été rivaux. D'abord ç'avait été lui, Corde, qui avait le mieux réussi. Il n'avait guère plus de vingt ans quand le *New Yorker* avait publié son compte rendu exclusif de la Conférence de Postdam. La presse n'était pas admise à la Conférence, mais Harry Vaughan, qui était un collaborateur de Truman, avait été un ami du père de Corde, et Corde, GI à l'époque, d'apparence tout à fait innocente avec ses grosses lunettes et son épi, s'était débrouillé pour y assister. Le compte rendu avait beaucoup contrarié Vaughan, du moins avait-il été obligé de le prétendre ; mais pour le jaloux Spangler, qui était coincé à Chicago à écrire des articles sur le Planning Familial et à s'occuper des chiens écrasés pour l'agence locale, le succès de Corde avait été un coup terrible. Il en avait récolté une blessure effrayante. Mais il était combatif, concurrent acharné et habile politique ; il s'était brillamment servi de cette blessure et de sa rage, et avait vite pris les devants. Corde était beaucoup moins ambitieux, il écrivait pour un public plus restreint, semblait parfois inutilement obscur (et même, pour employer le mot d'un de ses rédacteurs en chef, « abscons »). Et lorsque Corde était devenu professeur (ce qui n'était pas une bien remarquable distinction, on les comptait maintenant par millions), Spangler l'avait interprété comme une victoire (« J'étais trop fort pour lui, pas à dire, il est complètement surclassé, il jette le gant ») et était devenu plus tolérant, plus amical. Il compatissait pour Corde. Spangler savait se débrouiller dans le monde, lui, il était bien plus malin.

Les deux articles de *Harper's* avaient dû sembler à l'homme plus malin en question autant d'actes incompréhensibles d'autodestruction. Corde avait laissé tomber le masque, il s'était mis à cavaler, il bourrait les côtes de tout le monde, se faisait des ennemis, et par-dessus tout tournait la presse en ridicule — traître à son propre milieu —, suppliant littéralement qu'on l'écrabouille. Voilà bien une sacrément étrange nouveauté. Le plus étrange, c'était la régression de Corde, car c'était bien ainsi que Spangler l'aurait décrit. Corde en était revenu à ses anciennes valeurs, aux jours où lui et Spangler lisaient Shelley et Swinburne ensemble dans Lincoln Park. À dix-sept ans ils se citaient souvent l'un l'autre cette phrase de Shelley où il décrivait George III : « Un vieux roi fou, aveugle, méprisé et mourant. » La merveilleuse et dure musique de ces mots les remuait. Et c'était cette musique, apparemment, que Corde tenait à mettre dans son journalisme. En admettant que ce *fût* du journalisme. En admettant que ce *fût* Shelley. En admettant que ce ne fût pas Corde lui-même, promu George III, vieux, fou, aveugle, et certain d'être méprisé à Chicago. Spangler, en le lisant, aurait d'abord été stupéfait, puis se serait léché les babines devant la violence de cette autodestruction et aurait finalement eu pitié de ce pauvre type. Il était tout à fait étonnant que les éditeurs du *Harper's* n'eussent rien fait pour le contenir. En différents passages cela frisait même la diffamation. Fou de rage, signant lui-même son arrêt de mort.

Toutes ces hypothèses (Max, Dewey, lui-même), Corde les sentait sur ses propres lèvres, avec cette démangeaison, ce bourdonnement qu'il ressentait étant gosse lorsqu'il jouait un air sur un peigne enveloppé de papier de soie. Il se demandait : est-ce que tout ça (les personnages, les articles, les procès, etc.) était sa part allouée des gigantesques insanités du XXe siècle ? Est-ce que toutes ces idées lui venaient parce qu'il était resté trop longtemps enfermé dans la vieille chambre de Minna ? Ou bien étaient-elles l'effet de la mort prochaine de Valeria, ou de la mort de Rick Lester ? Est-ce qu'on détournait la force de milliers de déchéances ou de ruines ou de morts, et qu'on décidait ensuite, par un processus de sélection trop lointain pour pouvoir jamais être éclairci, de fixer son attention sur quelques-unes d'entre elles ? Oui, et puis ensuite on laissait celles qu'on avait choisies peindre à grands coups de brosses viscéraux, jusqu'à ce que les grandes taches brûlantes finissent par saper et faire capoter votre jugement. Et qu'enfin les fondations (érigées avec une ruse protectrice d'aveugle) se mettent à chanceler.

L'Ambassadeur sortit avec lui de son bureau pour l'accompagner jusqu'au sommet du délicat escalier de marbre. L'ambassade avait jadis dû être le palais d'un boyard. Les rampes étaient iridescentes et s'enroulaient sur elles-mêmes comme des coquilles de nautiles. L'Ambassadeur noir avait fait preuve de sympathie du début à la fin : cette sympathie n'était peut-être rien de plus qu'une correction hautement élaborée, néanmoins Corde ne le pensait pas. (Non, ce n'étaient pas seulement deux, trois, cinq morts sélectionnées, épaissement, horriblement, convulsivement peintes en lui, partout, sur ses tripes, son foie, son cœur, sur tous ses organes, mais un vaste tableau de villes, de foules, de gens, une apocalypse, dont les images et les détails étaient fournis par son propre don d'observation, par ses idées, par ses rêves, ses fantasmes, par son expérience personnelle et intime de la vie.)

« Mais j'y pense, dit Corde à l'Ambassadeur, puisque mon ami Spangler est ici pour interviewer des huiles, il pourrait peut-être faire quelque chose pour ma femme ? »

« Ça vaut la peine d'essayer. Il a certainement des relations. Oui, si j'étais vous, je le lui demanderais. Il est descendu à l'Intercontinental. Je lui ferai transmettre votre numéro de téléphone. Lui sera sans doute difficile à joindre. »

La secrétaire de l'Ambassadeur avait préparé des journaux récents pour Corde. Après la poignée de main d'adieu — ce que Mencken avait un jour appelé les « hypocrisies habituelles » — Corde se mit dans un coin près du Marine de garde et feuilleta ses journaux. À dire vrai, il n'avait pas envie de tomber sur des articles de Chicago. Il avait coincé certains des journaux entre ses jambes. Non, il ne cherchait pas vraiment. Mais il ne vit rien qui eût trait à Chicago. Chicago n'était mentionné nulle part. Il fallait qu'il soit complètement fou (« du chewing-gum à la place du cerveau ») pour bâtir des élucubrations aussi angoissantes et détaillées sur l'affaire Ebry. Ce qu'il trouva, en revanche, c'est un éditorial de Dewey Spangler. Il ne le lut pas, se contentant d'y jeter un coup d'œil. Il n'était pas facile de prendre au sérieux l'image publique de ses plus anciens amis. Ce qu'il se disait généralement, c'est que Dewey avait remporté une brillante victoire sur ses propres handicaps. Surtout qu'il ne fallait pas perdre de vue le fait que Dewey, étant gosse, avait eu des tonnes de handicaps. Il avait découvert en somme la manière la plus avantageuse d'en tirer parti. Il fallait bien le reconnaître, il avait fait un sacré bout de chemin. Aucun doute là-dessus.

Corde rentra à pied de l'ambassade. Il refusa la voiture. Minna se serait inquiétée, mais personne n'allait l'enlever en pleine rue. On pouvait difficilement s'attendre à ce qu'elle soit raisonnable en ce moment. La Terre était déjà un endroit assez bizarre en temps normal. Rien n'était trop bizarre pour être vrai. C'était une chose à ne jamais perdre de vue. Rien. Sous le bord rabattu de son chapeau, tout en marchant, il réarrangeait la conversation avec l'Ambassadeur, les promesses qu'il avait faites, pour leur donner un maximum d'efficacité.

Dans le hall de l'immeuble, il trouva un groupe d'ouvriers occupés à préparer des bassines de plâtre et de ciment. C'était de la réparation, certainement pas de la restauration. Gigi avait dit que les plaques de marbre qui étaient tombées pendant le tremblement de terre avaient toutes été volées. Maintenant ce ne serait plus que du stuc. Quand Corde avait ouvert la porte d'entrée de l'immeuble, faite de fer forgé et de vitres, Ioanna était en train de monter la garde derrière les quatre carreaux de la fenêtre de son réduit. Ses joues comme des pommes d'api, un foulard noué sous le menton, elle avait la forme d'une balle de foin. Elle faisait régulièrement son rapport à la *Securitate*, mais paraissait néanmoins se considérer comme une Raresh, un membre de la famille. Elle y tenait. Le mari de Minna faisait lui aussi partie de la famille, bien sûr ; mais lui et Ioanna ne possédant pas de langue commune, elle lui réservait un regard de commisération à part, comme s'il était attardé mental. En passant devant sa vitre il se courbait légèrement et portait les doigts à son chapeau. À idiot, idiot et demi. Elle le croyait idiot ? Il fallait bien qu'il y eût quelqu'un à penser ça.

Tanti Gigi avait emmené Corde jusque chez Ioanna pour une visite de courtoisie (étranges obligations protocolaires en Europe de l'Est...), aussi savait-il ce qu'on y trouvait. Sur les murs de la minuscule alcôve, au-dessus de sa tête, il y avait les portraits officiels du Dictateur et de sa femme. À côté, il y en avait un de la belle Nadia Comaneci, qui n'avait pas besoin du support de la terre ferme et préférait vivre dans les airs, comme une fiancée de Chagall. Il y avait aussi une icône peinte sur verre, d'une palette très colorée — vert, rouge et doré. Celle-ci montrait Élie montant au ciel avec deux chevaux pendant que les saints et les anges chantaient hosanna. Au chevet de Ioanna, à la place d'honneur, il y avait une photographie de Valeria, la *doamna* Docteur. Trente ans plus tôt, Ioanna avait été bonne chez la *doamna* Docteur. Elle était toute dévouée à Valeria, ça ne faisait pas de doute, mais il fallait la rétribuer. Et quand Valeria allait à l'étranger, le nom de Ioanna venait en tête de liste. Elle était de celles pour qui il fallait acheter du tissu pour faire des robes, des chocolats, des flacons d'Arpège, des collants (la plus grande taille). On appelait ça de l'affection. Et *c'en était*, qui pouvait dire le contraire ? C'était de l'affection, mais aussi un pot-de-vin. Ça, c'était Ioanna, pas chiche en émotions, loyale envers la famille, au courant de tout, toute-puissante, dangereuse à négliger. La silhouette en balle de foin, les joues écarlates, le lent et puissant déplacement du gros derrière, l'efficacité de ses jambes épaisses dans leurs bas noirs, le visage empreint d'une pitié sincère — tout cela, Corde l'avait parfaitement remarqué. La concierge aimait, protégeait et faisait chanter les deux vieilles sœurs. Comment l'interpréter ? « Ceux-là qui ont le pouvoir de faire le mal et n'en font point... ceux-là sont les maîtres et seigneurs de leurs visages. » Non, ce n'était pas à une quelconque Ioanna que pensait Shakespeare ; ce qu'il avait en tête, c'était des âmes élevées, la noblesse. Mais Gigi et Minna et d'autres encore avaient assuré à Corde que la concierge aimait réellement Valeria. Il les croyait (« N'en jetez plus ! »). Elle les faisait chanter, mais elle leur offrait aussi son cœur sur un plateau. Car c'était une véritable communauté d'amour entre femmes, ici. Valeria en était la mère. Ioanna en était un membre estimé.

Cet appartement était le siège d'une hiérarchie féminine étendue. Il y avait Tanti Gigi. Elle était partie pour Londres dans les années vingt et en était revenue une vraie coquette en robes pimpantes, couverte de bijoux fantaisie, l'œil maquillé et parlant son anglais à la Beatrix Potter. C'était la petite sœur, assise à la droite de Valeria. Et puis il y avait Minna, en Amérique, mais quand même au premier rang ; l'éloignement n'y faisait rien, la Science non plus ; elle était membre à part entière, membre consentant, et membre de premier plan. Les autres membres étaient Viorica, Doina, Cornelia, même la Serbe Vlada, là-bas à Chicago. Vlada dans la chimie et Minna dans l'astronomie, elles appartenaient toutes deux à ce syndicat d'amour. Ces dames consultaient Valeria au sujet de leurs maris, de leurs enfants, de leurs carrières, lui demandaient conseil en matière d'amour, d'éducation, de religion. Elles se taillaient des vêtements les unes les autres, rallongeaient ou reprenaient des ourlets, réparaient des fermetures éclair, venaient au chevet des malades, faisaient la queue. Il y avait aussi un petit auxiliaire mâle. Mihai Petrescu, qui avait été le *politruk* de Valeria au ministère, le chien de garde du Parti, en faisait également partie. Comme Ioanna, il semblait manger à différents râteliers. Venant du dehors, personne n'aurait pu comprendre ces rôles multiples et ces chinoiseries. Ce qui est certain c'est que ça dépassait Corde. Ce n'était pas le tandem américain loyauté-duplicité ; en Amérique les émotions étaient en quelque sorte différentes, peut-être plus ténues. Ici, vous viviez une existence crypto-émotionnelle à l'ombre du Parti et de l'État. Vous n'aviez aucun droit en tant qu'individu, mais, d'un autre côté, les exigences sentimentales étaient beaucoup plus ouvertement reconnues.

Il monta dans l'ascenseur. Ce truc-là était construit comme une vitrine pour bibelots, et comme il cognait les parois quand il était en marche, on y percevait un fragile écho de bois. Ils avaient ce genre d'ascenseur un peu partout en Europe, dans les immeubles de type haussmannien. Ils les avaient à Varsovie et aussi à Belgrade, ces vestiges (imités) du Paris bourgeois.

Il monta jusqu'au quatrième étage. La conversation avec l'aimable Ambassadeur, la lecture des journaux, le retour à pied l'avaient troublé. Il lui semblait avoir bâti une existence de forte stimulation mentale. Minna, qui l'avait guetté par la fenêtre, lui ouvrit la porte et dit : « Pourquoi es-tu rentré à pied ? Ils auraient dû te raccompagner en voiture. »

« Personne n'y a pensé. »

« Ils ont pratiqué une trachéotomie », dit Minna.

« Qui ça ? Ah ! je vois. Je pensais qu'ils t'en parleraient avant. »

« Le Dr. Moldovanu a dit la semaine dernière qu'ils y seraient probablement obligés. Eh bien, ça y est. Il a dit que ça s'était bien passé. Ça devrait aider. »

« A-t-il parlé d'une visite ? Quelles sont nos chances ? »

« Je ne pouvais pas lui en parler au téléphone. Tout ce que je sais, c'est qu'il l'a recommandée auprès du Colonel. En tant que médecin de ma mère, il lui a dit que me voir augmenterait ses chances de guérison... »

« Le Colonel n'écoute pas trop ce que peuvent lui raconter les médecins. Je serais bien surpris que Moldovanu lui en ait parlé une seconde fois. »

« Ils ont tous peur. Oui, tu dois avoir raison. »

Corde et Minna parlaient debout, dans le salon. Les fauteuils boursouflés au cuir pelé n'étaient pas attirants. On ne s'y asseyait pas de bon cœur. De gros livres de médecine du Dr. Cushing de Boston étaient empilés sur les étagères derrière le téléphone. Corde, lui aussi, se sentait démodé, comme les fauteuils.

« Et à l'ambassade, comment ça s'est passé ? Tu as pu parler à ce Milancey ? »

« On m'a conduit directement chez l'Ambassadeur. »

« Tu plaisantes ! C'est étonnant. »

« Il avait eu ma lettre en main. »

« Comment est-il ? »

« Eh bien, c'est un Noir. Il est beau. Il est diplomate de carrière. Il pensait qu'il serait peut-être utile de parler au Ministre de la Santé. Je suppose que c'est lui qui chapeaute tous les hôpitaux, dit Corde. Alors ils ont fait cette trachéotomie… » Ils lui ont retiré tous ces gros rubans adhésifs du visage, pensa Corde. C'était déjà ça. Ils le gênaient tout particulièrement.

« Il va falloir que je demande à mes relations ce qu'elles pensent de ce Ministre de la Santé. Et que j'envoie un mot à l'Ambassadeur. Albert, j'ai parlé à cette dame qui a une liaison avec le Dr. Gherea. Je t'ai dit, non, que j'avais fait sa connaissance en Suisse ? Elle se souvenait de moi. D'ailleurs, en ce qui concerne ma mère, elle était parfaitement au courant. Tout le monde en parle, en ville. Tout le monde. J'ai proposé d'aller à l'hôpital de Gherea pour lui demander de l'examiner. Mais tu sais ce que cette dame a répondu ? Que Gherea devait énormément à mes parents, à tous les deux. Elle était vraiment chaleureuse, tu sais, elle parlait du fond du cœur. Je crois qu'elle va tout arranger. »

« Alors laisse-la faire. Elle a l'air d'une femme bien. »

« Albert, je voudrais te montrer une photo de Gherea. Tanti Gigi l'a trouvée dans un magazine… Qu'est-ce que tu en penses ? »

C'était un homme chauve, solide. Il avait une bouche ferme, calée entre deux renflements volontaires. Il avait une présence surprenante…

« Je dirais que c'est un homme qu'il vaut mieux avoir de son côté. Je serais bien embêté de le trouver dans le camp opposé. Il y a des tas de gueules comme ça à Chicago. Mais s'il est vraiment aussi fort et important que ça, il peut peut-être arriver à quelque chose avec le Colonel. »

« Tu penses que je devrais lui en parler ? »

« Si j'étais toi je n'irais pas voir ce type-là avec des larmes plein les yeux. Mon intuition, avec lui, ce serait de laisser les émotions de côté. S'il est comme les durs à qui il me fait penser... Sa partie, c'est d'extirper des tumeurs de la tête des gens. »

« Mais mon père aussi. »

« D'après ce que je sais, ton communiste de chirurgien de père se mettait à genoux et faisait une prière avant de commencer. Tu crois que ce type-là a l'air de quelqu'un qui se met à genoux ? Ne m'as-tu pas dit que si son anesthésiste fait quelque chose qui ne lui plaît pas, il lui fiche des torgnoles ? »

« Je vais rappeler cette femme et lui demander si Gherea ne pourrait pas essayer de faire quelque chose avec le Colonel. Il y a six jours que je n'ai pas vu ma mère. »

Sans s'attendre à ce que Minna écoute ce qu'il disait (elle avait trop de choses en tête ; elle voulait seulement entendre le son de sa voix, qui la rassurait ne serait-ce que par le ton), Corde fit la remarque que là encore on avait un exemple de coopération humaine entre femmes dans une société communiste. Gigi affirmait que Gherea aimait son amie. C'était possible. Ces types coriaces faisaient toujours des exceptions. Hitler avait eu Eva Braun. Les gens qui se trouvaient dans des états d'affectivité restreinte reportaient leur affection sur une chose ou une autre. Ils étaient aux prises avec l'Éros — avec l'univers. Les vrais misanthropes, irréductibles, absolus, étaient probablement aussi rares que les saints. Il faisait son possible pour distraire l'attente de Minna. Elle n'écoutait pas, les yeux dans le vague. La concentration lui donnait un air sévère. C'était aussi le cas quand elle faisait de la science. Avec Corde, Minna était souvent gaie et primesautière. Quand il avait fait quelque chose qui lui faisait plaisir, il lui arrivait de sauter en l'air en battant des mains comme une petite fille. Mais quand elle travaillait elle devenait quelqu'un d'entièrement différent. Elle restait assise dans son coin pendant des heures d'affilée, avec un bloc et un crayon, à griffonner des symboles, le visage penché, la lèvre supérieure allongée, le menton compressé et creusé. Elle n'était pas observatrice ; si elle l'avait été, elle n'aurait peut-être jamais épousé un homme avec une pareille tête ronde et dégarnie et ce regard de prophète gallois (la comparaison était de lui — c'était aux yeux qu'il pensait). Jusqu'à présent elle n'avait eu que très peu d'intérêt pour la psychologie. La psychiatre, c'était sa mère ; elle lui laissait ce genre de problème. Mais à présent elle était obligée d'observer les gens. Il se demandait comment sa puissante intelligence les jaugerait, eux — lui. Il lui avait assez souvent dit qu'elle serait bien obligée un jour de redescendre sur terre. Pas très malin comme prédiction. Il regrettait la satisfaction qu'il en avait retirée quand il l'avait faite. Combien de fois ne lui avait-on pas dit que *lui* serait bien obligé tôt ou tard de redescendre sur terre. Enfin, le fait est qu'elle était là, avec tous les autres, et qu'elle se jetait dans la bagarre avec l'ardeur sincère d'un enfant : « Pourquoi devrais-je faire le premier pas envers Gherea. C'était à lui de venir à moi. »

Elle reprit ce qu'elle avait dit : « C'était un petit paysan doué. Où serait-il maintenant s'il n'y avait pas eu cette famille ? Même son amie est d'accord là-dessus. Mes parents l'ont accueilli chez eux. Il habitait ici même. Mon père en a fait un neurochirurgien. Gherea n'a jamais formé qui que ce soit, lui. Il garde son monopole. »

« Écoute, si le caillot est opérable, il fera peut-être transférer ta mère dans son hôpital. S'il décidait que c'est médicalement nécessaire, comment le Colonel pourrait-il l'en empêcher ? »

Ce n'étaient bien sûr que des mots, une pirouette rassurante, une ficelle à laquelle se raccrocher. Une opération était hors de question ; on ne pouvait pas mettre quelqu'un sous anesthésie quand son système respiratoire était foutu. Si Gherea venait examiner Valeria, il aurait certainement déjà discuté de son cas avec le Dr. Moldovanu. Aucun espoir. Enfin, le neurochirurgien jetterait un coup d'œil aux radios, il ferait les gestes qu'il faut faire. Il y mettrait une délicatesse à la King-Kong, parce que sa bonne amie tenait à ce qu'il fasse le geste. C'était à étiqueter sous la rubrique du pouvoir des femmes sur les brutes. Mais cela faisait du bien à Minna de se mettre en colère. Corde aussi était fâché et faisait un effort pour augmenter encore sa colère envers les gens qui, à Chicago, en ce moment même, faisaient tout leur possible pour lui casser les reins — son Cousin Max entre autres. Max était au tribunal, à faire son cinéma comme John Barrymore dans *Counsellor-at-Law*. On avait presque l'impression de revoir les vieux films auxquels il avait emprunté son personnage. Corde s'était penché sur la géologie de l'âme de son cousin et en avait identifié les débris fossiles.

Mieux valait la colère. Avec la passivité, tout ce à quoi on arrivait c'était de se miner.

Minna dit : « Il y a si longtemps que je vis aux États-Unis que j'en ai oublié comment les choses sont ici. Nous nous moquions toujours de Valeria et de ses listes d'achats, mais regarde un peu comment les gens sont obligés de s'habiller. Les femmes sont tellement découragées. Il n'y a rien à manger, rien à se mettre sur le dos. Il y a même une année où j'ai lavé et repassé le même chemisier tous les soirs ; c'est tout ce que j'avais. Quand je pense maintenant à tout ce que j'aurais pu apporter de Chicago. Par exemple, cette robe bleu marine avec le col blanc. J'aurais dû laisser les clefs à Vlada. »

« On n'a pas eu le temps. Je laisserai mes affaires ici, à part ce complet que je garderai pour le retour. »

« Je vais demander à Gigi si le Dr. Voynich accepterait de les prendre. »

« Mieux vaudrait attendre que Vlada arrive. Je suppose qu'il lui serait impossible de le ramener avec elle aux États-Unis ? »

« Je ne suis pas sûre qu'il ait envie de partir. »

« Pour recommencer une nouvelle vie ? Oui, tu as raison. Ça ne me dirait rien non plus. C'est le moment de rester là où on est, pour le meilleur et pour le pire. Voynich a dit qu'il m'emmènerait faire un tour. J'aimerais bien sortir, voir la ville. »

« Son français est peut-être trop rouillé, et il se sent mal à l'aise. Il était social-démocrate, et ça lui a valu pas mal d'ennuis. Il n'a pratiquement pas de retraite. Attends quelques jours, Vlada ira avec toi. De toute façon il faut qu'elle te parle de cet article que tu es censé écrire avec Sam Beech. »

« Je n'ai encore rien décidé. »

« Pourquoi ? Beech est brillant. Tu ne devrais pas refuser. C'est un grand homme. »

Minna avait beaucoup de respect pour les grands hommes. Elle n'avait aucun mépris pour son mari ; elle ne comprenait pas très bien après quoi il courait. Mais il ne faisait aucun doute qu'elle préférait respecter les gens. Il était important pour Minna que les articles de Corde aient reçu l'approbation d'un éminent homme de science. Elle savait à présent à quoi s'en tenir au sujet de ceux qui le critiquaient. Les articles par eux-mêmes ne l'avaient pas accrochée. Faisant de son mieux, elle avait parcouru les pages pendant que lui-même la contemplait avec un certain attendrissement — et même avec une certaine envie. Quelle importance pouvaient bien avoir les taudis, les armes, les drogues, les prisons, la politique, les intrigues, et les désordres de tous genres ? En quittant l'Enfer, Dante avait retrouvé les étoiles. Minna les avait constamment sous les yeux. Mason avait dit un jour que sa nouvelle tante était charmante mais légèrement dans la lune. Celui qui avait les pieds sur terre, qui était censé tenir le gouvernail et apporter son soutien ici-bas, c'était l'Oncle Corde. Il était venu en Europe pour faire tampon entre Minna et ce pays de fous. Car les types qui menaient le bateau étaient manifestement des psychopathes. Il n'y avait aucune base rationnelle à ce qu'ils faisaient.

Mais Oncle Albert n'était pas non plus celui qui avait les pieds sur terre. Max et Mason étaient d'accord pour dire que lui, Corde, n'y était pas tout à fait, n'y connaissait rien, et qu'il méritait d'être pénalisé pour avoir exprimé une opinion, pour s'être mêlé de la réalité telle que la grande majorité des Américains l'imaginaient, la vivaient — et à laquelle cette majorité était en fait en train de se sacrifier elle-même. Comme si tout le monde disait : « C'est la vie, c'est ce à quoi je m'attache. C'est comme ça, et il n'y a rien d'autre à faire. Pas de résistance, il faut bien suivre les autres. » Puis un type du genre de Corde se pointait. Il n'aurait jamais misé ses jetons sur les cases de la roulette qui suffisaient au commun des mortels. Ni sur les dollars, ni sur le whisky, ni sur les étreintes amoureuses — mais sur quoi alors ? Sur les anges de Swedenborg, peut-être ? (Swedenborg était l'ajout personnel de Corde.) Puis Corde se rappela comment, dans son bureau, il avait eu envie d'ouvrir son cœur à Mason ; de lui dire qu'à la manière dont les choses étaient considérées les gens étaient des ombres les uns pour les autres, et des ombres *dans* des ombres, de suggérer que ces ombres effrayantes *réprouvaient* notre interprétation courante. Que ce point-là soit concédé, et alors... Mais jamais le garçon n'aurait accepté d'écouter ça. Son opinion (sa part du chaos ambiant, mais appelons-la opinion), c'était que l'Oncle Corde flirtait avec une philosophie illusoire et essayait de faire l'amour avec des vertus inexistantes. La réponse de Mason aurait été : « Mais t'es vraiment incroyable, mon oncle, complètement à côté de tes pompes. » Ce à quoi Corde, cédant à la colère, aurait bien pu répondre : « Je parle sans détour. Essaie de m'écouter. » Mais Mason ne voulait pas — ne pouvait pas. Et maintenant il avait fait alliance avec un type qui lui voulait du mal depuis très, très longtemps. Lui et le Cousin Max allaient en faire voir de toutes les couleurs à l'Oncle Albert.

« ... Et ce que je crois, était en train de dire Minna, c'est que ce serait une excellente chose de travailler avec quelqu'un comme Beech. Excellente. »

Pour me faire entrer dans la sphère d'une santé d'esprit d'essence plus épurée. Et trouver refuge dans le sanctuaire de la science.

Minna, tout comme Gigi, avait repris le ton de sa mère et certaines de ses façons de faire. C'est certain, le rôle de Valeria était trop précieux pour qu'on le laisse perdre. Il fallait que quelqu'un le reprenne, inutile de le nier. Minna le jouait avec plus d'assurance que Gigi.

Corde s'était attaché à Gigi — son charme nerveux et désordonné, son nez droit et « classique », ses grands yeux « égyptiens ». Jusqu'à sa permanente ratée. Il l'aimait beaucoup. Quant à elle, elle avait remarqué sa façon de s'occuper des cyclamens. Il les arrosait par en dessous, en plaçant les pots dans des bols pleins d'eau. Elle lui avait dit : « Il n'y a pas grand-chose à vous offrir. La seule chose dont nous puissions être prodigues, ce sont ces fleurs. » Il se demandait ce que cela pouvait bien signifier à son sujet en tant qu'« adulte sérieux », cette attention qu'il portait à ces fleurs.

Il apprit à Minna que Dewey Spangler était en ville.

« J'ai oublié qui c'est — situe-le-moi. »

« Tu l'as vu à *Face the Nation,* tu ne te souviens pas ? Mon vieux copain d'enfance ? La vedette internationale. L'éditorialiste de Washington. »

« Ce n'est pas un de ceux que j'ai rencontrés. »

« Non. »

« Que fait-il ici ? »

« Il est en train d'effectuer une de ses tournées en Europe pour faire le plein d'information. Je suppose qu'il va écrire une série d'articles sur les pays communistes. »

« Ce serait un bon changement de décor pour toi de le voir. Obligé de rester enfermé ici comme tu le fais... »

« Ce à quoi je pensais... il doit avoir des relations haut placées. »

« Il est si important que ça ? »

« Dans son domaine, oui. L'Ambassadeur le pensait aussi. Il dînera probablement avec le Dictateur. Le dictateur est un autre génie de la publicité, comme mon Cousin Maxie Detillion. Tout le monde parle de son libéralisme et de son progressisme. »

Minna leva les yeux au plafond pour lui rappeler les micros possibles. Mais Corde s'était exprimé à voix basse. Elle dit : « Tu crois que ton ami lui en toucherait un mot ?... »

« Qui, Spangler ? Ça ne peut pas faire de mal d'essayer... Si on allait boire un verre dans la chambre ? »

« Il y a un paquet de courrier de Chicago pour toi. Il est sur la table. »

Cela le fit sursauter. Il s'était inquiété de ne pas recevoir de nouvelles de Chicago. À présent qu'il y en avait, il ne voulait plus en entendre parler. Il décida sur-le-champ de retarder l'ouverture du paquet. « C'est de Miss Porson ? »

« Ça en a tout l'air. »

« Bon, allons le boire, ce verre. »

Il évitait de regarder sa femme de trop près. La blancheur de tubercule de son visage le gênait. Ses grands yeux bouleversés étaient immobiles, sa lèvre supérieure rentrée, elle était raide, creusée. En l'espace d'une seule semaine, même ses doigts avaient maigri, de sorte qu'on ne voyait plus que ses jointures et ses ongles.

Peu après qu'ils se furent mariés, un des universitaires amis de Corde l'avait félicité en disant : « Tu te souviens de cette vieille histoire de la théorie des probabilités qui prétend que si un million de singes sautaient n'importe comment sur les touches d'un million de machines à écrire pendant un million d'années, l'un d'eux finirait par écrire *Le Paradis perdu ?* Eh bien, toi tu as fait la même chose avec les femmes. Tu as sauté n'importe comment et tu as produit un chef-d'œuvre. »

Quand les gens lui faisaient des remarques spirituelles, Corde, l'air absorbé et les mains derrière le dos, fixait le sol entre ses pieds. « Ce serait plutôt *Le Paradis retrouvé* », avait-il répondu. Mais pourquoi lui faisait-on cette réputation de coureur invétéré ? Chez d'autres, on ne remarquait même pas des dérèglements sexuels autrement plus importants. C'était son air sérieux qui attirait l'attention. Il avait l'air moral, contemplant socratiquement le sol devant lui pendant qu'on le taquinait avec des histoires de singes sauteurs. Bon, il n'avait à s'en prendre qu'à lui-même. S'il fallait qu'il eût l'air aussi sincère, il n'avait qu'à être sincère sincèrement. Et au sujet de Minna, il *était* sincère.

« Bon Dieu ! Miss Porson », fit-il.

« Je croyais que tu attendais ce courrier. »

« Je l'*attendais,* oui. Mais prendre mon courage à deux mains et le lire, c'est une autre histoire. »

« Si tu n'as pas envie de le faire maintenant, tu peux toujours le faire après le déjeuner... »

Il n'en avait effectivement pas la moindre envie. Le seul fait d'y penser lui donnait une crampe, un point de côté. Et à présent le téléphone qui se mettait à sonner. Il y eut une série d'appels. Le premier était pour lui. Le secrétaire de l'Ambassadeur demandait de la part de Dewey Spangler si Mr. Corde était disponible pour le rencontrer à l'Hôtel Intercontinental. Mr. Spangler enverrait sa voiture le chercher à trois heures. Corde répétait à l'intention de Minna : « Mr. Spangler ? Prendre un verre à trois heures ? Un instant, je vous prie. » Il couvrit l'écouteur de la main et attendit.

« Mais oui, bien sûr. Vas-y », dit Minna.

« Dites à Mr. Spangler que je serai prêt. »

L'appel suivant était de l'obligeante amie du Dr. Gherea. C'était tellement gentil de sa part ! Son message (dans les Balkans les conversations courtes n'existaient pas) prit vingt minutes ; des dispositions avaient été prises pour la consultation. Le Dr. Moldovanu l'appellerait demain matin aux environs de dix heures pour lui faire part de l'opinion de Gherea.

« C'est ce que nous voulions, dit Corde, le protégé de ton père. »

Du paquet de courrier de Chicago qu'il avait ouvert avec un soupir, il sortit une lettre de sa sœur Elfrida. Il la parcourut au galop pour se faire une idée de son contenu puis la reprit et la lut en détail. Cette bonne vieille Elfrida ; c'était une femme subtile et pleine de tact. Elle n'avait peut-être pas très bon goût en ce qui concernait les hommes (c'était malheureusement assez courant), mais elle était bien éduquée. Elle voulait d'abord savoir comment allait Valeria. Elle avait beaucoup de respect pour Valeria : « C'est une femme supérieure et pleine de dignité, pas comme nous les françouillards hybrides du Midwest, non ? » Elfrida aussi était venue en Angleterre au printemps précédent. Un soir, à Londres, Corde avait invité toutes ses femmes à dîner à l'*Étoile* — il avait parfois l'impression qu'il pourrait vivre heureux jusqu'à la fin des temps à Charlotte Street. La lettre d'Elfrida était tout particulièrement circonspecte. Elle prenait sacrément des gants avec lui. Le mot « tendresse » revenait plusieurs fois. Était-ce vraiment nécessaire ? Entre sa sœur et lui il y avait de l'amour, le « tendresse » était trivial. Il demandait peut-être à être revu car, ces derniers temps, Corde avait encore ajouté aux tracas de sa sœur. Il se retrouvait temporairement — quelle humiliation —, dans la catégorie des Mason, un faiseur d'ennuis. C'était sa façon de lui assurer que (tout comme Mason !) elle ne lui avait pas retiré son affection. Elfrida avait toujours fait preuve de la plus grande gentillesse à l'égard de son frère. Corde, pour sa part, avait toujours essayé de protéger Elfrida, ce qui augmentait d'autant la rancune de Mason. Elfrida n'aurait pas dû avoir un fils aussi turbulent et fanatique. Elle n'aurait pas non plus dû épouser une brute du genre de Zaehner. C'était son côté vulgaire. Mais bien sûr Elfrida n'avait aucun désir de la protection de son frère. Ni de ses analyses critiques, merci bien ! Le père comme le fils savaient très bien ce que Corde pensait d'eux. À présent, à travers son comportement extrême, ce que Mason réclamait c'était l'exclusivité de sa mère — mais Corde n'appréciait pas trop toute cette psychologie. Au fond, la compréhension était une chose tout bonnement ennuyeuse, voilà tout.

La lettre d'Elfrida était partiellement une offrande. Elle voulait transmettre à Minna son affection et sa tendresse. Elle s'y prenait avec une sorte de charme naïf plein de circonlocutions, pas à proprement parler articulées, parsemées d'enjolivures féminines. Elle demandait indirectement à son frère de ne pas la tenir responsable de l'attitude de Mason et parlait de « ... cette période que je reconnais moi-même résolument difficile du processus de maturation de Mason ». Il ne s'attendait pas à ce qu'une mère condamne son fils. Mais qu'est-ce qu'elle croyait que la vie était, sa chère sœur ? Elle avait une curieuse façon de doser le ton. De la douceur dans un paragraphe, il passait à la véhémence dans un autre. Drôle de manière de progresser... Elle pouvait se montrer assez têtue quand c'était nécessaire. Elle se débrouillait fort bien en affaires. Dans un de ses paragraphes elle évoquait les ennuis que Paine Webber avait avec ses ordinateurs. Elle avait peur qu'ils égarent les références de ses titres. « Je n'ai jamais rien compris à ces relevés qu'ils envoient. Qui s'y retrouverait, d'ailleurs ? L'électronique pourrait bien me mettre sur la paille. »

Zaehner l'avait laissée riche. Il avait eu une grosse clientèle, et il adorait citer un célèbre avocat texan : « Je suis tout aussi intéressé par les pauvres et les opprimés que l'était Clarence Darrow. S'ils ne sont pas pauvres quand ils viennent me trouver, ils le sont quand j'en ai fini avec eux. »

Quelques jours avant l'arrivée du télégramme de Gigi, Corde avait eu une longue discussion avec sa sœur.

Leur entrevue lui revenait à présent (le soleil pénétrait dans la chambre de Minna, et la chaude lumière hivernale avait refait les murs à neuf). Le salon d'Elfrida dansait devant ses yeux comme une image en couleurs, une diapositive mal insérée dans l'appareil, légèrement de travers, puis bien placée cette fois-ci et la mise au point faite, il vit sa sœur Elfrida. Si l'amour de Corde pour Elfrida avait un caractère extrême, presque exagéré, c'était peut-être dû au fait qu'elle était étrangement construite — très mince du haut, avec une jolie tête couronnée de cheveux noirs, et large de hanches, un profil étroit combiné à une grande féminité. Sa peau était imparfaite, piquée aux pommettes mais douce et fine dans les creux. Elle possédait une grande bouche de comédienne habituée à déclamer et un certain talent pour la bouffonnerie — si elle avait assez confiance en vous pour se laisser aller, elle avait des gestes caricaturaux. Son haleine était rendue âcre par le tabac et parfumée par le rouge à lèvres ; ses dents irrégulièrement plantées étaient tachées. Son apparence était celle d'une femme qui s'est laissée aller à la déception et à la ruine. « Ah ! Au diable tout ça ! » Cela était cependant dit avec une certaine intelligence, un certain regret touchant et chaleureux. Car elle n'avait bien sûr pas abandonné les prétentions féminines d'une femme plus jeune. Les Américaines abdiquaient rarement. En arrivant à la cinquantaine, elles « sortaient » encore. Corde n'avait pas trop envie de tout savoir de ces sorties. Elle voyait beaucoup Stan Sorokin, le Juge Sorokin, de quelques années son cadet. Il lui faisait la cour, la recherchait, bien que depuis la mort de son mari, trois ans auparavant, elle parût se marquer, se dessécher. Mais malgré toutes les transformations de l'âge mûr la pointe de sa lèvre supérieure, cette pointe étrangement parlante, vous disait (disait en tout cas à son frère) quel genre de femme elle était — patiente dans la déception, sceptique, réaliste, avec un cœur d'accès facile si vous saviez où regarder. Tout était dit dans la petite pointe relevée de sa lèvre.

Elfrida habitait un appartement onéreux dans un hôtel proche de « Magnificent Mile », juste à l'est de Water Tower Place. Corde n'aimait pas le tape-à-l'œil de ces gratte-ciel, la parenté avec Bond Street et la rue de la Paix. « Le Malin Mammonnisme de Magnificent Mile », disait Corde à sa sœur. Mais Elfrida ne voulait pas admettre que ce qui l'attirait, c'étaient les restaurants, les grands coiffeurs et les vedettes qu'on y côtoyait. Elle avait besoin d'action, elle affirmait qu'elle préférait de loin vivre dans une suite d'hôtel. Leur père avait été dans l'hôtellerie. Pendant des années les Corde avaient vécu dans un immense et vieil appartement de Sheridan Road, mais elle préférait se souvenir de la vie trépidante des grands hôtels, les banquets, les vastes cuisines, les orchestres de jazz, les ragots de bar, et elle disait aux gens avec une satisfaction que son frère ne partageait pas : « Tous les deux, nous étions de la sale graine d'hôtel. » Lui avait plutôt tendance à se souvenir des ivrognes, des énergumènes, des braillards, des mauvais payeurs, des bambocheurs, des commis voyageurs et autres ahuris du commerce.

C'était pour Mason qu'elle et Zaehner s'étaient installés dans la banlieue. « Tu peux constater *toi-même* le résultat. » Elle disait à Corde : « Quand je ne me sens pas trop bien, ça me rassure de savoir qu'il y a des gens en bas dans le hall. Comme ça, si j'ai le cafard, je ne suis pas obligée de contempler une pelouse vide. Je remercie le ciel de m'être débarrassée de cette grande maison prétentieuse. »

C'était sa façon de dire que l'idée de vivre à Lake Forest était venue de Zaehner. Avec Corde, elle parlait rarement de son mari sans détour. L'attitude de feu Zaehner à l'égard de son frère l'avait toujours gênée. Loyale, elle en était encore à essayer de le défendre ; ridicule attitude d'épouse, pensait Corde. Il y avait là trop de choses pour que le simple tact puisse les dissimuler. Zaehner était un coriace. Ses traits étaient chargés de toutes les formes de mâle puissance tant admirée à Chicago. Grand et large, il était vigoureux, futé, cynique, fin politique, riche et n'avait rien à faire de ceux qui ne l'étaient pas. Dans tout ce qui marchait en ville, il était de ceux qui menaient le jeu. Aussi méprisait-il son beau-frère, ce type assez costaud pour être puissant, assez futé pour être riche, assez orgueilleux pour être méprisant. Pour lui, Corde n'était qu'un merdeux, un snob. De son côté, Corde faisait tout son possible pour éviter des ennuis à sa sœur. Il se laissait marcher sur les pieds, s'en tenait à sa règle de ne pas se chamailler avec Zaehner. Il gardait ses distances, mais, évidemment, il n'en pensait pas moins. La situation était rendue encore plus compliquée par le fait que par certains côtés Corde aimait bien son beau-frère. Il appréciait son humour rogue, son aspect chiffonné, ses grosses farces. (Zaehner expédiait à l'hôpital des call-girls au chevet de ses copains politiciens ou avocats pour les exciter à peine sortis de la salle d'opération.) Corde expliquait à Minna : « Zaehner était un bagarreur du genre de Lyndon Johnson. Quand il se tournait aux sept huitièmes de profil, mais qu'il te regardait toujours... méfiance ! » Lyndon Johnson était très éloigné de Minna. Elle offrait à Corde un sourire plein de fossettes, mais il avait compris que ces sourires (affectueux, intimes, « à vous ravir le cœur ») n'impliquaient nullement la compréhension, mais uniquement la certitude que si elle lui demandait une explication son mari la lui fournirait, lui montrerait en quoi sa remarque méritait un sourire d'elle. Il lui étalerait toute la société américaine sous les yeux, il lui détaillerait les ressemblances qu'il voyait entre feu Zaehner et feu le Président : fils du cru, bêtes de pouvoir, sans aucune culture, amoureux de l'argent et incroyablement insolents. Ces descriptions tenaient de l'accouchement. De plus, rien de tout cela ne signifiait grand-chose pour elle. Et par-dessus le marché elle n'avait pas le temps d'écouter ; elle était intensément ailleurs. Mais elle lui envoyait néanmoins un ravissant signal.

Elfrida lui avait donc demandé de venir, en grande partie à cause de Mason mais également par souci fraternel, et il était là, chez elle, à s'enfoncer dans un de ses vastes fauteuils recouverts d'une housse. Les pièces, petites, étaient surchargées ; elle avait emporté beaucoup trop de choses de leur maison de banlieue. Sur le mur, au-dessus du canapé, il y avait trois méchantes aquarelles de la place Vendôme. Elles auraient eu leur place chez un marchand de souvenirs pour touristes, mais c'était un cadeau parisien de Zaehner.

Elfrida ne perdait pas de temps. Tendant un Martini à Corde et posant ses English Ovals, le cendrier et les allumettes sur ses genoux, elle attaqua : « Voyons s'il y a un moyen d'éclaircir un peu les choses entre Mason et toi. »

« Et Max. »

« Ah oui ! Max. C'est une sacrée petite ordure. Je t'ai toujours dit de te méfier du Cousin Detillion. Tu sais Albert, je suis vraiment peinée de tout le sucre qu'on te casse sur le dos. »

« Bien qu'à ton avis je l'aie bien cherché, du moins en partie. »

« En tout cas, je ne peux pas te reprocher Mason. Ni Maxie non plus. Il a toujours été répugnant. Mais il y a des choses que tu aurais pu éviter. Tu n'avais pas besoin de publier ces articles juste avant le procès, aussi. Et puis il y a le procès lui-même. »

« Écoute, un jeune type a quand même été assassiné. Je n'avais pas vraiment le choix. Et puis il y a aussi la jeune femme. »

« Mais était-il vraiment nécessaire de faire tout ce foin ? »

« J'en ai fait, mais pas tant que ça. L'alternative eût été d'entériner cette mort. Mettre ça sur le compte du foutoir urbain — un jeune homme défenestré par une chaude nuit d'été… J'aurais pu laisser tout ça se tasser et me montrer philosophe. »

« Inutile de revenir sur ça. Tu avais tes raisons. »

« Bien sûr, tu voudrais que je t'explique pourquoi un mandat a été lancé contre Mason. »

« Oui. Pourquoi ? Tu as quelque chose à voir là-dedans ? »

« À quoi bon ? Pour attiser les feux de la rampe pour le Cousin Maxie ? J'en prends déjà assez comme ça. Tu viens de le dire toi-même. Tous les faits sont dans les journaux — les faits véritables, pour une fois. Grady est monté jusqu'à la chambre des accusations et a déposé une plainte contre Mason pour avoir menacé ses témoins. Tu ne peux quand même pas t'attendre à ce que le Parquet laisse un gamin lui casser sa baraque ? Il ne t'en a pas parlé ? »

« Mason ? »

« Oui, bien sûr... Mais le fait est qu'il a bel et bien menacé ces individus. Il leur a dit qu'il les aurait. »

« Il est un peu difficile d'imaginer que des gens aussi coriaces que ceux-là puissent se laisser intimider par quelqu'un d'aussi maigrelet que Mason, dit Elfrida. Je n'arrive pas à croire qu'un gosse qui sort d'une école de Lake Forest ait réellement pu tirer sur qui que ce soit. Et toi, Albert, tu y crois ? »

« Pas nécessairement. Mais je ne le réfuterais pas nécessairement non plus. Il est vraiment sincère au sujet de son pote Ebry. En travaillant dans cette cuisine avec lui, il est devenu Noir honoraire. Il a carrément mis ces témoins au pied du mur... »

« Ils ne sont sortis de leur trou que pour réclamer la récompense... »

Corde dit : « L'un d'eux avait l'alliance du mort. La prostituée lui avait demandé de la lui garder. L'autre type a hébergé Ebry cette même nuit, et Ebry lui a dit qu'il était dans le pétrin. Mason est allé les voir tous les deux pour les avertir. Ils ont pris peur... »

« Oui, dit Elfrida. C'est ce que j'ai vu dans les journaux. On leur a tiré dessus, ils ont eu peur et ils se sont cachés. »

« Sans eux, l'accusation de Grady ne tenait plus debout. Il a envoyé des inspecteurs en civil dans les taudis pour les faire sortir, l'un de Cabrini Green, l'autre de Robert Taylor Homes. On les a bouclés... »

« Tu imagines Mason fourrant un revolver dans sa poche et sortant en pleine nuit pour aller tirer sur les gens ? »

« Bien sûr, ils sont tout à fait capables de l'avoir inventé de A à Z. *Si* des coups de feu ont bien été tirés — et c'est peu probable — quelqu'un d'autre aurait très bien pu les tirer. Il y a assez d'armes qui traînent pour ça, et assez de gens qui en veulent à d'autres. Il y a une population armée dans cette ville qui dispose de toutes sortes d'armes — et pas seulement des pistolets à bouchon, mais des mitraillettes, des grenades... je ne serais même pas étonné qu'ils aient des missiles. Quoi qu'il en soit, Mason est bien allé menacer les témoins, façon gangster, cela semble être un fait acquis ; et ils ne se sont pas présentés au procès, ce qui est un autre fait acquis. »

Elfrida replaça quelques mèches qui s'étaient échappées. Son frère en arrivait presque à imaginer que ses cheveux fortement tirés en arrière l'aidaient à garder sa tête en place. Elfrida avoua avec une trace de tension ou de faiblesse dans la voix : « Je m'y perds... C'est un petit salaud, non ? »

« Pas la peine d'exagérer, dit Corde. Mais pourquoi est-il parti se cacher ? On ne peut quand même pas dire qu'il soit pourchassé... Dans une affaire comme celle-ci, l'obstruction à la justice n'est pas si grave que ça. Ça doit l'exciter comme un petit fou de se trouver en cavale. Pour un gosse comme Mason c'est vraiment un luxe formidable. Tu coinces deux individus qui ne sont pas nés de la dernière pluie. Tu les menaces de mort. Ils te prennent au *sérieux* — ça, c'est quelque chose. Ça signifie que tu n'es pas loin d'être un Noir toi-même. Tu n'as même plus à avoir honte d'être blanc. »

« Bah, pour ce qui est des ennuis, je n'ai pas l'exclusivité. Tu as les tiens, Albert. »

Enveloppé dans son manteau à la table de Valeria, se balançant sur sa chaise, Corde reconstituait des moments de cette conversation. Son souvenir en était exceptionnellement précis. Et il voyait bien quel problème il était devenu pour sa sœur. Le genre de discussion « intelligente » dont il était devenu spécialiste était bien la dernière chose qu'elle souhaitait. À certains moments, une expression d'« Il-ne-faut-pas-contrarier-les-fous » se peignait sur son visage. Il connaissait l'esprit de sa sœur aussi bien qu'il connaissait son long cou, son odeur douce-amère de brune. Mason était peut-être en train de jouer une version moderne de Tom Sawyer et de Nigger Jim. Ça avait pris une sale tournure, à présent. D'accord, mais l'Oncle Albert, quel jeu jouait-il, lui ?

« Tu as dû discuter de tout cela avec quelqu'un de la boîte. Si j'étais toi je mettrais tout ça entre les mains de Zaehner, Notkin & Delff. »

« Oui, j'en ai parlé avec Moe Delff. Il dit que l'inculpation ne sera pas retenue, que le tribunal la rejettera. Mais il faut d'abord que Mason vienne se livrer pour que je puisse fournir une caution. Moe ira voir la police avec lui. Moe croit qu'au moment de l'audience Grady va se faire taper sur les doigts pour apprendre à se précipiter à la chambre des mises en accusation. »

« C'est du pur Delff ? » demanda Corde.

Il tâtait le terrain au sujet du Juge Sorokin. Il n'aurait pas dû. Ce n'était pas vraiment fraternel. Elle n'appréciait probablement pas. Elle lui confirma son intuition en baissant les yeux. Il poursuivit quand même : « Je suppose que tu as vérifié tout ça auprès de Sorokin. »

Sorokin était un magistrat subalterne, un ancien capitaine de district qui devait son poste à la Machine. Il y avait à Chicago des officiels que cela ne gênait pas du tout d'avoir un propriétaire. Tout le monde devait être cautionné par la Machine. Vous ne faisiez pas partie des éligibles si la Machine ne vous y avait pas placé. À l'intérieur de la Machine, cependant, les relations étaient hiérarchiques et féodales, pas obligatoirement serviles. Corde en avait parlé dans ses articles, et Sorokin lui-même avait été une de ses sources. Corde l'aimait assez bien, tout compte fait. On racontait bien que Alderman Siblish avait Sorokin dans sa poche, évidemment, mais le Juge était gai, chaleureux, rempli d'une bonne humeur d'enfant. Aucun boulot vraiment sale n'arrivait sur son bureau ; il n'était pas suffisamment important pour cela. Il était parti de tout en bas, des rues du North Side. Blessé à Omaha Beach (décoré du Purple Heart), il était loin d'être infirme. Les opérations survie, pour lesquelles il se faisait parachuter d'hélicoptère en pleine nature, étaient son violon d'Ingres. Sorokin plaisait visiblement beaucoup à Elfrida, mais elle supposait que son frère, ce grand lecteur, journaliste, cette grosse tête de professeur, doyen, cet intellectuel avait peu d'estime pour le Juge et le considérait en somme comme un autre Zaehner. Eh bien, elle, elle préférait la compagnie moins relevée des hommes de Chicago, des gens comme son propre père, un bonhomme bien de sa ville qui l'emmenait aux combats de boxe et dans les boîtes. Les goûts de Corde étaient diamétralement opposés. Il avait toujours montré de la réticence à aller aux matches de boxe avec Papa.

« Évidemment que j'en ai parlé avec Stan Sorokin. Tu ne vas pas me le reprocher ? Tous les matins je trouve les journaux devant ma porte. J'ai le cœur qui bat tellement fort que je n'arrive pas à avaler mon café. Ça doit être encore pire pour toi, les journaux. »

« Ils disent rarement les choses telles qu'elles sont. »

« Mais ça doit être tellement agaçant. Je suis certaine que les gens de ton collège ne doivent pas être très heureux non plus. »

« Jusqu'à présent ils se sont montrés corrects. C'est *moi* qui me suis excité. Ils préféreraient se passer de ça. Ils me préféreraient calme. Néanmoins ils se comportent en gentlemen. Non, ils ne sont pas très contents — le cirque que c'est devenu, avec le neveu d'un de leurs doyens et le cousin de ce même doyen, Maxie, le journal des étudiants, les débris des Gauchistes des années soixante. Et même la Ligue Spartacus des années trente... »

« Mais surtout Mason. »

En réexaminant aujourd'hui sa conduite, Corde pensait qu'en fin de compte il ne s'était pas trop mal débrouillé.

« Elfrida, tu m'as demandé de passer en rentrant chez moi... »

« C'est exact. »

« Je ne me suis pas invité tout seul. En fait je suis même resté délibérément à l'écart. Je ne suis pas venu ici me plaindre de Mason... »

« C'est juste, Albert... Je te crois. Il y a un problème affectif. Je crois que si Mason a tellement essayé de te faire du mal, c'est qu'il n'est pas arrivé à te toucher autrement. »

Ainsi donc ça allait être une séance de psychologie maternelle à l'usage des débutants. Il n'avait rien à faire de tous ces trucs, mais il ne voyait pas de moyen de l'arrêter. Il décrochait de temps à autre tout en buvant son Martini. Mais s'il faisait peu attention à ses mots, en revanche il écoutait de près le son de sa voix, surveillait son visage. Elle était généreuse de cœur, naturellement généreuse. Elle parlait d'écoles et de professeurs, de psychiatres, de la solitude éprouvée par un enfant unique, du problème de s'adapter à un père comme Zaehner, de l'inaptitude de Mason à se faire des amis dans son milieu et des effets de la marijuana sur le psychisme (« De récentes études montrent que... »). Dieu merci Mason n'avait pas de sérieux problèmes de drogue. Calme, tournant le pied de son verre entre ses doigts, son regard allant de son Martini à la peau imparfaite d'Elfrida, Corde sentait le salon net et bien rangé de l'appartement l'entourer — les murs lambrissés de blanc, les abat-jour de soie blanche, la tranquillité capitonnée, la moquette épaisse, les cacatoès de porcelaine sur le manteau de la cheminée, les bibelots en verre de Venise et des porcelaines de Meissen, les aquarelles bidon de la place Vendôme, l'énorme Hancock Tower avec son entrecroisement d'armatures métalliques bloquant la vue vers l'ouest — et se demandait où se trouvait la profondeur, ici. Pas dans la pédagogie de magazine féminin, ni dans la psychiatrie issue de Lake Forest, mais bien dans la chaleur naturelle de sa sœur. Si vous préférez, cela se manifestait en lui à travers ses sentiments pour Elfrida — la longueur et la douceur de sa tête, la teinture de ses cheveux, la peau abîmée, le nez mince aux narines sombres, l'effluve féminisé du tabac, son parfum âcre-doux. Tous ces détails étaient l'aperception d'une vie entière. Oui, elle avait les cuisses lourdes, les hanches larges. Il y avait un contraste éternellement étrange, hyper-familier, entre le buste allongé, l'amont, et le large estuaire du bas, l'ampleur de la féminité. Le degré de profondeur qu'il cherchait se trouvait dans la chaleur qui émanait de son visage marqué, dans l'habileté avec laquelle ses yeux étaient maquillés, et même dans le souvenir d'odeurs dont certaines sans aucun doute d'origine sexuelle — dans une douloureuse espèce d'histoire personnelle. Ce qu'il aimait peut-être le plus c'était la pointe de sa lèvre. Il considérait cela comme la preuve d'un sentiment réel, pas seulement d'une projection. Ces temps où nous vivons nous donnent à penser des pensées idiotes, des catégories d'intellect dépassées, et des mots qui ne nous avancent à rien. C'étaient précisément ces mots, ces catégories, qui rendaient importante la définition d'un niveau de profondeur. Je ne suis pas d'accord avec ma vieille sœur mal foutue, nous n'arrivons pas à nous parler, et pourtant il y a entre nous quelque chose de palpable. Mason en est conscient quelque part, et ça lui déplaît. C'est lui qu'elle aime le plus, c'est tout à fait naturel, mais pour lui ce n'est pas suffisant. Peut-être a-t-il peur que si elle m'a nommé exécuteur testamentaire, je ne lui vole son héritage. Mais elle est certainement trop intelligente pour faire une chose pareille. Mes expériences avec l'argent ont toujours été mauvaises. J'ai laissé Detillion me rouler. Et je suppose que quelque part le problème Mason se résume bien à l'argent. La forme qu'a prise l'ambition de Mason, pour le moment, va vers le bas. Comme l'a dit cet ingénieux Français : il y a la transcendance positive, et il y a la négative. (Corde avait cessé de discuter de théories avec Elfrida depuis trente ans.) Mais quand l'ambition vers le bas de Mason s'arrêtera — et où peut-elle mener ? — il va vouloir son argent. Elle mourra, et il l'aura. Il attend ça. Ces pensées parricides ne choqueraient pas Elfrida. Pourquoi serait-elle choquée ? Si elle n'avait pas lu *Les Sentiments filiaux d'un parricide* de Proust, elle avait été en revanche mariée avec Mason Zaehner, qui avait eu un cabinet d'avocat dans La Salle Street pendant quarante ans. Elle n'avait besoin ni de Proust, ni de Freud, ni de Krafft-Ebing, ni de Balzac ou d'Aristophane. Chicago avait tout ce qu'il fallait.

Zaehner, avocat cachottier, en rajoutait sur la sincérité. Il aimait bien les déclarations fracassantes accompagnées d'un verre, comme quand il avait dit à Corde qu'il gagnait sa vie en fouillant dans les poubelles. « Gagnait sa vie » était son propre euphémisme pour les honoraires ahurissants qu'il exigeait. Il était parfois plus darwinien — la lutte pour l'existence dans la jungle du Loop. Tu parles d'une jungle ! Qui étaient les lions et les tigres ? Ça ressemblait plus à une décharge publique. Les rats en constituaient la faune principale. Et ce n'était pas Zaehner qui luttait pour son existence ; il s'arrangeait pour laisser ça à d'autres. Et puis Zaehner sentait bien à quel point la vision que son beau-frère avait de lui était mitigée. Il n'avait pu s'y tromper. Aucun besoin d'être très profond pour ça. Corde avait le chic pour faire passer ses opinions sans ouvrir la bouche. Il vous regardait avec une ironie muette de journaliste. Eh bien, Zaehner était blessé par ces opinions. C'étaient les gens comme lui, Zaehner, qui vivaient la véritable vie de cette ville, de ce pays, qui étaient en contact réel avec la façon dont il fonctionnait, sa place dans l'Histoire, sa puissance — ce qui faisait réellement l'Amérique ! Ils tenaient le centre. Et merde, pour qui se prenait-il, ce *Doyen* à la gomme !

Quoi qu'il en soit, Zaehner était mort d'une crise cardiaque sur l'autoroute en rentrant à Lake Forest, et il avait laissé des montagnes d'argent. En dépit de son adresse très chic dans le quartier des bars pour homosexuels, des restaurants de luxe, des rues où abondaient les entrées à dais et à portiers galonnés, Elfrida dépensait peu d'argent. Elle ne hantait pas les boutiques et ne portait pas des robes de grands couturiers. Elle faisait se multiplier les dollars de Zaehner, les conservant pour Mason !

Elle était justement en train de parler d'argent à son frère et lui racontait que de mauvais conseils l'avaient poussée à acquérir un portefeuille qui ne bougeait pas. Les taux d'intérêt étaient montés en flèche, les valeurs avaient perdu trente pour cent ; ça n'avait pas marché avec l'or non plus. En ce qui concernait les ordinateurs de Paine-Webber, elle était effondrée, lui jetant des coups d'œil en coin comme si elle était en train de raconter qu'elle avait été physiquement malmenée, coincée dans une ruelle par des voyous qui l'avaient pelotée. Corde, à sa manière polie mais un peu nerveuse (D'accord, d'accord, ça va !), dit : « Tu peux être certaine en tout cas que le SEC s'occupe de cette petite panne de Paine-Webber. Le *Wall Street Journal* considère que c'est sans gravité. » Mais dans les affaires d'argent, elle n'avait pas besoin qu'il la rassure. Sorokin, si elle se décidait à épouser ce juge de Marlboro Country, viril, bien peigné, barbu et pétant de santé, n'aurait pas accès à son argent. Il fallait d'ailleurs reconnaître qu'il ne semblait pas courir après les dollars d'Elfrida.

Serrant le col de son manteau contre le froid de la chambre de Minna et jetant de temps à autre un coup d'œil à la lugubre capitale communiste, ou bien attrapant la bouteille d'alcool de prune, ou tâtant le terreau des pots de cyclamen (les cyclamens adoraient les basses températures ; ils devaient être aux anges — si seulement *lui* avait pu être aussi beau à huit degrés !), Corde vérifiait de temps en temps l'heure à sa montre. Il n'était pas encore l'heure pour la voiture de Dewey Spangler et Corde, la lettre d'Elfrida pleine de phrases de dame sous les yeux, continuait sa reconstitution de la dernière conversation qu'il avait eue avec elle. C'était important. Et d'une certaine façon, ici, il lui était plus facile d'être objectif. Le décor inhabituel permettait plus de précision. Ou était-ce Valeria en train de mourir ?

Quand Elfrida en eut fini avec l'argent — et la plupart de leurs entrevues depuis qu'elle était veuve avaient commencé de cette façon (l'avant-plan encombré des finances devait d'abord être déblayé) —, Corde réclama le temps de parole égal auquel il avait droit. Il était inévitable qu'ils commencent par discuter de Maxie Detillion.

Detillion : comment se faisait-il qu'il y eût des gens avec qui lui, Corde, était si bien mêlé que cela équivalût en fait à un esclavage ? Ils s'attiraient physiquement, d'une manière si serrée qu'il en était presque absorbé par eux. Avec Elfrida, cette absorption était agréable et lucide. Mais ce n'était pas toujours agréable, et le fait de bien aimer quelqu'un n'avait rien à y voir : il n'aimait *pas* son cousin. Ce qui se produisait était plutôt une sorte de fusion hypnotique. Il connaissait par exemple le moindre pore du visage de Detillion ; les ondulations serrées de sa chevelure, qui descendaient pour former une pointe qu'il ressentait presque comme étant ses propres cheveux — pour autant qu'il s'en souvienne. Quand ils remuaient, les yeux de Max ressemblaient à ceux d'un gourou ou d'une vedette du cinéma expressionniste allemand. Quand il les faisait rouler, Corde le ressentait jusque dans ses propres yeux. Detillion avait toujours eu un relent piquant et acide de mâle, mais il commençait maintenant à sentir comme un vieillard ; quand il passait, on recevait dans les narines une bouffée de penderie mal aérée. Il s'était laissé pousser des favoris mousseux très macho. Rouault aurait aimé peindre Maxie — avait placé d'autres Maxie dans ses gigantesques études d'hommes corrompus.

En salle d'audience Maxie et Corde se regardaient parfois sans mot dire. La présence de Corde rendait peut-être les choses plus difficiles pour Lydia Lester qu'il avait fini par protéger et aider. Il se rendait même compte que sa présence augmentait encore le sensationnalisme de Max et le rendait encore plus mélodramatique.

Il lançait constamment des appels des yeux aux deux journalistes qui couvraient le procès (« Ne ratez surtout pas ça, hein ! »). Il ne maltraitait pas trop la jeune femme quand elle était à la barre, parce que les jurés compatissent avec les jeunes épouses dont le mari a été tué. Sachant cela, il essayait d'avoir du tact. Il ne se rendait pas compte qu'il l'étouffait en jouant les enjôleurs. Il n'en avait pas le moins du monde conscience — il ne savait en fait tout bonnement pas ce qu'il faisait. Il ne lui serait jamais venu à l'idée qu'elle était en deuil, malade, tremblante, qu'elle pût être effrayée. Il laissait entendre qu'il faisait de son mieux en tant que professionnel pour obtenir un témoignage favorable à son client, mais qu'une fois l'épreuve terminée il laisserait apparaître pour elle l'autre face de sa nature, qui était tendrement érotique. Du même cœur sincère, il envoyait à toutes les femmes le même message sexuel. Au fil des ans, l'innocence de tout ça était apparue à Corde — car c'était bel et bien de l'innocence —, une innocence dépravée. Detillion arrivait devant le jury en brandissant des papiers comme Joe McCarthy. C'était un homme à brandir les choses. Ce qu'il vous agitait sous le nez, en fait, c'était son sexe. Son nez jadis beau commençait à s'abîmer, les cartilages ramollis, et à mesure qu'il vieillissait et qu'il prenait du poids ses joues épaississaient, son teint se bistrait ; il paraissait plombé, il avait rapetissé, son bassin s'était élargi, ses déambulations de prétoire amorçaient un léger boitillement. Corde pensait qu'il était en train de mourir — le vieux roi fou, aveugle, méprisé et mourant.

Qu'était-ce d'autre que de l'intimité de *voir* ainsi son Cousin Maxie Detillion ? Que Max le sabote, qu'il se conduise envers lui avec un dédain stupide, froid et rancunier n'y changeait rien. Voir quelqu'un de cette façon, c'était déjà pénétrer dans son existence. Pas nécessairement une expérience agréable.

Maxie n'était pas un grand observateur, mais il était impossible de rester indifférent à un intérêt aussi profond, qui remontait au début de leur existence. Detillion l'avait toujours interprété sexuellement : « Albert admirait ma façon de faire avec les femmes. J'étais son modèle. »

Elfrida dit : « On dirait que le Cousin Max va te suivre dans toutes les étapes de l'existence. »

Corde sourit : « Si je meurs le premier, ne le laisse pas s'occuper de mon enterrement. »

« Je me prenais toujours la tête à deux mains pour essayer de comprendre pourquoi tu continuais à le fréquenter, jusqu'à ce qu'il ait vraiment l'impression de te posséder. Et quand tu t'es écarté il n'a pas pu se le mettre dans la tête. Tu l'avais trahi. C'est encore une fois *lui* qui se sentait lésé. »

Lorsque le grand-père Detillion était mort, sa propriété de Joliet avait été divisée entre ses trois petits-enfants. Le testament désignait Max comme exécuteur. Elfrida avait eu sa part de l'argent — Zaehner avait fait tout le nécessaire. Zaehner avait demandé à Corde : « Mais tu es fou, ou quoi ? Tu ne vois pas ce qui est en train de se passer ? Le rez-de-chaussée a été loué à McDonald's. En as-tu jamais retiré le moindre centime ? »

« J'ai eu des remises d'impôt. »

« Mais du liquide, pas le moindre centime, pas vrai ? Il est en train de te rouler. Il s'engraisse sur ton dos. J'ai repéré les fausses charges qu'il impute à l'affaire dès le premier relevé qu'il a envoyé. Après nous avoir racheté les parts, il possédait les deux tiers de l'affaire, ce qui veut dire qu'il en a le contrôle absolu — de quoi d'autre est-ce qu'il s'occupe pour toi, question affaires ? »

Le fait est que Corde avait laissé le Cousin Max investir pour lui. Max avait obtenu de lui différents mandats de fondé de pouvoirs ainsi qu'une autorisation de s'occuper de son portefeuille de titres en ses nom et place. Dans ses relations avec Detillion (et pas uniquement avec Detillion), Corde s'arrangeait toujours pour se persuader que, quels que soient les manques de ceux en qui il plaçait sa confiance, il ne se ferait pas rouler. Il avait regardé Maxie en rouler d'autres — dissimuler et déplacer des avoirs, feinter des créditeurs, manœuvrer pour prendre des tribunaux de vitesse, inventer d'incroyables déductions fiscales. En dépit de toutes ses manigances il était rarement assez à flot pour payer ses factures (il vivait sur un grand pied), il n'arrivait jamais à escroquer autant qu'il lui fallait. Mais pas à *moi,* se disait Corde. Max n'essaierait jamais de m'avoir.

« Permets-moi d'éclairer un peu ta lanterne, mon cher beau-frère... » Zaehner, magistral, prolongeait son silence renfrogné.

Des bosses de sévérité se formaient aux coins de sa bouche. « Tu ne verras jamais la couleur du moindre de tes centimes à moins de mettre les pieds de ton cousin sur les braises. Tu dois bien avoir une petite idée de ce qu'il a déjà pu te prendre... »

Corde avait effectivement une idée, mais il la gardait pour lui. Elle faisait partie de toute une série de choses qu'il gardait secrètes, qu'il se promettait d'examiner un jour. Mais ce jour-là il faudrait que brille un soleil philosophique. Sinon ce ne serait pas la peine de retirer le voile. Il estimait que Max devait l'avoir refait d'une somme entre deux et trois cent mille dollars. Cette estimation conservatrice, il la gardait pour lui.

« Lui mettre les pieds sur la braise — mais comment ? » dit Corde.

« Exige une expertise comptable. »

« Ce serait une véritable explosion... »

« Tu n'aurais pas *peur* de cet individu, par hasard ? »

« Peut-être que si, un peu... »

« Je crois que je te comprends... Ce n'est pas une peur personnelle de ton merdeux de cousin, plutôt peur de ce que ça ferait ressortir de vos relations. Découvrir ça... ça ne te mettrait pas en joie de voir ça. Qui a fait ton testament, Max ? C'est lui qui tiendra les rênes une fois que tu seras crevé ? »

« Oui, aux deux questions. »

« Déchire-le. Fais-en un nouveau. »

« Il faudrait que je trouve un autre avocat. »

« Ça te refroidit, hein ? Ne t'inquiète pas, je te donnerai quelques noms sûrs... Depuis que tu es revenu à Chicago pour être maître d'école, toi et ton cousin, vous vous êtes servis l'un de l'autre. Il t'a introduit dans les boîtes de Near North et de Lincoln Avenue, avec accès à *Playboy Mansion* et aux nanas pas trop farouches. Et dont on a du mal à se débarrasser, mais ça c'est un autre sujet. Ça, c'est ce que lui a fait pour toi. Ce que toi tu as fait pour lui, c'est de lui redorer un peu son blason. Sa réputation n'était vraiment pas très brillante. Non seulement c'était un avocat dégueulasse, mais en plus il avait toujours la queue à la main. Et puis tout d'un coup il est devenu intellectuel. Il s'est mis à citer l'intelligentsia. Il y a pas mal de gens en ville qui auraient bien aimé lui en coller un ou deux sur le nez. Mais ça ne servirait à rien. Tu veux savoir le fin mot de tout ça ? Detillion est complètement timbré. Il n'y a qu'à le regarder danser, c'est déjà une bonne preuve. »

En cela Zaehner n'avait peut-être pas tort. Sur la piste, Detillion, fier de sa technique, tortillait son vaste croupion avec une grâce de dément, massacrant les rythmes des Caraïbes à qui mieux mieux. Quand il dansait le cha-cha-cha, possédé, il n'avait pas un regard pour sa partenaire qu'il dominait comme un fait acquis, comme une jument de dresseur de cirque. C'était pour les spectateurs qu'il dansait. Étant grand lecteur, Corde (qui était maintenant persuadé qu'il avait beaucoup trop lu, assemblé beaucoup trop d'informations, traîné dans beaucoup trop de galeries d'art) voyait souvent le visage massif et extatique de son cousin en pleine représentation sous les traits d'un portrait de Rouault, oppresseur sexuel d'une multitude effrayante de femmes (et pourquoi pas d'hommes aussi ?). Mais l'image que Detillion se faisait de lui-même quand il était en pleine action était évidemment très différente. Il n'avait rien d'un vulgaire baiseur de filles. Non, il était l'agent ou la personnification d'Éros, tout de flamme et d'or, pourpre, radieux, porteur de la divine tumescence, porteur de vie. Le pouvoir de consacrer la femme déformait son pantalon. Zaehner disait qu'il avait toujours la queue à la main. Son beau-frère l'exprimait différemment. Mais il n'avait pas l'intention de parler des heures durant du Cousin Maxie avec Zaehner.

Corde prêtait à Zaehner une grande intelligence. Il ne se sentait pas supérieur à lui. Mais Zaehner ne supportait pas d'écouter les idées de Corde, et à chaque fois que Corde essayait d'en discuter il lui fermait le bec : « Je ne te suis plus, Albert. Là je n'accroche plus. Trop cérébral pour moi. » Les mots eux-mêmes étaient polis mais, dans la modulation du sourire en rictus, il y avait une bonne dose de mépris. Oui, celle-là aussi était sans aucun doute une relation intéressante. Un autre objet camouflé dans la collection de Corde. Si le cousin Maxie avait des affinités avec Rouault, Zaehner, lui, était associé pour Corde à Hermann Göring. C'était effrayant, sévère et injuste — une comparaison atterrante et à ne mentionner sous aucun prétexte. Mason senior portait des complets rayés qui auraient bien eu besoin d'un coup de fer — son pantalon pendouillait aux fesses —, ses chaussures étaient éculées. Un débraillé typique de Chicago. Göring s'était vêtu d'immenses robes de velours ; il se tartinait le visage d'un épais fond de teint ; il était couvert de bijoux. Et pourtant il paraissait y avoir une similitude. Assis à la table de Valeria, essayant de comprendre l'origine de son association d'idées Zaehner-Göring, Corde remonta jusqu'à une certaine Mrs. Wooster, une dame de la société américaine de Paris (rue de Rennes), dont l'expression sévère de vieille femme avait changé tout à coup à la mention du nom de Göring et qui avait dit : « Mon Dieu, mais ce n'était qu'un gros nounours. Je l'ai bien connu. » Jusqu'à ce moment-là inflexible, Mrs. Wooster avait souri avec tout l'attendrissement d'une femme sévère qui se rend, et grâce à ce sourire Göring s'était vu reconfirmer dans l'esprit de Corde comme un des plus grands archétypes du mal en ce bas monde. Zaehner n'était pas un grand archétype, mais pour Elfrida il avait bien été un nounours — rien à voir avec un de ces fauves de la jungle-dépotoir de Chicago.

En tout cas Zaehner s'était accroché à Corde et l'avait forcé à la fin des fins, ne serait-ce que par « respect pour lui-même », à poursuivre Detillion. C'en était arrivé là. Detillion était découvert, dévoilé.

Et Elfrida était en train de dire à son frère, dans ces pièces surchauffées et blanches de Chicago (ces pièces qui, par la perfection de leur ameublement, l'abondance de leur installation et leur confort, semblaient dire que l'Amérique avait répondu aux besoins humains les plus importants — que vouloir de plus ?) — disait, donc : « J'aurais dû te dire, Albert, que quand toi et le Cousin Max en êtes arrivés devant les tribunaux avec toutes vos histoires, eh bien, le Cousin Max est venu jusqu'à Lake Forest pour me voir — un voyage exprès pour ça. Il m'a dit qu'il fallait qu'il ouvre son cœur à quelqu'un de la famille. Qu'il ne méritait pas d'être traité de cette façon. Qu'on le malmenait. Des bruits commençaient à courir. Les gens commençaient à parler en ville, en disant qu'il t'avait blousé, qu'il t'avait mis dans la merde avec l'IRS, et qu'il était incompétent... »

« Je ne l'ai pas malmené. Nous avons réglé ça en dehors du tribunal. Qu'est-ce qu'il voulait au juste ? »

« Il voulait que j'organise une réunion avec Mason, et Mason, tu dois t'en souvenir, venait d'avoir son premier infarctus. Max appelait et laissait des messages, mais je ne voulais pas que Mason le rappelle. »

« Max aurait bien donné dix mille dollars pour que Zaehner le sorte du pétrin avec moi. »

« Max m'a dit : “Je ne pardonnerai jamais à Albert ce qu'il a fait à mon image de marque. ” »

« Son image de marque ! Et il ouvrait son cœur ! Pauvre Max. Je me fâche contre lui, mais chaque fois que j'y regarde à deux fois ou que j'écoute ce qu'il dit je me mets à avoir pitié de lui. »

« Tu devais avoir une grande pitié. Il s'en est bien tiré. Comment vous êtes-vous arrangés, en fin de compte ? »

« Je lui ai laissé un gros paquet. Disons que c'était une façon de payer mes leçons. J'ai dû prendre des cours particuliers. »

« Et pour apprendre quoi, mon chéri ? »

« Des choses que j'aurais déjà dû savoir depuis cinquante ans. Un séminaire de doctorat ès-imbécillité-et-tête-en-bois. »

Corde essayait d'obliger Elfrida à parler comme *lui* parlait. C'était sa sœur, elle devait pouvoir y arriver. Elle aurait dû en avoir envie.

« Peut-être qu'un quart de million de dollars n'était pas un paiement suffisant pour ce cours-là. »

« Je vois ce que tu veux dire. Perdre tout ce fric ne m'a pas fait assez souffrir. Je suis toujours idiot, et je n'ai pas les moyens de prendre un autre cours. »

L'intention de Corde était évidente. Il sondait sa sœur au sujet des articles sur Chicago pour essayer d'avoir son opinion. Considérait-elle ces articles si dérangeants comme sa toute dernière entreprise en imbécillité ? Il la surveillait de très près. Lorsque son visage devenait plus sombre, c'était qu'elle était en train de rougir. Cela lui donnait l'air jeune. Ensuite revenaient la tension et la réticence, qui la vieillissaient. Elle avait peut-être autant pitié de son frère que du Cousin Max. Elle considérait Corde comme un homme très étrange. Ses tares n'étaient pas les mêmes que celles des autres gens — névroses identifiables, alcoolisme, vantardise. Rien de normal. Il avait sa façon à lui, tout à fait originale et incompréhensible, de tout embrouiller. Non, elle ne lui donnerait pas son opinion au sujet de ses articles. Ce qui lui rendait son jugement tout à fait clair. Il ne pouvait pas nier que cela l'ennuyait, mais il aimait quand même sa sœur. Elle était réellement fâchée contre lui. Elle avait beaucoup de choses à dire sur ses articles sur Chicago — mais elle ne dirait rien. Ses yeux noirs étaient critiques, pensifs, sagaces et pleins de colère. Elle avait l'air de demander à quoi bon faire tanguer la barque de cette façon — à quoi bon tout chambouler, être si imprudent, écrire si bizarrement ? Pour Zaehner, Chicago avait été la ville la plus formidable du monde, aucune autre ville ne lui arrivait à la cheville. Et le père de Corde était bien d'accord avec Zaehner, Chicago était unique, unique ! — grande, vitale, neuve, la meilleure ! — Le vieux Corde, qui s'y était imposé comme personnalité de l'hôtellerie et comme notable, aurait été amèrement contrarié par un fils qui descendait Chicago. Bien sûr, Elfrida *ne pouvait pas* approuver.

Elle orienta de nouveau la conversation vers le Cousin Max : « Il m'a fait un long discours, le jour où il est venu me voir. Il marchait de long en large, les mains derrière le dos, en déblatérant sur tout le mal qui l'entourait et lui noyait l'âme, et comment toi, toi entre tous, te retrouvais du côté de la méchanceté. D'accord, Albert — Max n'a pas bien géré ton argent. Mais tu l'as laissé faire. Et de la part de Mason c'était diabolique d'aller le voir au sujet de cette affaire — je ne te reproche pas d'être aussi fâché. Mais tu es peut-être beaucoup trop sensible. Je doute fort que quiconque fasse très attention à Max. Ils voient bien que c'est une nouille. Tu peux quand même leur faire *un peu* confiance, même si tu en veux à mort à Chicago. »

« Tu ne l'aurais pas vu, par hasard, l'autre soir, sur la deuxième chaîne ? »

Corde avait allumé la télévision et avait eu la surprise de tomber sur son cousin. C'était bien Maxie, en couleurs, avec ses favoris légers comme des nuages et le visage ardent de fausse sincérité. Corde avait été étonné d'entendre prononcer son propre nom. « Le Doyen Corde, qui se trouve être mon cousin germain… » Corde avait été ulcéré. Il était furieux d'entendre prononcer son nom de cette façon. Il en était encore furieux, encore maintenant, il était conscient de la proximité d'une large zone de colère atroce. Il pouvait presque la toucher du doigt. Detillion avait porté des accusations de racisme, avait fait référence au collège comme à une « ... merveilleuse institution. Mais ses rapports à l'Affirmative Action restaient assez troubles. » Il mentait plus encore des yeux et des sourcils que de la voix. Corde était bien obligé d'admettre qu'il parlait relativement bien, dans le style artificiel du Barreau de Chicago — et sur lequel Corde avait offert un commentaire dans *Harper's* : « L'ignorance étrange, distinguée et pompeuse des avocats à la Cour... »

Corde dit : « C'est vrai, *je* ne devrais pas être aussi sensible à ce que Max peut bien raconter. Mais il vient tous les jours arroser cette jeune femme et le reste de la famille de ses purs concentrés d'égout. C'est moi qui ai embarqué Lydia là-dedans, et je m'en sens responsable... c'est ma famille, après tout. Même quelqu'un de plus costaud aurait du mal à supporter ce cirque publicitaire, et ce n'est pas une jeune femme particulièrement forte. Elle n'a pas d'expérience, elle est sonnée, et puis n'oublie pas que les parents du garçon sont présents, là, dans la salle, tout le temps que Max fait son numéro, pas avec elle cette fois, mais avec Ebry et les autres témoins, à raconter des histoires de bizarreries sexuelles et à suggérer qu'en fin de compte le jeune homme n'était-il pas sorti ce soir-là avec des idées lascives derrière la tête ? Mettant en avant la sexualité du groupe, faisant allusion à toutes sortes de lubies et autres trucs ésotériques. C'est vraiment trop. »

« En tout cas pour toi. Tu réagis très violemment. »

« Mais évidemment, Elfrida. Je suis dedans jusqu'au *cou.* Mason est allé sonner chez elle en septembre dernier pour lui dire qu'elle avait intérêt à ne pas aller témoigner. »

Elfrida dit : « Ah oui ! je crois que j'ai entendu parler de ça. » Comme elle baissait les yeux, Corde laissa tomber le sujet. Puis Elfrida dit : « Je comprends parfaitement qu'elle tienne à ce que ces gens aillent en prison. C'est parfaitement naturel. Elle doit estimer que c'est le moins qu'elle puisse faire pour son mari. »

« Grady dit que Max est idiot d'exagérer car ça n'arrangerait pas son affaire si elle s'effondrait devant le jury. Je crois même que

Grady espère que ça arrivera. Ce qui est drôle, c'est qu'elle a l'air de serrer les dents. Je n'aurais jamais cru qu'elle en serait capable. »

« Sorokin estime que Max mène bien la défense, qu'il s'en tient au côté purement légal. »

Corde dit : « Quelquefois je pense que si les prières de Detillion avaient été exaucées et qu'il fût devenu super-riche… »

« Oui… ? »

« Alors tout son côté psychopathe se serait retrouvé embaumé sans aucun risque. À l'heure qu'il est il serait devenu mécène, il patronnerait l'Opéra et l'orchestre symphonique, on l'aurait élu à tous les comités. Personne ne se rendrait compte à quel point il est stupide et fêlé. Mais comme il n'arrive même pas à payer ses factures courantes, il est bien obligé de trouver un moyen de rendre son désastre personnel présentable. Mais ça, il doit le faire en public. »

« Je vois ce que tu veux dire », répliqua Elfrida. Elle était profondément mal à l'aise. *Elle-même* était super-riche, pour commencer. Ému et distrait comme il l'était, son frère pourrait bien se lancer dans une crise de théorisation d'un instant à l'autre. Il voyait bien ça. Il s'envolerait de son monticule, de sa butte, dans une folle spirale de clarté et d'hérésie. Il s'exprimerait d'une voix égale, profonde, harmonieuse, sans le moindre signe de fanatisme, pour dire des choses incompréhensibles, insaisissables, opaques, glissantes et pour finir, horribles et parfaitement destructrices — de ces choses qui auraient révolté leur père, et que feu Zaehner aurait écoutées avec un sale œil. Ce que pensait Elfrida, c'est qu'Albert ne savait pas être modéré, qu'il exagérait tout. Mais son amour pour elle *aussi* avait un petit côté exagéré. Si elle était heureuse de posséder cet amour, pourquoi rejetait-elle ses théories « exagérées » ? Sa propre question n'était pas dépourvue d'un certain amusement. Et puis — honnêtement — est-ce que c'était une théorie aussi déformée que ça ? Ce qu'il disait, c'est que si on avait de l'argent on devenait un monstre inattaquable, et que donc si on se sentait monstrueux au départ, on pouvait se rendre inattaquable en se faisant une fortune. Parce qu'alors, bien que psychopathe, on devenait une force de la nature. Ou bien, si on n'avait aucune personnalité, alors on s'en *achetait* une. Et à la base de tout ça — il avait fallu que Corde vienne jusqu'en Europe de l'Est et qu'il se retrouve assis au bureau d'écolière de sa femme pour s'en rendre compte —, à la base de toute sa récente phase d'excentricité (ça n'avait rien d'excentrique vu de l'intérieur), il y avait son éternelle polémique avec le mari d'Elfrida, feu Zaehner. *Contra Zaehner* aurait pu être le titre le plus sincère pour ses articles sur Chicago. Il n'en avait pas été conscient au départ. Sa première idée était tout à fait innocente. Ses essais, conçus à l'origine comme des sortes de morceaux choisis sur les temps qui couraient, nostalgiques, pittoresques et pleins de charme, lui avaient complètement échappé. Il ne pouvait évidemment pas s'attendre à recevoir de la sympathie de la part de sa sœur. Elle ne pouvait pas ressentir de sympathie sans trahir et Zaehner et son fils. Et qui plus est, elle n'était pas d'accord.

« Ne t'inquiète pas, Elfrida », lui avait-il dit avant de partir — ce qui signifiait qu'il n'avait aucune intention de la bousculer, qu'il n'essaierait pas de l'obliger à parler à *sa* manière à *lui*.

Elle prit une longue inspiration qui était comme un remerciement, et dans son soulagement elle lui dit : « Je crois que je devrais te dire, Albert... Sorokin pense que tu avais raison, pour Rufus Ridpath. Ridpath a réellement fait de son mieux à la prison municipale. Il est le seul qui ait ne serait-ce qu'essayé d'améliorer les conditions de vie là-bas et d'aider les détenus. Et puis il y avait peut-être des gens qui tenaient absolument à le couler. Sorokin est d'accord pour dire qu'il était fondamentalement honnête. Non seulement ils se sont groupés pour se débarrasser de lui, mais ils ont fait ce qu'il fallait pour le priver de tout avenir politique dans le coin. »

« Je ne pense pas que Ridpath se serait présenté à des élections quelles qu'elles soient. Ça ne lui ressemble pas du tout. Mais Sorokin t'a-t-il vraiment dit tout cela ? C'est lui qui m'avait envoyé voir Ridpath. »

Elfrida fit une de ses grimaces. Corde comprenait exactement ce qu'elle voulait dire. Elle dit : « Tu n'étais pas obligé de perdre les pédales et de dire que c'était un genre de Noir tellement rare, non plus. »

« Ce n'est pas ce que j'ai écrit. J'ai dit que c'était un genre de type rare quelle qu'en soit la couleur. Noir ou blanc ou bleu ou vert, il n'y avait pas tellement de gens à se préoccuper d'une chose comme la justice. Étonnamment peu, même. Vous ne vous en rendiez même pas compte jusqu'au jour où vous tombiez sur quelqu'un pour qui c'était d'une importance primordiale, et qu'à ce moment-là vous commenciez à vous apercevoir à quel point c'était rare, cet intérêt-là... »

« Ce que tu disais, toi, c'était " une existence et une préoccupation morales ". »

« C'était un choix malheureux. Il faut toujours se méfier des grands mots. Même à ce moment-là je me suis rendu compte que ça prendrait tout le monde à rebrousse-poil. Ce genre de truc inhabituel et docte à la Platon-et-Aristote, c'est flirter avec la mort. J'ai bien peur de ne pas avoir rendu un fier service à Ridpath non plus. Une belle bourde, décidément... »

CHAPITRE 5

Minna parlait au téléphone dans la pièce voisine. Il avait entendu la sonnerie et il se rendit soudain compte (il ne faisait pas très souvent attention) que ce n'était pas un appel ordinaire. Sa voix se fit plus aiguë. Il écouta puis alla jusqu'à la salle à manger en passant par le couloir. Le canapé de Stamboul était près de la porte vitrée de séparation du salon. Il était assis, penché en avant, hyper-attentif. La conversation fut courte. Minna essayait de parler mais son interlocuteur l'interrompait. Il se passait quelque chose de grave, c'était visible. Elle se mit à la recherche de Corde dès qu'elle eut raccroché. Il entendit ses pas s'éloigner dans la mauvaise direction et cria : « Par ici. » Quand il lui demanda ce que c'était, elle fut incapable de répondre et se contenta de le fixer. « Ce n'était pas le service de réanimation ? »

Valeria au plus mal ? Ou morte ? Non, ça n'avait pas été ce genre de nouvelle, et ce n'était pas non plus ce genre de choc. À l'inverse d'Elfrida, Minna ne disposait pas d'un grand répertoire de mimiques. Il n'avait jamais vu ses yeux aussi noirs ni sa peau aussi marquée, aussi blanche et sèche.

« Bon, qu'est-ce que c'était ? » dit-il.

« Tu sais qui c'était, Albert ? C'était le Colonel. »

« Lui-même, en personne ? »

« C'était le Colonel. Je pourrais le tuer. »

« Qu'a-t-il fait ? Qu'a-t-il dit ? »

« L'Ambassadeur a dû s'y mettre dès que tu es parti. »

« Je vois. Il a appelé le Ministre de la Santé, et le Ministre a appelé le Colonel ?... »

« C'est ce qui a dû se passer... »

« D'accord, mais qu'est-ce qui s'est passé ? C'est le Ministre de la Santé qui dirige les hôpitaux, ou pas ? »

« Pas cet hôpital-là. C'est le Colonel. Il vient de me le dire d'une façon qui ne laisse aucun doute. Il a été incroyablement dur avec moi, Albert. Incroyablement ! »

« Je vois. C'est une épreuve de force — un ministre contre la police secrète. »

« Ce n'était pas une épreuve de force. C'est lui le chef. »

« Ça en a tout l'air. Je suis désolé, Minna. Nous n'aurions pas dû essayer de passer par-dessus lui sans être sûrs de pouvoir sauter assez haut. C'est l'erreur habituelle, faire les choses à moitié. J'aurais dû m'en douter... un colonel de la police secrète... Il n'a rien à foutre d'un ministre. J'ai l'impression que c'est aussi pour ça qu'on ne voit plus beaucoup notre vieil ami Petrescu. Il a bien fait son possible mais il ne faisait pas le poids, et maintenant il tient ses distances. Ça doit être la deuxième visite, celle que nous avons faite sans autorisation, qu'il a dû considérer comme une paire de gifles. Je n'aurais pas dû faire l'andouille avec l'Ambassadeur. J'aurais dû essayer de mettre la Maison-Blanche sur le coup directement. Un coup de fil direct, de Président à Président. Ç'aurait pu réussir. C'est peut-être encore possible. Ces types ont un accord de relation privilégiée avec les USA, et pour eux c'est très important. Ils n'auraient pas refusé. »

« Il a dit... »

« Ah oui ! que t'a dit le Colonel ? »

« Que je pourrais voir ma mère encore une fois. Une seule fois. C'est ce qu'il a dit. »

« Ah oui ! » dit Corde comme s'il comprenait. Il ne comprenait pas du tout. Une douleur fulgurante lui broyait les yeux. « Redis-moi ça : il a dit : venez la voir ? »

« Il a dit : "Une fois et une seule." »

« Quand ça ? »

« Il me laisse le choix. Je n'en croyais pas mes oreilles. J'essayais de parler mais il me coupait la parole. Il a dit : " Vous ne comprenez pas le roumain ? Je vous autorise encore une visite, à vous et à votre mari. " »

Corde avait fini par assimiler. Venez la voir, une fois, c'était la dernière visite. Il dit à Minna : « Nous avons commencé un pugilat avec le Ministre, et c'est le Colonel qui a gagné. Il a dû porter l'affaire plus haut, et plus haut on l'a soutenu. J'aurais dû y penser à deux fois quand l'Ambassadeur me l'a proposé. C'était très gentil de sa part, mais le résultat est le même. On croit toujours qu'on amorce la pompe à bonne volonté en y versant de la bonne volonté. Erreur. Il a bien dit : " Vous et votre mari " ? »

« Oui, Albert. Qu'est-ce que je lui réponds ? Je suis censée le rappeler pour lui dire quand nous viendrons. »

« Et Tanti Gigi ? demanda Corde. Si c'est la seule et dernière visite... Non, impossible de lui parler de Gigi. »

« Réponds-moi, Albert : quand y allons-nous ? Demain ? Quand ? »

« J'irais dès aujourd'hui, ce soir », dit-il en se levant du canapé.

« Tu veux dire qu'elle pourrait mourir d'un moment à l'autre ? »

« Il sera toujours temps demain d'essayer de trouver d'autres ficelles à tirer. Gherea pourra peut-être la transférer. Peut-être pourrons-nous remuer quelqu'un à la Maison-Blanche. On pourrait envoyer un télégramme à Washington. »

« Il attend mon coup de fil. »

« Alors dis-lui ce soir. »

Elle retourna au téléphone.

Corde remonta son manteau sur ses épaules. On en était aux journées les plus courtes. La lumière de l'après-midi n'était pas plus tôt entrée qu'elle était déjà à moitié ressortie. Quel froid, aussi. Dans la rue des aiguilles fragiles et cassantes commençaient à pousser sur les flaques, une amertume cristalline qui s'installait. Aux endroits d'où s'était retirée la lumière, le jaune-brun du stuc se tachait d'un bleu tendre. (Ils pouvaient vous y frotter le nez, à ce stuc, s'ils en avaient envie.) Plus loin, sous les grands porches de la rue, des bouteilles, des chiffons mouillés étendus à sécher, leurs pointes gelées, et des petits tas de sarments. Quand le soleil brillait, la gloire de la lumière soutenait facilement les choses ; mais le soleil disparu, elles prenaient un air abandonné, elles se dissociaient, et on était obligé de les porter tout seul. Corde écoutait la voix de sa femme dans la pièce voisine. Certaines langues sont parlées, d'autres chantées. Même maintenant, aux prises avec le Colonel et l'État communiste, la voix de Minna restait musicale. Quant à lui — tout en étant plein de compassion pour sa femme, tout en haïssant le Colonel, tout en se demandant pourquoi le Colonel avait pris cette décision, et quel genre de démarches avaient été faites, ou quel marché le Colonel avait bien pu passer avec le Ministre —, il poursuivait ses propres pensées. Il y avait le Colonel dans son vertigineux placard à balais de bureau, décidant de ceci, décidant de cela, sous son ampoule de vingt watts. Et puis il y avait la compassion individuelle, mince frange qui reculait devant le processus mondial de durcissement. Ce processus pouvait sembler trop grossier pour qu'on le prenne au sérieux, mais, ne vous faites pas d'illusions, il était en train de modeler l'avenir. Et pendant que cette mise en forme se poursuivait, l'essence la plus secrète de l'être humain était obligée de s'arranger comme elle le pouvait avec ses décisions les plus personnelles, les plus indispensables, les plus intimes.

Maintenant, retour à Valeria et aux appareils entretenant artificiellement la vie. Corde était persuadé que la vieille femme était pleinement et probablement même remarquablement consciente. Les appareils cliquetaient et son esprit (décida-t-il) était merveilleusement vif — en état d'hypervivacité. Elle ne mourrait pas avant d'avoir vu sa fille — vu, façon de parler, puisqu'elle était incapable d'ouvrir les yeux. Ils allaient et venaient sous ses paupières ; ils percevaient peut-être la lumière ; ils remplissaient les paupières (une comparaison involontaire) comme la farce des raviolis. Ce qui était certain, c'est qu'elle étudiait sa propre mort. Corde pensait à elle avec un immense respect. Son humanité personnelle provenait des anciennes sources. Corde s'était familiarisé avec ces sources à Paris et à Londres. Entre les élancements oculaires qui l'obligeaient à passer le bout de ses doigts sur son front, de gauche à droite (ici en Europe de l'Est il se sentait déshydraté et imaginait même ses nerfs optiques tout desséchés et effilochés), il examinait ces anciennes sources. Il se souvint qu'elle avait pris un sérieux intérêt au structuralisme et à l'antipsychiatrie de Laing. Mais qu'est-ce qu'elle pouvait bien en avoir à faire ? Ce devait être tout à fait étranger à sa vie plus profonde. Dans cette existence plus profonde elle se montrait traditionnelle, archaïque même. Elle avait aimé son mari, c'est pourquoi elle était devenue militante communiste ; elle avait aimé son mari, aimé sa fille, sa sœur. Ensuite, pendant trente ans, elle avait racheté le marxisme, le péché d'avoir aidé le nouveau régime à s'installer, par un système personnel de rachat, en organisant son réseau d'aide mutuelle entre femmes. Pourtant, elle entretenait des idées avancées ; le Parti l'avait accusée, quand elle avait été exclue, de « psychologisme cosmopolite » ou de freudisme, mais ce n'était rien. Elle avait commencé un ouvrage sur l'*Hagia Sophia.* Il était encore sur son bureau. Il éveillait la curiosité de Corde, mais la langue était un obstacle. Cette même Valeria, lorsqu'elle allait sur la tombe de son mari, qui serait également la sienne, allumait des cierges au pied de la pierre tombale — une grande dalle de granit. Gigi disait : « Quand elle avait une décision importante à prendre, elle allait sur la tombe pour lui en parler à *lui.* » Elle emportait de la nourriture pour les mendiants du cimetière. Il n'y avait pas que les incrustations de nacre à être de l'artisanat de Stamboul. Ici on était dans les Balkans. La vie profonde y était byzantine, et plus archaïque encore, tant pis pour Freud et Laing — cela c'était bon pour les gens sophistiqués et névrosés. Ici il n'y avait rien de cette sophistication. Elle était aux portes de la mort. Et en tant que médecin — mais on n'avait pas besoin d'être médecin pour savoir qu'on était en train de mourir. Elle soupçonnait peut-être même que les autorités, quand elles en auraient assez d'elle, décideraient de débrancher les machines. En tout cas Corde pensait que le Colonel était bien capable d'avoir cette idée en tête. Aucun doute, il en avait le pouvoir. Il pouvait dire : « Enlevez-les », et il n'y aurait rien à redire. En y pensant, Corde (plus tellement jeune non plus, plus tellement en forme) se sentit une curieuse affinité avec les cristaux de glace cassants dont le miroitement arrivait jusqu'à sa fenêtre balkanique. Ces complications tracassantes, ces complexités d'orientation, ces espoirs dénaturés, insensés, ces maux énigmatiques, ces calculs sadiques — il pouvait vous arriver pire que de revenir à cet exact zéro-néant, à cette simple glace. En tout cela Corde se sentait singulièrement proche de la vieille femme.

Minna annonça en revenant : « C'est arrangé pour ce soir. »

Quand Corde se mit à parler, elle lui rappela que l'appartement était sur écoute en montrant le lustre du doigt.

« Allons faire un tour. »

« À quelle heure la voiture passe-t-elle te chercher ? »

« Pas tout de suite. »

Il restait encore vingt minutes. Le chauffeur de Spangler serait certainement ponctuel. Ici, les chauffeurs, comme partout en Europe de l'Est, faisaient leur rapport à la police secrète. Partant, ils offraient un service excellent.

Corde et Minna descendirent ensemble dans le petit ascenseur. Il maintint la lourde porte de fer forgé et de verre pour la laisser sortir dans la rue. Le soleil, dès le milieu de l'après-midi, était déjà prêt à plier bagage. Il y avait des ombres violettes sous les rayons du soleil d'hiver ; elles se rassemblaient dans les creux des revêtements en stuc et rappelaient à Corde les eaux agitées qu'on voit l'hiver. Une couleur similaire encerclait les arbres élagués. Les pigeons sur le trottoir la possédaient également, avec des variantes irisées. Au milieu de la rue, Corde remarqua les restes de petits rats. Ils avaient dû se sauver ventre à terre pendant le tremblement de terre, se faire assommer par les gravats qui tombaient, puis aplatir comme des crêpes par les camions et les voitures. C'est ainsi que Corde les voyait. Ils étaient aussi bidimensionnels que des girouettes. Il y avait ici et là, entre les pâtés d'immeubles Haussmann façon balkan, des ruines ou des monticules dus au tremblement de terre ; Corde supposait que c'étaient également des tombes. Les tas de briques exhalaient des odeurs de décomposition. Dessous, il y avait des corps irrécupérables. C'était une sale odeur, froide et humide. Des tramways d'un orange rouillé couraient par couples avec un sifflement de câbles. De pâles passagers prolétaires regardaient par les vitres. Ils portaient des casquettes, les femmes des foulards. Ces tramways, tout comme les éviers de fonte et les toilettes gargouillantes avec leurs chasses à chaîne, appartenaient au passé. Tout cela était comme un regard jeté en arrière. On repassait à l'envers sur les décennies. Les émotions elles-mêmes faisaient partie d'une autre époque. La lutte avec le Colonel débouchait sur des sentiments humains — que l'ordre nouveau n'acceptait pas en tant qu'aboutissement. Mais le Colonel l'admettait tacitement car ils étaient porteurs de douleur. Il savait qu'ils *étaient* un aboutissement. Corde éprouva pendant un court moment l'impression fantasque que ces idées étaient rassemblées autour de sa tête de la même façon que la lumière s'agglomérait, plus pâle, autour des arbres élagués dont chacun ressemblait à un bouquet.

Minna marchait plus vite qu'à l'ordinaire. À Chicago il n'y avait rien à faire pour lui faire presser le pas. Elle avait ses idées sur l'élégance féminine, ou la dignité qui convient à une Raresh. Mais aujourd'hui elle allait bon train. Elle tenait Corde par le bras, et chaque fois qu'un piéton les croisait elle lui donnait une secousse comme pour dire : « Tais-toi ». Il restait donc sans rien dire, et son expression à elle était sévèrement distraite. Minna ne se présentait jamais à la table du dîner, ne se couchait jamais le soir, ne sortait jamais sans remettre du rouge à lèvres. Mais aujourd'hui ses lèvres étaient serrées et c'est à peine si on apercevait le rouge. Elle était desséchée et pâle, elle avait l'air très malade.

« Tu comprends bien où est le problème, Albert », dit-elle.

« Gigi. »

« Oui, Tanti Gigi, et comment nous nous débrouillons pour la faire entrer. »

« Bien sûr, dit Corde. Il faut qu'elle voie sa sœur. S'ils ont des autorisations pour deux personnes à la porte, elle peut très bien prendre ma place. »

« Non, il faut que nous y allions tous les trois. Si seulement nous pouvions nous adresser à Petrescu. Ça a toujours été un bon ami. Ce qui est certain c'est que tout cela lui est très pénible, à lui aussi. »

« Nous nous occuperons de lui une autre fois. Pour lui c'est une autre histoire. On en reparlera plus tard. Pour l'instant, il nous faut un plan. »

« La première chose à faire est de trouver des cigarettes. Il nous en faudra le plus possible. »

« Je peux les acheter à la boutique de l'Intercontinental. Des Kent, king-size. »

« Oui. » Ils marchaient dans la lumière déclinante et passèrent un jardin public triangulaire, les grilles penchées vers l'intérieur, les bancs verts couverts de gel. « Voilà mon ancienne école », dit-elle. « Et dans cette rue habitaient des familles de boyards. » Les élégantes bâtisses de l'ancien régime étaient découpées en appartements. Dans les boutiques obscures où étaient empilées les boîtes de petits pois et de choucroute, on n'apercevait aucun client. C'était jadis un quartier chic. Plus maintenant. Les *apparatchiks* avaient leurs villas ailleurs. « Comment allons-nous faire pour aller à l'hôpital ce soir ? »

« Tu ne peux pas appeler un taxi ? » demanda-t-il.

« Tu peux l'appeler, mais sûrement pas compter dessus. »

« Gigi dit que le neveu de Ioanna est chauffeur. Tu devrais lui en parler. »

« Oui, il s'appelle Trajan. »

« Tu devrais essayer ce Trajan. »

« Je vais demander à Ioanna », dit Minna.

« Il a une voiture ? »

« Je vais m'en occuper tout de suite. »

« Tu peux parler à Ioanna ? Je veux dire lui *parler*. »

« Oui et non. Oui, si tu t'y prends bien. Il faut la traiter comme une parente. On ne parle pas d'argent, mais il faut quand même lui en donner à un moment ou à un autre. »

« Embauche Trajan pour nous conduire. Tu te souviens de lui ? »

« Il y a vingt ans ce n'était qu'un petit garçon. Gros et pas très sympathique. »

« Bien. Tu devrais demander s'il peut venir. »

« À sept heures. »

« Une fois dans la voiture — je vais aller acheter deux ou trois cartouches de Kent — tu pourras lui expliquer ce qu'on va faire. Ils doivent sauter sur tout ce qui passe, ici. Impossible de vivre sur un salaire normal. »

Ils tournèrent le coin et Minna dit : « Je crois que voilà la voiture de ton ami. »

« Je devrais peut-être rester, dit Corde. Je peux remettre le rendez-vous. »

« Non, va chercher les cigarettes et voir ton ami. Ici tu ne peux rien faire. Je vais aller voir Ioanna. »

Elle pénétra dans l'immeuble. Corde, le torse raidi contre le froid, attendit la voiture. Trois heures, et le crépuscule tombait déjà, apportant avec lui une sorte d'ennui tragique. La forme des arbres sous l'hiver, la beauté des couleurs hivernales n'en faisaient pas partie. Les arbres avaient leurs gestes d'arbres, mais les êtres humains devaient faire face à un obstacle institutionnalisé à tout ce qui venait naturellement. La longue limousine s'arrêta, et le chauffeur en descendit pour ouvrir la portière et le laisser pénétrer dans la chaleur du compartiment arrière. Le parcours privilégié fut court. Revoilà l'ambassade américaine, la rue barrée, les sentinelles à l'extérieur. Et voilà l'Intercontinental.

Le hall était luxueux. On pouvait s'enfoncer profondément dans des longs canapés — n'importe lequel ; aucun n'était occupé. L'atmosphère était celle d'un roman policier. Un parfum de café turc venait du restaurant. On se rendait compte que le Bosphore était tout proche, et que l'Orient-Express s'arrêtait ici dans les nuages de vapeur de sa locomotive, avec Mata Hari dans le wagon-restaurant et des hommes d'affaires levantins, tous agents triples. Dans ce hall opulent il y avait deux enclaves plus sévères — d'organisation totalitaire, elles — un guichet en contreplaqué pour le change des devises étrangères et un stand de journaux où l'on trouvait des journaux étrangers. Des magazines est-allemands accrochés à un fil par des pinces à linge, ainsi que la *Pravda* et *L'Humanité*.

La boutique réservée aux étrangers était au premier étage. On était à deux jours de Noël. Il y avait un petit sapin saupoudré de peluches de coton et de neige de mica. Sur des tringles étaient accrochés des jupes paysannes, des manteaux en peau de mouton, les étagères regorgeaient de linge de table et de poupées en costume folklorique, de bouteilles en bois sculpté, d'appareils photos, de cognac d'importation. Il y avait des étudiants africains parmi les clients. L'un d'eux, en apercevant le passeport que Corde tenait à la main, lui dit avec un accent britannique crépitant : « Ces employés sont parfaitement insolents. Ils ne se gênent pas pour dire n'importe quoi. Ils croient que nous ne comprenons pas leur foutue langue... »

Les femmes en uniforme noir, l'air morose et fatiguées, étaient débordées. Corde se tint pour heureux. La jeune fille qui lui vendit les Kent lui souriait — bizarrement : comme si elle s'apprêtait à souffler sur une fleur de pissenlit pour semer à tout vent. C'était néanmoins une sorte de sourire. Elle glissa ses cigarettes — deux cartouches de king-size — dans un sac à poignées de plastique.

Était-il d'humeur pour des retrouvailles avec un vieux camarade d'école ? Il avait l'impression d'avoir été renversé dans la rue par une moto, d'être plein de contusions, le torse bandé. Il avait envie d'aller aux toilettes, de déboutonner sa chemise et d'arracher tous ces pansements adhésifs. Seulement, les pansements n'existaient pas. Il fit le tour du restaurant et du bar bondés pour trouver Dewey Spangler. Impatient, avec le sentiment d'être gêné dans ses mouvements, d'avoir reçu des coups, il avait l'*air* d'aller bien, seulement un peu grave (rien de plus qu'une humeur un peu sombre et passagère). Il chercha Spangler. Leur rencontre, la routine vieux copains, devrait être courte. Si le neveu de Ioanna n'était pas disponible, il faudrait prendre d'autres dispositions. Minna et Gigi avaient besoin de lui à la maison — du soutien de sa présence, de ses suggestions. Et puis aussi les Kent, peut-être les Kent par-dessus tout. Le bar, bondé, augmentait encore son impression d'être en cage (laissez-moi sortir !). Puis il aperçut Spangler, qui s'était levé dans son box et lui faisait de grands signes des deux bras comme un employé de piste qui guide un avion vers son aire de stationnement. Les gestes de Spangler avaient toujours été extravagants, hors de propos. Là, tout d'un coup, c'était touchant. Autoritaire, exaspérant petit crétin ; en dépit de son audience mondiale, c'était toujours le même Dewey, le même garçon mi-chat de gouttière affamé, mi-intellectuel — ce même Dewey qui s'était battu dans les travées du stade de Wrigley Fields avec un supporter des Cubs qui pesait dans les cent kilos, lui tapant dessus avec un recueil de poèmes. Spangler avait été un gosse effrayant, mais Corde l'avait adoré.

« Ici, ici, Albert », l'appelait Dewey.

Qu'est-ce qui rendait cette rencontre si riche ? C'était excitant en diable, non ? Spangler passait à Chicago au moins dix fois par an, une centaine de fois dans la dernière décennie, et il n'avait jamais fait signe à Corde. Mais Corde ne lui avait jamais non plus envoyé un petit mot pour lui dire : « J'ai beaucoup apprécié ton article de mercredi dernier. » Il ne les aimait à peu près jamais. Dewey ne le surprenait jamais quand il écrivait pour un journal. Commencez une phrase à la Dewey, et Corde, les yeux fermés, vous la terminait. Le système changeait rarement. Mais dans ce café exotique, toutes les réserves, tous les jugements, toutes les blessures et toutes les vexations étaient mises de côté. Spangler, ici, pouvait mesurer la distance qu'il (ou qu'ils, tous les deux) avait parcourue. Il mit son bras autour des épaules de Corde : « Rah rah, Lakeview ! » Sa silhouette s'était étoffée, elle était aussi devenue compacte. À présent il était charnu, et sa barbe bien taillée lui conférait de la dignité. La graisse qui s'était amassée sous son menton était de la graisse disciplinée, pas du tout négligée. Ses replis intégraient et rendaient même digne son hochement de tête, donnaient à ce tic un poids dans l'affirmation, une véritable gravité. C'était un tic dont il n'avait pu se débarrasser. Encore que de longues années de psychanalyse parussent l'avoir vraiment aidé. Spangler avait été recyclé sur le divan. Il n'en faisait pas mystère ; au contraire, il faisait souvent allusion à l'analyse dans ses articles : il aimait réfléchir au sens de la richesse humaine qu'elle lui avait donnée, à l'importante contribution qu'elle avait apportée à sa compréhension du système de valeurs judéo-chrétien.

« *Wass willst du haben ?* dit-il. Tu te souviens de ça ? »

« Oui, effectivement. Louis et les Hungry Five, l'orchestre comique allemand de l'*Old Heidelberg* sur Randolph Street, pas loin de l'*Oriental* », dit Corde.

« Tout juste. »

Tout bien réfléchi, que pouvait apporter à Dewey cette rencontre, sinon le plaisir de la nostalgie ? Il avait évité Corde pendant des années. Corde était gênant : il savait d'où il sortait, il se rappelait son père et sa mère, la maisonnée Spangler, cette vie passée principalement dans la cuisine, le visage léonin de Mrs. Spangler, les pattes d'éléphant formées par ses bas de soie translucides, la portion de cuisse qui retombait sur le genou serré par la jarretière. C'étaient des gens émouvants, le père surtout. Le vieux Spangler était chauve, rougeaud et en assez mauvaise santé. « Je suis dans les nouveautés », disait-il. Mais de quelles « nouveautés » pouvait-il bien s'agir, en pleine Dépression ? On allait chez les marchands de gros, Douzième Rue et Newberry, et on y prenait des articles « en dépôt », à vendre au porte-à-porte — des visières pare-soleil par exemple, ou bien des sous-nappes, des cure-pipes ou des chaussettes en coton. Ce qui gênait tellement Dewey c'était que « nouveautés » dissimulait mal « porte-à-porte », et cette gêne était compensée par des fantasmes grandioses et exubérants. Il racontait des tas de bobards sur ses origines. Il prétendait parfois que son père avait travaillé chez un agent de change de La Salle Street, et que lui-même avait fait ses études dans une école de préparation aux académies militaires. Mais Corde ne vendait jamais la mèche. Pourquoi l'aurait-il fait, d'ailleurs ? Il était de tout cœur avec Dewey. Et pourtant l'autre ne lui avait jamais fait vraiment confiance.

« L'*Heidelberg,* dit Dewey. Toujours ta fantastique mémoire. »

« Je suis heureux de te revoir, vieux. »

Dewey ne perdit pas de temps. « Nous étions très proches, n'est-ce pas, Albert, à quinze ans et après ? dit Dewey. Quelle association dévorante. À l'époque tu me disais — et je te disais aussi — presque tout. Et maintenant regarde-nous un peu. Il n'y a peut-être bien plus grand-chose dans le sac, mais quelle importance après tout, puisque nous sommes devenus quelque chose. Si on ne tient compte que des origines... » C'était comme une promesse de sincérité.

« J'ai pensé à toi, l'autre jour, en tombant sur un exemplaire d'Oscar Wilde dans l'appartement de ma belle-sœur. »

« Nous étions fous de Swinburne et de Walter Pater. Fous de Wilde. Quels trucs !

« Car voici que d'une petite baguette ai-je effleuré le miel de l'amour

Or dois-je y perdre l'héritage de mon âme ?

« Maintenant nous pouvons deviner ce que c'était que cette petite baguette, mais à l'époque nous n'en avions pas la moindre idée, innocents que nous étions. »

« Non, nous aimions la poésie. »

« C'est drôle, ça : à Chicago où, je ne sais pas si tu te souviens, on appelait le bras sud de la rivière Bulle Creek parce que tout le sang, toutes les tripes et la graisse, enfin toutes les merdes des abattoirs, lui faisaient faire des bulles en été. En médecine, on dit qu'un alcoolique meurt d'une « insulte » au cerveau. Eh bien, cette puanteur aurait pu en faire autant. »

« C'est de Chicago que nous allons parler ? » dit Corde.

« C'est notre ville natale, ainsi que tu l'écrivais récemment dans un journal. »

L'épaisseur de son menton et de son cou, et peut-être aussi sa célébrité mondiale, avaient transformé ce tic qui lui faisait rentrer plusieurs fois le menton en un hochement d'affirmation indéniable. Comme le clignement d'yeux de F. D. Roosevelt. Dans les actualités Fox Movietone, ce clignement de F. D. Roosevelt voulait dire : « Adversaires, gare à vous ! » Puis Dewey poursuivit (c'était prévisible) : « Quand tu as décidé de revenir à Chicago, j'ai pris ça pour le signe d'un engagement à très long terme. Tu te débrouillais si bien, à Paris. » (Spangler était-il en train d'être condescendant ? Il y avait comme une touche de mépris dans le « débrouillais si bien ». Lui-même était devenu un tel prodige, une telle vedette.) « Mais quand j'ai lu le premier de tes articles pour *Harper's,* je me suis rendu compte que tu avais des comptes à régler avec notre vieille ville. »

Un garçon apporta leur commande. Corde était confortablement adossé à la banquette, mais ses grandes mains étaient profondément enfoncées jusqu'aux poignets dans les poches de son pantalon, signe évident de tension. Dewey ne se laisserait pas prendre à cette position détendue, ni à aucun des vieux déguisements. Dewey avait le chic pour le rendre à l'adolescence. Pendant leur adolescence, Dewey avait toujours été le plus malin. Sa pénétration d'esprit lui était venue très tôt.

Corde grogna : « Non, ce n'est plus notre vieille ville. »

« Sans doute pas. Mais tu n'avais pas changé dans ton approche. C'était éloquent, super-expressif. Exactement comme tu étais dans le temps — tu étais métaphorique, tu étais émotionnel, tu ne te retenais vraiment pas. J'ai reconnu un tas de tes vieilles tournures de phrases. Tu en utilises toujours certaines. »

« Probablement », dit Corde.

« Tu as fait de drôles de remous, non ? »

Les yeux de Dewey, bleu pâle, à présent sertis dans des paupières gonflées et ridées, se moquaient de lui. Pas méchamment. Il appelait Kissinger et Helmut Schmidt par leur prénom. Des millions de gens lisaient ses articles. Lors de sa dernière tournée en Europe et en Asie, il avait interviewé Sadate, Margaret Thatcher et Indira Gandhi. Il n'a aucune raison d'être vache avec moi dans la détente de ce moment de nostalgie intime, pensa Corde. Pas du moment que je reconnais sa supériorité. Ce que je fais. Pourquoi pas ? À cet instant Corde décida de faire une concession et de clore ce chapitre de l'histoire psychique de Spangler de la manière la plus heureuse possible. Ce journaliste célèbre, qui était un relais non négligeable dans la transmission des tensions qui faisaient palpiter le monde civilisé, qui le faisait trembler, qui le saturait d'équivoques, qui ornait ses contours structurels de jolies formules, le remplissait d'angoisses, ce journaliste se trouvait également être un vieil ami. Eh oui, ce même Dewey qui, à Lakeview, avait tellement honte de ses oreilles qu'il les fourrait sous le rebord de sa casquette, d'un petit geste preste, dès qu'il croyait que personne ne le voyait, comme une gamine mal à l'aise ; qui essayait même de les coller sur son crâne à l'aide de ruban adhésif. Ce même Dewey qui avait essayé de se faire pousser une moustache pour ressembler à William Powell — William Powell l'avait complètement obsédé. Le petit ver de terre pâlot qu'il avait été était à présent un arbitre et un ponte dans le monde de l'information, ses articles lus avec respect et inquiétude dans plus de trente pays. Mais c'était le Dewey d'avant, maigrichon, survolté, accrocheur et braillard que Corde avait beaucoup aimé.

« Tu viens de regarder l'heure, Albert. »

« Oui, désolé. Je suis un peu nerveux. Les choses ne nous sont pas trop faciles, ici. »

« C'est ce que m'a dit l'Ambassadeur. C'est un brave type, cet Ambassadeur. Que se passe-t-il ? »

« C'est la mère de ma femme. Elle est mourante… »

« Ah oui ! je me rappelle maintenant ce qu'il m'a dit. Ta femme n'arrive pas à la voir. C'est moche. Ça doit vous mettre sur les nerfs. Comme la mort de ta mère à toi, d'ailleurs. Je m'en souviens bien. »

« Je m'en doutais un peu », dit Corde.

« L'Ambassadeur a mentionné qu'il allait appeler quelqu'un pour toi. »

« Il l'a fait, mais le résultat a été tout à fait négatif — doublement négatif même. »

« Vraiment ? Tu veux dire, qu'en fait ça aurait plutôt empiré les choses ? Je me demande si je ne pourrais pas en toucher un mot à quelqu'un, moi aussi. »

« Je suppose que tu vois le grand chef ? »

« Oui, oui, bien sûr », dit Spangler. Deux, trois, cinq fois, il eut ce petit hochement rapide et sec du menton sur sa poitrine.

« Alors je suppose que tu pourrais, oui, si c'est possible. Mais, c'est un peu tard... »

« D'accord, Albert. Je ferai de mon mieux, je vais essayer de trouver une ouverture. Ces gens ont tout à gagner à être en bonnes relations avec Washington. Ils tiennent à leurs accords commerciaux. Et puis ils veulent garder leur image de marque libérale. Indépendance à l'égard de la clique de Moscou, un petit vote contre le bloc de temps en temps aux Nations Unies. Tout ça c'est du vent, bien entendu. »

« Ils préféreraient que tu parles d'eux plutôt en bien... »

« Exact. »

« Je me suis demandé s'il serait possible de suggérer à notre Président de téléphoner personnellement. On est à l'époque de Noël, après tout, ça pourrait sembler une bonne affaire à son service de relations publiques. »

« T'es sérieux ? » Le rondouillard Spangler passa sa main sur sa barbe à la G. B. Shaw. Elle crissa sous ses doigts. Il avait le poil dru et vivace. C'était une chose que Corde lui enviait.

« C'est un peu tiré par les cheveux ? »

« Qui as-tu, à Washington ? »

« Il y a toi, pour commencer, Dewey. »

Il était bien trop tard pour une intervention de la Maison-Blanche. Corde prenait simplement un malin plaisir à mettre ce vieux Dewey à l'épreuve. Comment Dewey allait-il réagir ? Tout juste un peu raide. Comment refuser ce geste humanitaire à un vieil ami ? On reprenait à peine des contacts sentimentaux que déjà il y avait pression. On envoyait sa voiture, on se libérait et qu'est-ce que le vieux copain en profitait immédiatement pour faire, sinon vous demander un service ? Un service, qui plus est, qu'il ne serait jamais en mesure de payer de retour.

« Tu t'inquiètes *vraiment* au sujet de ta femme ? » Puis Spangler ajouta, abstrait, presque spéculatif : « Tu dois l'aimer... »

Corde dit : « Il n'y a rien de trop bizarre pour être vrai. »

« Oh ! Très bon, ça, dit Spangler. C'est de toi ? »

« Je l'ai entendu il y a des années, en traversant la Manche, de la bouche d'un vieux gentleman britannique. Il était athée depuis toujours mais, disait-il, peut-être Dieu existe-t-il ? »

« C'est un Angliche qui t'a dit ça ? Oui, tu dois aimer cette femme. Tu es assez cocasse pour ça. Tu as toujours voulu aimer une femme. C'est toujours au moment où le monde entier abandonne une idée que ça commence à t'intéresser. C'est toi tout craché. » Le plaisir que Dewey prenait à ces retrouvailles lui revenait. « On peut toujours tâter le terrain avec la Maison-Blanche, si tu y tiens. Au cas où tu n'aurais pas remarqué, c'est une administration un peu décousue. Le chef de l'exécutif est ce que les gosses appellent un cafard. C'est quelqu'un de très dévot, en somme. Enfin, on pourrait quand même essayer. Je dis bien *pourrait.* »

« Je t'en serais très reconnaissant. »

« Pas la peine d'être reconnaissant. Ça me donne l'occasion de te montrer à quel point je suis devenu important. »

« Il y a quand même une sorte de système de pot-de-vin ou de prêté pour un rendu, non ? »

« Le *quid pro quo ?* Ce n'est pas du tout comme les gens se l'imaginent. Je le présenterai au Président comme une bonne occasion, pas comme un service que je lui demanderais. Bon, laissons tomber la gratitude, hein ? »

« Je n'ai rien à te donner... »

« Je t'ai toujours bien aimé, Albert. J'étais un petit épouvantail. Tu as toujours été un ami à part. »

« Tu en avais d'autres. »

« Je les faisais rire, avec mes façons, mes inventions — mes mensonges, et tout ça. Tu étais le seul à ne pas me coincer quand je me mettais à raconter des conneries. »

« C'était à cause de la poésie et de la philosophie, dit Corde.

J'avais besoin de toi. C'étaient les Walt Whitman et les Spinoza. C'était William Blake. Ça n'intéressait personne d'autre. Et puis j'aimais bien ta façon de faire n'importe quoi. Tu étais extravagant. Tu hurlais au nez de ta pauvre mère, tu l'injuriais, tu la traitais de putain... Ça me mettait en joie. Je n'ai jamais rien vu de pareil. Ça ne te gêne pas, ces souvenirs... ? »

« Pas vraiment vraiment. C'est assez vrai. Et il n'y a que toi et moi, à cette table. Inutile de faire des manières entre nous. Et puis il y a si longtemps qu'elle est morte... »

« Elle se mettait en colère et elle te disait : " Tu n'es pas mon enfant. Tu es un enfant d'assassin. Ils t'ont échangé avec le mien à l'hôpital. " Quels instants merveilleux. J'étais fasciné. Il n'y avait personne d'autre comme vous dans le quartier de Lakeview. Et puis aussi tu adorais ton vieux. Vous jouiez aux dames. Il était posé sur sa chaise, en bleu de travail, le front en sueur, et il étudiait le damier à travers ses lunettes comme des culs de bouteille. Et ses mains qui tremblaient, avec ses phalanges couvertes de poils. Il nous donnait ses tickets de tram pour que nous puissions aller traîner en ville. Un type adorable, qui n'avait pas eu beaucoup de chance... Bon, Dewey, il faut que je m'en aille. Ça m'a fait très plaisir. Tu prends l'avion bientôt ? »

« Juste après Noël. Ne te sauve pas. Avec la voiture tu y seras dans quelques minutes. »

« C'est très dur pour ma femme, en ce moment. »

Avec sympathie, mais en connaissance de cause (en super-connaissance de cause — ça avait toujours été une de ses spécialités), Dewey dit : « Je peux imaginer ça. Pour toi aussi. Des tas d'ennuis à Chicago. Je veux bien être pendu si je comprends pourquoi tu as écrit ces articles. Tu aurais aussi bien pu remuer la vasouille de Bulle Creek avec une gaffe de trois mètres et obliger ensuite toute la ville à renifler ce remugle. Et puis ce procès auquel tu es mêlé. Le jeune type qu'on a poussé par la fenêtre. »

« Tu as suivi l'affaire ? »

« Je prends toujours les journaux de Chicago. Mon assistant me fait suivre les coupures. Ton gros con de cousin est en train de faire un cirque pas possible. Très mauvais acteur. »

« Je croyais que tu avais changé d'avis, et que maintenant tu le trouvais passable. »

« Qu'est-ce que tu racontes ? C'est toi qui étais gentil avec lui, à l'époque. Je ne pouvais pas le voir. C'était toi qui l'écoutais réciter sa poésie à la gomme. »

« Bon, enfin, pas la peine de faire un concours avec ça. En tout cas c'est moi qui avais dit qu'avec une fente dans la tête, Max ferait un parfait cochon-tirelire. »

« Ah oui ! c'est vrai. Quel don tu as toujours eu pour ce genre de vacheries. Et en même temps tu étais beaucoup trop souvent tout à fait sincère. Moralisateur. Je crois d'ailleurs que tu l'es toujours. En tout cas, ton cousin bande pour toi terrible. Tu parles, quel cinéma il est en train de faire ! »

« Les médias l'aident jusqu'à la gauche. Très laid tout ça. Très dur à supporter pour la jeune femme. »

« Quelle jeune femme ? Ah oui ! tu veux dire la jeune veuve. »

Dewey n'était pas un bon buveur. Le double Chivas-Regal le rendait bavard. Il avait envie d'une bonne longue conversation. Il dit : « Et qu'est-ce que c'était vraiment que cette attaque contre toute la ville ? »

« Je ne vois aucune attaque. Je suis très attaché à Chicago — je parle tout à fait sérieusement. »

« Moi aussi je suis sérieux, Albert. Tu n'as pas cette impression de te débarrasser de toute une existence de colère... ? Comme c'est étrange de la part d'un homme intelligent. Tu aurais dû faire une psychanalyse, Albert. Tu m'as fait les cornes quand je te l'ai recommandé, mais tu en avais besoin. L'Institut est en plein sur Michigan Boulevard, et tu aurais eu le choix parmi les meilleurs. Même *moi* je n'étais pas trop bon pour ça. Si tu étais un peu plus au courant de toi-même, tu ne serais pas en train de me dire que tu es *attaché.* Tu as attaqué, blessé et mis en colère à peu près tout le monde, avec tes articles dans *Harper's.* Tu aurais encore pu t'en tirer si tu avais pris le bon vieil angle à la Mencken, du *Boobus Americanus.* L'humour aurait fait une différence. Mais non, toi, tu les as tous assommés, et pas de main morte. Sans blague, et en plein sur le museau. L'obscurité de ton langage t'a peut-être un peu protégé — toutes ces théories, et cette poésie. Des tas de gens ont dû y perdre leur latin et s'y enliser, ils ont simplement laissé tomber. S'ils n'ont pas vraiment compris ce que tu voulais dire, tant mieux pour toi. Bien entendu, ils sont tous très contents de voir que tu en prends plein la lampe. Œil pour œil. *Harper's* s'en est bien sorti, d'ailleurs. Tu as fait monter leurs tirages, qui au mieux sont pitoyables. Un de leurs types à Washington me disait que tu étais en train de t'occuper d'un autre article provocant, sur un sujet différent ? »

« Avec un dénommé Beech. Mais rien n'est sûr. Je n'ai pas encore dit oui. »

« Dans quel domaine, biochimie ? »

« Géochimie. »

« Encore pire. Mais Bon Dieu, qu'est-ce que toi, avec les dents plantées comme tu les as dans Shakespeare et Nietzsche, tu connais à la géochimie ? Et tu veux te lancer avec les écologistes ? C'est une bande d'excentriques déjà assez peu attirants. Et toi tu es déjà assez excentrique comme ça. »

« Beech n'est pas un excentrique. C'est un esprit scientifique très puissant, au contraire. »

« Quand ils se mêlent d'entrer dans la vie publique, les meilleurs d'entre eux ne sont que des petits bébés dans leurs langes, avec leur cause. Tu veux que je te cite des noms ?... Ce n'était pas un bon changement pour toi de devenir professeur, Albert. Tu y as laissé une partie de ton réalisme. D'actif, tu es devenu passif. Maintenant tu en as assez d'être passif, et tu es devenu hyperactif, et tu t'es emmêlé, tu es tout plein de nœuds. Pas bon pour toi, ça. Bon maintenant, tu es doyen, et après, hein ? »

Dewey avait toujours adoré jouer les directeurs de conscience. Et d'ailleurs cela ne gênait pas beaucoup Corde ; c'était le même vieux Dewey qui le grondait. C'était agréable parce que c'était tellement caractéristique. Mais Corde n'avait pas le temps pour ça. Il fallait qu'il y aille. Il finit son verre et ramassa ses affaires : « Désolé, Dewey. »

« Où vas-tu ? Je croyais que nous pourrions bavarder ? »

« Je n'ai pas autant de temps que je l'aurais cru », dit Corde. Il commençait à sortir du box en fer-à-cheval avec son sac de Kent. « Il faut que j'aille à l'hôpital avec ma femme, pour voir sa mère. »

« Mais, je croyais que c'était impossible ? »
« Ils ont permis encore une visite. »
« Une ? La dernière ? Ils pensent qu'elle est mourante ? »
« Ils devraient. Elle l'est. »

Dewey posa ses deux mains sur la table, les doigts écartés, l'air réfléchi. Ses bras courts les plaquaient sur la surface de la table, lui donnant l'air de hausser les épaules. Il dit en grimaçant : « Horrible. Horrible pour ta femme. Moche. Une vraie punition. Quelqu'un en veut à ces dames-là. Je comprends pourquoi tu voudrais en référer à la Maison-Blanche. »

« Il est trop tard. De toute façon c'était seulement une idée un peu en l'air. On se sent coincé et tendu, et puis tout d'un coup on se souvient qu'on fait partie d'une superpuissance très fière et on se dit : " Il n'y a aucune raison pour que je supporte ce genre de choses sans rien dire. " Bien sûr, c'est n'importe quoi. Ça date du bon vieux temps, où un Américain qui se trouvait à l'étranger pouvait compter sur la protection de son gouvernement. Ça a disparu en même temps que la politique de la canonnière. Il y a aussi une autre approche, celle de Chicago : " Je dois bien connaître quelqu'un qui connaîtrait quelqu'un... " »

« Quelqu'un ? Moi, par exemple. Je peux encore essayer, si tu veux. Je ne suis plus vraiment efficace. Au temps de Kissinger, c'était différent. Mais ces nouveaux types ne sont pas grand-chose, Albert. Autant aller s'adresser à Bugs Bunny. »

« En fait, plus rien ne pourrait aider à grand-chose, maintenant. Mais j'ai eu plaisir à te voir, Dewey. C'est déjà ça. Un peu de l'ancienne chaleur humaine — je t'en remercie. »

« Oui. Ici, vu de l'intérieur, ça doit être un véritable enfer. Toi tu *es* à l'intérieur. Moi je ne suis qu'un VIP parmi d'autres qui voit tout ça en passant. Mais l'impression que j'ai eue en traversant la ville, c'est que ça doit être une existence sacrément malheureuse et inconfortable, et aussi effrayante qu'ennuyeuse. Je voudrais pouvoir *faire* quelque chose pour ta femme. C'est honteux qu'on la mène par le bout du nez. C'est une scientifique de grande valeur. Ces types n'ont aucune classe. Tu imagines un peu ce qu'il faut être pour se retrouver au pouvoir ici, le genre d'individus que le Kremlin préfère mettre en place ? De vrais chiens. Mais aussi — le souvenir éclaira le visage de Splangler — dans *Le Roi Lear,* comment est-ce, déjà ? “ Un chien en place est obéi ”. Ou bien dans *Zarathoustra :* “ Le pouvoir aux pattes torses. ” Nietzsche aussi devait avoir les chiens en tête... Est-ce qu’il y a encore des mômes qui font ça, qui vont ensemble à Lincoln Park pour lire comme nous faisions — qui se roulent dans ces trucs merveilleux : *Zarathoustra, Phèdre, Brigge* de Rilke ? »

Bourru, mais regardant Corde sans s’arrêter de sourire, Spangler s’étonnait (et se moquait gentiment) que toutes ces histoires de jeunesse puissent encore être aussi importantes. Spangler les avait laissées derrière lui. Corde pas, pour une raison ou pour une autre. Si Corde souffrait et se tourmentait dans cette capitale du bloc communiste, c’était que tous ces trucs merveilleux, qu’il n’avait su écarter au moment voulu, le rendaient encore vulnérable. N’était-ce pas pour cela qu’il était devenu professeur, pour cela aussi qu’il fulminait dans *Harper’s ?* Ce n’était pas la faute de ces chefs-d’œuvre. L’erreur, c’était de ne pas savoir à quel moment il fallait les oublier. Un homme mûr qui se permet une telle régression ? En cette époque où les nations, essayant d’échapper à la destruction, se débattaient dans les pires tensions ? Où un homme avait besoin de dureté, de patience, de maturité, de prudence dans ses jugements, d’astuce, d’une réelle connaissance de la diplomatie, de l’économie, de la science et de l’histoire ? Albert avait perdu pied. Bien sûr, c’était compréhensible, regrettable. C’était pardonnable. Tout cela se lisait sur le visage barbu, compréhensif et protecteur de Dewey.

Une mystérieuse métamorphose s’était opérée et le maigre Dewey s’était transformé en un nain barbu. Les sons que produisait cette épaisse et courte silhouette n’avaient pas changé. Il jouait toujours sur les mêmes cordes ; c’était la manière de se servir de l’archet qui était devenue plus souple. Il était stupéfiant de constater que la musique qui émanait des endroits où vivent les sons les plus profonds était la même que quarante ans plus tôt. Il raillait et il grondait, mais il le faisait à présent avec affection et tendresse, pour soulager ce pauvre vieux Albert si nerveux. Albert lui rendait bien cette affection. Mais c’était une ingratitude de la part de Dewey de dénigrer ces « merveilleux trucs ». Sans *Zarathoustra* et *Lear,* que serait-il devenu ? Sans le capital culturel qu'il avait amassé à Lincoln Park, serait-il monté aussi haut, se serait-il même jamais sorti de Chicago ? De toute sa vie, jamais Dewey n'avait rien laissé gâcher ; il en avait toujours pour son argent. Il avait tiré quelque chose de Shakespeare, tout comme il s'était servi de ses années de psychanalyse. Son adolescence bouquinière lui avait donné un avantage sur les types de City News Bureau et sur ses concurrents de Washington, et à présent il pouvait encadrer ses articles d'un vernis intellectuel bien patiné, passer sans difficulté du discours présidentiel sur le budget national à John Stuart Mill, transformer le bruit de ferraille des trams de Chicago en cette crémeuse et riche philosophie politique. Même l'idée d'enfiler les souliers de Walter Lippmann (et c'était souffrir d'une sale ambition, pensait Corde) remontait aux bancs publics verts et volutés de Lincoln Park. Corde n'avait aucunement l'intention de rabaisser Dewey. Mais les origines sont ce qu'elles sont. On les utilisait de son mieux. On ne pouvait pas les échanger contre une meilleure donne.

Il y avait encore autre chose. Qu'est-ce que Dewey avait derrière la tête à être aussi charmant : tenait-il à reprendre leurs rapports passés là où ils les avaient laissés ? Corde, son sac en plastique blanc plein de cigarettes à la main, sentit cette possibilité fondre sur lui d'un passé aussi éloigné qu'une vie antérieure sur terre. C'était *presque* une autre vie. Étaient-ce là les mêmes garçons qui avaient vadrouillé à travers Lincoln Park, poètes et philosophes enfoncés sous leurs pull-overs ; qui achetaient du popcorn caramélisé au zoo, qui s'adossaient à la réplique du drakkar viking pour se plonger dans Socrate à travers *Phèdre,* ou dans Rilke à Paris ? Depuis ce temps-là chacun d'eux était mort au moins trois ou quatre fois. Il s'agissait donc bien d'une autre existence terrestre. Le sentiment qu'éprouvait Corde envers son ami était empreint de gentillesse mais pas particulièrement nostalgique. Dewey regrettait-il encore ces jours anciens de poésie et d'émotion ? Corde oui, à certains moments. Il considéra la possibilité d'une résurgence de leur amitié avec une objectivité sincère. Il était hors de question de repousser Dewey. Il ne ferait jamais une chose pareille. Mais il ne l'admettrait qu'aussi loin que l'autre serait admissible. Ils avaient divergé et divergé et encore divergé. L'un et l'autre avaient été gâtés, humainement parlant, mais de façon très différente. Par exemple, Dewey. Dewey avait grandi au milieu des entrepôts, des garages et des tavernes de Clark Street, pas loin de l'endroit où avait eu lieu le massacre de la Saint-Valentin, mais il était à présent une des figures de proue de sa profession, dix fois plus important que n'importe lequel des sénateurs que vous puissiez connaître. Quand il se mêlait de discuter des ventes de plutonium au Tiers Monde, du gaz naturel russe ou des diamants que l'empereur Bokassa avait donnés à Giscard, il le faisait avec tout un parfum d'art et de pensée profonde. Il citait Verlaine et Wittgenstein — il les citait d'ailleurs même trop. Mais la lecture de Rilke n'avait pas été perdue : la pureté d'être, l'accomplissement de l'âme dans l'art, le *Weltinnenraum*. Mais à côté de ça il y avait l'*autre* point de vue, celui de La Salle Street, qu'offrait quelqu'un comme Zaehner — c'est la jungle, tout ça. (Correction : un dépotoir !) Et entre ces deux extrêmes, où se situait donc Dewey ? Le grand public, celui qui consommait ses opinions, ne l'obligeait pas à se situer. Il n'avait qu'à continuer à parler. Il vivait (encore que Corde doutât qu'une tension pareille pût être appelée vivre) dans une sorte d'ensorcellement-événementiel, au milieu des événements les plus significatifs de notre époque, et communiquait ce qui relevait le plus étroitement d'une opinion sérieuse et responsable. Corde estimait qu'il y avait là quelque chose de proprement grotesque et faux. Ce n'était que de la « conscience moderne ». Il n'y avait là aucune expérience réelle, aucune. Les formes qui permettaient l'expérience vraie étaient corrompues. Et Corde se demanda : De quoi aurait-elle l'air, cette merveilleuse amitié de deux gosses de Chicago, si on la remettait à jour ? La réponse était qu'elle ne pourrait ressembler qu'au journalisme de Dewey. À sa manière pleine d'assurance, réconfortante mais également péremptoire, Dewey lui dirait : Voilà, nous avons ça, c'est à nous. Quelle chance nous avons de posséder un pareil lien ! Leur ancienne amitié resurgie des cendres, il vous assommerait de son jargon journalistique et, renforcé par l'époque de Lincoln Park, par les livres, la poésie et l'amitié, et par tout ce que Corde avait appris entre-temps, il deviendrait même peut-être un « communicateur » encore plus royal.

À présent, avec une objectivité plus houleuse, lui-même : de quelle façon Albert Corde avait-il été gâté ? Eh bien, Albert Corde avait des illusions comparables à celles de Dewey, quoique dans des domaines différents. Regardez-le — un individu sincère, méditatif, un individu (ou un ahuri) que tout touche droit au cœur, ravagé par le temps, plein de désirs moraux, et qui se charge de tous les fardeaux de l'humanité. Il était concerné, plus ou moins en secret, par des sujets qu'il n'aurait pas même pu aborder avec Dewey. Il y avait par exemple la réunion de l'esprit et de la nature (séparés par la science). Dewey (Corde était tombé là-dessus par hasard dans un de ses articles) n'y allait pas de main morte avec les écrivains qui évoquaient l' « esprit », ces intellectuels qui essayaient d'échapper aux réalités matérielles de l'époque actuelle. Corde aurait pu vous énoncer au moins dix sujets sur lesquels ils ne se seraient jamais entendus. Et si lui-même avait eu l'esprit parfaitement clair, si tous ces sujets avaient été clairement délimités, pensés et résolus, il n'y aurait eu aucune difficulté à en parler. Il était donc évident qu'Albert Corde était un cas perdu. Dewey insistait pour connaître les motifs qui l'avaient poussé à écrire ces articles pour *Harper's*. Quelle était la véritable explication ? Une fois de plus cette intention *élevée* — empêcher l'idée américaine d'être résolument réduite en poussière. Et notre idée américaine, la voici : liberté, égalité, justice, démocratie, abondance. Et voici où en sont les choses aujourd'hui dans une ville comme Chicago. Mais regardez un peu ! De quelle façon le public perçoit-il les événements ? Il ne les perçoit pas. On l'a privé de la capacité d'en faire l'expérience. Corde se rendait compte à quel point il s'était montré arrogant. *Sa* patience était à bout. *Il* en avait eu assez. Maintenant *il* ouvrait la bouche pour parler. Alors, méfiez-vous !

Dans la crise morale que connaissait l'Amérique, la chose la plus indispensable pour commencer était de sentir ce qui se passait, de voir ce qui devait être vu. Les faits étaient dissimulés à notre perception. Davantage qu'ils ne l'avaient été par le passé ? Oui, parce que les changements, particulièrement l'extension de la prise de conscience — et aussi de fausse conscience —, s'accompagnaient d'une sorte de confusion bizarre. Le nombre croissant des théories, la diversification des discours, qui étaient déjà la cause en eux-mêmes de nouvelles formes d'aveuglement, les représentations fausses de la « communication » conduisaient à d'horribles distorsions de la conscience publique. Le tout premier acte moral était donc de désensevelir la réalité, de recouvrer la réalité, de creuser jusqu'à ce qu'on la sortît des ordures où elle était enterrée, de lui rendre à nouveau un visage tel que le lui donnerait l'art. Aussi, quand Dewey parlait de la « poésie » en la couvrant de mépris, il avait raison dans la mesure où Corde ne faisait que des gestes ou passes « poétiques », mais pas dans la mesure où Corde était véritablement inspiré. Dans la mesure où il était inspiré, il avait aussi une signification politique réelle.

On ne parlait plus de rien. La langue du discours avait catégoriquement écarté toute expérience. Aussi Corde s'était-il exprimé à ce sujet — avait-il essayé de le faire. J'ai essayé de me faire le moraliste de ce qu'il y a à voir. Je le leur ai assené. Ils m'en ont surtout voulu. Ma propre conscience, au fil des années, est devenue intermittente. Dans mon cas, c'est cela qu'être gâté veut dire ; cela signifie voir *par à-coups*. Un moment c'est là, le moment d'après ça ne l'est plus. Ça conduit également à l'exagération. En tout cas voilà ce que je voulais. Ces types de Chicago ont peut-être raison de me détester. Je le mérite peut-être. Mais pas pour ça. Je parlais au nom des plus nobles concepts de l'Ouest, dans leurs aspects américains. Ce que personne ne m'avait demandé de faire, et que j'ai entrepris de faire sans me poser la question, non mais, pour qui je me prends ? Une sorte de toupet naturel... « Ceci, c'est notre ville — c'est notre démocratie américaine. C'est aussi *ma* ville. J'ai le droit de la montrer telle que je la vois. » Ou bien : « Le public ne perçoit pas certaines choses qui demandent à être perçues. » Et mon intention était de le mettre sous le nez de tout le monde.

« Bon, alors il faut vraiment que tu te sauves ? dit Dewey. Attends, je t'accompagne jusqu'à la voiture. »

Plus jamais on ne pourrait poser les yeux sur le Spangler adolescent, agité et étique. Il y avait à présent à sa place un bonhomme trapu qui tirait sur le nain, essayant maladroitement de se sortir du box, prenant appui des poings sur la table. Sa barbe lui donnait une apparence décente d'aîné. Mais il était à moitié pompette. Corde, qui l'attendait, ressentait aussi ce qu'il avait bu car, pendant que son ami s'efforçait de se dépêtrer de son siège, il lui apparaissait comme une sorte de plante humaine — un thorax court, enveloppé, et un visage sphérique, trop rempli, surfécond même, et plein de jubilation. Très bien, vas-y. Réjouis-toi. Dewey l'émouvait. À présent, tout semblait l'émouvoir.

« Pas la peine, vieux. Je m'y retrouverai. »

« On a tout le temps. J'aurais bien aimé qu'on bavarde un peu plus. Tu te payais ma tête, avec cette histoire de Maison-Blanche, à me demander de faire jouer mes relations alors qu'en fait il est bien trop tard ? »

« Oui, je n'aurais peut-être pas dû. En tout cas, si c'était un test, tu l'as réussi. »

« Pas de quoi fouetter un chat, je suppose. Mais tu es un drôle de type. Tu m'avais mis dans un vrai état de crise, avec ton reportage sur la Conférence de Postdam. Quand j'ai ouvert *The New Yorker,* j'en suis resté comme deux ronds de flan. Mon vieux pote Albert qui passait son temps à déblatérer du Blake et du Yeats, et qui écrivait un article de première main, et exclusif par-dessus le marché, sur Staline, et Churchill, et Truman. La puissance démoniaque de Staline. Nous, nous avions la bombe. Les armées de l'Oncle Joe étaient épuisées — et il a quand même obtenu tout ce qu'il voulait. Comment est-ce possible ? En tout cas tu étais verni. Cet article-là t'a fait à lui tout seul. Ensuite tu te retournes et tu te *dé*fais. C'est bougrement étrange. Je me souviens encore à quel point je l'avais mauvaise, et comment je mourais d'envie. Et c'est une relation sociale qui t'a permis ça. On était peut-être complètement intoxiqués de " monuments spirituels éternels ", tous les deux, mais tu n'étais pas trop intoxiqué pour te servir du poids de ton père. Il avait ses entrées chez Harry Vaughan. »

« Puisque, comme tu le dis, je me suis défait moi-même, tu pourrais peut-être oublier tout ça, maintenant ? »

« Je voulais te voir pour discuter un peu, Albert. Crois-tu qu'on puisse se revoir ? »

« C'est *toi* qui a un emploi du temps surchargé. J'attendrai ton coup de fil. »

« Noël, ça t'irait ? »

« Je ne peux pas encore te dire. »

« Parce que tu ne sais pas quand ta belle-mère va mourir ? Oui, bien sûr, je comprends. »

« Je suis à ta disposition la plus grande partie du temps. Libre. Une amie à nous arrive de Chicago — une femme, Vlada. Mais elle restera un bout de temps. Au fait, si tu appelles ton bureau à Washington, demande-leur où en est le procès, à Chicago. »

Spangler dit : « Oui. Et puis je veux parler de ça aussi avec toi. C'était sur mon agenda pour aujourd'hui. »

CHAPITRE 6

Quand Corde fut de retour Minna dit : « Trajan va nous conduire. »

« Tous les trois ? »

« Oui. »

Ils s'assirent autour d'un dîner froid composé de restes. À table, personne ne dit grand-chose. Tanti Gigi, pour une fois, restait silencieuse. Elle n'était plus ce soir la petite sœur ni la charmante jeune fille qui avait jadis vécu à Londres, mais une vieille femme tendue, son cou las avec les cheveux ébouriffés penché au-dessus de son assiette.

Trajan fut ponctuel. Il frappa au carreau de la porte de la salle à manger tendue d'un rideau et demanda la permission d'entrer. Obèse, l'air d'un Mexicain, il avait aux coins des lèvres de longues touffes de poil. Il portait un pantalon étroit et collant, surtout à l'entrejambe. Son blouson de motard couturé de fermetures éclair avait une teinte rougeâtre, ses bottes étaient noires et impeccablement cirées. Il avait pour Gigi des attentions particulières. Bien sûr, il la connaissait depuis qu'il était enfant. Elle lui avait probablement souvent donné à manger dans la petite cuisine, quand il était gamin. Ils se levèrent de table et passèrent dans l'entrée. Des manteaux de fourrure synthétique y étaient pendus, brun-rouge, mais même cette matière était imprégnée du parfum des dames et aussi (Corde en avait l'impression) de leur personnalité. À droite se trouvait la très primitive cuisine et à gauche, l'antique toilette. Au-dessus, des placards fermés pleins de cartons contenant les souvenirs et les documents de famille.

Trajan aida Gigi à entrer dans le délicat petit ascenseur, referma les portes à battants, appuya sur le bouton de descente. Serré dans un coin, Corde remonta le col de son manteau, noua soigneusement son écharpe par-dessus, s'armant pour la rue. Minna avait un air sévèrement absent ; et aussi gracieusement dissocié d'eux. Son visage, sous la petite ampoule, était marqué de bistre en dessous des yeux. L'arrondi pointu de sa lèvre supérieure, la crispation de son menton sévère en faisaient presque une étrangère. Corde avait à la main le sac en plastique contenant les Kent. Minna s'installa sur le siège avant de la Dacia pendant que Trajan replaçait les essuie-glaces — ils étaient inévitablement volés si on ne les enfermait pas dans la boîte à gants. « Passe-moi les cigarettes, Albert », dit-elle. Quand Trajan revint s'installer au volant, Minna lui parla et lui tendit une des cartouches. Il l'ouvrit et emplit les vide-poches de Kent. Pas de surprise, pas de problèmes ; il était à l'aise. Il conduisit jusqu'à l'hôpital. Gigi, assise à l'arrière avec Corde, paraissait incapable de parler.

La neige aurait bien aidé, ce soir, elle aurait un peu illuminé les rues. Elle s'était mise à tomber, un peu plus tôt, mais elle n'avait pas tenu. Personne ne sortait se promener dans une obscurité pareille. Il ne passait qu'une voiture de temps à autre. Corde pensa qu'il n'avait jamais vu de lampadaires semblables auparavant — une sorte d'humus phosphorescent remplissait les globes.

Mais à l'hôpital, la loge du portier était brillamment illuminée. Il y avait de vieilles femmes de la campagne, qui attendaient des permis, des paysannes en bottes et en fichus. Ensuite venait Tanti Gigi avec sa vieille fausse fourrure, son dos voûté et ses cheveux gris en mèches ébouriffées, une trace de terreur sur le visage, le front d'un blanc pur. Elle resta debout, les yeux rivés au sol. Le portier trouva Minna et Corde sur sa liste des visites et leur tendit leurs laissez-passer. Trajan le fit sortir avec lui. L'autre avait sa liste sous le bras ; il portait des bottes, un bonnet de marin en laine, une blouse blanche jusqu'aux genoux. Il avait l'air maussade. Prêt à dire non, pensa Corde. Trajan le prit par le bras et se mit à lui parler à voix basse. À côté de la loge du portier se trouvait une salle d'attente en forme de wagon de tramway et bien éclairée. Gigi y entra et s'assit.

Pendant qu'ils montaient la rampe côte à côte, Corde dit à Minna : « La pauvre Gigi est épouvantée. Tu crois qu'il arrivera à la faire entrer ? »

« Il a l'air de savoir ce qu'il fait... »

Ils pénétrèrent dans le bâtiment principal. Juste derrière la porte, un grand hall, un employé derrière son guichet, une autre longue queue. Ensuite venaient deux autres grandes pièces, puis une porte en verre dépoli : réanimation. Corde reconnut la femme qui répondit : c'était le Dr. Drur, de garde cette nuit. Le visage rond, la voix douce, elle serra la main de Minna d'une manière particulièrement chaleureuse. C'était important, cette sympathie. Minna et Corde se soumirent une fois de plus à la routine d'habillage — les blouses, les calottes et les masques stériles, les immenses bottes blanches en tissu maintenues par du ruban adhésif.

« Mammi ! » dit Minna. Corde suivit lentement et resta dans l'embrasure de la porte du box, mais le médecin lui fit signe d'approcher. La main droite de Valeria remua, du moins autant qu'elle en était capable. C'était un très léger mouvement. Elle savait ce qui se passait ; le visage aveugle le disait clairement. De même que les appareils, qui accélérèrent l'espace d'un instant. Debout près du lit, Corde était très ému, mais hésitant sur ce qu'il pourrait bien faire, à part l'assurer tant bien que mal qu'il protégerait Minna. Il se pencha sur elle et grommela : « Valeria, c'est Albert. » Elle hocha la tête.

Minna descendit son masque de gaze pour embrasser Valeria. Ensuite la doctoresse, rondouillarde et vive, arriva avec un bloc de papier. Elle aida Valeria à prendre un stylo à bille entre ses doigts, et la vieille femme fit un effort pour écrire. Aucun contrôle, pensa Corde. Pas moyen. Elle traça quelques lettres mais finit par une grande boucle lâche qui tenait toute la page. Minna et le médecin firent de leur mieux pour déchiffrer le mot. Corde supposa qu'elle demandait une fois de plus qu'on la ramène chez elle. Mais une femme comme Valeria aurait imaginé des alternatives — plan A, plan B. L'esprit net, et prête à tout — ce serait tout à fait elle. Il pensa qu'il n'y avait pas d'autre façon d'interpréter son expression.

Il tirait cette conclusion même de la position de ses jambes, et du ventre de la vieille femme, plus gonflé que jamais. De part et d'autre de son visage de longues mèches blanches brillaient sur le drap. Son esprit était toujours aussi clair. Non, plus clair que jamais, car lorsque Minna lui fit signe de lui prendre la main (il remarqua de nouveau l'articulation noueuse et bleuie, et le tortillon violet qu'y faisait une veine), elle répondit immédiatement à la pression de ses doigts. Il dit : « Nous sommes venus aussi vite que nous avons pu. » Puis il ajouta de sa voix basse, comme s'il était indispensable de délivrer sans attendre le message essentiel : « Moi aussi je vous aime, Valeria. »

L'effet fut violent. Un de ses genoux se releva et ses yeux, tendus sous la peau des paupières, roulèrent de bas en haut. Elle fit un effort pour les forcer à s'ouvrir. Son visage fut saisi d'un spasme. Les appareils s'affolèrent. Tous les chiffres se mirent à danser. Il se pouvait qu'en disant cela il l'ait tuée. Soit parce qu'elle le croyait, soit parce qu'elle ne le croyait pas. Mais elle aurait dû le croire. Pour autant, pour douloureusement qu'il le sache, c'était la vérité. La vitesse à laquelle les chiffres défilaient sur les écrans fit sursauter le médecin qui fit signe à Minna et Corde de s'écarter. Non, de partir.

Ils retournèrent dans la salle des infirmières. Il enleva sa blouse. Tout cela lui était immensément pénible. La lumière, dans cette pièce, était très crue.

Minna dit : « C'était bien, ce que tu lui as dit. »

Corde en était moins sûr.

Puis Minna dit : « Albert, dans quel état est-elle, à ton avis ? »

Il pensait que l'âme de Valeria s'était déliée en elle, prête à s'envoler, et qu'elle devait donc être capable de vous prendre pour ce que vous étiez. Il ne répondit pas.

Le médecin arriva et les deux femmes se mirent à parler. Minna dit : « Tout est redevenu normal sur les appareils. » Elle dit qu'elle allait chercher sa tante. Elle était décidée à la faire entrer. Elle dit : « Valeria était la grande sœur ; elle s'est toujours occupée d'elle. Ce soir c'est à moi de le faire. » Gigi n'avait même pas demandé à venir. Corde se dit qu'ici, dans le bloc communiste, on apprenait à s'abstenir de demander quoi que ce soit. Et puis aussi, Gigi dépendait de Minna comme elle avait dépendu de Valeria. Mais en fait c'était Minna qui avait promis à sa tante — elle devait lui avoir dit, sévère : « Je t'emmène. Tu vas la voir ! »

Minna plia et rangea la blouse et les bottes stériles — même maintenant elle était soigneusement ordonnée, elle accomplissait un rituel sans y penser. Elle dit au médecin qu'elle revenait dans quelques minutes. Elle en avait pour un instant. Craintive, la doctoresse ne posa aucune question mais secoua la tête. Ce n'était pas bien. On transgressait le règlement. Et si le Colonel faisait irruption tout à coup ?

Tandis que Corde aidait Minna à descendre la rampe verglassée, les sapins au-dessus d'eux grésillaient de froid, comme si des choses pouvaient mijoter même en dessous de zéro. Passive, tassée et silencieuse, Gigi attendait, assise, pour voir si Minna tiendrait sa promesse. Elle la tiendrait. Trajan fit un signe indiquant que les cigarettes avaient marché, que tout était arrangé. Et les deux femmes montèrent la rampe du bâtiment principal, pendant que Corde prenait la place de Gigi sur le banc, à côté de Trajan. Les lampes de la salle d'attente s'éteignirent. Le portier, qui ne prenait pas de risques, les dissimulait dans le noir. Comme si le Colonel avait pu s'en soucier. Maintenant qu'il avait eu ce qu'il avait voulu, l'affaire était close. Les médecins lui avaient probablement dit que pour Valeria tout était fini, et le marché qu'il avait conclu avec le Ministre de la Santé stipulait : « Laissez-les entrer. »

En attendant, l'esprit de Valeria était toujours aussi clair. C'était ce qui impressionnait le plus Corde. Elle entendait et comprenait encore tout, et elle était capable de réagir. Il était probable que le Dr. Drur au doux visage ainsi que le personnel du service de réanimation lui parlaient et la tenaient au courant. Elle-même médecin (et fondatrice de l'hôpital), Valeria avait vu des tas de gens mourir. La doctoresse paraissait très proche d'elle. C'était une bonne chose d'avoir une femme à ses côtés. Elle lui avait sans doute dit : « Votre fille a reçu la permission de venir ce soir. » Valeria aurait compris ce que cela voulait dire. On s'apercevait encore une fois de l'étendue du réseau féminin, de son énorme importance.

Le Dr. Drur n'avait pas drogué Valeria (courtoisie professionnelle), et elle mourrait donc en possession de tous ses esprits. Corde compara cela à la conscience du jeune Rick Lester quand il s'était rendu compte qu'il était passé par la fenêtre et qu'il était en train de tomber. Ce soir-là le jeune homme avait joué une sorte de jeu, considérant comme acquises les conditions de sécurité habituelles, mais les conditions en question n'y étaient pas — il avait un bâillon enfoncé dans la bouche, et deux ou trois secondes pour comprendre qu'il était foutu. Lui, Corde, avait plus en commun avec ce garçon qu'avec la vieille femme. Elle ne possédait pas leur genre d'esprit à eux, la conscience moderne, cette étrange et équivoque condition qui évoluait sur un tapis de postulats absurdes, et avec une telle quantité de trucs inutiles et idiots qui vous pesaient sur le cœur. Valeria l'impressionnait beaucoup. (Ne pourrait-il pas attribuer à son équivoque conscience le fait qu'il fût aussi impressionné ?) Le Dr. Raresh et elle, des Marxistes, étaient descendus dans la rue avec des bouquets de roses pour accueillir les Russes, ils avaient été témoins de la naissance de l'État-prison, ils s'étaient repentis. Elle en était revenue à l'ancienne discipline, elle croyait au Bien, prenait probablement tout à fait au sérieux le fait que les purs de cœur étaient destinés à voir Dieu, et autres béatitudes. (Rien de trop bizarre ?) Ses cendres seraient déposées à côté de celles de son mari.

Bien que cela le prît à rebours, il se disait que son neveu avait peut-être raison de dire que, la nuit où Rick Lester avait été tué, il était sorti avec des cochonneries plein la tête, et que c'était en quelque sorte la vitesse acquise de ces cochonneries qui l'avait fait passer par la fenêtre. Corde comprenait ça infiniment mieux qu'il ne comprenait les croyances de la vieille femme. Mais qu'est-ce que c'était que ces trucs de purs d'esprit ? Pour un Américain, pour un homme qui avait un peu roulé sa bosse, ces histoires de béatitude étaient impensables, incroyables. S'en servir le désignait comme quelqu'un de totalement dérangé, quelqu'un d'un peu fou. C'était sans aucun rapport, complètement livresque — c'était un truc à la Dostoïevski que les vices de Sodome coexistent avec l'adoration à sainte Sophia, le cynisme uni à la pureté dans le cœur du Russe paradoxal. Il n'était pas russe, mais d'origine huguenote et irlandaise, un surgeon du Middle West aplati par la vaste prairie, journaliste et minable doyen d'Université. Il se demanda si ses rapports à l'Université ne lui avaient pas tourné la tête. Il se joignait à Faust pour dire : « Ah ! si j'avais pu ne jamais voir Wittenberg, ne jamais lire un livre. » Et ce n'était pas étonnant si les amphithéâtres, l'environnement de bibliothèques avaient fini par le jeter dans les rues de Chicago, ou qu'il eût écrit — bien, qu'il eût écrit que dans le projet de relogement pour les Noirs de Cabrini Green un type avait dépecé un porc dans son appartement et avait ensuite jeté les entrailles dans l'escalier, et qu'une femme s'était cassé le bras en marchant dessus, et qu'elle hurlait des insanités dans l'ambulance. Elle était inondée de sang de cochon et hurlait plus fort que la sirène. C'était une illumination venue d'un autre côté, un Chicago en son et lumière, et non plus le Sermon sur la Montagne.

Il était fortement surexcité. Il se demanda si cela n'avait pas été trop facile d'acheter le portier. Avait-il laissé Minna et Gigi s'engager dans un piège où le Colonel allait fondre sur le lit de mort et se saisir d'elles ? Mais quel envie pourrait-il bien avoir de faire une chose pareille — à quoi bon arrêter la vieille Gigi ? Non, Corde s'aperçut qu'il se mettait à penser comme ces femmes qui s'imaginaient être engagées dans une lutte à mort avec ce colonel de la police, qui en ce moment même devait être en train de dîner dans sa luxueuse villa, de manger des choses exquises et de boire des cuvées spéciales. La Nouvelle Classe, ou la nouvelle Nouvelle Classe, menait un train de milliardaire texan. Corde, après vingt ans en Europe, comprenait ça. Des millions d'Américains de sa génération étaient partis s'installer un peu partout dans le monde. Il y avait des théoriciens solides qui soutenaient que c'était une des meilleures choses qui fût arrivée dans l'histoire, et que cela n'avait apporté que des bienfaits à l'humanité. Il y avait aussi un point de vue différent. Des gens de Trenton, de Topeka, de Baton Rouge installés au Japon, en Iran, au Maroc étaient, d'après ce qu'il avait lu dans un magazine, des « représentants du *fantasmo imperium* de Dollar-SARL ». C'était dans la salle d'attente de son dentiste qu'il avait trouvé cet article sur les mercenaires et les marchands d'armes américains, « ces tueurs hautement sophistiqués qui opèrent en Afrique et en Amérique Centrale ». Il avait ramassé ce magazine sur le dessus de l'aquarium pour poissons tropicaux.

Il fallait qu'il parle à Dewey Spangler de ce *fantasmo imperium*.

Cela l'amuserait. « Pourquoi les dollars des grandes compagnies devraient-ils être dépensés au bénéfice de ces grotesques ? Les Américains qui vivent à l'étranger sont toujours supposés " représenter " quelque chose. Mais toi, Albert, par exemple — qu'est-ce que tu serais censé représenter ? »

Ce serait une bonne question. Que représentait donc Corde ? Qui était cette personne qui partageait un banc avec Trajan, neveu de Ioanna ? Il possédait un passeport américain, de l'argent et des cartes de crédit. Il portait un manteau, des gants, une écharpe et, au-dessus de son visage en coupole de radar, de ses yeux légèrement globuleux et de sa grande bouche, un chapeau. Il avait l'air de recevoir des signaux d'un peu partout dans l'univers, certains de sources invisibles. Il avait un long cou. Son dos lui-même paraissait plus long qu'il n'aurait été strictement nécessaire. C'était un Américain du centre du pays, d'apparence banale. Il en était conscient. Il appelait cela la « distinction de wagon Pullman » et croyait l'avoir héritée de son grand-père de l'époque wilsonienne. (Corde n'avait aucune admiration pour Woodrow Wilson. Wilson avait fait beaucoup de mal.) En tout cas, lui, Albert, était un Corde. Six générations à Joliet, Illinois, deux à Chicago, et il venait de dire à une vieille femme macédonienne, en train de mourir dans un hôpital communiste, qu'il l'aimait. C'était bien la mesure des étrangetés que la vie lui avait gardées en réserve. « Moi aussi, je vous aime, Valeria. » Elle avait très certainement eu envie de l'entendre depuis longtemps, et c'était vrai (ça l'était, Bon Dieu ! vrai à cent pour cent !) ; elle en avait néanmoins été tellement choquée que les appareils s'étaient mis à s'allumer et à ronfler en affolant complètement le médecin. Pourquoi avait-elle été bouleversée ? Il avait dû lui rappeler ses angoisses, qu'elle porterait en elle jusque dans sa vie future, ou en tout cas jusqu'au seuil de la mort. Il n'y avait là peut-être aucune raison d'être vexé, ou de se comparer, ainsi qu'il le faisait parfois, à un ancien délinquant sexuel, mais toujours sous surveillance, alors que le plus exigeant des responsables des mises en liberté surveillée aurait été satisfait de lui. Ah, ces délits sexuels ! D'après les normes les plus strictes du mariage il était normal, mûr, intelligent, responsable et excellent mari. Mais il ne pouvait pas être considéré d'un point de vue positif dans l'état actuel des tendances historiques parce qu'il était le rejeton de l'Ouest pourri, manquant de lest, le produit d'une évolution historiquement indésirable, d'un rameau corrompu de l'humanité. Pas la peine même d'aller aussi loin que les dissidents extrémistes de l'Est pour qui l'Europe était une incorrigible vieille putain et l'Amérique, le plus dégénéré de ses descendants, arrivée au stade de la paralysie générale. C'était aller un peu loin. Mais il était bien possible de le soupçonner d'être incapable d'entretenir une relation sérieuse, tel qu'était défini le sérieux par un rameau plus ancien, et même archaïque, de l'humanité, avec ses composantes définies une fois pour toutes. Valeria penserait donc que le monde d'où venait Corde était le monde dans lequel sa fille serait obligée de vivre sa vie jusqu'au bout. À présent, elle était obligée de dépendre de ce monde et de cet homme. C'est pourquoi Corde avait été profondément ému qu'en mourant elle se tourmentât encore au sujet de sa fille, c'est pourquoi aussi Valeria avait entendu sa voix de basse la rassurer, et qu'elle avait été transpercée par le doute. Ce « Moi aussi je vous aime », qui l'avait poussée à lui serrer la main si fort, était peut-être vrai, mais c'était peut-être aussi et uniquement la vérité d'un moment survolté, qui dans une heure ne tiendrait plus. Il voyait bien cela. Oui. Et ça lui était très pénible à lui aussi.

Si seulement nous pouvions dire ce que nous voulons exprimer, exprimer ce que nous voulons dire ! Mais nous ne sommes apparemment pas programmés pour. Nous serions plutôt coincés dans un état de fixité hypnotique, et le véritable *fantasmo imperium,* c'est cette fixité hypnotique. Bon, assez de philosophie. Mais sur son lit de mort une vieille femme entend la voix de basse de son gendre, et cette voix lui dit qu'il l'aime. Qu'il l'aime ! Et avec quoi ! Cependant, aussi étrange que cela fût, c'était *vrai.* Il n'y avait *rien* de trop bizarre pour être vrai. Il s'y raccrochait à présent. Encore que Valeria — elle — n'aurait pas le temps de vérifier si cette déclaration tenait. Elle serait bien obligée de le croire sur parole car, pour elle, ce monde de mort touchait à sa fin. Monde de mort ? Il se surprenait lui-même de l'exprimer de cette façon. Dewey Spangler aurait dit : encore tes histoires de poésie, et il aurait retroussé les babines en ricanant — il avait toujours ces dents aiguës et saines. Ces mêmes dents éclatantes ; la barbe de gingembre confit était leur nouveau décor.

Dewey lui avait quand même posé une question assez brûlante : pourquoi professeur, et à Chicago ? Corde aurait pu répondre que la raison arrivait, elle était déjà en route. Il s'y rattachait toutes sortes d'ambitions fantasmatiques et de projets grandioses. Au moment de prendre la décision, il avait été préférable qu'il n'y eût pas pour lui d'image très définie. Il se souvenait combien sa sœur avait été surprise de son retour. Elfrida avait demandé : « Mais pourquoi une université, pourquoi précisément Chicago ? »

Il n'était pas vraiment capable d'y répondre, mais il avait bel et bien dit : « Pour moi, ça ressemble plus aux premières lignes. C'est là que tout se passe. »

« Je n'aurais pas quitté Paris, pas avec un appartement rue Vanneau. L'as-tu revendu une fortune ? »

« Non — pas une fortune. »

« Alors tu te caches d'une nana française ou autre ? »

« Non, ce n'était pas ça non plus. Même s'il y a des tas de nanas qui pourraient donner envie de s'enfuir. Et même de se cacher, ou d'entrer dans les ordres. »

« Qui a dit : " Quand on en a assez de Paris, c'est qu'on en a assez de la vie " ? »

« Ça a été dit de Londres. Et la même personne a dit aussi qu'aucun " amant de l'esprit ", comme elle l'appelait, n'irait se plonger avec sa postérité dans la barbarie américaine. Mais c'était il y a deux cents ans. »

« C'est une vraie réponse de rat de bibliothèque, avait commenté Elfrida. Tu vas passer le restant de tes jours à étudier des livres dans une université ? Ne t'attends pas à ce que j'avale ça. Je te connais mieux que ça. Tu n'as pas le genre retraité. Tu n'en as pas l'air, mais tu es du type combatif. Tu viens de parler toi-même de premières lignes. »

« J'avais des instincts guerriers, étant enfant. »

« Et encore maintenant. Je n'arrive pas à te piger, Albert. Quels avantages trouves-tu à revenir ici ? »

« Il y a les énormes avantages de l'arriération culturelle. Le temps que les idées neuves arrivent à Chicago, elles sont tellement usées qu'on n'a plus aucun mal à voir à travers. On n'a pas besoin de trop se casser la tête avec, et ça évite beaucoup d'ennuis. »

Il arrêta ces pensées et ces souvenirs car il venait d'apercevoir Minna et Gigi, avançant prudemment, lentement, sur la rampe glissante, sous les sapins. Corde sortit à leur rencontre. Il ne posa aucune question. Personne ne dit rien. La visite avait été plutôt courte. Peut-être le médecin, effrayée de l'audace de Minna, leur avait-elle demandé de partir. Elles n'avaient pas été surprises par le Colonel. Non, le Colonel, à présent, se moquait d'eux comme de sa première chemise.

Trajan ouvrit les portes vert sombre de la Dacia en forme de baignoire. Dedans, il faisait un froid de canard.

Dans l'appartement aussi il faisait trop froid pour se mettre au lit.

« Albert, je n'arrive pas à me déshabiller. »

Corde déboucha la bouteille de *pálinca :* « Il n'y a qu'à avaler un peu de ça. »

Ils s'assirent, toujours dans leurs manteaux. Corde, quand il ôta son chapeau, sentit le froid tomber sur son crâne chauve. « Vous n'êtes pas restées longtemps... »

« C'est à cause du Dr. Drur. Je l'ai prise complètement par surprise en arrivant avec Gigi. Je crois qu'il devait y avoir des moutons un peu partout. »

« Et qu'a dit Gigi ? »

« Elle n'a rien dit du tout, elle a simplement posé la main sur le bras de Maman. Allonge-toi près de moi, Albert. »

Il retira les lourdes couvertures de sur son lit et les empila sur celui de Minna. Puis il éteignit la petite ampoule orange sous son abat-jour de parchemin. Minna s'endormit aussitôt. Corde, allongé tout droit sur le bord du lit à côté d'elle, s'enfonça pour le restant de la nuit dans le plus parfait néant.

CHAPITRE 7

Le lendemain matin, Minna était de nouveau pendue au téléphone à essayer de joindre le Dr. Moldovanu, en fille passionnée qui continuait à se battre pour sa mère. Elle n'arrive pas à accepter que c'est terminé, se dit Corde, fini, qu'elle a vu Valeria pour la dernière fois. Mais c'était beaucoup demander. Il était trop raisonnable. C'était une de ses faiblesses les plus persistantes.

Et il était là, comme d'habitude, assis dans la chambre. Il avait avalé plusieurs tasses du café de Gigi. Il était trop peu corsé pour le réveiller après sa nuit de néant. Il considéra le paquet de courrier envoyé par son bureau en fronçant le sourcil. Il était trop fatigué après sa nuit catatonique sur le rebord du lit, sous les lourdes et raides couvertures des Balkans, il se sentait trop tendre et meurtri à l'intérieur pour supporter encore ces lettres de Chicago. Au lieu de cela il ouvrit sa valise et chercha les documents de Beech. Il fallait qu'il les lise avant l'arrivée de Vlada Voynich. Ça n'aurait pas été une bonne idée de rester les bras ballants ce matin. S'il ne se ressaisissait pas, il allait souffrir d'une attaque de pensées éparses. C'étaient les pires — elles vous dévoraient. Il dégagea un espace suffisant sur le dessus du bureau et s'attabla à étudier les documents scientifiques de Beech. Il commença par le résumé de Vlada. Il y découvrit sur-le-champ son antidote à l'angoisse des pensées éparpillées. « Beech t'a choisi comme interprète après avoir lu tes articles dans *Harper's,* écrivait-elle. Et comme je fais partie de son équipe depuis plusieurs années, il m'a demandé de te faire un petit tour d'horizon préliminaire. Je suis heureuse que tu aies eu l'occasion de faire sa connaissance. Tu l'as favorablement impressionné. » (Il m'a bien plu aussi, pensa Corde. Beech était un type formidable. Et puis il était agréable de provoquer une réaction positive chez un personnage aussi éminent.) « C'est une situation de la plus grande urgence, lut-il ensuite. Beech tient à ce que l'affaire ne soit pas uniquement portée à la connaissance du grand public, mais également à celle des Humanistes. » Cela arrêta Corde. Qui étaient ces Humanistes, et qu'est-ce qui pouvait bien faire penser à Beech que c'était un groupe à qui on pouvait soumettre tous les cas ? Et si un tel groupe existait, qui pouvait dire qu'ils prêteraient une quelconque attention à Corde ? Il se demanda comment discuter de ce genre de choses avec un géologue comme Beech. « Vous voulez comprendre les intellectuels humanistes ? Rappelez-vous les tout-puissants reptiles du mésozoïque... » Corde poursuivit : « Je crois me souvenir que tu as écouté les bandes qu'il t'a données. Il y a enregistré une description personnelle des recherches qui ont amené à ses découvertes et expliqué ce qu'elles signifient quant à l'avenir de notre espèce, et, partant, pourquoi elles présentent un tel problème émotionnel pour ceux qui en ont tiré les conclusions logiques inévitables. » Oui, Corde avait écouté les bandes. Tout au début Beech racontait qu'elles avaient été enregistrées l'été précédent dans une grange du Kansas. « En regardant par les portails grands ouverts sur les champs de blé dorés par l'été, avait carrément commencé le savant. Les grandes plaines du Kansas. Mon pays natal. »

À Chicago, Vlada avait dit à Corde : « Tout ça est un peu à cause de moi, Albert. J'ai fait voir tes articles à Beech parce que je savais qu'il cherchait quelqu'un qui fût qualifié. Et qui possédât une cervelle. » Vlada s'exprimait avec l'assurance tranquille des femmes solides. Elle avait un visage large et pâle, de grands yeux bruns — pas un regard doux, au contraire une urgence préoccupée, de l'acuité. Elle ne vous invitait pas à prendre part à des entreprises chimériques ; c'était une dame particulièrement perspicace. (Il arrivait aussi que ses yeux fissent d'intimes confessions, et douloureuses. Mais peu importe pour l'instant.) Beech lui-même s'était montré plus hésitant. « Après avoir écouté les bandes et étudié ces dossiers, vous serez peut-être plus à même d'envisager d'autres discussions qui nous amèneraient éventuellement à collaborer. Évidemment, étant donné que c'est moi qui ai dirigé les recherches — au centre du mouvement, si vous voulez —, j'ai un point de vue particulier. » La douceur de Beech avait pour Corde un charme tout spécial. Que ce type était sympathique ! Et quand on considérait l'incroyable fardeau qu'il avait sur les épaules, sa responsabilité dans des découvertes aussi effrayantes (la Terre allait-elle survivre ?), sa douceur devenait vraiment magnifique. Il avait dit à Corde : « Étant l'auteur de ces articles très particuliers, vous pourriez — oui, vous pourriez peut-être tirer cette sonnette d'alarme. Ce que je veux c'est arrêter tout le monde net, et ensuite les obliger à suivre. Et vous arrivez à être tout à fait prenant. Comme par exemple avec les Noirs que vous décrivez dans leurs taudis et en prison... »

« Je n'ai pas fait plaisir à tout le monde. »

« Je m'en doute. C'est justement ça. Quand j'ai lu la description que vous faisiez de cette ville-dans-la-ville, je me suis dit : Voilà quelqu'un qui tiendra à tout savoir sur la véritable explication de ce qui se passe dans ces taudis. »

« Et l'explication ? Qu'est-ce que c'est, cette véritable explication ? »

« Des millions de tonnes de résidus de plomb intraitables qui empoisonnent les enfants des pauvres. Ce sont eux les plus exposés. La concentration est sensiblement plus forte dans ces vieux quartiers de taudis, où ils se sont accumulés depuis des dizaines d'années. Ce sont les enfants en pleine croissance qui fixent le plomb le plus rapidement. À travers le calcium. Et si on examine le comportement de ces gosses avec l'œil d'un clinicien, on retrouve les symptômes classiques des atteintes chroniques provoquées par le plomb. J'ai demandé à Vlada de joindre à ces papiers les découvertes de Needleman en neuropsychiatrie, qu'il a rapportées dans le *New England Journal of Medicine*. On peut faire remonter toute la criminalité et toute la désorganisation sociale des populations des ghettos de grandes villes jusqu'au plomb. Ça en revient à des affections nerveuses et à des troubles cérébraux. »

Corde, poli, lèvres serrées en silence, hochant la tête, en doutait. Il arborait un air de doute calme mais prononcé. Une cause matérielle directe, une fois de plus ? Si on donnait aux gens du travail, de l'argent, de quoi se vêtir, de quoi se nourrir, un abri, qu'on les protégeât contre la maladie et les poisons, alors ils ne seraient plus criminels, ils ne seraient plus fous, ils ne sombreraient plus dans le désespoir ? C'est sûr, des campagnes appropriées et bien conduites arrangeraient tout ça. Des causes matérielles directes ? Bien sûr. Qui pourrait les nier ? Mais ce qui était le plus curieux, c'est qu'on ne concevait jamais d'autres causes possibles. « Alors c'est le plomb, rien que le plomb comme on en voit tous les jours ? » dit-il.

« Je préférerais que vous étudiiez ces rapports de preuves. »

Et c'est ce que Corde commençait à faire, parcourant des documents agrafés et examinant des graphiques.

Il n'était pas facile de dissimuler les signes révélateurs de la fumisterie à l'œil exercé d'un journaliste, et comme l'avait dit Spangler, ces scientifiques étaient de véritables bébés dans leurs langes lorsqu'ils se lançaient dans le public avec une cause à défendre. Mais Beech inspirait un certain respect. Il se dégageait de lui un sérieux particulier. Il était même sérieux de constitution, physiquement. Il avait la tête plutôt petite pour un corps d'une telle longueur, et un visage dépourvu de toute vanité. Ses cheveux clairs, grisonnants et coupés très court lui donnaient un air vieillot de paysan un peu rustaud. De longs sillons lui creusaient austèrement les joues, et son regard était un peu ironique. Corde avait vérifié à quel point on pouvait lui faire confiance. Le fait est que c'était un homme de science éminent. L'opinion était unanime. Il avait déterminé l'âge de la Terre d'une manière qui ne laissait pas de doute, il avait analysé les minéraux rapportés de la Lune. Corde commençait à penser qu'avec les scientifiques des disciplines pures, il se produisait occasionnellement, lorsqu'ils détournaient leur regard de leur propre discipline, de véritables tempêtes convulsives de pure conscience ; ils subissaient de déroutantes attaques de lucidité.

Aussi Corde avait-il écouté les bandes avec beaucoup d'attention. Installé chez lui, dans son petit bureau, il avait éteint les lumières et branché son casque.

Et ici aussi, à Bucarest, il lisait attentivement. Imaginez : l'Europe de l'Est comme endroit où se documenter sur les dangers que court l'humanité. Corde était à la table de Valeria, tout endolori et écorché vif à l'intérieur ; penché sur les papiers de Beech, il sentait cet écorchement dans tout son être. Il était assis, les cuisses sur les mains, pour les tenir au chaud.

Quel était le message ? Trois siècles d'industrie avaient considérablement augmenté l'extraction et la fonte du plomb, et la dispersion inévitable de plomb dans l'air, l'eau et le sol était un danger trop peu compris. On nous assurait d'une « manière positive et absolue » que les niveaux de contamination par le plomb étaient normaux et tolérables. Loin de là. Les estimations officielles sont pires qu'incorrectes ; elles sont dangereusement fausses. On procède à des recherches dans des laboratoires qui sont eux-mêmes lourdement contaminés. Les seuls résultats valables sont ceux qu'on obtient dans des sanctuaires parfaitement propres et purs. Il y en a peu, mais leurs conclusions sont les seules qui comptent, et ces conclusions nous démontrent que pour le plomb les mesures sont cinq cents fois supérieures à ce qu'elles étaient à l'époque préhistorique. Les niveaux réels ont été déterminés à partir de l'analyse d'ossements fossiles, de l'examen des sédiments déposés en eau douce et en eau de mer, de troncs fossiles d'arbres anciens, de couches de neige de l'Antarctique et de glace du Groenland. On avait également étudié les « émissions du feuillage » de diverses forêts, ainsi que les composés de la croûte de poussières de silicates, d'écume de mer et de sulfures volcaniques. Cette masse de mesures et autres preuves scientifiques (« compositions isotopiques ») excitaient et émouvaient Corde. (Est-ce qu'il y a quelque chose qui ne va pas pour que je sois aussi facilement bouleversé ?) Bien sûr, il en savait à peu près autant que n'importe qui sur la radioactivité, et aussi sur la menace que les aérosols faisaient planer sur la couche d'ozone de la stratosphère. Mais à minuit, en écoutant les bandes magnétiques enregistrées au milieu des champs d'été du Kansas, Corde avait également entendu parler de la saturation chimique du sol par les insecticides et les engrais. Voilà pourquoi l'Amérique était le plus grand producteur d'aliments. À quel prix ! Mais le plomb était bien plus dangereux que n'importe lequel de ceux-là. La voix de Beech se déroulait comme les vastes plaines elles-mêmes.

Les départements auxquels le gouvernement avait confié la tâche d'effectuer les mesures et les contrôles étaient incompétents, disait Beech. Ils ne disposaient ni des instruments nécessaires ni des procédés adéquats. La véritable ampleur de cet empoisonnement mortel de l'eau, de la végétation et de l'air avait été mise en évidence par les sciences pures telles que la géochronologie, la cosmologie et la géochimie nucléaire. Une méthode réellement précise et fiable de détection d'infimes quantités de plomb avait amené cette découverte que le cycle du plomb sur la terre avait été profondément bouleversé. Conclusion : c'est à présent l'humanité tout entière qui est touchée par des dommages chroniques dus au plomb. Des dysfonctionnements biologiques, tout particulièrement observables chez les populations les plus avancées, doivent être pris en compte parmi les causes de guerre et de révolutions. Le terrorisme, la barbarie, la criminalité, la dégradation culturelle reflètent les troubles mentaux qui découlent de l'empoisonnement par le plomb. Partout on constate une irritabilité, une instabilité émotionnelle, une inquiétude généralisée, une réduction dans l'acuité des capacités de raisonnement, une difficulté à se concentrer, *et cætera*, que le clinicien entraîné n'a aucune peine à identifier.

Cette irritabilité, ce mélange d'excitation et d'aveulissement des sens — mais nom de Dieu, moi-même je la ressens ! Et je la retrouve où que je porte les yeux ! S'il avait été chez lui, Corde aurait cherché un supplément d'information dans l'*Encyclopedia Britannica.* D'épais traités de médecine faisaient saillie sur les étagères, à portée de la main, mais il ne connaissait pas le roumain, et trop peu d'allemand. Mais pour aller là où Beech voulait en arriver, il n'avait aucun besoin d'encyclopédie. Nous-mêmes, nous étions incapables de percevoir cet avachissement de notre conscience, parce que nous en étions tous victimes ; et nous allions nous émousser jusqu'à tomber dans l'abîme, sans jamais prendre conscience que nous coulions. Les émanations de tétraéthylène à elles seules — les gaz d'échappement — y suffisaient, et les bébés des taudis qui mangeaient la peinture au plomb qui s'écaille des murs devenaient des criminels abrutis. Sans l'avoir réalisé, Beech était devenu un visionnaire brûlant de passion morale. Il accusait les ingénieurs. Les sciences appliquées, la technologie, voilà les pouvoirs des ténèbres qui avaient empoisonné le sol, l'air, l'eau, les forêts, les villes, et jusqu'à la moindre de nos cellules humaines.

C'était une apocalypse — une apocalypse de plus — à étaler aux yeux du public. Ce ne serait pas facile. Le public était habitué aux prévisions catastrophiques ; il y était aguerri — tu parles, il y marinait à longueur de temps. Et il y a des maux, ainsi que l'a fait remarquer quelqu'un, qui ont la capacité de survivre à leur identification et de continuer jusqu'à la fin des temps — l'argent, par exemple, ou la guerre. Ceux-là mêmes qui sont le plus décidés à les révéler n'ont pas de prise sur eux. Dans le langage courant, celui de la situation de masse, on ne pouvait rien communiquer. Rien n'était plus difficile à saisir que les maux les plus puissants, c'est-à-dire les plus manifestes. Sur ce point la science elle-même, faite pour une connaissance en profondeur, se heurtait à un étrange échec. Le génie de ces maux, c'était leur capacité de créer autour d'eux des zones d'incompréhension. C'était justement parce qu'ils étaient aussi évidents qu'on ne parvenait pas à les voir. Beech s'était visiblement rendu compte de leur pouvoir. Il n'arrivait pas à les traverser, à se faire entendre. Il avait donc bien fait de s'adresser à Albert Corde. L'idée de demander à celui qui avait écrit ces articles pour *Harper's* de lui faire franchir ces zones de blocus tenait parfaitement debout. Je pourrais tout à fait l'aider à ça, si j'étais convaincu. Et ce ne serait pas grâce aux méthodes de l'agit-prop, de la démagogie, de la harangue, de la publicité ou de la « mysticologie » ; pas de *fantasmo imperium*, rien qu'une conviction délibérée et sans faille, comme celle du vieux marin. Les tenir sous la coupe de son œil brillant. « Il bat sa coulpe, l'invité d'honneur, mais il est bien obligé d'écouter. » Beech n'était pas simplement un écologiste de plus. S'il avait été « un de ceux-là », Corde aurait tout bonnement refusé de l'écouter. Ce qu'il avait appris en écoutant ces bandes avec tant d'attention, c'est que le géophysicien avait mêlé la planète elle-même aux plus profonds de ses sentiments, comme un être qui aurait donné naissance à la vie. L'*Homo sapiens sapiens* révoltait Beech par son ingratitude et son impiété. L'*Homo sapiens sapiens* était incapable de percevoir la poésie de la Terre et maintenant, il ne percevait pas non plus ses appels désespérés. L'homme se réduirait de lui-même à l'état d'hominidé inférieur. (Les termes de biologie étaient de Beech.)

Corde avait l'impression qu'ils avaient beaucoup en commun, lui et Beech. Il y avait même des affinités physiques. Tous les deux étaient des hommes d'apparence banale, issus du Middle West, approchant la soixantaine, l'un et l'autre possédant son propre stratagème pour conserver ses valeurs les plus nobles jusqu'au moment où il choisissait de les dévoiler (un peu avant la fin et, espérait-il, avant qu'il fût trop tard). Maintenant, dévoiler aux yeux de qui ? Eh bien, on passait dans le domaine public, on se faisait publier par *Harper's,* ou bien on se choisissait un porte-parole, un Corde, et on lui proposait une collaboration.

Si on le considérait comme une étape dans l'évolution d'une âme, ce processus en lui-même (la découverte que faisait un scientifique, et ce qu'elle provoquait) était particulièrement émouvant. On n'aurait jamais pu croire que cette espèce de cactus voûté, sec et long, ce Beech scientifique, pourrait finalement accoucher d'une fleur aussi épanouie, aussi exquise. (La Terre en tant qu'être à part entière ; la poésie de la Terre.) Pour en revenir au problème : la prise de conscience en profondeur n'appartenait qu'à la science, et encore, dans des limites très strictes. On ne pouvait appliquer les mêmes méthodes, les mêmes énergies aux questions plus profondes sur l'existence. Il était même concevable que la science eût attiré à elle toute la capacité de conscience profonde de l'humanité et qu'elle l'eût monopolisée. Ce qui laissait tous les autres dans un état de profonde faiblesse. Dans les limites de cette faiblesse, on produisait la poésie, la peinture, l'humanisme, les balivernes — l'idiotie, en somme.

Terriblement remué, agité, écorché vif au-dedans, Corde était incapable de rester en place. Il quitta la table (avec son passé de travail scolaire, ses trésors de sentiments) et partit à la recherche de Minna. Il la trouva dans la salle à manger en compagnie de Gigi. Bien entendu, elles étaient en train de parler de Valeria. Il n'interrompit pas leur conversation mais demeura plutôt sur le pourtour, à l'arrière-plan. Il était appuyé au chambranle de la porte, les mains dans le dos. Il regardait, simplement, les yeux gonflés derrière ses épaisses lunettes, la bouche remplie de silence. Sous la table de la salle à manger posée sur ses pieds épais, la couleur vive du tapis balkanique avait disparu, il n'était plus qu'élimé et plein de plis. Les oiseaux du motif arrivaient à peine à voler. Sur le buffet les cyclamens étaient, eux aussi, revêtus de motifs à peine discernables — le dessous des feuilles sombres portait une empreinte vaguement plus pâle, du blanc au gris, et formant à l'intérieur du cœur de la feuille un autre dessin de cœur plus petit. Les fleurs étaient blanches.

« Que se passe-t-il ? demanda Corde. Quoi de neuf ? »

« On ne peut pas la transporter, dit Minna. Le Dr. Gherea était tout à fait désolé. »

« Tu as eu son amie ? C'est elle qui te l'a dit ? »

« J'ai eu le Dr. Drur. »

Gigi regardait dans la direction de Corde, sans vraiment le regarder. Ses yeux étaient d'un brun très profond, et liquides. L'œuvre du coiffeur s'était défaite par-derrière, là où ses cheveux se séparaient en touffes de paille blanche, comme une balayette. Mais sur le front, ses mèches étaient toujours soigneusement coiffées. Aujourd'hui elle avait mis une robe, des hauts talons, du rouge à lèvres. Elle ne voulait peut-être pas être surprise par l'annonce de la mort de sa sœur avec sur le dos sa vieille robe de chambre marron. Une vieille dame tragique, avec un nom un peu pute à résonance française — si le chagrin pesait effectivement sur le corps, on aurait pu dire que chez elle cela apparaissait au niveau des jambes car aujourd'hui elles étaient plus arquées que jamais. Corde constata également — c'était peut-être dû à la coupe de sa robe — à quel point son cou était fort, les muscles puissants.

« De toute façon, dit Minna, il est hors de question de l'opérer. »

Évidemment. Pas de respiration, pas d'anesthésie possible.

« Mon cher Albert ! Voudriez-vous un peu de thé ? »

« Non, Tanti Gigi, merci. J'ai des paperasses à voir. Je vais y retourner. »

Il était beaucoup trop agité pour pouvoir rester avec les femmes. On aurait aussi bien pu lui verser le thé sur la tête.

« Pas de nouvelles de ton ami Spangler ? » dit Minna.

« Je n'en attends pas vraiment. »

« C'est *maintenant* qu'il faudrait que je sois auprès d'elle », dit Minna.

Il n'y avait rien à répondre. Il se contenta de bredouiller qu'il allait retourner à ses papiers. La chambre, une fois de plus !

Corde avait quelque chose dans la gorge, une sorte de condensation d'Europe de l'Est, et il avait besoin d'alcool d'Europe de l'Est pour s'en débarrasser. Il en avala deux verres tandis qu'il réorganisait son bureau, et qu'il écartait les documents de Beech. Cette masse d'armes en plomb qui nous écrabouillait la cervelle... La *pálinca* avait un arrière-goût de prune abîmée. Il se rafraîchit la bouche avec quelques grains de raisin brun, les derniers. Attendant la mort, vous voyez... Il ne pouvait pas faire grand-chose.

Il se décida enfin à ouvrir la grosse enveloppe pleine de courrier de Chicago. Elle avait visiblement été ouverte par la censure. Il s'en était déjà aperçu la veille. Dégoûté, il détacha le croisillon de ruban adhésif de la pointe du coupe-papier de Valeria et le fit tomber dans la corbeille à papier. Ah, Bon Dieu ! tous ces trucs, toutes ces coupures de presse dont il n'avait que faire ; des ennuis, encore des ennuis. En général Corde avait une posture plutôt détendue, et pendant qu'il triait son courrier son corps était tourné de trois quarts, de guingois, dans un mouvement de fuite « détendue ». Il tenait la pile de papiers avec une certaine répugnance, les mettant l'un après l'autre en dessous des autres.

Il était en guerre sur son propre terrain. Il aurait été bien incapable de dire pourquoi il fallait que ce soit là qu'il se batte. Mais à présent, plongé dedans jusqu'au cou, il ne pouvait plus faire autrement. Elfrida ne lui avait-elle pas dit qu'il était du type combatif ?

Miss Porson (ou plutôt Ms., car c'est ainsi qu'elle signait à présent) avait joint un mémorandum minutieux, une sorte de bulletin du front. Elle disait qu'elle regrettait de devoir lui faire suivre certains de ces papiers. Là où il était, il pouvait certainement s'en passer. « Ça doit être terrible, là-bas. Je suis de tout cœur avec Minna. » En ce qui concernait Minna, la générosité et l'admiration féminine de Miss Porson ne connaissaient pas de bornes. « Son chic merveilleux, sa démarche, sa voix musicale, sa parfaite éducation », disait Miss Porson. Sa Miss Porson en question, Fay Porson, était une vieille peau (pour le moment, il penchait plutôt pour cette dénomination) qui elle-même ne manquait pas de charme. Elle n'était certainement pas beaucoup plus jeune que Tanti Gigi, mais elle se vantait de ses succès auprès d'amants moitié plus jeunes qu'elle. Presque septuagénaire, elle était bien enveloppée, mais avec un port plutôt alerte. Son visage rond, fortement maquillé, était d'un blanc rosé, comme si on l'avait rincé avec une solution de calamine, et certains jours elle se peignait en travers du visage une bande de raton laveur, au crayon gras bleu — un masque de cambrioleur ou de bambocheur vénitien. Elle maintenait ses pantalons avec de lourdes ceintures d'argent et de turquoise. La Miss Porson permanente, la Miss Porson des strates plus profondes s'avéra être une matrone de Westchester, une joueuse de bridge. Elle avait suivi son cadre moyen de mari à Chicago. C'est là qu'elle était devenue veuve, et c'est là qu'elle avait décidé de rester. À Chicago, elle pouvait courir le pantalon. Elle voulait « lancer le sexagénaire dans la sexualité », disait-elle. Corde s'était attaché à elle. Elle n'était ni la super-secrétaire ni l'organisatrice sans faille qu'elle prétendait être ; elle était surpayée. Le dégoût qu'il ressentait pour les détails administratifs en avait fait un otage. Ses confidences érotiques et ses vantardises lui faisaient grincer des dents. Mais il n'aurait plus été capable de la remplacer.

Elle écrivait que les journaux racontaient toujours la même chose. En ce qui concernait la presse, du moins pour l'instant, Mr. Detillion ne pouvait pas faire de mal. Feu son père aurait dit qu'ils avaient mis la tête de Mr. Corde en « cravate », et qu'ils n'en pouvaient plus de joie. (Corde avait appris que « cravater » était un terme de l'époque de John L. Sullivan : on coinçait la tête de son adversaire sous son bras, et on la lui frottait vigoureusement avec les articulations du poing.) Cela, continuait-elle, ne pourrait pas durer éternellement ; un jour ou l'autre, les bons aussi allaient marquer des points. Si seulement les faits réels pouvaient être dévoilés — comme tout apparaîtrait sous un jour différent ! Le Doyen se débattait encore dans des problèmes juridiques et financiers créés par son cousin. Ms. Porson aurait voulu que tous ces détails puissent arriver aux oreilles des journalistes. Il y avait cette histoire avec l'IRS, par exemple, que Mr. Detillion avait mal menée depuis le départ en signant une renonciation sur le statut de limitation parce qu'il était certain que le gouvernement n'avait aucune preuve de ce qu'il avançait. À présent les exigences de l'IRS, avec les intérêts, se montaient à vingt-trois mille dollars, et bien que son nouvel avocat, Mr. Gershenkorn, fît de son mieux, et qu'il obtînt une prolongation pendant que le Doyen était à l'étranger, il ne pouvait promettre d'avoir gain de cause. Toutes ces informations, fournies avec la plus sincère gentillesse, faisaient une boule dans la gorge de Corde.

Pour lui remonter le moral, elle joignait également des lettres enthousiastes de certains de ses lecteurs. Elle avouait que des lettres d'insultes étaient aussi arrivées. Elle les gardait pour son retour. La plupart de ces lettres empoisonnées venaient de la banlieue, où vivait la majorité des inconditionnels de Chicago les plus réactionnaires. Eux, qui n'avaient affaire à Chicago que pour venir y travailler, qui échappaient aux problèmes raciaux et à la criminalité, étaient révoltés qu'il eût dit les choses telles qu'elles étaient. Elle lui faisait part d'un mot qu'avait fait parvenir le Recteur : il ne fallait pas que le Doyen se tracassât au sujet de ses arrières, mais qu'il s'occupât de Minna dans ces moments pénibles. Miss Porson ajoutait qu'il s'exprimait avec une discrétion et une délicatesse infinies.

Il y avait un message pour Minna de l'Observatoire du Mont Palomar. Ils essaieraient de changer leur emploi du temps afin de lui ménager du temps de télescope dans le courant de janvier. Le reste du mémo de Miss Porson était simplement une liste des lettres et notes qu'elle lui faisait suivre. Il parcourut de nouveau le mémo car il lui paraissait inconcevable qu'aucune mention ne fût faite de Lydia Lester. Il avait laissé la jeune femme à la charge de Miss Porson, et la plus grande partie de ses instructions de dernière minute concernaient sa protection. Juste avant le départ, il avait passé presque une heure pendu au téléphone à les lui énumérer. Fay Porson avait *paru* comprendre de quoi il parlait. En fait elle avait même fait un certain nombre de remarques qu'il n'avait pas la moindre envie d'entendre au sujet du mélange de sollicitude paternelle et de culpabilité qui le motivaient. « Tout ça parce que c'est vous qui avez poussé au procès, Monsieur le Doyen ? Et qu'elle est si fragile ? Mais elle n'était pas obligée d'accepter, non ? En fin de compte elle a décidé qu'elle tenait à ce que ce couple d'individus paie pour ce qu'ils avaient fait à son pauvre jeune mari — c'était sa décision. Vous vous mettez trop de choses sur le dos, Monsieur le Doyen. » Corde n'aimait pas trop toutes ces intuitions psychologiques, mais il l'avait bien cherché. On se confiait aux gens, on était *obligé.* Ensuite venait la dépendance, puis une intimité dont on se serait bien passé, et tout d'un coup on s'apercevait — quelle horreur ! — que Porson avait beau écouter et approuver, et avoir l'air aussi finaud qu'Alexander Woollcott (à qui elle ressemblait étonnamment) et aussi attendrissante qu'une mère, qu'on avait beau la remuer jusqu'aux larmes, elle n'était en fait qu'une exaspérante bécasse, et une vieille toupie lubrique. « Ne vous en faites pas ! » avaient été les derniers mots qu'elle lui avait adressés, mais il était évident qu'elle n'avait même pas pris la peine de téléphoner à Lydia. Il recommença ses recherches. Non, pas un seul mot au sujet de la jeune femme. Comment une belle jeune femme aurait-elle bien pu intéresser Fay Porson, qui venait tout juste de découvrir sa propre jeunesse. Elle avait sa propre popote sexuelle à mijoter. Elle n'allait pas laisser tout ça partir en eau de boudin dans la tombe. Elle ressemblait à cette vieille femme lascive, dans Aristophane, qui réclame l'égalité sexuelle avec les autres « filles », et qui s'agrippe à tous les beaux jeunes hommes. Et les jeunes hommes en question ne peuvent pas savoir de quoi il s'agit jusqu'au moment de passer à l'acte... Corde n'alla pas plus loin. Il laissa tomber.

Il se dit que Lydia Lester s'était peut-être plainte auprès de la Porson de ce qu'il avait tout laissé tomber au pire moment, qu'il l'avait abandonnée. Pendant le procès, Corde avait annulé tous ses rendez-vous. Il n'avait pas manqué une seule séance à l'annexe du tribunal de grande instance de la Treizième et de Michigan Avenue. Il avait fait en sorte qu'une voiture passât prendre Lydia chez elle chaque matin. Il refusait de la laisser emprunter les transports publics pour venir dans ce quartier. Même un taxi n'était pas assez sûr. Les taxis étaient crasseux, conduits n'importe comment, et ils puaient. Les chauffeurs de taxi vous bousculaient, et il était bien connu qu'ils ne se gênaient pas pour faire des avances aux jeunes femmes. Corde ne prenait pas de risques. Lydia était aussi délicate qu'elle était grande. Il fallait faire tout son possible pour la protéger des heurts possibles. Il était là bien avant l'heure d'ouverture des séances, il lui tenait compagnie avant qu'on l'appelât à la barre et essayait d'envoyer des ondes de réconfort pendant que Maxie l'interrogeait. Les entrechats de Detillion ne manquaient pas non plus d'un certain intérêt. Maxie ne prenait pas d'honoraires pour plaider cette cause. Bien sûr, qu'il perde ou qu'il gagne, c'était pour lui une véritable mine d'or publicitaire. Mais quand même, ne serait-ce que par habitude, le compteur à honoraires devait continuer à cliqueter dans sa tête, et il était désespérément conscient de tout ce que cela lui coûtait, de cette saignée, de ce sacrifice, de toutes les factures en retard qu'une avance sur honoraires lui aurait permis de payer. Eh oui, pensait Corde, et *parce* qu'il m'a roulé à Joliet et qu'il m'a refait à Chicago, il découle évidemment de *son* système de logique qu'il est la partie lésée. Ça marche comme ça. On escroque quelqu'un, et ensuite on prend pour soi jusqu'au sentiment d'avoir été lésé. Un dévorateur, ça dévore tout.

Il était donc possible que Lydia se fût sentie abandonnée par le Doyen. Peut-être interprétait-elle sa sollicitude, elle aussi, comme un aveu de culpabilité. C'est lui qui l'avait entraînée là-dedans. C'était le neveu du Doyen qui l'avait rudoyée, et c'était le cousin du Doyen qui la tourmentait ; c'était le Doyen qui avait publié ses articles juste au plus mauvais moment, et c'était le Doyen qui s'enfuyait à l'instant déterminant de toute l'histoire. Elle avait très bien pu laisser tout ça sortir tout à trac, et la Porson, qui possédait trop de tact pour transmettre des pleurs et des reproches dans un moment pareil, n'avait même pas voulu faire mention d'elle. Mais il accordait infiniment trop de finesse à la pauvre vieille — toujours la même erreur. Elle avait tout simplement oublié.

Il y avait une chambre inoccupée dans l'appartement des Corde à Chicago, et Corde avait suggéré à Minna la possibilité que Lydia s'installât un moment chez eux. La pauvre petite, elle avait bien besoin de soutien. Corde possédait bien ce genre de ferveur compatissante. Cependant, c'était plus que de la pitié ; c'était aussi de l'admiration. Cette fille, qui donnait l'impression qu'elle s'effondrerait si un chauffeur de taxi lui faisait une proposition cochonne ou si un ivrogne s'exhibait devant elle, qui répondait à Detillion d'une voix si basse qu'il était obligé de dire : « Parlez plus fort... n'en déplaise à la Cour, le témoin murmure » — cette même Lydia était ponctuelle chaque matin, son chemisier repassé de frais et les cheveux soigneusement coiffés. Corde avait dit à Minna : « La première fois que je lui ai parlé pour la pousser à se lancer, elle m'a opposé un non catégorique, en disant qu'elle ne pourrait jamais. Ensuite, je me suis demandé si cela valait la peine de commencer quoi que ce soit si elle devait s'écrouler au beau milieu, mais je l'avais complètement sous-estimée. C'est un peu comme si on se retrouvait à l'extrême limite de sa propre faiblesse et qu'on arrivait devant une porte, et qu'à ce moment-là, si on avait ne serait-ce que la force de pousser cette porte, on découvrait derrière une quantité incroyable de ressources. Et elle, elle les avait trouvées. Si j'en étais encore à adresser la parole à Detillion — et tu sais bien comment Detillion est avec ces histoires de sexe : s'il était élu quelque part, ce n'est pas sur la Bible qu'il poserait la main pour prêter serment, c'est sur sa bite —, si je lui adressais encore la parole, à ce sale con, je lui dirais : Tu es complètement à côté de la plaque,Cousin. »

Minna avait dit : « C'est encore un de tes problèmes. Tu veux encore dire quelque chose à toutes les âmes perdues. »

« Oh, de toute façon, ce ne sont que des si. Il ne me viendrait pas à l'idée de parler à cet abruti. Et tu as raison, c'est bien une de mes mauvaises tendances. C'est comme si je trimbalais un panier rempli d'indignation. Mais ce que je voulais dire au sujet de Lydia, c'est que c'est formidable, quand se révèle une qualité à laquelle on ne se serait jamais attendu. Quand on la regarde comme ça, elle a l'air pâle et souffrante. Elle projette une image très indistincte — ses longues mains sans défense, sa façon de les bouger. Beaucoup de gentilles filles sont élevées de cette façon, avec une image d'elles-mêmes beaucoup trop pâlotte. Leur famille leur répète à longueur de journée qu'elles ne sont pas fortes. À l'heure du déjeuner, quand la Cour se retire, elle a comme une faiblesse. Je l'emmène au restaurant cantonnais de Wentworth Street pour qu'elle puisse se reposer un peu les yeux dans un endroit pas trop éclairé. Elle a des douleurs oculaires ; elle est sensible à la lumière, comme moi. Au tribunal, elle a souvent des maux de tête atroces. Mais après quelques cuillerées de soupe chinoise, elle est prête à retourner se battre avec Detillion. Grady prie tous les saints pour qu'elle s'évanouisse — *rien* à faire, elle ne s'évanouit pas. »

Mais en fin de compte on n'avait pas invité Lydia Lester à dormir dans la chambre d'amis des Corde. Minna n'aimait pas l'idée qu'il y ait une inconnue à la maison, qui ouvre les tiroirs, qui lise le courrier qui traîne et les relevés bancaires. Elle ne l'avait pas dit de cette façon. Elle avait dit : « Albert, il ne faut pas que tu oublies que nous serions obligés de la laisser ici toute seule pendant que nous serons partis au Mont Palomar. » Corde avait cédé. Il ne partageait pas ce besoin absolu de vie privée, mais il n'avait pas discuté ; il avait laissé Minna en faire à sa tête. À présent, il le regrettait. Ç'aurait été une bonne chose pour la jeune femme. Une atmosphère protégée. Peut-être une autre jeune femme avec qui elle se serait entendue aurait-elle accepté de rester avec elle. Elles se seraient occupées de l'appartement, auraient arrosé les plantes. (Il pensait encore à ses plantes.) Et puis si on ne faisait pas couler l'eau dans la douche, les joints séchaient dans les tuyaux et il y avait des remontées d'égout. Ç'aurait été un arrangement charitable. Et pratique, aussi.

Dans la pièce d'à côté, les femmes parlaient — elles vivaient au téléphone. Le combiné était tiède d'être aussi constamment utilisé. Corde gardait sa porte entrouverte pour se tenir au courant de ce qui se passait. Totalement ignorant de la langue, il se fiait aux intonations de Minna. Et puis il était l'homme de la famille. Elles comptaient sur lui. De temps à autre l'une ou l'autre passait la tête à la porte pour le mettre au courant des dernières nouvelles, elles ne lui demandaient pas vraiment des conseils, mais il leur en fournissait à la pelle, en sachant qu'elles n'en tiendraient pratiquement pas compte. Il y avait encore une autre curiosité téléphonique. Tous les appels étaient reliés à une table d'écoute. Quelque part dans un trou, il y avait un bonhomme qui les écoutait. L'agent en question ne faisait pas le moindre effort pour dissimuler sa présence à ces femmes sans importance. Parfois même, il les interrompait : « Ouais, en tout cas, c'est pas ce que vous avez dit hier. » Gigi disait : « Cet homme est bien bruyant... Je me demande s'il ne boit pas. »

Parmi tous les papiers reçus de Chicago, Corde découvrit une lettre de Rufus Ridpath. Cela lui fit plaisir. C'était un geste important, un gage de soutien. Corde s'était exprimé sur l'affaire Ridpath d'une manière passionnée. Personne d'autre n'avait soutenu Ridpath publiquement. Ridpath n'avait pas été réhabilité, évidemment, mais il avait dit à Corde : « Au moins, vous avez pris acte des faits les plus importants. » Mason junior écartait Ridpath en disant : « C'est *ton* type de nègre. » Corde était par trop excentrique et bizarroïde (c'était la façon dont l'opinion libérale l'étiquetait pour se débarrasser de lui). Sa façon à lui de le dire : « Comment se fait-il, puisque Albert Corde est un homme si fort, que ses mains tremblent à ce point ? » Quoi qu'il en soit, la vérité en ce qui concernait Ridpath (ou quelque chose qui y ressemblait fort) avait été dite. Non, cela ne voulait pas dire grand-chose, sinon qu'il s'était fait un ami. Corde n'était arrivé à rien de tangible. Le plus souhaitable pour vous en sortir, c'était peut-être que Corde ne s'occupât pas de votre cas.

Sam Michaels, un des collègues les plus estimés de Corde à l'Université, avait fait cette observation : « Il y a de moins en moins de rapports entre Blancs et Noirs. Avant, malgré une guerre qui se passait en silence, il y avait un rapport. Maintenant les Noirs n'en veulent plus, et n'ont même plus l'air de considérer les rapports avec des Blancs comme une chose souhaitable. » Avec Mason, on se trouvait en présence d'un essai effectué par l'autre bout, d'un rapport basé sur les exigences des Noirs. Et ces conditions, qu'étaient-elles ? Les conditions posées par Lucas Ebry ? Il n'y en avait pas. Incroyable ! L'idée que le jeune Mason se faisait de l'audace le mettait dans une position de servitude. De plus, écrivait Corde, l'« image » noire efficace avait été mise en coupe réglée par les bandes de jeunes gangsters noirs, les Rangers et les El Rukins, et par les chefs hors-la-loi — les princes noirs vêtus de leurs magnifiques et élégantes fourrures, de leurs bottes luisantes, dans leurs voitures de marques étrangères. Ils contrôlaient le marché de la drogue. Ils faisaient la loi dans les prisons. Pour les jeunes Noirs de toutes les classes, et peut-être même pour les jeunes Blancs, ils étaient un très puissant modèle. Mais Ridpath n'avait rien à voir avec les images, ni avec la façon dont on les fabrique.

Destitué de son poste de directeur de la prison municipale,

Ridpath avait peut-être été obligé d'emprunter de l'argent pour sa défense. Il avait gagné son procès, mais perdu sa réputation. Les gens se souvenaient des accusations lancées contre lui et oubliaient l'acquittement — comme toujours. Sam Michaels, un fantastique observateur, avait dit à ce sujet : « Ils n'ont pas pu prouver les tabassages. Ce qui veut peut-être simplement dire que l'accusation s'est mal débrouillée. Ils étaient mal préparés, ils n'étaient pas assez forts pour monter une accusation. L'acquittement ne veut pas nécessairement dire que Ridpath était innocent... ? »

Mais Corde avait acquis la conviction que des gens très puissants voulaient la peau de Ridpath. Après plusieurs enquêtes de la chambre des mises en accusation — pourquoi autant ? provoquées par qui ? — il avait été inculpé sous le chef de brutalité envers des détenus confiés à sa garde. Des passages à tabac dans les cellules ! Les journaux et les chaînes de télévision s'étaient jetés sur lui comme s'il avait été l'Idi Amin de Chicago. La tête d'un général assassiné apportée à la table du banquet dans une soupière en argent ? Un de ses propres ministres, tué d'une balle entre les deux yeux à la table d'un autre banquet rassemblant tout le gouvernement ? On aurait pu le croire. Mais les accusations portées par le comté n'avaient pas tenu. La défense avait pu prouver que différents marchés avaient été conclus avec les témoins à charge, à qui on avait promis des réductions de peine. Ils n'avaient rien à perdre. Ils étaient tous les deux condamnés pour meurtre. Corde avait pris un intérêt particulier et intense au procès Ridpath. Il avait eu de longues discussions avec Wolf Quitman, l'avocat de la défense. Il avait interrogé des gens qui avaient eu des rapports professionnels avec Ridpath. Ce type lui plaisait. Et maintenant Corde s'apercevait que quelque chose avait accroché entre eux. On comprend rarement comment s'établissent de tels liens.

Ridpath écrivait : « En apprenant de votre secrétaire que vous aviez été obligé de partir soudainement à l'étranger à cause de la mère de votre femme, je me suis décidé à aller au tribunal pour voir ce qui s'y passait. Quand on a commencé à parler de l'affaire dans les journaux, il m'a semblé me souvenir de l'accusé. Et le fait est que j'ai reconnu cet Ebry dès que je l'ai aperçu. Il fait des séjours dans la prison municipale depuis des années. De la petite délinquance, toujours la même chose, il avait un schéma auquel il revenait sans cesse, vol à la tire surtout. Pas une personnalité particulièrement marquante, et même en fait pas de contours très précis. Les preuves contre lui sont assez graves, et je n'ai pas l'impression que votre cousin puisse le tirer de là, même avec la façon dont il se conduit à l'audience. Si vous n'aviez pas été là pour pousser à la roue, cela se serait passé comme d'habitude, renvoi sur renvoi, jusqu'à ce que les témoins déménagent ou meurent, et au bout de trois, cinq ou sept ans, il n'y aurait plus eu d'affaire du tout. C'est le plus courant. C'est ce qu'espérait votre neveu. Pour ce qui est de la presse, vous vous êtes créé beaucoup d'inimitiés avec vos articles, en sous-entendant que les journalistes sont flemmards et cyniques, et maintenant vous êtes une cible idéale. Quitman et moi vous avons averti de ce danger quand vous réunissiez votre documentation. Maintenant ils se trouvent en mesure de vous faire votre fête. Tel que je vois les choses, la femme de ce jeune homme n'a pas vu qui l'a poussé par la fenêtre. Ç'aurait pu être l'un comme l'autre. La prostituée est une dure, vraiment violente, et elle a été impliquée dans plusieurs homicides. Le type, lui, est terne et même sans consistance. Il n'y a aucun moyen d'apprécier les actes de ces gens, tout se fait dans un tel état de fébrilité... Je pensais que mes impressions pourraient vous être utiles, sachant tout ce qui est en jeu pour vous dans cette affaire... »

Corde avait donné dans *Harper's* une description détaillée de Ridpath. C'était une véritable petite colline d'homme, au cou trapu, avec une tête de Noir puissante et intelligente. Son torse cylindrique séparait largement ses bras courts ; ses yeux, également très écartés, vous mesuraient avec un extrême détachement. Scruté par ce regard attentif qui prenait la mesure de toute chose, on lui expliquait vite pourquoi on était venu le voir. Au départ, il se montrait méfiant. Tondu à ras, son crâne se marquait de sillons lorsqu'il relevait les sourcils et commençait à parler. Il avait des oreilles petites et bien ourlées. Il avait beau être habillé de pied en cap, veston et cravate, rien n'avait l'air d'être à sa place. Après l'avoir rencontré plusieurs fois, Corde conclut qu'il ne possédait pas plus de deux complets, un gris et un marron. Il portait aussi à l'occasion un trench-coat écossais — si on pouvait appeler écossais un assemblage de gris sur gris. Les mains, sur lesquelles tombaient les manchettes de sa chemise et les manches de son veston, étaient, elles aussi, petites, bien faites, pas du tout des battoirs. Ses bras étaient en quelque sorte aliénés l'un à l'autre par la largeur toute en poitrine de son corps. Et ses mains n'étaient certainement pas celles d'un cogneur. Elles n'auraient pas pu faire grand mal aux tueurs qui témoignaient contre lui — pas à elles seules. Mais l'accusation de brutalité s'était évidemment vue agrémentée de circonstances aggravantes ; gourdin, matraque — Corde ne se rappelait plus quelle arme il était censé avoir utilisée.

Ridpath savait parfaitement ce que « faire sa fête à quelqu'un » voulait dire ; les journaux s'étaient chargés de lui faire la sienne, et en beauté. Des gros plans de son visage en première page lui avaient donné l'air d'un Primo Carnera noir et lui avaient déformé les traits à croire qu'il était atteint d'acromégalie — ils avaient balancé Ridpath dans le fourneau à distorsion.

Corde disait parfois de lui-même qu'il était souvent sujet à des attaques de vivacité. Lors des contacts de tous les jours, il y a dans ce que vous voyez une sorte d'indifférence ou d'inertie banales. Mais dans un accès de vivacité, vous voyez la silhouette monticulaire, la poitrine massive, les petites mains, le cou trapu, le crâne en boulet de canon — le tout. Puis venait ce que Dewey Spangler, en tempérant le sarcasme de sympathie, appelait la « poésie », l'« impressionnisme », l'« exaltation ». Corde n'aurait pas su dire au juste si c'était dû à Ridpath seul, ou au Chicago dans lequel son enquête sur Ridpath l'avait plongé. Quelle qu'en soit la cause, le résultat était éminemment tendu, décousu, effréné, violent, turbulent. Corde avait essayé de blanchir la réputation de Ridpath, mais lorsque Ridpath avait lu ce que Corde écrivait au sujet du Chicago noir, sa gratitude et sa loyauté en avaient peut-être pris un sale coup. On aurait pu croire que le Doyen, lui aussi, s'était égaré quelque part dans cette fièvre. Et en ville, dans les plus hautes sphères d'influence, les gens avaient dû dire : « Mais qu'est-ce qui lui prend, à ce professeur ? De quoi il cause, là ? Il a perdu le nord ? »

Dans de pareilles conditions émotionnelles, l' « enquête journalistique » était hors de question. Corde devait avoir également pas mal intrigué Wolf Quitman, l'avocat de Ridpath. Il n'aurait jamais pu prévoir — mais qui pourrait prévoir l'exaltation ? Et puis, Quitman lui-même ne devait pas être très porté sur l'exaltation. C'était un homme dur, très dur même, qui pratiquait le droit criminel. Cependant cette dureté n'était pas celle qu'on trouvait dans le Chicago affairiste. C'était un homme au visage ouvert, hâlé, musclé et actif. Même son visage était musclé. Son bureau n'avait rien d'un bureau et ressemblait davantage à un living-room confortable. Un grand châle de laine, probablement tricoté par sa femme, était drapé sur le canapé en érable tendu d'indienne, et il y avait des pots de bégonias un peu partout dans la pièce. Certains étaient disposés sur des étagères de verre, le long des fenêtres. (Il aurait été bien improbable que Corde ne remarquât pas la présence de plantes autour de lui.) De toute évidence Quitman n'avait pas la moindre envie d'avoir City Hall sous les yeux, en face — tout un pâté d'immeubles en lourde pierre de taille. Quitman demanda à Corde : « Professeur, savez-vous ce qu'était la prison municipale, avant que Ridpath prît les rênes ? »

« Une petite idée, oui. »

« Elle fonctionnait sur le système des caïds. C'étaient les chefs de bande qui faisaient tout tourner. Difficile pour vous et moi d'imaginer ce qui pouvait se passer là-dedans. On n'a que des termes très banals, les éternelles scies qui ne veulent pas dire grand-chose. Un sacré trou où la vie n'était pas facile. Drogues, rackets, viols homosexuels. Beaucoup d'argent changeant de mains. On pouvait y acheter à peu près n'importe quoi. Des gens tabassés, torturés. Des armes à la pelle. Si vous arriviez à arracher un morceau de ferraille quelque part, vous vous en faisiez un couteau. En trempant un journal roulé serré dans les toilettes, et en le suspendant ensuite à l'extérieur d'une fenêtre, en hiver, vous obteniez une matraque. Vous pouviez très facilement tuer quelqu'un avec ça, et une fois dégelé, quelle preuve restait-il ? Pas grand-chose à voir avec une école Montessori. Excusez-moi si je vous blesse, mais on y *a* amené des professeurs de criminologie, et ils avaient trop peur pour pénétrer dans les blocs et remettre à leur place les caïds, ou même les regarder en face. On ne peut pas leur en vouloir, mais tout ce qu'ils ont fait c'est de s'asseoir dans un bureau pour écrire des rapports ou des articles pour des magazines de criminologie, et pendant ce temps le nombre des suicides ne faisait qu'augmenter, et celui des crimes encore plus. Ils n'osaient pas entrer dans les blocs de détention, et ils étaient bien incapables de prendre les choses en main. »

« Ridpath y est allé, lui ? » dit Corde.

« Bien sûr. C'est exactement ça. C'est un type pas très compliqué. Il s'en tient à son devoir. Le Maire lui avait donné cette charge ; donc, il fallait qu'il prît les choses en main. »

« Personne ne s'y attendait vraiment ? »

« Qui s'y serait attendu ? Ce qu'il dirait sans doute, c'est qu'il s'était tenu pour dit que c'était ce qu'il fallait faire. Non, en fait il n'en dirait même pas autant. Et les caïds le respectaient. Lui aussi, il a grandi dans la rue... C'est un type sérieux... »

Corde demanda : « Il considère que ces gens sont ses frères ? »

« Ça lui est resté une attache pour la vie. Il y a des tas de petits débrouillards qui vivent sur le dos de la crise noire. Vous en connaissez, Professeur, tout le monde en connaît. Maintenant, il faut que je vous dise que cela fait des années que je vais à la prison pratiquement tous les jours. C'est là que sont mes clients, et c'est un trou que je connais de A jusqu'à Z. Pour Ridpath ça représentait des journées de seize heures d'affilée, sept jours par semaine, et ne vous y trompez pas : c'est un endroit qui éclipse tous les autres. »

« Ainsi vous pensez qu'il vivait pour son travail ? »

« C'était plutôt une cause, Professeur. Pas un simple boulot. Il a fait baisser le nombre des suicides et des meurtres. Je crois que personne n'aurait pu venir à bout des rackets, des tabassages, des coups de couteau dans les coins, des tortures et des viols. Il s'y est essayé comme personne d'autre avant lui. Mais ça n'a pas beaucoup impressionné les politicards. Qu'est-ce que vous croyez ? C'est une ville drôlement dure, et sacrément fière de l'être, et cette prison-là, c'est le pire de tout — ce qu'on peut attendre de Chicago. »

« Et la mission de Ridpath, c'était de nettoyer tout ça », dit Corde.

« Tout à fait hors de question », dit Quitman.

« Ça doit vous faire quelque chose, cette condition de sauvage, de sous-sauvage même ? Sinon, vous ne feriez pas le boulot que vous faites. »

La remarque ne plut pas énormément à Quitman. Il l'ignora.

« Vous savez ce qui n'allait pas ? Ce type ne jouait pas le jeu, et mon vieux, il faut jouer le jeu — il le faut. La prison municipale a un gros budget. Des fournisseurs et des entrepreneurs venaient le trouver dans son bureau (vous vous doutez de qui pouvait les y envoyer), et lui refusait de faire affaire avec eux. Il disait : “ Si je n'achète pas votre viande désossée, je gagne plus d'un demi-dollar au kilo. Donc je la ferai désosser ici-même. ” Il a fait trop d'économies. Il a économisé un million de dollars sur son budget et l'a rendu à la municipalité. Cet argent était censé être dépensé. Comment ? Économiser de l'argent en faisant travailler la cuisine qu'il a sur place ? Merde à la cuisine ! Ridpath a fini par avoir mauvaise presse auprès des gros bonnets. Et puis ils avaient peur aussi qu'il devienne dangereux politiquement. Sinon, pourquoi reversait-il une partie de son budget ? C'est pour ça qu'ils lui ont cassé les reins. »

« Qui ça ? »

La naïveté de la question stupéfia visiblement Quitman. Il ne fournit aucune réponse. Corde en obtint une plus tard d'un ancien élève de Lakeview — « Satin » Limpopo, ancienne vedette du saut en hauteur (« il passe la barre en douceur »), qui était à présent avocat d'Assises et observateur assidu de la politique à Chicago. « Tu lui demandes qui ça... Il ne viendrait jamais à l'idée de Quitman de te le dire. Celui ou ceux qui ont estimé que Ridpath risquait de devenir dangereux, *voilà* qui. Il faudrait que Quitman soit complètement fada pour te le dire, et s'il te le disait, il faudrait que tu sois complètement fêlé pour le publier. Comment crois-tu que ces gros pontes fassent leurs petites affaires ? En général ils les font seul à seul, en buvant un verre, ou bien en allant du huitième trou au neuvième tcc. Si de l'argent doit changer de mains, ça se fait également entre quatre-z-yeux, une enveloppe avec du liquide qui se retrouve dans un coffre, à la banque. Je doute même que, dans le cas de Ridpath, de l'argent ait changé de mains. Il était dans leurs pattes, et c'était suffisant. Et juste au cas où il aurait réellement eu des ambitions politiques, la meilleure chose à faire, c'était de le charger à mort. Tu aimerais bien que Quitman cite des noms pour pouvoir leur tomber dessus à bras raccourcis, à ces méchants, hein, Professeur ? Je comprends ça, dit Satin. Al, toi et moi, on n'arriverait jamais à rien avec les politiques. C'est pour ça que je me contente d'être observateur. Tous les magouillages resteront de l'histoire secrète, que personne n'écrira jamais, pas seulement parce que les mecs qui la font ne sont pas des écrivains, mais surtout parce qu'ils adorent les secrets... Ils les adorent, je te dis ! Moi, j'ai affaire à des déviants et à des sociopathes, comme Quitman. *Eux,* ils te font des confidences, quelquefois. Mais les secrets des hautes sphères politiques — jamais ! »

« Oh ! mais Satin, je n'ai pas l'intention d'écrire un exposé. Pas de scoop », dit Corde.

« Quoi, alors ? »

« Des personnalités, des " tranches de vie ", les arrière-plans, les sensations, les façons, la couleur... De toi à moi, je ne serais pas étonné qu'avoir passé seize ou dix-huit heures par jour dans cet endroit ait fini par monter un peu à la tête de Ridpath. Il devait avaler pas mal de provocations, il doit y avoir des moments où on doit avoir envie de se défouler un peu sur certaines gens. » Mais Corde s'était aperçu qu'il se parlait à lui-même.

D'ailleurs, Quitman lui non plus n'avait pas envie de trop parler. Lui et Corde étaient restés assis dans son bureau ensoleillé sans dire un mot pendant un bon moment, à essayer de deviner qui était l'autre. Le jardin de bégonias rouges commençait à absorber la chaleur du soleil, et le châle en tricot montrait son moutonnement rouge, irisé. Que pouvaient bien penser de Corde ces gens, lorsqu'il venait les voir ? Il était visiblement du genre doyen calme, pas du tout enquêteur du Watergate. Pendant qu'il bavardait avec Quitman, Corde se souvint de la réticence de G.O. O'Meara, qu'il avait interviewé à peine une semaine auparavant, à Meatcutter's Hall. O'Meara, qui avait environ quatre-vingt-dix ans, se montrait avec Corde à peu près aussi bavard qu'une bernacle. Et il n'avait pas été question de couteaux et de merlins, ni d'abattoirs, ni de grèves, ni de jaunes, ni de polices patronales. O'Meara était à présent un personnage honorable. Légèrement débile, plus tout à fait là, c'était encore un personnage de premier plan parmi les gros pontes de

Chicago. Témoignant au vieux un respect merveilleux, presque filial, on lui téléphonait dans son palais de roi des bouchers, il assistait à des conseils d'administration, présidait des banquets. Il y avait des plaques et des parchemins offerts en signe de témoignage, et des inscriptions gravées dans l'argent et le cuivre partout dans la pièce. Le O'Meara qui avait reçu Corde était fier d'être poète ; à temps plein à présent. Il avait offert à Corde une plaquette de ses propres poèmes — des sonnets d'amour dédiés à sa femme. Eh oui ! Comme il avait bien lissé ses dernières plumes, le vieux bonhomme. Il avait obligé Corde à écouter un poème qu'il avait récité lors d'une émission vaguement littéraire à la télévision. Il avait l'haleine parfumée des bonbons qu'il suçait continuellement. Devant lui étaient disposés différents bocaux de boules de gomme. Pas une seule des questions de Corde n'avait reçu de réponse, et lorsqu'il s'était levé pour partir, le vieillard lui avait dit : « Alors, vous vouliez me faire parler, mais je ne vous ai rien dit, hein ? » Cet antique O'Meara, bourré de ruse jusqu'à la gueule, si incroyablement satisfait de lui-même ! Pourquoi un des hommes les plus importants de Chicago devrait-il fournir des informations à n'importe quel petit merdeux de journaliste qui se présenterait en se faisant passer pour professeur ?

« Ils n'ont pas fichu la paix à Ridpath une seule seconde, dit Quitman. Il y a eu cinq enquêtes officielles, dont l'une fédérale, parce qu'il manipulait de l'argent du gouvernement. Ils n'ont rien trouvé. »

« Mais ces gens, ils ont tout retourné, non ?... »

« Son seul bien, en fait, c'est sa grosse voiture. Les jurys étant aussi faciles à manipuler qu'ils le sont, cela voulait dire qu'il n'y avait vraiment rien à lui reprocher. Il y a des gens qui ont dû être bien surpris. »

Corde avait eu de fréquentes conversations avec Ridpath. Au début, Ridpath avait observé une attitude détachée, mais, tout d'un coup, il était devenu plus chaleureux. À la fin, il avait dû se dire que Corde devait être une sorte d'esprit délicat. Il ne voyait pas trop bien ce qu'il cherchait, mais il avait fini par dire : « Si je savais ce que vous cherchez à faire, je pourrais peut-être vous aider. »

« Je peux vous envoyer mes notes. J'en ai un tas. Si vous avez le temps de les lire... »

« Oh ! pour ça, j'ai tout mon temps », avait dit Ridpath.

Ils marchaient dans un parking immense et glacial, se dirigeant vers l'énorme voiture de Ridpath. Ridpath avait d'abord enfoncé sa clef, non pas dans la serrure de la porte, mais dans une autre installée sur le pare-chocs, et qui désamorçait le système d'alarme. Les Corde en avaient un aussi ; chez eux, les portes et les fenêtres étaient branchées sur un système de protection.

CHAPITRE 8

Et de nouveau, brutalement, c'était Bucarest — Minna fit irruption dans la chambre. Les nouvelles étaient manifestement mauvaises.

« Elles viennent de m'appeler de l'hôpital. »

« Qui ça, elles ? »

« Les femmes de la réanimation. Enfin, l'une d'elles. Ce qu'elle m'a demandé, c'est si je voulais qu'elles allument un cierge. »

« Je vois. »

Ainsi c'était la fin. Une question d'heures.

« J'ai répondu : " Bien sûr ! Je vous en prie. " »

« Oui. Tu as eu raison. »

« Je n'en ai pas parlé à Gigi. Tu ne le feras pas non plus, n'est-ce pas ? »

« Non, je reste dans mon coin. De toute façon, je n'ai nulle part où aller. »

Minna portait son ensemble pantalon en jersey grenat ou tête-de-nègre. Elle avait tellement maigri que la ceinture avait glissé très bas sur ses hanches. Elle ne paraissait pas tenir à ce que Corde la console. Elle avait raison de vouloir tenir à sa façon. S'il l'avait prise dans ses bras, ç'aurait été plus pour lui que pour elle. Quoi qu'il en soit, elle ressortit encore une fois de la pièce, brusquement, alors qu'il allait se lever, et il se rassit avec l'impression soudaine que le coussin du fauteuil, sous lui, portait l'empreinte du corps de Valeria. C'était la même chose avec les vêtements dans la penderie ; suspendus avec la forme qu'elle leur avait donnée. Et s'il grimpait dans le lit pour se réchauffer, ce serait son lit à elle. Tout cela se combinait pour le paralyser, l'exclure. Il se demanda ce qu'il pourrait bien faire. Il n'y avait rien d'autre à faire que ce qu'il avait déjà fait. Plus efficacement, peut-être ? Mais qu'est-ce qui, là, pouvait nécessiter de l'efficacité ? Il ne parvenait pas à concevoir comment mieux faire. Il se frotta les yeux sous ses lunettes. Dépendant de ses binocles comme il l'était, il dut reconnaître à quel point il était bâti pour observer et comprendre. Une constitution qui pourtant laissait à désirer. La situation présente était là pour le lui rappeler. Et tout de suite Valeria prit corps dans son esprit, tout comme le coussin sous lui et les vêtements dans la penderie. Son hypothèse était qu'à présent elle devait être inconsciente. Les indices de vie devaient avoir diminué, ou bien ces femmes n'auraient pas allumé des cierges. Sûrement, ceux-ci brûlaient-ils à l'extérieur, hors de portée de l'oxygène. Le personnel soignant proposant d'allumer un cierge — pensez ! Et Minna, spécialiste d'astronomie, qui y tenait tellement. Mais oui, faites !

Malgré le fardeau de ces hypothèses, de ces images sur lui, il se remit à feuilleter les papiers étalés sur le bureau.

En résumé, les notes qu'il avait envoyées à Ridpath avaient été incluses dans ses articles avec seulement de petites corrections. Il n'avait pas trop envie de les développer. Elles étaient pénibles. Son intention avait été d'éviter de satisfaire ses lecteurs à bon compte, de leur rendre la tâche trop facile pour qu'ils disent : « Tu vois comme nous sommes devenus mauvais — tous ces affreux ghettos. »

Ce n'était pas vraiment ce que le Doyen avait ressenti durant les nombreuses journées qu'il avait passées dans les salles de tribunal et dans les hôpitaux. Son but n'était pas de pousser à l'indignation — elle était là, la satisfaction facile. Non, le Doyen Albert Corde, exerçant son droit de citoyen de voir comment était appliquée la justice dans sa ville natale, avait enregistré des scènes pleines d'exotisme dans les salles d'audience de Harrison et Kedzie Avenues. Cependant tous ces exotismes étaient aussi indigènes que lui-même. Il avait découvert sur son territoire, qui était également le leur, une sauvagerie plus sauvage que les forêts de Guyane. Les avocats lui avaient fait une place au premier rang parmi eux. C'étaient de petits avocats à cent sous qui attendaient d'être désignés d'office par la Cour. C'était un moyen de gagner sa croûte. Certains d'entre eux étaient des hommes âgés dont la chance avait tourné. Les plus jeunes avaient des carrures d'athlètes professionnels, étaient vêtus de façon voyante et allaient dans de grands salons de coiffure, pas chez le coiffeur de quartier. Merveilleusement coiffés, comme de jolies dames ou les petits garçons des illustrations de Dickens par Cruikshank, ils auraient aussi bien pu être marlous ou videurs.

Des groupes de prévenus et d'avocats, appelés par l'huissier, se formaient et se dissolvaient durant toute la journée, au rythme d'accusations inépuisables — revendeurs de drogue, porteurs d'armes (tout le monde avait son pistolet), bourreaux d'enfants, voleurs à la tire, héroïnomanes, voleurs à l'étalage, auteurs d'attaques à main armée, violeurs, pyromanes, maris de femmes battues, voleurs de voitures, maquereaux venus payer la caution de leurs putains. Ils étaient tous sur leur trente et un. Leurs habits du dimanche étaient rarement très propres. Les hommes portaient des manteaux de vachette à taille haute, évasés du bas, et de grandes casquettes à large visière gonflées comme des meringues ; des chaussures rouges et jaunes à énormes semelles en bois, ou de grandes bottes de cow boy pointues et décorées ; ou bien les mollets entourés de rubans de boîtes de chocolat, à la spartiate. Ils portaient des *dashikis*, des ponchos, des capes, des amulettes africaines, des bagues et des colliers de perles — ornements symboliques qui ne symbolisaient rien du tout. Il y avait des femmes fortes, agressives, de subtiles petites femmes noires qui avaient peu de chose à dire. Les crânes étaient parfois étrangement plats ; ou bien les cheveux étaient crêpés, teints, tressés en petites queues de vipère ; enroulés sur des bigoudis jaunes, roses ou bleus. Personne n'avait l'air de pouvoir expliquer ce qu'il avait fait, qui il était. En tout et pour tout : « C'est vous qui nous avez amenés ici, à vous de nous dire qui nous sommes, et ce que vous voulez de nous. » D'où vient ce revolver ? Il traînait sur une étagère. Où ? Dans une maison brûlée et abandonnée où quelqu'un vendait de l'alcool sur une planche de comptoir. Comment se fait-il que vous vous soyez trouvé là ? J'sais pas.

Vous avez devant vous un délinquant. Celui-ci est un Blanc, l'air androgyne habillé en mâle, bouche bée, muet, idiot, terrorisé, trop vieux pour être un gamin (le cheveu rare). Le fond de son pantalon pendouille, inerte et mou, et ses mains sont molles le long de son corps. Les poils de son double menton sont rasés par bandes. Il porte un col roulé. Son avocat dit : Il n'a pas de casier judiciaire, Votre Honneur, n'a jamais travaillé mais tient la maison pour son père et ses frères qui travaillent en usine. C'est une maison sans mère, Votre Honneur. Il plaide coupable en ce qui concerne les paquets de chewing-gum qu'il a mis dans sa poche au supermarché, mais ce n'était qu'une de ces choses sans passé et sans lendemain. De fait l'avocat dit : Regardez ce pauvre minable d'adolescent de quarante ans avec ses gros nichons dans son maillot sale ; si vous l'envoyez à la prison municipale ils vont le mettre en charpie. Ils vont le tabasser, le brûler avec des cigarettes pour s'amuser, le sodomiser du matin au soir et du soir au matin. Il en sortira infirme. Mieux vaudrait lui donner une bonne frousse et le renvoyer chez lui. Le Juge hoche la tête, approuve et dit : « Et si je vous condamnais — vous savez ce qu'ils vous feraient, si vous alliez en prison ? »

Le suivant est là pour violences sexuelles sur de jeunes enfants. On présente des photos de gosses hurlant, le visage éclaboussé, couvert de grosses gouttes de sperme. Qui pourrait faire ça ? Et qui avait bien pu avoir la présence d'esprit de prendre de telles photos, attendant jusqu'à ce que ce soit fait ? Quelque flic en civil photographe amateur ?

Dans ses articles, le Doyen avait eu beaucoup à dire au sujet de ces « vies tournoyantes ». À présent il le regrettait. Il estimait qu'avec ses considérations élevées, indésirables et déplacées il avait beaucoup trop souvent interrompu son récit sur la prison municipale, l'hôpital et les Robert Taylor Homes. En se relisant, il passait très vite sur les passages généralisateurs et philosophaillants. Ils étaient agaçants. Comme lecteur, il ne se serait pas donné de mal pour chercher à les comprendre. Il trouvait soulagement et consolation dans les passages simples : « Je me rends à Taylor Homes avec Mr. Ridpath. (Mr. Ridpath, nu-tête, porte son manteau à carreaux gris sur gris. Des hommes qui le connaissent de la prison lui font bonjour. Il y a des tireurs embusqués dans les étages supérieurs. Et puis les bandes qui opèrent un peu partout.) Il me présente à

Mr. Jones, un des ingénieurs qui travaillent avec la voirie municipale à l'entretien des immeubles. Ici le vandalisme s'élève à plus d'un million de dollars par an, c'est-à-dire un tiers du budget total annuel du projet. Le mois dernier nous avions quatre-vingt-dix cuvettes de toilettes en entrepôt, et aujourd'hui il nous en reste deux, en tout et pour tout. Comment font-ils pour casser des cuvettes à un rythme pareil ? C'est tout simple, ils ont peur d'aller le soir jusqu'aux incinérateurs qui se trouvent sur chaque palier, et ils jettent leurs ordures dans les toilettes. Les os se coincent dans les conduits ; le plombier essaie de les en sortir, ça craque, et voilà une cuvette en moins. Et puis il y a les ampoules électriques. Nous n'avons plus de ces protections en verre, nous utilisons du plastique incassable. Les gosses mettent des torches en papier journal dessous, et elles fondent. Les ascenseurs, maintenant — c'est ce qu'il y a de pire comme casse-tête. Ils ne sont pas construits pour qu'on les traite de cette façon... Ce n'est pas seulement que les gens y urinent... » Il s'y commet des vols à main armée, des vols, des viols. « Il y a des jeunes gens qui montent sur les toits des cabines d'ascenseur, qui ouvrent la trappe et qui menacent d'arroser les gens d'essence et de les faire flamber. Des gardes d'ici ont été menacés de cette façon et ont été obligés de leur donner leurs revolvers. » On propose à Mr. Jones, Noir et diplômé de Tuskegee, de se protéger derrière un pseudonyme. Ses grands yeux sensibles observent le bout de ses doigts posés sur le rebord de son bureau pendant qu'il parle. Puis il met de l'ordre dans ses dossiers étalés. Il y a des faits qui devraient être connus, et Mr. Ridpath se portant garant du Doyen, Mr. Jones accepte de parler, mais il ne se sent pas très en sécurité.

Ici, en Europe de l'Est, la pluie matinale s'était changée en neige. Les flocons étaient gros — leur forme lui faisait penser à des lentilles de contact —, mais il n'en restait rien dès qu'ils touchaient le trottoir.

Il revint aux passages que sa belle-mère avait visiblement lus et relus. Certains avaient été pêchés dans les journaux. Le 25 novembre, neuf détenus de la prison municipale s'échappaient en sciant les barreaux de leur quartier de haute surveillance, passaient les menottes à leurs gardiens, puis essayaient de s'enfuir au moyen d'une échelle faite de draps noués. Huit d'entre eux avaient été rattrapés. Le neuvième, un certain Upshaw, s'était échappé. Cet Upshaw avait été enfermé dans un asile psychiatrique de l'État après que les psychiatres l'eurent reconnu inapte à être jugé pour le meurtre par décapitation d'un homme et de sa femme, et celui par strangulation de leur jeune fille. Échappé de l'hôpital psychiatrique, il avait été repris et envoyé en prison. À présent, il était dans la nature. Parmi les huit qui avaient été repris, six étaient inculpés de meurtre.

Voyez-vous (Corde voyait), on commence à perdre contact avec les êtres humains et avec le monde. On souffre de solitude spirituelle. Et bien sûr on se penche sur les cas classiques — ou plutôt, on les rumine : la violente indifférence de Dostoïevski, la rage de bonté si proche de l'ignoble et du meurtre, et Nietzsche et les Existentialistes, et tout le reste. Puis on se fatigue de se soucier ainsi de sa condition d'exclu, et on préfère sortir voir de ses propres yeux les grandes manifestations d'égarement, et en revenir le regard neuf. Dire qu'à ce moment de l'histoire les problèmes philosophiques sont inséparables des problèmes politiques n'est pas suffisant. C'est vrai. C'est d'accord. Seulement ça ne suffit pas. Il vaut mieux aller voir dans le détail ce qui se passe. Mais voilà que je recommence, et peu importe pour l'instant. Il tournait les pages de la revue et vit que sa belle-mère avait tracé des traits doubles dans la marge de son récit de la mort de Gene Lewis, au tribunal de la Vingt Sixième Rue et de California Avenue.

Conduit de la prison au tribunal pour la lecture de sa sentence, Lewis était sous la garde impressionnante mais négligente des hommes du *sheriff*, et quand sa petite amie avait demandé la permission de lui donner un livre — pour lui changer les idées (les formalités juridiques allaient être longues) —, on la lui avait accordée, et elle lui avait passé un exemplaire d'*Ivanhoé*. Il avait été évidé et il y avait un revolver à l'intérieur. Lewis portant les menottes, on lui avait glissé le livre sous le bras. Corde avait été autorisé à examiner ce livre. C'était une édition pour enfants, aux illustrations glacées et colorées. L'intérieur avait été évidé à la lame de rasoir, mais avec régularité, un travail d'art, fait avec amour. Des témoins avaient décrit la fille comme « une nénette chic dans le genre de Twiggy avec des faux cils de dix centimètres et de la poudre orange plein les joues. Elle était très mince, environ un mètre quatre-vingts, elle avait de grandes bottes jusqu'aux genoux et elle était superbe, vraiment pas ordinaire ». Pourquoi des gardiens armés, ces fonctionnaires pépères, auraient-ils ouvert le livre ? N'importe quel livre, d'ailleurs ? Qu'on lui laisse son livre, au type. Une fois assis, Lewis, sous la table des accusés, avait enlevé l'élastique. La femme y avait également mis une clef. Il avait ouvert ses menottes et sorti le magnum. Il avait aligné les cinq sacs à bière face au mur et les avait désarmés. Il n'avait tiré sur personne, mais pour bien montrer au Juge Makowski que son arme n'était pas un jouet, il avait tiré une fois dans le plancher. Puis il avait pris ses jambes à son cou. Il avait jeté les armes prises aux gardiens dans une poubelle et sauté dans un ascenseur. Mais l'ascenseur ne descendait pas, il montait. En se précipitant hors de la cabine à l'étage au-dessus pour changer d'ascenseur, il était tombé nez à nez avec un groupe de policiers en civil. Ils lui avaient mis dix balles dans la tête. Les infirmiers de Cermak Hospital étaient venus chercher le corps avec un sac en plastique. La femme n'avait jamais été identifiée. La rechercher aurait été une perte de temps pure et simple.

Comme il était prévisible, des étudiants s'étaient élevés contre la plupart des choses que Corde avait racontées. Il avait décrit des viols en plein jour, et des vols, des actes sexuels en public, dans les bus municipaux, par terre dans les salles d'attente, des hommes qui sur Sheridan Square arrosaient les voitures d'urine. Et les étudiants avaient organisé un meeting pour critiquer le Doyen d'avoir écrit de telles choses. Miss Porson y était allée et y avait pris des notes. Elle ne tenait plus en place d'excitation, elle avait peur (on aurait pu découvrir son rôle d'espionne), et elle était révoltée. Mais Corde ne se souciait pas trop des étudiants militants. Il avait dit à Miss Porson : « C'est la même chose que d'habitude, ils cherchent un prétexte, ils veulent me coincer. Je l'ai cherché, aussi, en voulant faire " public ". Cela dit, la semaine prochaine on m'aura oublié. » Miss Porson était touchée pour lui, si profondément touchée, disait-elle. Ils n'avaient pas compris, ils ne se rendaient pas compte à quel point Mr. Corde était un homme bon. À en croire le cœur compatissant de Miss Porson, le Doyen était un ange. Mais on ne pouvait pas croire son cœur compatissant — désolé, mais avec toutes ces envolées de généreuse passion elle le flattait ; et avec ses proclamations dramatiques de pathos elle se flattait elle-même. Le Doyen avait ses points faibles. Le lui aurait-on demandé, il aurait pu en faire le compte. Mais si ses observations étaient justes, il n'était pas d'une très grande vanité. En outre, il avait ce truc au sujet de l'objectivité. L'impartialité était peut-être un terme plus juste. En même temps que l'âge, l'expérience et l'usure le diminuaient physiquement, elles lui faisaient découvrir une nette préférence pour les jugements désintéressés. Cela n'avait rien à voir avec un détachement ou une objectivité négative. Il s'enivrait d'objectivité (non, d'impartialité). Les étudiants militants, qui n'étaient plus qu'un petit groupe, des Marxistes révolutionnaires (comme ceux qui avaient récemment été assassinés à coups de fusil à Greensboro par des types du Klan et des Nazis), avaient fait circuler une résolution proclamant que le Doyen était un raciste et exigeant de lui des excuses publiques aux « travailleurs noirs, portoricains et mexicains » qu'il avait décrits comme des « animaux et des sauvages ».

Oui, quand on approchait ce terrain dangereux on avait envie de se munir d'un gilet pare-balles et d'autres protections. Ce terrain dégageait des radiations mortelles et des décharges électriques à haute tension. Ce n'était pas comme si Corde n'avait pas été prévenu de ces dangers, ou comme s'il avait émergé de sa tour d'ivoire après dix ans de retraite, non préparé, innocent, vulnérable, et ouvrant les yeux pour la première fois sur les monstrueuses destructions que les dieux avaient lâchées sur le monde. Ce n'était pas cela du tout. Il s'était démené, il avait lu les journaux, il s'était tenu au courant de la criminologie, de l'économie, des théories sociales, de l'urbanisme, il était allé voir des historiens, et des poètes et des philosophes, mais oui — il était bel et bien un de nos contemporains, et un grand lecteur. Plus que la plupart des gens. Mais il s'était dit qu'il allait parler de ce Chicago en partant de sa propre expérience, avec des observations neuves, en tenant compte de ses propres sentiments, et en se servant de sa langue à lui. L'itinéraire qu'il avait suivi pour en arriver à cette décision était insolite. En en remontant le cours, on était ramené à des sources comme Baudelaire, Rilke, et même Montesquieu et Vico ; Machiavel et Platon aussi. Oui, pourquoi pas ? Il avait quitté le *Herald Tribune* à Paris pour pouvoir accorder une plus grande attention à ces sources. Il avait envie d'écrire sur Chicago ? Pour une fois, ce serait fait comme il faut...

Il avait essayé d'expliquer tout cela à Minna, sans grand succès. Elle ne lui voulait que du bien. Ses intérêts à elle étaient principalement d'ordre astronomique. Un an plus tôt, il lui disait au petit déjeuner qu'il était en train de relire les lettres de guerre de Rilke. Il citait : « Tout le visible lancé dans l'abîme bouillant pour y être fondu... mais les cœurs — ne devraient-ils pas posséder le pouvoir de rester suspendus, de rester à l'abri d'un vaste nuage ? » Minna avait paru intéressée. Mais on ne pouvait jamais être certain d'avoir toute son attention. Il continua quand même. Il dit : « Rilke refusait de parler de la guerre. Quand ses amis insistaient pour en discuter, il se sentait trahi. Pas uniquement parce que le présent était trop brutal et trop informe pour qu'on en parle, mais parce qu'on ne pouvait en parler qu'avec des expressions journalistiques. Et il disait que quand on faisait cela on ne sentait dans sa propre bouche que le dégoût et l'horreur. Mais il y avait aussi Untel qui prétendait qu'on ne partait pour l'éternel que de la grande gare centrale. C'était à l'époque des trains. Ce qu'il voulait dire, bien sûr, c'est que le présent est notre seul point de départ possible. Bien sûr, les cœurs ont certainement le pouvoir de rester suspendus, mais ils ne peuvent pas le faire éternellement. Ne devraient pas... » Il s'arrêta. Le moment avait dû être mal choisi. Minna était séparée de lui par des distances astronomiques. Il aurait fallu être aveugle pour ne pas le voir.

Aussi avait-il mis ses vérités personnelles à l'épreuve de la gangrène de Chicago. Ce qui ne signifiait pas qu'il n'y eût que de la gangrène. Il y avait le Chicago des affaires campé sur ses gratte-ciel, le Chicago monumental des banques, le Chicago des grandes compagnies, informatisé et électronisé. Il y avait le Chicago historique, sur lequel il avait écrit tout un tas de choses curieuses — les vieux quartiers, leur atmosphère, leur architecture, les arbres, la terre, l'eau ; leur luminosité étonnamment changeante. Il avait examiné ce qu'en avaient dit d'augustes visiteurs — Oscar Wilde,

Rudyard Kipling, le célèbre Stead, dont l'ouvrage *If Christ Came to Chicago* contenait des passages vivants et remarquables. Ce n'était pas comme si Corde avait résolument foncé droit sur le sordide. Il n'avait pas non plus écrit à cause des possibilités de désespoir romantique que cela offrait ; pas davantage dans un esprit de nostalgie ou d'élégie bourgeoises. Il se rendait bien compte que la population qui s'échappait des quartiers-cloaques améliorait ses conditions d'existence une fois relogée dans de nouveaux quartiers. Mais c'était aussi la peur qui l'avait obligée à déménager. Et puis, ce qui était abandonné, c'était la désolation, des kilomètres carrés de ruines à n'en plus finir.

Parfois, au petit déjeuner, avant qu'ils ne s'en aillent chacun de son côté, il avait essayé d'expliquer à Minna ce qu'il était en train de faire. « Rufus Ridpath veut m'aider. Il pense que c'est important. Il m'envoie des listes de gens à qui m'adresser, et d'endroits à aller voir. »

Il aurait dû comprendre au regard lointain de sa femme que ce n'était pas le moment de lui en parler. Essayait-il donc de se mesurer aux étoiles ? Elle se faisait du souci pour son mari (il allait dans des quartiers dangereux), mais il aurait été plus sage de remettre cette discussion à plus tard. Elle lui parla sèchement. Elle dit : « Ce n'est pas une bonne idée de t'engager aussi loin avec ce Ridpath. Vous allez finir par être mis dans le même sac — prêts à tout pour démolir l'establishment. »

« En effet, il a pris un coup terrible. Il est brûlé. Il aimerait beaucoup prendre sa revanche sur ses ennemis. Je suis tout à fait avec lui. Ce qu'il ressent pour les siens est complètement sincère et réel. Font-ils partie de la société américaine, ou vont-ils finir par en être éliminés ? Pour lui, cela n'a rien d'une question théorique. Il y a déjà quinze millions de gens qui ont accepté d'être perpétuellement défoncés — et la question n'est pas seulement l'usage de stupéfiants, il y a aussi l'anarchie, qui est une sorte de drogue. Et ce n'est pas seulement parce qu'il sait tout ça — il *est* cela lui-même, en tant qu'homme. »

« Et pourquoi t'aide-t-il ? Parce qu'il t'aime bien ? »

« Peut-être pour ça. Et peut-être aussi que sans m'aimer particulièrement il a une sorte de respect naïf pour les universitaires — qu'il croit qu'ils sont ce qu'ils sont censés être. Leur domaine, c'est la justice et la moralité. Après tout, il y a des bibliothèques pleines de livres magnifiques. »

« Est-ce que tu es vraiment en train de parler de lui, ou bien des raisons pour lesquelles tu te lances là-dedans ? »

« Laisse-moi essayer de t'expliquer tout ça clairement. »

Mais c'était absurde. Il ne pouvait pas s'expliquer. Ça n'avait pas vraiment été une question de choix. C'était quelque chose qui l'avait pris. Il revint sur les passages soulignés par Valeria pour voir s'ils formaient un tout. Elle aurait certainement été plus intéressée par ses émotions, par son caractère, que par Chicago.

Il y avait, par exemple, une longue description de l'hôpital municipal.

Le Dr. Fulcher, le directeur noir de l'hôpital, avait pensé que Corde trouverait intéressant le bloc de dialyse rénale. Valeria avait souligné en gras tout le passage.

> *Le vieil hôpital municipal, jaune, bas et trapu. Les quartiers des alentours se sont délabrés, puis écroulés les uns après les autres. Dans cette plaine de ruines, cette masse reste à peu près la seule debout. À l'arrière-plan, les silhouettes géantes du quartier des affaires sont serrées les unes contre les autres. Un phare tournant clignote entre les antennes de Sears Tower. Le ciel est gris. Le signal palpitant est fluide, fait de métaux et de cristaux que seuls les ingénieurs sauraient reconnaître.*
>
> *Une infirmière des Philippines me sert de guide à travers un dédale de vieux tunnels desséchés par des chaudières obèses. Une eau couleur de rouille goutte des canalisations. Près de l'entrée de la morgue, des civières sont alignées contre les murs. On en gratterait le sang séché si on disposait du personnel nécessaire, mais il n'y a pas d'argent. Il y a dans les passages souterrains une alternance de zones glaciales et brûlantes. Des chaudières datant du paléolithique, aux conduites énormes, expédient leur chaleur dans les vieux bâtiments. La minuscule Philippine me conduit jusqu'à une pièce où des sortes de chaises longues sont couvertes de draps impeccables. Près de chaque chaise longue, un appareil compliqué, tout en verre, le com-*

partiment central rempli de sang. Nous restons à regarder le processus de purification. Un grand homme noir en bleu de travail usé, raccordé à une des machines, est dans un état de semi-conscience. Sa casquette de marinier lui a glissé du front. Il a le visage poilu, sans barbe mais pas rasé, ses grosses lèvres ne parviennent pas à se fermer même quand il tente de parler. La petite infirmière me parle dans un murmure. Les patients avec des problèmes rénaux dorment généralement mal, et pendant qu'on nettoie leur sang ils tombent parfois dans un état de stupeur. Le cycle dure quatre heures. Certains patients, les reins détruits par différentes maladies, le subissent plusieurs fois par semaine. On est parvenu à prolonger ainsi des vies pendant dix ans.

Les patients qui ont des problèmes rénaux ont un aspect bouffi. Leurs bras et leurs jambes sont déformés par des fistules dues aux interventions chirurgicales. On réunit des vaisseaux sanguins pour faciliter la circulation, et ces veines et ces artères greffées ensemble forment de grosses boules douloureuses qui doivent être baignées tous les jours. On amène une femme qu'on ne peut plus soigner ni par les bras ni par les jambes. Elle porte une fistule sur la poitrine. Le chauffeur de taxi qui ramasse et reconduit tous ces dialysés est une énorme femme noire en pantalon de jersey rouge. Ses pieds semblent petits. Elle porte des hauts talons. Ses cheveux décrêpés lui tombent sur les épaules. Elle porte une casquette de chauffeur et une veste à carreaux. Pleine de sollicitude, elle aide la malade, l'installe sur sa chaise longue. Ces passagers-patients sont ses protégés, ses amis. Elle approche la télévision sur sa table à roulettes. La malade demande la deuxième chaîne, et soupire, et se cale sur son siège, et perd conscience.

La chimiothérapie a rendu chauves certains des malades. Un vieillard a perdu sa pigmentation noire. Les seuls vestiges de sa négritude, ce sont, ici et là, un nævus étonnant sur sa tête à nu, personnage bizarre à voir mais correct, sensé, aux idées claires. Plombier à la retraite, il travaille encore ici et là. Mais à présent on amène un homme encore plus vieux qui paraît complètement stupide. Mon guide me murmure : « Démence — hors du coup. » Ils font asseoir le vieil homme, et il attend, la mâchoire pendante et la tête, dont on dirait qu'on a enlevé jusqu'au dernier cheveu avec un chalumeau, pend en avant. L'infirmière qui s'occupe de lui est chinoise. Elle travaille avec un doigté merveilleux, désinfectant le bras déformé puis le rattachant aux tubes, rapide et légère, sans que le vieillard donne le moindre signe de douleur. Mais elle fait une erreur. Une valvule est restée ouverte dans la cuvette, et tout est instantanément recouvert de sang. La soudaineté de cette apparition silencieuse, la quantité de sang qui remplit la cuvette me lève le cœur. Je suis presque submergé par une nausée douce et épaisse où mes organes se mélangent comme du chocolat dans l'eau chaude. Mais l'infirmière, aspergée de sang, bouche l'ouverture, arrête le flot, fait une boule des serviettes trempées ; les remplace par des propres, essuie les tubes. Elle se débarrasse de tout ce sang avec une maîtrise professionnelle, presque ésotérique. La rapidité et la légèreté de la Chinoise me stupéfient. Quant au vieillard, il ne s'est aperçu de rien. L'infirmière philippine dit : « Vous êtes un peu pâle. Voulez-vous partir ? » Pendant que nous nous éloignons, elle me parle d'elle. C'est une sœur, elle appartient à un ordre hospitalier.

Ce n'était pas seulement le sang. Si cela avait été du sang ordinaire. Mais c'était du sang empoisonné. On dit que ces gens mettent tous leurs espoirs dans les greffes de reins. Mais cela n'arrivera jamais. Et ces hommes, ces femmes sont virtuellement morts. Les déperditions métaboliques affectent d'évidence leur cerveau. Cependant, ces infirmières et ces techniciens sont paradoxalement émotifs, extraordinairement sensibles envers ces patients que leurs machines maintiennent en vie, ils leur manifestent une compassion merveilleuse mais également uniforme, un amour puissant mais quelque peu aveugle.

Le Dr. Fulcher, le directeur de l'hôpital, porte une chemise de soie beige de coupe orientale, ouverte au col, tout sauf négligée, et un complet de couleur fauve. D'une stature imposante, élégant, il est chauve ; ses favoris blancs sont soigneusement taillés. Il porte autour du cou un pendant en onyx tirant sur le brun, en forme de poire, et de grosses bagues d'argent s'étalent sur ses doigts. Il a une haute idée de ce que signifie être au sommet. Brillant et précis, il commande, ici ; il est plein de présence. Là où un Blanc se montrerait hésitant, lui est exubérant, d'une manière royalement populiste. Après tout, il est à la tête de cette vaste (et croulante) institution, et il le montre. C'est un bon politicien, et il se conduit comme un artiste.

Pas étonnant qu'à force de publier ce genre de chose, *Harper's* ait perdu des millions de dollars. Voilà ce que Dewey Spangler, très amusé, aurait dit. Et Corde aurait répondu — mais en fin de compte il ne répondit pas. La journée était presque terminée et il se dit : j'ai déjà passé trop de temps là-dessus. Pourquoi ne pas sortir faire un tour ? Il nous reste au moins une heure de jour.

Il dit à Minna : « Que dirais-tu d'une petite bouffée d'air frais ? »

Mais on attendait des cousins pour quatre heures.

Gigi demanda : « Vous ne voulez pas une tasse de ce thé que vous avez apporté de Chicago ? »

CHAPITRE 9

Et arriva la chose pour laquelle, après tout, ils étaient venus. Eh bien, se dit Corde, ils étaient venu pour voir Valeria — non ? Plus brutalement, pour la voir partir ? En dépit du Colonel, le but avait été atteint — non ?

L'hôpital appela le lendemain matin pendant qu'ils étaient en train de prendre leur petit déjeuner. La vieille Cousine Dincutza décrocha le téléphone. Corde aussi se rendit dans le petit salon. La vieille femme se tenait voûtée, la tête baissée contre l'écouteur. Elle agita le bras comme pour lui interdire d'approcher. Elle lançait des signaux avec son vieux visage. Oui, ça y était, c'était arrivé. Elle reposa le combiné et dit à voix basse : « *Elle est morte. Valeria est morte* * *!* » Puis elle se précipita dans la salle à manger, où il l'entendit le répéter aux autres femmes.

Quand il entra dans la pièce, Minna avait l'air sévère, préoccupée. Elle ne semblait pas avoir besoin du réconfort de son mari. Elle s'était préparée à tout cela. Elle dit : « Tu avais raison, Albert. Si nous n'y étions pas allés hier, je n'aurais plus jamais eu l'occasion de la revoir. J'ai parlé ce matin au Dr. Moldovanu. Maman est morte un peu après, juste avant neuf heures. »

« Je vois. Bon, et maintenant, qu'est-ce qu'il faut faire ? Je suppose que tu as pensé à tout ce qu'il y a à faire ? »

« Oui, bien sûr. C'est la veillée de Noël, ce soir. »

« Ah oui ! J'ai un peu perdu la notion du temps. »

« Nous allons essayer d'organiser l'enterrement pour le lendemain de Noël. Il va falloir s'occuper de tous les détails immédiatement. Trajan nous aidera. J'en ai parlé à Ioanna hier soir. Petrescu est passé tout à l'heure — avant le petit déjeuner. J'ai pu lui parler pendant cinq minutes. Je crois qu'il savait déjà qu'elle était morte. »

« Petrescu ? »

« Il reste en contact. Il a toujours été comme ça. Il surveille ce qui se passe de loin. Il m'a donné quelques conseils. »

« Qu'y a-t-il à faire ? Obtenir le certificat de décès ? Les pompes funèbres ? Aujourd'hui je vais m'occuper des démarches avec toi. »

« Petrescu m'a laissé un numéro où le joindre toute la matinée. Et puis il y a Dincutza. Comme elle a plus de quatre-vingts ans, elle est très au courant de toutes ces histoires. Quoi qu'il y ait à faire, des cigarettes nous seront très utiles. »

« Il faut que je trouve encore des Kent. »

« C'est ce que je voulais dire. Trajan va te conduire à l'Intercontinental. Au fait, tu ne veux pas aller voir ce que fait Gigi ? »

Tanti Gigi était dans la cuisine avec Dincutza. Corde les y trouva en train de pleurer. Puis Gigi dit à Corde qu'elle voulait descendre voir Ioanna et lui raconter ce qui était arrivé. L'ascenseur était en panne. Sur le palier glacé il mit un châle sur les épaules de Gigi et l'aida à descendre jusqu'à la loge de la concierge. Le fait d'aller voir Ioanna, dont le boulot était de tout raconter à la police, ne tenait pas debout. Mais pourquoi vouloir que les choses tiennent debout ? Dans la grotte de la concierge les deux femmes s'affalèrent ensemble sur le lit, serrées dans les bras l'une de l'autre et pleurant dans l'alcôve. La photo de Valeria était sur la table de nuit et, au mur, il y avait celles du dictateur et de sa femme. Corde repassa dans le hall, où les ouvriers armés de truelles soulevaient des nuages de poussière en préparant du ciment pour réparer les fissures des murs. Il remonta à l'appartement. Minna, toute mince et raidie, des cernes noirs sous les yeux, regardait sans voir, discutait des détails de la cérémonie avec Dincutza.

Trajan était monté. Il était affalé près de la porte, sur une chaise à dossier droit, sanglé dans son blouson de cuir plein de fermetures à glissière, arborant un air de circonstance — c'est-à-dire décemment abattu dans une maison en deuil. Il s'était mis à l'entière disposition de Minna. Pour elle, il avait tout son temps. Obtenir un certificat de décès n'était pas une mince affaire. Il fallait d'abord aller à l'hôpital. On avait besoin de décharges, d'autorisations, de tout un tas de paperasses officielles. « Il va nous falloir sillonner la ville dans tous les sens », dit Minna. Corde était reconnaissant à ce Trajan, avec ses touffes de poil mexicaines au coin des lèvres épaisses. Il avait pris toute une journée de congé, dit Minna. Et il serait de nouveau disponible après Noël.

On alla acheter d'autres cigarettes à la boutique de l'hôtel. Un ou deux paquets de Kent longues évitaient de longues heures d'attente. De l'Intercontinental ils allèrent à l'hôpital et de là, dans cinq ou six administrations différentes — Corde, sur la banquette avant de la Dacia, avait perdu la tête. Trajan savait ce qu'il faisait. C'était étrange à quel point il se révéla habile. Trajan, avec sa casquette et son blouson en cuir, et ses yeux qui ressemblaient à la pulpe de gros raisins verts, était incroyablement efficace. Jamais d'attente. Il allait directement à la tête de la queue. Il se plantait carrément devant le guichet, faisait les indispensables signaux et posait ses paquets de cigarettes. C'était un jeune homme solide. Sa brioche lui donnait sur les forces gravitationnelles un avantage que ne possédaient pas les gens plus maigres, pensa Corde. Il s'occupait de tous les papiers. Minna payait les droits et signait les papiers. Elle se montrait ferme, vraiment très forte. Corde n'aurait jamais deviné qu'elle puisse se révéler aussi forte. Elle ne possédait aucune capacité pratique, elle n'en avait jamais eu besoin. Mais à présent les pouvoirs de Valeria étaient passés à son étourdie (jusqu'à maintenant) de fille. Et c'est aussi de cette façon qu'elle s'occupera de moi le moment venu, pensa Corde. Ce n'était qu'une réflexion de bon sens ; elle n'avait pas la moindre importance émotionnelle.

En début d'après-midi tous les papiers avaient été réunis. En un temps record, aurait dit Corde. Trajan les conduisit jusqu'au crématorium sous une pluie glacée. Les immeubles ouvriers et les bâtiments administratifs étaient couverts d'immenses portraits du Président. Haut de cinq étages, son visage flottait et battait au gré du vent. Ce devait être sa manière de résister au sentiment de Noël. Il s'interposait.

Ce fut ensuite le crématorium, un immense bâtiment coiffé d'un dôme, au sommet d'une colline. Les jardins, comme on aurait pu s'y attendre, étaient plantés de jeunes cyprès. Il y avait de chaque côté des portes des bas-reliefs représentant des nymphes éplorées, mi-Puvis de Chavannes, mi-réalisme socialiste. Ici comme partout, Trajan paraissait savoir parfaitement s'y prendre. Corde et Minna le suivirent jusqu'à une table plantée dans le hall (il n'y avait pas de réception), où ils commencèrent à s'arranger avec le camarade de service. Il était couvert en rapport avec le froid de l'énorme pièce circulaire. Il portait des pull-overs, des châles empilés, un manteau, un bonnet d'astrakan. L'astrakan était une imitation. Il n'était pas le moins du monde difficile, cet officiel, pas morose pour deux sous, en fait il était même plus gai, plus sociable que la normale — il jacassait. C'était son assistante, une jeune femme au septième ou huitième mois de sa grossesse, qui s'occupait de la paperasse. On disait que la grossesse tenait chaud, un effet du double métabolisme, du moins c'était ce que Corde avait entendu. En tout cas, le froid ne paraissait pas la toucher — et elle était la seule. Il y avait un gros poêle Nuremberg vert, mais le camarade-chef se le réservait. Un autre personnage en deuil faisait déjà la queue derrière Corde. Son manteau était boutonné serré sur sa bedaine ; c'était un bonhomme trapu, très gros, avec un visage rouge et violent, mais c'était sans doute dû aux effets conjugués du chagrin et de ce froid terrible. Ses yeux globuleux restaient accrochés au poêle de faïence. Il tendit le bras par-dessus l'épaule de Corde pour essayer de réchauffer ses gros doigts noueux. Pendant ce temps-là, le camarade-chef, assis, recevait des bouts de papier des mains de son aide et utilisait deux colles différentes pour les coller sur les documents, sans jamais s'arrêter de parler. Il demanda si un prêtre assisterait au service. Un prêtre ? Minna se tourna vers Corde. Pas de prêtre. Valeria était croyante, mais des prières étaient prévues pour la cérémonie au cimetière, quand on déposerait ses cendres dans le caveau de famille. Tout cela avait été prévu par Valeria elle-même. Autre chose, la famille souhaitait-elle de la musique ? Il y avait deux possibilités, *La Marche funèbre* de Chopin ou alors, tout aussi recommandée, Beethoven — le mouvement lent de la *Troisième Symphonie*. Quatre minutes, sur bande. Minna choisit le Beethoven. Le bonnet en astrakan opinait et opinait, gribouillant diligemment, le stylo maintenu entre le pouce et les deux doigts du milieu, l'index pointé, courant au-dessus du papier. Puis, infiniment courtois, s'attendant à un bakchich de la part du mari américain, il les mena jusqu'au centre du hall. C'était là que se célébraient les rites. Il y avait deux rangées de chaises pour la famille. Au-dessous du centre du dôme, dans les ténèbres glaciales, se trouvait une sorte de long cylindre métallique. Il s'ouvrait dans le sens de la longueur. C'était la bière. Quand les deux moitiés de la caisse se refermaient, le corps descendait pour la crémation grâce à un mécanisme à double action. À cet endroit, la chaleur montait du dessous. Corde et Minna s'en écartèrent.

Ici il y avait des fleurs — toutes des cyclamens. Il n'y avait pas suffisamment de lumière pour distinguer leurs couleurs. Les pots étaient posés à même le sol. Elles poussaient comme du chiendent — les basses températures ; juste ce qu'elles aimaient. Au-dessus d'elles, il y avait des urnes à cendres, cubiques, empilées comme des boîtes de thé Twining's. Chacune d'elles portait une photographie avec les dates de naissance et de décès, et la légende appropriée : « Militant », « Ingénieur », « Enseignant ». Une quantité de visages contemporains, comme autant de piétons pris par un photographe de rue. Ce devait être les victimes du tremblement de terre. Les témoins avaient raconté comment les grands immeubles neufs s'étaient transformés en poussière en tombant. Mais pourquoi ces boîtes à thé étaient-elles encore ici ? Parce qu'il n'y avait pas de terre consacrée disponible pour elles ? Trajan fournit une explication à Minna. Le régime manquait de cimetières. Les emplacements étaient à prix d'or. Mais pourquoi un pareil embouteillage ? Est-ce qu'il n'y avait pas toute la place voulue au-delà des banlieues ? Dincutza en avait parlé à la maison en tremblant. Elle ne critiquait personne, bien entendu. Elle disait simplement que Valeria avait acquis des concessions l'année de la mort du Dr. Raresh, alors qu'elle faisait encore partie du gouvernement. Elle avait fait élever le monument et construire deux bancs. Elle possédait également plusieurs autres concessions. L'une avait été promise à l'Ingénieur Rioschi, qui la conduisait souvent au cimetière lorsqu'elle venait s'occuper de la tombe du Docteur. Dincutza s'exclama d'une voix stridente (cette brave vieille femme ressemblait parfois au cheval de

Picasso dans *Guernica*) : « *Nous savons combien elle aimait son mari**. » Vous comprenez, Rioschi n'avait aucune envie de se retrouver empilé avec toutes ces autres boîtes quand son heure viendrait, aussi avait-il été heureux de faire un peu le chauffeur pour Valeria. C'était un marché entre eux. Vous comprenez, c'était un vieux célibataire.

À présent l'astrakan gris avançait plus rapidement devant eux. Corde supposait qu'il les menait à une chapelle ou quelque chose de ce genre, un endroit où les amis pourraient venir voir le corps du défunt avant le service. Mais pas du tout. Il les dirigea jusqu'à un couloir en courbe où se trouvait une rangée d'alcôves hautes et sombres. Corde eut la surprise de voir une paire de chaussures dépasser d'un rideau transparent vert. Sa manche fut éraflée par les semelles, par les pieds du cadavre. À côté, c'étaient des pieds de femme chaussés d'escarpins à hauts talons. Les cadavres étaient étendus dans chacun de ces renfoncements, revêtus de leurs plus beaux atours. Ils étaient allongés, juste visibles, dans des cercueils peu profonds en forme de petite barque à fond plat et tendus d'une sorte de voilage, guère plus que du tulle, un peu comme une moustiquaire. Un long cadavre avec une moustache noire à la turque avait un chapeau melon posé à côté de sa tête. Il serrait son attaché-case sur sa poitrine.

Seigneur, je suis un ignorant, et un étranger pour mon frère humain. Je croyais comprendre assez bien les choses. Mais non.

Le camarade-chef dit qu'il avait voulu montrer à Minna où on pourrait mettre Valeria le lendemain, après l'hôpital. « Non, je vous remercie, non », dit Minna.

Le service fut fixé le 26 à dix heures du matin.

Il fallut ensuite aller aux pompes funèbres. Ce qui posait un problème c'était surtout la coordination — que le corbillard soit envoyé à l'hôpital, que le corps soit prêt à être emporté...

Dans l'atelier obscur, les cercueils terminés étaient alignés contre les murs. Ce n'étaient que des demi-cercueils, en fait, qui ne possédaient pas de couvercle. Un vieil ouvrier en avait un sur ses tréteaux, occupé à y clouer son rembourrage de minable petit tissu. De petits replis soigneusement cloués sur le rebord y formaient une bordure simple. Adossée contre le poêle de céramique, à la place d'honneur, une vieille femme obèse, engoncée dans une multitude de pull-overs et coiffée d'un chapeau de fourrure rond, répéta leur commande d'une voix rauque pendant qu'elle l'inscrivait dans son registre. Son chapeau et sa moustache étaient faits du même poil. Sa bouche rentrait sur elle-même dans un mouvement perpétuel de mastication. Elle ne mâchait pas ; elle n'avait pas de dents. Elle avait l'air de goûter sa propre bouche. Elle expédiait ses hommes ici et là, grognant et bougonnant, mais elle devint toute contente dès que Minna la paya et que Trajan lui tendit deux paquets de cigarettes américaines. Elle fit l'effort de soulever son énorme masse maladroite pour prendre les Kent en même temps qu'elle enfournait l'argent dans un tiroir.

« Et maintenant on rentre ? » demanda Corde.

« Oui, il n'y a plus rien à faire aujourd'hui, à part voir si je peux passer une annonce dans les journaux. On va s'en occuper tout de suite. Ensuite il faudra que Gigi et moi choisissions des vêtements pour habiller Valeria. Trajan les portera à l'hôpital. »

Trajan les reconduisit à travers les rues gelées. La seule chaleur qu'il eût sentie de toute la journée montait de sous la bière. Hier, il avait suggéré à Minna de sortir prendre l'air. Maintenant, il n'avait qu'une envie, c'était de revenir à sa chambre.

En rentrant, ils trouvèrent toute une tribu de vieux cousins autour de la table. Ils étaient venus apporter de petits cadeaux. Gigi, en robe noire, était en train de déballer des gâteaux et des bouteilles de vin sur le buffet. Les gâteaux étaient tout comme les vieilles dames qui les avaient préparés : vaguement épicés. Gigi dit à Corde : « Il y a eu deux appels pour vous, dont un des États-Unis — votre université, je crois. Ils ont dit qu'ils rappelleraient. » Et l'autre ? Ce devait être Dewey Spangler, pensa Corde, pour lui dire où en étaient ses démarches auprès de la Maison-Blanche.

Il ne s'attarda pas en compagnie des cousins. Il était éreinté ; la course d'un bureau à un autre, le crématorium, le marchand de cercueils l'avaient profondément fatigué, et le labeur d'une conversation en français était tout à fait au-dessus de ses forces.

De toute façon, les cousins n'avaient pas vraiment envie de lui parler ; ils ne faisaient que se montrer polis. Ce n'était vraiment pas le moment pour un échange de phrases françaises. Il alla dans son refuge, son sanctuaire, sa cellule. Il y avait sa bouteille privée, et son lit ; et puis aussi les fleurs. Pour l'instant il ressentait envers ces fleurs quelque chose de légèrement négatif, comme si elles l'avaient trahi en poussant si bien au crématorium. Un effort de réconciliation s'avérerait peut-être nécessaire. L'irrationalité que ces réflexions impliquaient ne le troublait pas. Si c'était comme ça qu'il était, c'était comme ça qu'il était.

Le téléphone sonna et Minna passa la tête à la porte : « C'est pour toi, chéri. »

Il saisit l'écouteur : « Albert ? C'est Dewey. Ça n'a toujours rien donné, avec ces ploucs de Géorgiens. Je vais insister... »

« Merci, Dewey. Ce n'est plus la peine... »

« Ah ? Désolé. Quand est-elle morte ? »

« Ce matin tôt. Pour la cérémonie, le lendemain de Noël. »

« Tu veux peut-être décommander notre rendez-vous, dit Dewey. Je comprendrais très bien. »

« Quand repars-tu ? »

« Le vingt-six au soir. »

« Alors pourquoi pas dans l'après-midi — après l'enterrement ? On n'aura probablement plus besoin de moi. Il y aura des tas de visites. »

« Oui, c'est logique. Ce ne serait pas une mauvaise idée de t'échapper un moment pour venir prendre un verre. Tout ça doit te paraître complètement étranger, non ? »

« Pas complètement, non. »

« Dans la mesure où tu aimais beaucoup cette vieille femme, c'est ça ? »

« C'est vrai, je l'aimais beaucoup. »

« Étranger — je veux dire, être américain dans une famille étrangère. C'est ce que j'appelle une expérience peu courante. Tu ne m'avais pas dit que la mère de Minna était une amie d'Ana Pauker, et qu'elle connaissait Thorez et Tito. Je l'ai appris hier de la bouche d'un ancien. Il m'a parlé d'elle et de toute cette génération de staliniens. »

« Ces gens n'avaient rien de stalinien. C'étaient juste des gens non politiciens qui se sont mis à la politique. » Corde commençait à se demander si Dewey ne reniflait pas une histoire. Après tout il devait rendre deux articles par semaine.

« Comment ta femme supporte-t-elle ça ? » demanda Dewey.

« Pour l'instant elle est jusqu'au cou dans les préparatifs. Elle se débrouille très bien. »

« Oui, dit Dewey. Ça vous tombe dessus plus tard. »

« J'ai souvent entendu dire ça. »

« Pauvre fille. Dis, avant que j'oublie, aucune nouvelle de cette affaire, avec le tribunal de Chicago. À moins que tu en aies eu des échos d'ailleurs. »

« On est en période de fêtes ; c'est la trêve. Les jurés casseraient tout si on les privait de leur Noël. »

« Bon, Albert, je rappellerai pour savoir si ça tient toujours pour après la cérémonie. Je suis pas mal débordé, mais il y a toujours un trou juste avant l'aéroport. »

Corde raccrocha, jeta un coup d'œil dans la salle à manger mais ne se montra pas. Il y avait des saladiers remplis de salade d'aubergines sur la table. On dînerait tard, après que les cousins seraient partis. Ici, on n'avait pas beaucoup à manger. Des restes. Mais à l'Ouest tout le monde mangeait trop, et il avait parfois l'impression que la suralimentation rendait les gens toxiques et leur ralentissait l'esprit. Il cherchait une explication à la récente augmentation d'acuité mentale qu'il éprouvait. Il lui semblait qu'à présent, ici, il pensait plus clairement. De toute évidence le jeûne et les changements d'habitudes étaient une bonne chose. Mais si ses idées étaient plus claires, elles étaient également plus bizarres. Par exemple : il ne faisait pas de doute que Valeria était morte. Elle était morte, c'était une morte, et on s'occupait des derniers préparatifs. Mais il ne pouvait pas dire qu'elle soit vraiment morte pour lui. Ce n'aurait pas été exact. On aurait pu considérer ça comme une illusion rassurante, une forme courante de faiblesse, mais en fait, il n'y avait là rien de rassurant, il n'était pas rassuré du tout. Et cela n'avait rien d'une illusion non plus. C'était davantage comme un fait intérieur dont il aurait pris conscience. Il ne l'avait pas cherché. Et il ne ressentait pas le besoin d'y trouver une cause « rationnelle ». Ce type de rationalité le laissait froid. Elle ne lui avait jamais rien donné. Ce qui l'intéressait c'était la singularité...

Le téléphone se remit à sonner et Corde décrocha. Il avait l'intuition que ce devait être Chicago, et il ne voulait pas que ce fût Minna qui prît la communication. Il avait eu raison. C'était le Recteur. « Meilleurs vœux de Noël. » Il voulait savoir comment ils allaient. Ah, c'est triste ! Je suis tout à fait désolé d'entendre ces nouvelles. Il le pria de transmettre ses plus sincères condoléances. Corde grogna : « Merci, Alec. C'est très gentil. »

Le Recteur, un des bonshommes les plus malins qu'on puisse imaginer, était aussi très fort — l'exemple le plus parfait, le plus perfectionné du gros bras américain. On sentait le muscle aussitôt qu'on avait affaire à lui. Personne n'était plus doux, plus plausible, plus perspicace et plus feutré que Witt. D'une politesse magistrale, ultra-attentif, il avait décidé (opté de sang-froid) de jouer la plus parfaite douceur. Cela convenait à Corde, à tout point de vue. D'accord. Il jouait d'assez bon cœur dans la main des autres et s'adaptait à leurs besoins s'il pouvait, mais il commençait à trouver les manières hautement policées du Recteur assez insupportables, surtout depuis le début des ennuis.

« Je voudrais pouvoir exprimer ma sympathie à Minna. Est-elle là ? Je suis tout à fait désolé d'entendre que sa mère... »

« Je l'ai laissée dormir », dit Corde.

« Ah oui, pauvre petite, elle doit en avoir besoin. » La célébrité et l'importance de Minna dans le monde universitaire formaient un écran entre Corde et le Recteur. Il ne s'en était jamais réellement aperçu jusqu'alors, mais maintenant il comprenait.

« Je suppose qu'il n'y a aucun moyen d'envoyer des fleurs en Europe de l'Est », fit le Recteur.

« Peut-être que si ; il vous serait plus facile de le savoir là où vous êtes que moi ici. »

« Oh, mon Dieu, il ne me serait jamais venu à l'idée de vous charger d'une chose pareille, Albert. Vous devez déjà être complètement débordé. »

« Y a-t-il du nouveau, du côté du tribunal ? »

Le Recteur dit : « Vous n'êtes peut-être pas au courant... votre cousin vous a cité à comparaître. »

« Ah bon ? »

« Mr. Detillion voulait vous faire monter à la barre pour établir le degré d'implication de l'Université dans cette affaire. J'ai revu tout ça avec notre département juridique... »

« Avec de vrais avocats... »

« Oh, il n'y a aucune comparaison possible, dit le Recteur. Je ne voudrais pour rien au monde sous-estimer votre cousin ; après tout il vous reste peut-être des reliquats de sentiments envers lui. Mais enfin, les nôtres sont des *champions**. Rien ne pourrait vous obliger à vous présenter à la barre, bien entendu. Nous avons vérifié auprès du procureur de l'État. Mais les journaux ont donné un certain retentissement à cette citation à comparaître, et c'est ce que voulait votre cousin. Au fait, Albert, comment se fait-il qu'il y ait autant de noms français dans votre famille ? »

« L'explication qui court dans la famille est que nous sommes des laissés-pour-compte de l'achat de la Louisiane. Napoléon nous a vendus à Thomas Jefferson pour financer sa campagne de Russie... Je suis désolé d'être une telle cause d'ennuis pour l'Université. »

« Mais non, Albert. Ce ne sont pas des ennuis, juste des bêtises. »

Witt ne lui passerait rien. Ce qu'il voulait dire c'était : des gens comme *vous** ne peuvent pas nous créer de réels ennuis. Cependant son ton était plein d'une amertume réelle, elle, et Corde le sentait bien. Elle descendait du satellite de télécommunications, parfaitement claire, limpide. Qui plus est, Corde se trouvait dans un état bizarre, qui lui permettait de voir le Recteur sous tous les angles — ses dents du haut qui avançaient ; les plis ressemblant à des branchies sous les oreilles, le jeu continuel de déférence, de gentillesse, de commandement, de pressions et de menace — toute la lyre. Non, il n'aimait pas Corde. La nomination du Doyen avait été une erreur, et c'était au Recteur qu'il incombait d'arranger les embrouilles qui en avaient résulté. Corde ne faisait pas partie du sérail, il n'était pas sorti des rangs universitaires et n'avait pas été modelé par l'institution du doctorat. On ne savait même pas très bien au juste pourquoi il avait voulu devenir professeur, et même administrateur.

Le Recteur parlait toujours : « Nos gens se sont entretenus avec Grady au sujet de cette citation à comparaître insensée. Comme par-dessus le marché vous êtes à l'étranger et qu'on ne peut vous la notifier, c'est vraiment une farce. »

« Et mon neveu ? »

« Il est venu se mettre à disposition, votre sœur a fourni la caution, et le jeune homme a donc été remis en liberté. De toute façon, l'accusation ne tiendra certainement pas parce qu'il n'y a pas eu d'audience préliminaire. Mais tout ce que l'accusation voulait établir, c'est s'il a réellement essayé d'intimider les témoins, ce qu'il semble bien avoir fait. »

« Je doute qu'il leur ait tiré dessus. »

« Vous devez être plus à même de le savoir que moi. »

« Parce que je suis son oncle ? »

« Oh non, fit Witt soudain redevenu suave. Nous ne pouvons pas être tenus pour responsables de notre parenté ; nous ne la choisissons pas. »

« Seulement on dirait que j'ai plus de mauvais parents que de bons... ? »

« Ne vous en faites pas, nous nous en sortirons », dit le Recteur.

Witt avait trouvé indispensable dès le départ de guider Corde pas à pas, en le faisant répéter, en l'instruisant, en s'assurant qu'il interpréterait correctement les décisions budgétaires aussi bien que celles qui se rapportaient à l'enseignement et à l'institution. Mais (c'était Corde qui disait cela à sa place) il y avait chez le Doyen un quelque chose de rétif, auquel on ne pouvait rien apprendre, un blocage émotionnel, un problème, un *fatum*. Un des problèmes humains permanents à toutes les époques de l'humanité (Corde s'en apercevait à présent) était le problème de ne pas être un imbécile. C'était vraiment terrible. Ah, cette oppression, cette peur de paraître niais. Ça vous crevait le nez, vous fermait les yeux, vous fendait le cœur de honte. Et pour Witt, homme de pouvoir, Corde était un imbécile. Pour un type comme Witt, dissimuler une opinion de cette sorte était une nécessité de bon fonctionnement. C'était le genre de sacrifice (car c'était un sacrifice que d'empêcher une opinion de s'exprimer, de hurler, de se moquer) qu'on était obligé de faire pour rester un véritable administrateur. Ce genre de choses, on le gardait pour soi. Mais la brutalité de l'infrastructure de Witt, qu'il ne pouvait dissimuler, apparaissait aux entournures. Corde pensait que Witt avait un besoin violent de lui faire savoir, de lui transmettre le message, grâce à des moyens parfaitement policés, qu'il n'était qu'un enfoiré d'imbécile. Le Doyen avait mis Witt dans une colère noire. Il avait tout foutu sens dessus dessous, avec son sacré sérieux, si élevé, inspiré, embrouillé. Ce n'était pas tellement l'affaire Lester qui avait rendu le Recteur furieux. La véritable humiliation, c'était qu'il ait publié ses articles dans un magazine sans avoir reçu l'approbation de l'Université. Ne pas les avoir soumis à une approbation préalable, mais c'était incroyable, on n'avait jamais vu ça, c'était dangereux au dernier degré — insensé ! Corde avait attaqué — qui n'avait-il pas attaqué : les politiciens, les hommes d'affaires, les professions libérales, et il avait même cassé du sucre sur le dos du gouverneur. Peut-être des propos venus des hautes sphères, par les canaux les plus discrets, avaient-ils suggéré à Witt que le Doyen était totalement irrécupérable. Corde, pour sa part, ne voulait pas se cacher derrière Minna. Mais Minna était impliquée. Pour Witt, cela représentait un problème tactique des plus délicats. Mais Corde était d'avis que le Recteur retirait un immense orgueil professionnel de ses manœuvres, de ces tractations qui exigeaient un tel niveau d'habileté.

Il entendit le Recteur qui disait : « Lester était un de nos étudiants en doctorat, et nous ne pouvions pas passer l'éponge, il fallait absolument poursuivre. Vous vous souvenez certainement que j'ai donné mon autorisation pour la récompense. »

Corde s'en souvenait. Mais il se rappelait également à quel point l'émotivité du Doyen, son visage rougi, ses yeux gonflés avaient pu déplaire au Recteur. « Quel verdict notre département juridique prévoit-il ? » En fait, ce que Corde demandait, c'était comment l'Université espérait se sortir de cette histoire.

« Ils ne réclament pas la peine de mort. »

« Je n'y ai jamais pensé. »

« Oui, fit Witt. Vous avez assez clairement exprimé vos vues dans *Harper's*. La peine capitale — d'après vous, personne n'a les mains assez propres pour envoyer le jus. Quelle était votre expression, déjà ? Ah oui ! les " brutes officielles "... »

Ce que Corde avait eu en tête... comme si le Recteur se souciait de la position qu'avait prise Corde. Witt le méprisait. Et d'ailleurs, à dire vrai, Corde ne lui donnait pas complètement tort. Il était capable d'admettre qu'au moment où il avait écrit ces articles, il n'était pas dans son état le plus normal. Dewey Spangler avait raison, en partie. Il y avait dans les sentiments dont ces esquisses étaient pénétrées une sorte d'anarchie, un flux incontrôlé de « poésie », la passion de vérité qu'il avait assimilée dans ses veines étant adolescent. Ces portraits étaient crus ; où donc était la mesure que donne une plus profonde expérience ? Il n'y en avait pas l'ombre. Il s'était administré à lui-même, et publiquement, le test de la stupidité et l'avait raté en plein. Là-dessus arrivait un homme comme Alec Witt, Witt qui représentait le pouvoir, placé là grâce à une déviance encore plus grande, ainsi que l'est généralement le pouvoir. Corde avait défié ce pouvoir « réaliste » sans vraie réflexion préalable, sans tenir compte de cette déviance plus grande. Il avait complètement baissé sa garde. Et aujourd'hui, aujourd'hui surtout — Valeria étendue à la morgue de l'hôpital ! — cela déprimait violemment le Doyen. Mais, assez étrangement, lorsque le flux de dépression retourna de son horizon à ras de terre, il rapporta avec lui l'idée de s'y réattaquer. Et la prochaine fois, de le faire bien !

Mais le Recteur n'avait pas téléphoné du monde libre pour discuter de la peine capitale avec un doyen idiot et bourré de principes. Les deux parties firent une pause. Witt était sur le point d'annoncer la véritable raison de son appel. Les profonds courants de l'Atlantique se mouvaient entre eux ; ils étaient séparés par — combien — dix mille kilomètres ? Jadis, on n'aurait jamais pu tenir pareille conversation.

« Quand pensez-vous être de retour ? »

« À temps pour le semestre prochain. Il faudra que Minna mette les affaires de sa mère en ordre — la succession, pour autant qu'elle existe. Il faut aussi qu'elle aille au Mont Palomar ; elle a raté les heures qu'on lui avait réservées au télescope. »

« Vous n'avez pas encore vu Vlada Voynich ? » demanda le Recteur.

« Nous l'attendons. Son frère nous a dit qu'elle serait là pour Noël. »

« Elle m'a dit à quel point vous vous intéressez aux travaux de Beech. »

« En tant qu'amateur, exclusivement », dit Corde.

« Bien sûr. Par définition. Projetez-vous sérieusement d'écrire là-dessus ? »

Corde répondit de sa voix de basse : « L'idée vient de Beech — c'est *lui* qui m'a contacté. Il m'a fait parvenir le matériau. »

« C'est ce que m'a dit Vlada. Mais, si je comprends bien, vous n'avez encore rien décidé ? »

« Je n'ai guère eu le temps d'y penser. J'ai remis d'y réfléchir à plus tard. Je ne voudrais pas me lancer à l'aveuglette. Si cela doit provoquer encore des polémiques... J'ai besoin d'être certain que je possède bien le sujet. »

Cela aurait dû aider à rassurer le Recteur. Au lieu de quoi cela l'incita à poursuivre plus avant : « Ces questions d'environnement et d'écologie sont très complexes. »

« Je ne le ferais pas s'il ne s'agissait que de cela. Je n'ai aucune envie de me lancer dans l'écologie. Mais Beech lui-même m'intéresse énormément. Sa personnalité de savant, sa vision du monde moderne. Mais il faudra que j'attende que Minna soit dans d'assez bonnes conditions pour en parler avec elle. Je ne peux pas aborder le sujet avec elle pour le moment. J'en apprendrai plus de la bouche de Vlada. Elle m'apporte d'autres documents. »

« C'est ce qu'elle m'a dit, et je lui ai demandé de vous transmettre également quelques copies de lettres... »

« Quel genre de lettres ? »

« Différentes choses qui sont arrivées — en rapport avec ces articles dans *Harper's*. »

« Comment ça, des plaintes adressées à l'Université, des objections ? »

« Rien qui doive vous inquiéter. Des tas de choses bizarres, je dois dire. C'est étonnant à quel point les gens peuvent s'exciter, et la diversité de réactions qu'on peut provoquer. Je suis certain que vous les trouverez intellectuellement très stimulantes. Je ne voudrais pour rien au monde vous déranger à un moment pareil. Et il ne faut surtout pas que vous vous inquiétiez au sujet de ce qui se passe ici ;

nous avons les choses en main. Je fais attention à garder un œil sur Lydia Lester. Elle a été splendide à la barre. Mais vous l'avez vous-même constaté. Tellement fragile, et puis, tout compte fait, des nerfs d'acier. »

Chacune des fins de phrase du Recteur faisait résonner en Corde une nouvelle angoisse.

« Cela ne va pas être un bien joyeux Noël pour cette pauvre Minna… Dites-lui au moins que nous croyons pouvoir lui arranger une date pour le Mont Palomar. Nous vous attendons juste après le Premier de l'An. »

Corde expliqua à Minna, sous la faible lueur du lustre, dans la salle à manger — les fils noirs rafistolés au chatterton qui pendouillaient tout tordus du plâtre écaillé : « Alec Witt. Joyeux Noël et condoléances. Ne pas t'en faire pour le télescope. Et Vlada Voynich est en route. »

Gigi servit le dîner assez tôt. On l'avala dans l'indifférence. La table avait été décorée d'une nappe et de serviettes blanches brodées de rouge. Corde se coucha tôt. Le 24 décembre avait assez duré.

Le lendemain matin, jour de Noël, les cadeaux avaient été placés à côté de leurs tasses à café. Les deux vieilles dames conservaient les papiers cadeaux et les rubans d'une année sur l'autre. Les commodes contenaient des trésors de toute sorte, de pleines boîtes de décorations datant de l'époque précommuniste. Gigi apporta à la table les anges de Noël que Minna connaissait depuis l'enfance. Ils étaient censés flotter lentement, suspendus à des fils rayonnant d'un disque mû par la chaleur d'une petite bougie. Le jouet refusait de marcher. Gigi dit : « Valeria arrivait toujours à le faire démarrer. » Elle était en grand deuil, et les muscles de son cou se tendaient alors qu'elle se penchait au-dessus, craquant une allumette après l'autre. Elle avait coiffé ses cheveux permanentés mais dans le dos, ils avaient toujours l'air d'une meule de foin. « C'est peut-être à cause des bougies », dit-elle. Elle farfouilla dans les tiroirs du buffet pour dénicher les bonnes. Elle ignorait où Valeria les avait rangées. Corde essaya de rafistoler les fils de fer. Les Américains étaient censés avoir un don pour la mécanique, mais il n'arriva à rien. Il ne parvint qu'à tordre définitivement le jouet. Les quatre anges pendouillaient lamentablement. Ils étaient finis, et bien finis. Valeria avait emporté leur secret dans la tombe.

« Ouvrez vos cadeaux, au moins », dit Gigi. À Minna, elle avait offert une blouse paysanne. Corde reçut une grosse montre de gousset en or qui avait appartenu au Dr. Raresh. Surpris, il n'arrivait pas à en détacher les yeux — des chiffres délicats, et au bout de l'aiguille des heures, un gracieux renflement en fer de lance. Pour changer les heures, il fallait enfoncer un minuscule cliquet de l'ongle du pouce. Gigi dit : « C'est le cadeau que Valeria avait choisi pour vous cette année. » Il la glissa dans la poche de son cardigan, et lorsqu'il se pencha pour prendre une gorgée de café, il sentit à la hauteur de sa taille le tiraillement de la petite masse d'or. Il se dit qu'après Londres, et plus particulièrement après l'exposition Rowlandson et le dîner à l'Étoile, Valeria l'avait finalement accepté comme membre à part entière de la famille. Lorsqu'il avait tendu la main pour lui saisir le coude parce qu'elle allait tomber, perdant l'équilibre, et qu'elle avait retiré son bras, il avait ressenti une fugitive dépression (un peu comme un grand trait de crayon noir gras qui aurait barré ses sentiments) ; il avait eu l'impression qu'il l'énervait. Mais ce n'était pas la signification réelle du geste. Bien au contraire, c'est à ce moment-là qu'avait pris fin sa période de probation.

La matinée était ensoleillée. Il passa un bon moment à examiner la montre dans la chambre. Il lut les souvenirs de Vollard sur les peintres qu'il avait connus — le livre n'avait plus ni dos ni couverture, ce n'était plus qu'un paquet de pages cousues ensemble. Minna n'avait pas une seconde à lui consacrer. Elle et Gigi passèrent la plus grande partie de la matinée à décider comment habiller Valeria. Quelle robe aurait-elle préféré, quelles chaussures, quel chemisier, quels bijoux ? Elles se décidèrent pour un tailleur en soie bleu-vert que Minna lui avait offert à Londres, un foulard à dessins cachemire vert et noir, et des chaussures bleu marine. Trajan emporta les vêtements à l'hôpital, avec une photo de Valeria montrant la façon qu'elle avait de se coiffer.

Gigi, qui avait fait preuve de tant de passivité pendant que Valeria était mourante, devint tout autoritaire et militante, insistant sur le fait qu'il fallait « obliger » le gouvernement à offrir des funérailles publiques à sa sœur. C'est ce qu'elle dit à Petrescu lorsqu'il se montra le jour de Noël. Petrescu surprit Corde par la sincérité de son chagrin. Il se comportait (avec sa panse protubérante, ses larges courbes) avec un décorum proprement militaire, mais ses yeux étaient rougis, tragiquement cernés. Il se montrait plein d'indulgence envers Gigi, restait assis à l'écouter parler, en soupirant. Elle lui dit (en défi aux systèmes d'écoute) que la moindre des choses que pouvait faire le gouvernement était de reconnaître la fidélité du Dr. Raresh au Parti et à la Révolution, et les contributions que sa famille avait apportées à la chirurgie, à la Santé publique et aussi à l'astronomie. Il répondit patiemment, sa voix montant en spirale jusqu'à ce qu'elle se brise sur les hauts registres. Minna dit à Corde combien il était bien de sa part d'être venu et à quel point il se montrait loyal envers la famille : « Je crois qu'il n'avait pas le moindre secret personnel vis-à-vis de ma mère. »

Impossible qu'il n'ait pas eu de secrets avec le boulot qu'il faisait : Corde ne partageait pas l'avis de Minna mais n'en dit rien. Ce qui était certain, c'est que le visage de Petrescu était proprement ravagé. Si, dans un service de réanimation, des médecins pouvaient allumer des veilleuses pour les mourants, il n'y avait pas de raisons pour qu'un agent secret ne pleure pas sa mère adoptive. L'appartement était imbibé de sentiment. Petrescu avait son côté famille, son côté tendre. Les attentions qu'il témoignait à ces dames étaient pleines de délicatesse, parfaitement touchantes. Il avait également des égards pour Corde et lui avait apporté deux bouteilles de chenin blanc, introuvables ailleurs que dans les magasins réservés à l'élite bureaucratique.

Gigi expliqua à Corde ce qu'elle était en train de faire. « J'insiste sur le fait que ma sœur ne devrait pas avoir un enterrement banal comme n'importe qui. Elle devrait être exposée au public dans le grand hall de la Faculté de Médecine, comme l'a été son mari. Ce n'est que justice qu'elle reçoive une reconnaissance officielle. »

« Ils accepteront ? »

« Nous insisterons. J'ai entrepris Mihail Petrescu pour qu'il prenne contact avec de vieux membres du Politburo. Ils se souviennent d'elle. Ils savent ce qu'il en est, et que les plus jeunes ignorent. Il y a eu le typhus. Il y a eu la famine. Valeria a demandé à Truman d'envoyer des vivres, des médicaments. Il l'a fait. Les Russes y ont apposé leurs propres étiquettes. Avoir demandé du ravitaillement indispensable aux Américains ; voilà un des crimes qu'on lui reprochait. »

Minna approuvait sa tante, et Corde, pendant ce temps-là, remarqua qu'on voyait des yeux comme ceux de sa femme sur des photos de la famine. Elle était en train de se laisser mourir de faim. Il faudrait des mois pour la remettre sur pied.

« Sinon dans le hall de la Faculté de Médecine, alors au Mémorial, à côté du crématorium », soutenait Gigi.

Petrescu, abattu, très ému, gêné, hochant la tête, lissait les poils de son chapeau mou, lissait aussi la dense toison qui sortait de ses oreilles. Malgré son large derrière, son corps n'avait pas l'air d'être confortablement assis. Il pressait à tout bout de champ sa main sur ses cheveux rares, lissés en arrière sur son crâne. Ses doigts tremblaient vraiment. Ses yeux soulignés par les cernes se levaient de temps à autre pour transmettre de silencieux messages à Corde, à un autre homme. Ces malheureuses femmes étaient *innocentes*... elles ne savaient *pas,* ne pouvaient *pas* comprendre. Corde estimait que Petrescu avait dû essayer de s'opposer au Colonel, qu'il avait immédiatement été rabroué, pilonné, forcé de reculer. À présent, maintenant que Valeria était morte, il avait peut-être reçu l'autorisation officielle d'aider la famille. Petrescu devait occuper une place relativement importante au sein des services de la Sûreté. Quoi qu'il eût été obligé de faire durant son service (on ne veut pas le savoir !), il le rachetait dans cette maison en rendant des tas de services, en actes débordant de sentiments, en tendres attachements. C'était un type qui appartenait à l'ancienne conscience et travaillait dans un domaine qui concernait la nouvelle. Gigi déclara : « Je vous assure, Albert, et je suis même prête à le jurer solennellement, que ma sœur aura ce qui lui revient de droit. Jusqu'à présent, ma sœur qui était un personnage de l'histoire de notre pays s'est vu refuser l'entrée de l'encyclopédie nationale. Mais elle l'aura. J'irai jusqu'où il faudra aller... »

Mais, en privé, Minna confia à Corde : « Aujourd'hui je n'arrive même pas à faire paraître un avis de faire-part dans les journaux. »

« Et pourquoi, d'après toi… ? »

« Pour les mêmes évidentes raisons. Je me suis enfuie. Et ma mère a été exclue du Parti, puis a refusé de réintégrer ses rangs. Mais je crois quand même que des gens viendront assister à l'enterrement. Le bouche à oreille. Le téléphone ne cesse pas de sonner. Ma mère est un symbole… »

« De quoi ? »

Minna chuchotait : « Ça n'a rien de politique, c'est juste la façon dont la vie doit être vécue, des gens qui se sentent aliénés humainement, tout simplement. » Elle mit ses mains en coupe et lui en couvrit les oreilles, et dit : « Le gouvernement craint peut-être une manifestation à la Faculté de Médecine. »

Corde, qui n'y croyait pas une seconde, hocha la tête. Il dit : « Bien sûr. Je comprends. Mais cette manifestation, ce serait pour quoi au juste ? »

« Je te l'ai dit. Ce serait sentimental. Pour entériner les valeurs qu'elle soutenait. Par solidarité humaine… Pourquoi ne vas-tu pas te reposer un petit peu, chéri ? Tu es fatigué. Tout ça est pénible pour toi. Je m'en rends bien compte. Vlada viendra un peu plus tard. Elle est arrivée ce matin. »

C'était une lumineuse journée de Noël. Le soleil tapait sur les fenêtres, la pièce était étonnamment tiède. Ça lui faisait sentir à quel point il aurait eu besoin d'une bouffée d'air, « quelques minutes de Paris », comme il disait — un peu de *luxe** ou de *calme** civilisé. Il ramassa le Vollard qui tombait en morceaux, ses *Souvenirs d'un marchand de tableaux**, et parcourut quelques paragraphes sur l'irascibilité de Degas. « Vous verrez, Vollard, ils finiront par piller les musées de tous leurs Raphaël et de tous leurs Rembrandt pour les exposer dans les casernes et les prisons, sous prétexte que tout le monde a droit à la beauté ! » Un vieux bigot, aigre comme pas deux, qui avait regardé un jour dans un restaurant un enfant qui l'agaçait avec un air si féroce que la petite fille avait piqué une crise de nerfs et couvert la table de vomi. Et pourtant il rachetait pleinement cette méchanceté, grâce à des tableaux, à des bronzes merveilleux. Tandis qu'un type comme le Recteur… Mais le

Recteur, lui, n'était pas mi-monstre mi-génie, c'était seulement un... Corde fit de son mieux pour protéger son moment de calme au soleil, son moment de paix, mais il ne parvint pas à chasser Alec Witt et se rendit à ses ruminations sur Chicago. Le message du Recteur était facile à saisir : il protégeait Beech, pour le bien de l'Université. Les scientifiques étaient bien trop naïfs pour se protéger eux-mêmes, et Corde était d'autant plus dangereux que lui aussi, d'une certaine façon, était un grand naïf. Une fois qu'un homme comme Witt avait décidé que vous n'étiez pas capable de respecter l'obligation de réserve, que vous parliez à tort et à travers, et que vous étiez un imbécile, un faiseur d'ennuis, alors vous étiez hors circuit. Il ferait tout son possible pour empêcher Corde d'écrire un article pour Beech — « encore un de ses papiers ». Et Corde estimait qu'on ne pouvait pas absolument lui en vouloir non plus. C'est vrai, je me suis laissé emporter. Ces cœurs accrochés dans l'obscurité trop longtemps, qui s'étiolent peu à peu, et puis qui ont tout à coup un sursaut, qui explosent. Je ne suis pas d'accord avec Dewey sur la plupart des choses, il est trop psychanalytique, mais il doit être assez fin à sa manière, ou sinon il ne serait pas là où il est. Il faut lui rendre son dû. Et il prétend que j'avais des comptes à régler avec Chicago. Je suis bien obligé d'avouer que je prenais une revanche sur mon beau-frère, sur Max Detillion, et beaucoup d'autres encore.

Lassé des idées fausses, et par-dessus tout des siennes, Corde admettait que oui, il avait voulu leur filer une bonne baffe (il s'agissait d'un Chicago-en-général), qu'il avait voulu leur en mettre un bon. Leur en mettre un bon, et le leur mettre tellement bien qu'ils ne s'en remettraient pas de sitôt. Maintenant prenons quelqu'un qui exerce une véritable responsabilité, un Witt, par exemple, eh bien, il protège son institution de tout manque de modération ; c'est ce qui justifie son style tout en rondeur. C'est sa méthode pour combattre le désordre : ne jamais perdre son sang-froid face au semeur de désordre, l'étouffer avec des seaux de miel, l'embobiner dans la procédure. Corde mettait ça dans la catégorie des boulots les plus durs, les plus essentiels de la démocratie. Je n'ai donné aucun signe avant-coureur que j'allais me mettre à tout chambarder. Mon genre, c'était gaga-gentil-calme, une sorte de ruminant. Et puis, tout d'un coup, il s'aperçoit que je suis un de ces types excessifs, privés de leur gyroscope interne, qu'il exècre. Alors il me méprise ; et alors ? Je le déteste aussi. Ça n'a rien à voir. »

La publication de ses articles avait aussi apporté à Corde un profil du pays, une mesure de ses opinions politiques, un échantillonnage de ses sentiments. Il disait : « J'ai administré aux États-Unis mon propre Rorschach. » Il avait déjà reçu, avant de quitter Chicago, tout un paquet de lettres que lui avaient fait suivre les éditeurs de *Harper's*. « Un déluge de courrier », avait écrit une des secrétaires. Les libéraux le trouvaient réactionnaire. Les conservateurs le considéraient comme un fou. Les urbanistes professionnels disaient qu'il allait un peu vite en besogne. « Les choses ont toujours été ainsi dans les grandes villes américaines, laides et terrifiantes. Mr. Corde aurait dû se préparer en revoyant un peu d'histoire. » « L'auteur est un brahmane. Les brahmanes nous ont appris à mépriser les villes, qui sont par conséquent devenues méprisables. » « Mr. Corde croit davantage au *gemütlichkeit* qu'au bien public. Et qu'est-ce qui lui fait croire que ce dont les petits gosses noirs ont besoin pour être sauvés, c'est de lire Shakespeare ? Bientôt, il va nous recommander de leur enseigner Démosthène et à discourir en grec. La solution à la délinquance juvénile ne se trouve ni dans *Le Roi Lear* ni dans *Macbeth.* » « L'opinion du Doyen, c'est qu'une révolution morale est indispensable. Les seuls héros qu'il présente sont deux bienfaiteurs, qui se sont bombardés là de leur propre chef, et par-dessus le marché plutôt douteux. » « On devrait vous féliciter d'avoir ouvert à vos lecteurs ces grandes profondeurs de la psychologie, de nous avoir offert la possibilité de jeter un regard sur les abîmes du chaos mental, de l'anarchie et de la psychopathologie. » Étrange ce que les gens peuvent relever. En ce qui concerne *Macbeth,* Corde s'était contenté d'observer que dans une classe d'enfants noirs dont le professeur était « assez courageux pour passer sur les directives officielles », Shakespeare avait soulevé un enthousiasme monstre. Les vers : « Et la miséricorde, comme un nouveau-né nu, chevauchant la tourmente », avaient renversé ces élèves. On pouvait voir le pouvoir de l'enfançon, à la manière dont la classe s'était calmée. Et Corde avait écrit que seule peut-être la poésie avait assez de force pour « rivaliser avec la séduction des drogues dures, le magnétisme de la télévision, les charmes de la sexualité, ou les joies de la destruction. »

On ne mettait pas en doute qu'à Chicago Corde s'était mis à la recherche d'exemples d' « initiative morale », et qu'il en avait déniché deux : Rufus Ridpath avec la prison municipale ; et Toby Winthrop, noir lui aussi, ex-gros bras, ex-héroïnomane. Il n'avait trouvé ses exemples dans aucune des grandes universités, et Chicago possédait pourtant une importante population universitaire. Ce qu'Alec Witt aurait sans doute voulu savoir, c'est pourquoi Corde n'avait pas accompli sa quête d'initiative morale au sein de sa propre université. Mais, pensait Corde, c'est bien par là que j'ai commencé, en long, en large et en travers. Corde n'avait rien d'un subversif, il ne travaillait pas pour la cinquième colonne, et il n'était pas non plus devenu professeur dans l'intention dissimulée d'écrire une fulminante dénonciation. Il n'avait pas plaisanté en citant Milton à sa sœur Elfrida : « Combien charmante est la divine philosophie » — la devise en mosaïque plaquée au plafond de la bibliothèque municipale. Et les universités étaient l'endroit où vivait la philosophie, où, en tout cas, elle était censée vivre. Il n'avait jamais oublié les longues, charmantes années passées dans un grenier rempli de silence, à Dartmouth, où il avait lu Platon et Thucydide, et Shakespeare. N'était-ce pas à cause de ses lectures de Dartmouth qu'il avait laissé tomber le *Trib* et qu'il était rentré d'Europe ? Pour poursuivre son éducation, avait-il dit, après vingt années d'interruption consacrées aux « nouvelles », aux affaires humaines courantes.

C'était Ridpath qui avait envoyé Corde à Toby Winthrop, à Opération Contact. Il avait pris sa voiture, était descendu dans le South Side un jour d'hiver où il neigeait. On voyait la suie se mêler à la brouillasse. Corde n'avait plus mis les pieds dans ce quartier depuis trente ans. À l'époque déjà il tombait en ruine, à présent il était complètement pourri. Seules demeuraient quelques vieilles petites maisons en brique et, ici et là, une usine. L'autoroute de dégagement avait carrément coupé les rues qui couraient d'est en ouest. Le seul point de repère qui restât était la gare d'Englewood, abandonnée — d'énormes bâtiments en pierre de taille, en contrebas de la rue, une sorte d'isolement mortuaire, plus aucun voyageur, plus aucun train non plus. Un patchwork de neige sale sur les terrains vagues, et quelques Noirs qui se réchauffaient autour de barils métalliques transformés en braseros. Tout cela — le ciel bas, le vent, les squelettes de mauvaises herbes, la ruine générale — attaquait les nerfs de Corde, le système presque électrique qui le reliait à Chicago, d'étrange façon. Il dénicha Opération Contact dans un pâté de maisons en retrait (idéal pour une agression) entre un entrepôt et l'autoroute. Qui viendrait ici, excepté pour affaires, pour conclure une vente ? Il se gara et sortit de la voiture avec une impression de manquer d'à peu près de tout ce dont on a besoin, humainement. Bon Dieu, la courbe humaine était descendue à ras de terre, était même descendue plus bas. S'il y avait un autre monde, il était grand temps qu'il se montre. Le monde visible était insupportable à regarder.

Bien ; Corde pénétra dans le « centre de désintoxication » et monta les escaliers. Deux paliers à passer, une porte vitrée en verre renforcé où vous deviez montrer votre visage avant qu'on vous laisse entrer en pressant sur un bouton. On se retrouvait dans un couloir puis, sans s'y attendre, on débouchait sur une pièce meublée de banquettes ocre et orange. Il y avait des philodendrons accrochés dans chacun des coins. Il croisa quelqu'un qui l'encouragea, un Noir sec et moustachu qui lui dit : « Allez, vas-y, mec, vas-y — tu es sur la bonne piste. » Le Doyen hésitant, pâle et gêné, l'amusait beaucoup.

La fenêtre du bureau de Winthrop était tendue d'épais rideaux à fleurs rose et vert. L'ancien tueur l'attendait, assis. Il avait un torse gigantesque, des cuisses énormes, des doigts épais. Il ne portait pas de complet veston, lui. Il était vêtu en camaïeu de bruns — un polo beige, une veste en daim fauve, un pantalon chocolat et des bottes de cow-boy en cuir naturel. Il avait sur la tête une petite casquette marron à visière, une casquette de petit garçon. Il avait un visage concave, incurvé comme une selle. Il portait la barbe et, comme le Dr. Fulcher de l'hôpital municipal, plusieurs pendentifs autour du cou et de grosses bagues aux doigts. Il prit sur son bureau le mot que Corde lui avait envoyé. Sous la lampe, la feuille pliée n'avait pas l'air plus grande qu'un petit papillon blanc. « Vous êtes un ami de Rufus Ridpath, Professeur ? Il m'a demandé de vous recevoir. Il croit que nous pouvons nous apporter quelque chose. Il pense peut-être que vous pourrez faire quelque chose pour l'aider. Dire les choses comme elles sont. »

« Qu'en pensez-vous ? »

« Je pense que c'est le meilleur directeur que la prison ait jamais eu, et j'y ai été enfermé avant qu'il y soit, et pendant... »

Son corps puissant avait une attitude incroyablement élégante dans le fauteuil directorial en cuir. S'il vous avait attendu dans un escalier ou une arrière-cour, à l'époque où il était tueur à gages, vous n'auriez jamais pu lui échapper. Il vous aurait tué, facile.

« Vous ne pouvez pas faire grand-chose pour Ridpath. Les types qui se sont occupés de son cas n'ont pas à s'en faire à cause de gens comme vous et moi, mon vieux. La ville est à eux. Leurs noms sont dans les journaux tous les jours. Si ce sont des noms que vous voulez, ce n'est pas compliqué. Mais c'est *tout* ce que vous en tirerez. Rufus n'attend pas vraiment quoi que ce soit de vous. Il vous aime bien, c'est tout. Bon, maintenant, qu'est-ce qu'il vous a dit de moi ? »

« Il m'a dit que vous et votre ami Smithers aviez fondé ce centre pour soigner les drogués sans recourir à la méthadone, comme vous l'avez fait vous-même. »

L'homme aux narines noires, au regard fixe et impressionnant sous la visière de la casquette de gamin, l'interrompit. Il dit : « Ah, vous êtes bien poli. Il vous a dit que j'étais un malfrat, pas vrai ? J'étais également tueur à gages, travaillant pour des gens très importants de cette ville. J'ai été jugé trois fois pour meurtre. Ces gens importants m'ont tiré d'affaire à chaque fois. Demandez-moi comment, et pour moi vous n'êtes plus qu'un type qui ne connaît rien à cette ville... »

Combien de gens il avait tués, ça, il ne prit pas la peine de le dire. En tout cas, il avait failli mourir d'une overdose d'héroïne. Quelqu'un aurait dû lui dire qu'elle était très forte. Il s'en était aperçu après s'être piqué. Et pendant qu'elle commençait à faire son effet, il s'était rendu compte qu'il était en train de mourir. Cela se passait dans une chambre d'hôtel près de la Soixante Troisième Rue et de Stony Island, tout au bout de la ligne du métro aérien, au fin fond de ce Woodlawn de merde. « Je vais vous dire un peu comment ça s'est passé. »

Un ami était arrivé et l'avait mis dans une baignoire pleine d'eau froide, mais il avait bien vu que Toby était en train de mourir et il avait foutu le camp : « Pas la peine de rester planté là, pour lui. Et puis au bout de dix-huit heures, j'en suis sorti. »

Il était sorti de la baignoire tant bien que mal et tel quel, ses vêtements trempés, il était descendu jusqu'à la Soixante Troisième et avait attrapé un taxi pour l'emmener au Billings Hospital, au service de désintoxication. Éffrayée par son apparence, la réceptionniste avait prévenu la police, qui l'avait ramassé dans le hall. Mais ils n'avaient aucun motif pour le garder au poste, excepté une accusation de vagabondage. « J'ai payé la caution. Toujours un gros paquet de billets dans la poche. J'ai pris un autre taxi pour retourner à l'hôpital, mais cette fois je me suis fait déposer devant un terrain vague où j'ai arraché un pied à une table qui traînait. Je suis entré avec le pied sous mon manteau, et l'ai montré à la réceptionniste. Je lui ai dit que si elle la fermait pas j'allais lui défoncer le crâne. Alors j'ai pu monter, et ils m'ont fait ma première piqûre de méthadone. Ils m'avaient fait enfiler une chemise d'hôpital, et je suis allé m'enfermer aux toilettes, où je me suis assis par terre en attendant la réaction. J'ai mis les bras autour de la cuvette, et je m'y suis accroché autant que j'ai pu. »

« Mais vous n'avez pas continué le traitement à la méthadone. »

« Non, Monsieur. Il s'est passé quelque chose. Quand je suis arrivé avec mon pied de table, j'étais prêt à tuer. J'aurais tué cette bonne femme si elle avait encore appelé les flics. Mais moins d'une heure après c'est moi qu'on appelait pour mettre fin à une bagarre. Il a fallu que je neutralise un type qui était en train de tout foutre en l'air. C'était un Noir, aussi costaud que moi, qui piquait une crise de *delirium tremens*. Il avait démoli tous les fauteuils de la salle d'attente. Il avait aussi cassé une table et enfoncé plusieurs fenêtres. Les aides-soignantes et les infirmières qui l'entouraient étaient comme des gosses de la maternelle. Lui, il était comme un buffle. Il a bien fallu que je m'en mêle, Professeur. Il n'y avait rien d'autre à faire. J'ai lâché ma cuvette, je suis sorti de là et je m'en suis occupé.

Je l'ai ceinturé. Je l'ai fait tomber par terre et je suis resté sur lui. Je ne dirais pas qu'il m'écoutait, mais, avec moi, il n'était plus aussi fou. Ils lui ont fait une piqûre et ensuite on l'a mis sur une civière, puis dans un lit. »

« C'était Smithers ? »

« Smithers, oui, dit Winthrop. J'aimerais bien être foutu d'expliquer ce qui s'est passé à ce moment-là... J'ai déjà essayé. C'est comme si je m'étais accroché, vous voyez, et que je n'avais plus lâché jusqu'à ce que je puisse comprendre ce qui arriverait une fois que j'en serais venu à bout. C'est peut-être parce que j'étais mort vingt-quatre heures plus tôt. Peut-être parce que mon pote m'avait laissé dans la baignoire, à l'hôtel — il ne savait pas quoi faire d'autre pour moi. Mais quand ils eurent mis Smithers dans un lit, je me suis assis à côté de lui et je m'en suis occupé. »

« Et c'est à ce moment que votre traitement a pris fin. »

« Je ne voulais plus le quitter. Il fallait qu'ils analysent son urine. Je lui ai tenu son pissoir. Vous comprenez ce que je dis ? Je lui ai tenu la queue pour qu'il puisse pisser dans le flacon. Il avait un sale ulcère à la jambe. J'ai aussi soigné ça. Ça a été sa cure, et ça a été la mienne en même temps. J'ai été sa maman, et aussi son papa. Et depuis nous sommes restés ensemble. »

« Et vous avez fondé ce centre. »

« On l'a construit nous-mêmes dans ce vieil entrepôt — les dortoirs, la cuisine, en bas des ateliers pour enseigner différents métiers. On fait venir des vieux du quartier — ces vieux, ils crèvent de faim avec leurs bons de nourriture, ils vont farfouiller dans les poubelles des supermarchés. Les magasins mettent des gardes, ils disent qu'ils ne tiennent pas à ce que les vieux s'empoisonnent avec du poisson pas frais. Nous, ici, nous avons besoin de ces vieux. Ils enseignent la tapisserie, l'électricité, la menuiserie, la couture. Et en plus ils enseignent le respect à de jeunes voyous. Mais il n'y a pas que des voyous. Nous en avons de toutes les sortes. Nous les acceptons tous — Blancs, Noirs, Indiens, n'importe quelle couleur. Il en vient des banlieues les plus aisées, de Lake Forest... »

« Vous considérez ce centre comme un succès ? »

Winthrop le fixa un moment. Puis il dit : « Non, mon bon, ce n'est pas ce que je dirais. Ils commencent par venir, et puis ils s'en vont.

Ça marche avec certains. Je pourrais vous en citer des tas et des tas que ça n'a pas pu sauver. »

Jusqu'à présent Winthrop était resté sur son fauteuil sans bouger, mais il se retourna soudain et, à la grande surprise de Corde, entreprit de se mettre par terre. Que faisait-il donc ? Il était à genoux, ses bras énormes tendus vers le sol, les doigts recourbés comme des crochets. « Vous comprenez ce que nous faisons ? Tous ces gens sont dans une fosse septique. Nous, nous tendons la main et nous essayons de les attraper. Tenez bon, tenez bon ! Si on n'arrive pas à les en sortir, ils n'auront plus qu'à se noyer dans la merde. Nous en sortons certains. D'autres coulent. Ils se noient et disparaissent sous la merde — ils ne s'en sortent pas... » Dans un effort qui fit se contracter toute une moitié de son visage, il se releva et se réinstalla dans son fauteuil.

« Vous voulez dire que les gens qui viennent ici... »

« Ce que je dis, Professeur, c'est que les rares qui nous trouvent, et les centaines de milliers d'autres qui ne nous trouvent pas et qui ne nous trouveront jamais — tous, ils sont destinés à être détruits. Tous ces gens sont censés mourir, Monsieur, *censés.* C'est ce que nous avons sous les yeux. »

CHAPITRE 10

C'est à ce moment-là que Corde, en toute sincérité, et sans prévoir comment le public réagirait, avait commencé à parler dans ses articles de « populations superflues », de gens « rayés de la société », « condamnés ». Ça n'avait pas trop bien passé. On pouvait utiliser des termes de sociologie, ou de Durkheim, ou de Marx, on pouvait parler d'anomie, ou de *lumpenproletariat,* de sous-classe noire, de paysannerie économiquement anachronique, du Tiers Monde, des effets de l'opium sur le peuple chinois au XIXe siècle — du moment que c'était suffisamment théorique, ça passait encore facilement. On pouvait parler sans soulever d'objections de la politique de la prise en charge, des bureaucraties médicales et de la Sécurité sociale. Mais quand il avait commencé à dire que, dans un milieu sauvage et monstrueux de villes à moitié démolies, le choix se résumait soit à une mort lente, soit à une mort violente, que c'était un choix entre l'usure et la destruction soudaine, Corde avait mis un bon nombre d'abonnés en colère. Quelque chose avait cafouillé. Il parlait d'âmes tourbillonnantes et en était devenu une lui-même, soulevé, aspiré, embrigadé, bouillonnant de passions, de protestations, d'inspirations. Il avait éprouvé, maintenant qu'il y pensait, un sentiment d'anarchie. Il s'était mis à utiliser d'étranges expressions. Il avait écrit par exemple que Toby Winthrop était un être humain « reconstitué », une espèce d'« assassin-sauveur » tout en un ; et que Winthrop était donc un cas humain avancé. Pourquoi ? Parce que la conscience moderne avancée était une conscience réduite, dans la mesure où elle ne contenait que le strict minimum d'agencements, ce que la civilisation était capable d'installer (jugement pratique, un vague profil de moralité, des esquisses, des caricatures au lieu d'êtres humains) ; et cette conscience, parce qu'elle était humainement équipée si pauvrement, si abstraitement, était meurtrière dès le départ. C'était pour cette raison que le meurtre était si facile à « comprendre » (ou bien avait-il écrit « excuser » ? Nuance pour nuance.) Il n'en était jamais arrivé à expliquer de quelle façon nous pourrions nous remettre d'aplomb. Sa discussion, inachevée, avait laissé bon nombre de lecteurs perplexes. Certains avaient écrit avec mépris, d'autres avaient été enchantés. Il n'avait eu aucune intention de créer un tel remue-ménage. Ça l'avait pris par surprise.

Mais le passage de l'article qui avait donné lieu à la plus grosse polémique était de loin l'interview qu'il avait eue avec Sam Varennes. En parlant avec ce Varennes, avocat désigné d'office dans le procès pour meurtre de Spofford Mitchell, Corde avait dit à peu près tout ce qu'il avait à dire. Le résultat, dans le jargon que les gens utilisaient à présent, avait été « antiproductif ».

Corde était allé voir Varennes pour discuter de l'affaire et demander l'autorisation d'interviewer Mitchell. Varennes n'était pas indifférent à la publicité mais, en fin de compte, lui et ses aides avaient estimé qu'un battage par les médias autour de l'affaire, avant le procès, ne pourrait que faire du tort à leur client. Corde avait néanmoins publié son interview avec Varennes dans sa totalité.

Le cas Mitchell n'avait rien de particulièrement exceptionnel. Les archives de la police, d'un bout à l'autre du pays, regorgeaient de milliers de crimes semblables. Mais celui-ci comportait des circonstances particulières, qui le rendaient important aux yeux de Corde.

La victime était une jeune épouse de banlieue, mère de deux enfants en bas âge. Elle venait tout juste de se garer sur un parking près du Loop lorsque Mitchell l'avait abordée et obligée à monter dans sa voiture à lui, sous la menace d'un revolver. Il était environ deux heures de l'après-midi. Spofford avait acheté sa Pontiac chez un marchand de voitures d'occasion de Clark Street, juste après sa récente sortie de prison. Corde ignorait de quelle façon l'achat avait pu être financé. (Le vendeur refusait de le dire.) Mitchell avait ensuite obligé Mrs. Sathers, installée à côté de lui sur la banquette avant, à retirer son pantalon, pour l'empêcher de s'enfuir. Il avait conduit la voiture jusqu'à une allée retirée et l'avait violée. Puis il l'avait bouclée dans le coffre de la Pontiac. Il l'en avait fait sortir plus tard dans la journée et l'avait de nouveau violée. D'après son témoignage, cela s'était répété plusieurs fois. Le soir, il avait pris une chambre dans un motel, dans le fin fond du South Side. Il s'était débrouillé pour la sortir du coffre et l'emmener dans la chambre sans être vu. Il avait peut-être été vu ; cela n'avait pas paru déranger ceux qui avaient pu le voir. Le lendemain matin, il l'avait reconduite à la voiture et réenfermée dans le coffre. Il était censé se rendre au tribunal à dix heures du matin pour répondre à une autre accusation de viol. Il avait garé la Pontiac, avec Mrs. Sathers dans le coffre, sur le parking officiel situé contre le bâtiment du tribunal. L'audience n'avait rien donné. Lorsqu'il était sorti, il avait conduit sa voiture à travers la ville, au petit bonheur. Cet après-midi-là, dans le West Side, des passants avaient entendu des cris émanant du coffre d'une voiture garée. Personne n'avait pensé à relever le numéro de la voiture ; de toute façon, elle avait redémarré presque aussitôt. À l'aube du lendemain, pour des raisons restées inexpliquées dans le dossier, Spofford Mitchell avait libéré Mrs. Sathers, en lui conseillant de ne pas avertir la police. Il était resté à la regarder de sa voiture pendant qu'elle parcourait la rue. C'était un quartier ouvrier blanc. Elle sonna à plusieurs portes, mais personne n'avait accepté de la laisser entrer. Une femme inexplicablement affolée, à cinq heures du matin : les gens refusaient d'avoir affaire à elle. Ils avaient peur. Au moment où elle s'éloignait de la troisième ou quatrième porte close, Mitchell était arrivé avec sa voiture et l'avait forcée à y remonter. Il était allé jusqu'à un terrain vague et, une fois là, lui avait tiré une balle dans la tête. Il avait recouvert son corps d'ordures qui traînaient là.

Elle avait rapidement été découverte. La police, exceptionnellement prompte, avait fondu sur Mitchell. On l'avait retrouvé dans le garage derrière la maison de son père, en train de nettoyer au jet les excréments qui souillaient le coffre. Il avait avoué, s'était rétracté, puis avait de nouveau avoué. Il était détenu à la prison municipale en attendant le procès. Cela, c'étaient les faits tels que Corde les avait trouvés dans les journaux. Il était en train d'écrire son article. Que pouvait bien être le contenu réel de ces faits ? Il s'était renseigné, et on l'avait renvoyé à l'avocat chargé de la défense, Mr. Sam Varennes. Dans *Harper's,* il avait rapporté sa longue conversation avec Varennes, qu'il décrivait comme :

... un homme jeune, costaud et chauve, avec des sourcils blonds très fournis et un cou puissant, un ancien athlète universitaire. Nous avons échangé des points de vue élevés, intelligents, libéraux — qui nous font honneur à tous deux. Pour être nommé avocat d'office, il faut généralement bénéficier d'une sorte de tremplin ou de parrainage, bien que ce genre de nomination s'adresse généralement à des fonctionnaires hautement qualifiés et consciencieux. Mr. Varennes est un homme de loi cultivé, qui possède un doctorat en droit. Je crois qu'il a parlé de Stanford.

Il m'a d'abord demandé quels étaient mes sentiments quant à cette affaire. J'ai avoué souffrir de claustrophobie, et préférer être tué plutôt que de me laisser enfermer dans un coffre de voiture sous la menace d'une arme ; que parfois même j'imagine des scènes dans lesquelles je dis : « Il faudra d'abord me tuer. » Mais, que si on m'y poussait de force et qu'on rabattait le capot sur moi, je ferais mon possible pour trouver un démonte-pneu avec lequel cogner sur mon geôlier, même armé, à la première occasion. Qu'être enfermé dans un coffre de cette façon correspond à peu près à être enterré vif. Que je ne pourrais pas le supporter. Puis je lui ai dit : « Pensez un peu à la façon dont Mrs. Sathers a dû supplier cet homme à chaque fois qu'il a soulevé le capot. »

À ma grande surprise, il parut légèrement étonné de ce que je lui disais. « Vous croyez qu'elle l'a supplié de lui laisser la vie sauve ? »

« Elle lui a demandé, ou elle l'a supplié, certainement — " Laissez-moi sortir ! " »

Ce que je venais de dire n'eut pas l'air de plaire énormément à Mr. Varennes. Il s'était mis dans la position d'effectuer une plaidoirie efficace en faveur de son client (qui était après tout un homme, un être humain comme nous tous), et il était très gêné. Je crois aussi que moi-même — l'interviewer — je le troublais. J'étais troublé moi aussi. Il demanda : « Vous croyez ? Je n'y avais pas pensé... »

« Oh, mais, ça ne fait pas de doute, elle a dû le supplier », dis-je.

« Et ce que vous dites, c'est que ça l'a laissé indifférent ? »

« Je ne dirais pas indifférent. J'essaie de deviner s'il comprenait ses émotions à elle. Quand on dit quelque chose avec toute la sincérité, toute la conviction qu'on a dans le cœur, on se demande comment il peut se faire... avec toute cette sincérité derrière, ça devrait... ça devrait passer, non ? S'il avait compris ses supplications, il appartiendrait à une autre espèce de meurtrier. »

« L'espèce qui se réjouit de la souffrance de sa victime, comme cet assassin, Gacey, qui s'était spécialisé dans les jeunes garçons, et qui en a tué des tas ? Ça faisait partie de sa perversion sexuelle ? Plus subtil, plus pervers... ? »

« Apparemment Gacey torturait ses victimes et se moquait d'elles. »

« Et vous pensez que Mitchell n'appartenait pas à cette catégorie ? »

« La classification des psychopathes n'est pas de mon ressort, techniquement pas. Tout ce que je peux dire au sujet de Mitchell c'est que, d'après moi, il courait vers la mort. Quand on a choisi cette ligne-là, la plus rapide et la plus directe, on est peut-être sourd et aveugle face à quelque chose d'aussi bizarre que les supplications d'une femme qu'on a enfermée dans le coffre de sa voiture. »

« Quelqu'un de plus primitif, alors », proposa Varennes.

Je m'aperçus que l'avocat était en train de m'examiner sous l'angle de mes opinions sociales. Mr. Varennes est un homme plein de muscles. Même son cou est musclé, un véritable pilier. Il doit faire des haltères. Il reprit : « Nous pouvons suggérer dans notre défense que Mrs. Sathers acceptait la situation. »

« C'est ce qu'il prétend ? »

« Elle était à côté de lui sur la banquette pendant une bonne partie du temps. Des témoins l'ont vue à un certain moment, quand il s'est arrêté pour acheter une bouteille de Seven-Up. Il est entré dans le magasin pour acheter la bouteille et l'a laissée dans la voiture ; elle est restée assise à l'attendre. Elle n'a pas fait un geste pour se sauver. Vous allez peut-être répliquer qu'elle avait les chevilles attachées. »

« Je ne réplique rien. Mais elle était probablement pas mal dans les vaps. »

« Aussi dans les vaps que ça ? »

« L'impression qu'elle était déjà détruite. Il doit y avoir une impression de complicité dans ces affaires de viol. Les nerfs sexuels doivent avoir leur vie propre. Si des gens croient qu'ils finiront par être tués de toute façon, il se peut qu'ils se laissent désespérément aller. »

« Sexuellement ? »

« Oui. Malgré eux, se laisser complètement aller. Vous comprenez, ils savent qu'ils vont mourir. Au revoir la vie... ? »

« C'est une sacrée théorie. »

« Peut-être. Mais quelle sacrée situation, aussi », dis-je. Avec cette importante particularité, cette bizarre malédiction sexuelle ou charnelle que nous subissons — nous l'avons placée pile au centre de l'existence, nous l'avons rattachée à la sauvagerie et à la criminalité — ça n'a rien d'une interprétation fantaisiste. La vérité, en fait, exige peut-être même une interprétation encore bien plus étonnante. Notre conception de la vie physique et du plaisir est totalement imbibée de mort.

Souligner le physique à ce point est fatal. Ça nous coupe du reste. Aussi l'union physique la plus absolue a-t-elle sans doute toujours un arrière-goût de mort. C'est pourquoi j'ai dit que Spofford Mitchell fonçait vers la mort sur la voie la plus rapide — la plus rapide, affolée, orgasmique, comme dans un rêve. Sauter dessus, faire son truc, et mourir. »

Je fus obligé de faire un effort pour me rappeler que je m'adressais à un gymnaste. Il avait rejeté la tête en arrière comme pour avoir un angle différent et avait repris son observation, extrêmement curieux. Je repris donc mon rôle d'interviewer. « Fouiller dans les dernières heures de Mrs. Sathers n'est peut-être pas très joli. Nous discutions pour essayer de comprendre pourquoi elle n'a pas pris ses jambes à son cou quand il est entré dans ce bar. Est-il vrai que des témoins l'ont vue en train d'attendre, toute seule ?... »

« C'est moi-même qui ai pris leurs dépositions. »

« J'essaie d'imaginer le désespoir qui a pu l'empêcher d'ouvrir la portière. Et en supposant qu'il l'ait poursuivie dans la rue, se serait-il trouvé quelqu'un pour l'aider ? »

« Face à un homme armé, peut-être pas. C'est juste, si on le prend de ce côté... Je suppose que c'est ce que soutiendrait l'accusation. Il reprit : Mon équipe et moi travaillons sur des cas de ce genre tous les jours. Il nous est difficile de faire preuve de la même ferveur qu'un observateur extérieur. »

Je fis un effort particulier pour recouvrer mon détachement, ou mon calme professionnel de journaliste. Il me faut bien avouer que j'ignore pourquoi je dis certaines choses lorsque je suis énervé. C'était gentil de sa part d'appeler ça « ferveur » ; c'était infiniment plus insidieux, un changement radical. Mais c'était un type bien. Il me plaisait. J'aimais bien ses yeux sérieux et sa forte tête lisse. Et cela me poussa à en dire davantage.

Son examen se poursuivant — car il m'examinait bel et bien (comme s'il y avait quelque chose chez moi qui n'était pas à proprement parler contemporain*) —, il me sonda du côté professionnel et m'invita à discuter la situation sous un angle plus large — l'humeur du pays dans son ensemble, la ville-dans-les-villes, le cauchemar urbain, les questions politiques. Il me demanda de lui décrire les articles que je préparais. Pour quelle raison allais-je les écrire, et quelle forme auraient-ils ? Je lui expliquai que les Corde avaient quitté Joliet et s'étaient installés à Chicago plus d'un siècle auparavant, que j'étais né dans le North Side, et que je pensais que ce serait une bonne idée de décrire la ville telle que je l'avais connue, que mon but était davantage illustratif qu'analytique. J'étais allé par exemple revoir mon ancien professeur de zoologie, que j'avais toujours aidé à soigner les animaux, en les nourrissant et en nettoyant* *leurs cages. J'avais aussi recherché un coiffeur polonais autodidacte qui avait l'habitude de faire des conférences sur* Le Déclin de l'Occident *de Spengler aux enfants assis dans son fauteuil, tout en leur coupant les cheveux. J'avais suivi sa trace jusqu'à Poznań, où il vivait à présent de sa retraite gagnée en Amérique. J'étais allé revoir le YMCA de Larrabee Street. Et puis le Loop. Les jolies petites gargotes du Loop, ses officines de paris, ses bouis-bouis et ses vieux cinémas avaient été rasés. De gigantesques immeubles de bureaux avaient été construits partout. On pouvait dire adieu aux musiciens de jazz, aux traîne-patins de salles de boxe, aux piliers de salles de billard de chez Bensinger sur Randolph Street... Puis je mentionnai un certain nombre de problèmes actuels, dont les cités de HLM construites au sud du Loop sur la gare de triage désaffectée ; et le gigantesque projet de tunnel, le Cloaca Maxima long de cent cinquante kilomètres, enfoui à plus de cent mètres sous la ville. Voulant éviter de le prendre à rebrousse-poil, je ne fis aucune allusion à mon intérêt pour les abus d' « immunités » que pratiquaient les US Attorneys (les témoins réfractaires qui refusaient leurs offres d'immunité étaient condamnés pour outrage à magistrat ; les juges étaient autorisés à les envoyer en prison pour des peines allant jusqu'à un an). Aborder ce sujet-là avec Mr. Varennes n'aurait pas arrangé mes affaires. Je ne parlai pas non plus de l'intérêt que je portais à l'affaire Rufus Ridpath, les gens qui avaient largué Ridpath étant peut-être les mêmes que ceux qui avaient nommé Varennes.*

Si on pouvait me faire confiance, sous quel angle j'envisageais tout cela, pour quelles raisons je n'étais pas à cent pour cent contemporain — voilà les questions que posait le Défenseur Public. J'étais arrivé on ne peut mieux accrédité — journaliste, professeur, et doyen. Cependant, malgré ces lettres de créance et l'espoir d'une publicité favorable pour son équipe, j'étais suspect, il reniflait les ennuis.

Et il n'avait pas tort. Une certaine instabilité...

Corde reposa l'exemplaire du *Harper's* de Valeria et refit un essai, replaçant l'interview dans un cadre nouveau comme s'il avait l'intention d'en écrire une nouvelle version, plus étendue dans les perspectives, plus proches des faits réels, prenant en compte des forces plus larges. Cet entretien avec Varennes était une de ces occasions où (si vous êtes comme Albert Corde) vous êtes fortement tenté de dire ce que vous pensez réellement. Très dangereux. Dans la vie courante, vous vous tenez bien en dessous de vos véritables pensées. Mais si vous arrivez en vol plané, quoi d'étonnant à ce que le type en face de vous vous foute un coup de fusil ? D'un autre côté, il pourrait être le cas exceptionnel, et ne pas tirer. C'est un fait, Varennes m'avait fait passer toute une série de tests de confiance. Est-ce que je jouais le jeu d'après les règles de Chicago, ou bien est-ce que j'allais me lancer dans une aventure exotique qui le gênerait ou lui mettrait carrément des bâtons dans les roues ? Le Recteur, pour sa part, avait décidé une fois pour toutes que je n'acceptais pas les règles qui avaient cours à Chicago. Il m'avait fait confiance, et je lui avais apporté des tonnes d'ennuis. Mais aussi, on pourrait dire que Varennes m'avait passé un peu de pommade. Il m'avait poussé. Il m'avait raconté que, lors de ses premières vacances à Paris, alors qu'il était jeune étudiant, il avait lu mes articles dans le *Herald Tribune*. Il m'avait demandé si je connaissais bien le discours que Soljenitsyne avait prononcé à Harvard. Oui, et, par-ci par-là, j'étais même d'accord avec lui. J'étais sur mes gardes.

Ce qu'il y a, c'est que Varennes était tout bonnement en train de vérifier mes papiers, pour voir si mes sympathies libérales étaient en bon ordre. Je lui dis que le libéralisme n'avait jamais digéré l'axiome léniniste qui disait que notre époque était une époque de guerres et de révolutions. Là où les communistes voyaient une guerre civile, une guerre des classes, des images de catastrophe, nous ne voyions que des aberrations passagères. Les démocraties capitalistes ne se sentaient jamais trop à l'aise dans la perspective catastrophiste. Nous sommes habitués à avoir la richesse et la paix, nous voulons tout ce qui est bien et nous sommes contre la cruauté, la méchanceté, la malhonnêteté et la monstruosité. Adorateurs du progrès, dépendants de lui, nous refusons de voir la vilenie et la misanthropie, nous repoussons l'*horrible* — ce qui revient à dire que nous sommes antiphilosophiques. Notre façon de voir exige de nous de considérer comme une chose acquise que chacun de nous est au fond digne de confiance, que chacun de nous est naturellement honnête et décent, et plein de bonne volonté. Le monde anglophone est ainsi par tempérament. On s'en aperçoit clairement en lisant les romans de Dickens. Il y a en ce monde de la souffrance, il y a du mal, de la trahison, de la corruption, de la brutalité, du sadisme, mais les épreuves passent et les braves gens se refont une existence confortable, se replongent dans une vie douillette. On pourrait dire que ça, c'était tout simplement du Victorianisme,mais ça n'en était — n'en est — pas. Les hommes d'affaires et les politiciens modernes, si déjà ils offrent des milliards de dollars de crédit à l'autre bord, ne veulent pas entendre parler d'une époque de guerres et de révolutions. Ils ont besoin de croire à une stabilité contractuelle et croient de ce fait au sérieux fondamental des autorités des pays communistes — leurs *alter ego,* des gens aussi réalistes qu'eux-mêmes, mais qui portent des titres différents.

La discussion, apparemment si réelle, l'échange d'idées mutuellement rassurantes, avait continué. Cela, c'étaient les rejetons mort-nés de l'intellect. Morts tout court. Je m'en suis aperçu depuis longtemps. Ils naissent et ils meurent dans notre cervelle. Quoiqu'il soit assez vrai qu'une simple confiance dans le progrès aille de pair avec une conception déformée de la nature humaine.

Mais cette discussion amusait Varennes comme un petit fou. Il ne voulait pas passer la totalité de son temps à penser à des saletés de viols et de meurtres. Il noua ses doigts entre eux et dit qu'il venait de lire un nouvel essai sur la mentalité de Munich — l'incapacité de Chamberlain à étouffer les desseins de Hitler. Il me demanda : « Et vous, où avez-vous été initié à la catastrophe ? »

Je répondis : « En Allemagne, dans les années quarante, quand j'étais jeune. Mais probablement encore davantage par ce que j'ai pu lire étant gosse dans la bibliothèque de mon père. Il avait été artilleur durant la Première Guerre mondiale et collectionnait les livres sur le sujet. J'ai lu beaucoup de choses sur la guerre des tranchées à un âge où on est très impressionnable. Dans certains secteurs, pour protéger les pieds des Tommies, ils pavaient les tranchées avec des cadavres gelés. On se rendait compte que le printemps arrivait quand les corps commençaient à céder sous les pas. Je ne me suis pas contenté de Remarque, Barbusse et Kipling. Je me suis plongé dans les mémoires des hommes de troupe et des sapeurs. Je me rappelle un récit pris sur le vif de rats se grignotant un passage à l'intérieur des cadavres, entrant par le foie et rongeant jusqu'à la tête, devenant si gros qu'ils avaient du mal ensuite à ressortir par la bouche. Il faudrait une sorte de sténo pour noter des faits de ce genre. Et puis il faudrait peut-être aussi un supplément au Livre des Psaumes pour s'occuper de ça. Ils ont vraiment réarrangé nos âmes. Nous vivons *vraiment* l'époque que Lénine appelait celle des guerres et des révolutions. L'idée a fait son chemin, à présent. »

Le Défenseur Public dit : « Sauf pour les Américains ? La dernière des nations imperméables aux idéologies ? »

Varennes, qui avait besoin d'un peu de temps pour réfléchir à ces hypothèses, tourna la tête sur le côté, regardant à travers l'immense baie (impossible à ouvrir) de son bureau à air conditionné. C'était un type fort et persistant. Au gymnase, lorsqu'il s'exerçait, il devait être également calme, soutenu ; de même chez Genez et Georgetti, lorsqu'il découpait le chateaubriand saignant posé sur son assiette ; et probablement fort au pieu aussi, un pilier de muscles sur la poitrine d'une fille lisse et bien faite. Moi, au contraire, j'étais replié tout maigre sur mon fauteuil, les mains serrées entre le bas des cuisses (mes cuisses cambrées — ces jambes que critiquait mon neveu), avec mes yeux gonflés, mes binocles mal ajustés, mes cheveux blanchissant sur le devant, mon visage rond et pâle, et ma grande bouche désobligeante (et qui n'avait que l'apparence d'obligeance). Varennes poursuivit : « Notre catastrophe c'est donc ces quartiers de taudis dans nos villes ? Ou bien — dites-moi si je vous suis bien — l'explosion du Tiers Monde ? » Et autant que je puisse me souvenir, il avait poursuivi en disant que ce que je suggérais, c'était qu'un type comme Mitchell était en fait un agent inconscient de la catastrophe mondiale, ou un agent involontaire. « Vous le mettez dans le même panier que les terroristes ou les fanatiques du Tiers Monde ? Est-ce que vous n'êtes pas en train de me demander si nous — les démocraties bourgeoises —, nous sommes capables d'assimiler la mentalité catastrophiste ? »

Je me souviens nettement de l'idée qui me vint alors. Je dis que l'Amérique ne savait pas davantage quoi faire de cette sous-classe noire que de ses enfants. Il lui était impossible d'éduquer les uns et les autres, tout comme de les attacher à la vie. L'Amérique elle-même n'était pas trop bien attachée à la vie pour l'instant. Les enfants, qui le sentaient bien, s'attachaient à la sous-classe noire et arrivaient à une sorte de coalescence avec la « masse-exigeante ». Ce n'était pas tant les taudis à l'intérieur des villes qui nous menaçaient que le taudis de notre être le plus profond, dont le taudis urbain était peut-être une représentation matérielle. En même temps que je formulais cela, j'eus l'impression d'avoir l'air malade et affaibli. Une sorte de brouillard brûlant descendit sur moi. Je sentis ma faiblesse à l'approche des affaires de l'âme — son affaire véritable à notre époque. Voilà un doyen (ou un auteur d'articles de magazines) qui venait trouver un avocat pour discuter d'un problème limité ; et leur discussion devenait illimitée — leurs affaires ne débouchaient sur aucune conclusion. J'étais en train de perdre Mr. Varennes. L'angoisse au-delà des limites de la tolérance humaine, ce n'était pas un sujet qu'un brave homme comme Mr. Varennes était prêt à aborder tous les jours. Mais moi (Bon Dieu !), commençant à assembler des matériaux en vue d'un essai sur la vie dans ma ville natale, et découvrant aussitôt des blessures, des lésions, des cancers, une fureur destructrice, la mort, je me sentais (et combien étrangement, par quels détours) appelé à un effort particulier — à interpréter, à plaindre, à sauver ! C'était stupide. C'était de la folie. Mais à présent que le processus était engagé, comment l'arrêter ? Je ne pouvais pas.

Varennes parut s'en apercevoir et dit : « Ce que vous avez derrière la tête n'est toujours pas très clair pour moi, en fin de compte. »

Je choisis de suivre une voie différente, pour l'instant du moins. Je dis : « Vous avez peut-être vu récemment un long article. On a interrogé cinquante personnalités sur ce qu'il faudrait à Chicago pour devenir plus vivant, plus dynamique. »

« Je crois bien l'avoir vu, en effet. »

« Certains étaient des avocats, d'autres des architectes, l'un était propriétaire d'un club de football ; et puis aussi des PDG, des publicistes, des journalistes et des gens de la télévision, des musiciens, des directeurs artistiques, des éditeurs, des urbanistes, des prévisionnistes, un arrière de football célèbre, des pontes du commerce *et caetera.* »

« La crème, quoi », dit Varennes.

« Eh bien, certains ont dit qu'il nous fallait des terrasses de café comme à Paris ou à Venise, d'autres ont dit qu'il nous faudrait des espaces aménagés comme Ghirardelli Square à San Francisco ou Faneuil Hall à Boston. L'un deux voulait qu'on construise un casino sur le toit du Hancock Building ; un autre, qu'on aménage les rives de la Chicago River. Ou bien qu'il y ait des centres culturels ; ou bien davantage de restaurants à la mode ou de boîtes de nuit. Une épicerie fine ouverte vingt-quatre heures sur vingt-quatre. Plus de facilités pour les handicapés, particulièrement ceux qui se déplacent en fauteuil roulant. Mais personne n'a mentionné la terreur. Au sujet de cette terrible sauvagerie, de la peur qui règne dans cet énorme endroit... rien. Au sujet des drogues, des armes. »

« Oui, fit Varennes, mais on ne peut pas dire que ce soit très sérieux, l'opinion de ces gens, ce que racontent les décorateurs chics, ce que publient les éditeurs de magazines bon marché. »

« D'accord. Mais cela m'a fait penser qu'il serait grand temps que j'écrive quelque chose là-dessus, moi qui suis né ici. Plusieurs générations de Corde... »

Alors Varennes dit que nous avions eu une très intéressante conversation, lui et moi, et que d'une certaine manière c'était une bonne chose. (Mais comment ? c'était sous-entendu.) Je fus obligé d'acquiescer. Nous restâmes à nous expliquer des abominations l'un l'autre, en quelque sorte pour nous en débarrasser, pour redistribuer les différents éléments monstrueux, et reconstruire quelque chose avec lequel un tempérament libéral et démocrate de bonne volonté puisse encore vivre. Personne ne dit textuellement : « Un crime a été perpétré. » Non, c'était plutôt : « Un malheureux individu, ayant perdu la raison, a massacré une femme, c'est un fait, mais nous aurions tort de nous ériger en juges de ce crime, car la cause en revient à certains échecs humains et sociaux. » Une généreuse et fine conclusion, qui nous fait honneur à tous deux. Encore que la vraie intelligence soit trop vigilante pour accepter cet honneur, et nous suggère à tous (parce que c'est universel, et propriété commune de tous les êtres humains) que ce n'est qu'une forme d'entraide, et une forme loin d'être ragoûtante.

Varennes poursuivit : « Je ne sais pas ce que vous pourriez retirer d'une entrevue avec Spofford Mitchell. Il faudrait que je demande l'avis de mon équipe, et je serais également obligé de demander son autorisation à Spofford. Je dois respecter ses droits. Je suppose que vous seriez intéressé de voir où il est. Les assassins les plus dangereux sont enfermés au nième sous-sol. Les gardiens n'ouvrent même pas leur porte pour leur donner à manger, là-dessous. Ils leur poussent leur plateau sous la porte. Ensuite, les rats arrivent pour lécher la crème sur les barreaux. »

« Quelle crème ? »

Varennes dit : « La cuisine prépare des gâteaux... »

Le regard que nous échangeâmes à propos du gâteau était étrange. Mais je rompis et fis machine arrière. Je dis, pourquoi pas — des gâteaux, de la crème, pourquoi pas ? Et ces QHS, c'était vraiment terrible. Je changeai de sujet. Bien entendu, je n'avais aucune intention d'être une gêne, d'empiéter sur les droits de Mitchell en aucune façon, ou de faire quoi que ce fût qui entravât sa défense. Il dit que son but était d'éviter la chaise à Spofford Mitchell. Je lui demandai si c'était un but professionnel, ou un but légal-moral — parlait-il en tant qu'avocat qui répugnait à perdre une affaire, ou se sentait-il l'obligation de sauver la vie de cet homme ? La question ne le rendit pas particulièrement heureux. Embarrassé, il me dit qu'il ne discernait aucun conflit entre les deux, et à quel point l'accusation était composée de vachards. Ils faisaient le compte, sur un mur de leur bureau. Pour chaque condamnation à mort, ils dessinaient une tête de mort et des tibias croisés.

Puis il fit volte-face et me reprit l'initiative. C'était *lui* qui posait les questions, à présent. Il dit que j'étais venu inspecter un avocat commis d'office pour le mettre sur la défensive en tant que représentant diplômé de la classe moyenne, comme si je croyais que son boulot était une sinécure, et qu'il ne se refusait rien. Au moins cette masse de muscles était-elle capable de parler honnêtement. Le bas de son cou épais trembla d'émotion. Il n'était pas encore fâché, mais une certaine indignation pointait, et il dit qu'il ne savait pas encore trop bien où *moi* j'en étais, ni de quel point de vue je lui demandais s'il se montrait professionnel ou moral.

Enfin, l'indignation était — ou pouvait être — une preuve tangible de sincérité. C'était préférable à notre début de conversation, au cours de laquelle nous avions étalé des opinions qui pourraient éventuellement devenir sérieuses — des points de culture et de réel souci, marqués de part et d'autre.

À ce stade de la conversation, je me sentais tout à fait heureux, d'une façon tourbillonnante et désorientée. Je ne m'attendais pas à ce qu'il m'autorisât à interviewer Spofford Mitchell (j'étais quelqu'un de dangereux), mais d'une certaine façon, c'était un après-midi satisfaisant.

« Vous êtes en train de sonder mes opinions raciales, dis-je. Aucun Américain sérieux ne peut se permettre d'être suspect de préjugés. Ce qui nous oblige à laisser de côté les données de l'expérience. Parce que, quand nous pensons concrètement ou préverbalement, nous voyons effectivement une peau noire ou une peau blanche, un nez épaté ou droit, de la même façon que nous distinguons une pomme rouge sur un pommier vert. Ce ne sont que des perceptions. Elles ne devraient pas tomber sous le coup d'un tabou. »

« Et, elles y tombent ? »

« Oui, nous essayons d'étirer ce tabou jusqu'à ce qu'il recouvre même ces observations concrètes et préverbales, ces simples identifications objectives. Oui. Vous et moi nous jouons au badminton avec ce sujet depuis un bon moment, avec le volant qui fait le va-et-vient par-dessus le filet du tabou. »

Il dit alors : « Dites-moi, comment voyez-vous les deux personnes impliquées dans cette affaire ? »

« Je distingue davantage qu'un visage blanc face à un visage noir. Ce que je vois, ce sont deux images d'âme et d'esprit — si vous voulez que je vous dise. Je crois que dans notre existence de chair et de sang nous sommes une représentation de quelque chose. Je vois donc une image, à côté d'une autre image. La race n'a aucune influence là-dessus. Je vois Spofford Mitchell et Sally Sathers, deux entités séparées, deux intelligences séparées et ignorantes. L'une est en train de considérer l'autre avec terreur, et l'homme déborde d'un écrasant désir de *transgression,* de la seule façon qu'il puisse concevoir une transgression — un choc sexuel libérateur. »

« Une libération ! Je vois. Se libérer de la fièvre et du délire. »

« Du tourbillon en général. Toute l'horreur est justement dans cette littéralité — la littéralité génitale de cette illusion. C'est bien ce qui donne à ce blasphème sa finalité. La littéralité des corps et de leurs membres — des extérieurs sans intérieurs. »

Sam Varennes parut y réfléchir. En fait il devait surtout se demander comment se débarrasser de moi. Nous passons habituellement une bonne partie de notre temps à attendre que quelqu'un foute le camp, nous permettant de poursuivre notre vie (de cultiver notre petit jardin obsessionnel). Mais mon cas était plus spécial — je venais de me révéler sous les traits d'un fou, d'un maniaque déguisé en doyen. C'était notre conversation, vue de son bord. Évidemment, on ne sait jamais à quelle conclusion peut arriver quelqu'un à qui vous essayez très dur de parler franchement. Ni l'un ni l'autre des interlocuteurs ne se débrouille trop bien. Personne n'en a l'habitude. Et toutes les pensées individuelles ou vraies sont essentiellement bizarres. Mais des extérieurs sans intérieurs — qu'est-ce que c'est que ça ? De la métaphysique ? De l'épistémologie ? Ou quoi ?

Nous étions assis dans son bureau de l'immeuble qui abrite les tribunaux de grande instance, au croisement de la Vingt Sixième et de California Avenue. (Ici, Corde aurait ajouté à la version parue dans *Harper's* que le soleil brillait mais que, même en plein jour, il y avait une touche de l'heure crépusculaire. Peut-être l'architecte avait-il mis une nuance de lavande dans le verre des vitres pour atténuer l'éclat du soleil ? Peut-être était-ce provoqué par l'atmosphère, ou un dérèglement du métabolisme, une augmentation soudaine des toxines ?) Il y avait eu beaucoup de changements au croisement de la Vingt Sixième et de California depuis l'époque de Bridewell. De nouveaux immeubles avaient surgi, une aile plus moderne pour la prison municipale, due aux efforts de Rufus Ridpath qui avait été récompensé par la disgrâce, l'assassinat de sa personnalité. Des bus y arrivaient et en repartaient du matin au soir. Des prisonniers sortis de toutes les maisons de détention de la ville y étaient déchargés. Les bonshommes en descendaient comme ils pouvaient, menottés deux par deux. En descendant la rampe par paires pour entrer dans la prison, la plupart étaient moroses ou dans un état de fureur blanche, mais quelques-uns s'amusaient comme des fous, réjouis comme par un retour à la maison, hurlant aux gardiens : « Hé, mon p'tit pote ! Regarde un peu qui est de retour ! » Ils entraient en troupe se faire psychiatriser, assistante-socialiser, puis répartir par cellules.

Tout autour des bâtiments des tribunaux et de la prison, aperçus de la superbe élévation du bureau de Varennes, il y avait à perte de vue d'immenses rectangles de quartiers de ville écrasée — des kilomètres et des kilomètres carrés de Passchendaele ou de Somme civiles. Au centre de la ville, et nulle part ailleurs, visible de n'importe quel endroit sur les plaines de ruines, l'immense éclat des gratte-ciel. Autour des tours, où les phares éternels mêlaient leurs rayons à la lumière du jour, se formait une turbulence composée de deux sortes de lumière.

Varennes dit : « Quand vous vous mettez à parler de tourbillons, vous le faites comme s'il s'agissait du maelström — comme Edgar Allan Poe. »

« Vous voulez dire apocalyptique. Quand on se mêle d'apocalypse, on perd son échelle de références sociales, rassurante et constructive. »

Là, Corde aurait ajouté, dans une version améliorée de son article, que Varennes était une personne saine, normale, avec un penchant pour les idées sainement libérales. Les détails de sa nomination au poste de Défenseur Public étaient normaux pour Cook County. Il n'était pas facile de se faire un trou sans parrainage. Mais il représentait quand même un symbole, celui de l'exigence du public pour la justice, et auquel le Grand Torchon lui-même était obligé de faire des concessions (d'ailleurs limitées). Quoi qu'il en soit c'était quelqu'un d'instruit et de correct — il faisait du jogging, des haltères, et son dada était de remettre en état des voitures anciennes. Et ce que le Doyen racontait l'intéressait. Le Doyen Corde, assis là, jambes croisées, les mains posées sur les cuisses, paumes en l'air. Sous ses sourcils, le Doyen possédait un regard d'une perspicacité tous azimuts. Varennes paraissait intéressé d'une manière théorique par ce que le Doyen disait de la turbulence et des états tourbillonnaires, de l'incompréhension subhumaine, d'une femme qui suppliait qu'on l'épargne à chaque fois que s'ouvrait le capot du coffre de voiture dans lequel elle était enfermée. Est-ce que son visiteur essayait de lui faire entendre (une peur petite-bourgeoise) que le pays était en train de tomber en ruine, ou bien quoi ? En fait, le Doyen ne donnait pas l'impression d'être ce genre d'excité ou d'hystérique banal. Une part de lui était réellement clairvoyante ; à certains moments il était subtil, pénétrant, et même tout à fait constructif.

« Qu'est-ce que vous voudriez ? demanda Varennes. Est-ce que vous donneriez un revolver au mari de cette femme morte, pour qu'il puisse faire un carton sur Mitchell à travers les barreaux de sa cellule ? »

« J'ai suggéré quoi que ce soit de ce genre ? »

« Non, Doyen ; non. Je vais à la pêche, c'est tout. »

Le Doyen dit : « Je vais vous dire clairement ce que je pense. Votre accusé appartient à cette sous-classe noire dont tout le monde parle ouvertement et qui, pour reprendre le terme que les spécialistes utilisent de nos jours, est économiquement " irrécupérable ", traînant de plus en plus en arrière du reste de la société, enfermée dans une culture de désespoir et de criminalité — *moi* je n'appellerais pas ça une culture, c'est encore un mot de spécialiste. Il n'y a là aucune culture, c'est tout simplement un état sauvage, et sacrément monstrueux par-dessus le marché. Ce dont nous parlons, c'est d'un peuple promis à la destruction, d'un peuple condamné. Comparez-le à la dernière étape du prolétariat telle que l'envisage Marx. Le prolétariat, ne possédant *rien,* privé de tout, nu, émergerait enfin du cauchemar de l'histoire. Dépouillé de tout, il n'aurait aucune illusion dans la mesure où il n'existerait rien pour soutenir des illusions, et il ferait une révolution sans scénario. Il n'aurait nul besoin d'une trame historique, parce qu'il a été élevé à la dure école de la réalité, et tout et tout. Eh bien, voilà bien un cas de peuple dépouillé. Et l'effet de la mise à nu, de l'atomisation, qu'est-ce que c'est ? Bien sûr, ce ne sont pas des prolétaires. Ce n'est qu'une *lumpenpopulation.* Nous ignorons comment nous rapprocher de cette population. Nous n'avons pas même conçu que s'en rapprocher puisse être un problème. Aussi n'a-t-elle devant elle que la mort. Peut-être notre décision est-elle déjà prise. Que ceux qui peuvent s'intégrer à la classe moyenne s'y intègrent. Le reste ? Eh bien, nous faisons de notre mieux pour eux. Rien ne nous oblige à en faire davantage. Ils tuent certains d'entre nous. Mais ils se tuent surtout eux-mêmes... » Varennes demanda : « C'est la conclusion à laquelle vous arrivez dans votre article ? »

« Oh, je n'ai même pas encore envisagé d'arriver à une conclusion. Pour le moment, j'en suis tout juste au stade descriptif. Ce que je vous raconte, c'est uniquement ce que je vois se dérouler sous mes yeux. Le pire de tout, je n'y ai même pas encore touché — les bidonvilles que nous transportons à l'intérieur de nous-mêmes. Le ghetto qui se trouve *à l'intérieur* de la ville *intime* de chaque être humain... Nous pourrions aborder ce sujet une autre fois. »

Ce fut la fin de notre conversation. Le téléphone sonna. Un appel important. Il s'excusa (j'étais prêt à partir) et se débarrassa de moi. Il me promit d'en parler avec ses collègues. C'était un très brave type. On pouvait presque lui parler. Ce sont les pires. L'espace d'un moment, on a même l'impression qu'on arrive à quelque chose.

CHAPITRE 11

Vlada Voynich ne put venir le jour de Noël. Elle expliqua à Minna au téléphone que le voyage l'avait fatiguée, mais qu'elle assisterait à l'enterrement — bien sûr, qu'elle viendrait — et qu'elle les verrait ensuite chez eux. Minna était très occupée par les visiteurs. Ce fut la Cousine Dincutza qui transmit le message à Corde. Corde était enfermé dans la chambre (qui avait eu le temps de devenir la sienne). Il avait une belle journée d'hiver devant lui. Aller se mêler aux visiteurs pour parler de choses sans importance était au-dessus de ses forces. Il n'essaya même pas. Dincutza, en remplacement de Gigi qui était maintenant très occupée, s'était désignée d'autorité pour s'occuper de lui. Elle lui apportait une tasse de thé de temps à autre et le tenait au courant. Elle lui apprit que les essais de Gigi pour faire transporter Valeria à la Faculté de Médecine avaient échoué — pas de grande pompe. Petrescu venait d'appeler pour dire que le journal venait d'annoncer l'enterrement. Il aurait lieu au crématorium. Aucune cérémonie officielle n'était prévue.

Corde passa la matinée à aider les dames à s'organiser pour l'enterrement. « Il va faire un froid de canard, là-bas, dit-il à Minna. Souviens-toi comment c'était l'autre jour. Cette coupole est une véritable chambre froide. » Il lui conseilla fortement de mettre son propre manteau, mais elle refusa et s'enveloppa dans la fourrure synthétique de sa mère. Elle avait mis plusieurs pulls dessous, disait-elle, comme ça elle aurait assez chaud. Gigi aussi avait une imitation de fourrure. Ces manteaux paraissaient bien étranges à

Corde — un mélange d'aiguilles ternes brunes et rouges, assez douces au toucher, qui paraissaient lourdes mais sans aucun poids réel ; c'était à celles qui les portaient de leur donner un peu de vie. Aujourd'hui l'obsession, le thème de Corde, était de s'assurer que Minna avait tout ce dont elle aurait besoin. Elle n'avait pas l'air de vouloir grand-chose. Mais s'il n'avait rien tenté, aussi préoccupée qu'elle fût, elle l'aurait remarqué. Travail inutile donc, mais nécessaire.

Pour l'enterrement, il y eut un temps d'enterrement. Plus de soleil, ça, c'était fini, rien que des nuages en charpie et un horizon froid et bas. À l'aube les trottoirs avaient été couverts par la gelée ; il en restait, par plaques. C'était comme l'hiver de Chicago qui vous rétrécissait le visage et vous resserrait les sphincters.

La Cousine Dincutza attendait avec Trajan à côté de la petite Dacia. Dans le froid, le visage de Trajan paraissait charnu, dense, de la couleur du *prosciutto*. Sous le blouson de cuir, avec ses fermetures à glissière et sa ceinture, il était construit comme une petite chaudière. Il avait enfoncé les pattes de ses blue-jeans collants dans ses bottes. Au coin des lèvres, les pinceaux mexicains ; mais quand vous le voyiez de profil, son visage devenait byzantin. C'étaient le nez long et droit, l'œil bombé et noir, qui faisaient cela. Gigi aussi possédait ce nez et, à l'inverse de Trajan, elle avait le long cou byzantin classique. Il s'était épaissi avec l'âge. À présent, parce qu'elle était si voûtée, le cou se détachait du col du manteau synthétique. Elle avait sous ses yeux bruns tristement intenses des cernes couleur de plomb. Minna aussi, à sa façon, avait l'air d'une femme grecque. Après tout, ce coin-là de l'Europe était macédonien, romain, arménien, turc — l'Empire d'Orient. Le froid vous rappelait Chicago, mais les visages sortaient tout droit de l'ancien monde. Encore qu'à Chicago on ait quelque chose comme un énorme camp international de réfugiés, et des visages d'un peu partout. Après tout, c'était à Chicago que lui, huguenot-irlandais des États du centre, et Dieu sait quoi encore, avait trouvé la femme arméno-turco-slavo-macédonienne qui était exactement ce qu'il avait cherché.

On pria Corde de se mettre devant. Les trois femmes étaient derrière. Dincutza, le parent pauvre, était coincée entre les deux fourrures synthétiques dans une sorte de veste chinoise rembourrée. Trajan s'arrêta d'abord à l'hôpital, où il s'engagea dans une allée latérale. Massif mais preste, homme compact chaussé de grosses bottes, il claqua la portière et, efficace, se dirigea vers l'entrée de service. Ils le regardèrent entrer. Dieu merci, Trajan savait ce qu'il faisait. Quand il revint dans la voiture, il s'adressa aux passagères entassées par la vitre de séparation à moitié ouverte. Il dit que Valeria était habillée, prête, et que le corbillard, comme convenu, allait arriver. Il allait l'attendre dans l'allée principale. Puis il effleura sa casquette devant Minna — ou bien l'avait-il tout simplement revissée sur son crâne ? — et lui tendit une enveloppe marron qui contenait les bagues de Valeria, au nombre de deux. Corde se tourna sur son siège pour regarder Minna les faire glisser du papier froissé dans sa paume. Il avait fallu scier l'or pour les retirer. Elles étaient tachées de sang séché. Corde eut un petit haut-le-cœur en apercevant les taches rouges, mais Minna ne parut pas dérangée. Elle dit : « Celle-là, avec la pierre, c'était la bague de fiançailles de ma mère. Elle ne la quittait jamais. » Elle gratta le sang séché de l'ongle du pouce et essuya les bagues avec un mouchoir en papier. Elle ôta son alliance, enfila les bagues sciées puis remit l'alliance. Qu'elles ne tombent pas.

L'employé des pompes funèbres arriva dans une camionnette. Ce n'était pas ce à quoi Corde s'était attendu — cette espèce de fourgonnette, aux États-Unis, aurait plutôt servi à de petites livraisons. Il recula jusqu'à la plate-forme de chargement. Le corps fut enfourné, puis la petite voiture de Trajan suivit la fourgonnette d'un bleu passé à travers la ville. Dans le centre, la circulation était déjà dense. Les trois femmes restaient assises en silence et Corde, sous son chapeau, n'avait rien à dire. Il regardait, observait. Quel talent, pour observer ! Toujours attentif à ce qui l'entourait. Comme s'il avait été envoyé sur terre pour *se mêler* du monde extérieur, en mission de contemplation et d'observation. L'objet étant de ? D'établir des rapports entre les choses ? De classifier ? De pénétrer ? Dans l'immédiat, son attribution était de suivre une petite camionnette qui parcourait à toute vitesse de sinistres boulevards.

Ils arrivèrent à la chapelle mortuaire perchée sur sa colline tout au bout d'une allée raide et sinueuse ; de la fumée s'échappait du dôme dans l'air gris. La camionnette venait de se garer et Trajan se rangea derrière elle. Les aides en sortaient le cercueil sans couvercle de Valeria. Les techniciens s'étaient occupés de ses cheveux ; ils étaient soigneusement coiffés et n'auraient pas à supporter le vent bien longtemps. On était déjà en train d'emporter Valeria vers le haut de cette longue volée de marches, dans son tailleur de soie boutonné de boutons macédoniens en argent, un vieux souvenir de famille. Des chaussures italiennes à hauts talons. Elle portait déjà ces chaussures au printemps dernier quand Corde l'avait vue trébucher, d'abord devant l'hôtel, puis à Burlington House. C'étaient ces mêmes talons qui s'étaient dérobés sous elle, lui faisant perdre l'équilibre.

Un groupe de gens attendait sur les marches du large escalier, vieux amis qui semblaient tout droit sortis de l'*Opéra de Quat'sous*. De nouveau les complets, les manteaux, les habits du dimanche coupés cinquante ans plus tôt dans un tissu d'avant-guerre de bonne qualité. Une vieille femme ployait sous le fardeau d'un manteau en vraie fourrure, si lourd qu'elle avait peine à le supporter. Elle paraissait fermement décidée à jeter un coup d'œil au corps de Valeria. Un vieux mari décrépit l'aida à descendre laborieusement les marches jusqu'au cercueil. Ils arrivèrent juste à temps pour la voir passer sous leur nez. Valeria, portée par deux hommes, avait de nouveau tout à fait l'air d'une matrone romaine, pensa Corde, et plus du tout celui de la vieille femme qu'il avait électrifiée sur son lit de mort.

La foule massée sous le dôme était assez importante. Les chaises disposées des deux côtés de la bière ne faisaient que gêner le passage, personne ne voulait s'y asseoir. On les écarta. Corde était debout, flanqué de Minna et de Gigi ; la Cousine Dincutza était juste derrière lui. Les amis de la famille, en s'approchant, ne savaient que trop bien que Minna pourrait ne pas les reconnaître. Elle était partie depuis plus de vingt ans. Certains avaient les muscles du cou tellement engourdis qu'ils avaient du mal à relever la tête pour se faire reconnaître. En effet, beaucoup souffraient d'arthrose cervicale. Ils avaient des taches de vieillesse sur le visage. Les vieilles bouches, lorsqu'elles s'adressaient à vous, vous fixaient de leur trou noir. C'étaient les « collègues de Papa » ou bien de vieux camarades du Parti, des journalistes coulés, d'anciens boyards, des enseignants d'autrefois, des cousins éloignés. Ils étaient venus pour... enfin, ils avaient leurs raisons. Ils étaient ici pour témoigner, pour signifier. Ils venaient aussi pour se rappeler au souvenir de Minna. « Eh oui, nous sommes toujours là, au cas où vous vous seriez posé la question, et nous pourrions vous en raconter de belles. Et votre mère vous a fait partir, oui, ce fut un de ses plus grands succès. Tant mieux pour vous. Et pour elle. À présent c'est fini pour elle, et bientôt pour nous aussi. Et c'est ce qui nous fait sortir de notre trou pour venir ici dans cette obscurité. » Tous ces gens avaient fait des dépenses extravagantes en fleurs. Il n'y avait que des œillets, et ils étaient difficiles à trouver. Dincutza dit : *« En hiver on trouve très peu de fleurs. Ils coûtent les yeux de la tête**. » Elle précisa à Corde combien de lei coûtait une seule fleur. Il fallut débarrasser plusieurs fois le visage de Valeria des œillets qui croulaient dessus. Gigi, de l'autre côté, lui lança que c'était Petrescu qui avait apporté toutes les couronnes. C'étaient des couronnes officielles. Il y avait un ruban de couleur jusque derrière la foule, sur le pourtour. Tout au long du mur courbe, il y avait les urnes pleines de cendres, et des pots de cyclamens enrubannés, des bougies allumées, qui étaient dans cette obscurité comme autant de points brillants, de grains de feu, d'éclats de grenat. Il y avait des bougies, il y avait des fleurs, mais il faisait glacial. Le froid consumait Corde à travers ses pull-overs et ses chaussettes. On sentait une fournaise sous les pieds. Des courants d'air chaud montaient sous les dalles, mais ce n'était pas le genre de chaleur qui pouvait vous réchauffer. Ils provenaient des fissures sur les bords de la bière, passaient par les joints métalliques, de dessous le long tonneau bivalve qui se refermerait lorsque le cercueil s'enfoncerait.

Les discours commencèrent. Corde avait vécu assez longtemps en Europe pour être familiarisé avec l'éloquence communiste, l'alternance bancale et rhétorique des questions et des réponses. « Qui était cette femme ? — Elle était... une camarade, une militante... » Abominable. Le dôme rendait encore plus pesante cette rhétorique. Corde se dit qu'il ne devait plus exister d'autre style oratoire sur tout le territoire de l'empire russe et bénit son ignorance de la langue. Le dernier discours — ils avaient tous été courts — fut prononcé par

Mihail Petrescu, et ce fut de loin le plus chargé d'émotion. Il ne parvint pas à le terminer, se mit à sangloter. Comme pour le couvrir, le mouvement lent de la *Troisième Symphonie* de Beethoven se mit à sourdre des haut-parleurs par saccades. La bande magnétique était usée, rayée et chevrotante. Minna écarta les fleurs qui jonchaient le socle de la bière, s'agenouilla près du cercueil et embrassa Valeria. Puis ce fut au tour de Gigi de se pencher sur le visage de sa sœur. Sa fourrure synthétique crépita sur son dos.

Juste à ce moment-là, la Cousine Dincutza se mit à chuchoter par-derrière dans l'oreille de Corde. Il y avait une dernière formalité à remplir. Un ultime document à signer. Le règlement exigeait qu'un membre de la famille descende reconnaître le corps une dernière fois avant la crémation.

« Moi ? »

« Ou bien sa sœur, ou sa fille. »

« Mais pas une cousine ? »

Une cousine, ce n'était *pas assez proche**. Sinon, n'y serait-elle pas allée elle-même ? Elle voyait bien que cela le hérissait. L'idée de descendre en dessous lui donnait la chair de poule. Il allait devoir y aller. Quelle alternative y avait-il ? La vieille dame lui prit le bras comme pour lui dire qu'il ne fallait pas avoir peur. Il s'en tint au message de son visage fané, de ses dents de lapin jaunes, de son cheveu rare, de sa bonté de cœur. Il dit d'accord. Ce n'était pas le moment de parler à Minna. Les puissants accords de Beethoven s'éteignirent en chevrotant ; le gros cylindre se refermait pendant que le cercueil descendait, des fleurs le suivant dans la chute. Ce fut vite fait. L'énorme tonneau se referma en grinçant. Valeria était en bas.

Gigi et Minna furent immédiatement entourées d'amis. Corde suivit Dincutza à travers la foule. Trajan attendait en haut des escaliers.

Corde descendit en tête ; ils le laissaient passer devant. Il fit provision d'air comme un plongeur et trotta sur les marches vers la fournaise. La chaleur s'épaississait autour de lui. Lorsqu'il arriva en bas, il aperçut Ioanna auprès du cercueil, qui venait d'arriver. Elle était en train d'embrasser la main de Valeria, la serrant contre sa joue. Elle sanglotait et parlait à la morte d'une voix cassée.

« Qu'est-ce qu'elle dit ? »

« Elle la supplie de lui pardonner », dit Dincutza.

D'avoir été un indicateur de police ? Tout comme Petrescu, le seul des orateurs à s'être effondré, était un membre des forces de sécurité ? Mais il était peu probable que Ioanna se sentît coupable d'avoir un lien avec la police. On ne devenait pas concierge si on n'en avait pas, et qu'est-ce qu'il y avait de mal à être concierge ? Et puis si elle voulait protéger les deux vieilles sœurs, il fallait bien qu'elle fût en bons termes avec la police. Et ce n'était pas pour l'argent, ce n'était pas pour les cadeaux de Londres qu'elle le faisait. Elle aurait dit : « La *doamna* Docteur m'aimait ; et moi je l'aimais. » Quand Ioanna, accroupie près du cercueil, leva les yeux sur Corde, ses yeux bleus brûlaient comme si ses larmes avaient été de l'alcool. C'est là qu'était la chaleur qu'il avait ressentie dans le hall, sous ses pieds. C'était comme une chambre de chauffe. La chaleur pénétrait les tissus jusqu'à la moelle, refoulait toute votre eau à la surface de la peau. Corde, descendu en grelottant de froid, sentait à présent tout le poids de son chapeau mou, dont le ruban se détrempait de sueur. Il tenta, en respirant à petites bouffées, de se protéger de la fumée de cadavre, de protéger ses poumons. La chaleur vous donnait l'impression que tous vos organes étaient devenus du papier, comme ces décorations de Noël en papier qui se déplient en crissant pour former des multitudes d'alvéoles rouges. Sa gorge se desséchait, et il se mit à tousser. Le cercueil-barque (avec les fleurs) était posé sur un tapis roulant qui avançait d'un cran à la fois. Ioanna le suivait en pleurant. Encore un arrêt. D'autres corps précédaient celui de Valeria. Corde ne parvenait à penser à elle que comme « aux morts », attendant d'être brûlés. Entre la glace et les flammes, est-ce que les flammes n'étaient pas préférables ?

Trajan était en train de convaincre l'employé du dessous que cet étranger avait pouvoir de signer au nom de la famille. Il fallait examiner ses papiers d'identité. Il tendit son passeport américain, l'œil toujours fixé sur Ioanna. Il était juste qu'elle pleure sur le corps, il lui en devait même quelque chose. On lui tendit un stylobille ; il se pencha sur le registre et griffonna son nom en travers de la page. Puis il se redressa, ôta ses lunettes d'un geste brusque, farfouillant dans sa poche intérieure à la recherche de son étui — pour l'amour de Dieu, fichons le camp d'ici. La chaleur d'enfer lui faisait des demi-lunes de sueur aux aisselles. Les gens d'ici n'allaient pas ouvrir ces portes d'acier noir pour leur laisser voir le cercueil entrer en bringuebalant sur les cylindres métalliques du tapis roulant, ils n'allaient pas montrer leurs fournaises à des étrangers, tout de même !

Dincutza le tirait maintenant vers l'escalier et Ioanna l'aidait également comme s'il était un bébé dont l'incompétence lui faisait pitié ; mais sa masse lui bouchait le passage. Dans l'escalier même, ce fut juste. Trajan adressa quelques mots secs à la concierge. Sur le premier palier il faisait déjà froid. Corde eut l'impression d'être coupé en deux par ces extrêmes de froid et de chaud. Et revoilà le dôme glacial et la foule entourant Minna. Même ce froid-ci était préférable à cette fournaise-là. La poitrine de Corde, étroite comme une échelle, débordait d'émotions diverses — le feu, la mort, l'étouffement, être mis à geler dans un trou ou jeté à grésiller dans un four. C'étaient les ultimes options. Elles étaient aussi horribles l'une que l'autre. Comment les départager ?

Dincutza lui frayant de nouveau un chemin, il fut ramené auprès de Minna.

Ah, le mari américain, le Doyen. Les gens l'avaient cherché, tout ce temps. Ils étaient venus rendre hommage, mais ils étaient aussi venus pour voir ce couple, la célèbre astronome née Raresh et l'homme qu'elle avait épousé. De vieux types donnaient à Corde une rapide poignée de main à la française, s'inclinaient en un salut prussien. Gigi pensait que si un aussi grand nombre de gens étaient venus, en fin de compte, c'était une manière de dire quelque chose au régime. Bon, c'était possible, mais Corde ne voyait pas cela comme une manifestation. Ce n'était pas parce que Valeria avait été rejetée, ni parce qu'elle avait tenu tête au Politburo ou au Comité Central, ou qu'elle avait refusé des années plus tard de rentrer dans les rangs du Parti quand ils le lui avaient enjoint. Ils étaient venus avec une sorte de dignité sous-alimentée, revêtus de ce qu'il leur restait de leur garde-robe présocialiste, pour affirmer qu'il y avait une sorte d'existence — contre laquelle, en tant que communiste ou même Gardes de Fer (c'était concevable), ils avaient péché —

l'ancienne manière de vivre européenne qui, même sous son aspect le moins engageant, était encore infiniment préférable à celle qui régnait à présent. La plupart étaient trop vieux pour avoir peur des représailles, et puis de toute façon qu'avaient-ils fait d'autre que de ressortir leurs vêtements viennois de la naphtaline, d'enfiler les fourrures pelées que leurs vieux os étaient trop faibles pour porter, quoi d'autre que de claquer des talons, murmurer quelques mots de français, rendre hommage à un membre éminent de leur génération, *et caetera ?*

Gigi dit à Corde : « Pendant que vous étiez parti, Vlada Voynich est venue présenter ses condoléances. Mais elle a dit qu'elle passerait plus tard à la maison... Beaucoup de gens importants sont venus. Je n'ai jamais vu un pareil rassemblement. Je ne m'attendais pas à voir le Dr. Gherea. Il a quand même eu la correction de venir, après tout, tenez, le voilà, là dans la queue. Vous le reconnaissez, d'après la photo ? »

En cherchant le célèbre neurochirurgien, Corde tomba sur la silhouette trapue de son ami d'enfance, Dewey Spangler, la barbe soigneusement taillée, le teint rubicond de son visage mûr. Quand il était excité, il avait encore ce rapide mouvement saccadé du menton sur la poitrine — un tic charmant, en fin de compte. Eh bien, qui l'eût cru, se dit Corde. Il a pris la peine de venir. Je ne m'étais pas rendu compte que je pouvais lui être aussi important... Et peut-être que non.

Présenté à Minna, Dewey adressa une grimace d'approbation à Corde ; il entérinait. Certaines choses n'avaient pas changé — les expressions du visage de Dewey, par exemple. Elles étaient en gros ce qu'elles avaient été, mais en plus concentré. Il dit : « Et ce verre, vieux ? »

« Cet après-midi ? » dit Corde.

« Je viendrai te délivrer à deux heures. C'est notre dernière chance. »

CHAPITRE 12

Venu midi, le temps plus tiède, clair, Corde eut plaisir à retrouver les rues après le froid désagréable du dôme. Il fallait des heures pour évacuer la glace du système. Sorti de l'appartement avec Vlada, il ventilait ses poumons. Durant toute la journée, il eut l'impression de devoir faire un effort pour se réchauffer le sang et débarrasser ses voies respiratoires de la fumée. Il avait tout juste eu le temps avant de sortir avec Vlada de manger une tartine beurrée et d'avaler une bonne rasade d'alcool de prune balkanique. C'était puissant, mais ça descendait davantage à ses extrémités que ça ne lui montait à la tête ; ses pieds et ses mains lui paraissaient plus pleins, et même la surface de son visage le picotait comme si un ami plein de bonne volonté lui avait donné quelques gifles pour le remonter. Il n'était pas vraiment lui-même — cette fébrilité tournée vers l'intérieur, la glace dans le sang ; il se sentait désarticulé. Mais comment pouvait-il s'attendre à être lui-même ? Au crématorium, il avait assisté à une répétition de la mort. On ne pouvait pourtant pas répéter la mort gratis... Il fallait bien payer quelque chose.

Vlada, lui lançant un coup d'œil de côté, avait évidemment vu qu'il n'était pas dans son assiette et dit : « Tout ça a vraiment été dur pour toi, non ? » C'était inacceptable, pour une raison ou pour une autre. Il esquiva sa commisération.

« Tu veux dire tout ce mois de décembre ? Oh, j'ai eu un peu de temps à moi. J'ai rattrapé un retard de sommeil. Ce vieil appartement est très tranquille, mis à part le téléphone. La chambre de

Minna était pour moi une sorte de refuge. C'est surtout pour Minna que c'est pénible. »

« Où pourrions-nous aller pour bavarder ? »

« S'il ne fait pas trop froid et que le soleil continue à briller, je préférerais rester à l'air libre plutôt que d'aller dans un café. »

« Il y a un petit square au bout de la rue. En tout cas il y en avait un. »

« Il est toujours là. Minna me l'a montré l'autre jour — près de son ancienne école. »

Vlada était une femme en qui on pouvait avoir confiance — solide. Elle était costaud, le visage large, mûre, calme, candide, le teint très blanc, d'une blancheur épaisse, presque opaque. À cause de la largeur de son sourire, de ses yeux sombres, elle avait quelque chose en commun avec la sœur de Corde, Elfrida. Ses cheveux, tout comme ceux d'Elfrida, étaient malencontreusement teints, beaucoup trop foncés. Il aurait hésité à les toucher. Les teintures et les laques ôtaient toute vie aux cheveux. Mais Vlada devait y avoir pensé avant de se décider. Après tout, elle était chimiste, elle savait ce que les fabricants mettent dans les teintures et les laques.

Ils s'assirent sur un banc au soleil, entre deux arbres élagués — les branches naines noueuses, bosselées de bourgeons clos au niveau des grappes de brindilles, et les troncs soigneusement enveloppés de leur manteau d'hiver. « Ah, comme c'est bon. » Il cassa le bord de son chapeau sur son cou pour se protéger du froid. Le parc était pauvre, mal entretenu ; mais il était heureux de se trouver là avec Vlada. Il avait confiance en elle, elle le réconfortait. L'épaisse crinière de cheveux partagée par une raie au milieu et descendant en une double vague, les dents larges, l'haleine féminine et rassurante — c'étaient pour lui autant d'éléments de stabilité. Elle avait été mariée une fois, des années plus tôt. Son ex-mari, d'après ce qu'elle en disait, avait fait partie de cette population mondiale permanente et en constante augmentation de fous cultivés. Dommage — elle aurait fait une épouse sûre, à l'embrasse chaleureuse et bonne, et stable ; elle aurait été pleine de sympathie, intelligente, décente. Mais par-dessus tout elle était stable. Corde faisait souvent une estimation semblable des femmes bonnes à marier, nourrissant certaines idées à leur sujet — « illusions » serait peut-être un terme plus juste.

« Tu n'as aucune nouvelle du procès Lucas Ebry pour moi, Vlada, n'est-ce pas ? »

« Rien ; les journaux continuent la même chanson, c'est tout. »

« Ils devraient bientôt arriver à un verdict. Est-ce qu'Alec Witt m'a fait suivre certains messages ? »

« Je t'ai apporté une enveloppe. Elle est restée à l'appartement... Mon frère m'a raconté, au sujet du Colonel. Donc, tu as eu un aperçu de notre pays. »

« Votre pays ? Je croyais que vous étiez serbes ? »

« Mais oui. Voynich est un nom serbe. Mais mon frère a épousé une Roumaine. C'est comme ça que je suis arrivée ici, vers l'âge de vingt ans. »

« Qu'est-ce que ton frère t'a dit au sujet du Colonel ? »

« À première vue, il ne sait pas trop, mais les gens comme lui font leurs classes administratives dans les prisons, parfois dans ces prétendus hôpitaux psychiatriques où sont enfermés les dissidents. »

« Ils font tout sur le modèle russe. Si on est un dissident incapable de voir les beautés du paradis socialiste, c'est qu'on doit être malade de la tête... Ce Colonel doit quand même faire son poids... »

« Dans un cas pareil, la décision a probablement été prise au sommet. »

« À cause de la défection de Minna ? Valeria abhorrait ce mot. Le régime en voulait beaucoup à Valeria. C'était une vieille histoire de classe ? »

« Valeria n'était pas une boyard. Le Parti se montre encore très dur envers les membres des vieilles familles de boyards. Elle était communiste, d'accord, mais elle n'a jamais pu se débarrasser de ses manières de grande dame. Par-dessus le marché, elle était pro-Dubček. Enfin, de toute façon, elle est partie, maintenant. »

« Oui. J'étais étonné qu'ils mettent tellement de bâtons dans les roues dans un cas pareil, sans importance politique — rien qu'une mère et sa fille. Juste pour bien démontrer que personne n'a de droits individuels. Ce qui n'a rien de nouveau. Mais comme tu le dis, maintenant elle est partie... J'aurais bien aimé parler avec ton frère. Il avait dit qu'il passerait me chercher pour faire une promenade. »

« Oh, il ne peut pas se permettre ce genre de choses, Albert. Il ne parle pas. Si on a une conversation avec un étranger on est censé en avertir les autorités, et mon frère doit se montrer très prudent avec les autorités. Si par exemple d'anciennes camarades de classe de Minna voulaient l'inviter chez elles, elles devraient d'abord aller chercher une autorisation officielle à un machin qu'ils appellent *Protocól.* Sans *Protocól,* elles ne pourraient même pas lui offrir une tasse de thé. »

« Tu veux dire que ton frère n'a pas pu prendre ce risque... ? »

« Mon frère a passé dix ans en prison, parce qu'il était socio-démocrate. Il a passé la plus grande partie de son temps au secret. Et puis une délégation du Parti Travailliste britannique est venue en visite. Ils l'avaient connu à l'époque... Quand on leur a demandé qui ils aimeraient voir, ils ont mentionné son nom. Alors on l'a sorti de son cachot. Ils l'ont lavé, rasé, ils lui ont donné un complet, et on l'a emmené dans un appartement. Il était censé offrir à dîner à la délégation anglaise. Il était environ six heures du soir. Les invités étaient attendus pour sept heures. Vers six heures et quart, ils ont fait entrer sa femme. Elle aussi avait été en prison. Dix ans. Ni l'un ni l'autre ne savait si l'autre était encore en vie. Elle avait une jolie robe. Pas le temps de parler, et puis, de toute façon, la cuisinière était un flic. La sonnette allait tinter d'une minute à l'autre... »

« Tu parles d'une histoire... Et les visiteurs ne se sont aperçus de rien ? Comme G.B. Shaw en Russie. Comme Henry Wallace. Le vieux truc du Village Potemkine... À la suite de quoi ton frère et sa femme n'ont pas été réenfermés ? »

« Ils ne les ont pas réemprisonnés, non... Sa femme est morte l'année dernière. » (Au cours du tremblement de terre ? Je ne vais quand même pas poser la question, décida Corde. J'ai peut-être eu son urne sous le nez.) « Et mon frère vit seul, très tranquillement. Mais quand même pas de promenades avec des étrangers. Il était désolé. Il a dit que tu avais l'air *sympa**. Je lui ai dit qu'il avait raison. Beech aussi te trouve *sympathique**. »

« Il m'a bien plu aussi. »

« Tu as eu le temps de lire le matériau que je t'ai donné ? »

« Oh, pour ça, j'ai eu tout le temps que j'ai voulu. Je ne suis pas souvent sorti de l'appartement. Minna avait peur de me laisser sortir seul. Elle craignait qu'ils ne me ramassent sous un prétexte quelconque, et que ça complique vraiment les choses. Elle exagérait peut-être, mais je n'ai pas discuté ; il était préférable de rester enfermé. Oui, j'ai lu tes documents. »

« Je ne t'ai donné aucun matériau technique. »

« Je comprends bien. Inutile de m'encombrer la tête avec des données de chimie que je ne comprends de toute façon pas. »

« Qu'est-ce que tu en as pensé ? »

« Voyons voir — qu'est-ce que j'en ai pensé ? J'ai été intéressé. Je me suis senti alarmé par le danger. Évidemment, je suis un bon Américain qui se sent facilement concerné. Je voudrais voir les mauvaises choses s'arrêter et les bonnes progresser. J'ai envie de voir la démocratie gagner, et que la civilisation survive, mais je ne veux pas devenir écolo. Pour moi ce serait une perte de temps, et je n'ai pas de temps à perdre. »

« Beech ne se considérerait jamais comme un écologiste. Il a pensé que tu ne comprendrais peut-être pas tout à fait, et il m'a demandé de t'expliquer plus en détail. Pour commencer, il te fait confiance. »

« Comment fait-il ? Nous ne nous sommes vus que deux fois — ou peut-être trois ? Ce n'est pas suffisant. »

« Il a lu des choses que tu as écrites. »

« C'est toi qui l'y as poussé. »

« Oui, mais il estime que tu es un artiste dans ton domaine, pas du tout un journaliste ordinaire. »

Corde baissa la tête pour laisser passer ça. Elle essayait de le calmer avec des flatteries. Il y avait donc tant de signes de nervosité que ça ? Probablement assez. Et d'ailleurs pourquoi pas ?

« Bon ; si je suis une sorte d'artiste, je dois bien m'occuper d'un art quelconque. Je donnerais cher pour savoir ce que c'est. »

Le visage de Vlada, sous le soleil d'hiver, était d'un blanc dense. Elle le regarda droit dans les yeux. Mais il n'éprouvait plus pour ces regards ouverts la confiance qu'il avait jadis eue en eux. Ce n'était pas que Vlada lui inspirât de la méfiance ; mais les gens étaient rarement aussi sincères qu'ils s'en persuadaient eux-mêmes. Ils ne pouvaient pas garantir que leurs intentions fussent définies et constantes. Oui, la constance. L'amour n'est pas l'amour, qui change là où il trouve le changement. Qu'est-ce que l'amour venait faire là-dedans ? Elle voulait seulement lui montrer qu'il pouvait vraiment lui faire confiance. Et ce qu'il pensait était : je suis pâle, j'ai l'air patraque, j'ai une sale tête, j'ai les nerfs à fleur de peau et je saute d'une humeur à l'autre — je pars dans tous les sens (et je cite Shakespeare hors contexte). Elle a simplement envie d'être gentille avec moi. J'ai eu une matinée particulièrement épuisante. Ça me colle même encore à la peau. Bon, d'accord. Vlada, je te fais confiance, mais ce que tu veux, toi, c'est me convaincre d'accepter ce boulot. Elle est même probablement assez étonnée que je ne saute pas sur l'occasion. C'est un honneur. Et puis il faut bien dire que ses yeux (cette teinte noisette, ce regard ouvert et direct) sont très beaux. C'est à cause du contraste avec son teint tellement blanc. Et ces yeux-là sont censés me faire accepter une hypothèse que je considère comme assez douteuse. Je suis tout à fait d'accord pour céder aux *beaux yeux**, mais pas nécessairement à l'hypothèse en question. Mais elle est bien, c'est une bonne pâte, et je suis prêt à l'écouter si elle est prête à m'écouter. Elle est dévouée à Beech. C'est une chose que je lui envie, à lui. Il a un soutien magnifique. Si ce n'était pas un type bien, il n'inspirerait pas une dévotion pareille. Non, ça, ça n'est pas évident non plus.

Elle dit : « Je travaille avec lui depuis des années, et je peux te le recommander. »

« Sa tête me revient. C'est un de ces personnages de ploucs américains qui s'avèrent être de grands génies. Il ressemble à Ichabod Crane. »

Vlada dit : « Ton apparence est trompeuse aussi. »

La voix de basse, les façons assez douces, l'apparence banale — oui. Il dit : « Dans *Huckleberry Finn,* il y a un clown qui s'emmêle dans ses propres pinceaux, mais qui est en fait un magnifique cavalier et un acrobate fantastique. C'est peut-être le modèle américain classique — avoir l'air d'une vraie saucisse et puis faire des sauts périlleux sur le dos d'un cheval au galop. Bon, écoute, Vlada, je ne vais pas jouer au plus fin avec toi un jour comme aujourd'hui. »

À cet instant précis Valeria était peut-être en train de passer par le feu, le brasier grondant qui lui dévorait les cheveux, le foulard de soie, arrachant le tailleur vert, faisant fondre les boutons en argent repoussé, consumant la peau, anéantissant les graisses, faisant exploser les organes, atteignant l'os, attaquant le crâne — ce feu purificateur, cette furieuse boule dorée, un soleil minuscule, une étoile.

Il avait cessé de parler.

« Tu disais, un jour comme aujourd'hui ? »

« Oui. Je sens venir un mal de crâne, j'ai mal derrière les yeux. Tu n'aurais pas un Tylenol dans ton sac, par hasard ? Je peux l'avaler sans eau. »

« Non. Est-ce moi qui te donne ces maux de crâne à t'ennuyer de cette façon ? »

« Le Recteur a essayé de me faire entendre que je ne devrais pas me mêler de ça, que cela pourrait faire du tort à Beech de s'associer avec moi. Qu'il ne faudrait pas que je mette Beech dans la ligne de tir ; qu'il a assez d'ennuis comme ça. »

« En effet, le Recteur en a touché un mot à Beech. »

« Et il lui a laissé entendre qu'il risquait fort d'essuyer une partie de ce que je suis en train de subir ? »

« Mais dis donc, tu es vraiment certain d'être aussi important que ça ? C'est assez désagréable, c'est un fait, mais c'est un phénomène très local. Beech, lui, pourrait dire que ses découvertes affectent l'*Homo sapiens* en général, et l'avenir de toute l'espèce. »

« Je comprends bien. Il parle continuellement d'*Homo sapiens sapiens* et d'évolution hominide. »

« Ce qui l'a impressionné, et c'est le terme qu'il a utilisé, c'est que tu n'es pas chicanier. Que tu ne cours pas après les ennuis mais que tu es parfaitement capable de te battre. Mais l'antagonisme que professent les gens de Chicago à ton égard est sans importance. Ce qu'il a derrière la tête, c'est un trime complètement différent. » (Corde adorait entendre ces étrangères utiliser des mots d'argot.) « À côté de ça, le Recteur et Beech ne se sont jamais bien entendus. Écoute, si tu vas à Washington pour démontrer que l'extraction et l'utilisation du plomb doivent cesser, qu'il faut mettre un frein aux industries de la conserve alimentaire, et que les États-Unis devraient entamer une campagne mondiale de purification de l'eau et de l'atmosphère, qui coûterait des milliards et des milliards... »

« Ça n'apportera pas beaucoup de soutien financier à l'Université. Ça mettra la FDA dans le coup. Ce qui fait que Witt aimerait bien nous tenir à l'écart l'un de l'autre — le savant cinglé et le Doyen fêlé. »

« Pourquoi te soucier de Witt ? »

« Ce n'est pas du souci. L'Université a été correcte avec moi. Même Witt a fait un effort. »

« Il a trouvé l'argent pour la récompense dans cette histoire de meurtre. Tu ne tiens donc pas à te le mettre à dos s'il a l'impression que ce ne serait pas bon pour Beech. Mais tout ça n'est que magouilles administratives. Il faut que tu voies plus loin que ça, bien plus loin. Beech ne sait pas communiquer. Ce qu'il dit c'est que, s'il essayait de faire tout ça lui-même, il finirait par faire comme Bucky Fuller, à donner des conférences incompréhensibles. Je n'ai rien contre Bucky Fuller — c'est un type merveilleux. Tout ce que je veux dire c'est qu'il y a un public spécial de gens cultivés, qui adore ces grosses têtes d'experts qui prêchent le salut par l'alimentation biologique... comment protéger les réserves d'eau douce qui s'amenuisent au milieu d'une explosion démographique. Mais essaie un peu de comprendre à quoi Beech est obligé de s'opposer. Il lui faut engager une discussion mondiale au plus haut niveau. Tu as un don pour t'attirer l'attention d'un public sérieux. »

« Ça, je suis assez doué pour leur mettre les choses dans les gencives, n'est-ce pas ? C'est probablement vrai, mais c'est vrai parce que j'ai mes propres buts. Je ne pourrais jamais le faire pour d'autres. Ça ne marcherait pas. Personne n'y prêterait la moindre attention. »

« Je comprends ce que tu veux dire. Vraiment. Mais si tu comprenais ses buts à lui, ils deviendraient peut-être les tiens aussi. Ce ne serait plus une affaire personnelle. D'ailleurs, pour lui, c'est loin d'être une affaire personnelle. »

« Ça il me l'a bien fait comprendre. La culture humaniste et libérale est faible parce qu'elle manque de connaissances scientifiques. Il me ferait passer un peu de science et à partir de ce moment-là, on pourrait peut-être commencer à avancer. Minna aussi estime qu'une association avec un homme de science m'*élèverait.* C'est mieux que le sordide de Chicago, comme projet. »

« Je n'arrive pas à comprendre pourquoi tu es aussi sceptique. Tu me forces à discutailler, à me battre. »

« Je ne mets pas en doute la noblesse des intentions de Beech. »

« Il a rassemblé un chef-d'œuvre de recherche scientifique. »

Corde dit : « Le soleil est en train de descendre. Je recommence à avoir froid. Marchons un peu. »

« J'ai tellement de chandails que je ne sens même pas le froid, dit Vlada. Quand je sais que je vais aller dans mon vieux pays, je me mets toujours à manger davantage. Tout ce que j'ai pu trouver dans les boutiques quand j'étais ici l'an passé, c'étaient des boîtes de sel, des bocaux d'ail au vinaigre et un peu de choucroute. De temps à autre il y a des poulets. On fait la queue pour avoir quelques œufs. On a du mal à trouver de la viande même au marché noir. Du poisson, jamais. Les autres pays du bloc de l'Est ont modifié le plan agricole qu'avait instauré Staline. Celui-ci, jamais. On ne peut même pas acheter de pommes de terre. Je repars toujours plus mince. »

Ils marchaient au soleil, sur l'allée de gravier crissant. « Tu portes ton poids avec une certaine classe », dit Corde.

« Les femmes de ma famille serbe de Chicago disent toujours : " Comment peux-tu espérer trouver un mari si tu ne maigris pas ? " Moi, je leur réponds : " Je n'en trouverai peut-être pas même si je maigris, et alors j'aurai perdu sur les deux tableaux. " »

« Si j'en crois ta propre théorie, plus tu manges, et plus tu t'abrutis de plomb... »

Elle rit et dit : « Ça ne va quand même pas aussi vite que ça. » Corde estimait la grâce chez les femmes fortes. Vlada marchait bien, elle savait poser ses pieds.

« On ne peut pas s'y accoutumer ou s'immuniser ? »

Elle secoua la tête. C'était impossible. « S'empoisonner, c'est tout. Le système nerveux est touché de façon permanente. Les gosses deviennent des problèmes de comportements, agités, frénétiques, et l'intelligence s'affaiblit de façon irréversible. »

« D'où ce monde — et quoi que nous soyons, nous, il faut dire que c'est un monde délicieux... »

« À quoi je réponds, oui. »

« Le fin mot de l'histoire, c'est que nous buvons et mangeons du plomb, que nous le respirons. Il s'accumule dans les mers, qui s'alourdissent de jour en jour, et il est absorbé par les plantes et stocké dans le calcium de nos os. Nos cervelles sont en train de se minéraliser. Les grands reptiles, avec leurs tout petits cerveaux, portaient des armures monstrueuses, tandis que nos grosses cervelles à nous se durcissent de l'intérieur. »

Il amusa Vlada, avec son résumé. Souriant plus largement, les lèvres étirées, et son visage blanc vivement chaleureux, elle dit : « J'adore ça quand tu t'y mets, Albert. »

« Ce n'est rien, dit-il. Je pense tout haut, c'est tout. Je n'essaie pas de me persuader de quoi que ce soit. » Il rit presque et, lorsqu'elle lui demanda pourquoi, il dit : « Tu vois comment c'est, ici. Nous étions au crématorium tout juste ce matin, et maintenant nous sommes en train de discuter pour savoir si je devrais aider Beech dans sa campagne contre le plus grand danger qui puisse exister. Pour le moment, j'ai l'impression de ramper entre ciel et terre, alors je trouve assez drôle qu'on me propose un grand rôle : le sauveur. Seigneur, pas moi ! Mon cœur m'est pratiquement sauté hors de la poitrine quand j'ai dû descendre identifier Valeria. Je dégoulinais de sueur, j'avais les tripes tout entortillées, je ne me sentais plus. Et maintenant je suis là à me promener dans ce jardin avec toi, je suis redevenu un gentleman, je fais un tour d'horizon sur l'avenir de l'humanité, sur le destin de la terre. »

« Je comprends, dit Vlada. Ce n'est pas le moment le mieux choisi pour te demander toute ton attention pour un projet de ce genre. Dans des circonstances pareilles, ça doit paraître un peu irréel et lointain. »

« Non, tu vois, j'admire Beech et j'aimerais pouvoir discuter d'un peu tout ça avec lui. Il a probablement l'impression qu'il ne peut plus attendre, que le temps presse. Et il t'a demandé de m'entreprendre, de me faire démarrer là-dessus. »

« Je ne lui ai jamais laissé croire que, parce que nous sommes amis, et que j'ai été proche de Minna depuis l'époque de Harvard, c'était déjà dans la poche. »

« Je le sais bien. Et j'essaie d'examiner cette offre d'aussi près que je le peux. Ces scientifiques " purs " sont parfois complètement sur orbite, presque comme une espèce différente. Ça me les rend particulièrement intéressants. »

« Tu en as épousé une. »

« J'en ai épousé une. C'est différent. C'est de l'amour. Ça fait redescendre Minna de l'espace intersidéral. J'en ai rencontré qui partent comme ça et qui ne redescendent jamais. Certains sont sujets à des tempêtes de " claire-conscience " (c'est un terme maison). C'est comme une turbulence, quand le pilote vous demande d'attacher vos ceintures. Et puis il y a ceux qui ont des tendances musicales très fortes, ou qui s'intéressent à la poésie. Ça me plaît beaucoup. Et quant à ceux qui sont vraiment, vraiment partis, absorbés dans leurs jeux tellement complexes —, j'ai souvent pensé qu'il était bien possible que l'un deux s'avère être clairvoyant. Juste un peu. Mais là, il faut être prudent. »

« Attends un peu, que je voie si je te suis », dit Vlada.

« Regarde-le comme ça : le plomb peut être ou ne pas être la menace dont nous parle Beech, mais ce qui est certain, c'est que d'être " plombé " est une caractéristique. Quelquefois je dis " terrestre " — nous ressentons souvent cette impression de terrestrialité. Quelquefois je dis " sclérotique ", ou " aveugle ", " yeux qui ne voient pas, oreilles qui n'entendent pas " — et tout cela mène à la " fin totale de toutes choses " qu'annoncent sclérotique, aveugle ou terrestre. " Plomb " est davantage sinistre, peut-être à cause de sa couleur, de son reflet ou de son poids. Le plomb nous communique quelque chose de particulier concernant la matière, notre existence dans la matière. Il y avait à Lakeview un garçon qui écrivait des poèmes, Joey Hamil, et je me souviens d'un de ses vers : " Et sur mon front altéré, le fracas de la masse plombée ". Il n'avait pas de " front altéré ". Il n'avait que seize ans. »

« Et tu te demandes si le " plomb " n'est pas uniquement ce sur quoi s'est arrêté le Professeur Beech, si en fait il ne symbolise pas quelque chose d'autre que nous sentons tous... »

« Mais c'est possible, tu ne crois pas ? Lui il est dans son labo ultra-stérile, construit exprès pour analyser les cailloux rapportés de la lune, et tout d'un coup il lui vient des deux côtés que c'est un déséquilibre dans le règne minéral lui-même qui menace l'humanité, la vie en général, et le monde tout court. Il y a une certaine poésie là-dedans, tu ne trouves pas ? Les immenses accomplissements techniques de l'homme, qui le plombent et qui l'ont recouvert d'une pellicule de métal mortel. C'est trop lourd, nous ne parvenons plus à le porter. Le sang pleure à l'intérieur de nos corps. Nos cerveaux s'affaiblissent. Le même désastre a détruit l'Empire romain. Ce n'était pas la faute des barbares, ni celles des chrétiens, ni celle de la corruption morale : sa théorie à lui dit que la cause véritable, c'est l'utilisation du plomb pour empêcher le vin de tourner. La véritable source de la folie des Césars, c'est le plomb. C'est le vin plombé qui a précipité la chute de l'Empire. »

« Le fait est que les os retrouvés dans les tombes romaines montrent des concentrations extrêmes du métal, dit Vlada. J'en ai analysé dans mon propre laboratoire. »

« Et ça, ce n'était que Rome. À présent c'est le monde entier. Et après tout ce n'est pas pour la fourmilière universelle du Grand Inquisiteur que nous devons nous faire du mouron, c'est pour quelque chose d'encore pire, de plus titanesque — l'abrutissement universel, une soif de meurtre sauvage, obscure, saturnienne, le déchaînement de nerfs irrités, et puis l'intelligence réduite par le poison métallique, de sorte que les grandes idées de l'humanité dépérissent et disparaissent, y compris bien entendu le concept de liberté. »

Corde inhala vigoureusement, toujours inquiet de se débarrasser d'une (imaginaire) fumée. Il inspira l'air bleu faiseur-de-glaçons du petit parc avec sa grille de fer effondrée — tombée là sur les mauvaises herbes et les buissons.

« Je me demande si Beech pense d'une façon aussi romantique », dit Vlada.

« C'est toi qui travailles avec lui— mais qui sait ? dit Corde. Et je suis bien certain que j'exagère, mais s'il y a autour de nous des forces mystérieuses, seule l'exagération peut nous aider à les voir. Nous sentons bien, tous tant que nous sommes, qu'il y a des puissances qui créent le monde — nous le voyons à chaque fois que nous portons les yeux sur lui — et des puissances qui le détruisent. Et quand les gens versent des larmes incompréhensibles, ils ont en quelque sorte le sentiment d'exprimer cette vérité-là, une vérité qui nous resterait impossible à exprimer sous une autre forme dans notre condition actuelle. Mais c'est une impression rare, et les gens n'y sont pas habitués, et ça ne peut les mener à rien. Les larmes peuvent très bien être intellectuelles, mais elles ne peuvent jamais être politiques. Elles sont incapables d'empêcher un homme d'être fusillé ni un enfant d'être jeté vivant dans la chaudière. Feu mon beau-père pleurait à chaque fois qu'il perdait un patient. Et dans le même temps il militait au Parti communiste clandestin. Le Docteur pleurait. Je me demande si c'est jamais arrivé au Communiste… »

« C'est une conversation tout à fait intéressante, dit Vlada. Mais il faut que je te demande de m'expliquer un peu… »

« Mais bien sûr, dit Corde. Ce que je demande c'est si certaines impulsions, certains sentiments qui ne jouent aucun rôle dans le travail scientifique d'un homme comme le Pr. Beech, et qui forment un aspect ignoré ou latent de sa nature, ne se seraient pas tout à coup réveillés. Ces résurrections sont parfois affreuses. Il arrive qu'on puisse les observer — des cœurs maladroits et absurdes qui se réveillent après des dizaines d'années d'atrophie. Ce sont parfois les gens les plus insensibles qui trouvent l'inspiration après quarante ans de tripotages et de sales calculs, et qui se mettent à accuser le monde entier d'être insensible. Mais tel que je vois Beech, il n'est pas coupable de ça. La nouvelle — appelons-la comme ça — le frappe au beau milieu de son labo, pendant qu'il est en train de mettre en ordre les résultats de ses recherches. Quelque chose du genre : “ Cette planète que j'ai passé ma vie à étudier est un être, elle aussi. Elle nous a donné naissance à tous. Mais nous sommes ingrats, avides et mauvais… ” »

« Et ça, c'est une nouveauté — pour poursuivre ton raisonnement — ses sentiments ne sont pas entraînés ou développés, et il s'emballe. Je te comprends mieux, maintenant, même s'il a pleuré, ce qui n'est pas son style… »

« Ce ne serait pas une très bonne façon d'aborder la politique. Tu comprends bien que je suis de tout cœur avec lui. Et comme j'aimerais que des esprits aussi clairs et exquis que le sien puissent résoudre tous nos problèmes. Ce qu'ils ne font pas, d'ailleurs, Néanmoins, c'est tout à fait touchant, qu'il ait l'air d'un plouc, d'un Ichabod Crane, mais qu'il soit également un homme de sentiment et même un visionnaire. Il souhaite protéger et secourir. Malheureusement, à ce moment-là, il se met à parler — et quel fouillis néo-darwinien est-ce qu'il n'expose pas : une lutte de deux milliards d'années entre les organismes qui peuplent la biosphère. Je préférerais manger une livre d'amidon avec une cuillère à moka plutôt que de lire ça. La vérité doit quand même posséder un certain *style.* »

« C'est justement là que tu pourrais l'aider. »

« Comment — si j'essayais de parler à sa place ? »

« Ça dépendrait de la façon dont ce serait fait. »

« Ça dépend de ce qu'il attend. Il n'y aurait aucune difficulté à tomber d'accord sur le fait que les enfants des taudis noirs doivent être protégés de l'empoisonnement par le plomb ou l'héroïne ou les narcotiques de synthèse. Ce qui me paraît le plus douteux dans son hypothèse, c'est que la méchanceté humaine soit absolument un problème de santé publique, et rien d'autre. Pas de tragique imbécillité, pas d'insensibilisation de la substance de notre âme, rien que de la chimie ou de la physiologie. Je n'arrive pas à avaler ce point de vue médical, qu'il s'applique aux meurtriers ou aux génies. D'un côté de l'échelle, il y a Spofford Mitchell. A-t-il violé et tué une femme parce qu'il a mangé des écailles de peinture au plomb étant enfant ? De l'autre côté, Beethoven et Nietzsche sont-ils si formidables parce qu'ils avaient la syphilis ? Le Faust du XXe siècle y a cru si fort que, pour l'amour de son art, il a refusé de se faire soigner ; ses stréponèmes, pour le récompenser, lui ont donné ses horribles chefs-d'œuvre. »

« Tu appellerais justement cette interprétation médicale de la “ sclérose ”, ou du “ plomb ”. » Vlada était d'accord avec ça.

« Là où Beech voit du plomb-poison, je vois de la pensée-poison ou de la théorie-poison. La vision que nous professons du monde matériel pourrait bien nous enfermer dans une boîte aussi lourde que le plomb, un sarcophage que personne n'aura même le talent de décorer avantageusement. La fin de l'art et de la philosophie feront subir à l'esprit “ avancé ” ce que les écailles de peinture au plomb et les gaz d'échappement chargés de plomb font subir aux nourrissons. De tout cela, à ton avis, lesquels vont nous amener à la fin de tout ? »

« C'est comme ça que tu le comprends ? »

« Je parle de la philosophie, pas du truc grotesque que dispensent généralement les universités. À part ça : je me souviens comment je passais mes cours de chimie à contempler le tableau de Mendeleïev. Tout y était — Fe, Na, Cu, He. Voilà de quoi on était fait. J'étais tellement impressionné ! C'était ce dont tout était fait. Mais Pb est en train d'aplatir tous les autres. Pb, c'est le Staline des éléments, le grand patron... Est-il vrai que Beech a déterminé avec précision l'âge de la Terre ? »

« La plupart des géophysiciens l'estiment, oui. »

« Ça me remplit d'admiration. Ne serait-ce que ça, c'est merveilleux. Je ne me lassais pas d'écouter les bandes qu'il m'a données. Il y a des passages dont je me souviens pratiquement mot pour mot. Il n'a jamais eu l'intention de partir en croisade. Il se contentait de mesurer la dissémination du plomb, et ça l'a mené dans la chambre des horreurs. Alors il a vu des choses terribles, immenses, qui descendaient jusque dans les plus lointaines profondeurs de l'enfer, et tout et tout, et les fondations matérielles de la vie sur terre en train d'être détruites. Et si les scientifiques purs avaient vraiment saisi, compris la science, ils auraient saisi la morale et la poésie implicites à ses lois. Mais ils n'ont pas compris. Alors tout va partir à l'égout, comme le sang dans un film de Hitchcock. Les Humanistes ont, eux aussi, raté le coche. Ils n'ont aucune force parce qu'ils ignorent tout de la science. Ils ne peuvent pas être autrement que faibles, parce qu'ils n'ont aucune idée de ce qu'a été l'effort primordial de l'esprit humain depuis trois siècles, ni de ce qu'il a découvert. Beech me propose donc un marché. Il faut que je retourne à l'école, et que j'apprenne de quoi il s'agit — mais de quoi il s'agit *vraiment*. Une fois que j'aurai compris la beauté et la morale que contiennent les lois de la science, je pourrai participer au combat décisif — commencer à redonner sa force à l'Humanisme. »

« Je vois que ça ne t'enchante pas trop. »

« Il y a dix ans, j'ai abandonné le journalisme parce que — eh bien, parce que ma modernité était arrivée au bout de son rouleau. Je suis devenu professeur d'Université pour me guérir de mon ignorance. Nous avons fait un marché. J'enseigne à de jeunes gens comment écrire pour les journaux et, en retour, j'ai l'occasion d'apprendre pourquoi ma modernité s'est tarie. À l'Université j'ai eu le temps de lire des piles de bouquins. À Paris, j'étais bien trop occupé à écrire des articles sur l'art et à bavarder intelligemment. Oh, j'ai quand même fait quelques choses intéressantes. J'ai, par exemple, écrit une série d'articles sur la poétesse Tsvetaieva telle que s'en souvenait la colonie russe de Paris. Comment son mari, qu'elle aimait profondément, était devenu membre du Guépéou et avait été obligé de participer à des exécutions. Mais je suis en train de m'égarer, là. Je suis revenu à Chicago pour poursuivre mon éducation. Et puis il a fallu que j'écrive ces articles. Il n'y avait pas moyen de l'éviter. Les jeunes diraient que c'était mon karma. Enfin, il y a le Chicago d'en bas, et le Chicago d'en haut. Il y a Big Bill Thompson, et puis il y a Aristote, qui lui aussi a depuis longtemps eu affaire avec cette ville, ce qui amuse énormément de gens. Aussi curieux que ça paraisse, Aristote a beaucoup d'influence dans certains quartiers de Chicago. Notre grande sœur, l'Université de Chicago, l'a remis au goût du jour. A.N. Whitehead, tu sais, estimait que Chicago avait des possibilités athéniennes. Eh bien, Big Bill, cet escroc, était un génie des relations publiques. Son slogan était : “ Laisse tomber ton marteau, et trouve une trompette. Et *souffle,* au lieu de taper ! ” Et puis il y a Aristote : un homme sans ville est soit une brute, soit un dieu. Eh bien, Chicago, c'était la ville. Mais est-ce que c'était bien sûr, après tout ? *Où* était-elle, qu'était-elle devenue ? Pas de villes ? Alors, où était la civilisation ? Ou bien les États-Unis tout entiers étaient-ils à présent ma ville ? Dans ce cas, je pourrais quitter ce chaos et partir vivre avec Minna dans un endroit tranquille, et nous pourrions gagner notre vie quelque part dans les bois, avec un ordinateur. La révolution des communications pourrait très bien passer à côté de Chicago ou de Detroit. On pourrait annuler les villes — les générations mourantes, les Noirs et les Portoricains, les vieux trop pauvres pour déménager... Qu'ils tombent donc en ruine, qu'ils pourrissent sur pied, qu'ils meurent, qu'ils s'éliminent d'eux-mêmes. Il y a des gens qui paraissent souhaiter cette solution. Je n'en fais pas partie. Certainement pas. »

Corde jeta un coup d'œil à sa montre. Il était une heure et demie.

« Ah oui, tu as rendez-vous à deux heures, dit Vlada. Nous ferions mieux de rentrer. J'essaierai d'expliquer à Beech pourquoi tu n'as encore rien décidé. Mais encore une chose. Je t'ai apporté un second message de Chicago ; celui-ci vient de ta sœur. »

« Ah, tu as parlé à Elfrida. Comme c'est gentil de ta part de l'avoir appelée, Vlada. »

« C'est elle qui m'a appelée. Elle avait un message pour toi. Je suppose que c'est un message. »

« Qu'est-ce qu'elle voulait que tu me dises ? »

« Elle était ennuyée, elle ne savait pas comment tu prendrais ça, bien que je lui aie dit que je ne voyais pas ce que tu pourrais critiquer... Elle s'est mariée. »

« Comment — Elfrida, mariée ! » La nouvelle, à laquelle il ne s'était pas attendu, lui serra violemment le cœur. Il n'en laissa rien paraître. Il détourna la tête et serra les lèvres en se disant : qu'est-ce qui lui a pris ? C'est Elfrida tout craché. Il dit : « Ah bon ! Elle a épousé Sorokin ? »

« Le Juge, oui. Tu es surpris ? »

Il s'était arrêté ; il avait les mains profondément enfoncées dans ses poches, les épaules relevées très haut. Il avait l'air patraque.

« Ça te déplaît ? »

« Elle ne m'en a pas parlé, dit-il. Mais aussi, pourquoi l'aurait-elle fait ? Ce n'est plus un bébé. Si je suis surpris ? Un peu, c'est tout — Sorokin n'est pas si mal que ça. Il a bon caractère, il est viril, extroverti et vivant. Je suppose qu'elle a fait de son mieux. Ce que je ressens, c'est plutôt une certaine compassion pour elle. Mais avec les individus de Chicago parmi lesquels choisir, elle aurait pu faire pire. »

« Est-ce qu'elle-même, elle n'est pas un personnage de Chicago ? »

« Il a quelques années de moins qu'elle. »

« Oui, elle m'a dit. »

« Bon, eh bien, ça y est. Ils sont partis en lune de miel ? Je suppose qu'ils n'ont pas pu ? Pas tant que Mason a des ennuis. »

« Mason en veut beaucoup à sa mère. »

« Ah oui ? S'il ne l'avait pas autant secouée, elle ne se serait peut-être pas précipitée là-dedans. C'était trop dur à supporter toute seule. Bien bien ; Elfrida… remariée. J'aime énormément ma sœur. »

« Elle me l'a dit. Mais elle avait peur que tu n'approuves pas. »

« Je me suis peut-être montré un peu distant avec Sorokin. Je doute qu'il l'ait beaucoup remarqué. De toute façon, je ne lui voulais pas de mal. Mais pourquoi Mason est-il si fâché ?… Question idiote, si on y pense. Un jour, Mason est venu la trouver avec un bouquin bon marché en lui disant qu'il fallait qu'elle le lise. C'était une espèce de manuel — comment une femme d'âge mûr pouvait se débrouiller toute seule et devenir une veuve bien intégrée… Il l'a prévenue, en somme ; il fallait qu'elle file droit. Il lui a offert ce manuel comme cadeau de Fête des Mères. »

« En tout cas elle ne l'a pas avalé. »

« Non. Je crois que c'est ce qui l'a décidée. Quand je l'ai vue en train de potasser ce livre pour savoir comment faire pour être heureuse tout en étant triste, je me suis dit qu'elle allait se remarier. Et c'est idiot de demander pourquoi elle n'a pas parlé de cette union-là avec moi. Mes opinions sont tout aussi évidentes que celles de Mason. »

« Il m'a paru que c'était ce qu'elle avait de mieux à faire. »

« Mais bien sûr. Il valait mieux que je n'aie pas l'occasion de dévoiler mes préjugés. J'aurais été obligé de m'y tenir, elle aurait été blessée, *et cætera,* et elle est trop intelligente pour ça. »

« En effet, elle l'est — et attirante, aussi, dit Vlada. Il n'y a rien à redire à un mari comme le Juge. Tu l'as dit toi-même. Pour ma part, j'aimerais pouvoir en trouver un comme lui. Il est joli garçon et amusant. Il a prévu de descendre une rivière sud-américaine en radeau. »

« Il m'en a parlé. À l'époque il prévoyait de le faire seul. Je n'arrive pas à imaginer Elfrida en train de descendre un fleuve à travers la jungle comme l'*African Queen,* accrochée à ses valises de luxe. Elle est un peu vieille pour ça. Mais il faut dire aussi, personne n'est trop âgé pour être jeune. C'est l'actuelle façon de voir. En fait, il lui arrive de penser à l'âge, bien évidemment, mais le livre que Mason lui a ordonné de lire — elle était censée se débrouiller toute seule comme une brave mère moderne — l'a furieusement déprimée. Elle se voyait déjà en train de frapper à la porte de l'hospice. »

« Disons qu'elle s'est mariée par légitime défense... Ce n'est plus une gamine comme Lydia Lester. »

« Non. Je persiste à croire qu'elle aurait quand même pu en parler avec son frère unique. Mais elle et moi, nous ne pourrions jamais trouver de point commun. Et elle a peut-être pensé que le Juge serait un bon modèle pour Mason — cet extroverti qui saute des hélicoptères. Pas comme son oncle qui va pêcher le pagre et qui tombe à la baille. Elle me soupçonnait d'éprouver une certaine antipathie, d'être agacé par la ressemblance de son gamin avec son père. Mais Mason père ne m'a jamais été antipathique. Il était de cette espèce particulière de barbares hautement intelligents avec qui j'ai grandi — des gens comme mon propre père et mes oncles. Des gens à qui j'étais attaché affectivement. L'avis d'Elfrida, c'est que son fils n'est pas aussi pourri que d'autres fils de son milieu. Il croit qu'il fait partie des Noirs du ghetto, mais au moins il ne se brûle pas les veines à l'héroïne synthétique, ce truc qu'il faut s'injecter quand il est encore brûlant. On finit paralysé. Mason ne se fera jamais vraiment mal. Ce n'est ni un détourneur d'avions, ni un kidnappeur, ni un terroriste. Il n'a rien non plus d'un Feltrinelli. » Corde fit une pause. Puis il dit : « On ne peut même plus parler de sa pauvre sœur sans aborder les grands problèmes sociaux. C'est le pire. Je suppose qu'à présent elle va vendre sa maison de Cape Cod et investir dans les parachutes. »

CHAPITRE 13

L'appartement était rempli de visiteurs. Certains d'entre eux étaient venus avec un double projet : ils voulaient faire sortir leurs enfants du pays. On pouvait difficilement leur en vouloir pour ça. Mais comment faire pour trouver un garant, et où pouvait-on dénicher les dollars nécessaires ? On ne pouvait rien faire sans dollars.

Corde en vit une partie. « Votre mère aimait beaucoup ma fille. C'est une excellente étudiante. Elle veut faire de la biologie moléculaire... », puis, approchant une chaise plus près, chuchotant d'un ton pressant, elle jetait des coups d'œils significatifs vers le Doyen. Minna écoutait, toujours solennelle. On ne savait jamais ce qu'elle entendait, ni si ses grands yeux vous regardaient, vous, ou à travers vous, ou au-delà. On ne savait pas, mais elle, voyait tout, ressentait tout intensément, prenait tout à cœur. Des parents lui tendaient des copies d'examen, des mémoires, des manuscrits. Elle les acceptait. Elle ne repoussait personne. Elle disait qu'elle en ferait lire une partie au Doyen.

Corde dit : « Spangler m'attend. »

« Oui, il faudrait que tu puisses sortir un peu, dit-elle. À quelle heure la voiture passe-t-elle te chercher ? Oui, ce sera une bonne chose pour toi de pouvoir bavarder avec un vieux copain. Mais ne reste pas à l'attendre dans la rue. Promets-moi de rester dans le hall. Je t'en prie... »

Il emporta le paquet d'Alec Witt avec lui et eut juste le temps de voir qu'il était plein de lettres concernant ses articles, la plupart critiques, probablement envoyées par des étudiants exigeant qu'on le foute à la porte. Je pourrais vraiment me passer de ces lettres imbéciles, pensa Corde. On pouvait dire ce qu'on voulait de Miss Porson, il se pouvait bien qu'elle ne soit pas très fine, mais, en tout cas, son instinct de femme la poussait à protéger le Doyen. On ne pouvait pas s'attendre à ce genre de délicatesse de la part du Recteur. Mais aussi (c'était une critique qu'il s'adressait à lui-même), pourquoi t'attendre à ce qu'on te ménage ? Tu n'as aucun besoin d'être ménagé, à moins de croire que tu es investi d'une mission très spéciale et élevée, et que des dames et messieurs bien-pensants devraient baisser le ton en s'adressant à toi (une vocation qui t'a laissé frustré ?). Certaines des lettres lui étaient adressées personnellement, mais Miss Porson avait estimé que l'Administration était en droit de les lire. Elle possédait sa propre image de l'Administration, sa vision de la hiérarchie universitaire, de qui devait quoi à qui. Quand on est doyen, on est aux ordres du Recteur, qui obéit au Président, qui rend des comptes au Conseil d'Administration...

Crémation ou pas crémation, la journée courait, brillante — pour le temps, c'était un jour comme les autres. Corde, que la fumée dans ses poumons gênait toujours, s'éclaircit la gorge tandis qu'il se dépêchait de monter dans la voiture de Spangler. Ensuite, ce fut le bar chic de l'Intercontinental et l'arôme envahissant des machines à expresso. Cette fois, Dewey avait pris une table près de la vitre chauffée par le soleil, un antidote à l'horrible obscurité du crématorium. Il était plein de suavité, de sollicitude — ah ! quel homme tout en douceur Dewey était devenu dans le grand monde ! Il paraissait plus corpulent dans cet ensoleillement — des cascades de graisse sous sa chemise, roulant jusqu'à l'imposante bedaine. Au-dessous de l'équateur ensoleillé, il portait une ceinture. Il n'y avait plus que Corde pour se souvenir de sa maigreur adolescente.

« Pauvre Albert. Je vais te commander un double scotch. Tu étais verdâtre au crématorium. »

« J'ai dû descendre au sous-sol pour signer des paperasses. »

« C'est drôle de te retrouver dans une situation aussi étrangère, tellement différente de tout ce que nous avons connu par le passé. »

« En te voyant là-bas, j'ai ressenti exactement le contraire. De la familiarité. Tu te souviens de l'enterrement de ma mère ? Nous habitions encore Lakeview — tu étais venu à la maison.

« Non, j'ai un trou. » (Le petit salaud. Il mentait à fond. Peu importe.)

« La grande pièce était remplie de visiteurs. Tu étais assis dans un coin, derrière tout le monde, et tu me faisais des grimaces. »

Cela ne fit pas plaisir à Spangler. « Je ne m'en souviens pas, non. »

« Si, dit Corde. Tu étais venu pour me rappeler que mon premier devoir de nihiliste était de ne pas céder à l'hypocrisie petite-bourgeoise du deuil, ni à toute la farce bourgeoise. »

« On dirait que tu ne me l'as pas encore pardonné, à t'entendre. »

« J'étais fâché contre toi, ça oui. »

« J'admets que j'étais un gosse désagréable. En ce temps-là, c'était moi le plus excentrique. Mais sérieusement, tu ne devrais plus m'en vouloir. Ça remonte à la fin des années trente. »

À l'époque, Dewey, maigre comme un coucou, faiblard, houspilleur et mal dans sa peau, fâché à mort contre le monde entier, tapait à tort et à travers. Non, bien sûr, on ne pouvait pas lui en vouloir. « Ce n'est qu'un souvenir, c'est tout — toi dans ton coin, à faire des grimaces, tellement extravagant, alors que j'avais tellement mal, on était à peine rentré du cimetière. C'était une de ces journées d'hiver, un ciel noir d'encre, gelant à pierre fendre, toute de glace sale. »

« C'était bien un hiver de Chicago, c'est un fait. Mais pendant que tu es dans les souvenirs, tu pourrais aussi te rappeler que cette année-là, tu partais pour Dartmouth. Ma famille n'avait même pas assez d'argent pour m'envoyer à l'Université d'État. Et puis ton père était présent dans la pièce, et lui, il ne m'aimait pas du tout. »

« Je ne crois pas que ce soit ça. Tu l'intriguais, mon vieux père, il ne te comprenait pas. Quand il t'a trouvé dans un couloir de l'appartement sombre comme tout, à quatre pattes, en train de gronder comme une bête sauvage, ça l'a complètement renversé. »

« D'accord. Mais ta famille avait de l'argent et des relations. Si tu es arrivé jusqu'à Postdam, c'est bien grâce à l'influence de ton père. Tu n'y aurais pas mis les pieds si ton père n'avait pas été cul et chemise avec Harry Vaughan, qui faisait partie de la bande de Truman. Le même Harry Vaughan, d'ailleurs, qui a accepté sept congélateurs offerts par des politicards, et une médaille décernée par Juan Perón. »

« Alors, c'est d'autant mieux de ta part de t'en être sorti tout seul, sans Vaughan derrière toi », dit Corde. Il savait très bien que Dewey s'était montré un politicien de carrière infatigable. Mais la façon dont Dewey était arrivé en haut de l'échelle avait à présent peu d'importance. « Et tu étais plus excentrique que moi. »

« À l'époque, rétorqua Dewey. Bon, admettons, ce n'était pas ta faute si ton père était un gros propriétaire d'hôtels, s'il conduisait une Packard et s'il faisait partie du Country-Club. Une chose dont je me souviens, c'est que tu m'as emmené chez le dentiste de ta famille, que tu lui as demandé d'examiner mes dents et de mettre ça sur ta note. Le dentiste était complètement dégoûté par tout le tartre que j'avais dans la bouche — je ne me brossais jamais les dents. Et pourtant je n'avais pas une seule petite carie. J'étais très fier. »

En effet, Dewey avait été un gosse abominablement avide et vaniteux. Un jour où il avait deux sous en poche (justement ce jour-là Corde était à sec), il s'était commandé quelque chose au comptoir du *Woolworth* sur Washington Street — du rosbif, de la purée, des petits pois, avec une tonne de sauce blanche qui débordait presque de l'assiette. Et Corde était resté à le regarder pendant que Dewey avalait tout. Il se servait de son couteau et de sa fourchette avec une effrayante élégance, comme un fils de Lord — un Chaplin ne serait pas parvenu à l'imiter. Ses dents aiguës, dévoreuses, son gosier affamé, à côté du maniement délicat, très maniéré, des couverts bon marché. Il avait les oreilles enfoncées sous sa casquette. Il n'avait pas offert la moindre miette à son copain. C'était peut-être l'époque où il s'était rasé les cheveux à la racine du front pour ressembler davantage à William Powell. Puis les cheveux s'étaient mis à repousser, d'où la casquette. La façon dont il s'était débrouillé pour se civiliser était donc assez extraordinaire. Il était devenu un personnage public avec lequel il fallait compter, ce que les flics de Chicago appellent un « notable », le compagnon d'hommes d'État. Il s'était fait tout seul. Puis vint cette intéressante réflexion : Corde, lui aussi, s'était fait tout seul. Puis il s'était *défait,* délibérément. Spangler supposait que s'il avait fait cela, s'il avait cessé d'écrire pour les journaux, c'était parce qu'il avait reconnu la supériorité de Spangler et qu'il s'était retiré de la compétition. Mais ce n'était pas ainsi que Corde s'était défait. Il avait une vision très différente de cette destruction. Et Spangler, en dépit de ses théories, en dépit de sa célébrité mondiale, ne se sentait pas absolument sûr de lui face à son vieil ami. Assis à table avec Corde, il avait toujours l'impression d'être ce gamin rouspéteur qui en faisait toujours trop. Évoluer sur le dessus du panier n'avait pas suffi à dompter le morveux déchaîné.

« Hier, j'ai été reçu chez Mr. le Président et Madame », dit Dewey.

« Comment sont-ils ? »

« Il a de beaux cheveux, mais il a l'air d'un flic des films de Charlot. »

« A-t-il été question de ma belle-mère ? »

« J'ai dit qu'un de mes vieux amis de Chicago était ici, le mari de..., le gendre de... Mais dis, ces femmes t'obsèdent complètement. Tu les *aimes,* ma parole ! Mr. le Président n'a fait aucun commentaire. »

« Avec tant de choses en tête — tu écris quelque chose sur le Pacte de Varsovie ? — tu as quand même trouvé le temps de t'en souvenir. »

« Trop tard pour faire quoi que ce soit », dit Spangler. Il recevait les remerciements avec modestie, mais il se sentait blessé, et même révolté, si on ne reconnaissait pas son influence. Aussi Corde la reconnaissait-il. Ce n'était pas de la flatterie ; ça ressemblait davantage à de la pitié. Spangler avait besoin que Corde lui transmît les bons messages. Corde avait l'impression qu'il avait dû occuper une place importante dans l'analyse de Spangler, qu'il avait été le sujet d'un nombre incalculable d'heures passées à tâtonner sur le divan. Enfin acceptés, leurs rapports devaient être devenus un des éléments de la maturité de Spangler, la preuve, arrachée à grand renfort de temps et de souffrance, qu'il était effectivement mûr. À travers ces rencontres à l'Intercontinental, Spangler avait la possibilité de mettre à l'épreuve le résultat d'années entières d'analyse. Il était planté bien solidement, à présent, la cure tenait le coup. Et pourtant il demeurait entre eux une certaine gêne. Les problèmes, une fois qu'on les a conçus en tant que problèmes, ne vous laissent plus jamais un instant de répit, pensa Corde. Et si les problèmes vous hantent, la moindre occasion se retourne contre vous. Il plaignait Dewey. Dewey en est encore à soupçonner que je sais quelque chose qu'il ignore, que je possède quelque chose qu'il veut absolument posséder aussi.

Une fois son influence reconnue, Dewey (volte-face) loua Minna. « Tout le monde le dit, et c'est vrai, Albert : ta femme est une vraie beauté. J'ai aussi aperçu la vieille dame, dans son cercueil. Elle avait de la classe — une drôle de classe ! »

Corde se retint de répondre. Il attendait de voir quel sujet Spangler se proposait de discuter. Les femmes, l'amour, le mariage ? Non, il préférerait sans doute parler de Chicago. Corde en avait également envie.

Dewey dit : « Ce procès va arriver devant le jury dans quelques jours. Est-ce que tu sais que ton cousin tient à te faire comparaître ? »

« En effet. »

« Ç'aurait été une sacrée blague — qu'un huissier vienne te prendre au collet ce matin, au crématorium. »

« Maxie t'amuse encore ? »

« Lui personnellement, pas tellement. Je suis allé le voir à Chicago, il y a une quinzaine de jours. »

« Qu'est-ce que tu faisais là-bas ? »

« J'étais allé voir mon vieux père, qui a quatre-vingt-onze ans. Max et moi avons pris rendez-vous pour boire un verre au *Drake*. La serveuse l'a reconnu : " C'est pas vous, l'avocat qui s'occupe de cette affaire-là ? Je vous ai vu à la télé. " Max s'est rengorgé comme un paon. Tu l'as rendu célèbre. C'est tout juste s'il n'a pas demandé à cette fille si elle n'était pas libre ce soir-là. Il a toujours le même problème. Je me souviens de cette idée qu'il avait eue de cabines d'amour, comme il y a des toilettes publiques. Tu mets un dollar dans la fente, et tu as une petite pièce à ta disposition. Si tu es en train de te balader avec ta petite amie et qu'il vous prend une envie, vous pouvez vous soulager au coin de la rue. »

On ne parviendrait pas à obliger Corde à parler des particularités de son cousin. L'image du corbillard-camionnette lui revenait encore de temps à autre, et celle d'Ioanna agenouillée près du cercueil, prenant la main de Valeria pour la presser sur sa joue ; et l'image de lui-même, les sourcils froncés d'horreur, gribouillant son nom sur le registre, gelé, suant, avec une seule envie, celle de s'enfuir en courant ; et dans l'escalier, les deux extrêmes de chaleur et de froid semblables aux deux tranchants d'une hache, qui le coupaient en deux. Il avala une grande gorgée de whisky. Spangler dit : « Ces histoires érotiques ne t'amusent pas... Tu crois que ton cousin ne gagnera pas le procès ? »

« Dans un tribunal à Chicago, il peut arriver n'importe quoi. »

« Tu es vraiment dur avec cette pauvre ville. Crois-tu que les choses soient tellement différentes ailleurs ? »

« Sans doute que non. Entre autres choses, j'ai découvert que Chicago n'est plus Chicago. Il y vivait des centaines de milliers de gens qui n'avaient pas la moindre notion d'un chez-soi. *Avant,* les gens pouvaient au moins dire... »

« Ah, là, je suis d'accord avec toi, interrompit Spangler. Ce n'est plus un lieu : c'est une condition. Le South Bronx, Cleveland, Detroit, Saint Louis, de Newark à Watts, tout ça est le même nulle part ! »

« Pourquoi des gens décident-ils de vivre ici plutôt que là ? » dit Corde.

« Ce que tu demandes, c'est quelle est leur raison intime ? C'est la condition moderne, dit Spangler. C'est une vieille histoire. Mais il faut que je te dise, Albert. J'ai lu tes articles avec beaucoup d'attention, ils m'ont fasciné. Il ne m'ont peut-être pas appris grand-chose sur Chicago, mais j'en ai appris long sur toi, par contre. L'ami d'enfance redécouvert. Tu as écrit des choses sacrément bizarres, et j'ai très envie de t'en parler. »

« Par exemple ? »

« Tu vas croire que je plaisante — mais j'ai même pris des notes.

J'étais dans le *Concorde*, j'avais quelques heures devant moi. Tu disais que le décor était un vrai désert de Gobi. » Spangler sortit son carnet de sa poche. « Tu as dit par exemple que Chicago faisait partie du globe habitable, bien sûr, que les lois de la physique s'y appliquent comme partout ailleurs, que le sang circule dans les veines, qu'au-dessus le ciel est le même, mais que si on grandissait dans cet endroit-là, il y a des moments où on avait l'impression de ne pas être à la hauteur des normes terrestres exigés par la Nature. *Et cætera.* Un bizarre manque de cohérence au bout du compte, un environnement peu favorable à la satisfaction des besoins humains... choisi plutôt pour favoriser l'industrie, le commerce, la construction. Je ne vais sûrement pas me chamailler avec toi au sujet de son charme ; mais tu regardais tout comme si un ophtalmologiste t'avait mis des gouttes dans les yeux. Franchement, je suis étonné que les gens de *Harper's* t'aient laissé continuer de cette façon. Tu utilises de ces mots, de temps à autre... »

« Donne-moi des exemples... »

« Oh, par exemple, les " dures exigences de l'esprit ". Comment on se débrouille pour vivre avec. Ou bien " est-il possible, politiquement, de sauver cet ordre de choses ? " Des tas de déclarations de ce genre. C'est pour cette raison que je t'ai dit la dernière fois que ce serait plutôt une bonne chose pour toi que tes lecteurs soient agacés, et qu'ils passent sur tes articles. Mais pour moi, c'est plein de choses curieuses. J'ai mes passages préférés. Entre autres, le long paragraphe dans lequel tu parles du projet de tunnel et de réservoir. J'aurais dû le recopier — un énorme projet d'égouts qui coûte plus cher que le pipe-line d'Alaska, cent soixante milliards de mètres cubes de capacité, large comme trois locomotives, et qui courrait très profond sous la ville sur plus de cent cinquante kilomètres, au risque de miner les fondations des gratte-ciel. Sans parler de ces tonnes d'excréments qui frappent l'imagination. Ce n'est pas la beauté d'Hélène qui va faire tomber toutes ces tours, ce sera tu-sais-quoi, et c'est là qu'est la différence entre Chicago et Troie. Maintenant, dis-moi, pour qui écrivais-tu ? Tu as un peu charrié sur la poésie. »

« Je ne crois pas avoir infligé cette poésie à Chicago, dit Corde. C'est Chicago qui me l'a infligée, à moi. Mais il y avait aussi d'autres passages plus calmes, moins tendus — des descriptions de quartiers résidentiels. J'ai beaucoup parlé de l'architecture. »

« Ah oui, les intérieurs de vieux appartements ; c'était bon, ça, très bon. Et puis aussi la vie de quartier dans les années trente. Sur les rives du lac, et le Loop avant la guerre. J'ai bien aimé les passages sur les parcs. Il n'y a rien de mal à être sentimental. Le bon vieux temps, quand Chicago était une ville d'immigrants qui avaient trouvé du travail, de quoi manger à leur faim, la liberté, et autour d'eux une sorte de laideur sympathique où ils pratiquaient leurs métiers du Vieux Monde — ébénistes, ferblantiers, serruriers, des charcutiers de Cracovie, des confiseurs de Sparte. Ces passages-là avaient beaucoup de charme. » Spangler était manifestement condescendant. Lui, il affrontait les grands problèmes — le golfe Persique, la politique russe en Afrique orientale, le neutralisme de l'Europe de l'Ouest et l'OTAN, la reprise des négociations SALT. Ces choses-là étaient réellement sérieuses, c'étaient des problèmes aux répercussions importantes et permanentes. En fin de compte c'était Dewey, l'adolescent à l'air de poulet étique, le braillard, le menteur, le gosse à problèmes, qui était arrivé à la célébrité mondiale. Ce que ses yeux disaient, en allant et venant sur la personne de Corde, c'était que le vieux Chicago était loin — Lincoln Park était loin, c'était de l'Antiquité, les frissons que procuraient Platon et Shakespeare, les déclamations du « Jardin de Proserpine », de « Lapis-Lazuli » et de « Waste Land », les disputes au sujet de *The Will to Power,* et de ce que signifiait vraiment le nihilisme, tout ça, mon petit vieux, c'était notre enfance, et il fallait s'en détacher. (Corde ne s'en était pas détaché.) Corde, débordant de sentiments concernant Valeria, Minna, Elfrida (mariée !), était heureux de se retrouver là au soleil, même s'il était triste. Spangler, avec sa barbe, ses cheveux couleur de gingembre grisonnants soigneusement ondulés, était assez agréable. Pourquoi diable avait-il tant tenu à ressembler à William Powell ?

« Une de tes meilleures idées, ça a été de rechercher certains de nos camarades de classe de Lakeview. Cette partie-là n'était pas mal. Le type qui travaille à la poste, l'expert comptable, le juge des flagrants délits — on était au moins libre d'en faire ce qu'on voulait. Là où tu as eu de la chance, c'est avec Billy Edrix, le Colonel de l'armée de l'air, celui que sa femme a essayé d'assassiner. Je ne me souvenais plus de lui. »

« Moi oui, assez par hasard. Il faisait partie de l'équipe de course à pied. »

« C'était curieux, dit Spangler. Alors qu'elle avait été reconnue coupable sur la foi des témoignages des deux tueurs qu'elle avait engagés elle-même. Et puis elle a aussi essayé de l'empoisonner, et même une fois, de lui écrabouiller la cervelle pendant qu'il dormait, avec le téléphone. Et il a quand même été obligé de continuer à la faire vivre et à la laisser habiter dans la maison jusqu'à ce que le procès soit terminé, et même après qu'elle eut fait appel. Qu'est-ce qu'ils *ont,* ces juges ? »

« Et pendant ce temps-là Billy continuait à piloter des avions cargos de l'Air Force, en va-et-vient entre l'Allemagne et O'Hare à Chicago. »

Quand Corde était allé le voir, au fin fond de la grande banlieue, Billy avait prétendu se souvenir à peine de lui. « L'équipe de course à pied, vous êtes sûr ? Flûte, je ne serais même plus capable de traverser la pelouse en courant. »

Billy s'était fait construire une nouvelle maison, à peine terminée, et ils avaient bavardé dans le futur jardin, de la terre nue pour l'instant (« Tout ça va être fait par un paysagiste »), en buvant de la bière au goulot. Le très militaire Billy portait des vêtements de chasse bien tachés. Il n'avait pas invité Corde à entrer. La jeep était chargée. C'était le jour du déménagement. « Pourquoi voulait-t-elle vous tuer, Billy ? »

« Vous dites que vous avez l'intention d'écrire quelque chose à ce sujet ; moi, je vais vous raconter quelques petits trucs dont les journaux n'ont jamais parlé. Elle a commencé avec le fils des voisins. J'ai fini par comprendre. J'ai embarqué le gamin faire un tour en jeep et je lui ai dit : " Qu'est-ce que tu as à me suivre sans arrêt ? " Je lui ai mis un flingue sur la tempe et j'ai dit : " Tu me le dis tout de suite, ou je te fais sauter la cervelle. " Alors il m'a tout raconté. Elle lui avait promis mille dollars pour me descendre. Et il l'a aussi raconté devant le tribunal. » Billy n'était pas vraiment fâché ; il avait plutôt l'air pensif. Il dit : « Elle est même allée raconter aux Narc que je faisais passer de l'opium d'Allemagne et que j'investissais mes bénéfices dans une boîte de nuit — une boîte à filles. À chaque fois que j'atterrissais, ils venaient fouiller mon avion. Quand je dis fouiller — ils me le mettaient en petits morceaux. Ils devaient avoir vu *French Connection.* Ces types, ils sont prêts à écouter n'importe quelle nana un peu cinglée qui en veut à votre peau. Et le tribunal m'a refusé le divorce, même après qu'elle eut été reconnue coupable. Pas avant qu'il y ait eu partage des biens, disaient-ils. Ces putains de tribunaux sont aussi cinglés que ces putains de gonzesses... Écrire quelque chose sur les avocats et les tribunaux, c'est ça qu'il faudrait faire, Al... »

Spangler dit : « Si elle tenait tant que ça à le tuer, pourquoi restait-il avec elle, alors ? »

« Ce qu'il disait, c'est que l'idée de laisser ses enfants vivre avec une meurtrière lui était intolérable. »

« Ah, je vois, les enfants. Toi et moi, on n'en a pas. Mais tu as quand même un neveu. Il est enfant unique ? »

« Oui. »

« Comme moi. Mais ma mère à moi était trop pauvre pour me gâter. »

« Elle t'a gâté autant qu'elle a pu, Dewey. »

« Tu ne comprendras jamais comment ça se passait, avec mes parents. Ton père avait une grosse Packard. Mon vieux, lui, se tapait le tram. Ton paternel refusait qu'on soit amis, mais ça plaisait plutôt à ma mère. Elle espérait que ton père m'engagerait dans un de ses hôtels comme veilleur de nuit et que je pourrais mettre de l'argent de côté pour m'inscrire au Wright Junior College. Manque de pot, toi et ma mère, vous vous êtes fâchés. Drôlement fâchés, même, Albert. »

Ainsi Spangler s'en souvenait et était capable à présent d'en parler. Quand ils avaient seize ans, les deux amis avaient écrit un livre ensemble. Ils l'avaient appelé *Mort sur le El.* Ils l'avaient terminé pendant les vacances de Noël et avaient tiré au sort à qui emporterait le manuscrit à New York pour le faire publier. Spangler, qui avait gagné, avait coincé le manuscrit dans sa ceinture et était parti sur-le-champ pour New York. Il lui avait fallu trois jours d'auto-stop pour y arriver. Pendant ce temps Corde, pour couvrir Dewey, avait raconté des bobards à sa mère effondrée. « Je suis désolé, Mrs. Spangler, il n'a pas dit où il partait. » L'Oncle Harold Corde, qui vivait à l'époque à l'étage supérieur, avait parlé à la mère de Dewey et pris les choses en main. Ils s'y étaient mis tous les deux et avaient obligé Corde à aller avec eux au commissariat de police. Ils y étaient allés en tram. Même le Bureau des personnes disparues avait été impuissant à briser la résistance d'Albert. Il recevait déjà des lettres de Dewey, de New York. Dewey écrivait : « Le lecteur de chez Harcourt adore ma moitié du livre, mais il prétend que toi, tu ferais mieux d'entrer dans l'hôtellerie avec ton père. » L'Oncle Harold, après avoir forcé le tiroir fermé à clef de la commode de Corde, avait rassemblé tout le monde et lu les lettres de Dewey devant toute la famille. C'était l'époque où la mère de Corde était en train de mourir.

L'Oncle Harold était un politicien républicain dont le candidat, Alf Landon, avait été battu par Roosevelt. C'était un vieillard bourru et braillard que personne ne prenait au sérieux. Il avait traité Corde de « petit couillon esthète » et dit qu'il allait prendre tous ses bouquins et les balancer dans la chaudière. C'était un moment où la mère de Corde devait considérablement souffrir ; son cancer était très avancé, son visage momifié, méconnaissable, ses yeux sombres perçants, brillants de colère. (C'était à la mort qu'elle en voulait, pas à ses enfants.) Il est impossible de dire ce qu'elle avait pu ressentir en entendant l'Oncle Harold hurler devant Albert, mais elle avait dû être blessée. Corde se rappelait sa propre consternation, et la façon dont il était allé calmer son cœur meurtri à Lincoln Park. C'était resté une des particularités de Chicago : où pouviez-vous transporter vos sentiments les plus passionnés ? Où les éprouver ? C'était exactement à la même époque de l'année, juste après les fêtes de Noël, janvier approchant. Le vent arrivait tout droit de l'Arctique, sans obstacle pour l'arrêter — la neige blanche, les palissades noires, les arbres nus, le ciel bleu. Huit lustres et deux continents de différence n'y changeaient pas grand-chose, car ce jour-ci était bien le même que l'autre — d'un bleu glacial, ensoleillé, et des femmes, mourantes ou mortes.

Se pouvait-il que Spangler fût en train de le dévisager avec cet énorme amusement ? Le visage rondouillard, les mains dodues, les yeux bleus, les paupières bistres, gonflées et fragiles — la lumière du soleil en révélait toute la ciselure boursouflée et la ternissure sombre. Spangler se coinça le rire sous les aisselles, où il avait mis les doigts, et croisa ses petits pieds. Évidemment (Corde, en observateur têtu, presque obsédé qu'il était), Spangler avait à présent une bedaine en tonneau. Ses dents aiguës étaient nettes ; il avait accepté la nécessité de les brosser. La psychanalyse et le prestige l'avaient assagi, dégrisé, nettoyé, il ne souffrait plus de crises de loufoquerie. C'est drôle à quel point on peut s'en tirer bien, américainement parlant. Nietzsche disait qu'il valait mieux être un *monstre gai** qu'un *ennuyeux sentimental**. Quand Dewey racontait à Miss Starr, son prof de lycée, qu'il était orphelin, adopté par les cannibales qui avaient dévoré ses parents, et son évasion en radeau d'une île africaine, c'était un *monstre gai.* Et à présent, avec Brejnev, Kissinger et Indira Gandhi, c'étaient à nouveau des histoires vécues, palpitantes. Aussi avait-il toutes les raisons d'être content. Mais il désirait encore quelque chose de Corde. Une conversation à cœur ouvert, peut-être ? Non, pas ça. Ou alors des rapports personnels édifiants, lourds de signification ? C'était sans doute plus près du but.

Spangler dit : « Tu m'as écrit de bien méchantes choses sur ma pauvre vieille mère. »

« C'est à l'Oncle Harold que j'en voulais. »

« Cette vieille carne. Il t'avait bien cassé ta baraque. »

« Ta lettre l'y avait quand même bien aidé. »

« Le fait est que ça n'a pas dû être drôle pour toi, et je suppose que ta mère a dû vraiment en souffrir. Mais ce n'étaient que des tuiles de jeunesse. Après tout, Albert, c'est cette blessure-là qui t'a mis le dos au mur, de la même façon que ton article sur Postdam y a mis le mien. Nous sommes tous les deux très volontaires et terriblement têtus. Pour toi l'ennemi était tout trouvé — l'Oncle Harold, l'esprit américain vulgaire. Il voulait brûler tous tes livres de philo et de poésie. C'est ressorti dans tes articles du *Harper's.* Ce sont vraiment de curieux morceaux, et tu y es parfaitement reconnaissable. Je m'y étais tellement plongé dans le *Concorde* que je suis arrivé à Paris sans avoir eu le temps de m'en apercevoir. C'est le vol le plus court que j'aie jamais fait. Je dois dire qu'il y a des passages que je n'ai pas encore trop bien pigés — trop fumeux, et même mystiques. Mais il s'agissait bien de mêmes vieilles préoccupations. Si j'avais été toi, j'aurais laissé les types comme Vico et Hegel de côté. Hegel disait que l'esprit des temps est en nous par nature... Bon, et à quoi est-ce que ça nous avance ? »

« Ça nous avance à ça, que le monde tel que nous le vivons est notre destin personnel le plus direct. »

Dewey n'aimait pas qu'on le laisse en plan. Agressif et têtu, il eut un geste de dénigrement. « Ça ne m'apprend rien de plus. »

Corde pesa le pour et le contre. Je parle, ou pas ?... Je parle. « Je voulais dire que notre intérêt est de nous occuper de ce qui nous habite par nature, et que je ne connais pas beaucoup de gens qui y soient prêts. Ce que je vois surtout, ce sont des œillères. Mais c'est quelque chose qui agit sur l'essence même de l'âme — cet esprit des temps, présent dans cette âme que nous possédons par nature, et qui travaille à façonner chacune d'elles. Nous aimons mieux qu'on nous serve ce genre de choses sous forme de concepts. Nous préférons les voir dans l'abstrait, morts-nés. Mais aussi longtemps qu'ils ne nous atteignent pas revêtus d'une certaine réalité, comme des faits issus de notre expérience propre, tout ce que nous arriverons à trouver en fait de bien et de mal sera des... eh bien, des concepts, et rien que des concepts. Et nous ne saurons jamais quel travail s'effectue sur les âmes. Et nous finirons par avoir une forme de discours, ou un jargon pour les intellectuels — et un autre pour le public, une suite sans fin de fantasmes de plus en plus irréels. En fait, les deux sont même déjà en train de se mélanger. Le grand public est en train de s'approprier le jargon en question, pour l'ajouter au nombre de ses fantasmes... »

« Tu vas un peu trop vite pour moi, dit Spangler. Alors tu as résolu d'en mettre plein les dents à tout le monde, et de les obliger à subir toutes ces notions sous une forme ou sous une autre. »

« À retrouver le monde qui a été enfoui sous les gravats de la description et de la non-expérience. »

« Ce n'est pas le matériau de tes articles qui m'a posé des problèmes, dit Spangler. Il y en avait même une bonne partie que j'ai trouvé bougrement intéressante. Ce qui était difficile à supporter c'était la façon dont tu as dit tout ça. Ce qui était intolérable, c'était peut-être en fin de compte ton attitude. Un journaliste modeste aurait dit qu'il était en train de pondre quelque chose sur Chicago. Ou que Chicago était son bout de gras. Mais ce que tu disais, toi, c'était " J'ai été désigné pour le faire ", et ça fait penser à un visionnaire, ou alors à la voix de Dieu en personne disant : " Prends tes tablettes et inscris. " Et tu es libre de me croire ou pas, mais ce n'est pas très différent de ce que tu disais il y a quarante ans. En lisant le *Harper's,* j'ai tout bonnement entendu des échos de notre jeunesse. »

« Échos de notre jeunesse » était dit pour impliquer que très peu de progrès (ou aucun) avait été accompli. Mais cela ne gênait pas Corde. Spangler, le communicateur de masse, était un faiseur de discours (augmentant par là la montagne des fausses descriptions). Deux fois par semaine, des lecteurs de toutes les régions des États-Unis ouvraient leurs épais journaux, tout frais sortis des presses à la page de l'éditorial de Spangler, afin d'accorder leurs opinions sur les affaires du monde et de corriger leur tir. *Le Monde* et *The Economist* citaient souvent Dewey ; pourquoi s'en faire pour l'opinion de son compère d'adolescence ? Détendu, flottant dans la molle chaleur de l'Intercontinental, il avait toutes les raisons de se sentir sûr de lui-même. Dans le café, on trouvait des délégués aux affaires économiques d'Allemagne de l'Est, des membres de missions chinoises, des dames nigériennes costumées, le turban sur la tête — et en prime, deux vieux copains de Chicago, dont l'un, une personnalité de renom international. Et Corde se demanda si Dewey n'était pas en train de l'interviewer. Les interviews étaient la grande force de Dewey. Il vous pressait de donner des réponses sincères, en vous fixant d'un œil dur ; il contrôlait le jeu. Sa grande question muette était : « Jusqu'où dois-je vous prendre au sérieux ? » Mais c'était plus qu'une interview. Spangler essayait de voir si son vieux copain était du solide. Corde avait parlé de Vico et de Hegel comme un professeur-humaniste-intellectuel. Et Spangler, qui avait beau être monté si haut, être allé aussi loin, voulait monter plus haut encore. Au-dessus du créneau Walter Lippmann auquel il aspirait, il y avait le créneau André Malraux. Là on respirait un tout autre air, on revoyait avec de Gaulle toute l'histoire de l'humanité, on touchait Napoléon, Richelieu, Charlemagne, César, on effleurait au passage le Christianisme et le Bouddhisme, les arts de l'Ancienne

Chine, l'astronomie du clergé de l'Égypte pharaonique, le Bhagavad-gîtâ. Le fait d'être originaire de Chicago n'était pas nécessairement un obstacle. On pouvait très bien se projeter au-delà de Walter Lippmann si on parvenait à faire jouer la bonne combinaison de forces.

Un étrange silence descendit sur Spangler. Corde pensa : je suis injuste. Je suis trop satirique. En satisfaisant à mon goût pour les commentaires acides, je risque fort de rater ce qu'il est vraiment, cet homme.

L'impression que Spangler donnait à Corde, pour le moment, était celle d'un homme perché dans sa tour de contrôle, occupé à diriger une circulation très dense. Il dit : « Nous avons été gamins ensemble, et tu crois peut-être que ce bon vieux Dewey est monté jusqu'en haut de l'échelle à la force du poignet et que, ce faisant, il a écrasé pas mal de doigts en route, et même quelques visages ; maintenant il a envie de s'offrir un petit moment sentimental. Et comme j'étais un petit merdeux qui est devenu un oracle célèbre, ça t'amuse peut-être. Dans la mesure où tu peux t'être amusé le jour de cet enterrement, qui a l'air de tant te bouleverser. Mais que dirais-tu de faire une sorte d'inventaire ? » Il était agité, et Corde lui-même n'était pas des plus calmes.

Il laissa tout son temps à Dewey. Lui-même ressentait l'effet — eh bien, l'effet du whisky et des fortes odeurs de café ; et puis le bleu de méthylène de l'hiver tranchant, lançant des éclairs du bord biseauté des baies vitrées, les rais orange, les couleurs du spectre que la chaleur faisait trembloter sur la table. Tout à coup, sans raison, sans aucun sentiment d'un changement brusque, il fut absorbé par Dewey : les yeux bleus, les paupières gonflées, la barbe écaille-de-tortue, les bras croisés sur sa poitrine grasse, les doigts enfouis sous les aisselles, la peau égratignée et marbrée aux endroits où la barbe était rasée, le souffle tiède de sa respiration, ses odeurs personnelles, une sorte de parfum de viennoiserie légèrement rassise — tout le Spangler humain parvenait jusqu'à Corde, dans cette lumière d'hiver réchauffée par les vitres, avec comme de la clairvoyance. Il s'aperçut qu'à présent l'esprit de Spangler avait pris une pente. La légère ondulation de ses cheveux, qui avait toujours eu tendance à remonter, s'était apparemment inversée. Et il se teignait, c'était manifeste. Mais ce n'était qu'une simple constatation qui ne contenait pas le moindre jugement. Mais qu'il se les arrange, les cheveux, s'il le veut. En le voyant si présent, toute vanité se dissipait, on n'était pas en position de juger, et il n'y avait aucun besoin de jugement. Les rayons de Spangler étaient dirigés vers le bas, et son apparence l'admettait ouvertement. Il avait été un sale petit bonhomme, mais jamais un lâche. Peut-être Corde, en ce jour de mort, recevait-il une aide secrète qui lui permettait de voir la vie. À cet instant précis, peut-être les flammes étaient-elles en train de finir Valeria, et était-il particulièrement important de réfléchir à ce qu'était vraiment un être humain ? Ce que les sages contemporains avaient à en dire se bornait à peu de chose.

« Où voudrais-tu commencer ? »

« Nous avons déjà commencé », dit Spangler en adoucissant le ton. Tout ce qu'il désirait, probablement, était de se sentir à l'aise dans les rapports humains ordinaires. Avec un copain d'enfance, ça devait être possible. Étant une personne connue, il ne pouvait se permettre de prendre des risques, d'avoir l'air d'un idiot. « Regardons un instant la courbe de ta carrière. Tu as commencé avec un boum en décrivant Staline, Churchill, Truman, Attlee. Tu as *vraiment* vu ces types ! Mais ensuite tu t'es calé dans le *Herald Tribune* à faire des articles culturels plus légers, très bons, sans perspective globale particulière. Et puis tout d'un coup, à quarante-cinq ans, tu retournes à Chicago où tu deviens professeur. Bon, évidemment, l'Amérique, c'est là que tout se passe. C'est terrible d'avoir à dire ça à l'humanité, mais si ce n'est pas là que ça se passe, où, alors ? C'est chez nous que ça se passe ! Donc, tu rentres. » Spangler faisait des efforts pour rester maître de son visage, et ces efforts, par eux-mêmes, opéraient un effet de distorsion. Il avait l'air presque lubrique, mais la source de cette intensité était mentale. « Tu es de retour en Amérique, prof et doyen. Est-ce que c'est une sorte de retraite ? Tu lis des bouquins, tu discutes avec des intellectuels, en essayant de faire ton trou, je suppose. Et puis tout d'un coup : paf ! Voilà où en sont les choses. Existe-t-il un salut possible pour cet ordre de choses ? Nous, en Amérique, que faisons-nous des dures réalités de l'âme ? Tu vides ton sac sur Chicago. Et surtout, il s'avère que tu te montres partial envers deux

Noirs. L'un dirige un centre de désintoxication pour camés, thérapie " sèche ", et l'autre fait preuve d'humanité envers les criminels et autres épaves de la prison municipale. Tous les autres sont occupés à une seule chose : contenir cette population noire condamnée — la sous-classe. »

« Ou à l'utiliser avec opportunisme, politiquement. »

« Tu l'as dit assez clairement, fit Spangler. C'est quand tu t'es mis à devenir apocalyptique que tu m'as un peu perdu : le dragon émergeant de l'abîme, le soleil qui devient noir comme le péché, les cieux qui s'enroulent sur eux-mêmes comme un vieux parchemin, la Mort sur son cheval livide. Pouh ! On aurait dit le Révérend Jones, de Jonestown. Tu te paies le luxe de hurler à la fin du monde, et avant même d'en être revenu tu tombes dans le sordide jusqu'au cou. Alors, à moins que ton but ait été d'accorder un peu toute la discussion, je ne vois pas très bien ce que tu as gagné. En fait, je crois que tu en voulais tout simplement à mort à tes confrères universitaires parce qu'ils n'avaient pas trouvé le bon registre pour jouer tout ça. Est-ce que ce n'était pas ce qu'ils étaient censés faire, après tout, et pour lequel ils bénéficiaient de tous ces privilèges ? »

Corde pencha sa grande tête ronde vers la table, bigarrée des couleurs du prisme, brillantes et mouvantes, en retenant de la main ses lunettes mal posées sur son nez, et dit en grommelant : « Il y a une certaine déception, j'avoue... Mon premier beau-frère, Zaehner, me taquinait souvent au sujet de la vie universitaire. Il disait qu'un professeur sous contrat est comme une femme avec dix enfants qui touche l'assistance familiale. Ils sont parés pour la vie, aussi bien l'un que l'autre, ils n'auront plus jamais besoin de travailler. » Corde regretta sur-le-champ ce qu'il venait de dire. C'était une méchanceté. Et il avait oublié qu'ils n'étaient plus deux jeunes adolescents à Lincoln Park. C'était une grossière erreur de jugement. À présent ils étaient des hommes — des journalistes, de surcroît, qui ne laissaient pas passer une ouverture. Mais Dewey rit beaucoup (vraiment allumé), montrant ses dents pointues, les mains sur les hanches, tout comme il le faisait quarante ans auparavant.

« Terrible, Albert, vraiment terrible. Le mari d'Elfrida était vraiment drôle à ce point ? Je ne savais pas. »

« Son premier mari. »

« J'ai compris la première fois. Il est mort ? »

« Il y a trois-quatre ans. Ma sœur vient de se remarier. »

« Jolie femme, Elfrida. Un jour je lui ai même fait des avances. Je suppose qu'elle te l'a dit. »

« Oui. »

« Mais tu n'en as jamais parlé — c'est à cause de ton éducation de gentleman américain. Si j'avais eu ce genre de renseignement sur toi, je t'aurais fait tourner en bourrique. Tu disais toujours que tes parents étaient des Américains de voiture pullman. Ce n'est pas vraiment ça. Ce n'est pas simplement qu'ils pouvaient choisir la couchette du haut : ils voyageaient toujours en voiture salon, c'est tout. Est-ce que le père de ta mère n'était pas gouverneur des Îles Vierges, ou alors des Philippines ? Tu vois, tu as été mieux élevé que moi. Et quand j'ai fait des avances à ta jolie sœur, elle m'a ri au nez. J'étais *vraiment* un gamin incroyable. Je lui ai dit, c'est que les gamins incroyables faisaient les partenaires sexuels les plus libérés. Ça ne faisait rien, elle ne m'a pas pris au sérieux un instant. Si elle s'était mise avec moi, tu n'aurais peut-être pas aimé ça — ton éducation en aurait pris un sérieux coup d'être l'oncle d'un de mes enfants. En tout cas, elle m'a envoyé sur les roses. Bien fait pour elle, si son fils est un tel crétin et un emmerdeur — et lui, au fait, qu'est-ce qui lui prend ? »

Corde haussa les épaules. « Tu m'en demandes trop. »

« Oh, écoute, Albert... Tu n'es pas du genre à ne pas avoir un avis. Ne prive pas ton vieil ami de ton interprétation. »

« Il n'y a pas tellement longtemps, j'ai dit qu'on ne pouvait même plus mentionner son unique sœur sans aborder du même coup tous les grands problèmes sociaux. »

« Qui a-t-elle épousé, cette fois-ci ? »

« Un juge. »

« Ça va faire de l'effet à son radical de fils. Mais comme de toute façon il lui donne la migraine avec toutes ses bêtises... »

« ... Elle a fait un mariage aspiriné. »

Spangler, approbateur, eut un clignement d'yeux chaleureux. « Vous dites des choses de ce genre, entre amis universitaires ?... Je ne t'ai pas critiqué d'être devenu prof, Albert. Je t'ai surtout poussé là-dessus par curiosité. Moi-même j'ai pensé que ce ne serait pas désagréable éventuellement de prendre ma retraite dans un milieu universitaire, je n'ai jamais pu me permettre d'aller à l'université. Mais avec mon pedigree dans le domaine public, ça ne devrait pas être trop difficile de devenir prof quelque part. »

« Tu devrais même pouvoir choisir, Dewey. Comme Hubert Humphrey ou Dean Rusk. »

Spangler écouta avec une bouffée d'autosatisfaction, mais il inclina également la tête en remerciement. Corde pensa : je ne suis pas dévoré de rancœur et d'envie, et ça lui fait plaisir. Il dit que mes attitudes mentales n'ont pas changé depuis quarante ans, mais mes attitudes personnelles non plus, et c'est peut-être une surprise agréable. Il inspire peut-être les pensées moqueuses, mais je n'ai aucune envie de le canarder. Je ne ressens aucun besoin de le houspiller. Si c'est un odieux petit salaud, et gros en plus, ce que je crois que *lui* se croit, ça n'a pas d'importance, parce que manifestement je l'aime autant qu'avant. Je n'y peux rien. Ça doit être ma façon d'être puéril. Les affections de ce genre paraissent probablement grotesques à un type célèbre et psychanalysé comme Dewey.

« Un de ces jours je te demanderai peut-être des conseils pour ces histoires d'universités. Encore que ! À voir ton attitude, tu n'es peut-être pas la personne à qui je devrais m'adresser. »

« Quand je suis parti à Dartmouth, après la mort de ma mère — et j'étais plus touché que je ne le réalisais à l'époque — j'ai eu des professeurs merveilleux que je n'ai jamais oubliés, et j'ai étudié Platon avec eux, et les poètes. »

« Ah oui, oui — l'Homère de Chapman, les royaumes dorés. Et c'est à ça que tu voulais revenir — culture et civilisation, places fortes de l'Humanisme. Stupide de s'attendre à ce que ce soit ça. Ce serait pourtant un bon décor pour passer mes dernières années d'existence, en admettant que j'en aie. »

« Pourquoi, tu ne vas pas bien ? Tu as l'air en bonne santé. »

« Je suppose que j'ai l'air plus ou moins normal. Je dois pouvoir te le dire, encore que ça me porterait tort si ça se savait. Mais tu as déjà assez d'ennuis avec tes propres affaires pour te mettre à faire des ragots sur mon compte. Je suis allé à Chicago pour me faire opérer. Diverticulite. »

« C'est aussi grave que ça ? Ce n'est pas ce qu'a eu Eisenhower ? »

« C'est assez sérieux pour que je sois obligé de trimballer un sac. Tu veux le voir ? »

« Pas particulièrement. »

Dewey le lui montra quand même, en relevant impulsivement sa chemise. Oui, c'était bien l'enveloppe plastique carrée. Quelque chose de tiède et sombre y flottait. Corde en grinçait des dents.

« Je devrai repasser sur le billard un jour ou l'autre. Ils essaieront de me rafistoler en me raccordant. Ce n'est pas tout ce qu'il y a à voir. Ici, j'ai encore un repli de chair. »

« Je te crois sur parole. Qu'est-ce qu'il faut raccorder ? »

« Mon intestin est en deux morceaux. Les médecins ne peuvent pas me promettre que ça réussira. »

Ainsi voilà la raison pour laquelle Spangler avait pris tant de peine, avait envoyé sa voiture à deux reprises, avait libéré un moment dans un emploi du temps surchargé, était venu au crématorium. Les enterrements n'étaient pas son genre. Il était malade, en train de s'écrouler, il avait les tripes dessoudées. Il fixait Corde. Son contrôle acquis était déconnecté et son double tic du menton sur la poitrine refit surface, comme s'il n'arrivait pas à laisser son menton en repos. Il avait une expression de colère. Mais il rentra sa chemise dans son pantalon comme si de rien n'était.

« Ils vont te recoudre. Tu auras déjà tout oublié avant l'été. Je t'emmènerai au comptoir du *Woolworth* et je te paierai un rosbif-purée, sauce blanche. »

« Ne dis pas d'âneries. Tu es idiot, Albert. »

La créature de chair et de sang passe à la refonte — une seule issue possible. C'était le message de Dewey. Qu'est-ce que tu me racontes là ! Le rouge lui monta au visage, la chaleur l'envahit jusqu'aux yeux. Il avait un air sauvage, sarcastique. Bon, au moins, ils étaient sur un plan humain. Spangler dit : « Quelle femme voudrait coucher avec moi, dans ces conditions ? »

« C'est un problème. Mais si c'est important à ce point... »

« Si c'est important à ce point je peux me procurer des listes longues comme le bras de femmes qui sont dans le même cas. De toute façon il y a aussi des tas de nanas assez fêlées pour ça. Des tonnes de femmes masochistes. » Il se radoucissait. « Ou bien tu penses qu'à mon âge et là où j'en suis, j'ai dû me calmer, et que je ne suis plus le petit morveux excité que j'étais. Tu n'aurais pas complètement tort. J'ai marqué mes points. Mais enfin, ce sac est plutôt déprimant, et ça porte une ombre sur mon amour-propre. À part ça je suis en assez bonne forme. Souviens-toi, je n'ai jamais eu de caries, ni rien d'autre, jusqu'à ceci, si tu ne tiens pas compte des failles du caractère ou de la psyché. Je sais très bien comment tu me considérais, Albert, comme tu me *formulais* — un type qui frisait la psychopathie et qui s'en est sorti en devenant un faiseur d'opinion. Quelquefois, en me rendant à la Maison-Blanche où je serais reçu par Bugs Bunny en personne, j'avais des chatouillements bizarroïdes et profonds dans le système nerveux. Je me mettais à penser à toi, à une pique laconique que tu lancerais de ta voix de basse. Mais finalement, ce que tu penses, c'est que je ne suis pas si mauvais que ça comme monstre comique, et même assez gentil. Mais maintenant, pour utiliser une expression de gangster, la mort a passé un contrat sur mon dos. »

« Ce n'est pas un si mauvais résumé », dit Corde. Ce qu'il ressentait était une compression interne, un déplacement de certains de ses organes ; de la tristesse, une sorte d'étourdissement, quelque chose comme de la fatalité, et enfin une immense pitié. Ce flux de sentiment coulait assez lentement. Il prenait tout son temps. Dévoiler cette pitié n'était pas une chose à faire. Spangler serait vexé, et il n'aurait d'ailleurs pas tort.

« Il faut que je t'avoue, Albert, il y *a* un passage de tes articles qui m'a agacé. Celui où tu rapportes ta discussion avec l'avocat qui défendait ce violeur, celui qui a gardé cette femme enfermée dans son coffre de voiture et a fini par la tuer. Après l'avoir tuée, il a dissimulé son corps sous des ordures dans un terrain vague. Et de là tu passais directement à ton Vico. Je me suis mis en rogne, je pensais, merde ! il choisit bien son moment pour faire des belles phrases ! Je t'ai traité de tous les noms. Mais ensuite, j'ai vu où tu voulais en venir. »

« C'était au sujet des coutumes humaines qu'on voit respecter partout. Et si elles ne sont pas respectées, alors pourquoi ne pas... »

« Je sais de quoi tu parlais. Je n'ai pas besoin d'un dessin. Les enfants nés en dehors du mariage et abandonnés par leurs parents se font bouffer par les chiens. Ça doit même être en train d'arriver en ce moment, dans des endroits comme l'Ouganda. L'armée de libérateurs qui ont chassé Idi Amin a fait des tas de bébés. Bouffés par les chiens. Ou élevés sans la moindre trace d'humanité. Personne pour enseigner à ces jeunes ni langue, ni coutumes, ni religion : ils vont s'en retourner à la forêt éternelle, s'y conduire comme les bêtes sauvages d'Orphée. Aucun des grands contrats de l'humanité ne sera plus respecté. Poursuites bestiales, égarements brutaux, incestes, et les morts laissés sans sépulture. Ce n'est pas non plus que nous ayons de grandes forêts où retourner. Il y avait bien Jonestown, en Guyane, où ils montaient sur scène des orgies publiques interraciales comme preuve d'égalité, où il semble qu'ait eu cours un certain cannibalisme ; et pour finir, la bassine de jus de fruit empoisonné. Mais ça, ce n'était pas la forêt originelle, c'était la ville... »

Corde avait tiré à lui son manteau et son chapeau.

Spangler dit : « Il y a encore tant de choses dont nous pourrions parler. »

« Tu repars ce soir ? »

« Je retourne à Paris. Enfin, c'était une heure bien intéressante. Tu es la seule personne avec qui j'ai entretenu des rapports aussi durables. Si tu avais fait une analyse, nous aurions été beaucoup plus proches. Tu n'es pas obligé de me croire. Je ne pourrais te dire à quel point c'était curieux, en dépit de cette barrière. Dès le départ tu étais obligé de dévoiler ton idée particulière de la vie. Tu étais bloqué. Je m'en suis aperçu, et ça ne me faisait rien prédire de bon. Et puis tout d'un coup, ça sort à flots. Une éclosion monstre, passionnée et jubilante. Tu n'as pas encore complètement accouché... » Spangler attendit une réponse, mais Corde restait muet, contemplant la rue par-dessus ses lunettes, et les premiers présages du crépuscule. Spangler dit : « Bon, je vois que tu m'as laissé tomber, là. Combien de temps penses-tu encore rester ici ? »

« Je voudrais partir aussi vite que possible. Sortir ma femme de là. »

« Je t'appellerai quand je serai là-bas si je trouve des nouvelles. Quelque chose d'autre que je puisse faire ? »

« Rien, sauf si tu as envie de faire passer deux ou trois édredons de Tanti Gigi ou quelques meubles de famille macédoniens de valeur », répondit Corde.

CHAPITRE 14

Gigi se débattait dans l'entrée avec un escabeau beaucoup trop lourd pour elle. Elle voulait ouvrir les placards situés au-dessus de la penderie. Corde s'en occupa. On n'aurait jamais cru que ces placards pussent être aussi spacieux. Ils renfermaient des tonnes et des tonnes de boîtes remplies de toutes sortes de choses. « Tout ça a été mis de côté pour Minna », dit Gigi, qui tenait à ce que Minna en fît un inventaire complet, que la moindre babiole, la moindre fourchette à dessert fût prise en compte. Les visites de condoléances étant reçues dans la salle à manger, et le salon n'étant pas assez à l'écart, on ouvrit les boîtes dans la chambre de Minna. Et les vieilles lettres furent déballées ; les journaux intimes, les plateaux turcs en cuivre martelé, les tissus damassés, les pinces à sucre et les tabatières, une coupe à fruits en verre taillé, un traité du XVe siècle en latin, imprimé en Allemagne, le livre de comptes d'un couvent de moines en grec, cousu de fil ciré tout entortillé, un petit vase de Gallé, un écrin d'argenterie, un paravent sculpté, des gravures et des dessins, et puis aussi des pièces et autres colifichets. On ne pouvait sortir aucun objet de réelle valeur du pays. Il fallait que tout fasse l'objet d'une estimation, qu'une taxe soit payée. Les « Trésors nationaux » étaient confisqués. Minna entrait de temps à autre et jetait un coup d'œil à ces reliques, et Gigi mettait un nom sur les photographies. « C'est notre Grand-Oncle Boulent, qui enseignait la trigonométrie à Thessalonique. » Corde était fasciné par les objets qui sortaient de ces boîtes. Gigi avait des gestes d'Orientale pour exprimer leur valeur, les encerclant de la main, papillonnant des doigts. Elle inscrivit sur un morceau de papier : « Je vais vous montrer les objets qui *doivent* arriver à Chicago. » Ensuite, elle déchira le papier en petits morceaux qu'elle fit brûler dans le cendrier. Avec un air de conspirateur, elle posa le doigt sur le vase de Gallé. Puis sur la coupe à fruits. Elle était taillée en forme de diamant, assez étroite, et ne plaisait pas énormément à Corde, mais là n'était pas la question. Elle effleura également du doigt une petite aquarelle représentant un paysage romain. « D'accord, mais comment faire pour les sortir ? » demanda Corde. Gigi lui tapota la poitrine. Elle mettait toute sa confiance en lui. N'était-il pas doyen, après tout ? N'était-il pas publié dans de grands magazines ? L'Ambassadeur l'envoyait chercher, des voitures de maître venaient jusqu'à sa porte...

Corde persuada Minna de sortir prendre l'air une demi-heure avec lui. En l'aidant à enfiler son manteau de cuir marron doublé de fourrure, il prit conscience de sa maigreur — la Minna *structurelle,* ce qu'on en verrait sur une radiographie, apparaissait. Au soleil, elle avait le visage aussi blanc que de la meringue. Un petit creux s'était formé juste sous sa lèvre inférieure. On aurait dit que c'était là que se concentrait le contrôle de son chagrin. Il ne put s'empêcher de penser à sa propre mère, à l'apparence de momie déjetée qu'elle avait sur la fin, au regard agrandi, fixe, furieux qu'elle vous jetait. Il dit à Minna : « J'espère que Gigi ne va pas prendre ça trop au sérieux, toutes ces reliques qu'elle a mises de côté. »

« Ma mère les a cachées, et je ne veux à aucun prix que ces salopards mettent la main dessus. »

« Nous serons peut-être obligés de payer pour pouvoir les sortir du pays. »

« Ils feront une estimation faramineuse. Et avec quel argent ? »

« L'argent, je le trouverai. Ce dont je voulais surtout parler, c'est de notre retour. »

« Je ne peux pas partir tout de suite. »

« Ce serait préférable, pour des tas de raisons. Décembre touche à sa fin. Le nouveau semestre commence bientôt. Et puis il y a aussi le temps qu'ils vont te réserver au Mont Palomar. »

Corde savait ce qu'il faisait. Professionnellement, Minna était superconsciencieuse. Elle ne laissait jamais rien s'interposer entre elle et son devoir. Ce qui l'amusait surtout, c'était la façon dont cette femme, belle et élégante, en arrivait à se conduire comme une petite écolière, avec son cartable et son plumier. Quand elle se préparait à partir pour sa journée, il la taquinait parfois : « Tu es bien sûre que tu n'as pas oublié ton compas et ton rapporteur ? Ni la pomme pour la maîtresse ? » En plus de son grand sac à main odorant, elle portait sur l'épaule un autre sac rempli de livres et autres revues scientifiques — dix fois plus qu'elle n'en avait besoin. Mais il arrivait aussi que son numéro d'élève-Prix d'Excellence le déprime un peu, et elle, interprétant son irritation comme un manque de respect pour sa profession, se fâchait un peu contre lui. Ça n'avait rien à voir. Elle avait des journées de travail de dix heures, ne ratait jamais une conférence ni un séminaire. Ses cours, préparés jusque tard dans la nuit, devaient être de véritables concerts. Ce qui le gênait, c'était cette absorption qui touchait au fanatisme. Il dînait souvent seul en l'attendant et, vers sept heures, commençait à tendre l'oreille pour entendre le bruit de sa clef dans la serrure. Une dame perdue dans des pensées astronomiques, se promenant dans Chicago après la tombée de la nuit ? Elle provoquait chez lui (c'était absurde !) des angoisses d'épouse. Mais pour le moment, il utilisait l'astronomie (c'était une manipulation, mais justifiable) pour la ramener à Chicago.

Elle dit : « Il faut que nous partions, bien sûr. Mais je veux d'abord être sûre que Gigi sera protégée. Ce n'est même pas son adresse légale. L'appartement est au nom de Maman. Je ne peux quand même pas les laisser mettre la pauvre vieille à la rue ? »

« Ce n'est pas une question d'être mise à la rue. De toute façon, j'avais supposé que nous la ramènerions avec nous aux États-Unis. »

« Je suis heureuse que tu l'aies supposé, mais ça prend du temps. »

« S'il existe un bail au nom de Valeria, tu as dû en hériter. »

« Va savoir ce qu'ils ont comme loi à ce sujet, ici. Il faut que j'en parle à un avocat. »

« Quoi que ça puisse coûter — en droits, en bakchich —, ça, c'est encore facile. Il n'y a pas d'avocat dans la famille ? »

« Si, plusieurs. »

« Cela va prendre des mois. Fais en sorte que quelqu'un en qui tu peux avoir confiance s'en occupe dès maintenant. Nous ne pouvons — tu ne peux pas t'en occuper. »

« En temps utile », répondit-elle. Elle ne voulait pas qu'il la bouscule et n'était pas trop contente.

« Dès que possible. Je crois que tu ne devrais pas rester. Et puis j'ai aussi l'impression que Gigi se prépare à faire une véritable histoire au sujet de cette verroterie, des pièces anciennes, des icônes, des livres latins... »

« C'était illégal. Tous ces objets auraient dû être déclarés. Ma mère les a cachés pour moi. »

« Il y a des centaines de milliers de gens qui cachent des saladiers ou des montres comme celle que j'ai reçue pour Noël. »

« C'est possible, mais c'est quand même risqué. Maman savait faire ce genre de choses. Gigi n'y arrivera jamais. J'ai peur qu'elle n'ait des ennuis. Et puis Gigi considère qu'elle exécute les volontés de Valeria. Elle tient à ce que je voie tout, pour être couverte. Pour qu'il n'y ait pas de récriminations par la suite. Elle se sent responsable. »

« Oui, bon, d'accord. Je vois ce que tu veux dire. Ce n'est pas tellement que tu tiennes à toutes ces choses. Tu veux surtout que ça ne tombe pas aux mains de l'ennemi. Je me doute que les officiels se mettent ce qui a le plus de valeur dans la poche. Quant à imaginer que Gigi puisse se montrer plus maligne qu'eux, c'est du rêve. Et elle veut que ce soit *moi* qui me charge de faire sortir toutes ces reliques. Ça aussi, c'est du rêve. »

« Tu es sûr que ton ami journaliste ne voyage pas avec un passeport diplomatique ? »

« Nous en avons déjà parlé. Il n'a pas pu l'obtenir. Un journaliste ne peut pas travailler pour un gouvernement. C'est trop compromettant. C'est une idée horrible, surtout pour une superstar. Il n'aurait plus qu'à travailler pour la CIA, pendant qu'on y est. Tu dois bien comprendre ça ? »

« Quand même, il serait peut-être de bon conseil, s'il est aussi malin que j'ai cru le comprendre. »

Ils marchèrent un moment sans rien dire. La rue était grise. Les montagnes de débris du tremblement de terre sentaient le moisi, même si décembre, réfrigérant, retardait la décomposition. Corde se surprit à chercher dans la rue la silhouette des rats, aplatis comme des coqs de girouettes par la circulation.

Il avait compté sur l'effet revigorant de l'air ; son but avait été d'éloigner Minna du téléphone. Le mari raisonnable et plein de sollicitude, quel rôle ingrat ! On l'accusait de la manipuler. Il le lisait assez clairement dans ses yeux bruns. Invoquer le nouveau semestre et le Mont Palomar était *effectivement* une manœuvre, mais il voulait la ramener à la maison. Son désir d'aider repoussé, il ressentait une légère rancœur. Elle était injuste avec lui. Mais aussi — pensez-y une seconde, « injuste » ! Ce genre de pédanterie puérile était bien un signe que lui aussi arrivait au bout de son rouleau.

Elle demanda : « De quoi avez-vous parlé, hier, avec ton ami Spangler ? »

« Je crois que notre thème directeur, c'était lequel d'entre nous s'est le mieux débrouillé au cours des quarante dernières années. Ou bien de savoir si l'un ou l'autre, nous avions fait quoi que ce soit de valable durant cette période. Nous... »

Minna ne le laissa pas poursuivre. Elle dit : « Je n'ai pas vraiment envie de parler de lui. »

« Alors n'en parlons pas. »

« Albert, j'ai vraiment l'impression que je suis en train de partir en petits morceaux. »

« Oui, ça se voit. »

« Pourrais-tu m'aider un petit peu ? Tu es quelqu'un d'impartial, quelquefois, et assez bon psychologue. Tu ne vas pas me juger si je te raconte. La nuit, je me réveille, et il me semble que tout ce qu'il y avait de bon dans ma vie s'est écoulé par une fuite. Ce n'est pas seulement quelque chose de passager. J'ai l'impression que ça ne reviendra jamais. Dans la chambre, il fait nuit, et dehors c'est encore plus noir, et c'est encore pire. Et là ça continue, et ça continue, et ça n'arrête plus. Je pleure la mort de ma mère, oui, mais aussi je ressens envers elle des choses horribles. Je lui en veux abominablement. Peux-tu me dire... ? »

Quelle innocente personne ! Elle s'occupait des étoiles ; les affaires humaines étaient du domaine de son mari. Quelle répartition du travail ! Embourbé dans la mort jusqu'au cou, il était de surcroît censé fournir une petite bolée supplémentaire de psychologie de cuisine. Son visage circulaire, surmonté du chapeau de feutre, était penché sur son visage à elle, qui était non seulement aussi blanc que de la meringue, mais aussi finement ridé (la lumière de décembre ne faisait pas de cadeaux). De quoi s'agissait-il ? Sa mère, aimée et admirée (comment ne pas admirer une toute-puissante matrone romaine), avait confié sa fille, pour plus de sécurité, à l'univers physique — pas exactement au *mysterium tremendum* ; cela, c'était de la religion. Mais la science ! La science la protégerait du mal. La vieille femme protégeait Minna contre l'État policier. Elle avait supporté l'ostracisme, elle s'était battue contre les bureaucrates et était finalement parvenue à faire sortir sa fille du pays. Á présent, cette puissante protection avait disparu. Et il fallait compter avec la disparition de Valeria. Où était cette force sur laquelle Minna s'était toujours reposée ? En bref, la faiblesse humaine, la perplexité, la douleur — tout l'héritage humain. Minna n'avait pas fait le geste que font souvent les scientifiques pour rejeter cet héritage : « Ne me cassez pas les oreilles avec des trucs aussi éphémères — les épouses, les mioches, les couches, la mort. » Elle était trop innocente pour ça. Aussi se retournait-elle vers son mari pour recevoir de l'aide. Elle l'aimait. Et aussitôt qu'elle lui demandait son aide, toute sa force à lui l'abandonnait. Mais il ne pouvait s'en prendre qu'à lui-même. Car le fait est qu'il avait *choisi* comme sphère d'activité les affaires humaines. Ni plus ni moins. Aux yeux de Minna la scientifique, il trouvait sa justification sous l'aspect d'Albert, le mari humain. Il dit : « Je ne suis pas certain de pouvoir te dire grand-chose… »

« Mais tu penses sans arrêt à ce genre de choses. Je te regarde faire. »

« Alors, voyons voir… Pourquoi crois-tu être aussi fâchée ? »

« Dans l'avion, j'avais peur de ne pas pouvoir arriver à temps. Mais la vérité, c'est que je ne croyais pas vraiment qu'elle allait mourir. »

« Ça je comprends. Tu croyais que Valeria disposait de toute la force du monde. Je t'ai dit quand nous étions à Londres qu'elle était en train de s'affaiblir. »

« Je m'en souviens. Mais je ne voulais pas le savoir. Tu vas dire que c'est de la folie, mais — c'est une confession — ma mère m'avait donné sa parole qu'elle vivrait jusqu'à quatre-vingt-dix ans. »

« Mais qui pourrait bien faire une chose pareille ? »

« Ce n'est pas à moi qu'il faut le demander — je vais te raconter. La seule fois où ma mère est venue aux États-Unis, nous sommes allés voir Pablo Casals à Marlboro, il avait quatre-vingt-dix ans, et il faisait répéter un orchestre. Nous étions terriblement impressionnées, surtout maman. On voyait ce vieil homme, ratatiné tout d'une pièce, qui n'avait plus ni cou ni taille. Il était obligé de rester assis pour diriger. Il grondait. Mais comme il était encore puissant dans sa musique ! Si tu comprends ce que je veux dire. Et puis il y avait cette fille dans l'orchestre, qui jouait de la clarinette, et qui avait environ dix-neuf ans. Il a arrêté l'orchestre et lui a dit : “ Vous ne pourriez pas y mettre un peu plus de vie ? ” Maman et moi nous sommes regardées. En quittant cette salle de plein air — un hangar — elle a dit : “ Et pourquoi ne ferais-je pas ça aussi, moi — vivre aussi vieille que lui ? ” C'était dit comme une plaisanterie, mais c'était sérieux, au fond. »

« Il aurait mieux valu le considérer comme une plaisanterie et en rester là. Mais toi, tu as pris ça comme une promesse... »

Elle fit signe que oui. « Je m'en rends compte, maintenant. »

« Et quand je t'ai dit qu'elle commençait à fatiguer, tu l'as simplement ignoré. Ta mère était quelqu'un qui tenait parole. »

Il était sur le point d'ajouter : « C'est la même chose que de croire à la magie », mais se retint. D'une part, tout le monde observait des rites magiques d'une sorte ou d'une autre — il en reconnaissait un certain nombre chez lui-même. D'autre part, on ne révélait pas à une telle femme quelle finesse on pouvait mettre à l'observer. Elle était aussi intelligente — phénoménalement intelligente — qu'elle était enfantine. La frontière entre l'intellect et le reste était si pleine de méandres imbriqués qu'on ne pouvait jamais savoir à quel moment on la franchissait, à quel moment des mots adressés à l'enfant seraient interceptés par un esprit plus puissant que le vôtre. Le Doyen se contenta donc de fixer sa femme des yeux. Il était incompréhensible que Valeria pût faire à une fille comme la sienne le genre de promesse (concernant la mort !) qu'on fait à un gosse, et que la savante fille en question pût s'en tenir à cette promesse. C'était *Alice au pays des merveilles :* « Buvez-moi !» Des femmes mûres, si sérieuses, concluant un pareil contrat... Et qui aurait dû courir encore douze ans. Durant tout ce temps Minna était censée continuer à s'occuper de son astronomie, également protégée de la décadence de l'Ouest et de la décadence de l'Est. Mais à présent Minna vidait son sac, c'était une confession. Ah, les pauvres petites, les pauvres femmes ! Elles lui faisaient penser à une lettre de Rilke : « *Je suis un enfant qui ne voudrait autour que des enfances encore plus adultes**. » La mère, qui dans le cas présent était la plus adulte des deux enfants, avait promis de ne pas abandonner sa fille, et cette promesse était également censée maintenir Valeria en vie. Et finalement, le plus qu'elle ait pu faire avait été de durer jusqu'à ce que sa fille arrive de Chicago.

« Quand mon père est mort, je n'étais pas assez âgée pour ressentir grand-chose. J'étais triste parce que tout le monde était triste. Mais la mort de ma mère, ça c'est vraiment horrible — être un cadavre, ensuite incinérée, et demain le cimetière. Je ne peux pas l'accepter. Et en étant fâchée par-dessus le marché, c'est encore plus horrible. Plus rien d'une femme adulte. J'ai l'impression d'être tellement méchante... » Livide, les traits pincés, Minna respirait à peine, et son regard outré parcourait le visage de son mari. Il lui mit les bras autour de la taille mais fut obligé de les retirer. Elle n'acceptait pas son geste. Elle demeurait totalement rigide. Alors il essaya de réchauffer sa main dans la poche de son manteau.

Il dit : « Je me souviens m'être senti abandonné, avec un certain ressentiment, quand ma mère est morte. Évidemment, je n'étais encore qu'un adolescent. Mais... Je ne suis pas du genre sage et psychologue. La psychologie n'est pas du tout mon domaine. Je crois même que je ne l'aime pas trop. »

Ce qu'il pensait, c'est que Minna exigeait sa mère, Valeria. Elle voulait sa mère, et Valeria était impossible à remplacer. C'était au-delà de ses capacités, au-delà des capacités de n'importe quel mari. C'est juste, il avait pris l'habitude de tendre vers tout ce que Minna désirait, tout ce dont elle avait besoin. Il ne se demandait plus si ça lui convenait, s'il n'entamait pas sa dignité en poussant un caddie au supermarché, en lisant des recettes ou en pelant des pommes de terre. C'étaient des pratiques magiques, oui. Mais minimes. Seulement il n'avait rien d'un magicien ; loin de là. Une sympathie active, voilà ce qu'il avait de mieux à offrir. Une sympathie active aurait dû être suffisante. Pourquoi est-ce que ça ne l'était pas ! Il ressentait une pointe de colère à ce sujet, mais la colère était encore pire que l'incompétence. Il comprenait, dans la forme, ce qu'il devrait faire. Le cœur du problème résidait justement *dans* cette forme.

Minna était en train de dire : « Nous n'avons pas eu le temps de parler depuis des jours et des jours. Je me rends compte que tu es bouleversé, toi aussi, et que tu restes dans la chambre à ruminer. Avant, je croyais que cela ne te gênait pas de rester assis, à l'écart, de te retrouver tout seul, que tu étais quelqu'un de naturellement calme. »

« Prêt à devenir un homme au foyer. »

« En dépit de ce que les gens disaient à ton sujet. »

« Ce que les gens disaient... Tu écoutes trop. Ils ont dit que j'avais tout chambardé. Pour ce qu'ils en savent... »

« Je ne te critique pas, Albert, j'y pense, c'est tout. »

Minna se mariant au Doyen Corde : un esprit superclair, apparié avec un rêveur.

Elle dit : « Et en fait, tu t'es révélé beaucoup plus émotif et bizarre que je n'aurais pu m'y attendre. »

Il acquiesça d'un hochement de tête. Mais il ne hochait pas la tête par sagesse, il hochait la tête par ignorance. On ne pouvait pas sonder les concepts que Minna pouvait avoir du normal et du bizarre ; elle avait trop la tête dans les hautes sphères. Les heures qu'elle passait en ta compagnie, mon petit cœur, étaient des heures passées parmi les galaxies. Mais il lui arrivait de redescendre de l'espace cosmique. Il y avait sa mère, et puis il y avait aussi son mari vers qui retourner. C'était un peu comme Éros et Psyché, mais à l'envers. Après avoir essayé de se voir sous les traits de Psyché, Corde décida qu'en fin de compte, il était peut-être préférable pour Éros de ne pas allumer la lumière. (Le Doyen s'apercevait seulement maintenant du nombre de choses importantes auxquelles il avait négligé de penser.) Il n'était certainement pas l'homme qu'elle s'imaginait épouser. Heureusement, elle n'avait pas fait une grave erreur. Elle s'était choisi un mari qui avait toutes les intentions de l'aimer, qui en avait envie. C'est un fait, elle tirait une certaine fierté d'avoir envisagé son mariage sous le plus grand nombre d'angles possibles. La vérité, c'est qu'elle avait fait la chose à faire, en dépit de toutes ses considérations. On sait toujours une quantité de choses, à l'exception de celles dont on aurait le plus besoin. Le Doyen était d'avis que les exploits modernes, les supersoniques, les gratte-ciel, les technologies de pointe, exigeaient un énorme report de l'intelligence, et plus particulièrement des capacités de jugement, et par-dessus tout des capacités de jugement personnel. La façon dont les ressources de l'intelligence étaient engagées dans leur bataille perdue d'avance contre la mort était visible sur tous les visages. Ils en disaient très long. Il l'avait d'abord appris de son propre visage, et la découverte se trouvait confirmée par l'observation quotidienne des autres.

Il n'était pas seulement désolé pour sa femme, il était horrifié. Ce n'était pas seulement qu'elle était livide, les traits tirés ; elle avait une expression de colère, quelque chose d'accusateur. Un côté de sa bouche était tiré vers le bas, et la contraction lui donnait une expression qu'il avait appris à craindre. Il se dit : j'ai sacrément intérêt à la sortir d'ici au plus vite. Je n'ai jamais vu quelqu'un descendre la pente aussi vite. Tout ça est en train de la démolir.

Elle crut qu'il opinait pour lui témoigner son accord ; il reconnaissait que son air tranquille était très trompeur. Il était calme parce qu'il avait fait une telle quantité d'erreurs ; en y pensant, il s'apercevait que son travail était tout tracé. Cela, c'était le côté calme. Il était également trompeusement homme d'intérieur. Elle n'avait jamais remarqué le nombre de corvées domestiques dont il s'occupait — les courses, la cuisine, l'aspirateur, le nettoyage des vitres, les lits faits. Tout cela, il le faisait en quelque sorte pour l'encourager ou l'adjurer à changer ses façons de faire. Ayons une vraie maison. Ne mangeons plus de plateaux-télévision congelés. Mais, elle-même aussi était trompeuse. C'était précisément parce que les gens disaient tant de choses au sujet de ce méchant Doyen qu'elle avait été attirée vers lui. Elle voulait épouser un homme expérimenté jusqu'au bout des ongles mais fidèle, un salopard qui se serait racheté, un coureur assagi, et qui serait devenu un mari doux ; et elle avait eu ce qu'elle voulait, tout le bénéfice de ses bizarreries, et même quelques autres en plus. Les femmes qui l'avaient précédée, ses rivales inconnues, avaient abandonné, vaincues. Elle, au moins, pouvait croire qu'elle l'avait assagi. Il était même un mari qui souffrait quand elle souffrait. Il avait l'impression d'être un fou de la compassion. Tout l'émouvait, lui revenait amplifié, disproportionné, le remuait trop, l'assourdissait, tout était teinté, en arrière-plan de colère. Une sorte de lutte se déroulait. Elle prétendait ne pas le critiquer, ne faire qu'y penser en passant, mais il n'y croyait pas. *Toi*, tu es censé savoir — alors c'est à *toi* de me dire. C'est ainsi qu'il interprétait la contraction au coin de sa bouche.

« Et tu en voulais à ta mère ? » Elle y revenait.

« C'est censé être normal. Ce n'est pas une preuve de manque d'amour ; en fait c'est exactement l'opposé. Mais je suppose que les spécialistes diraient que ça n'a rien à voir avec le genre d'amour que nous devrions ressentir si nous étions tout ce que nous devrions être. Bon, enfin, c'est de la psychiatrie standard. » En lui-même il ajouta : et c'est bien ce qui m'ennuie là-dedans.

Et maintenant ? Quelles étaient les positions ? Eh bien, elles étaient que Corde avait accepté la responsabilité de tenir sa femme au courant des affaires sublunaires. Elle s'occupait de l'espace infini et son domaine à lui, c'était la *terra firma*. C'était une attribution insensée, mais il y prenait plaisir la plupart du temps. Il aimait assez que, ayant grandi dans un pays communiste, il fallût encore que ce fût son mari américain qui lui expliquât qui était Dzerjinsky, ou Zinoviev. Il avait appris tout ça à Paris, pendant qu'il travaillait sur Tsvetaieva. Il avait également écrit quelque chose sur Boris Souvarine, aussi était-il à même de parler de la Russie postrévolutionnaire. Comment ça, jamais entendu parler de Zinoviev et de Kamenev ? Personne ne lui avait jamais parlé des procès de Moscou. « Il va falloir que tu me racontes. » Elle se demandait si son père avait été au courant des crimes commis par Staline. Elle s'était même mise à chercher dans les livres de Corde et à demander : « Qui était-ce, cette Mme Kollontaï ? » Ou bien : « Parle-moi un peu de Chicherin. » Il répondait : « À quoi bon t'encombrer l'esprit ? » Cependant il n'était pas désagréable, pendant le dîner, de lui faire une esquisse de Chicherin, ou d'expliquer ce qu'avait fait Harry Hopkins, ou encore de décrire les personnages de tel ou tel événement. Elle était merveilleusement innocente, un véritable cas pour les annales. Des plaisanteries trop éculées pour être racontées à qui que ce fût d'autre la faisaient rire aux larmes. Elle adorait les blagues. Et lorsqu'elle lui demandait l'orthographe ou la définition de certains mots et qu'il répondait de sa voix de basse sans même lever ses yeux enlunettés de son journal, elle disait : « Tu es mon dictionnaire parlant à pattes. Je n'ai même pas besoin de me lever pour aller en chercher un. » Mais le chagrin, la mort, voilà qui n'étaient pas des sujets sublunaires de tous les jours. Pour cela, il ne possédait aucune spécialisation. Minna était critique, elle était fâchée. Quel était l'intérêt de lui dire maintenant qu'il n'était pas le mari qu'elle croyait avoir épousé ? Voulait-elle parler de ses articles sur Chicago et des fulminations qu'ils avaient provoquées ? Elle détestait le bruit, le désordre, la célébrité, la publicité sous toutes ses formes. Était-ce de cela qu'elle voulait parler ? Ce n'était qu'une toute petite possibilité, mais tout devait être pris en compte car à présent que Valeria était morte et qu'elle ne possédait plus que lui, Corde, une totale réévaluation était inévitable. Bon, alors, qui est cet homme ? Qu'avons-nous là ? Lui-même essaya de voir. Une personne vieillissante, pas mal chauve, pas très bien proportionnée (Mason avait du mépris pour ses jambes), de mauvaise réputation en ce qui concernait sa vie privée, sobre, porté à la critique, mais sans que cela puisse être un compliment. Et puis il fallait aussi considérer le côté moral des choses. Et aussi le côté mental. De plus, Valeria avait eu en tête une autre sorte de mari pour sa fille, quelqu'un de plus jeune, un physicien ou un chimiste avec lequel elle aurait eu davantage de choses en commun. Tout ça était assez pénible. Encore que Valeria eût changé d'avis ; elle s'y était faite. Et que lui aurait dit un gendre chimiste sur son lit de mort — quelque chose de plus scientifique, de plus positif, de plus intelligent ?

En tout cas, pour le moment, il était en train de subir une revue *da capo* de la part de sa femme, que la mort avait mise dans une colère noire. Il était bien obligé de s'y soumettre. Si déjà elle l'examinait aussi méticuleusement, le voyant tout à coup comme elle ne l'avait jamais vu, il vaudrait peut-être la peine de dire quelque chose d'utile, ou de lumineux. Que faire d'autre dans de pareilles circonstances ? Parle donc ! Dis donc quelque chose !

Ce qu'il se disait à lui-même c'était : allez, bille en tête, tant pis si je me trompe.

D'ailleurs, elle était justement en train de lui poser une question : « Que veut dire : “ Si nous étions tout ce que nous devrions être ” ? »

« Eh bien, le fait est que les gens ne se gênent pas tellement pour accrocher et décrocher quand ça leur chante, dit-il. Avec n'importe qui, avec n'importe quoi ; on peut couper le contact comme on veut. Ils peuvent retirer la prise, couper le jus quand ils en ont assez, que ce soit de ceci, ou de cela, ou d'elle, ou de lui. Comme option, c'est facile. C'est la plus attirante. On apprend à garder son humanité pour soi-même, on est celui qui l'apprécie le plus. »

« Je vois… »

Que voyait-elle ? Ce qu'il disait était loin de lui faire plaisir.

« Bien sûr que tu vois. C'est une position d'autonomie et de détachement, une sorte de souveraineté que nous apprenons tous. La souveraineté des atomes — ou plutôt, d'êtres humains qui se voient eux-mêmes comme des atomes d'intelligence séparés les uns des autres. Mais tout ça a déjà été dit et redit. Par exemple, à quel point la personnalité moderne est schizoïde. L'atrophie des sentiments. Tout le bazar. Il y a — comment, déjà ? Fairbairn. Et avant lui, Jung, qui comparait la psyché moderne à un lombric. Des anneaux identiques, les uns après les autres, sans fin. Fous, et aussi ennuyeux, jusqu'à la fin des temps. Ça renvoie au premier axiome du nihilisme — les valeurs les plus élevées qui perdent leur valeur. »

« Mais, Albert, qu'est-ce qui te fait penser que tu dois me dire tout ça maintenant ? »

« Ce serait peut-être une bonne chose de faire un petit tour d'horizon. Comme ça tu ne te sentirais peut-être plus obligée de te reprocher de ne pas ressentir ce que tu devrais au sujet de Valeria. »

« Quel réconfort ça peut-il bien être d'entendre dire que tout le monde est une espèce de lombric schizophrénique ? Pourquoi m'avoir fait sortir dans ce froid pour me raconter ça ? Pour mon bien, je suppose. »

Ce n'était pas un éclat ordinaire. Elle ressemblait à une tigresse, hérissée de rage. Son visage altéré, tout en os, se retournait contre lui.

« Le moment n'était peut-être pas bien choisi », dit-il.

« Je te dis à quel point la mort de ma mère m'est horrible et toi, pour me soulager, tu me dis que tout est monstrueux. Tu me fais un discours. Et c'est un discours que j'ai déjà entendu plus d'une fois... »

« Tu n'avais pas besoin de ça. Je n'aurais pas dû. Ma seule excuse, c'est que je suis convaincu que c'est au centre des choses. C'est là qu'est la véritable lutte pour l'existence. Mais tu as raison. Une conférence... ça n'avait rien à faire là. »

« Tu me fais des cours. Tu pérores. *Moi*, maintenant, je pourrais te faire les mêmes discours. Tu en as même parlé dans tes articles dans le *Harper's*, avec la grotte de Platon et l'Antéchrist. »

Il eut un geste de défense — un minuscule geste. Il dit : « Ce n'est pas du tout ça. Il y a un vieux livre de Stead qui s'appelle *Si le Christ venait à Chicago*, et ce que j'ai dit c'est que Chicago avait déjà l'air d'une ville sur laquelle est descendu l'Antéchrist. »

« Je te dis que tu fais des discours sur les accrochages et décrochages, et les lombrics, et ces atomes... souverains, ou je ne sais quoi, et pourquoi le capitalisme est ce qu'il y a de mieux parce que c'est ce qui remplit le mieux ce néant, et que politiquement c'est le plus sûr, pour des raisons qui sont horribles, et patati et patata. J'en ai assez d'entendre ça. »

« J'ignorais que tu suivais aussi attentivement. Je ne m'étais pas rendu compte que j'en avais dit autant. J'arrête. »

« Je t'ai parfaitement entendu, Albert. Contre mon gré. Je ne veux plus en entendre parler pour aujourd'hui. »

« D'accord, d'accord, j'ai eu tort. »

La fureur de Minna commençait à s'estomper. La lueur disparut. Elle dit : « C'est probablement ta façon de prouver ton affection. Et puis de toute façon… maintenant, tu ne pourrais pas faire grand-chose. »

« En gros, l'idée était ça, mais en stupide. »

Elle se radoucit tout à fait. Elle dit : « Je sais que tu es tout retourné toi aussi, et que tu n'as eu personne à qui parler à part ton copain journaliste, ce qui n'était sans doute pas très satisfaisant. »

« Nous ferions peut-être mieux de rentrer. Ce n'est pas très agréable de se promener le soir, ici. »

Refroidi par son échec avec elle, il se demanda comment se rattraper. Il était pis que tout d'attaquer un sujet pareil d'une manière aussi élémentaire, de mal interpréter les sentiments de sa femme, d'avoir l'air d'un imbécile distingué et cultivé. Bredouillements universitaires. Soit on attaquait le sujet de toute la puissance de sa cervelle, soit on n'y touchait pas.

Ils avaient atteint le boulevard quand ils décidèrent de faire demi-tour. Pontifiage, conférences, troubles émotifs, disait-elle. Spangler avait utilisé d'autres termes — crise, catastrophe, apocalypse. Ils en concluaient, chacun de son côté, qu'il était sérieusement perturbé, à côté de la plaque. Naturellement, il s'en doutait lui-même. Il était à moitié d'accord avec Mason senior — presque à moitié. Les hommes du genre de Mason senior entraient dans les affaires, ils s'occupaient sérieusement. S'occuper sérieusement, c'était le barreau, la technologie, la publicité, les assurances, la banque, le commerce, la Bourse, la politique. Mason père était fier de la puissance qu'il représentait au sein de la jungle de La Salle Street. Des clous, pensait ce chicaneur de Corde. Ce n'étaient pas des animaux se battant honorablement pour survivre ; c'étaient des maniaques de l'argent, profondément pervertis, corrompus. Ça n'avait rien d'une jungle, c'était beaucoup plus une décharge à ordures. Ne mêlez pas Darwin à tout ça. Mais — en faisant un effort pour se calmer — ces types du genre de Mason faisaient partie intégrante de la vie du pays, parlaient sa langue, pensaient ses pensées, faisaient son travail. Si lui, Corde, était différent, alors cette différence n'était pas absolument à son avantage. C'est en tout cas ce que Mason père croyait. La réponse de Corde était qu'il n'avait pas la moindre prétention d'être différent. Il était comme tout le monde, mais pas à la façon dont tout le monde l'envisageait.

Sa propre notion de ce que les choses étaient l'influençait profondément, et il estimait que s'il sacrifiait cette notion — la vérité qu'elle englobait — il se sacrifiait lui-même. Chicago était l'habitat palpable de cette notion des choses qui était, en retour, la source de la description qu'il faisait de Chicago. Cela signifiait-il qu'il n'appartenait pas à la vie du pays ? Pas si l'esprit des temps était en nous par nature. Nous en faisions tous partie intégrante. Quelque chose clochait vraiment, là. Il poursuivit ses pensées, ressentant probablement encore les douloureux échos de sa stupidité envers sa femme. Appartenir à l'existence du pays apportait une grande force, mais pourquoi ces autres-là, sûrs de leur force, exigeaient-ils que le sens de l'existence qu'on pouvait posséder (la poésie, si vous préférez) fût rejeté avec mépris ? Parce que, après tout, ils n'étaient *pas* forts ? Réponse tentante, mais peut-être trop facile. Une dame à l'œil critique avait dit en contemplant un tableau de Whistler : « Je ne vois pas les choses de la même façon que vous. » À quoi l'artiste avait répondu : « Bien sûr, Madame, mais ne seriez-vous pas heureuse de le pouvoir ? » Rebuffade délicieuse mais, encore une fois, trop facile. La lutte n'était pas celle de l'artiste face au vulgaire. Cela, c'était du pur XIXe. Aujourd'hui les choses étaient bien pires que cela.

Corde se dit qu'il n'était pas suffisamment avancé pour être l'artiste de l'étrange et exigeant sentiment qui le possédait. En fait il avait toujours fait son possible pour le laisser de côté, mais *c'était là*, il ne pouvait pas s'en débarrasser et à mesure qu'il vieillissait, l'autre gagnait du terrain, et lui devait reculer. C'était apparemment venu au monde en même temps que lui. Par exemple, que savait-il de Dewey Spangler ? Eh bien, il connaissait ses yeux, ses dents, ses bras, la forme de son corps, son odeur de viennoiserie rassise ; la barbe était une nouveauté, mais c'était une chose qu'on assimilait au premier coup d'œil. Cette vivacité de barbe, de narines, d'haleine, de ton de voix était une connaissance réelle. Connaissance ? C'était aussi de l'asservissement. De la même façon, il connaissait sa sœur Elfrida, la tête étroite et brune, les hanches en estuaire, le parfum féminisé de tabac mêlé d'odeurs de peau. Dans le cas de Maxie Detillion, cette vivacité de perception était plutôt regrettable, répugnante, mais il n'y avait rien à faire, elle était quand même là, impossible à repousser. Avec Minna, la réalité était encore plus intime — les ongles, les joues, les seins, jusqu'à l'empreinte des bas et des lanières de souliers sur ses chers cou-de-pied lorsqu'elle se déshabillait. Il se connaissait lui-même, aussi, avec une variante tout aussi étrange — par exemple, les yeux et autres orifices de sa tête, le siphon à l'entrée de ses oreilles et l'avidité qu'exprimait la dilatation de ses narines huguenotes et irlandaises, le visage qui débutait à la base de la gorge pour remonter, grand ouvert, jusqu'à la pointe de son crâne. Plus toutes les bizarreries, toutes les passions qui faisaient partic du fait d'être Albert Corde. Cette étrangeté organique, sensorielle, sur laquelle l'âme d'Albert Corde possédait une libre propriété tout au long de sa vie, devait être considérée comme une connaissance. Il se demandait ce qu'était la réalité si ce n'était pas cela, ou ce qu'on « perdait » en mourant, si ce n'était pas cela. Si ce n'était que le monde littéral qui vous était pris, alors la perte n'était pas bien grande. Littéral ! Ce qu'on ne faisait pas passer par son esprit n'existait même pas, et c'était bien ce qui rendait le littéral littéral. Ainsi avait-il pris sur lui-même de faire passer Chicago par son esprit. Une énorme masse d'informations de toute sorte, terribles, meurtrières. Ce n'était pas un matériau facile à traiter. Mais il n'y avait aucune autre façon pour la réalité d' « arriver ». La réalité n'existait pas « là-bas ». Elle ne commençait à être réelle qu'à partir du moment où l'âme découvrait la vérité qui la sous-tend. Il n'y avait aucune cohérence dans les généralités — pas la moindre. L'esprit de généralité, l'habitude spirituelle d'esprit qui gouvernait le monde, n'avait aucune force de cohérence, elle n'était que dissociative. Elle divisait parce qu'elle-même était divisée. D'où la schizophrénie, qui était morale et esthétique autant qu'analytique. Et là-dessus arrivait Albert Corde, plein d'une persistance tâtonnante, mais sauvagement remonté, et qui y mettait son grain de sel. « Mais tu ne vois donc pas... ! » Il ne pouvait s'empêcher de se résumer à lui-même ce qu'il aurait dû dire à Minna.

Il aurait également dit (ils étaient à présent en train de monter les étages dans le minuscule et fragile ascenseur — il n'y avait aucun mal à ces idées non exprimées, et une fois que tout cela serait terminé, elle accepterait peut-être de laisser son mari lui exposer ses pensées), il aurait dit à Minna : « Quelquefois, je m'imagine que si on pouvait faire un film de sa propre vie, une image sur deux serait une image de mort. Ça va tellement vite qu'on ne s'en aperçoit même pas. La destruction et la résurrection en existences alternées, mais que la vitesse fait paraître continues. Mais tu vois, petite fille, avec la conscience ordinaire, tu n'as même pas une chance de commencer à comprendre. »

CHAPITRE 15

Le lendemain matin, Minna ne put se rendre au cimetière ; elle était malade. Ne faisant rien à moitié, elle était *violemment* malade. Elle ne pouvait rien avaler sans vomir, pas même une tasse de thé, et elle avait ses règles. Quelque chose qui ressemblait à une grenade fit exploser le système. Gigi déménagea Corde de la chambre. Elle lui dit qu'il n'aurait qu'à dormir dans le « salon », où étaient les gros fauteuils de cuir pelé. Bon, d'accord. La vieille femme avait tout pris en main, changeant la literie, mettant ce qui était souillé à tremper dans une bassine. Deux médecins qui faisaient équipe arrivèrent avant dix heures. C'étaient les médecins qui s'occupaient du corps diplomatique. « Ils vont vous demander les yeux de la tête, mais les autres n'auraient pas les médicaments », dit Gigi. Corde assista à la consultation. L'un des médecins était une femme. La femme retourna Minna, l'homme lui fit une piqûre. On était bien obligé d'admirer leur professionnalisme, leur adresse à la seringue.

Corde demanda : « Ne serait-il pas possible de remettre le cimetière à demain ? »

Question absurde. L'annonce était déjà parue dans les journaux.

Vlada Voynich se porta volontaire pour rester au chevet de Minna. Corde et Gigi, plus un des vieux oncles fatigués, furent conduits au cimetière par Trajan, dans sa Dacia. Une fois de plus claquemurés derrière les portières de ferraille, le moteur grondant sous les pieds. Le temps était mélancoliquement ensoleillé — des rayons de soleil d'hiver, arrivant en rase-mottes à travers une brume froide, une lumière rousse. En général Corde évitait les cimetières et ne se rendait jamais sur la tombe de ses parents. Il prétendait qu'il était tout aussi facile pour nos morts de nous rendre visite ; sinon que, à présent, il serait obligé de louer toute une salle.

Il n'avait pas compris que la Dacia était déjà passée au crématorium, et que Trajan avait pris l'urne contenant les cendres. Aussi le Doyen ne parvenait-il pas à comprendre pourquoi Tanti Gigi était pliée en deux et pleurait à chaudes larmes sur la banquette arrière. Il tendit le bras vers elle pour la consoler. Elle prit sa main et la garda. Tout ce qu'il pouvait voir, à demi-retourné, était l'Oncle Théo qui, assis tout raide dans son coin, s'en tenait à considérer la rue de ses grands yeux gris, comme pour se dissocier de ces lamentations. La tête blanche de Gigi était appuyée sur le dossier de la banquette. C'était pourtant la même vieille femme qui venait de changer les draps de Minna si efficacement, qui, la veille, lui avait montré des photos gaies — Gigi jeune, une jolie fille habillée à la mode des années vingt en robe courte, adossée à un lion de Trafalgar Square, et qui faisait signe à ceux qui étaient restés à Bucarest. Ce n'est qu'après que Trajan eut garé la voiture sous les piquets de la clôture du cimetière que Corde comprit que Gigi était courbée sur la boîte en fer-blanc qui contenait les cendres de Valeria. Elle la serrait contre elle sous son manteau. Mais lorsqu'il l'aida à mettre le pied sur le trottoir et qu'elle sortit de la voiture pliée en deux, le châle noir glissant sur sa tête, elle lui tendit la longue boîte pour qu'il la tînt. Il attendit jusqu'à ce que ses petits pieds, les talons compensés de ses chaussures éculées, soient bien d'aplomb sur le trottoir ; et que ses épaules effacées aient retrouvé leur place dans le manteau — ce manteau d'apparence pesante, en fourrure synthétique (son air d'authenticité continuait à le surprendre). Sa longue robe de deuil violet foncé lui pendouillait sur les chaussures. Enfin, son visage de malade cardiaque (son visage qui paraissait empli de maux à cet instant) lui apprit qu'elle voulait reprendre le cylindre. Et c'est à ce moment qu'il reconnut ce qu'était l'objet qu'il avait à la main. Il faisait froid, mais la boîte était tiède. En la lui passant, il entendit des fragments s'entrechoquer à l'intérieur, peut-être des os, ou des morceaux de prothèse dentaire. Ce n'étaient peut-être même pas ceux de Valeria. Allez savoir ce que les ouvriers du crématorium pouvaient bien y enfourner.

Ils se rendirent d'abord au bureau où se produisit l'habituel échange de formulaires. Des droits à payer, des cigarettes à donner. De l'autre côté du portail attendait une bande de mendiants de cimetière, plus orientaux qu'européens. Puis on se souvenait qu'Istanbul était tout proche, et Le Caire à un bond par-dessus l'eau. Contrastant avec les mendiants, les amis de la famille, qui faisaient de leur mieux pour paraître dignes, avec leurs antiques complets, leurs robes et leurs chaussures, parisiens ou viennois. Debout, entre les mendiants et les amis, le prêtre orthodoxe. La Cousine Dincutza lui dit qu'il connaissait personnellement Valeria, qu'il avait l'habitude de lui rendre visite de temps à autre. Le prêtre était costaud, râblé ; il était âprement viril, barbu, le teint olive, sévère ; l'ourlet de sa vétuste soutane était décousu et pendait. À l'écart, il y avait également un comité de bonnes femmes anguleuses, qui faisaient penser à des poules. C'étaient peut-être les vêtements noirs qui les faisaient paraître aussi incroyablement vieilles. Mais si elles étaient du genre de la vieille Dincutza, Corde était avec elles. La Cousine Dincutza était formidable. Protectrice, pleine de conseils, elle s'occupait complètement de lui. Et il avait grandement besoin de ses conseils. Cet étranger manifeste, qui était ici l'homme de la famille, était un peu perdu. (Bien sûr c'était Trajan qui se chargeait de l'essentiel.) Et Dincutza, avec ses dents en avant, lui murmurait ses instructions dans son français approximatif. Alors qu'ils quittaient le bureau, elle lui fit signe de se mettre devant et de prendre le bras de Gigi.

Ils s'éloignèrent en groupe. Ils traversèrent le cimetière. Il était encombré de pierres tombales et d'obélisques. Les monuments plus récents étaient protégés des intempéries par de lourdes feuilles de plastique épais maintenues par des courroies et des cordes, que le vent faisait claquer. À Chicago, les familles petites-bourgeoises s'en servaient pour protéger leurs meubles ; ici, ce qui était protégé, c'étaient les obélisques et leurs inscriptions dorées toutes fraîches. Disparu cet agréable et mélancolique soleil hivernal. Le temps était redevenu sombre, venteux. D'autres gens portant le deuil attendaient autour de la tombe des Raresh.

Compte tenu de la saison, la couleur de l'herbe était étonnamment vive. Y aurait-il eu, par hasard, une source de chaleur provenant du dessous ? Il y avait une grande quantité de cierges, penchés dans tous les sens. Certains étaient protégés par des lanternes, mais le vent s'abattait sur les autres. Les vieux cousins s'étaient assis sur des bancs, et les mendiants dépenaillés s'étaient attroupés derrière — un groupe assez agité, mais c'était la coutume, et l'on ne prêtait aucune attention particulière à leur conduite invraisemblable. Dincutza remarqua (il devait sembler très mal foutu, et avoir besoin de son soutien) comment Valeria avait soigné la tombe, avec *quelle dévotion** les fleurs avaient été plantées. Celles de l'automne, de petites reines-marguerites, avaient survécu à la première neige. Le prêtre commença la cérémonie. Efficace et rude, il parlait et chantait. De temps à autre sortait un autre cri. Il avait ses propres ennuis, visiblement. Dans cette partie du monde, les prêtres n'avaient pas la vie facile. Corde pensa qu'il avait l'air, avec ses grosses bottes, d'un clochard bedonnant. Sous les bourrasques de vent, les cierges s'éteignaient. Ils laissaient des taches de suie dans l'herbe. De vieilles femmes les relevaient et les rallumaient. Corde tremblait de froid, parce qu'il avait respectueusement enlevé son chapeau pendant que le prêtre psalmodiait. Dincutza lui fit signe de le remettre. Brave Dincutza. Quand les cheveux s'éclaircissent, on se met à perdre de la chaleur par le sommet du crâne. C'était de l'expérience de vieillard. Elle l'avait. Elle comprenait.

Puis arriva le gâteau traditionnel, blanc et crémeux, énorme, glissant et vacillant sur son plateau. Les mendiants se jetèrent dessus. C'était leur plat de résistance. Dincutza proposa poliment à Corde d'y goûter, mais il ne voulait rien avoir à faire avec cette friandise de mort. Et puis de toute façon, les mendiants se servaient à la main. Les coups de vent avaient eu raison des derniers cierges restant, qui s'étaient écroulés pêle-mêle dans l'herbe parsemée de taches noires. Le moment était venu de placer les cendres de Valeria dans la niche faite pour les recevoir. Celle-ci se trouvait, quand on était face au monument, sur la gauche. Il n'y aurait là que Valeria et le Dr. Raresh. De tous côtés c'étaient les âpres grattements des feuilles de plastique sur la pierre, les obélisques fouettés par le vent, ces courtes aiguilles de Cléopâtre — il y avait très peu d'espace libre, les allées étaient extrêmement étroites.

Un employé du cimetière ôta le disque qui fermait la niche creusée dans le granit, et Gigi lui remit les cendres de Valeria. Corde, suivant les instructions de Dincutza, la soutenait. Et Gigi, sanglotante, abandonna le cylindre métallique que l'ouvrier essaya d'introduire dans la cavité.

La réglementation avait dû changer depuis que la pierre avait été posée. Le cylindre était trop gros. L'Oncle Theo et d'autres s'approchèrent pour examiner la difficulté. La différence de dimension était minime, et si seulement on pouvait faire sauter quelques éclats de granit, il se pourrait que le tube y entrât. Instruit par l'Oncle Theo et les cousins, l'employé apposa son burin, tapota d'abord deux ou trois petits coups, puis lança sa massette à la volée — deux, trois fois. Des éclats volèrent au dos du monument, puis le matériau dans lequel était percée la niche s'écroula. Ce n'était pas du granit, c'était du ciment. L'épaulement arrondi du monument sauta, tomba à terre.

Gigi ne s'évanouit pas, mais elle pesa soudain plus lourd au bras de Corde. Il la soutint, et on dégagea une place pour elle sur le banc. À présent les feuilles de plastique qui recouvraient les obélisques proches claquaient follement, comme pour révéler que ce qu'elles protégeaient n'était pas du marbre plein, mais un simple trompe-l'œil. Au cœur de chacun des obélisques, du ciment. Après une discussion, Trajan et les parents décidèrent d'aller déposer le cylindre à l'ossuaire pour la nuit. La niche pourrait être élargie, l'accident serait réparé d'ici le lendemain.

Puis tout le cortège se rendit à pas lents jusqu'à l'avenue principale, le long du sentier bordé de tombes. Ce fut de nouveau la rangée de mendiants, la main tendue. On déposa le cylindre au bâtiment de pierre bas (ossuaire ? charnier ?), dans une boîte. Puis tout le monde s'en retourna au bureau, à la porte du cimetière.

Le solide Trajan, avec sa veste de zazou en cuir naturel, s'occupa de ce qu'il y avait à faire. Il entra négocier les réparations. Les vieux collègues et les cousins se séparèrent rapidement, car il s'était mis à pleuvoir. Les parapluies s'ouvrirent.

Et soudain la signification intime de l'événement (de vieux amis venant rendre un dernier hommage, une sœur effondrée) disparut. Le temps prit le dessus : plus rien que les nuages et la pluie, l'obscurité qui descendait sur la verdure, de vieilles gens cherchant un abri, le prêtre, avec ses grosses bottes de vagabond, écrasant le gravier et se dépêchant de franchir le grand portail. Corde, saisi par le vide, conduisit Gigi jusqu'à la voiture. Trajan en fit le tour au petit trot pour ouvrir les portières et remettre les essuie-glaces. Puis il démarra et fit un grand demi-tour au milieu de l'immense avenue luisante de pluie, brune de gaz d'échappement. Ce n'est que lorsque la voiture passa devant le groupe de ceux qui pleuraient Valeria, assemblés à l'arrêt du tram, que Corde réalisa quelle masse de chagrin s'était accumulée en lui. Dincutza faisait partie du groupe. Il dit à Tanti Gigi : « Retournons prendre Dincutza, elle pourrait rentrer à la maison avec nous. Dites-le à Trajan... Nous pouvons très bien nous serrer un peu. »

« Oh, mon cher, que c'est gentil à vous... Mais nous n'avons pas de place. »

« On la trouvera. »

On ne la trouva pas. Et ce n'était pas le moment de houspiller Gigi. De toute façon : ils étaient déjà loin de l'arrêt du tram. Mais ça lui fit mal. Gigi dit : « Nous avons tous l'habitude de prendre le tram, Albert. Tout le monde, mais absolument tout le monde s'en sert. Les marches sont évidemment un peu hautes pour les personnes âgées, mais le service est excellent. » Ce qui n'empêcha pas Corde d'en avoir gros sur le cœur. Cela devait représenter un trajet de deux heures. Dincutza, avec ses quatre-vingts ans, s'était occupée de lui. Lui rentrait confortablement, pendant qu'elle attendait sous la pluie. Il devait y avoir de surcroît une sorte de lassitude — une fatigue de cimetière — ressentie par ces gens qui savaient qu'ils y retourneraient bientôt, cette fois pour de bon. Lui-même pouvait déjà l'anticiper.

Lorsqu'ils arrivèrent, Minna dormait, et Vlada lui offrit un verre. Il ne s'en contenta pas et se resservit plusieurs fois— un verre pour le froid, un pour le ciment, un pour la pierre noire, pour les os, pour l'odeur de charnier, et un pour la Cousine Dincutza. L'alcool de prune lui donna une odeur d'alambic.

Vlada — blanche de peau et le visage plein — rouge à lèvres

sombre, cheveux teints, poitrine forte et hanches larges — le considéra avec sympathie. « Ça devient un peu lourd pour toi ? » demanda-t-elle.

« Si ça le devient ? Ça l'est depuis le départ. Comment va Minna ? »

« Pas trop bien. Avant de s'endormir, elle a insisté pour parler de tout ce qu'il reste à faire. »

« Qu'a-t-elle prévu encore ? »

« Pas tellement elle, plutôt Tanti Gigi. D'importants projets. »

S'il l'avait encouragée, Vlada se serait peut-être laissé aller à des commentaires moqueurs sur la personne de Gigi. Il y en avait déjà un soupçon, il le voyait, mais il la maintint dans le droit fil. Elle dit : « Je suis venue m'installer au salon quand Minna s'est endormie, parce que le téléphone n'arrêtait pas de sonner. Je crois qu'ils lui ont donné du Démerol, il y a donc peu de chances qu'elle l'entende. Pauvre Minna, il ne lui est jamais rien arrivé d'aussi pénible... »

« Rien de ce genre en tout cas, non... »

« Elle a oublié comment les choses se passent en Europe de l'Est. Avec sa mère pour la protéger, elle aurait pu ne jamais en avoir la connaissance que nous en avons tous. Même si l'appartement est branché sur table d'écoute, en tant qu'Américains, nous pouvons parler librement. Bien sûr, Valeria a eu des tas d'ennuis, ils ont presque réussi à la détruire, mais elle était exceptionnellement forte et avait beaucoup de relations. »

« Pourquoi sa mère ne l'aurait-elle pas protégée ? » demanda Corde.

« Mais évidemment, c'était parfaitement naturel, dit Vlada. Et tout le monde, ici, ne pense qu'à envoyer ses enfants doués à l'Ouest. Un désir irrésistible d'en sortir. Que serait aujourd'hui Minna si elle était restée ? Quand il est devenu évident qu'elle ne reviendrait pas, le Ministre de l'Éducation a fait appeler Valeria. C'était un vieux stalinien très dur. Valeria lui a demandé : “ Qu'étiez-*vous* prêt à faire pour elle ? ” Elle lui a dit : “ Ma fille sait comment on a traité sa mère ici. ” Mais tu as déjà entendu parler de ça dix fois. Eh bien, nous voilà ici, Albert, à combien ? Huit, dix mille kilomètres de Chicago ?... Au fait, il y a eu un appel pour toi, tout à l'heure, de

Paris. Quelqu'un du nom de Spangler. C'est l'éditorialiste ? Un ami à toi ? Il a dit qu'il rappellerait dans l'heure qui vient. »

« Oui, c'est le célèbre Spangler. Bien sûr. Il doit avoir des nouvelles à me transmettre. »

« Il ne m'a rien dit. Je lui ai dit que tu serais bientôt de retour du cimetière. »

« Il doit y avoir du nouveau au tribunal. Sinon il ne m'appellerait pas. Il aurait dû te dire quelque chose. C'est bien de Spangler... »

« Nous devrions bavarder un peu. Ça t'aidera à patienter, dit Vlada. J'aime bien les choses que tu dis quand tu te laisses aller. »

« Des choses un peu bizarres quand même ?... »

« Tant mieux si elles le sont. Je m'aperçois que tu ne t'es pas encore décidé, pour Beech. »

« Je n'ai guère eu le loisir de penser au plomb. Le plomb est lourd, et je me sens plutôt léger. Mais je n'ai pas oublié, c'est une des choses que je garde derrière la tête. Je n'ai toujours pas saisi exactement ce que Beech attend de moi. »

« Tu crois qu'il s'attend de ta part à un accord total avec ses idées, et tu as peur de n'être qu'un porte-parole ? »

« Le savant, c'est lui. Ses vues devraient tenir debout. Les miennes ne seraient que des impressions. »

« Qu'est-ce que ça a à voir ? dit Vlada. Je ne vois pas où se situerait le conflit si tu te bornes à un reportage. »

Corde dit : « Il a une vision apocalyptique de l'empoisonnement de la Terre. Si je n'acceptais pas le tableau qu'il en fait, nous n'arriverions probablement à rien. On peut toujours y jeter un coup d'œil : l'homme commence par conquérir la planète, puis il s'aperçoit que la nature conquise a perdu sa pureté, et cette perte l'inquiète. Mais ce n'est pas la science qui est en cause, ce sont les technocrates et les politiciens. Ils ont détourné la science. Je me rends bien compte que c'est une simplification injuste, oui. J'admire beaucoup cet homme. Mais j'ai l'impression que, si je n'acceptais pas son apocalypse en bloc, il serait ennuyé, et même blessé. »

« Mais tes articles comportaient des aspects apocalyptiques, dit Vlada. C'est ce qui lui a plu. »

« On ne peut pas coller ces deux apocalypses l'une sur l'autre. Est-ce qu'il n'a pas un peu l'impression qu'il pourrait éclairer ma lanterne ? Dans le genre : “ Je peux apprendre à ce type les vraies raisons de toute l'anarchie qu'il décrit. C'est un empoisonnement par le plomb, ce sont des lésions cérébrales provoquées par le plomb. ” Mon ami Spangler s'est montré très dur envers mon catastrophisme. Il m'a dit que j'allais un peu loin, que je faisais de la poésie, à évoquer l'Antéchrist comme je l'ai fait. Il est à fond contre toutes ces histoires d'Antéchrist. C'est beaucoup trop théologique et Majorité Morale pour son goût. Par-dessus le marché, c'est un journaliste qui bénéficie d'une audience qui se chiffre par millions, des masses de gens qui dépendent de la presse pour conserver leur équilibre (qu'est-ce qu'ils ont d'autre ?) Je ne serais pas surpris qu'il estime que c'est à des porte-parole comme lui — et peut-être à lui-même au premier chef — qu'il revient d'assurer une stabilité, d'étouffer le désordre sous son propre derrière. Ce petit gros de Dewey Spangler ; tant qu'il reste assis là à peser de tout son fessier, eh bien, il peut faire échec au mal, et nous sauver de l'anarchie. Tout ce qu'il a à faire c'est de dire les bonnes choses, tout en empêchant les mauvaises d'être énoncées. »

Comme pour mieux l'entendre, Vlada se rapprocha sur le vieux canapé abîmé, sa soucoupe sur les genoux. Cette lourde femme, très pâle, aux grands yeux noirs — elle était aussi intelligente qu'elle était costaud. Ses cheveux, séparés par une raie en deux bandeaux symétriques, suggéraient que sa méthode personnelle et fondamentale était d'équilibrer toutes choses, et qu'elle conservait un équilibre ingénieux et mystérieux, sa silhouette épaisse et ses pensées formant contrepoids. Elle voulait manifestement le forcer à s'ouvrir. Elle ne buvait que du thé. La *palincă* était pour lui, pour chasser la bruine du cimetière, et aussi le faire parler. Elle dit : « On dirait que tu crois que je n'ai que Beech en tête. Mais pas du tout. Je m'intéresse à ce que tu as pu voir ici et l'effet que ça a eu sur ton état. »

« J'ai l'air d'être dans un état ? »

« Ton état d'esprit en tant qu'Américain dans un endroit comme celui-ci. » Oui, Vlada lui demandait souvent son opinion d'Américain. Elle-même n'était naturalisée que depuis cinq ou six ans. Pour elle, il était un Américain américain. Elle dirigeait parfois la conversation sur des sujets comme l'Abolition de l'esclavage, la Guerre civile, les Mormons. Il n'y a pas si longtemps, à Chicago, les femmes l'avaient fait parler durant tout le dîner, et jusque fort tard, des chasseurs de bisons, des combattants de la Frontière, des couteaux de Bowie et des Guerres indiennes. Minna, elle aussi, trouvait cela merveilleusement amusant et exotique.

« Alors tu veux que je te donne mon point de vue d'Américain... Je me demande si ça existe. Je ne suis peut-être pas l'Américain à qui tu devrais t'adresser. »

« Ton interprétation personnelle, alors. »

Il se souvint que la veille, dans la rue, il avait fait un discours à Minna ; ça n'avait pas trop bien marché. Cet échec (un cuisant échec de sensibilité) était un stimulant. Il voulait faire mieux, essayer encore une fois. Vlada était réceptive. Parler le tentait. Son but à elle était de l'aider à se débarrasser de ses tensions, de réduire l'angoisse de l'attente. Il dit : « Pour les interprétations, je ne sais pas. Pourquoi pas plutôt impressions, ou peut-être improvisation ? Tu as déjà entendu parler des *improvvisatori* italiens, à Naples surtout, qui régalaient leur public il y a deux siècles de ça ? On leur proposait un thème, et ils se lançaient dans une dissertation improvisée. Par où voudrais-tu que je commence ? Je pourrais démarrer avec le petit sofa sur lequel nous sommes assis. C'est l'Orient. Mais je crois que tu vas plutôt t'enquérir de la mort de Valeria, et de ce que je pensais quand j'ai vu le Colonel ? »

« Par exemple, le Colonel ? »

« Il nous donnait une leçon. Je crois qu'elle m'était en partie destinée. »

« Et cette leçon, c'était quoi ? »

« La leçon ? Eh bien, ici, on décide pour vous du seuil de souffrance. Le gouvernement en a le pouvoir. Il faut que tout le monde comprenne bien ce monopole et soit prêt à l'accepter. Chez nous, à l'Ouest, c'est différent. L'Amérique ne prendra jamais position sur le seuil de souffrance, parce que c'est une société de plaisir, une société de plaisir qui a tendance à se considérer comme une société de tendresse. Une société libérale tendre est obligée de trouver des manières douces d'institutionnaliser la dureté et de lui faire épouser sans accrocs le progrès et la bonne marche du pays. C'est la raison pour laquelle, quand les gens font preuve de cruauté, quand ils tuent, nous l'expliquons en disant que c'est parce qu'ils sont défavorisés, ou qu'ils sont empoisonnés au plomb, ou qu'ils viennent d'une région attardée, ou qu'ils ont besoin d'une psychothérapie. Ici, on a à peine pris le soin de dissimuler le fait qu'un nombre *x* de gens seraient sacrifiés. En Russie, en vue de la construction du Socialisme, cette politique a été déterminée dès le départ par Lénine. Il aurait accepté que des millions de gens meurent lors des premières famines. D'autres millions auraient trouvé la mort au cours des premières années si la Croix-Rouge et Herbert Hoover n'avaient généreusement envoyé des vivres. Même avec nous, le capitalisme conservateur est obligé de modérer ou de dissimuler le fait que des conditions moyennes de compétitivité apportent avec elles la souffrance et la mort — le conservatisme américain lui aussi a des problèmes avec le seuil de souffrance. En supposant que le coût de dialyse rénale, dans une clinique qui prolonge six ou sept vies obscures et improductives, soit pour le contribuable de quatre-vingt-dix mille dollars par an — laisserions-nous ces vieilles gens regarder tranquillement la télévision durant un an encore ? »

« De l'autre côté, c'est la brutalité », dit Vlada.

« De l'autre côté, ce sont les normes archaïques, orientales et despotiques, la souffrance acceptée en tant que corollaire à la vie, son véritable fondement. D'après ces normes nous, Américains, ne sommes même pas pubères. Les principes fondamentaux c'est quoi, à notre avis ? — la vérité humaine ! Et ce putain de Colonel nous faisait suivre un cours accéléré, une révision pour Minna, et une initiation pour moi, le représentant impubère de la superpuissance rivale. J'ai entendu des Européens dire que la personnalité américaine n'existe même pas encore. Elle en est encore à donner des coups de pied dans l'utérus de sa mère. Les Français, les Allemands, eux, en savent davantage sur la norme archaïque du seuil de douleur. Ils vivent à présent comme nous, confortablement. Seulement, ils savent ce que sont les tranchées de la Première Guerre mondiale, les villes bombardées pendant la Seconde, et les camps. Ils ont envie de prendre leur retraite de l'histoire pendant un petit bout de temps. Ils sont en vacances. Ils sont en vacances depuis qu'ils ont dégagé leurs décombres en 1945. Je ne leur en fais pas grief. Je remarque seulement que ça empêche d'adopter des positions intransigeantes. À cet égard, ils sont dans la situation américaine. La vie est éminemment agréable, et on éprouve un grand dégoût à voir clairement ce seuil de douleur. Et quand une action brutale devient nécessaire — eh bien, rappelle-toi notre retrait de Saigon. »

« Quand tu t'es mis à parler de ton ami Spangler, j'ai cru que tu serais un peu plus amusant que ça. »

« Quand nous serons bien usés par notre nihilisme mou, les Russes ne demanderont pas mieux que de débarquer avec leur nihilisme dur. Ils se sentent humainement supérieurs. Même les dissidents russes, particulièrement ceux de droite, nous regardent de haut. Ils disent : “ Nous ne connaissons ni la liberté individuelle ni la justice, mais nous possédons la chaleur humaine, l'humanité, la fraternité, et nos malheurs nous ont donné du caractère. Tout ce que vous avez à nous offrir, ce sont des supermarchés. ” Alors que la meilleure défense que puisse avancer la démocratie libérale c'est quelque chose comme : “ D'accord, nous manquons de charisme et d'amour fraternel ; vous vous les possédez, mais sous des formes dégradées, ne vous faites pas d'illusions là-dessus. Ce que nous avons, ici à l'Ouest, c'est une sorte de courage civique rationnel, que vous ne comprenez absolument pas. Vus sous notre meilleur jour nous pouvons être patients, nous gardons la tête froide en période de crise, nous savons être raisonnables de manière délibérée et constante. Ne nous sous-estimez pas. ” »

« Tu y crois ? »

« Non. »

« Pourquoi pas ? »

« Je ne crois pas qu'on puisse être à la fois gestionnaire et noble. Crois-tu que ces articles sur Chicago traitent de courage civique rationnel ? »

« Je m'attendais un peu à ce que ton envolée ait quelque chose à voir avec Chicago. »

Corde dit : « Tu as raison. Je vais essayer. Ici, à Bucarest, j'ai repensé à ces articles. Pourquoi les ai-je écrits ? J'avais pourtant un peu dépassé l'âge de me mettre à frimer et remonter la Chicago River en canonnière en bombardant tout sur mon passage. Il me semble même que j'ai cru que mes lecteurs m'en seraient reconnaissants, autre preuve d'immaturité. Je suis revenu à Chicago au milieu de ma vie pour repartir à zéro. Dix ans plus tard, je vais peut-être être obligé de recommencer. C'est comme une adolescence inépuisable, un nouveau départ se répétant d'année en année. Et au départ, je n'avais même pas l'intention d'être provoquant. Je m'y suis mis en toute innocence. J'ai adopté un ton léger. J'ai même pensé que ça pourrait être marrant. Comme de citer Matthew Arnold quand il parlait des parcs à bestiaux en 1884 : " L'abattage des porcs ? Non, je ne suis pas allé voir l'abattage des porcs. " Je ne cherchais pas les ennuis. Je n'avais pas de sermons à faire sur la mort des villes ou l'effondrement de la civilisation. Je fais trop partie de Chicago pour m'en sentir capable. Démêler tout ça, mon Dieu, ce n'était pas pour moi ! J'approuve jusqu'à un certain point les objections de mon ami Spangler. Il m'a reproché mon côté abyssal et catastrophiste. En Amérique, nous avons un certain goût pour ce genre de choses. C'est en partie à cause d'un show business de premier ordre. Des générations entières ont été élevées aux effets spéciaux de Cecil B. De Mille — le signe de la croix, les lions et les martyrs chrétiens, la destruction de Sodome, les derniers jours de Pompéi. Ces faux-semblants sont néanmoins une dangereuse forme de distraction. Parce que notre époque est *réellement* une époque d'effondrement des nations. Tout ça est vrai. Et Spangler m'a fait remarquer qu'on commence avec l'abysse et qu'on finit avec le Révérend Jones de Jonestown, où la mort était agrémentée d'" effets spéciaux ". Mais il ne me semble pas que *personnellement* j'aie été théâtral. Je n'avais aucune intention de démontrer, ou de reprocher, ou de conseiller ou de prophétiser. Je n'avais certainement pas non plus l'intention de me présenter comme étant *le* porte-parole de ceux qui souffrent. Mais la principale accusation de Spangler, c'est que je me suis montré coupable de poésie. Et ça, je ne sais pas exactement comment le prendre. Lui-même aimait énormément la poésie, étant jeune. À présent il est porte-parole, et les poètes n'ont jamais vraiment été aimés en Amérique. Benjamin Franklin disait qu'il valait mieux avoir un bon maître d'école que vingt poètes. Voilà pourquoi au moment où on aurait le plus besoin d'imagination, on ne dispose que d'" effets spéciaux " et de théâtralité. Mais pour un type comme moi, la vraie tentation, quand je suis apocalyptique, est d'espérer que l'approche des " derniers jours " soit libératrice, nous pousse à repenser les choses en profondeur, avec sincérité. Au cours de ces derniers jours, nous avons le droit et même le devoir de purger notre compréhension des choses. Avec l'affaiblissement généralisé de l'autorité, l'autorité des formes maîtresses de pensée est également affaiblie, ces formes qui ont tant fait pour nous rapprocher du désespoir et de l'abîme. Je n'ai plus besoin de m'en occuper. Du point de vue de la science, il ne peut y avoir ni bien ni mal. Mais je pense quand même à la vertu, et au vice. Je me sens libre de le faire. Libéré peut-être par l'effondrement. Et d'ailleurs, tout le monde est tombé sous la coupe de ces " derniers jours ".» N'est-ce pas cela que signifie l'anarchie de Chicago. N'a-t-elle pas un caractère philosophique ? Pense un instant à cette belle nana noire qui passe des journées entières à évider au rasoir un exemplaire d'*Ivanhoé*, pour le bénéfice de son amant désespéré. Imagine à quel point ses actes sont symboliques lorsqu'il tire une balle dans le plancher du tribunal que préside le Juge Makowski. Il se précipite dehors, les autres le tuent. Il meurt avec un panache théâtral. Une balle dans la tête, cette tête qui devait d'ailleurs être passablement enfumée, il nous laisse un message. Et quel est ce message ? " Tu aurais intérêt à être un peu plus rigoureux, mec ! Tu as intérêt à penser un peu à ce qui est important et à ce qui ne l'est pas. " » Le téléphone se préparait à sonner. Il fit entendre son petit grésillement préliminaire.

« Tout ce que je viens de dire prouve peut-être que je commence, moi, à être un peu " plombé ". »

Le téléphone sonna et il décrocha. « Tu en as peut-être déjà entendu parler, ou est-ce que je suis le premier ? » fit Dewey.

« Le premier quoi ? »

« Alors je suis le premier. Le jury a déclaré ton type coupable, et il a écopé seize ans. Pour toi, c'est une victoire. »

« D'où tiens-tu ça ? »

« De mon bureau de Washington. Tu trouves ça excitant ? J'ai alerté mes gens, et ils m'ont appelé il y a un instant ici, à l'Hôtel Meurice. Tu es content ? »

« Seize ans. Je suis ému, plutôt. »

« Bon. En tout cas ça s'est passé comme tu le souhaitais. Le Cousin Detillion doit être assez déçu. »

« Je me demande. Gagnant ou perdant, de toute façon, ça ne pouvait que faire du bien à sa réputation. Chicago est quand même davantage son bout de gras que le mien. Écoute, Dewey, je te suis reconnaissant de t'en être chargé ; je te remercie de ton coup de fil. »

« Nous avons eu deux conversations mémorables, dit Spangler. Découvrir ce qui vous rapproche encore d'un ami au bout de quarante ans est sacrément important. J'espère que, dorénavant, nous resterons en contact. »

Corde retourna auprès de Vlada et s'assit à côté d'elle sur le canapé de brocart orange avec son dossier incrusté de nacre, tournant le dos à la ville baignée de crachin, sa femme dans la pièce voisine, malade mais miséricordieusement, chaudement assoupie, ses grands yeux clos — son amoureuse, si ravagée ces derniers temps.

« Si je comprends bien, tu es gagnant », dit Vlada.

« Ça s'est passé comme je le voulais. Comme je suppose que je le voulais... »

« Du moins, ça, c'est fini. »

« Le retour sera simplifié d'autant. »

« Simplifié — tu penses à l'Université ? »

« Entre autres. »

« C'était l'homme uniquement, ou bien aussi la femme ? »

« Non, elle sera jugée séparément ; et avec l'accord qu'elle a passé avec l'accusation — c'est ce qu'on m'a expliqué — elle devrait s'en tirer avec huit ans. »

« Ah... Tu vois, votre justice... »

« Ce n'est jamais facile. Mais ces deux-là ont coûté la vie à un jeune homme. Je ne crois pas trop à ce genre de châtiment. Mais l'alternative était qu'ils s'en sortent libres comme l'air. C'est vrai, j'y ai mis le paquet, je me suis servi de privilèges spéciaux pour les coincer. Il est vrai aussi que ça ne changera personne, que les prisons sont puantes et que ça ne change rien à rien. En prison ou hors de prison, Lucas Ébry et Riggie Hines restent exactement les mêmes. Il y en a des millions comme eux, là d'où ils viennent — pas le moins du monde attachés à la vie, et personne n'étant capable de suggérer une manière de les y rattacher. Bien. Écoute, Vlada, il faut absolument que Minna et moi nous partions d'ici. Surtout si elle doit tomber vraiment malade. »

« Que ce soit la maladie ou le deuil... »

« De toute façon, je ne prendrai pas de risques avec les hôpitaux communistes, et je ne vais pas attendre qu'elle soit trop malade pour voyager. Francfort, Zurich, ce serait un trajet assez court. »

« Encore ton téléphone », dit Vlada.

C'était Miss Porson, qui l'appelait de son bureau. « L'homme a été condamné. »

« Un ami vient de m'appeler de Paris pour m'apprendre la nouvelle. »

« Le Recteur m'a chargé de vous dire comme ça s'est bien terminé, de son point de vue. »

« Il doit être très heureux que ce soit terminé. »

« Et il m'a laissé un message pour la pauvre chérie — comment va-t-elle ? Le Recteur s'est occupé de l'observatoire et elle est — vous êtes — attendus tous deux à Palomar le mois prochain, les quinze et seize. »

« Ça, c'est une bonne nouvelle », dit Corde.

« À propos, le Dr. Voynich vous a-t-elle transmis la nouvelle au sujet de votre sœur et du Juge ? »

« Le Dr. Voynich est ici à mes côtés. Bien sûr, elle m'a dit, au sujet du mariage. »

« Quelle bonne chose, n'est-ce pas ? » Miss Porson s'était ouvert une voie jusqu'aux sommets du commérage. « Je viens de parler à votre sœur en pensant qu'elle avait peut-être un message pour vous, et, avant même que j'aie pu la féliciter, elle m'a appris que son fils s'était enfui. »

« Il est parti quelque part ? »

« J'y arrive. Il est fâché. Très fâché, même ! »

« Au sujet du mariage, ou bien à cause du verdict ? »

« Il a quitté le pays. »

« Où est-il parti — comment le sait-elle ? »

« Il a fait porter son billet au débit de sa mère. Il est passé par son agent de voyages et maintenant, pour autant qu'elle le sache, il est au Mexique. Elle ne m'en a pas parlé, mais il est bien sous caution, n'est-ce pas ? »

« Il est peut-être parti bouder dans un petit paradis tropical ? »

Corde ne dit pas cela parce qu'il le pensait mais pour faire passer la conversation à autre chose. Les vacances ensoleillées intéressaient très peu Mason. À l'âge de douze ans déjà, il se moquait éperdument des pagres et des carrelets et autres poissons. Ils étaient bien là où ils étaient. Et l'Oncle Albert, la jambe ouverte par les rangées de bernacles, n'avait qu'à aller les rejoindre dans la flotte — lui et son air distrait ; à la mer. Corde n'était pas d'humeur à bavarder avec Miss Porson, ni à spéculer sur le sort de sa malheureuse sœur par-dessus l'Atlantique. Miss Porson, avec ses beaux cheveux blancs et son visage calaminé, était chaleureusement vibrante de sympathie, mais il n'avait pas la moindre envie d'échanger des civilités avec elle.

« Quelqu'un voudrait vous dire bonjour, Monsieur le Doyen. Lydia Lester est près de moi. »

« Oh ! Passez-la-moi », dit Corde.

Ils ne dirent pas grand-chose.

« C'est enfin terminé. »

« Je suis désolé d'avoir dû partir pendant le procès. »

« Je comprends. Je suis désolée pour votre femme... votre belle-mère. »

Mince, nerveusement jolie, Lydia Lester avait de longs cheveux pour la protéger du monde environnant, de longues mains réticentes, des lèvres roses. La désagréable réalité lui était tombée dessus venant du mauvais côté de la voie (et qu'elle s'était faite tortueuse à présent, cette voie !). Et de quel côté allait-elle se tourner ? Il se dit qu'elle retournerait à son existence virginale, probablement. « Quels sont vos projets ? » demanda-t-il. Elle n'en mentionna aucun. Il dit qu'il serait bientôt de retour, et qu'il espérait qu'elle accepterait de dîner avec eux. Il ne demanda pas à parler à Miss Porson mais reposa doucement le combiné, sans lui laisser le temps de le reprendre de son côté.

« Est-ce que je dois comprendre à ta conversation que ton neveu s'est tiré ? » dit Vlada.

« Il fait tourner sa mère en bourrique, parce qu'elle s'est mariée sans son consentement. Son beau-père tout neuf est assez bien placé pour faire cesser les poursuites contre lui et récupérer la caution — environ cinq mille dollars, si je me souviens bien. Mason est donc parti en Amérique centrale jeter un coup d'œil aux possibilités révolutionnaires. Intimidation de témoins, ça ne va pas chercher très loin, un gamin d'étudiant qui a fait peur à des Noirs qui, eux, ont déjà un casier judiciaire. Mais il y a quand même une bonne nouvelle, deux jours réservés au Mont Palomar. »

« Minna ne voudra rater ça à aucun prix », dit Vlada.

« Tu aurais des conseils à me donner ? »

« Emmène-la dès que possible. Je reste encore une semaine ici, et je pourrai donner un coup de main à Gigi. Ils ne la jetteront pas hors de l'appartement ; c'est facile à arranger, c'est tout à fait courant. Et comme on dirait à Chicago, les autorités ne vont pas faire de vagues. Que tu sois doyen, ils s'en moquent, mais ce qui compte, c'est que tu sois journaliste. Et puis aussi que tu sois en relation avec l'Ambassadeur et avec le célèbre éditorialiste Mr. Spangler. Ils n'ennuieront pas ta vieille Tanti Gigi. Tu n'as qu'à être gentil avec eux maintenant, ils seront gentils avec toi et ils passeront l'éponge. Et toi, tu es vraiment impatient de rentrer ? »

« Ce n'est pas comme si nous devions retrouver l'ordre, la beauté, le calme et la paix, évidemment. »

Elle dit : « Cependant, tu seras bien content de revoir le Lac Michigan de ta fenêtre, j'en suis sûre. »

CHAPITRE 16

Depuis des semaines il lui avait été impossible d'accorder au monde toute son attention — il avait été trop occupé, absorbé, incertain, déséquilibré. Mais maintenant, Dieu merci, le monde commençait à resurgir, à se révéler. Dans l'avion, alors qu'il tenait la fine main de sa femme dans la sienne, elle était trop malade et amère pour prendre conscience de son geste ; elle était ailleurs. Mais il était conscient des moindres détails et la source de cette conscience résidait dans son équilibre, une sorte d'immense quiétude. Non que cette quiétude ne recelât quelques zones étriquées, des goulets où il fallait ramper, des recoins étroits et douloureux où mijotaient d'inépuisables rancœurs et vers lesquels il n'existait aucun passage facile ; mais cette inflammation — qui se traduisait parfois par un fourmillement électrique autour du cœur — ne pouvait être dissociée d'une sensation de mieux-être, du sentiment de se retrouver. Et à Chicago, lorsqu'il accompagna Minna se faire examiner par le Dr. Tyche, il se demanda si le médecin, qui l'avait gratifié à deux reprises d'un regard particulièrement appuyé — une insistance pleine de significations — n'allait pas le faire entrer à l'hôpital *lui aussi*.

Non ; ce fut Minna qui entra en observation au Wesleyan Hospital, pour examens. Le vieux Dr. Tyche, prudent et judicieux, déclara qu'il ne risquerait pas un diagnostic avant d'avoir vu les résultats du laboratoire. Plein de tact, il n'avait pas l'intention de débattre du cas de Minna avec Corde, mais il comprenait parfaitement dans quel état elle était — elle était à tel point angoissée qu'il valait encore mieux qu'elle soit malade. Très bien, que l'on ramène ça à un problème médical ! Le surlendemain, Tyche put leur apprendre qu'elle était anémiée, trop maigre, déshydratée et souffrait d'une carence potassique. L'infirmière l'aida à s'asseoir dans un fauteuil roulant, on radiographia ses poumons, des spécialistes l'examinèrent, on lui fit des piqûres. Elle dormait beaucoup, et son mari, qui venait deux fois par jour, l'examinait parfois — même allongée sur le côté, elle avait l'air de poursuivre un but, lancée en avant, ses cheveux noirs défaits sur l'oreiller, et vus de profil, ses grands yeux de femme endormis, douloureusement sévères sous la paupière, comme si on lui faisait une austère leçon durant son sommeil. Il faisait le va-et-vient deux fois par jour sur la berge du lac, apportant de la glycérine et de l'eau de rose pour ses mains, des ciseaux à ongles, des tubes de shampooing, des articles scientifiques qu'elle n'était pas encore en mesure de lire. Irritable, elle trouvait toujours à redire, et il en était parfois blessé — ou plutôt, son ancien *lui* en eût été blessé.

Il découvrit que les habitudes contractées en Europe de l'Est étaient étrangement tenaces. Il n'utilisait pas toute la largeur du lit mais dormait sur un des bords, comme si on l'avait posé là, raide comme un manche à balai. Le matin, il restait assis dans son fauteuil comme il restait assis dans la vieille chambre de Minna. Vlada avait eu raison ; il était content d'avoir le lac sous ses fenêtres, et l'océan d'eau douce pour compagnie. Derrière lui, la ville agitée, les taudis et leurs armées juste au-delà : Noirs, Coréens, Antillais, Chippewas, Thaïlandais et ploucs, voitures de rondes, ambulances, pompiers, boutiques à deux sous, revendeurs de drogue, bars pourris et crasse. Dans l'ascenseur, Mrs. Morford lui avait raconté que pendant qu'elle faisait la queue chez le boucher, un jeune homme avait plongé la main dans la poche de son manteau. Elle avait dit : « Mais qu'est-ce que vous êtes en train de faire ? » et il lui avait répondu : « À votre avis ? » Mr. Vinck, le flic du quatrième, avait été cambriolé, et sa collection d'armes de poing avait été emportée. Des bandes de voleurs démontaient les roues des voitures dans les garages souterrains et les abandonnaient perchées sur des briques. Les ascenseurs étaient saccagés, des svastikas gravées dans le dur métal des parois et les boutons indiquant les étages arrachés du tableau. Les personnes âgées comme elle, dit Mrs. Morford, les yeux tristement baissés, vivaient derrière leur porte bouclée à double tour. Et, pensa Corde (oh, tellement cultivé, et à quoi bon), si le bourgeois du XIXe siècle pouvait paresser et rêver au milieu de son confort surchargé de Biedermeier, si son salon ressemblait à une loge dans le théâtre du monde, Mrs. Morford, avec sa retraite rognée par l'inflation, au milieu de tous les conforts de sa maison, était bouclée comme un petit oiseau dans sa cage.

Il n'alla pas à l'université ; la seule idée lui répugnait. Ce serait un pensum détestable. Il n'était pas prêt pour Alec Witt, et il n'avait pas averti Miss Porson de son retour. Il prévoyait d'appeler sa sœur le jour du Nouvel An. Il n'aurait pas trop de mal à la féliciter, mais il préférait retarder le moment où il devrait parler de Mason avec elle. Un jour, il prit sa voiture pour essayer de retrouver l'immeuble où Rick Lester avait été tué. Il connaissait le pâté de maisons, mais pas le numéro. Les immeubles étaient tous du même modèle, à cinq étages en grosses briques, et commençaient à prendre du ventre avec l'âge, les cours boueuses encombrées d'immondices. C'était dans une de ces cours qu'avait chuté Lester. Corde se posa la question que Mason lui avait jetée dans les dents au sujet de la mort de Lester — est-ce que c'était si important que ça ? Était-ce le roi David pleurant Absalon, ou Lear tripotant la boutonnière de Cordelia ? Il y avait une abondance de morts qui réclamait peut-être de réviser certaines idées. « On ne peut pas s'en tirer avec le vieux pentamètre iambique » était la formule de Corde. Il fallait se moderniser.

Mais chez lui, il s'asseyait généralement le dos tourné à la vue sur la ville dévastée. De la fenêtre du coin, il apercevait le Loop et ses célèbres tours, mais il fixait les yeux directement au-dessous de lui, contemplant le mouvement de l'eau, d'un vert vif par beau temps, déchargeant sa masse sur les plages blanches. Les eaux baignaient les eaux sous le soleil, et chaque goutte possédait son propre corpuscule de lumière, qui ressemblait à son tour à l'éclatement de grosses gouttes de pluie sur des pavés — le ciel entièrement limpide, mais tendu. Les jours de gros temps, on ressentait le choc des vagues, et on entendait leur fracas à travers tout l'immeuble. Lorsque les nuages étaient bas, on aurait aussi bien pu être en train de contempler la Baie d'Hudson et quand les blocs de glace s'approchaient, on n'aurait pas été tellement surpris d'y apercevoir des ours polaires. Seulement ce n'était pas le sel marin qu'on respirait mais l'ozone âcre, l'odeur de patate crue des grandes étendues d'eau douce. Du vide, par contre, il y en avait en abondance, autant qu'on pouvait en avoir besoin pour se définir soi-même face à lui, à la manière des âmes américaines. Les villes (cela, Corde s'en était imprégné en se plongeant dans Blake — Spangler ne l'en avait pas dégoûté en le blaguant à ce sujet) — les villes étaient des états d'esprit, des humeurs, des émotions, pour la plus grande part des distorsions collectives, où les êtres humains grouillaient et souffraient, où ils plongeaient leur âme dans la douleur et le plaisir, prenant ces plaisirs et ces peines comme preuves de la réalité. De là « la ville de Caïn bâtie sur le Meurtre », et d'autres villes bâties sur le Mystère, ou l'Orgueil, toutes des situations émotionnelles et de grands centres d'illusion et d'esclavage, de mort. Il semblait que Corde eût fait un effort pour découvrir de quoi était bâtie Chicago, USA. Ses motivations — pour aller jusqu'au bout — étaient issues de ce qui était éternel en l'homme. Cette ville, de quel état d'esprit procédait-elle ? L'expérience, le désarroi, le tourment d'une existence entière exigeaient une interprétation. Au moins il commençait à comprendre pourquoi il avait écrit ses articles. Ils n'avaient pas grand effet sur qui que ce soit, à part lui-même. Et là, devant lui, il y avait le vide, l'eau ; et derrière lui le remplissage du vide, les taudis.

Toujours est-il qu'il dormait tout au bord du lit, dans une position provisoire, se sentant quelque peu étranger dans cet environnement on ne peut plus familier, qu'il faisait son café, lisait les journaux, avec les vagues pour toute compagnie. Il n'alla pas racheter de violettes africaines ; elles mourraient pendant que lui et Minna seraient au Mont Palomar et en visite chez des collègues de La Jolla et dans les environs de la Baie de San Francisco. Il jeta les plantes mortes et conserva la terre dans un sac en plastique qu'il rangea dans le bas du placard à balais, avec le cirage et la cire à parquet. Il se rendit à la serre de Peterson Road, en face du cimetière, et y acheta une azalée rouge pour la chambre de Minna, un petit arbre, le plus beau qu'il y eût. Cette offrande, comme la plupart de ses offrandes, était problématique. Dans l'état où elle était, il était difficile de lui faire plaisir. Les contacts humains lui répugnaient, à l'exception de ceux dont l'intention était de guérir.

Il faisait néanmoins le trajet deux fois par jour et restreignait délibérément sa conversation avec Minna à des sujets de tous les jours. Il n'avait pas lavé la voiture, parce que la poussière la rendait moins repérable pour les voleurs. Il avait téléphoné à la blanchisserie. Le courrier s'empilait chez le portier, mais il ne l'avait pas monté ; il attendrait le 2 janvier et chargerait Miss Porson de l'ouvrir et de le trier. En souvenir de jadis, il s'était arrêté au zoo de Lincoln Park, non pas pour regarder les animaux mais pour vérifier si le drakkar viking était toujours là. Un équipage de Norvégiens lui avait fait traverser l'Atlantique à la rame quatre-vingt-dix ans auparavant, et on l'avait amarré près du lac où vivaient les oiseaux aquatiques, là où lui et Dewey Spangler avaient eu leurs discussions d'ignorants sur Platon. Il était certain qu'à l'époque, les flancs étaient décorés de boucliers vikings. S'ils n'étaient que décoratifs, ils avaient dû pourrir et disparaître, mais une partie des grandes rames existait encore, rangées sous le bateau.

Il dit : « Tu reprendras tes cours de danse quand nous serons de retour de Californie ? »

« Tu n'as jamais aimé que j'y aille. »

« Au contraire, j'adorais que tu rentres pleine de couleurs, vivante, toute jolie. Y a-t-il un autre astronome dans le monde entier qui sache faire des claquettes ? »

Elle dit : « Et toi, et ton club — tu es allé y nager ? »

Non, il n'allait pas au club. Certains passages de ses articles disaient clairement pourquoi il faisait bien de s'en abstenir.

> *Dans le vestiaire, je tends l'oreille à la conversation d'un nouveau membre (Nick ? Jimmy ?). Nu, il arbore une bedaine bachique dont il ne paraît cependant retirer aucun plaisir bachique. Il est assez morose, court sur pattes, le cheveu bouclé avec d'imposantes rouflaquettes, des joues rougeaudes et molles, une moustache recourbée. Un œil plein de regret vous indique que cette prospérité vitale n'est pas de sa faute, qu'il préférerait s'en passer, qu'elle n'assure pas le bonheur de Nick. Ce qu'il*

fait ? Il fait tourner une boîte à filles dans une des banlieues. Ceint de sa serviette, il est l'un de ces membres utiles qui adorent donner des conseils. Un jeune cadre dynamique arrive, le genre à barbe noire avec des lunettes chic, un long col roulé soyeux, un attaché-case. Tout en se dévêtant, il demande à Nick de lui faire des suggestions. Un des types de son bureau se marie la semaine prochaine, et ses copains veulent fêter ça, lui enterrer sa vie de garçon. « Nous pensions à l'une des boîtes de Rush Street. » Nick le prévient : « Vous allez vous faire avoir à tous les coups. Dès qu'un type y entre, ils lui font payer une bouteille de champagne dégueulasse cinquante dollars. Pourquoi est-ce que vous ne louez pas une suite dans un bon hôtel. Vous vous faites monter le dîner, et si vous engagez deux ou trois filles pour vous faire un numéro vous passerez une bien meilleure soirée et beaucoup moins chère. Vous tirerez bien plus des filles si c'est une affaire entre vous, et puis, c'est indigne de gens comme vous de se précipiter à Rush Street pour se faire racoler comme des commis voyageurs en congrès et boire et manger des tas de saloperies. » Il conseille à un autre membre de retirer sa clientèle au coiffeur qui jouxte le club : « Ils vous prennent dix dollars pour un boulot même pas bien fait. Ils vous obligent à vous faire faire un shampooing, mais vos cheveux, vous venez tout juste de vous les laver sous la douche, non ? Alors pourquoi est-ce qu'ils devraient recommencer, pour vous rafler dix dollars plus deux de pourboire, alors que, de toute façon, vous sortirez de là avec une tête comme si une esquimaude vous avait mâchuré les cheveux avec les dents... » Nick est au courant de tous les trucs, et il fait de son mieux pour protéger la dignité des membres.

Et celui-ci, au sujet d'un autre membre, un jeune avocat, qui expliquait au téléphone pourquoi il avait été obligé de rater un rendez-vous au club avec moi.

Pendant qu'il parle, je perçois dans sa voix une sorte de misère contente ou de désespoir gai, son bonheur à se trouver « là-où-ça-se-passe » : « J'ai dû me rendre à une clôture. Mon associé a rédigé les documents alors que j'étais en déplacement, et il s'est foutu dedans. Il a fallu que j'arrange tout ça. Pendant les premiers six mois, le vendeur n'était pas censé toucher de part des bénéfices nets, et ils avaient oublié d'introduire la clause dans le contrat. Quand je suis arrivé et que j'ai vu ce qui se passait, j'ai dit : " Pas question ! " Ça ne se serait pas monté à plus de quinze mille dollars, mais je n'allais quand même pas laisser mon client se faire entuber même de ça ! L'affaire concernait un restaurant où la note moyenne par tête de pipe s'élève à quelque chose comme trente ou quarante dollars. Pas que mon client soit du genre à tenir des comptes en règle, je dois dire. Mais pendant ce temps-là, qu'est-ce qui se passe ? Les flics font une descente au restaurant et cassent tout à cause d'une licence IV qui ne serait pas en règle. C'est ce nouveau capitaine complètement fada du commissariat de Chicago Avenue. Ce restaurant, ça le fait bander à mort parce que quelqu'un lui a dit que c'était l'endroit préféré de Sinatra quand il est en ville, que tout son entourage y va, et que ça veut dire de sacrées recettes, parce que, quand il y a une chance d'apercevoir Sinatra, on trouve toujours une foule de caves, attablés là pour ça. Tous ces caves sont camés en plus, et le capitaine de Chicago Avenue a une dent contre les camés. Il n'a pas pu boucler le restaurant, la direction a le droit de faire appel, mais ça a refroidi la clientèle de voir débouler une douzaine de flics casqués et équipés comme pour une émeute, on aurait dit 1968. Ils ont fait ça deux fois et fichu une peur bleue aux dîneurs. Je me suis retrouvé tout seul avec cette affaire sur les bras, et... enfin, c'était une journée de fous. Je suis désolé de vous avoir planté » — posé un lapin. Tout cela débité d'une voix tremblante d'excitation électrique. La grande aventure. Je sors du club et attends un ascenseur. Le vent qui vient du lac mugit et rage dans les puits d'ascenseur, ces longs goulets insondables...

Corde n'était pas assez idiot pour raconter à Minna les raisons qui pourraient lui rendre la fréquentation du club inconfortable ; il évitait discrètement de faire allusion à ses articles en sa présence, ainsi qu'aux orages qu'il avait déchaînés sur sa propre tête. Il voyait ce que c'était, sans masque, lorsqu'elle le regardait — le néant de la mort. La mort de sa mère lui avait appris la mort. Les trivialités lui étaient insupportables. Son jugement était sévère, plein de colère. Elle ne voulait rien avoir à faire avec son journalisme, ses articles, le sordide. Les maquereaux de banlieue et les petits avocats malins étaient au-delà de son mépris, et les longues hordes, y compris celles des damnés, ne la concernaient nullement, non plus que la ville de la destruction, ni ses attaques, ni ses embrasements, ni ses prisons, ni ses morts. Elle effaçait tout souvenir chaleureux, du moins pour l'instant, et adoptait l'univers comme seule mesure de toutes choses.

« Je crois qu'il faudrait que je voie le Dr. Tyche. »

« Je me demande si je n'ai pas eu tort de rentrer maintenant. Je me tracasse pour Gigi. »

« Tu n'étais pas en état d'aider Gigi. Gigi va bien, ne t'en fais pas pour elle. Et tu es mieux ici à Wesleyan, avec le Dr. Tyche. »

« C'est un vieux bonhomme angélique. »

« C'est exactement ça. C'est à lui que j'avais pensé là-bas. »

« Je suppose que tu as eu raison. »

« D'insister ? »

« De prendre les rênes quand tu l'as fait. »

Elle avait des doutes au sujet des bonnes intentions de Corde. Au sujet de sa mère, il n'y en avait pas ; elle était sortie de son ventre, et elles étaient liées par des liens véritables. Elle ne doutait pas non plus du Dr. Tyche, dont le vieux visage était doux et rayonnait de santé. L'âge et la dévotion envers ses patients avaient affiné sa bonté. Mais Corde, lui — elle l'aimait, mais il était suspect. Et c'était bien normal. Nous étions une sale engeance. Chez un monstre aussi complexe que son mari, la bonté n'était peut-être qu'une humeur passagère, et l'amour, un investissement qui avait bonne mine sur le moment. Aujourd'hui, on achetait du Xeros. Le mois suivant, si ça ne marchait pas, on le revendait. C'était une sorte de jugement peu confortable, mais Corde était en train de commencer à se rendre compte que c'est ainsi qu'il voulait être jugé. Minna lui renvoyait un reflet vrai de sa personnalité tout entière. L'intention était de se reconnaître soi-même pour ce que (pitoyablement, ridiculement) on était. Ensuite, le bon qu'on se découvrait, et en admettant qu'il y en eût, serait également vôtre. Ça convenait à Corde. Il ne recherchait ni les compromis ni le confort.

Il eut une courte conversation avec le Dr. Tyche, dans un des recoins les plus élevés de l'hôpital — au sud, les imposantes tours de la ville, et à l'ouest, l'effondrement et la dévastation.

« Comment est-elle, Docteur ? »

« Elle a été sérieusement traumatisée. »

« Sa mère lui avait promis de vivre encore dix ans. »

« Je vois. C'est une promesse non tenue par-dessus le marché... Enfin, la mort d'un parent fait parfois ça aux gens. »

« Oui, ça peut nous rendre puérils. Docteur, j'ai entendu dire que, durant les jours critiques du cycle féminin, une femme peut avoir un œdème cérébral, et des crises de nerfs ?... »

Le Docteur était trop malin pour répondre et se contenta de sourire. Un médecin ne divulguait pas des opinions qui pourraient être citées lors de contestations ultérieures. « Au moment des règles, on a la cervelle qui enfle. C'est le Docteur qui me l'a dit ! » Tyche se contenta de dire : « Les taux de fer et de potassium sont au plus bas, et l'ensemble du système est affaibli. »

« Pourra-t-elle quand même se rendre au Mont Palomar ? »

« Elle me pose la question tous les jours. Je ne vois pas ce qui pourrait l'en empêcher. »

Corde rentra chez lui rassuré. Le temps était lumineux, le ciel d'un bleu vif, un après-midi de redoux de janvier. Il avait garé sa voiture au soleil et n'eut donc pas besoin d'allumer le chauffage. Une fois arrivé, il sortit une chaise de cuisine sur le balcon. Il faisait assez doux pour rester assis là, abrité du vent par la masse de l'immeuble. La lumière n'était pas une lumière de plein hiver, plutôt une luminosité de saison plus chaude. Elle provenait aussi bien de ses propres harmonies internes que du ciel. Le lac était immobile, rien qu'une étendue d'eau tranquille à ses pieds. Il devait regarder à travers les barreaux de la rambarde de son balcon du quinzième étage ; c'était une gêne de peu d'importance. Quoi que l'on puisse désirer, c'était mesuré à l'aune de produits façonnés par l'homme. Les barreaux vous faisaient penser à une prison. Ils vous évitaient également de tomber vers une mort certaine. Cela dit, il se sentit à cet instant emporté par-dessus l'eau à la rencontre des couleurs, dans le lointain. Ici, dans le Midwest, se montraient parfois les bleus des paysages italiens, et il passa au travers d'eux, tout proche de la limite des sens, comme s'il avait parfaitement pu se débrouiller sans l'aide de ses yeux, voyant ce qu'on pouvait fort bien voir sans l'aide d'organes humains mais ressentant au contraire comme une liberté et aussi une joie ce que l'être mortel, assis là dans son manteau, les mains gantées, ressentait généralement sous forme de couleurs, d'espaces et de poids. Ceci était différent. C'était comme d'être déversé vers l'horizon en une infinie expansion. Et si la mort c'était cela, l'âme qui trouvait une sortie ? La rambarde du balcon était l'image qu'il se faisait de ce côté-ci des choses. Le reste, au-delà, vous attirait inéluctablement comme étant la pleine réalisation de votre propre réalité.

CHAPITRE 17

Après que Minna fut sortie de l'hôpital, les Corde assistèrent à une réception organisée par le frère du Juge Sorokin et sa femme. Corde essaya d'y couper. À Elfrida qui transmettait l'invitation, il répondit : « Une réception ? Non. Trop fatigant. » À quoi Elfrida rétorqua : « Ne lui impose pas tes habitudes asociales. Tu es un faiseur d'embarras, Albert... Tu voudrais la garder enfermée dans une chambre pour t'occuper d'elle. C'est quelqu'un de naturellement gai, et elle a besoin de sortir. Si c'était en soirée, ça pourrait la fatiguer, mais c'est seulement un déjeuner en compagnie de gens pleins d'entrain... » Corde saisit le message : Elfrida recommandait à Minna de suivre son exemple. Les filles en deuil de leur mère, de même que les mères inquiètes, devaient se comporter avec un minimum de vaillance féminine. « Et puis je n'ai même pas encore vu Minna », dit Elfrida. « D'ailleurs je ne t'ai pas vu non plus, Albert, et vous allez bientôt partir pour la Californie. Au fait, tu es en congé ? »

« Je m'occupe de Minna. L'Université estime que je ne pourrais pas trouver meilleure manière d'employer mon temps. »

« En tout cas je te promets que mon beau-frère et sa femme ne t'ennuieront pas. »

« Lui, qu'est-ce qu'il fait ? »

« Ellis Sorokin ? Ingénieur-conseil en organisation — il dirige une grosse compagnie. Sa femme est un génie de l'informatique. Ou alors une sorcière. C'est une très jolie femme, à la mode, de surcroît, et excellente cavalière. À la voir, on ne croirait jamais qu'elle fait dans les ordinateurs. »

« Il faut d'abord que j'en parle à Minna. »

« Oui, mais pas de faux-fuyants, n'est-ce pas ? » dit Elfrida.

« Je te rappelle, Elfrida. Je ne peux quand même pas dire à Minna que j'ai accepté pour elle, tu le sais très bien. »

« Là tu n'as pas tort. Elle a sa tête. »

Minna dit : « Oui, j'aimerais bien y aller. J'ai envie de voir Elfrida. Je l'aime vraiment beaucoup. Ne comprends-tu pas, Albert, qu'elle a envie que sa famille soit représentée à ce déjeuner ? La nouvelle belle-famille. Et à un moment où Mason est si désagréable avec elle ... Si nous n'y allons pas, elle va se sentir lâchée. » Les motivations de Minna étaient entièrement féminines. Mais lui dire qu'on les devinait aurait été une vraie bourde. Ne fais pas le malin. Passe-toi de discours.

« Si tu crois que tu es assez d'aplomb », dit Corde, la voix basse.

« Si je m'aperçois que je n'en peux plus je pourrai toujours partir plus tôt. »

Pour l'occasion, Minna se fit une mise en plis, revêtit un ensemble en jersey rouge avec une bordure blanche, une broche en forme de sirène qui avait appartenu à Valeria, et les bagues de Valeria, celles qu'on lui avait sciées sur le doigt — Corde venait de les reprendre chez le bijoutier. Lui, qui n'avait jamais apprécié les vêtements trop décontractés, ressemblait à un doyen endimanché. Il avait laissé son meilleur complet dans le vieux pays, de même que ses chemises, ses pull-overs et ses chaussettes. Minna s'était mis un peu de fard aux joues. Elle était encore un peu hâve, mais sa peau était plus unie, et les dures marques de souci qu'elle portait sous sa lèvre inférieure étaient en train de disparaître. Certains diraient que c'était la volonté de vivre, ou le ressort naturel de l'organisme. Bon, c'était bien possible, mais Corde aurait plutôt dit qu'elle avait du pain sur la planche. Il y avait cette masse d'étoiles en formation qui l'attendaient. Minna parlait peu d'étoiles à son mari ; il ne possédait pas les notions de physique requises. Elle ne tenait peut-être pas à découvrir à quel point il était ignorant dans le domaine qui l'intéressait, elle, par-dessus tout. Ç'eût été une erreur que d'attaquer le sujet. Il l'aurait assommée avec les questions oiseuses d'un amateur, la lançant dans des explications fastidieuses et impossibles à suivre. Alors il laissait ça de côté. Mais si elle était prête à vivre pour l'amour de ses étoiles, il n'en demandait pas plus. Elle, de son côté, était également assez fûtée. Elle le laissait parler de Clemenceau, de Chicherin, de Jefferson ou de Lénine, rien que pour avoir la possibilité de s'écrier : « Non, mais vraiment, ce que je suis *bête !* » Alors ils étaient à égalité, bêtasse contre bêtasse. *Ça* c'était intelligent, de bonne stratégie, et gentiment sympathique. Il y a des femmes qu'on pourrait aimer, ne serait-ce que pour leur tact.

Une fois arrivé à la haute tour de Lakeshore Drive où Ellis Sorokin avait son appartement, un Noir prenait votre voiture pour la conduire au garage, un Mexicain en uniforme vert vous introduisait dans le hall, puis vous vous éleviez dans un ascenseur silencieux vers les sommets du pouvoir. En arrivant au quarantième étage, on contemplait d'égal à égal Hancock Tower, « Big John », et le morceau de sucre étincelant qu'était l'immeuble de la Standard Oil — plus toutes les super-architectures du Loop, où se concentrait peut-être la perception commune d'un même culte. Les baies de l'appartement des Sorokin descendaient presque jusqu'au sol, mais on avait beau se trouver si haut, on n'avait pas vraiment l'impression de risquer de tomber, et on prenait plaisir à cette sensation de danger sans risque.

Le frère du Juge lui ressemblait — la même tête ronde et lisse, les mêmes yeux noirs, la même bouche mince dans un visage bronzé et buriné — un quelque chose d'indien ou de tatar. Sa femme était blonde et élégante. Elle avait le teint frais. Elle avait de l'argent et le dépensait en toute innocence — pourquoi pas ? — en vêtements de haute couture. Son élégance était de bon ton ; elle ne vous la jetait pas à la figure. Au plafond se promenaient paresseusement des ballons de baudruche verts, par douzaines, chacun noué d'un ruban de dentelle, aussi dispendieux qu'il était possible de l'être. « Que de travail », remarqua Corde. La jeune femme, malgré sa fortune et toute sa science informatique, parut très touchée par la remarque. « J'ai passé des heures et des heures à les gonfler. Mais ce n'est pas une fête comme une autre, vous savez. »

Corde avait pensé à une réception en l'honneur des jeunes

mariés. Pas du tout ; c'était l'anniversaire du chien. Champagne, esturgeon, homard, œufs à la russe en amuse-gueules et, ensuite, le déjeuner. Le chien était noir, énorme, doux — un grand danois. On lui était présenté, lui dans son panier en osier rond, presque un divan, où il était indolemment couché. C'est touchant, se dit Corde en se baissant pour caresser le doux poil de l'animal. Le chien soupira sous sa caresse. Des paquets-cadeaux enrubannés étaient empilés à côté de son lit, accompagnés de télégrammes de félicitations.

Elfrida paraissait légèrement tendue et fatiguée, c'est un fait, mais elle avait également l'œil délicieusement battu, manifestement une jeune mariée. Ses bras, encore beaux, étaient lourdement chargés de bracelets et elle exhalait, comme toujours, cette odeur distinctement féminine de parfum et de tabac mêlés — presque trop forte mais, en fin de compte, tout à fait agréable. Elle sauta au cou de Minna et de son frère (elle ne lui gardait jamais de rancune), et Corde serra la main du Juge — une main dure, toute d'une pièce, comme si les doigts étaient incapables d'agir indépendamment (les hommes d'extérieur ont parfois cette poigne de fer). Félicitations ! Le Juge barbu rayonnait d'amitié. Il adressa à Corde, entre hommes, des signaux rassurants : il avait les choses en main ; aucun souci à se faire.

C'était une réception intime. L'un des couples possédait un danois de la même portée, ce qui en faisait un peu des parents. Le mari trimbalait des photos du chien dans son portefeuille et les fit passer pendant qu'ils étaient à table. Tous ces gens allaient à l'église. Épiscopalienne. Les Sorokin aussi. Leur pasteur était là. Et aussi une vieille femme pleine de classe, une grande dame, très vieille (ses poignets et ses chevilles paraissaient gonflés de lymphe, et ses manches, au niveau des poignets, étaient adaptées à ce gonflement). Très vivante, elle était visiblement toute dévouée à l'élégant pasteur — *lui* connaissait bien son monde. La grande dame était très amateur de maquettes miniatures et connaissait toutes les collections les plus importantes de maisons lilliputiennes. Elle se souvenait que la célèbre Mrs. Thorne avait un jour commandé un minuscule Jackson Pollock, mais qu'il ne lui avait pas plu, et qu'elle l'avait immédiatement renvoyé. « Vous pouvez imaginer ce que ça doit valoir aujourd'hui ! » Corde pouvait se montrer assez sociable, quand c'était nécessaire. Cela aidait de caresser le danois quand il venait vous pousser de la truffe et soupirer. Que faire du fardeau de toute cette nature animale, paraissaient dire ses grognements. Il était pomponné comme un cheval de concours, on s'en apercevait dès qu'on le caressait — la texture de son poil ras, le velours de ses grandes babines.

On servit du poulet à la Kiev autour d'une grande table à plateau de verre posé sur un énorme bois flotté qui devait être le tronc d'un géant de la forêt congolaise.

Corde était placé là où on avait une des plus belles vues : les parcs, les champs d'un vert sale d'hiver, découpés en formes géométriques comme un vitrail, les grands arbres réduits à l'état de buissons par la distance, le lac trop lointain pour être de l'eau, et tout au fond, du côté de l'Indiana, les aciéries toutes noires d'où s'élevait une fumée grise.

Quand on les alluma, les bougies d'anniversaire rappelèrent à Corde les cierges disposés dans l'herbe au pied de la tombe des Raresh, et les bagues, sur les mains de Minna, lui firent penser aux traces de sang couleur framboise qui avaient été effacées de l'ongle. Puis tout le monde se mit à chanter « Happy Birthday, Dear Dolphie ». Oui, quelle décadence, se dit Corde, encore qu'il ait sans doute été le seul à se faire la réflexion. Une civilisation épave, alors ? Quant au chien, s'il représentait la Bête de l'Apocalypse, il était aussi le copain des Sorokin, et l'épouse blonde en était folle. Pour elle, Corde eût été heureux de penser qu'il n'existait pas de catastrophes, que rien n'était pourri, et que toutes les créatures douées de vie — toutes ! — tenaient une place égale dans son chaleureux cœur d'Américaine. Elle s'était mise à ouvrir les paquets du grand chien — des biscuits, des jouets et de faux os, tous les produits soigneusement empaquetés de la gigantesque (en dollars) industrie pour animaux. Pour faire plaisir à sa maîtresse, qui se penchait au-dessus de lui, le chien lécha avec mauvaise grâce un des os luisants. Un oncle très haut placé dans la Garde nationale avait envoyé un collier pour chien à cinq étoiles, insigne du rang de Général d'armée.

Puis les ballons, qui étaient du même vert que le colorant qu'on déverse dans la Chicago River le jour de la Saint-Patrick, furent rassemblés et lâchés des balcons, tout le monde s'y mettant, y compris le pasteur et la grande dame, ses cheveux abîmés noués par un foulard en soie de chez Gucci, tenant à la main les rubans de suggestive dentelle qui retenaient les jouets. Au quarantième étage, on était déjà dans les premières couches des courants ascendants, et soumis au vent cru. Les ballons, lâchés par-dessus la rambarde, furent happés à la verticale, instantanément soustraits à la vue par un de ces courants, puis réapparurent en formation serrée, pour ensuite se détacher sur le ciel par douzaines et s'éparpiller, très loin au-dessus du lac, vers la barre plus sombre qui fendait le ciel, en direction des usines. On put les suivre encore un moment grâce aux jumelles de Sorokin, puis ils disparurent. Le vent les avait soufflés dans le Michigan.

Elfrida confia à Corde, discrètement, qu'effectivement Minna n'avait pas bonne mine. « Tu n'exagérais pas. Si vous allez en Californie, tu devrais t'arranger pour passer un long week-end à Santa Barbara, que vous vous reposiez dans un de ses bons hôtels. »

Minna était en train de remercier l'hôtesse à sa manière profuse et élaborée — elle tenait beaucoup à l'étiquette. « Nous irons », dit Corde. Il embrassa sa sœur avec le sentiment passager de voler à travers une zone de chaleur familière. Elle appuya sa joue oblongue sur la sienne, ronde. « Tu as bien fait, Elfrida », dit-il.

« Il reste quand même le problème Mason », fit le Juge.

« Où est-il en ce moment ? »

« Aux dernières nouvelles, il était au Nicaragua. Il a appelé sa mère mais a refusé de dire ce qu'il faisait et où il allait. Il n'est pas prêt de lui pardonner. »

« De quoi, d'avoir mis un enfant blanc au monde ? dit Corde. Ou Dieu sait comment il interprète la malédiction originelle ? En tout cas je ne crois pas que l'autopunition aille avec son caractère. »

« C'est ce que son psychiatre me disait toujours », dit Elfrida.

« Mais je me demande, dit Corde, s'il est toujours en rapport avec Maxie ? »

« Ah, très juste, dit le Juge. Ça redonnerait un bon coup d'accélérateur à la publicité de ce vieux Detillion. Mais il n'a fait aucune déclaration. Et il va falloir attendre que ça arrive devant le tribunal avant d'être sûr que Mason avait l'intention de se soustraire à la justice. »

« Notre Oncle Harold faisait partie des Marines qui ont chassé Sandino dans les années vingt », dit Corde.

Elfrida dit : « Je doute qu'on en ait jamais parlé à Mason. » Elle donna une nouvelle tournure à la conversation. « Albert, tu ne nous avais pas dit que tu avais vu ton ami Dewey Spangler pendant que vous étiez là-bas. »

« Non. Ça ne m'est pas venu à l'idée. Comment es-tu au courant ? »

« Comment n'es-tu *pas* au courant ? dit Elfrida. Tu n'as pas vu les journaux ? »

« Non. Nous avons laissé tomber l'abonnement avant Noël, et les livraisons n'ont pas encore repris. »

« Et personne ne t'a appelé pour t'en parler ? C'est incroyable. »

« Je laisse les téléphones débranchés. Je ne veux pas que Minna soit dérangée. Elle a eu sa dose de téléphone. »

« C'est vraiment étonnant. J'aurais cru que quelqu'un, un collègue de l'Université ou un voisin d'immeuble, viendrait frapper chez toi. »

« Pourquoi, qu'y a-t-il de tellement extraordinaire, dans les journaux ? »

« Un long article de ton vieux copain Dewey dans lequel il se laisse complètement aller. Comment vous vous êtes rencontrés de l'autre côté du rideau de fer, l'amitié d'enfance, Lakeview Highschool, les ennuis de ta femme. J'en ai appris plus long par ce petit tordu que par toi. »

« Je ne le connais pas personnellement, dit le Juge. Elfrida m'a seulement raconté comment il était quand vous étiez gamins. Je lis ses articles de temps à autre, mais celui-là est comme un adieu, étrangement personnel. »

« Personnel à quel point ? » demanda Corde à Elfrida.

« Pas mal de souvenirs, dit Elfrida. Assez bref, mais très ramassé, et vraiment assez curieux — des tas de remarques au sujet de la société et de la culture américaines, avec Albert Corde, de Chicago, comme phénomène. Comment appellerais-tu ça ?... une courte étude, un mémoire intime et, si tu veux mon avis, une déclaration d'amour. Pas du meilleur goût, d'ailleurs. »

Le cœur de Corde se serra. Il éprouva aussi une sorte de raidissement vasculaire dans les jambes, comme quelqu'un qui se lève trop brusquement et qui se trouve momentanément paralysé.

« Nous avons bouleversé Albert, dit Elfrida à son mari. Quand le rouge lui monte aux joues et qu'il serre les lèvres, il se tracasse ou il est blessé. Je n'ai rien trouvé de tellement méchant dans ce qu'a écrit Dewey, Albert. Boursouflé, prétentieux. Ici et là, il tombe carrément dans l'hyperbole, et je ne crois qu'il ait de don pour ce genre de chose. »

« Il a dit quelque chose d'équivalent au sujet de mes articles pour *Harper's* », dit Corde.

« Oh ! quelle comparaison ! dit Elfrida. Moi, à ta place, ce que je ressentirais le plus, c'est cette intrusion dans ta vie privée. Et avec le cinéma de Detillion, on est tous conditionnés ou immunisés. Écoute, Albert, lis d'abord. À mon avis, il voulait se ranger de ton côté. »

« Tu en as un exemplaire, n'est-ce pas ? » affirma Corde plus qu'il ne posa la question.

« Nous en avons parlé avant de venir, dit le Juge, et nous nous sommes dits qu'au cas improbable où vous l'auriez raté, il valait mieux que vous puissiez y jeter un coup d'œil, si vous aviez à vous défendre. »

« Mais Elfrida vient tout juste de dire que ce n'était pas si terrible que ça ? »

Elle était en train d'ouvrir son sac à main en crocodile. « Ce qui est certain, c'est que tu pourrais t'en passer, dit-elle. Encore que, comparé à d'autres choses, ce soit minime. » En même temps qu'elle lui tendait le journal plié, elle posa son regard brillant sur lui, et ce que ses yeux voulaient exprimer vraiment — mais *vraiment !* — ça, il eût été bien en peine de le dire.

CHAPITRE 18

De retour chez eux, il servit une tasse de thé à Minna. Ensuite elle dit qu'elle allait s'allonger et lire quelque chose — que lui recommandait-il ? Elle le consultait toujours au sujet de ce qu'elle lisait. Il connaissait ses goûts, simples et vieillots. Tanti Gigi, qui lui avait appris l'anglais quand elle avait dix ans, lui avait donné des poèmes à apprendre par cœur : « The Little Black Boy », « The Sick Rose ». Il dit : « Je vais te donner les *Chants* de Blake. L'âme humaine dans ses deux extrêmes. À l'époque où tu étais à Wesleyan University, j'étais en train d'étudier Blake. »

« Et toi, que vas-tu faire du reste de ton après-midi ? »

« Je vais jeter un coup d'œil à quelques petites choses qui traînent sur mon bureau. »

Il se retira dans son coin et trouva l'article de Dewey Spangler, qui tenait deux pleines colonnes. Il était intitulé : « A Tale Of Two Cities ».

Corde ne le trouva pas poétique. C'était écrit dans le style ramassé de Spangler, dont la prose était censée exposer les choses au lecteur débordé. Cela commençait par un court paragraphe nostalgique : la rencontre d'un vieil ami, qui avait été un rival dans la classe de Miss Gumbeener, à Lakeview. Cette amitié, il l'expédiait en deux lignes. Corde aurait décrit l'événement comme un combat de tête d'affiche — le *Monstre Gai** contre l'*Ennuyeux Sentimental**, en cinq rounds. L'*Ennuyeux** avait remporté le premier. Dewey débutait maladroitement en parlant de « rapports individuels, difficiles à établir avec des personnalités connues ». Il n'était pas nécessaire de mentionner Kissinger et Nelson Rockefeller, ni de donner l'impression qu'ils sortaient tout droit de Plutarque. Mais il se rétablissait un peu vers la fin du paragraphe en évoquant l'amitié de deux « lycéens immodérément bouquineurs ». Il parlait de son copain doué, Albert Corde, « qui, même alors, était déjà un individu mystérieux », qui s'était fait ensuite une réputation considérable en travaillant pour l'édition internationale du *Herald Tribune,* puis était devenu Professeur, et Doyen Corde. Le Doyen n'avait jamais eu l'intention de mystifier qui que ce fût, mais il mystifiait bel et bien tout le monde, avec son caractère mystérieux. On était enclin à se demander quel effet la psychanalyse aurait bien pu avoir sur un individu de ce genre, mais Albert Corde se montrait inexplicablement hostile à la psychanalyse. Il suffit pour faire son portrait de rapporter ce qu'il en avait dit un jour. « La psychanalyse prétend étudier l'inconscient. Par définition, l'inconscient est ce dont nous ne sommes pas conscients. Mais les analystes, eux, savent déjà ce qu'ils vont y trouver. Pas étonnant : ce sont eux qui ont mis tout ce qu'il y avait à y mettre. C'est comme une chasse à l'œuf de Pâques. On cache les œufs dans le jardin, et puis on va les retrouver. Ça encore c'est honnête. La psychanalyse, pas. » Dewey poursuivait : « Aussi mon vieil ami, avec une pareille attitude, est-il resté un mystère. »

« Cela n'appelait aucune objection dans la mesure où on en restait au niveau de l'idiosyncrasie individuelle ; mais il y a peu, le Doyen Corde s'est jeté dans la mêlée et a publié deux articles assez déroutants sur la ville de Chicago, qui ont étonné et choqué un grand nombre de lecteurs. »

Albert Corde, poursuivait Spangler, avait fait ses débuts dans le journalisme grâce au seul reportage exclusif et lisible sur la Conférence de Postdam. Ce junior de Dartmouth, qui s'était engagé et avait servi comme GI en France et en Allemagne, s'était trouvé à Postdam par hasard et avait écrit un brillant article pour le *New Yorker.* Il avait vu Staline assis dans son fauteuil comme je vous vois ; il avait assisté à la chute du pouvoir de Churchill et avait regardé Harry Truman jouer au poker en buvant du whisky. Bien sûr, il n'était encore qu'un gamin sans expérience de l'histoire ou de la politique globale. Corde avait à l'époque vingt-deux ans, mais la façon remarquable dont il avait décrit la Conférence, cette Conférence qui avait eu un effet si funeste sur le destin du monde, s'est trouvée injustement ignorée par les professeurs et les anthologistes, et est à présent oubliée. Dès le départ, le talent du Doyen avait été sa capacité d'observation, et non la généralisation ou la synthèse (il lui manquait la maîtrise intellectuelle de Spangler), et il avait été sage de prendre ses distances d'avec la politique internationale.

Mais imaginez cela — les deux amis de Lakeview High School se rencontrant dans une capitale du monde communiste, sur la fin d'un triste mois de décembre. À l'hôpital, une vieille femme mourante ; et à Chicago, un procès d'assises. Le Doyen s'était trouvé mêlé à une fâcheuse affaire qui tournait autour de la mort d'un étudiant. Il y avait des règlements de compte peu agréables. Mais on ne pouvait pas dire que cela fût d'une importance aussi considérable que ne le craignait cet homme hypersensible. « Pour un ami aguerri à la politique internationale moderne, et qui couvre la scène mondiale en profondeur depuis plus de vingt-cinq ans — émeutes, terrorisme, massacres, la stratégie du pouvoir —, les angoisses du Professeur Corde paraissaient un peu exagérées. C'était par tempérament une âme tendre, incapable de saisir toutes les implications de la transformation du monde, l'apparition d'une technologie nouvelle pour traiter les affaires humaines, les facteurs nouveaux qui se présentent, les paradigmes analytiques qui, dans toutes les sociétés postindustrielles, guident les décisions de l'autorité. » Le Doyen était un esprit sensible, quelqu'un de réellement réfléchi. C'est la raison pour laquelle il avait abandonné le journalisme pour se réfugier dans le professorat. En sortant de son trou pour jeter un coup d'œil à la réalité sociopolitique actuelle, il avait reçu un choc. Son type personnel d'Humanisme n'avait pu le préparer à ce qu'il avait vu, dans les rues et dans les gratte-ciel. C'était la porte ouverte (Dewey, dans le passage suivant, devenait tout à fait grandiloquent) à une résurrection de la vision humaniste. « La maldéfinition des critères grâce auxquels les hommes sont définis a donné l'occasion aux Humanistes d'introduire leurs propres modèles, leur réponse à l'Homme Économique, à l'Homme Psychologique et autres archétypes. Mais le Doyen n'a aucun penchant pour ce genre d'entreprise. Ce n'est pas un homme de modèles, c'est un observateur individuel, sensible et émotif. Les urbanistes de profession considèrent ses articles sur Chicago comme immodérément émotionnels. »

Ces « paradigmes » et la « maldéfinition des critères » étaient des envolées à la Malraux, de l'histoire hégélienne, remises à jour sous des couleurs américaines. Qui, parmi les collègues de Spangler, à Washington ou à New York, était capable de jongler avec des concepts pareils — Reston, Kraft, Alsop dans ses meilleurs moments ? Et quant à Walter Lippmann, lui ?

On glissait en eau profonde, à présent, et le cœur de Corde s'alourdit. Attention ! à partir de là, tout peut arriver.

Les urbanistes avaient trouvé ses articles trop émotifs. « C'était prévisible chez une personnalité d'une espèce aussi rare, bouleversée par la transformation de sa ville natale. Car Corde est lié à Chicago par des sentiments très forts, et la destruction matérielle et humaine qu'il décrit dans *Harper's* lui est très pénible. Je peux en témoigner, en tant qu'ami d'enfance et originaire de la même ville. Mais il faudrait ajouter que, même dans sa jeunesse, Albert Corde, rejeton d'une famille riche et privilégiée, ignorait le Chicago où nous autres nous étions obligés de grandir. Il fallait bien la plus américaine de toutes les villes américaines pour créer un enfant qui ressemblât aussi peu que possible aux autres Américains. Lorsque votre correspondant et son vieil ami s'étaient rencontrés à Bucarest pour prendre un verre, le Doyen avait rapporté l'amusante remarque que lui avait un jour faite un vieux voyageur britannique : " Il n'y a rien de trop bizarre pour être vrai. " J'applique cela au Doyen. C'est un Américain presque trop loufoque pour être considéré comme un pair par ses concitoyens. Ce qui explique qu'ils aient eu tant de mal à suivre son point de vue. »

Le Doyen s'aperçut qu'en lisant cela, il avait presque cessé de respirer. Quel malin petit monstre, ce Dewey, quel faiseur d'embrouilles et quelle rivalité il y mettait ! Il se débarrassait du Doyen en le décrivant comme un étranger-malgré-lui. Comme il se débrouillait intelligemment pour l'expédier... Corde dut admettre que Dewey avait mis le doigt sur quelque chose d'important. Dewey, en contact avec les Sadate et les Kissinger, les Brejnev et les Nixon, les interprétant pour le monde alentour, Dewey était passé maître dans l'art des formes du discours public. Si on voulait être un communicateur, il fallait connaître les mots de passe, les codes, il fallait faire connaître son acceptation des règles en vigueur. On ne pouvait rien dire publiquement, si on tenait à être pris au sérieux, sans acceptation préalable. Le problème du Doyen avait été un problème de langue. Personne n'est prêt à accepter ce que tu as à offrir — pas sous cette forme. Ils ne comprennent même pas ce que c'est comme produit.

« Le Professeur Corde, disait Dewey, n'est pas tendre avec le journalisme ou les médias en général. Il les accuse d'être incapables de prendre en compte la vie morale, émotionnelle, imaginative, en bref, la *vraie* vie des être humains, et prétend que leur énorme pouvoir empêche les gens d'avoir accès à cette vie véritable. Ce que nous appelons l' “ information ”, il l'appellerait illusion, tromperie. Il ne le dit pas en ces termes, mais, dans ses récents articles, il tente d'ébaucher de façon créative une manière d'appréhender les grandes questions. S'il insiste aussi fort sur les souffrances des populations urbaines, particulièrement dans les ghettos, c'est qu'il estime que la discussion publique est une voie usée jusqu'à la trame, qu'elle est, soit la cause, soit l'effet de la cécité (ou les deux), et que notre pauvreté culturelle possède les mêmes racines que l'existence désordonnée et criminelle de ce qui fut jadis nos grandes villes. Il reproche tout cela à l'industrie des communications. Elle nourrit l'hystérie et le malentendu. Il le reproche également aux universités. Les intellectuels n'ont pas fait le moindre effort pour guider le public. Ils se sont révélés incapables de clarifier nos problèmes les plus importants, et de décrire la démocratie à elle-même en cette époque de lutte effroyable. En lisant Corde, il nous revient à la mémoire certains passages de *La Rébellion des masses* (incorrectement traduit sous le titre *La Révolte*) d'Ortega y Gasset, et aussi des passages des mémorables entretiens d'André Malraux avec le Général de Gaulle, et de l'œuvre dernière de Malraux, à la fin de sa vie...

« Pourtant, le Doyen a beau se montrer très dur envers les médias, il l'est encore davantage vis-à-vis des universitaires. Les médias font partie du monde de l'industrie américaine. Ils font partie du problème, d'où on peut en conclure que leur “ impartialité " n'a aucun poids. Mais les universités, elles, le déçoivent profondément. J'ai cru comprendre, à l'écouter parler, que les universitaires ne sont pas différents des autres Américains, que le même consensus les domine, et qu'ils dépendent absolument de l'opinion publique. Ils n'ont pas été mis à part, avec tous leurs privilèges, pour être comme tout le monde, mais pour être *différents*. S'ils ne peuvent pas accepter la différence, ils sont incapables d'apporter à la culture la contribution dont la société a besoin. Le défi qui se présentait aux Humanistes, c'était celui d'offrir de nouveaux modèles. »

Dewey écrivait, et c'était étonnant : « Je ne suis pas un admirateur de Jean-Jacques Rousseau. Je ne crois pas, comme le pensait Emmanuel Kant, qu'il ait été un grand homme. Il avait cependant compris que le défi posé aux sociétés égalitaires modernes serait la création de types humains élevés, d'individus tels qu'ils satisferaient aux exigences humaines de grandeur et d'amour de la beauté. Il ne s'agirait pas d'élitisme dans l'acceptation courante du mot mais de générosité et d'amour de l'humanité, l'extrême opposé du mépris et de la fausse supériorité. Je suppose que c'est cela qui a poussé mon ami Albert Corde à abandonner une carrière journalistique pleine de succès pour devenir professeur. Ses espoirs déçus, il s'est mis en tête d'aller voir ce qui se passait dans la ville où il vivait, et il me pardonnera si je prétends que ça l'a rendu un peu fou. Ce n'est pas seulement l'écroulement de l'Amérique urbaine qui l'a frappé, mais aussi ce que Julien Benda a appelé la trahison des clercs... »

Ah, allez vous faire foutre, Dewey, toi et ton Julien Benda ! Corde, après s'être frotté les yeux des poings, suant à grande eau, poursuivit sa lecture. Dieu merci, il n'en restait pas beaucoup.

« Le Doyen Corde a dû profondément blesser ses collègues. Ils auraient dû irradier la société américaine de culture humaniste, mais sur les tablettes du Doyen, ce sont des ratés et des truqueurs. C'est ce que révèlent ses articles. Je me demande si mon vieil et cher ami s'en rend compte. Je ne suis pas certain qu'il ait une idée très précise de ce à quoi ils s'opposaient, de l'ampleur du défi qu'ils relevaient. Qui allait, qui pourrait transformer les hommes d'affaires, les ingénieurs, les politiciens et les scientifiques en types humains élevés ? Quel système éducatif concevoir qui puisse y parvenir ?

Mais le Doyen Corde est sans pitié. Il lance une accusation de philistinisme. Philistins d'origine, les intellectuels humanistes se sont vus magnétiquement attirés dans le noyau philistin de la société américaine. Ce qui aurait dû être une élite de l'esprit était devenu une élite d'influence et de confort. Les villes avaient dépéri. Les professeurs ne pouvaient pas l'empêcher, mais ils auraient pu dire (ainsi que le Doyen tente de le faire, à sa manière assez bizarre) ce qu'est la signification humaine de ce pourrissement, et ce qu'il annonce pour la civilisation. Les érudits qui étaient censés représenter l'ancienne grandeur n'ont pas su se battre pour la défendre. Ils ont baissé les bras devant le grand néant. Et, écrit-il : " Du néant surgissent de grands vents de folie. "

« Une petite leçon de *realpolitik* n'aurait pas fait de mal au Doyen. Il est dommage qu'il se soit laissé emporter par une sincérité trop grande qui dépasse ses capacités, car c'est un homme plein de finesse. Dans la conversation, ce qu'il disait de la politique et de la loi à Chicago était amusant et charmant. Et quand il ne s'envolait pas dans les nuages avec Vico et Hegel, il était extrêmement drôle. Il a fait des remarques mémorables au sujet des différentes sortes d'aide publique dont peuvent bénéficier les Américains. Il y a des catégories d'aide sociale élevées, tout comme il y en a au bas de l'échelle. Certains professeurs travaillent dur, dit le Doyen. La plupart d'entre eux. Mais un professeur, une fois nommé, n'est plus *obligé* de faire quoi que ce soit. Un professeur, une fois sa chaire acquise, et une mère de huit enfants complètement assistée, ont beaucoup de choses en commun... »

Le mal qu'allaient faire ces phrases-là était aussi clair que les caractères d'imprimerie qu'il avait sous les yeux. Par un effet de traduction instantanée, Corde les lut avec les yeux d'Alec Witt, le Recteur. Il pensa, c'est Dewey qui m'a fait ça. Alec Witt m'a coincé, à présent, je me suis mis au rang des coupables par ma propre bouche. Bien sûr, je pourrais toujours essayer d'expliquer que je me contentais de citer quelqu'un d'autre, que c'était Mason père qui parlait, mais Witt n'acceptera aucune explication, et il ne se souciera pas non plus de ce qui a vraiment été dit. Tout est dans les nuances. Ah, les nuances ! En quarante ans, Dewey et moi n'avons jamais été foutus d'accorder nos nuances. Et l'Université ne prendra pas la peine de distinguer des nuances. Voilà où j'en suis arrivé avec le Recteur. Au départ j'étais suspect, ensuite on ne pouvait plus me faire confiance et maintenant on ne m'aime pas du tout. Finalement, grâce à mes plus sincères efforts, je me suis placé moi-même dans la plus basse catégorie — celle du mépris. Ce sera : « Ce type est un vrai désastre. » Et enfin : « Ce salaud est un traître. » Oui, cette fois-ci c'est Dewey, et il m'a eu. C'est le Dewey qui n'est jamais allé à l'Université, et qui est en train de nous faire la pige à tous. Et qui en même temps voudrait se rapprocher. Et me serrer contre son cœur. Et qui espère dépasser Walter Lippmann de cent coudées. Cela ressemble à cette lettre qu'il écrivit de New York quand nous étions gosses, et quand l'Oncle Harold, ce vieux schnock, avait forcé mon tiroir et lu ce que Dewey avait écrit, à haute voix devant toute la famille, en faisant tellement de peine à Maman. C'était aussi l'hiver, mais celui-ci est encore pire ; maintenant le vent vient du nord, chargé de pluie et de tempête.

CHAPITRE 19

Corde n'en parla pas à Minna avant qu'ils eussent quitté l'aéroport de Los Angeles dans leur voiture de location. Il estimait qu'il serait plus facile de parler en étant entouré par la nature. Ici, en tout cas, il y avait du soleil. Il avait compté sur une certaine aide du climat. Et de l'astronomie, bien entendu. Tout ce que, techniquement, elle estimait bon pour elle. Dans l'avion, elle avait vraiment bavardé avec lui au sujet de la naissance des étoiles à partir de nuages de gaz, de la forme embryonnaire de ces soleils, de leurs rayonnements infrarouges et des ondes radios qu'ils émettent, du passé de notre soleil et de son avenir. Elle avait mentionné quelque chose, appelé FU Orionis. Il ne l'ennuyait jamais avec des questions sur l'hydrogène, l'hélium ou le lithium. Il se souvenait du sage égyptien qui avait dit à Cléopâtre : « Du livre du mystère infini de la Nature, je connais quelques bribes », mais elle faisait des progrès si exceptionnels qu'il garda la remarque pour lui, bien qu'en général elle aimât assez qu'à son tour il cite ses citations à elle.

Lorsqu'ils arrivèrent au pied des collines, il lui raconta ce que Spangler avait écrit — et lui en développa généreusement les conséquences. Il dit : « Je ne voulais pas te traumatiser avec toutes ces histoires. »

« Je vois... Je n'aurais jamais pu garder tout ça pour moi. C'était très viril de ta part. Mais complètement idiot ! Je suis ta femme. Je suis *censée* savoir. »

« Je n'arrivais pas à me figurer comment tu le prendrais. Je suis très content, bien sûr... En tout cas, Dewey m'a vraiment eu jusqu'à la gauche. Ce n'est pas moi qui ai fait cette boutade au sujet des professeurs et des mères assistées... C'est Zaehner, pauvre homme. »

« Ah oui, c'était Zaehner. Mais tu l'as quand même cité. »

« C'était complètement déformé. Je n'ai pas dit non plus une bonne partie du reste. Encore qu'ici et là il me cite *texto*, sans rien impliquer. Mais comment pouvait-il ignorer ce qu'un article comme ça allait me coûter ? Quarante ans de *presque* communication... »

« Quarante ans, ce n'est pas suffisant ? Enfin ! je ne t'apprends rien. Pourquoi lui as-tu parlé aussi ouvertement ? »

« C'est justement ça — avoir des gens à qui parler. Pouvoir dire ce qu'on veut dire, vouloir dire ce qu'on dit. Je dois avouer qu'à l'Intercontinental, il m'est venu à l'esprit que Dewey était peut-être en train de m'interviewer. Mais je me suis dit en fin de compte que c'était tout simplement un tic professionnel. »

« Si tu avais réellement le sentiment qu'il t'interviewait pourquoi lui avoir parlé ? »

« J'ai seulement dit que ça avait l'allure d'une interview. Il ne m'est pas venu à l'esprit une seconde que j'ouvrais mon cœur à la presse. »

« Il faut absolument que je lise cet article. Je le ferai lorsque nous serons à Palomar. Je comprends que tu aies eu besoin de parler. C'est à peu près le seul désir que tu aies eu l'occasion de satisfaire, là-bas. »

« Oui, et puis c'était le jour de l'enterrement. Par-dessus le marché, j'ai toujours énormément aimé Dewey. Il y a aussi que j'étais en partie influencé par l'exotisme de l'endroit, tellement loin de chez nous que ça semblait être une discussion entre parenthèses. Je ne m'attendais pas à devoir rendre des comptes à Alec Witt pour ce que j'ai pu dire là-bas... »

« Alec t'a engueulé ? »

« Sans le moindre éclat de voix, bien sûr ; ce n'est pas son genre. Son style, c'est d'attaquer par petites touches. Aucune n'est désagréable, mais, tout d'un coup, on commence à se rendre compte qu'on s'est fait manœuvrer. Il n'a jamais manqué de courtoisie à mon égard. Il ne s'est jamais montré autrement que débordant d'attentions. Mais il y a une sorte de lueur ricanante. Et à la fin, à la curée, il y a cet immense rayonnement. Il m'a dit que j'étais évidemment libre de dire ce que j'avais envie de dire, et de le dire publiquement. La liberté universitaire me protégeait. J'étais cependant pris dans une contradiction qu'un homme aussi intelligent que moi ne pouvait ignorer. Un professeur en poste n'a aucune obligation vis-à-vis de l'institution, si ce n'est une adhésion, aussi minime soit-elle, à ses règles ; mais les responsabilités d'un administrateur officiel, une fois qu'il les a acceptées, réduisent les choix d'autant. J'avais *beaucoup* ennuyé l'Administration. En dépit de la sympathie de tout le monde, il fallait que je sache bien que des gens qui s'étaient sacrifiés pour l'Université, etc., qui lui avaient donné le meilleur de leur énergie, qui s'étaient battus pour un système d'éducation libéral ainsi que pour la survie de l'institution, avaient été *profondément* blessés. On peut dire qu'il m'a vraiment cabossé l'âme. Il aurait aussi bien pu chanter *Exultate, Jubilate* en même temps qu'il me filait ses coups de pied. Il était chargé de me soutirer ma démission sans blesser gravement ta susceptibilité, et d'empêcher tout effort de ma part pour t'emmener avec moi. Il a fait tout ça comme un vrai petit ange. Il m'a lié les mains en même temps qu'il me tapait dessus. »

« Alors tu lui as dit que tu donnais ta démission ? »

« Oui, dit Corde. Je le lui ai dit. J'y étais allé pour ça. Je l'ai assuré que c'était une règle pour moi de ne pas me mêler de tes affaires. Pour savoir où tu en étais, il faudrait qu'il te voie toi. »

« Tu as eu raison, dit Minna. Mais comme ça a dû être pénible pour toi, Albert. »

« Pas tant que ça. Je ne suis pas très touché. Ce n'est pas mon truc, de toute façon. Je n'étais pas fait pour être doyen. Je ne l'ai pas dit au Recteur. J'ai dit que je donnais ma démission et qu'il était inutile d'en discuter les motivations, mais que je tenais à dire à quel point l'Université était une institution utile pour la ville, de même que l'étaient Northwestern et Chicago University, et à quel point il était important pour des jeunes gens qui étudient la peinture et la poésie, qui étudient l'histoire, les classiques, les sciences, d'avoir des bibliothèques bien fournies et de bons professeurs. Et à quel point notre pays a besoin de ces îlots. J'ai presque ajouté : « Ne serait-ce que pour faire contrepoids aux établissements SM. »

« Qu'est-ce que c'est que ça ? »

« Les boutiques sado-maso, où les gens vont comme ils vont chez le coiffeur — avec une attitude j'm'en-foutiste qui revient à peu près au même. »

« Tu as un caractère vraiment attachant, tu sais ; mais tu t'occupes de choses quand même tellement bizarres », dit Minna.

« Mais je ne l'ai pas dit. *Presque* seulement. Je lui ai seulement dit que j'éprouvais de la reconnaissance envers l'Université. Je ne lui ai pas raconté d'histoires, et je n'ai pas été pervers. De toute façon, il n'écoutait pas vraiment. Il a accepté ma lettre de démission et est passé à un autre sujet — Beech. Est-ce que j'avais l'intention d'écrire un article sur Beech ? J'ai répondu que je continuerais sans doute à écrire. »

« Dans le style des articles de *Harper's* »

« Oh, absolument, oui. Pourquoi pas ? »

Après y avoir réfléchi pendant quelques kilomètres, elle dit : « Ce ne sera pas une vie de tout repos. »

« Je ne ferai pas d'articles comme ceux sur Chicago, à moins d'être ému de la même étrange façon. Ça n'arrive pas souvent. Je suis généralement calme. Je n'aime pas la controverse. Je fais assez bien mon boulot. »

« Mais de quelle façon vas-tu l'exercer ? »

« Il nous faudra voir comment les choses se passent. Dewey disait que j'avais fait une carrière de journaliste tout à fait réussie. Je vais la reprendre là où je l'ai laissée, aussi tranquillement que possible. »

« Maintenant parle-moi un peu de Beech. »

« J'ai passé un long après-midi en sa compagnie. »

« Les gens les mieux du département de géophysique ne jurent que par lui. »

« Le type lui-même me plaît beaucoup. »

« Et tu t'es décidé à faire cet article ? Est-ce que ça ne serait pas une bonne façon de t'y remettre ? »

« Je me suis arrangé avec lui pour l'aider. Ces conclusions sur le plomb sont les siennes, pas les miennes. *Quelque chose* de mortel est en train de se passer. Je suis d'accord avec lui jusque-là. Je me contenterai donc de lui donner des conseils quant à l'écriture.

Comme ça je ne serai pas obligé d'approuver en toute ignorance de cause. »

Elle prit sa main de sur le volant, la serra, la garda sur ses genoux. Puis elle dit : « Nous ne sommes pas trop loin de la réserve indienne. Nous pourrons nous y arrêter pour faire une halte. »

« Ce voyage te fatigue. Nous ne nous sommes pas très bien organisés. Nous aurions dû prendre l'avion hier et passer la nuit à Los Angeles. C'est un endroit que j'arrive tout de même à supporter pendant quelques heures. »

La mission de la réserve était située dans une zone abritée et chaude. Corde et Minna firent le tour des boutiques d'artisanat — perles, turquoises, pointes de flèches, des gants dans la pénombre des devantures, des grappes de mocassins dans les coins, ramassant la poussière. Puis ils s'assirent dans le patio. « Cinq minutes de soleil ? » fit Minna. Elle s'en tenait à son horaire. Les lourdes arches du cloître enserraient une petite place. Au premier plan, des fleurs ; derrière, sous les arches blanchies à la chaux, la pénombre, mais une pénombre tranquille.

Corde dit : « Tu sais quoi ? Ça a mis Dewey Spangler dans des transes de bonheur d'avoir tant de merveilleuses et écrasantes vérités à dire. Ça l'a envoyé directement sur les hauteurs. Et le mieux, c'est qu'il pouvait me mettre tout ça sur le dos. Il était tellement en plein délire qu'il n'a pas pris la peine de réfléchir au mal que ça pourrait faire à son copain. Ce sont peut-être ses intestins coupés en morceaux qui l'ont mis dans un état pareil… »

« À ta place, je ne penserais plus à lui », dit Minna.

Lorsqu'ils revinrent à la voiture, Corde un peu à contrecœur et traînant (mais soyons réalistes, combien de temps auraient-ils pu rester assis dans un jardin de mission étouffant sous les fleurs ?), Minna dit : « Valeria avait une très haute opinion de toi, Albert. » Elle avait la tête baissée ; elle attachait sa ceinture de sécurité. « Elle avait confiance en toi. »

« Tu crois ? »

« La dernière chose que tu lui as dite était ce qu'elle désirait le plus entendre. »

C'est tout ce qui en fut dit. Corde était ému. Sa femme, maladroite dans les rapports humains, lui offrait une aide puisée à la plus importante de ses sources. Ce qui restait des mots de Minna, c'était qu'elle était seule au monde ; et avec lui ; elle l'avait, lui, effectivement, avec toutes ses troublantes étrangetés ; et lui, il l'avait, elle.

Puis Minna se mit à parler des chances qu'ils avaient d'avoir une nuit claire. Ici, sur les contreforts, il y avait du soleil, et c'était prometteur, mais les conditions atmosphériques dans la région changeaient rapidement. On n'ouvrait pas le dôme s'il y avait des nuages. Cela, elle le répéta à plusieurs reprises.

« Je fais des prières pour un temps optimal, dit-il. Mais il m'est arrivé de lire ici et là que les nouveaux robots, là-haut dans l'espace, envoient des informations fantastiques, et des images qu'il serait impossible d'obtenir à partir de la Terre. »

« C'est vrai la plupart du temps. Mais j'ai besoin de quelque chose que je ne pourrais obtenir qu'avec le grand télescope de Palomar. »

« Mais je croyais que même ça, on pouvait le voir sur les écrans de télévision de la salle de contrôle ? »

« Ça n'irait pas, dit Minna. Il me faut les clichés. »

« Tu ne vas quand même pas aller t'installer là-bas, dans l'œil du télescope, ou la cage, ou Dieu seul sait comment tu appelles ça ? J'espère bien que non, en tout cas. »

« Je l'ai fait des dizaines et des dizaines de fois. »

« Mais cette fois-ci ? »

« Je pense que oui. »

« Tu ne pourrais pas envoyer quelqu'un là-haut avec des instructions ? »

« Non. La dernière fois déjà, un de ces brillants jeunes chercheurs s'est occupé à ma place des calculs les plus délicats, et tous les résultats étaient inutilisables. »

« Mais tu n'es pas encore assez costaud, Minna. »

« Tu crois ? Mais si, je t'assure. »

Il était hors de question de batailler davantage. La frontière professionnelle ! Qu'elle était sévère lorsqu'elle la traçait ! De quelle façon il se présentait à la barrière, lançant ses appels ! Pour son propre bien à elle. Ils en étaient amusés tous les deux — chacun à sa façon. « Tu n'as plus un gramme de graisse protectrice » fut tout ce qu'il trouva à dire.

« J'aurai une combinaison thermique sur le dos. Et puis la cage est mieux chauffée aujourd'hui qu'elle ne l'était il y a quelques années. »

Arrivés aux alentours de mille huit cents mètres, il y avait de la neige sur le sol, un mince tapis qui recouvrait l'immense espace découvert autour du dôme.

« Pas un nuage, dit Minna. La chance nous sourit. Maintenant, si le brouillard pouvait ne pas se lever... »

Au grand soulagement de Corde, elle eut le temps qu'elle désirait, et, pendant qu'elle se préparait et qu'elle bavardait avec ses collègues, il explora l'immense vide noir du dôme, passant sous le fût gris de l'énorme télescope, écoutant le ronron des machines qui l'actionnaient. Il était chaudement habillé, il avait apporté sa parka de Chicago. On lui assigna un des jeunes assistants de l'observatoire pour lui tenir compagnie. « Nous pourrions aller jeter un coup d'œil. C'est la première fois que vous le voyez ? »

« Ce dôme en particulier, oui, et de toute façon je n'en ai jamais visité avec un guide. »

Le grand jeune homme, barbu, avait l'air d'un moniteur de ski, et il parlait d'ascension, de miroirs, de réfraction et d'analyse spectrale. « Je ne vous suis plus », finit par dire Corde. Ils s'arrêtèrent au centre du dôme, une vaste obscurité cimérienne sans la moindre source de lumière vive, scientifique et glacée. L'énormité du dôme vous renvoyait — bien au-delà des mosquées et des basiliques, Saint-Paul, Saint-Pierre — à la réelle échelle de la nuit. Nous construisions aussi grand que nous en étions capables, dans le but d'en apprendre davantage sur la *vraie* grandeur. L'intérieur du dôme était découpé en quartiers par des poutrelles incurvées. Corde ne s'était jamais trouvé à l'intérieur d'un espace vide aussi immense. On n'en finissait plus de le traverser. En dépit de ses pulls, de sa veste, de ses chaussettes en double épaisseur et de sa parka, il avait froid, ici sur la passerelle qui en faisait le tour. Ils sortirent sur la galerie extérieure — un léger grillage d'acier sous les pieds ; on voyait au travers. La neige recouvrait le sol jusqu'aux limites de l'immense plateau. Il rentra.

Il était assez normal, si on venait jeter un coup d'œil à l'espace astral, qu'on goûtât également au froid qui régnait *là-haut*, et à son pouvoir d'annihiler tout ce qui n'est qu'humain. Le fait qu'il comprenne si peu de chose au baragouin du jeune homme n'y changeait apparemment rien ; il continuait à parler, mais Corde refusa à plusieurs reprises de descendre au-dessous, où l'on pouvait prendre un café, lire les journaux ou s'entraîner au billard. En le quittant, Minna avait dit : « Ils vont presque certainement ouvrir à un moment ou à un autre. Je te ferai appeler à ce moment-là. »

Son messager trouva Corde et son guide sur la passerelle. Le Dr. Corde montait à la cage ; désirait-il y aller également ? Oui, bien sûr.

Il redescendit en courant. Le jeune collègue qui lui avait servi de guide montait lui aussi pour aider Minna à s'installer dans l'œil de l'énorme instrument. Elle portait la combinaison collante. Alors qu'elle entrait dans le monte-charge, Corde sur ses talons, demanda à nouveau : « Tu es sûre que tu peux supporter ce froid ? »

« Ne fais pas la mère poule avec moi. Si je ne peux pas, je redescendrai, voilà tout. »

C'est vrai, il était bêtement mère poule. Elle avait perdu sa réserve naturelle. Temporairement amaigrie. Perpétuellement énervée. Elle dit au jeune homme voûté et barbu : « Mon mari n'est jamais grimpé… »

« Jamais, vraiment ? » Il appuya sur le bouton et ils commencèrent leur ascension.

L'ascenseur était monté sur une des arches de l'infrastructure. Il ne montait pas verticalement ; il grimpait en suivant un arc de cercle. À l'exception d'un coin situé à la base de l'intérieur, il n'y avait aucune lumière. À ce moment le vaste dôme se mit à gronder. Quelque chose se fendit et commença à se séparer en deux parties au-dessus d'eux. Des segments de la surface incurvée glissaient rapidement, laissant entrer le ciel — d'abord une tache plus claire, perçante. Tout d'un coup il n'y eut plus que l'ascenseur, glissant le long de l'arche. L'intérieur était purement et simplement aboli — plus d'intérieur —, plus rien que l'espace grand ouvert, glacé. Si le même mouvement se poursuivait, vous vous retrouveriez éjecté dans l'espace. Vous iriez dans les étoiles. Il parvenait encore à discerner les bords du dôme ouvert. Et parce qu'il y avait un dôme, et que le froid était aussi absolu, il se retrouva inévitablement au crématorium, cette autre voûte ronde avec son énorme plancher circulaire, les pieds des macchabées dépassant des rideaux, la fournaise grondante du sous-sol où ils disparaissaient, le froid mortel quand on s'en retournait et qu'on avait l'impression d'avoir la tête fendue en deux par une hache. Mais ce dôme-là ne s'ouvrait jamais. On ne pouvait le traverser qu'en fumée.

On ne pouvait pas comparer ce froid du Mont Palomar à la froideur de la maison des morts. Ici, les cieux vivants avaient l'air de vouloir vous accueillir. Une autre espèce de répétition générale, pensa Corde. Le ciel était tendu d'étoiles, mais pas aussi tendu qu'il l'était, lui, dans son cœur. Tout, au-dessus de lui, était en équilibre, maintenu en place par des tensions mutuelles. *Ses* tensions à *lui*, que maintenaient-elles ?

Et ce qu'il voyait de ses yeux n'était même pas les véritables cieux. Non, ce n'étaient que des points blancs, d'éclatantes vibrations, des nuages de laitance céleste, des symboles de leur vérité, tout juste ce qu'on pouvait apercevoir à travers les distorsions de l'atmosphère. Á travers ces distorsions on voyait des objets, des formes, des réalités partielles. Le reste, il fallait le sentir. Et ce n'était pas uniquement que vous sentiez, mais que vous étiez poussé à sentir et à pénétrer davantage, comme si on vous informait par là que ce qui était au-dessus de vous avait à voir avec votre existence, jusqu'à votre propre sang, jusqu'aux formes cristallines qui habitaient vos os. Les rochers, les arbres, les animaux, les hommes et les femmes vous poussaient également à pénétrer davantage les choses, en dessous des distorsions (comparables aux distorsions atmosphériques, des ombres à l'intérieur d'ombres), afin de découvrir leur être à travers le vôtre. C'était dans ce sens-là que vous étiez poussé à quelque chose.

Un jour, en Méditerranée, émergeant sur le pont au sortir d'une cabine de troisième classe, des odeurs d'urée et des relents de fond de cale, de tous les infernaux petits conforts dernier cri si bien faits pour railler votre insomnie — et tout à coup, le soleil matinal sur la mer penchée. Libre ! L'étreinte du moindre petit malaise déliée par cet épanchement soudain. Vous ne saviez pas dire lequel était hors d'aplomb, du bateau, de vous, ou de la mer oblique — mais libre ! Quelle importance, puisque vous étiez libre ! C'était la même chose lorsque vous alliez au-devant des étoiles comme en ce moment.

L'ascenseur s'arrêta et sa femme, dans son espèce de combinaison thermifuge, lui sourit. Peut-être sa parka l'amusait-elle. Ils étaient arrivés au sommet du télescope. Elle descendit dans le puits, dans la cabine bourrée de matériel technique — voyants, tableaux de bord lumineux, boutons, câbles. L'assistant voûté y monta avec elle pour l'aider à s'installer. Le jeune homme était rapide. Agile, il regrimpa dans l'ascenseur. Elle agita gaiement la main à l'adresse de son mari et s'enferma. Elle était le représentant de Corde au milieu de ces choses brillantes, si denses et proches.

Corde dit : « Tout ira bien, je suppose. Il y a très peu de temps qu'elle est sortie de l'hôpital. »

Le jeune homme appuya sur le bouton qui commandait la descente. « Vous n'avez jamais vu le ciel comme ça, n'est-ce pas ? »

« Non. On m'avait dit à quel point il ferait froid. Il fait *sacrément* froid, nom de Dieu ! »

« Ça vous gêne vraiment autant que ça ? »

Ils glissaient le long de la trajectoire courbe de leur poutrelle, se rapprochant lentement de l'immense circonférence au sol.

« Le froid ? Oui. Mais je crois que ça m'ennuie encore plus de redescendre. »

Pour recevoir régulièrement, sans aucun engagement de votre part, l'Actualité Littéraire Flammarion, il vous suffit d'envoyer vos nom et adresse à :

Flammarion, Service ALF, 26, rue Racine, 75278 PARIS Cedex 06.

Pour le CANADA à :

Flammarion Ltée, 163 Est, rue Saint-Paul, Montréal PQ H2Y 1G8

Vous y trouverez présentées toutes les nouveautés mises en vente chez votre libraire : romans, essais, sciences humaines, documents, mémoires, biographies, aventures vécues, livres d'art, livres pour la jeunesse, ouvrages d'utilité pratique...

ACHEVÉ D'IMPRIMER
EN SEPTEMBRE 1982
SUR LES PRESSES DE
L'IMPRIMERIE HÉRISSEY
À ÉVREUX (EURE)

N° d'Éditeur : 9643
N° d'Imprimeur : 30411
Dépôt légal : octobre 1982
Imprimé en France